Hijas del castillo Deverill

SANTA MONTEFIORE

HIJAS DEL CASTILLO DEVERILL

LAS CRÓNICAS DE DEVERILL - 2

Traducción de Victoria E. Horrillo

TITANIA

Argentina • Chile • Colombia • España
Estados Unidos • México • Perú • Uruguay

Título original: *Daughters of Castle Deverill*
Editor original: First published in Great Britain by Simon & Schuster UK Ltd.
Traducción: Victoria E. Horrillo Ledesma

1.ª edición Junio 2019

ISBN: 978-84-16327-76-8
E-ISBN: 978-84-17780-10-4
Depósito legal: B-14.669-2019

Fotocomposición: Ediciones Urano, S.A.U.
Impreso por Romanyà-Valls, S.A. – Verdaguer, 1 – 08786 Capellades (Barcelona)

Impreso en España – *Printed in Spain*

Para Sebag, con amor y gratitud

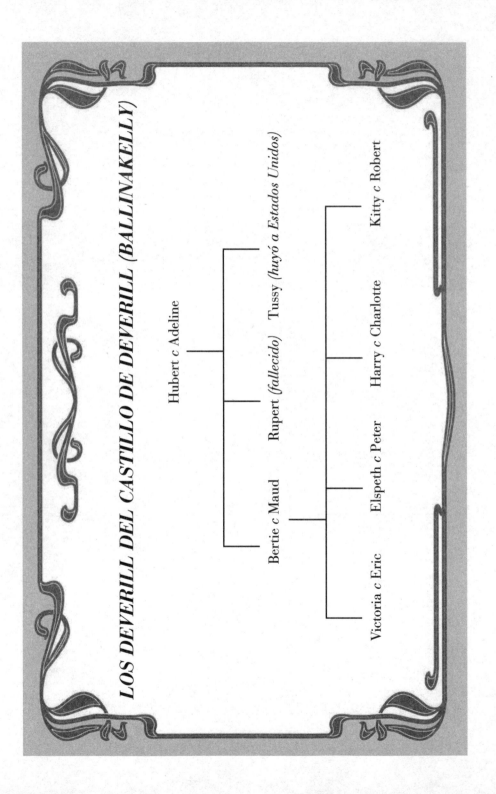

LOS DEVERILL DEL CASTILLO DE DEVERILL (BALLINAKELLY)

Hubert c Adeline

Bertie c Maud   Rupert *(fallecido)*   Tussy *(huyó a Estados Unidos)*

Victoria c Eric   Elspeth c Peter   Harry c Charlotte   Kitty c Robert

LOS DEVERILL DE DEVERILL HOUSE *(LONDRES)*

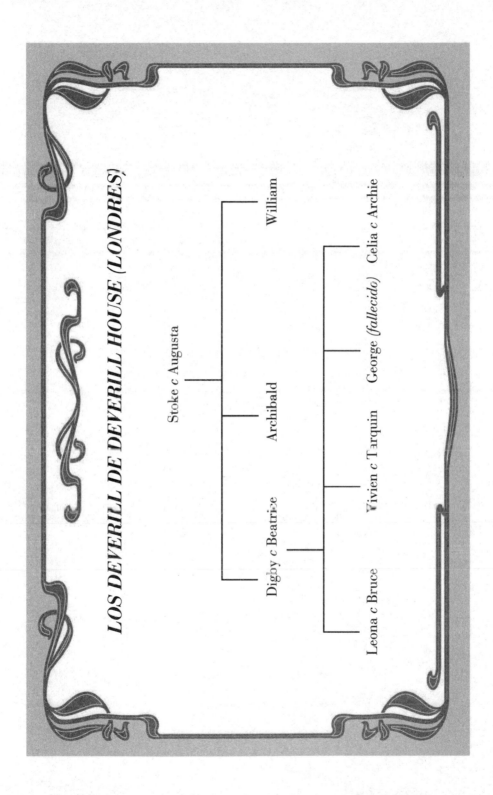

Stoke *c* Augusta
— Archibald
— William

Digby *c* Beatrice
— Archibald

Leona *c* Bruce
Vivien *c* Tarquin
George *(fallecido)*
Celia *c* Archie

Barton Deverill

Un viento salobre barría las playas blancas y los acantilados rocosos de la bahía de Ballinakelly, llevando en su hálito el lamento de las gaviotas y el fragor del oleaje. Las nubes grises pendían a escasa altura y una suave llovizna velaba el aire. Las franjas verdes de los prados y las amarillas de la genista parecían desmentir la violenta historia de Irlanda, pues, incluso a la luz mortecina de principios de la primavera, el paisaje poseía una belleza inocente y pura. Sin embargo, en ese instante, cuando el dosel aparentemente impenetrable que cubría el cielo se adelgazó lo suficiente para que un rayo de sol lo traspasara, Barton Deverill, primer lord Deverill de Ballinakelly, juró restañar las heridas causadas por la brutalidad de Cromwell y traer consuelo y prosperidad a las gentes que se hallaban bajo su dominio. Envuelto en un manto de terciopelo de un púrpura oscurísimo, con el sombrero de ala ancha adornado con una pluma sinuosa colocada insolentemente de soslayo, botas altas de cuero con espuelas de plata y una espada al cinto, a horcajadas sobre su caballo, recorría con la mirada la vasta extensión de terreno que le había concedido el rey Carlos II, recién restaurado en el trono, en agradecimiento por su lealtad. En efecto, Barton Deverill había sido uno de los principales comandantes en la lucha contra la conquista de Irlanda emprendida por Cromwell. Tras la derrota de Worcester, Barton había huido al otro lado del mar con el rey y lo había acompañado en su largo exilio. Un título y una hacienda eran recompensa satisfactoria a cambio de la confiscación de las tierras de su fami-

lia en Inglaterra a manos de Cromwell y de los años que había consagrado a servir a la Corona. Barton ya no era un joven sediento de combates
y aventuras, sino un hombre maduro, ansioso por guardar la espada y
disfrutar del fruto de su esfuerzo. ¿Y qué mejor lugar para echar raíces
que aquel país de asombrosa belleza?

El castillo estaba tomando forma. Iba a ser magnífico. Sus torres y
torreones se asomaban al mar y sus altos muros eran lo bastante gruesos
para repeler al enemigo, aunque lord Deverill habría preferido que la
violencia llegara a su fin de una vez por todas. A pesar de ser protestante e inglés hasta la médula, no veía por qué los católicos irlandeses y él
no podían respetarse y tolerarse mutuamente. A fin de cuentas, el pasado solo pervivía en la memoria de uno. El futuro, en cambio, lo forja-
ban las actitudes del presente y, si había comprensión y aceptación por
ambas partes, sin duda lograrían que reinara la paz en el país.

Hizo una seña a su nutrido séquito y prosiguieron avanzando lentamente hacia el villorrio de Ballinakelly. Había llovido copiosamente esa
noche y el camino estaba enlodado. El ruido producido por los cascos
de los caballos al hundirse en el barro anunció su llegada, infundiendo
temor en los corazones de las gentes que habían visto ya demasiadas
matanzas como para mostrarse complacientes cuando veían jinetes ingleses. Los hombres, que no habían visto hasta entonces a su nuevo
amo y señor, los miraron con recelo. Las mujeres palidecieron y se apresuraron a recoger a su prole y a refugiarse en sus casas, cerrando de un
portazo. Unos cuantos chiquillos intrépidos permanecieron bajo la llovizna, descalzos, como espantapájaros, con los ojos dilatados y ham-
brientos, mientras los caballeros ingleses, con sus finas botas de piel y
sus plumas en el sombrero, cruzaban entre ellos.

Lord Deverill detuvo a su corcel y se volvió a su amigo sir Toby
Beckwyth-Stubbs, un hombre corpulento, de retorcido bigote rojizo y
larga cabellera rizada, cortada al estilo de los *Cavaliers*, los partidarios
del rey.

—Así que este es el corazón de mi imperio —dijo gesticulando con
su mano enguantada, y añadió con sarcasmo—: Se ve que me tienen
mucho aprecio.

—Años de masacres los han vuelto desconfiados, Barton —contestó sir Toby—. Estoy seguro de que, con un poco de suave persuasión, conseguiréis meterlos en vereda.

—Aquí no habrá persuasión de ese tipo, amigo mío —respondió Barton, y alzó la voz al decir—: Seré un señor benevolente si me prestan juramento de lealtad.

En ese instante, una mujer cubierta con un largo manto negro salió al camino. El viento pareció amainar de repente y una extraña quietud cayó sobre la aldea. Los niños harapientos se dispersaron y solo la mujer permaneció a la vista, arrastrando su vestido por el barro.

—¿Quién es? —preguntó lord Deverill.

El mayordomo de la hacienda acercó su montura a la de su amo.

—Maggie O'Leary, mi señor —le informó.

—¿Y quién es esa Maggie O'Leary?

—Su familia era dueña de las tierras en las que estáis construyendo vuestro castillo, mi señor.

—Ah —dijo lord Deverill pasándose la mano enguantada por la barba—. Y supongo que quiere recuperarlas.

Su chanza causó gran regocijo entre sus ayudantes, que rieron echando la cabeza hacia atrás. La joven, sin embargo, los miraba con tal atrevimiento que sus carcajadas se desvanecieron hasta quedar convertidas en risillas nerviosas, y nadie osó sostenerle la mirada.

—Le pagaré algo por ellas gustosamente —añadió lord Deverill.

—Salta a la vista que está loca —murmuró sir Toby con nerviosismo—. Librémonos de ella enseguida.

Pero lord Deverill levantó la mano. Había algo en el aplomo de aquella mujer que despertaba su curiosidad.

—No. Oigamos lo que tiene que decir.

Maggie O'Leary movió sus blancos dedos y, con un gesto tan leve y fluido que sus manos semejaron dos pájaros níveos, se retiró la capucha del manto. Lord Deverill se quedó sin aliento. Nunca había visto una belleza como la suya, ni siquiera en la corte de Francia. Su cabello, largo y negro, brillaba como las alas de un cuervo, y su rostro era tan pálido como el claro de luna. Sus labios, fruncidos en una mueca, eran carnosos y rojos como bayas de invierno. Pero fueron sus ojos de color verde claro los que atajaron de golpe las risas de los hombres e hicieron que el mayordomo se santiguara vigorosamente y mascullara algo en voz baja:

—No bajéis la guardia, sire, pues sin duda es una bruja.

Maggie O'Leary levantó la barbilla y fijó la mirada en lord Deverill. Habló con voz grave y acariciadora como el viento.

—*Is mise Peig Ni Laoghaire. A Tiarna Deverill, dhein tú éagóir orm agus ar mo shliocht trín ár dtalamh a thógáil agus ár spiorad a bhriseadh. Go dtí go gceartaíonn tú na h-éagóracha siúd, cuirim malacht ort féin agus d-oidhrí, I dtreo is go mbí sibh gan suaimhneas síoraí I ndomhan na n-anmharbh.*

Lord Deverill se volvió hacia su mayordomo.

—¿Qué ha dicho?

El viejo servidor tragó saliva, temiendo repetir sus palabras.

—¿Y bien? —insistió lord Deverill—. Hablad, hombre, ¿o es que os habéis quedado mudo?

—Muy bien, mi señor, pero que Dios nos proteja de esta bruja. —Carraspeó y, cuando volvió a hablar, su voz sonó aguda y temblorosa—. Vos, lord Deverill, me habéis agraviado a mí y a mis descendientes al apoderaros de nuestras tierras y quebrantar nuestro espíritu. Hasta que remediéis esas faltas, os condeno a vos y a vuestros herederos al desasosiego eterno en el mundo de los no muertos.

A su espalda se oyó un gemido colectivo y sir Toby echó mano de su espada.

Lord Deverill puso una mueca burlona y miró a sus hombres con una sonrisa intranquila.

—¿Acaso ha de asustarnos la palabrería de una campesina?

Cuando se dio la vuelta, la mujer había desaparecido.

PRIMERA PARTE

1

Ballinakelly, 1925

Kitty Trench besó la tersa mejilla del niño. Cuando él le devolvió la sonrisa, una ternura dolorosa embargó su pecho.

—Pórtate bien con la señorita Elsie, Pequeño Jack —dijo quedamente, y le acarició el cabello rojo, del mismo color que el suyo—. No tardaré mucho. —Se volvió hacia la niñera, y en su semblante la ternura cedió el paso a la resolución—. Vigílalo bien, Elsie. No lo pierdas de vista.

La señorita Elsie frunció el entrecejo y se preguntó si la angustia que reflejaba el rostro de la señora Trench tendría algo que ver con la visita de aquella extraña irlandesa que se había presentado en la casa el día anterior. Se había quedado clavada en el césped, mirando al niño fijamente con una mezcla de dolor y anhelo, como si ver al Pequeño Jack le causara una enorme congoja. La niñera se había acercado a ella y le había preguntado si podía ayudarla en algo, pero la mujer había farfullado una excusa y se había encaminado precipitadamente hacia la verja. Fue un encuentro tan extraño que la señorita Elsie pensó que debía comunicárselo de inmediato a la señora Trench. La violenta reacción de su señora puso nerviosa a la niñera. La señora Trench palideció y sus ojos se llenaron de pánico, como si temiera la llegada de aquella mujer desde hacía mucho tiempo. Se retorció las manos sin saber qué hacer y miró por la ventana con la frente fruncida por la angustia. Luego, en un súbito arranque de determinación, cruzó corriendo el jardín y desapareció por la verja de abajo. La señorita Elsie ignoraba qué había ocurrido entre las dos mujeres, pero cuando la señora Trench regresó media hora después tenía los ojos enrojecidos por el llanto y estaba temblando. Había tomado al niño entre sus brazos y lo había estrechado con tal fuerza que a la niñera le había preocupado que lo asfixiara. Después, lo había llevado arriba, a su alcoba, y había cerrado la puerta dejando a Elsie llena de curiosidad.

Ahora, la niñera dedicó a su señora una sonrisa tranquilizadora.

—No lo perderé de vista, señora Trench, se lo prometo —dijo tomando al pequeño de la mano—. Vamos, señorito Jack, venga a jugar un rato con su tren.

Kitty fue a los establos y ensilló su yegua. Mientras colocaba la cincha y la abrochaba con fuerza, apretó los dientes y recordó la escena de la víspera, que la había mantenido en vela la mitad de la noche, debatiéndose en febriles discusiones, y la otra mitad la había atormentado con pesadillas angustiosas. La mujer era Bridie Doyle, la madre biológica del Pequeño Jack, nacido de su breve y escandalosa relación con el padre de Kitty, lord Deverill, cuando era la doncella de Kitty. Bridie, no obstante, había optado por abandonar al bebé en un convento de Dublín y escapar a Estados Unidos. Alguien sacó luego al pequeño del convento y lo dejó en la puerta de Kitty con una nota en la que le pedía que cuidara de él. ¿Qué otra cosa podría haber hecho?, se preguntó mientras montaba en la yegua. A su modo de ver, le había hecho un gran favor a Bridie por el que debía estarle eternamente agradecida. Su padre había reconocido después al pequeño como hijo suyo y junto con su marido, Robert, Kitty había criado a su hermanito como si fuera un hijo y lo quería con pasión de madre. Ya nada podía separarla del Pequeño Jack. Nada. Bridie, sin embargo, había vuelto y quería a su hijo. *Tuve que renunciar a él una vez, pero no pienso volver a hacerlo*, había dicho, y la mano gélida del miedo había estrujado el corazón de Kitty.

Ahogó un sollozo al salir del patio del establo. No hacía tanto tiempo que Bridie y ella habían estado tan unidas como hermanas. Cuando reflexionaba acerca del pasado, Kitty se daba cuenta de que su amistad con Bridie era una de las cosas más preciosas que había perdido en el camino. Pero, con el problema irresoluble del Pequeño Jack interponiéndose entre ellas, sabía que la reconciliación era imposible. Tenía que aceptar que la Bridie a la que había querido tanto ya no existía.

Cruzó al galope los campos, hacia las ruinas de su antaño glorioso hogar, convertido ahora en un montón de cascotes ennegrecidos por el fuego, habitado únicamente por los grajos y los espíritus de los muertos. Antes del incendio, ocurrido cuatro años antes, el castillo Deverill se erguía orgulloso e intemporal, y sus altas ventanas reflejaban las nubes que sobrevolaban el mar, como ojos brillantes colmados de sueños. Kitty se acordó del cuartito de estar de su abuela Adeline, que olía a fuego de turba y a lilas, y de la afición de su abuelo Hubert por disparar a los católicos desde la ventana de su vestidor. Se acordó del olor mohoso de la biblioteca, donde comía bizcocho y jugaba al *bridge*, y del armario de debajo de la escalera de servicio en el que Bridie y ella se encontraban en secreto de pequeñas. Sonrió al recordar cómo se escapaba de su casa en el cercano pabellón de caza para buscar entretenimiento en la cariñosa compañía de sus abuelos. En aquellos tiempos, el castillo era para ella un lugar donde refugiarse del desamor de su madre y de la crueldad de su institutriz. Ahora, en cambio, solo representaba dolor y aflicción, y la melancolía de una época pasada que parecía mucho más hermosa que el presente.

Mientras galopaba por los campos, el recuerdo del castillo en sus tiempos de esplendor colmó su corazón de una intensa añoranza, pues su padre había creído conveniente venderlo y pronto pertenecería a otras personas. Pensó en Barton Deverill, el primer lord Deverill de Ballinakelly, que construyó el castillo, y la emoción le constriñó la garganta: casi trescientos años de historia familiar reducidos a cenizas, y todos los herederos varones aprisionados dentro de los muros del castillo para toda la eternidad, como almas en pena que nunca hallarían paz. ¿Qué sería de *ellos*? Habría sido preferible que su padre le cediera las ruinas a un O'Leary; de ese modo, habría liberado a los espectros y se habría salvado a sí mismo. Pero Bertie Deverill no creía en maldiciones. Solo Adeline y ella tenían el don de la clarividencia y el infortunio de conocer el destino de Bertie. De niña, a Kitty le hacían gracia los fantasmas. Ahora la entristecían.

El castillo se hizo visible al fin. La torre oeste, en la que su abuela había vivido hasta su muerte, estaba intacta, pero el resto de la fortaleza semejaba el esqueleto de un animal gigantesco que fuera derrumbándose poco a poco en medio del bosque. La hiedra y los bejucos trepaban por los muros desmoronados y se colaban por las ventanas vacías, empeñados en cubrir hasta la última piedra. Y sin embargo, a ojos de Kitty, el castillo conservaba aún un atractivo fascinante.

Cruzó al trote el terreno que antaño había sido el campo de críquet y ahora estaba cubierto de largas hierbas y maleza. Desmontó y condujo a la yegua hasta la parte delantera, donde su prima la esperaba junto a un lustroso coche negro. Celia Mayberry estaba sola. Un elegante sombrerito, bajo el cual se adivinaba su cabello rubio recogido en un bonito moño, le cubría la cabeza. Iba vestida con un largo abrigo negro que casi llegaba al suelo. Al ver a Kitty, una ancha sonrisa de emoción se dibujó en su rostro.

—¡Ah, mi querida Kitty! —exclamó, acercándose y rodeándola con sus brazos.

Olía intensamente a nardos y a dinero, y Kitty la abrazó con vehemencia.

—¡Qué sorpresa tan maravillosa! —exclamó con sinceridad.

Celia amaba el castillo de Deverill casi tanto como *ella*, y había pasado todos los veranos de su infancia allí, con el resto de los «Deverill de Londres», como solían llamar a sus primos de Inglaterra. Kitty sintió el deseo de aferrarse a ella con la misma ferocidad con que se aferraba a sus recuerdos, pues Celia era una de las pocas personas de su vida que no habían cambiado y eso era algo que Kitty agradecía cada vez más a medida que se hacía mayor y se alejaba del pasado.

—¿Por qué no me dijiste que ibas a venir? Podrías haberte alojado en casa.

—Quería darte una sorpresa —contestó Celia, que parecía una niña a punto de confesar un secreto.

—Pues me las ha dado, desde luego. —Kitty echó un vistazo a la fachada del castillo—. Es como un fantasma, ¿verdad? Un fantasma de nuestra infancia.

—Pero se va a reconstruir —dijo Celia con firmeza.

Kitty la miró con ansiedad.

—¿Sabes quién lo ha comprado? No sé si puedo soportar saberlo.

Celia se rio.

—¡Yo! —exclamó—. ¡Lo he comprado *yo*! ¿Verdad que es maravilloso? Voy a resucitar los fantasmas del pasado y tú y yo podremos revivir todos esos momentos deliciosos a través de nuestros hijos.

—¿*Tú*, Celia? —preguntó Kitty ahogando un gemido de asombro—. ¿*Tú* has comprado el castillo de Deverill?

—Bueno, técnicamente lo ha comprado Archie. ¡Qué marido tan generoso tengo! —Sonrió, llena de felicidad—. ¿Verdad que es fantástico, Kitty? Bueno, yo también soy una Deverill. Tengo tanto derecho como cualquier otro miembro de la familia. ¡Dime que te alegras, anda!

—Claro que me alegro. Es un alivio que seas tú y no un desconocido, pero reconozco que también estoy un poco celosa —contestó Kitty tímidamente.

Celia volvió a abrazarla.

—No me odies, por favor. Lo he hecho por nosotras. Por la familia. El castillo no podía ir a parar a manos de un desconocido. Habría sido como renunciar a un hijo. No soportaba pensar que otra persona fuera a edificar encima de nuestros recuerdos. De este modo, todos podremos disfrutarlo. Tú puedes seguir viviendo en la Casa Blanca, y el tío Bertie en el pabellón de caza si así lo desea, y todos podemos volver a ser maravillosamente felices. Después de todo lo que hemos sufrido, nos merecemos encontrar la felicidad, ¿no crees?

Kitty se rio con cariño del gusto de su prima por lo dramático.

—Tienes mucha razón, Celia. Será maravilloso ver que el castillo vuelve a cobrar vida, y gracias a una Deverill, nada menos. Así es como debe ser. Pero ojalá fuera yo.

Celia se llevó una mano al vientre.

—Voy a tener un bebé, Kitty —anunció con una sonrisa.

—¡Santo cielo, Celia! ¿Cuántas sorpresas más me tienes reservadas?

—Solo esa y el castillo. ¿Y tú? Tienes que darte prisa. Me encantaría que tuviéramos una niña cada una para que crezcan juntas aquí, en el castillo, igual que nosotras.

Kitty comprendió entonces que Celia había reescrito su pasado situándose allí, entre los muros del castillo, mucho más tiempo que los treinta días que solía pasar allí cada verano, en el mes de agosto. Era una de esas personas superficiales que reescribían su propia historia y creían en la verdad absoluta de su versión de los hechos.

—¡Ven! —añadió su prima, tomando a Kitty de la mano y tirando de ella. Cruzaron el vano de la puerta y entraron en el espacio abierto en el que antaño se alzaba el gran salón—. Vamos a explorar. Tengo grandes planes, ¿sabes? Quiero que vuelva a ser exactamente igual que cuando éramos pequeñas, solo que mejor. ¿Te acuerdas del último baile de verano? ¿Verdad que fue maravilloso?

Avanzaron entre la maleza, que les llegaba a las rodillas, admiradas por los arbolillos que crecían entre los cardos y las zarzas y estiraban sus ramas delgadas hacia la luz. Notaban la tierra blanca bajo sus botas mientras iban de una habitación a otra, espantando a los viejos grajos y las urracas, que levantaban el vuelo indignados. Celia charlaba sin cesar, reviviendo el pasado con anécdotas coloridas y recuerdos entrañables. Kitty, en cambio, no pudo evitar que la desolación de su hogar arruinado cayera sobre ella como un grueso velo negro. Con el corazón apesadumbrado, se acordó de su abuelo Hubert, fallecido en el incendio, y de su abuela Adeline, que había muerto sola en la torre oeste hacía apenas un mes. Pensó en el hermano de Bridie, Michael Doyle, que prendió fuego al castillo, y en su propia y absurda sed de venganza, que la llevó a presentarse en la granja de los Doyle, donde él la violó sin que nadie oyera sus gritos. Pensó luego en su amante, Jack O'Leary, y en su encuentro junto al muro, donde él la abrazó apasionadamente y le suplicó que huyera con él a América; y en la escena en el andén de la estación, cuando lo detuvieron y se lo llevaron a rastras. Empezó a darle vueltas la cabeza. Su corazón se contrajo, lleno de miedo, al despertar los monstruos del pasado. Dejó a Celia entre las ruinas del comedor y buscó refugio en la biblioteca, entre los recuerdos más amables de las partidas de *bridge* y *whist* y el bizcocho.

Se apoyó contra la pared y cerró los ojos con un profundo suspiro. Se daba cuenta de que tenía sentimientos encontrados respecto a aquel canario que trinaba sin cesar, parloteando acerca de una casa cuyo pasado no alcanzaba a entender. La cháchara de Celia remitió, sofocada por el viento otoñal que gemía en torno a los muros del castillo. Pero, al cerrar los párpados, el sexto sentido de Kitty se afinó de inmediato y percibió los fantasmas que se habían congregado a su alrededor. El aire, ya frío, se enfrió más aún. Ningún otro sentimiento podía, con la fuerza de aquel, retrotraerla a su infancia. Abrió los ojos ansiosamente. Y allí, delante de ella, estaba su abuela, tan real como si fuera de carne y hueso, solo que más joven que en el momento de su muerte y tan deslumbrante como si estuviera iluminada por un foco. Detrás de ella vio a su abuelo Hubert, y a Barton Deverill, el primer lord Deverill de Ballinakelly, y a los demás desafortunados herederos del linaje condenados por la maldición de Maggie O'Leary a pasar la eternidad en el limbo, haciéndose visibles y desdibujándose como rostros en el prisma de una piedra preciosa.

Kitty parpadeó mientras Adeline le sonreía con ternura.

—Ya sabes que nunca estoy lejos, querida mía —dijo, y Kitty se sintió tan conmovida por su presencia que apenas notó las lágrimas ardientes que le corrían por las mejillas.

—Te echo de menos, abuela —susurró.

—Vamos, Kitty. Tú sabes mejor que nadie que solo nos separan los límites de la percepción. El amor nos une para toda la eternidad. Pero ya comprenderás la eternidad cuando llegue tu turno. Ahora mismo, tenemos cosas más prosaicas que discutir.

Kitty se secó las mejillas con su guante de piel.

—¿Qué cosas?

—El pasado —contestó Adeline, y Kitty comprendió que se refería al cautiverio de los muertos—. Hay que acabar con la maldición. Tal vez tú tengas agallas para hacerlo. Puede que solo tú las tengas.

—Pero el castillo lo ha comprado Celia, abuela.

—Jack O'Leary es la llave que abrirá las puertas y nos permitirá salir.

—Pero no puedo tener a Jack, ni el castillo —dijo, y aquellas palabras hirieron su garganta como alambre de espino—. No puedo hacer que eso suceda, ni con toda la fuerza de voluntad del mundo.

—¿Con quién hablas? —preguntó Celia. Recorrió la sala vacía con la mirada, desconfiadamente, y arrugó el ceño—. No estarás hablando con tus fantasmas, ¿verdad? Espero que se vayan todos antes de que nos instalemos Archie y yo. —Rio con nerviosismo—. Estaba pensando que quizá funde un salón literario. Los literatos me parecen gente de lo más atractiva, ¿a ti no? O puede que contrate a un médium de moda en Londres y haga sesiones de espiritismo. Dios mío, sería divertidísimo. ¡A lo mejor se aparece Oliver Cromwell y nos da un susto de muerte! Tengo unas ideas fabulosas. ¿No sería fantástico volver a celebrar el baile de verano? —Dio el brazo a Kitty—. Ven, vamos a dejar el coche aquí y a ir al pabellón de caza. He mandado a Archie a decirle al tío Bertie que hemos comprado el castillo. ¿Qué crees que dirá?

Kitty respiró hondo para recuperar la compostura. Quienes habían sufrido desarrollaban la paciencia, y a ella siempre se le había dado bien ocultar su dolor.

—Creo que se pondrá tan contento como yo —dijo mientras cruzaba el vestíbulo del brazo de su prima—. La sangre es más espesa que el agua. En eso todos los Deverill estamos de acuerdo.

Sentada a la mesa de madera de la granja donde se había criado con el nombre de Bridie Doyle, Bridget Lockwood se sentía extrañamente desubicada. Era demasiado grande para aquella habitación, como si los muebles, los techos bajos y las angostas ventanas por las que de niña miraba las estrellas soñando con una vida mejor se le hubieran quedado pequeños. Sus ropas eran demasiado elegantes, y sus guantes de cabritilla y su sombrero estaban tan fuera de lugar en aquella casa como un purasangre en un establo de vacas. La señora Lockwood se había vuelto demasiado refinada para obtener algún placer de su antiguo y sencillo modo de vida. Sin embargo, la muchacha que había sufrido años de lacerante nostalgia en Estados Unidos ansiaba disfrutar del consuelo del hogar que tanto había añorado. ¿Cuántas veces había soñado con sentarse en esa misma silla, con tomar suero de mantequilla, con sentir el humo del fuego de turba y el olor dulce de las vacas en el establo de al lado? ¿Cuántas veces había añorado su lecho de plumas, los pasos de su padre en la escalera, el beso de buenas noches de su madre y los suaves murmullos de su abuela rezando el rosario? Tantas que era imposible contarlas, y ahora allí estaba, en medio de todo cuanto añoraba. Así que, ¿por qué se sentía tan triste? Porque ya no era esa muchacha. De ella no quedaba más vestigio que el Pequeño Jack.

La granja se había llenado de vecinos ansiosos por dar la bienvenida a Bridie, y todos habían comentado lo elegante que era su vestido azul con lentejuelas y cuentas, y sus zapatos de charol a juego. Las mujeres habían tocado la tela de la falda frotándola entre sus toscos dedos, pues solo en sueños poseerían alguna vez tales lujos. Habían bailado y reído, y bebido el aguardiente ilegal que fabricaba su vecino Badger Hanratty, pero Bridie se había sentido como si lo viera todo desde detrás de una lámina de cristal ahumado, incapaz de relacionarse con ninguna de las personas a las que antaño había conocido y amado tanto. Se le habían quedado pequeñas. Mirando a Rosetta, su doncella italiana y dama de compañía, que había venido con ella desde Estados Unidos, había sentido envidia. La joven danzaba por la habitación con su hermano Sean, que a todas luces se había enamorado de ella, y daba la impresión de sentirse mucho más a gusto allí que la propia Bridie. ¡Cómo habría deseado Bridie quitarse los zapatos y bailar como los demás! Y, sin embargo, no podía hacerlo. El recuerdo de su hijo y el odio por Kitty Deverill le pesaban demasiado en el corazón.

Anhelaba meterse de nuevo en la piel de aquella muchacha que se había marchado a los veintiún años, embarazada y aterrorizada, para ocultar su secreto en Dublín. Pero el trauma del parto y el dolor de abandonar Irlanda y a su hijo habían cambiado a Bridie Doyle para siempre. Esperaba tener *un* bebé y se quedó de piedra cuando llegó otro, una niña, le dijeron después las monjas, minúscula y apenas viva. Se la llevaron para intentar reanimarla y regresaron al poco tiempo para informarle de que la pequeña había muerto. Era mejor, le dijeron, que criara al niño y dejara a su gemela en manos de Dios. Ni siquiera le permitieron besar la carita de su hija y despedirse de ella. Su bebé se desvaneció como si nunca hubiera existido. Luego, lady Rowan-Hampton la persuadió de que dejara al niño al cuidado de las monjas y se marchara a Estados Unidos a empezar una nueva vida.

Solamente quien ha renunciado a un hijo sabe la amarga desolación y la culpa abrasadora que implica ese acto. Ella ya había vivido más que la mayoría de la gente en toda su vida, y sin embargo para Sean, para su madre y para su abuela seguía siendo su Bridie. Desconocían las penalidades que había soportado en Estados Unidos y la angustia que padecía ahora al comprender que su hijo nunca conocería a su madre ni sabría que, ya fuera por accidente o por astucia, había amasado una inmensa riqueza. Creían que seguía siendo su Bridie. Y ella no tenía valor para decirles que esa Bridie ya no existía.

Meditó acerca de su intento de comprar el castillo de Deverill y se preguntó si habría estado dispuesta a quedarse de haberlo conseguido. ¿Había tratado de comprar el castillo en venganza por los agravios que le habían infligido Bertie y Kitty Deverill, o por pura nostalgia? A fin de cuentas, su madre había sido la cocinera del castillo y ella se había criado correteando por sus pasillos con Kitty. ¿Cómo habrían reaccionado los Deverill al descubrir que la pobre Bridie Doyle, aquella niña sin zapatos, se había convertido en señora del castillo? La sonrisa que afloró a su semblante demostraba que su tentativa era fruto del rencor y del deseo de hacer daño. Si volvía a surgir la oportunidad, la aprovecharía.

Cuando Sean, Rosetta, la señora Doyle y su abuela, la vieja señora Nagle, aparecieron en el cuarto de estar listos para ir a misa, Bridie les pidió que se sentaran. Respiró hondo y cruzó las manos. La miraron con nerviosismo. Bridie miró a su madre y a su abuela, y luego a Rosetta, que estaba sentada junto a Sean, con la cara arrebolada por un amor floreciente.

—Durante mi estancia en América, me casé —declaró.

La señora Doyle y la vieja señora Nagle la miraron con asombro.

—¿Eres una mujer casada, Bridie? —preguntó su madre con voz queda.

—Enviudé, mamá —puntualizó ella.

Su abuela se santiguó.

—¡Casada y viuda a los veinticinco! ¡Dios nos asista! Y sin hijos que le sirvan de consuelo.

Bridie torció el gesto, pero su abuela no advirtió el dolor que le causaban sus palabras.

La señora Doyle contempló el vestido azul de su hija y también se santiguó.

—¿Por qué no vas de luto, Bridie? Cualquier mujer decente llevaría luto por respeto a su marido.

—Estoy harta del luto —replicó Bridie—. He llorado lo suficiente a mi marido, créeme.

—Da gracias a que tu hermano Michael no está aquí para ver tu desvergüenza. —Su madre se llevó el pañuelo a la boca y sofocó un sollozo—. He llevado luto desde el día que murió tu padre, que en paz descanse, y seguiré llevándolo hasta que me reúna con él, si Dios quiere.

—Bridie es demasiado joven para enterrarse en vida, mamá —repuso Sean amablemente—. Y Michael no está en situación de juzgar a nadie. Lo siento, Bridie —le dijo a su hermana con voz cargada de compasión—. ¿Cómo murió tu marido?

—De un ataque al corazón —contestó ella.

—Pero debía de ser demasiado joven para morir de un ataque al corazón —dijo la señora Doyle.

Bridie miró un momento a Rosetta. No estaba dispuesta a revelar que el señor Lockwood tenía edad suficiente para ser su padre.

—En efecto, fue una desgracia que muriera en la flor de la vida. Tenía pensado traerlo aquí para que el padre Quinn nos diera su bendición y lo conocierais, pero…

—Es la voluntad de Dios —dijo la señora Doyle tajantemente, ofendida porque su hija no se hubiera molestado en escribir para informarles de su matrimonio—. ¿Cómo se llamaba?

—Walter Lockwood, y era un buen hombre.

—La señora Lockwood —dijo su abuela pensativamente. Saltaba a la vista que le gustaba cómo sonaba el nombre.

—Nos conocimos en misa —prosiguió Bridie con énfasis, y experimentó el súbito bienestar de la aceptación al mencionar a la Iglesia—. Me cortejó después de misa cada domingo y nos fuimos encariñando. Solo estuvimos siete meses casados, pero en esos siete meses puedo decir de todo corazón que fui más feliz que nunca. Tengo mucho por lo que dar gracias. Aunque mi pena es profunda, estoy en situación de compartir mi buena fortuna con mi familia. Mi marido me dejó con el corazón destrozado, pero me hizo muy rica.

—No hay nada más importante que la fe, Bridie Doyle —repuso la anciana señora Nagle, persignándose de nuevo—. Pero soy lo bastante vieja para acordarme de la Gran Hambruna. El dinero no puede comprar la felicidad, pero, desde luego, puede salvarnos del hambre y las penurias y ayudarnos a sobrellevar nuestras penas, si Dios quiere. —Sus ojos arrugados y viejos, tan pequeños como uvas pasas, brillaron en la penumbra de la habitación—. El camino hacia el pecado está empedrado con oro. Pero dime, Bridie, ¿de cuánto estamos hablando?

—Una cruz en esta vida, una corona en la otra —sentenció la señora Doyle con gravedad—. Dios ha tenido a bien ayudarnos en estos tiempos tan duros, y por eso nuestros corazones han de colmarse de gratitud —añadió, olvidándose de repente del vergonzoso vestido azul de su hija y de que no les hubiera escrito para notificarles su matrimonio—. Que Dios te bendiga, Bridie. Cambiaré la tabla de lavar por un rodillo y daré gracias al Señor por su bondad. Ahora, a misa. No olvidemos que tu hermano Michael está en la abadía de Melleray, Bridie. Vamos a rezar otra novena a san Judas para que se salve de la bebida y vuelva con nosotros sobrio y arrepentido. Sean, apresúrate, no sea que lleguemos tarde.

Bridie se sentó en el carro con su elegante abrigo verde con reborde de piel junto a su madre y su abuela, envueltas en gruesos chales de lana, y la pobre Rosetta, que casi se caía por la parte de atrás, pues el carro no estaba hecho para transportar a tantos pasajeros. Sean ocupó el pescante, vestido de domingo, y arreó al burro, que avanzó penosamente hasta que llegaron a la loma. Entonces Bridie, Rosetta y Sean desmontaron para aligerar la carga del animal y siguieron a pie. El viento frío y juguetón que soplaba del mar intentaba arrancarle el sombrero a Bridie para llevárselo. Ella se lo sujetó con firmeza, consternada al ver cómo se hundían en el barro sus finas botas de piel. Decidió comprarle un coche a su hermano para que fuera a misa, aunque sabía que su abuela pondría objeciones; sin duda juzgaría que eso era *éirí in airde*, «darse aires de grandeza». Mientras ella estuviera viva, su familia no haría ostentación de riqueza.

El padre Quinn se había enterado del regreso triunfal de Bridie a Ballinakelly y miró con avidez su lujoso abrigo y su sombrero y el suave cuero de sus guantes, comprendiendo que sin duda haría generosas donaciones a la iglesia. A fin de cuentas, en Ballinakelly no había familia más devota que los Doyle. Resolvió dedicar el sermón de ese día a la caridad y sonrió con afecto a Bridie Doyle.

Bridie recorrió el pasillo con la cabeza bien alta y los hombros erguidos. Sentía todas las miradas fijas en ella y sabía lo que estaban pensando. ¡Qué lejos había llegado aquella niña harapienta y descalza, a la que antaño daban terror las visiones infernales del padre Quinn, sus violentos sermones y su costumbre de criticar a los feligreses señalándolos con el dedo! Pensó en Kitty Deverill, con sus bonitos vestidos y sus cintas de seda en el pelo, y en aquella necia de Celia Deverill, que le había preguntado cómo sobrevivía en invierno sin zapatos, y en las niñas de la escuela, que la llamaron gitana por ponerse los zapatos de baile que le regaló lady Deverill al morir su padre, y a la semilla del resentimiento que había arraigado en su corazón le salió otro brote que contribuyó a sofocar un poco más la ternura que aún albergaba. Su inmensa riqueza le infundía un sentimiento de poder embriagador. *Nadie se atreverá a llamarme gitana nunca más*, se dijo al tomar asiento junto a su hermano, *porque ahora soy una dama y les impongo respeto.*

Al acabar la misa, cuando estaba encendiendo una vela, la asaltó una idea osada pero brillante. Si Kitty no le permitía ver a su hijo, se lo llevaría sin más. No sería un robo porque no podía robarse lo que ya era de uno. Ella era su madre; era justo y natural que el niño viviera con ella. Se lo llevaría a Estados Unidos y empezaría una nueva vida. Era tan evidente que no se explicaba por qué no se le había ocurrido antes. Sonrió al apagar la llamita de la cerilla. Naturalmente, la inspiración procedía directamente de Dios. Le había llegado en el instante mismo de encender la vela por su hijo. No era una coincidencia. Era, sin duda, un designio divino. Se santiguó en silencio y dio gracias al Señor por su compasión.

Fuera, los vecinos del pueblo se habían reunido como siempre sobre la hierba húmeda para saludarse y chismorrear. Hoy, sin embargo, formaban un semicírculo, como un tímido rebaño de vacas, con la vista fija en la puerta de la iglesia, aguardando que aquella Bridie Doyle extravagantemente vestida saliera por ella ataviada con sus nuevas galas. No hablaban de otra cosa. «Dicen que se casó con un viejo ricachón», murmuraban. «Pero él murió, Dios lo tenga en su gloria, y le dejó una fortuna.» «Tenía ochenta años.» «Noventa, ¡qué vergüenza!» «Siempre se dio muchos aires, ¿verdad que sí?» «Uy, uy, uy, ahora querrá buscarse otro marido, Dios nos asista.» «Pero ninguno de nuestros hijos le parecerá suficiente.» Los ancianos se persignaban y no veían virtud alguna en su prosperidad, pues ¿acaso no estaba escrito en el evangelio de Mateo que es más fácil que un camello pase por el ojo de una aguja que que un rico entre en el Reino de los Cielos? Los jóvenes, en cambio, sentían envidia y admiración en igual medida y ansiaban con todas sus fuerzas zarpar hacia ese país preñado de oportunidades y abundancia para hacerse ricos ellos también.

Cuando salió de la iglesia, Bridie se sobresaltó al ver a la gente de Ballinakelly congregada ante ella, esperando para verla como si fuera una reina. Se hizo el silencio y nadie hizo intento de aproximarse a ella. Se limitaron a mirarla y a mascullar entre sí en voz baja. Bridie recorrió con la mirada las caras de aquellas personas a las que conocía desde niña y descubrió en ellas una extraña timidez. Turbada por un instante, miró a su alrededor en busca de un amigo. Fue entonces cuando vio a Jack O'Leary.

Se abría paso entre el gentío, sonriéndole con aire tranquilizador. El cabello castaño oscuro le caía sobre la frente, como siempre, y sus ojos azules claros brillaban con una chispa de humor. Esbozó una sonrisa cómplice y a Bridie le dio un vuelco el corazón. Se retrotrajo de pronto a los tiempos en que eran amigos.

—¡Jack! —exclamó cuando él llegó a su lado.

La tomó del brazo y la condujo por el cementerio, hasta un lugar alejado de la gente, donde pudieran hablar a solas.

—Vaya, qué buen aspecto tienes, Bridie Doyle —dijo meneando la cabeza y frotándose la mandíbula cubierta por un asomo de barba—. ¡Estás hecha toda una dama!

Su admiración llenó a Bridie de contento.

—*Soy* una dama, para que lo sepas —contestó, y Jack notó cómo se había suavizado su acento irlandés en Estados Unidos—. Soy viuda. Mi marido murió —añadió, y se santiguó—. Que Dios lo tenga en su gloria.

—Lo lamento, Bridie. A tu edad, no deberías estar llorando la muerte de tu marido. —Echó una ojeada a su abrigo—. La verdad es que estás fantástica —añadió, y cuando sonrió Bridie notó que le faltaba un diente.

Parecía avejentado, además. Las arrugas que rodeaban sus ojos y su boca se habían hecho más hondas, tenía la piel morena y curtida por la intemperie y su mirada profunda parecía repleta de sombras. Aunque su sonrisa no había perdido su lustre, Bridie tuvo la impresión de que había sufrido mucho. Ya no era el joven despreocupado y de mirada arrogante que había sido antaño, con su halcón posado en el brazo y su perro siguiéndolo a todas partes. Ahora tenía algo de conmovedor, y Bridie sintió el impulso de acercar la mano y acariciar su frente.

—¿Has vuelto para quedarte? —preguntó él.

—No lo sé, Jack. —Se volvió hacia el viento y se llevó la mano a la cabeza para sujetarse el sombrero. Intentando refrenar su creciente sentimiento de extrañeza, añadió—: Ya no sé dónde está mi sitio. Volví esperando que todo fuera igual que antes, pero soy yo quien ha cambiado, y eso hace que todo sea distinto. —Consciente de pronto de que parecía vulnerable, se volvió hacia él y endureció la voz—. Ya no puedo vivir como vivía antes. Me he acostumbrado a cosas más refinadas, ¿comprendes?

Jack enarcó una ceja y Bridie lamentó haberse dado importancia delante de él. Si había un hombre que la conocía tal y como era, ese era Jack.

—¿Tú te has casado? —preguntó.

—No —contestó Jack, y siguió un largo silencio. Un silencio en el que resonó el nombre de Kitty Deverill, como si el viento lo susurrara al pasar, dejándolo suspendido entre ellos—. Bien, espero que te vaya todo bien, Bridie. Me alegra verte otra vez en casa —añadió.

Bridie fue incapaz de corresponder a su sonrisa. El odio que sentía por su antigua amiga envolvía su corazón con una maraña de espinas. Vio alejarse a Jack con ese paso gallardo que tan bien conocía y que había amado tan profundamente. Era evidente que, después de tantos años, seguía enamorado de Kitty Deverill.

2

Londres

—¡Santo Dios! —Sir Digby Deverill colgó el teléfono y sacudió la cabeza—. ¡Que me aspen! —exclamó mirando fijamente el teléfono como si no pudiera creer lo que acababa de oír.

Se levantó con esfuerzo del sillón de piel y se acercó a la bandeja de las bebidas para servirse un whisky de uno de los decantadores de cristal. Sosteniendo el vaso entre sus dedos impecables y enjoyados, miró por la ventana de su despacho. Oía el traqueteo de un coche avanzando entre la hojarasca de Kensington Palace Gardens, esa calle cerrada y exclusiva flanqueada por mansiones italianizantes y de estilo Reina Ana construidas por millonarios que, como él, habían hecho fortuna en las minas de oro de Witwatersrand, de ahí que se los conociera como *randlords*. Vivía allí, en Deverill House, rodeado por un suntuoso esplendor, entre las casas de su colega el *randlord* sir Abe Bailey y del financiero Lionel Rothschild.

Bebió un trago e hizo una mueca al sentir la quemazón del alcohol en la garganta. Al instante se sintió reanimado. Dejó el vaso y se sacó del bolsillito del chaleco el reloj de oro con leontina. Lo abrió hábilmente. La esfera reluciente le informó de que eran las once menos cuarto. Salió al vestíbulo, donde un mayordomo de librea púrpura y dorada estaba hablando con un lacayo. Al verlo, el lacayo se escabulló discretamente y el mayordomo se puso firme, a la espera de recibir órdenes de su señor. Digby titubeó al pie de la majestuosa escalera.

Oía risas procedentes del salón de arriba. Al parecer, su esposa tenía invitados. No era ninguna sorpresa: su esposa siempre tenía invitados. La opulenta, generosa y extravagante Beatrice Deverill era la anfitriona más activa de Londres. Pero, en fin, qué se le iba a hacer: Digby no podía guardarse la noticia ni un segundo más. Subió los peldaños de dos en dos, a toda prisa, dejando ver sus polainas blancas bajo los pantalones de cuadros impecablemente planchados. Confiaba en poder estar un minuto a solas con su esposa.

Al llegar a la puerta, descubrió con alivio que las únicas invitadas eran Maud, la esposa de su primo Bertie, que estaba remilgadamente sentada en el borde del sofá, con su cabello rubio cortado en una severa media melena que acentuaba el contorno cincelado de sus pómulos y el azul glacial de sus bellísimos ojos; Victoria, la hija mayor de Maud, que había adquirido cierto porte al convertirse en condesa de Elmrod; y Augusta, la madre de Digby, que presidía la reunión como una reina entrada en carnes, ataviada con un vestido negro victoriano cuyos volantes se encrespaban alrededor de su papada y un gran sombrero adornado con plumas.

Cuando entró, las cuatro mujeres lo miraron con sorpresa. Era poco común que Digby hiciera acto de presencia durante el día. Estaba casi siempre en su club privado, el White's, o encerrado en su despacho hablando por teléfono con sus banqueros, o con el señor Newcomb, que entrenaba sus purasangres en Newmarket, o conversando sobre diamantes con sus camaradas de Sudáfrica.

—¿Qué ocurre, Digby? —preguntó Beatrice, advirtiendo de inmediato el rubor de las mejillas de su marido, el temblor de su bigote y su juguetear nervioso con el gran anillo de diamantes que brillaba en el dedo meñique de su mano derecha.

Digby seguía siendo un hombre guapo, de lustroso cabello rubio, frente despejada y ojos brillantes e inteligentes, que ahora reflejaban cierta perplejidad.

Se recompuso, acordándose de pronto de sus buenos modales.

—Buenos días, mi querida Maud, Victoria, mamá. —Compuso una sonrisa forzada y se inclinó ante ellas, pero no pudo disimular su impaciencia por hacerles partícipes de las noticias que traía.

—Déjate de ceremonias, Digby. ¿Qué ocurre? —preguntó Augusta en tono estridente.

—Sí, primo Digby, nos morimos de curiosidad —añadió Victoria mirando a su madre.

Maud observaba a Digby con expectación. Nada le gustaba más que enterarse de dramas ajenos que le reportaban un satisfactorio sentimiento de superioridad.

—Se trata del castillo de Deverill —dijo él por fin, mirando directamente a Maud, que se sonrojó—. Veréis, acaba de telefonearme Bertie.

—¿Qué quería? —preguntó Maud dejando su taza.

No hablaba con Bertie, su marido, desde que este había anunciado ante la familia en pleno durante el funeral de su madre, Adeline, que el presunto huérfano al que su hija menor estaba criando como si fuera suyo era, de hecho, su hijo ilegítimo. La noticia no solo era chocante, sino que la había humillado profundamente. De hecho, Maud dudaba de que alguna vez pudiera recuperarse de ese trauma. Se había marchado a Londres sin decir palabra, prometiéndose a sí misma no volver a dirigirle la palabra. Tampoco volvería a pisar Irlanda y, por lo que a ella respectaba, el castillo podía pudrirse. Total, para lo que le había servido. De hecho, nunca le había gustado.

—Bertie ha vendido el castillo y es Celia quien lo ha comprado —anunció Digby, y sus palabras resonaron con la nitidez de un disparo.

Las cuatro mujeres lo miraron pasmadas. Se hizo un largo silencio. Victoria lanzó una mirada nerviosa a su madre, tratando de adivinar qué estaba pensando.

—Dirás que *Archie* lo ha comprado para Celia —dijo Augusta, sonriendo entre los pliegues de su papada, que se desbordaba sobre los volantes del vestido—. Qué marido tan devoto ha resultado ser.

—¿Es que se ha vuelto loco? —exclamó Beatrice—. ¿Qué narices va a hacer Celia con un castillo en ruinas?

—¿Reconstruirlo? —sugirió Victoria con una sonrisita satisfecha.

Beatrice la miró, irritada.

Maud se llevó los finos dedos a la garganta y se pellizcó la piel, que quedó enrojecida a trozos. Vender el castillo estaba muy bien. A fin de cuentas, aquel montón de ruinas y sus tierras aledañas, cada vez más reducidas, no les reportaban ningún prestigio, pero Maud no había previsto que lo comprara un Deverill. No, era demasiado inquietante que quedara dentro de la familia. Hubiera sido mucho mejor que lo comprara algún arribista norteamericano con más dinero que sentido común, se dijo. Era de lo más sorprendente y vejatorio que fuera a parar a manos de un miembro de la familia, ¡y de esa boba de Celia, nada menos, tan frívola y caprichosa! Si el castillo tenía que permanecer en el seno de la familia, lo lógico era que su dueño fuera su hijo Harry, a quien le correspondía por derecho sucesorio. ¿Y a qué venía tanto secreto? Celia había actuado con la astucia y el sigilo de un ladrón. ¿Por qué? Para humillarla a ella y humillar a su familia, por eso. Maud entornó sus gélidos ojos azules y se preguntó cómo era posible que, con sus dotes de observación, no hubiera notado que aquella cabeza de chorlito estaba tramando una traición.

—Son unos imprudentes —comentó Digby—. Ese sitio será su ruina. Es el típico proyecto que se hace por vanidad y que no hace más que engullir dinero sin dar nada a cambio. Ojalá me lo hubieran consultado primero.

Entró en la habitación y se situó delante del fuego, enganchando los pulgares en los bolsillos del chaleco y apoyándose en los tacones de sus lustrosos zapatos de cuero calado.

—Por lo menos va a quedar dentro de la familia —comentó Victoria.

A ella, de todos modos, le daba lo mismo. Nunca le había gustado la fría y húmeda Irlanda y, aunque su matrimonio era igual de gélido, por lo menos era la condesa de Elmrod, vivía en Broadmere, Kent, y tenía una casa señorial en Londres con las habitaciones siempre caldeadas y un sistema de fontanería que funcionaba a su entera satisfacción. Le dieron ganas de decirle en voz baja a su madre que al menos Kitty no había logrado comprar el castillo. Eso sí que habría sido un varapalo para Maud. Y ella también se habría llevado un disgusto. A pesar de su riqueza y su posición social, en el fondo seguía teniendo celos de su hermana menor.

Augusta fijó en Maud una mirada imperiosa y aspiró ruidosamente por la nariz, lo que indicaba que se disponía a dar rienda suelta a su ponzoñosa soberbia. La madre de Digby no era aún tan anciana que no alcanzara a intuir las palabras tácitas que se escondían tras la bella pero viperina boca de Maud.

—¿Y a ti qué te parece, querida mía? Imagino que ha de ser chocante descubrir que la finca va a pasar a manos de los Deverill de Londres. Yo, personalmente, me alegro de que Celia vaya a rescatar el tesoro de la familia, porque todos estaremos de acuerdo en que el castillo de Deverill es la verdadera joya de la familia.

—Oh, sí, «el castillo de un Deverill es su reino» —dijo Digby, citando el lema del linaje, que llevaba grabado a fuego en el corazón.

—Deverill Rising no es nada comparado con el castillo —prosiguió Augusta en referencia a la finca de Digby en Wiltshire—. No entiendo por qué no lo has comprado tú, Digby. Ese dinero es calderilla para ti.

Digby sacó pecho dándose importancia y osciló de nuevo sobre sus talones. Su madre estaba en lo cierto: podría haber comprado diez castillos como aquel. Pero, a pesar de su extravagancia y su gusto por el lujo, era un hombre prudente y pragmático.

—No ha sido haciendo locuras como he amasado mi fortuna, madre —replicó—. Tu generación aún recuerda los tiempos en que los británicos dominaban Irlanda y los angloirlandeses vivían como reyes, pero esos tiempos pasaron hace mucho, como nosotros sabemos muy bien. El castillo empezó a caerse a pedazos mucho antes de que los rebeldes lo quemaran hasta los cimientos. Sería tan absurdo como intentar resucitar algo que está muerto y bien muerto. El futuro está aquí, en Inglaterra. Irlanda está acabada, como descubrirá pronto Celia a su pesar. El lema de la familia no solo se refiere a ladrillos y mortero, sino al temperamento de los Deverill, que yo llevo en el alma. Ese es mi castillo.

Maud resopló con las fosas nasales dilatadas y levantó su delicado mentón en un gesto de entereza cargado de autocompasión.

—Debo admitir —dijo con un suspiro— que esto es un mazazo. Otro mazazo. Como si no hubiera sufrido ya bastantes. —Se alisó el cabello rubio con una mano trémula—. Primero, mi hija pequeña me avergüenza al empeñarse en traer a Londres a un niño ilegítimo y luego mi marido anuncia públicamente que es hijo suyo. Y, por si no bastara con eso para humillarme, luego decide vender la herencia de nuestro hijo…

Augusta y Beatrice cambiaron una mirada. Era muy típico de Maud no reconocer que, si Bertie había accedido al fin a desembarazarse del castillo, había sido por su insistencia.

—Y ahora —añadió— el castillo va a ser de Celia. No sé qué decir. Debería alegrarme por ella. Pero no puedo. El pobre Harry se llevará un tremendo disgusto cuando sepa que su prima le ha quitado su casa delante de sus propias narices. En cuanto a mí, es otra cruz con la que tendré que cargar.

—Mamá, papá ya había decidido venderlo, así que no podía ser de Harry —respondió Victoria suavemente—. Y la verdad es que no creo que a Harry vaya a importarle. Celia y él son prácticamente insepara-bles, y ha dejado muy claro que no quería tener nada que ver con ese sitio.

Maud sacudió la cabeza y sonrió con estudiada paciencia.

—Querida mía, tú no lo entiendes. De haber ido a parar a otra persona, a cualquier otra persona, no me habría importado lo más mí-nimo. El problema es que ha ido a parar a un Deverill.

Beatrice saltó en defensa de su hija.

—Bien, eso ya no tiene remedio, ¿no? Celia devolverá al castillo su antiguo esplendor y disfrutaremos todos de largos veranos allí, igual que antes de la guerra. Estoy segura de que Archie sabe lo que se hace, cariño —le dijo a Digby—. A fin de cuentas, es su dinero. ¿Quiénes somos nosotros para decirle cómo ha de gastarlo?

Digby levantó una ceja con gesto escéptico, pues podía alegarse que el dinero no era de Archie Mayberry, sino suyo. Ningún otro miem-bro de la familia sabía cuánto dinero había pagado a Archie para que readmitiera a Celia después de que lo dejara plantado en su banquete de boda y se escapara a Escocia con el padrino. Al hacerlo, Digby había salvado a la familia Mayberry de la bancarrota y, de paso, el porvenir de su hija.

—De esto no saldrá nada bueno —insistió con aire fatalista—. Celia es muy caprichosa. Le gustan el drama y la aventura. —De eso no tenía que convencer a la concurrencia—. Se cansará de Irlanda en cuanto acaben las obras. Añorará las emociones de Londres. Se aburrirá de Ballinakelly. Acordaos de lo que os digo: en cuanto la gente deje de hablar de su audacia, se irá en busca de otra cosa con la que entretenerse, el pobre Archie tendrá que cargar con el castillo y probablemente tendrá la cuenta del banco vacía…

—¡Bobadas! —terció Augusta con voz retumbante, interrumpiendo el discurso de su hijo como un cañonazo—. Levantará el castillo de sus cenizas y restaurará el buen nombre de la familia. Solo espero vivir lo suficiente para verlo. —Exhaló un suspiro quejumbroso—. Aunque, a este paso, no me hago muchas ilusiones.

Beatrice puso los ojos en blanco con cara de fastidio. No había nada que a su suegra le gustara más que hablar de su muerte, siempre inminente. A veces le daban ganas de que la Dama de la Guadaña le diera un buen susto.

—Tú nos sobrevivirás a todos, Augusta —dijo con forzada paciencia.

Victoria miró el reloj de la repisa de la chimenea.

—Creo que es hora de que nos vayamos —dijo, levantándose—. Mamá y yo tenemos que ver una casa en Chester Square esta tarde —anunció alegremente—. Eso te animará, madre.

Maud se levantó del sofá.

—Bien, necesitaré un sitio donde vivir ahora que hemos perdido el castillo —contestó dedicándole a su hija mayor una sonrisa de gratitud—. Por lo menos te tengo a ti, Victoria, y a Harry. Los demás miembros de mi familia parecen empeñados en hacerme daño. Me temo que esta noche no vendré a tu velada, Beatrice. No creo que tenga fuerzas. —Meneó la cabeza como si todo el peso del mundo descansara sobre sus hombros—. Que todo Londres hable de mí a mis espaldas es otra cruz que tengo que soportar.

Recostado en la almohada, Harry Deverill expelió una bocanada de humo del cigarrillo que estaba fumando. La sábana tapaba sus caderas desnudas, pero su abdomen y su pecho quedaban al descubierto, expuestos a la brisa que entraba por la ventana abierta del dormitorio. Hacer el amor con su esposa, Charlotte, era un deber repugnante que soportaba únicamente gracias a que podía pasar algunas mañanas con Boysie Bancroft en este discreto hotel del Soho, que frecuentaban sin que nadie se interesara por el motivo de sus visitas. Formando una O con los labios, expelió un anillo de humo. De no ser por Boysie, no creía que fuera capaz de sobrellevar una mentira tan despreciable. De no ser por él, su vida no tendría sentido, porque su empleo vendiendo bonos en la City tampoco le reportaba ninguna satisfacción. Sin Boysie, sería absurdo vivir.

—Mi querido amigo, ¿piensas pasarte todo el día en la cama? —preguntó Boysie al salir del cuarto de baño.

Se había puesto los calzoncillos y se estaba abotonando la chaqueta. El cabello castaño le caía sobre la frente en un flequillo espeso y desordenado, y en su boca de labios petulantes se dibujaba una sonrisa.

Harry gruñó.

—Hoy no voy a ir a trabajar. Me aburro espantosamente en el trabajo. No puedo soportarlo. Además, no quiero que se acabe la mañana.

—Pues yo sí —contestó Boysie, recorriendo con los ojos la larga cicatriz sonrosada del hombro de Harry, donde había recibido un disparo durante la guerra—. He quedado para comer en Claridge's con mi madre y la tía Emily. Luego pienso pasarme por el White's para ver con quién me encuentro. Y quizás esta noche me deje caer por el delicioso «salón» de tu prima Beatrice. El martes pasado estuvo muy animado. Asistió el elenco de *No, no, Nanette* al completo. Todas esas coristas parloteando como preciosos loros… Fue la monda, como diría Celia. Yo diría que tu primo Digby echa una canita al aire de vez en cuando, ¿no crees?

—No dudo de que tenga una amante en cada rincón de Londres, pero no se le puede acusar de no ser un marido devoto. —Harry suspiró con fastidio y se incorporó—. Ojalá pudiera ir a comer contigo y con tu madre, pero le prometí a Charlotte que la llevaría a comer al Ritz. Es su cumpleaños.

—Siempre puedes traerla a Claridge's. Así podríamos echarnos miraditas desde nuestras respectivas mesas y quizá pasar un rato a solas en el aseo de caballeros. No hay nada más emocionante que el engaño.

Harry sonrió, más animado.

—Eres malvado, Boysie.

—Pero por eso me quieres. —Se inclinó y le dio un beso—. Y tú eres demasiado guapo, más de lo que te conviene.

—Te veo esta noche en casa de la prima Beatrice, entonces.

Boysie suspiró y miró intensamente a Harry.

—¿Te acuerdas de la primera vez que te besé? ¿Esa noche, en casa de Beatrice?

—Nunca lo olvidaré —contestó Harry muy serio.

—Yo tampoco. —Volvió a besarlo—. Hasta esta noche, muchacho.

Harry regresó a casa atravesando St. James's Park. Había una luz mortecina: el sol radiante del verano había hecho las maletas y se había ido a brillar a regiones más australes. Las nubes se acumulaban, grises y cargadas de lluvia, y el viento alborotaba las hojas marrones de los árboles y las hacía caer al suelo. Harry se caló bien el sombrero y metió las manos en los bolsillos de los pantalones. Pronto empezaría a lloviznar y no se había molestado en ponerse un abrigo. No parecía que fuera a llover cuando salió, esa mañana.

Al llegar a su casa en Belgravia, Charlotte estaba esperándolo en el vestíbulo. Parecía alterada. Harry sintió una punzada de angustia al pensar que tal vez lo hubieran descubierto, pero cuando entró su esposa pareció alegrarse tanto de verlo que enseguida se dio cuenta de que no sospechaba nada.

—¡Menos mal que has vuelto, cariño! Telefoneé a la oficina, pero me dijeron que no ibas a ir.

Harry esquivó su mirada con nerviosismo y esperó a que le preguntara dónde había estado. Pero, mientras le entregaba el sombrero al mayordomo, Charlotte lo agarró del brazo.

—¡Tengo noticias! —balbució.

—¿De veras? Pues no me tengas en ascuas.

—Es sobre el castillo. ¡Sé quién lo ha comprado!

—¿Sí?

Harry la siguió al cuarto de estar.

—No te lo vas a creer.

—¡Dímelo de una vez!

—¡Celia!

Harry se quedó mirándola.

—Será una broma.

—No, lo digo completamente en serio. Lo ha comprado tu prima Celia.

—¡Santo cielo! ¿Quién te lo ha dicho?

—Tu padre llamó hará una hora. No sabía dónde encontrarte. Estaba deseando decírtelo. No estás enfadado, ¿verdad? Tú sabes que yo te adoro con o sin castillo y, además, ¿quién quiere vivir en Irlanda?

—Mi queridísima Charlotte, no estoy enfadado. Solo me sorprende que Celia no me lo haya dicho.

—Estoy segura de que iba a decírtelo. Bertie dice que ha ido a ver a Kitty. Supongo que quería decírselo primero a ella. Ya sabes lo unidas que están.

Harry se dejó caer en un sillón, apoyó los codos en las rodillas y entrelazó los dedos.

—Vaya, quién lo hubiera imaginado, ¿verdad? Archie debe de estar loco.

—¡Loco de amor! —exclamó Charlotte.

—Costará una fortuna reconstruirlo.

—Pero Archie es fabulosamente rico, ¿no? —dijo ella, sin saber que la fortuna de Archie procedía de Digby.

—Nunca has visto el castillo de Deverill. Es gigantesco.

Harry sintió un dolor repentino e inesperado en lo hondo del pecho, como si se le hubiera rajado el corazón y de él estuvieran manando recuerdos de los que ni siquiera era consciente.

—¿Te encuentras bien, querido? Estás muy colorado. —Se agachó junto al sillón—. Te has disgustado, lo noto. Pero es lógico. El castillo de Deverill era tu hogar y tu herencia. Pero ¿verdad que es mejor que se lo haya quedado alguien de la familia? Así no se perderá. Podrás ir a visitarlo.

—*Castellum Deverilli est suum regnum* —dijo él.

—¿Qué, cariño? ¿Eso es latín?

Él la miró fijamente, sintiéndose como un niño pequeño a punto de llorar.

—El lema de la familia. Estaba grabado sobre la puerta principal, antes del incendio, quiero decir. No creía que me importara —añadió quedamente—. No quiero vivir en Irlanda, pero, Dios santo, creo que sí me importa. Creo que me importa muchísimo. Generaciones y generaciones de mi familia han vivido allí. Una tras otra, sin interrupción. —Sacudió la cabeza con un suspiro—. Papá no habla de ello, pero yo sé que venderlo ha sido enormemente doloroso para él. Se nota por la cantidad de alcohol que consume. La gente feliz no malgasta su vida con la bebida. Esto rompe el linaje familiar que se inició cuando Barton Deverill recibió el señorío de esas tierras en 1662. —Se miró las manos—. Yo soy el eslabón roto.

—Pero, cariño, no lo has roto tú, lo ha roto tu padre —le recordó su esposa—. Y no fue culpa suya que los rebeldes quemaran el castillo.

—Sé que tienes razón. Pero aun así me siento culpable. Quizá debería haber hecho algo más.

—¿Y qué podías hacer tú? Ni siquiera con mi dinero habríamos podido comprarlo. Tienes que dejárselo a Celia y dar gracias porque vaya a quedarse en la familia. Estoy segura de que a Barton Deverill le gustaría que su castillo siguiera en manos de un Deverill.

—Celia hará todo lo posible por reconstruirlo, pero ya nunca será igual.

Su mujer estaba siendo muy amable, pero su ternura le repelía. Deseaba poder compartir su dolor con el hombre al que amaba.

Charlotte le acarició la mejilla con dulzura.

—Hará todo lo que esté en su mano para que vuelva a ser precioso, estoy segura —dijo en tono tranquilizador—. Y algún día tú serás lord Deverill. Dame un hijo varón, amor mío, y no se romperá el linaje. —Lo miró con cariño, ajena al hecho de que la idea de engendrar un hijo le revolvía el estómago—. A fin de cuentas, solo es una casa.

Harry la miró, ceñudo. Charlotte era su esposa y, sin embargo, nunca le entendería. ¿Cómo iba a entenderle?

—No, mi querida Charlotte —dijo, y sonrió melancólicamente—. Es mucho más que eso.

Kitty regresó con Celia al pabellón de caza, que estaba a un corto trecho del castillo, llevando a su caballo de las riendas. Sentía muy poco afecto por aquella casona austera y fea que antaño había sido su hogar. Era oscura y desangelada, con ventanas estrechas y gabletes que apuntaban agresivamente al cielo, como lanzas. Aunque el entorno era bonito, pues se alzaba junto al río, el agua parecía traspasar los muros de la casa e impregnar todo el edificio de una humedad perenne. A diferencia de lo que le sucedía con el castillo, del pabellón de caza no guardaba buenos recuerdos. Aún podía sentir la agria presencia de su institutriz escocesa en el ala reservada a los niños, y el rastro de anhelos frustrados que parecía empapar las sombras igual que la humedad. Para Kitty, la felicidad surgía de manera natural en los jardines, los invernaderos, los pastos y las colinas y, cómo no, en el castillo, que siempre había ocupado un lugar central en su dicha.

Llevó su caballo a los establos, donde el mozo le dio agua y heno. Entretanto, Celia charlaba animadamente acerca de sus planes para reconstruir el castillo.

—Vamos a poner cañerías y electricidad como Dios manda. No escatimaremos gastos. Pero, sobre todo, va a ser muchísimo más cómodo que antes —dijo agarrando a su prima del brazo mientras se dirigían a la casa—. Y más bonito aún de lo que era. Voy a contratar al mejor arquitecto de Londres y a levantar ese fénix de sus cenizas. ¡Es tan emocionante que casi no puedo respirar!

Encontraron a Bertie, el padre de Kitty, y a Archie, el marido de Celia, en el salón bebiendo jerez con la amiga y examante de Bertie, lady Rowan-Hampton. Un fuego de turba ardía débilmente en la chimenea, sin dar apenas calor y echando tanto humo que casi no se veían las caras.

—¡Ah, Kitty! ¡Qué sorpresa tan agradable! —exclamó Archie y, levantándose, le dio un beso cariñoso—. Supongo que Celia te ha dado la buena noticia.

—Sí, me la ha dado. Todavía estoy intentando hacerme a la idea.

El entusiasmo de Archie la ofendió en cierto modo y tuvo que hacer un ímprobo esfuerzo por sonreír. Era, en realidad, una noticia devastadora.

—Hola, papá. Hola, Grace.

Al inclinarse para besar a su amiga Grace Rowan-Hampton, pensó en el milagroso poder curativo del tiempo. Años atrás había despreciado a Grace por mantener una relación extramatrimonial con su padre. Ahora, en cambio, le estaba sumamente agradecida por la lealtad que demostraba para con su examante, que parecía más hinchado que nunca por la bebida. No creía que a su padre le quedaran muchos amigos, aparte de Grace. De joven, Bertie Deverill había sido el hombre más apuesto de West Cork. Ahora era una sombra de sí mismo, aniquilado como estaba por el whisky, por la desilusión y por la insidiosa lucidez de sus propios fracasos. Aunque había reconocido oficialmente al Pequeño Jack, el niño le recordaba constantemente un vergonzoso momento de flaqueza.

—Mi querida Kitty, ¿te quedas a comer? —preguntó Bertie—. Tenemos que celebrar a lo grande que Celia y Archie han comprado el castillo.

Kitty pensó en el Pequeño Jack y se le encogió el estómago de ansiedad. Reprimió sus temores, sin embargo, y se quitó el sombrero. A fin de cuentas, la señorita Elsie había prometido no perderlo de vista.

—Me encantaría —contestó sentándose junto a Grace.

Grace Rowan-Hampton estaba tan radiante como una ciruela dorada y madura. Pese a tener casi cincuenta años, en su cabello castaño claro solo asomaba alguna que otra cana y sus ojos de color melaza tenían, como de costumbre, una mirada alerta, vivaz y llena de caluroso afecto. Kitty la observó atentamente y llegó a la conclusión de que la clave de su belleza estribaba en la rotundidad de sus carnes y en su cutis perfecto: la lluvia suave y el sol tibio de que había disfrutado toda la vida habían tratado amablemente su rostro.

—Celia y Archie nos han dado una sorpresa a todos —comentó con una sonrisa—. Hemos estado muertos de curiosidad estas últimas semanas, y ahora ya sabemos que estamos de enhorabuena. Los Deverill no han perdido el castillo; a fin de cuentas, lo han reconquistado. La verdad, Bertie, no soportaba pensar que se lo vendieras a alguien que ignorara por completo su historia.

—Es lo que yo le dije a Archie —dijo Celia, tomando de la mano a su marido—. Le dije que lo lamentaría el resto de mi vida si el castillo caía en manos de un extraño. Me encanta su historia. Todo eso sobre Enrique VIII o quien fuera. ¡Es tan romántico!

Kitty hizo una mueca. Nadie que de verdad se sintiera vinculado al castillo tendría tan poca idea de su pasado.

—Y yo llegué a la conclusión de que la felicidad de mi esposa era lo más importante del mundo. Confiábamos en que también le hiciera feliz a usted, lord Deverill.

Bertie asintió pensativamente, aunque Kitty no creía que su padre tuviera mucho que decir. Sus ojos legañosos tenían una expresión ausente, la mirada de un hombre al que pocas cosas le importan en esta vida, fuera del contenido de una botella.

—Y además Celia va a tener un bebé —dijo Kitty cambiando de tema.

—Sí, por si no teníamos suficientes cosas que celebrar —repuso Celia con una sonrisa radiante, y, posándose la mano en el vientre, miró a su marido—. Estamos muy, muy contentos.

—¡Un bebé! —exclamó Grace—. ¡Qué emocionante! ¡Tenemos que brindar por eso!

—¿Verdad que es maravilloso? Es todo perfecto —dijo Celia cuando elevaron sus copas en un brindis.

La tarde declinaba cuando Kitty atravesó a caballo las colinas, con destino a la casa de Jack O'Leary. El sol poniente dejaba un rastro de oro fundido en las olas mientras el océano se oscurecía bajo el pálido cielo otoñal. Kitty se había pasado un momento por casa para ver al Pequeño Jack, al que había encontrado jugando alegremente con su niñera en el cuarto de los niños. Al ver que su marido, Robert, estaba trabajando en su despacho, se había sentido aliviada. No le gustaba que lo molestaran cuando estaba escribiendo, y para ella era una suerte poder escaparse sin dar explicaciones. Más tarde le contaría lo de Celia y lo del castillo. Se marchó satisfecha de la Casa Blanca, pensando que el Pequeño Jack estaba a salvo con Robert y la señorita Elsie.

En sus prisas por reunirse con su amante había olvidado el sombrero, y ahora su larga melena roja se agitaba tras ella, alborotándose al viento que soplaba del mar. Cuando por fin llegó a la casita encalada, desmontó a toda prisa y se lanzó a la puerta.

—¡Jack! —gritó al entrar, pero advirtió de inmediato que Jack no estaba allí.

La casa estaba tan silenciosa y vacía como una caracola. Vio entonces su maletín de veterinario sobre la mesa de la cocina y el corazón le dio un leve brinco, porque Jack no se habría ido a atender una urgencia sin él.

Salió corriendo de la casa y bajó por el sendero trillado que llevaba a la playa atravesando las altas hierbas y los brezos que, finalmente, daban paso a las rocas y a la arena de un amarillo suave. El fragor del mar luchaba con el bramido del temporal y Kitty se ciñó el abrigo y tembló de frío. Un momento después vio una figura al otro lado de la cala. Reconoció de inmediato a Jack; lo llamó a gritos, agitando los brazos, pero su voz se perdió entre el estrépito de las gaviotas que chillaban en los acantilados. Avanzó en contra del viento, apartándose el pelo de la cara a cada paso, inútilmente. El perro de Jack fue el primero en verla y corrió por la playa para darle la bienvenida. Kitty se animó cuando Jack la vio por fin y apretó el paso. Verlo con su viejo abrigo marrón, sus gruesas botas y su gorra de *tweed* era tan reconfortante que se echó a llorar, pero el viento recogió sus lágrimas y se las llevó antes de que se posaran sobre sus mejillas.

—¿Qué ocurre? —preguntó Jack estrechándola en sus brazos.

Su melodioso acento irlandés era como un bálsamo para su alma. Apoyó la mejilla en su abrigo y se recordó que su hogar estaba allí, entre los brazos de Jack O'Leary. Su relación adúltera había empezado con un relámpago de pasión, pero se había convertido en una forma de vida, y no por ello era menos dichosa. Era la perla de su ostra.

—Celia ha comprado el castillo de Deverill —anunció. Sintió que él apretaba su cara velluda contra su cabeza y que la estrechaba con fuerza—. Debería importarme, pero no me importa.

—Claro que te importa, Kitty —replicó él, comprensivo.

—Va a reconstruirlo y a vivir allí, y yo seré como la pariente pobre que vive en la Casa Blanca. ¿Acaso peco de ingenua?

—Has pasado por cosas peores, Kitty —le recordó él.

—Lo sé. No es más que un castillo, pero… —Bajó los hombros y Jack vio la derrota en sus ojos.

—En efecto, es solo un castillo. Pero para ti siempre ha sido mucho más, ¿verdad?

La besó en la sien y se acordó tristemente de la vez en que intentó en vano persuadirla de que abandonara el castillo y huyera con él a Estados Unidos. De haber sido solo un castillo, tal vez ahora estarían felizmente casados al otro lado del Atlántico.

—Y Bridie ha vuelto —añadió ella en tono sombrío.

—Lo sé. La vi en misa esta mañana, luciendo su ropa elegante y sus joyas. Por lo visto, encontró un marido rico en América… y lo perdió. Dicen que ha hecho una donación muy generosa a la parroquia. El padre Quinn estará encantado.

—Ha vuelto por el Pequeño Jack —dijo Kitty con el estómago encogido por el miedo—. Dice que tuvo que abandonarlo una vez y que no volverá a hacerlo.

—¿Y qué le dijiste tú?

—Que ella misma lo dejó a mi cuidado. Pero dice que fue Michael quien dejó al niño en mi puerta con esa nota. Dice que su madre es ella y que el niño tiene que estar con ella. Pero yo le he dicho al Pequeño

Jack que su madre está en el cielo y que yo le cuido y lo quiero en su lugar. No puedo decirle que ha resucitado de repente.

—No puede quedarse con el niño, Kitty. Seguramente firmó algún papel en el convento renunciando a sus derechos.

Kitty se acordó de la Bridie de antaño, de su querida amiga, y se le encogió el corazón.

—Es posible que no supiera lo que estaba firmando —dijo en voz baja.

—No sientas pena por ella —le reprochó Jack—. Le ha ido muy bien, ¿no? —La tomó de la mano y echó a andar playa arriba, hacia la casa.

—Me aterroriza que intente robármelo —confesó ella con una sonrisa tímida. Sabía lo ridículo que sonaba aquello.

Jack la miró y sonrió con cariño.

—Siempre has tenido una imaginación desbordante, Kitty Deverill. No creo que Bridie sea tan tonta como para intentar un secuestro. Llegaría a Cork, como mucho, y la Garda se le echaría encima.

—Tienes razón, claro. Soy una tonta.

Jack se detuvo y la besó.

—¿A qué ha venido eso? —preguntó ella de pronto.

—A que te quiero.

Jack sonrió dejando ver la mella de sus dientes, recuerdo de un puñetazo que le propinaron en prisión. Le puso un mechón de pelo detrás de la oreja y la besó con más ardor.

—Olvídate del castillo y de Bridie Doyle. Piensa en nosotros. Concéntrate en lo que va a pasar, no en lo que ya ha pasado. Dijiste que ya no te conformabas con esto. Y tú sabes que a mí tampoco me basta.

—No, no me conformo, pero no sé cómo resolverlo.

—¿Recuerdas que una vez te pedí que vinieras conmigo a América? Kitty sintió un picor en los ojos al recordarlo.

—Pero te detuvieron, y ni siquiera llegaste a saber que había decidido ir contigo.

Jack rodeó su cuello con las manos, bajo el cabello, y acarició su mandíbula con los pulgares.

—Podríamos intentarlo otra vez. Llevarnos al Pequeño Jack y empezar de cero. Quizá no haga falta que vayamos a América. Podríamos ir a otra parte. Comprendo que no quieras dejar Irlanda, pero ahora que Celia ha comprado el castillo va a ser muy duro para ti vivir a su lado, en la finca que antes era de tu padre.

Kitty miró sus ojos azules claros, y la triste secuencia de su historia de amor pareció cruzarlos como una bruma melancólica.

—Marchémonos a América —dijo de pronto, sorprendiendo a Jack.

—¿En serio? —preguntó él, atónito.

—Sí. Si nos vamos, hemos de irnos muy, muy lejos. A Robert le romperá el corazón. No solo perderá a su esposa, sino también al Pequeño Jack, que es como un hijo para él. Nunca me lo perdonará.

—¿Y qué hay de Irlanda?

Kitty puso sus manos sobre las manos frías de Jack y sintió que el calor de su voz, con su dulce acento irlandés, la envolvía como una estola de piel de zorro.

—Contigo me sentiré cerca de Irlanda, Jack, porque cada palabra que digas me devolverá aquí.

3

Bridie oyó la risa de Rosetta. Venía del establo. Era ligera y burbujeante como un alegre riachuelo. Al acercarse, Bridie se dio cuenta de que, a pesar de que hacía muchos meses que se conocían, nunca había oído reír a Rosetta con tanta franqueza, y sintió una punzada de celos, porque esa risa despreocupada la dejaba al margen con la misma rotundidad con que los años que había pasado en Estados Unidos la habían separado de su hogar. Era una risa que brotaba de un lugar íntimo y cálido, de un reducto que ella no podría alcanzar pese a toda su riqueza y su prestigio. Volvió a pensar en Jack O'Leary, y la chiquilla que llevaba dentro añoró aquella época inocente de su vida en que soñaba con reír, dichosa, al lado de Jack y ansiaba que la abrazara y la besara, anhelando su amor cada fibra de su ser. Kitty se lo había robado igual que le había robado después a su hijo. Con un bufido de desdén, Bridie apartó de sí aquellos sueños infantiles: ella ya no era Bridie Doyle. Endureciendo resueltamente su corazón, sofocó la ternura que quedaba en él y que solo le había traído desdicha y entró en el establo. Las risas cesaron de inmediato cuando la luz de fuera inundó el interior. La cara sorprendida de Sean asomó por detrás del almiar de heno y enrojeció. Un momento después apareció Rosetta con la mitad de los botones de la blusa desabrochados y el pelo revuelto.

—Necesito hablar contigo, Rosetta —dijo Bridie, crispada, y volviéndose a su hermano añadió—: Estoy segura de que encontrarás algo que hacer fuera.

Sean sonrió a Rosetta, que tenía la piel morena arrebolada por el roce de su barba, y salió al día ventoso, cerrando el portón a su espalda.

—Veo que ya estás ayudando en la granja —comentó Bridie, y mientras hablaba se arrepintió del tono resentido de su voz.

—Me apetece ayudar —contestó Rosetta—. Aquí el campo es salvaje y romántico.

Bridie advirtió su mirada soñadora y los celos la impulsaron a hablar con acritud:

—Te aseguro que mi infancia no tuvo nada de romántico. Solo recuerdo inviernos duros y miseria.

La sonrisa de Rosetta se borró.

—Lo siento, Bridget.

Habían compartido tantas cosas que, más que señora y sirvienta, eran amigas. Rosetta comenzó a abrocharse la blusa con dedos temblorosos.

A Bridie se le ablandó el corazón.

—Perdóname —dijo—. Tienes razón. Esto es romántico y salvaje. Lo mismo sentía yo hace mucho tiempo. Pero ese tiempo pasó y ya no puedo recuperarlo. Me marcho, Rosetta. Vuelvo a Dublín. Luego tomaré el barco a América. Esta vez, para siempre. Me gustaría que vinieras conmigo, pero tú decides. —Suspiró, sabiendo ya que las aventuras que habían corrido juntas habían tocado a su fin—. Es hora de que mi hermano se case. Y creo que ya ha elegido esposa.

Rosetta se sonrojó y bajó los ojos.

—Y está claro que a ti también te gusta él —añadió Bridie.

—Sí, Bridget —contestó Rosetta, y a Bridie la sorprendió la intensidad de su pena y su desilusión.

Pero el cariño que le tenía a Rosetta se impuso a la amargura y tomó a su amiga de las manos.

—¿Te ha…?

—Sí, me ha pedido que me case con él.

—¿Después de solo quince días? —preguntó Bridie, asombrada.

Rosetta se encogió de hombros con esa desenvoltura suya tan italiana.

—Cuando lo sabes, lo sabes —dijo.

Bridie se sintió conmovida y embargada por una oleada de generosidad. Rosetta siempre había sido fuerte. Ahora, su resolución y su seguridad la llenaron de admiración.

—Entonces debes quedarte. —Abrazó con fuerza a la joven, temiendo de pronto emprender sola el viaje de vuelta—. Voy a echarte de menos —dijo con voz ronca—. Hemos pasado por tantas cosas juntas, tú y yo… De hecho, ahora me doy cuenta de que eres mi única amiga de verdad. Me apena perderte. —Su voz se tornó de pronto fina como un junco. Carraspeó y se repuso—. Pero hay algo importante que debo hacer. Algo que me importa más que nada en el mundo.

—¿Qué vas a decirle a tu familia?

—Escribiré desde Dublín y les explicaré que ya no me siento a gusto aquí. Es como intentar ponerte un vestido viejo que se te ha quedado pequeño. Ya no me cabe. —Se rio para disimular las lágrimas—. Puedes decirles que me he ido a Nueva York. Que no soportaba despedirme. Me aseguraré de que todos tengáis dinero de sobra. Mi madre podrá comprarse un rodillo de lavar y Sean ya no tendrá que preocuparse por la granja. Ahora puede comprar las tierras y reparar la casa. Dudo que pueda hacer algo más mientras viva la abuela. Escríbeme, Rosetta —dijo apretándole las manos.

—¿Cómo sabré dónde encontrarte?

—Te mandaré mis señas en cuanto lo organice todo. Parece que voy a necesitar la ayuda de Beaumont Williams, después de todo —dijo refiriéndose a su abogado.

—¿Estás segura de que quieres volver a Nueva York? —preguntó Rosetta.

—Sí, volveré y daré algo de lo que hablar a todas esas arpías de la alta sociedad. Puedo contar con el señor Williams para que me ayude. Él y Elaine, su mujer, se portaron muy bien conmigo cuando murió la señora Grimsby dejándome toda su fortuna. En aquel entonces yo no conocía a nadie en Nueva York. Sé que puedo confiar en ellos. —Sonrió cansinamente—. Es curiosa la lealtad que inspira el dinero.

—Cuídate, Bridget.

Bridie la miró con tristeza.

—Y tú cuida de Sean. Es un buen hombre.

No se atrevió a mencionar a Michael, su otro hermano. Rosetta descubriría muy pronto lo distintos que eran los dos hermanos. Solo era cuestión de tiempo que el padre Quinn liberara a Michael de Mount Melleray.

—Buena suerte, Bridget. Rezaré por ti.

—Y yo por ti. Mi familia tiene suerte de haberte encontrado. Les vendrá bien un poco de buena cocina italiana —dijo Bridie esforzándose por contener las lágrimas.

—Espero que nuestros caminos vuelvan a cruzarse algún día.

—Yo también, Rosetta. Pero no lo creo.

Un rato después, Bridie tomó asiento en el taxi que debía llevarla a la estación de Cork. Sabía que era demasiado arriesgado dejarse ver en el andén de Ballinakelly. Llevaba en las manos el osito de peluche que había comprado en el pueblo y confiaba en que al niño le gustara. Confiaba también en que, una vez se establecieran en Estados Unidos, el niño se olvidara de Irlanda y de todo cuanto había conocido allí. Estaba deseando celebrar su cuarto cumpleaños en enero y empezar una nueva vida con él. Le compraría más regalos de los que había tenido nunca. De hecho, le compraría todo lo que quisiera. Cualquier cosa con tal de compensar los años que habían estado separados. El corazón se le estremeció, lleno de emoción. Si en el fondo de su conciencia se agitaba alguna sombra de duda, se recordó a sí misma que Dios había arrojado luz en las tinieblas de su desesperación y la había impulsado a enmendar ese error. El Pequeño Jack le pertenecía a ella. Como madre que era, la Virgen María sería sin duda la primera en entenderlo.

Pidió al taxista que la esperara en la carretera, a poca distancia de la entrada de la Casa Blanca. Tenía previsto traer al niño por la arboleda y no por el camino principal, por miedo a que la descubrieran. No preveía encontrar ningún obstáculo, tan grande era su deseo que la cegaba, impidiéndole ver en toda su crudeza lo que estaba a punto de hacer. Solo veía la manita de su hijo en la suya y el largo y feliz camino que se abría ante ellos, juntos y en paz.

Era primera hora de la tarde, pero el cielo estaba oscurecido por los gruesos pliegues de unos nubarrones grises, y parecía mucho más avanzada la hora. El mar era de color pizarra, y los barquitos que lo surcaban tenían un aspecto triste y mortecino bajo aquella luz crepuscular. Incluso las hojas amarillas y naranjas parecían descoloridas, agitadas por el viento húmedo que las hacía caer en remolinos y las amontonaba sobre el muro de piedra que rodeaba la finca de los Deverill. Avanzó a paso vivo por el camino, buscando un tramo del muro lo bastante bajo para que pudiera saltarlo. Se acordó de las veces en que Celia, Kitty y ella se reunían en el muro, cerca del castillo, y bajaban a hurtadillas al río a jugar con Jack O'Leary, tan guapo con su chaqueta y su gorra, y tuvo que hacer un esfuerzo por sofocar la melancolía que se apoderó de ella en una gran oleada. Cuanto antes se marchara de Ballinakelly, tanto mejor, pensó decidida, porque los recuerdos estaban empezando a abrir brecha entre sus defensas cuidadosamente construidas, como hierbajos en un muro viejo y desmoronado. Por fin encontró un sitio en el que las piedras se habían caído entre los helechos marchitos del otro lado y, levantándose la falda, pasó por encima con cuidado de que el oso de peluche no se mojara.

Avanzó con cautela por la arboleda. Empezaba a acelerársele el corazón y el sudor se le acumulaba en la frente a pesar del relente del mar. Veía la casa por entre los árboles. La luz dorada de las ventanas hizo que su sensación de exclusión se agudizara, y odió a Kitty por tener allí su hogar. Estrujando el oso de peluche, se acercó a la casa por la parte de atrás y oteó, precavida, por si alguien la veía.

Tras asegurarse de que estaba sola, avanzó despacio, arrimada a la pared, mirando por las ventanas con nerviosismo. Empezaba a temer que no encontraría a su hijo cuando vio una ventana entornada del fondo de la casa y oyó, entre la luz que brotaba de dentro, una risa que reconoció instintivamente: era la añorada risa de un niño, la de su hijo.

Se le encogió el corazón mientras avanzaba con sigilo por el camino de losas hacia aquella voz que parecía llamarla. En su imaginación atribulada, la risa del niño se transformó en los gritos suplicantes que oía en sus pesadillas y que le rogaban que lo buscara y lo llevara a casa.

Apenas se atrevía a respirar cuando se acercó a la ventana y miró a hurtadillas por el cristal. Los gritos se apagaron y allí, en el suelo, vio a su hijo con un hombre al que no esperaba ver. Jugaban alegremente con un tren de madera pintado de colores vivos. Bridie retrocedió horrorizada al ver al hombre: era el señor Trench, el antiguo tutor de Kitty y ahora su marido. Miraba al niño con una expresión cargada de afecto. De hecho, parecía muy distinto al hombre solemne y reservado que se pasaba los días dando clase a Kitty en el castillo y leyendo libros. Siempre había sido guapo, de una manera insulsa y carente de energía. Ahora, en cambio, sus facciones parecían animadas por la alegría de su mirada y el júbilo de su ancha sonrisa. Bridie apretó el oso de peluche contra su pecho cuando el señor Trench tomó al Pequeño Jack en sus brazos y le dio un beso en la mejilla. El niño se apoyó en él riendo, relajado. Si no hubiera sabido que no era así, Bridie los habría tomado por padre e hijo. El cariño que se palpaba entre ellos era espontáneo y natural. Una inmensa oleada de celos inundó su corazón. Se le llenaron los ojos de lágrimas y sofocó un sollozo contra la blanda cabeza del peluche.

Justo en ese momento, la mujer a la que había visto en el prado dos semanas antes apareció en la puerta y le dijo algo al hombre. Él soltó al niño, se incorporó y la siguió de mala gana fuera de la habitación. Bridie vio su oportunidad. La ventaba estaba entornada. Jack se encontraba solo. Sabía que solo disponía de unos minutos.

Sin vacilar, levantó el pestillo y abrió del todo la ventana. Al notar a alguien a su espalda, Jack se volvió y la miró con sorpresa. Bridie se inclinó y, sonriendo con expresión animosa, le enseñó el osito. Los ojos del pequeño se posaron en el juguete y se agrandaron, llenos de curiosidad. Bridie vio alborozada que se levantaba de un salto y echaba a correr con los brazos extendidos. Bridie pensó por un instante que corría hacia ella y el corazón le dio un vuelco de alegría. Pero el niño agarró el oso y dio un paso atrás para mirarlo. Ahora, Bridie tenía la oportunidad de apoderarse de él. Podía entrar y salir en un instante. Podía levantarlo en brazos y llevárselo, y desaparecer antes de que alguien se percatara de lo ocurrido.

—Si vienes conmigo, te doy otro como este —dijo en voz baja, inclinándose sobre el alféizar de la ventana.

Al oírla, el rostro del niño se llenó de miedo y soltó el oso como si se hubiera quemado. Se le enrojecieron las orejas y rompió a llorar. Espantada por su rechazo, Bridie retrocedió como si le hubiera propinado una bofetada. Observó impotente al niño, que permanecía clavado en el sitio, llorando a voz en grito y mirándola como si fuera un monstruo. La verdad golpeó a Bridie como un frío mazazo: el lugar del Pequeño Jack estaba allí. Aquel era su hogar. Aquellos eran sus padres. Ella no era más que una extraña, una desconocida que le inspiraba temor. La compasión y el remordimiento dieron al traste con su plan. Estiró el brazo para intentar tranquilizar al niño, pero él la miró aterrorizado y Bridie retiró la mano y se la llevó al pecho.

Retrocedió y se ocultó cuando el señor Trench y la mujer entraron corriendo en la habitación. El llanto continuó, pero disminuyó en intensidad cuando el señor Trench o la niñera —Bridie no alcanzaba a verlo desde donde estaba— abrazaron al pequeño tratando de consolarlo. Percatándose de que alguien se acercaba a la ventana, se pegó a la pared, contuvo la respiración y le pidió a la Virgen María que la protegiera. Una mano asomó, cerró la ventana y corrió bruscamente las cortinas. Bridie ya no pudo ver más. Desesperada, atravesó de nuevo la arboleda y volvió al taxi.

Cuando Kitty volvió a casa con el pecho lleno de esperanza y temor por lo que les deparaba el futuro, encontró al Pequeño Jack en pijama, sentado sobre una de las rodillas de Robert. Su marido tenía estirada la otra pierna —que no podía doblar debido a una enfermedad sufrida de niño— y le estaba contando al pequeño un cuento sobre un coche. Jack se chupaba el pulgar y sujetaba en la otra mano su conejito de peluche favorito. Absorto en el cuento, no levantó la cabeza del hombro de Robert. Siguió en esa postura, soñoliento y satisfecho. Kitty se quedó junto a la puerta y olvidó por un momento sus planes mientras contemplaba la estampa enternecedora que formaban su marido y su hermanito, abrazados a la cálida luz del fuego. Robert la miró sin interrumpir su relato, y sus ojos le dieron la bienvenida con una sonrisa. Un sentimiento de culpa empañó de inmediato la dicha de Kitty, que se retiró de la puerta e intentó en vano imaginarse la misma escena cambiando a Robert por Jack O'Leary.

Encontró a la señorita Elsie en el cuarto de baño, recogiendo los barquitos con los que al Pequeño Jack le gustaba jugar en la bañera.

—¿Qué tal el día, Elsie? —preguntó tratando de distraerse del incómodo hormigueo que sentía en la conciencia. Con solo pensar en huir a Estados Unidos se agitaban sus remordimientos.

—Muy agradable, gracias, señora Trench. El Pequeño Jack se ha portado muy bien.

—Esta noche está cansado. Está oyendo el cuento, y le está costando no quedarse dormido.

La niñera sonrió con ternura.

—Uy, sí. Pero le encanta que le cuenten un cuento antes de irse a la cama, y es una maravilla que se lo lea el señor Trench. —Se volvió para mirar a su señora y, al ver que arrugaba la frente, Kitty comprendió que algo le preocupaba—. Está muy sensible esta noche, señora Trench —dijo.

—¿Sensible?

—Sí. Algo le asustó en su cuarto. No sé qué fue. Un zorro o un pájaro quizá, que se acercaron a la ventana. ¡Qué manera de llorar, pobrecito mío! Desde entonces, ha estado pegado a mí o al señor Trench como una lapa.

Kitty sintió de nuevo que unas manos frías le estrujaban el corazón.

—¿Vio usted a alguien en la ventana?

—No.

La señorita Elsie titubeó. No quería reconocer que había incumplido su promesa y perdido de vista a Jack, ni que había encontrado un oso de peluche desconocido en el suelo, junto a la ventana, y lo había escondido en el fondo del baúl de los juguetes.

—El señor Trench estaba con él, pero salió un momento del cuarto porque vino alguien a verlo. Me di la vuelta solo un momento y fue entonces cuando pasó. Estoy segura de que no es nada, pero he pensado que debía decírselo, por si le extraña que esté un poco nervioso esta noche.

—Gracias, Elsie.

Kitty volvió apresuradamente al cuarto, donde Robert estaba llevando al niño a la cama. Retiró las mantas para que su marido lo acostara. Robert acarició la frente del niño y le dio un beso.

—Buenas noches, dulce niño —dijo.

Pero el Pequeño Jack se removió de pronto, saliendo de su sopor, y le agarró la mano.

—Quédate —gimió.

Kitty miró a Robert, alarmada.

—¿Qué ocurre, Jack? —preguntó arrodillándose junto a la cama del niño.

El pequeño se incorporó y la rodeó con los brazos, apretándose contra ella como si temiera que el colchón pudiera tragárselo.

—A lo mejor esa señora viene otra vez.

—¿Qué señora? —Kitty miró horrorizada a su marido, comprendiendo lo ocurrido.

—No había ninguna señora, Pequeño Jack. Solo estábamos la señorita Elsie y yo —le aseguró Robert.

Kitty apretó al niño y le acarició el pelo.

¿Dónde viste a esa señora, Pequeño Jack? ¿Te acuerdas?

—En la ventana —musitó él.

—¿Qué quería?

—Me dio un oso de peluche, pero no lo quiero.

Kitty sintió que se le encogía el estómago.

—Debía de ser una gitana, Pequeño Jack —dijo en tono tranquilizador, procurando que no le temblara la voz—. No hay por qué asustarse, te lo prometo. Ya se ha ido y no va a volver. No te preocupes. No vamos a permitir que te pase nada malo, corazón. Nunca.

Cuando al fin consiguió que el niño volviera a tumbarse y se durmiera arrullado por sus caricias, Kitty encontró a Robert en el cuarto de estar de abajo, avivando el fuego.

—¿Crees que vio a alguien en la ventana? —preguntó él.

Kitty tenía la cara cenicienta. Su marido dejó el atizador.

—¿Qué ocurre, Kitty?

—¿Recuerdas que te dije que la madre de Jack era una doncella del castillo?

—Sí —contestó Robert entornando los ojos—. ¿Quién era?

—Bridie Doyle.

Él la miró estupefacto.

—¿Bridie Doyle? ¿Esa chiquilla tan apocada que trabajaba como doncella para tu madre?

—Sí —contestó Kitty.

—¡Santo Dios! ¿En qué estaba pensando tu padre?

—Imagino que en esos momentos no pensaba en absoluto. El caso es que, después de dar a luz, se marchó a América y perdimos el contacto. Creía que no volvería a verla. Pero ha vuelto. —Kitty se llevó la mano a la garganta—. Ha vuelto a buscar al Pequeño Jack.

—¿Cómo lo sabes?

—Se presentó aquí hace un par de semanas. Me dijo que había tenido que abandonarlo una vez y que no pensaba volver a hacerlo. Creo que es posible que la mujer de la ventana fuera ella. —Al pensar en lo que podría haber sucedido, se le doblaron las rodillas y se dejó caer en un sillón, acongojada—. Temía que ocurriera esto.

Robert enrojeció de furia.

—¡Cómo se atreve! —exclamó mientras se encaminaba a la puerta.

—¿Adónde vas?

—A decirle a la señorita Doyle que no puede entrar aquí y llevarse a un niño. Jack no es suyo. Me trae sin cuidado que lo haya parido. Lo abandonó y no hay más que hablar. Es hijo ilegítimo de lord Deverill y está a nuestro cargo.

—¡Robert! No puedes presentarte en casa de los Doyle y acusarla así como así. No sabes si vino con intención de llevárselo. Puede que solo quisiera hacerle un regalo.

Él levantó una ceja, escéptico.

—¿Eso es lo que crees?

—Quiero creerlo.

—Entonces eres una necia, Kitty.

—¡Robert!

—Yo no pienso darle el beneficio de la duda. Estamos hablando de nuestro niño. Del hijo al que queremos más que nada en el mundo. ¿Crees que voy a arriesgarme a perderlo?

—¿Qué vas a hacer?

—Voy a ponerla en su sitio. Voy a asegurarme de que no vuelva a acercarse a él.

Kitty nunca lo había visto tan enfadado. Su furia la asustaba. La asustaba porque nacía del amor y, si Robert quería tanto al Pequeño Jack, ¿cómo podía ella contemplar siquiera la posibilidad de llevárselo a Estados Unidos?

Arrumbó su plan a un rincón de su mente y se levantó.

—Entonces voy contigo —anunció—. Con tu pierna, no debes conducir.

—Muy bien —contestó él al salir al vestíbulo—. Conduce tú, pero primero ve a decirle a la señorita Elsie que no pierda de vista al Pequeño Jack.

Recorrieron las calles en silencio. El coche aplastaba las hojas caídas y las ramitas que el viento incesante y la lluvia otoñal arrojaban a la calzada. Los faros alumbraban setos y tapias de piedra, y los ojos de un zorro, iluminados fugazmente por su luz, cruzaron la oscuridad como brasas doradas. Kitty se estremeció y asió fuertemente el volante con sus manos enguantadas.

Por fin salieron al camino pedregoso que, serpeando por el valle, llevaba a la granja de los Doyle. Kitty redujo la velocidad: no era aquella la noche más idónea para que se pinchara una rueda o el coche encallara en un bache del camino. El corazón comenzó a acelerársele a medida que se acercaban al edificio en el que la había violado Michael Doyle y, aun sabiendo que Michael no estaba allí, el sudor afloró a su piel porque el miedo no atiende a razones.

Aparcó frente a la granja y se apeó del coche. Se acercó a Robert y lo tomó de la mano.

—Ten cuidado, Robert —le dijo en voz baja—. Dudo que la familia de Bridie sepa lo del Pequeño Jack.

—No voy a poner a todo el clan de los Doyle tras la pista de nuestro hijo, Kitty —replicó él, y Kitty se tranquilizó al oír su tono imperioso.

Robert llamó a la puerta enérgicamente. Hubo un breve silencio antes de que esta se abriera y Sean asomara al cabeza. Pareció sorprendido y un poco alarmado al verlos. Sin vacilar, abrió la puerta de par en par y los invitó a pasar. Dentro, la anciana señora Nagle estaba sentada junto al fuego de turba fumando una pipa de arcilla mientras la señora Doyle zurcía en su mecedora, al otro lado del hogar. Sentada a la mesa había una joven muy guapa a la que Kitty no había visto nunca. De Bridie, en cambio, no había ni rastro.

Cuando entraron, acompañados por una racha de viento frío, cuatro pares de ojos los miraron con recelo.

—Buenas noches a todos —dijo Robert quitándose el sombrero—. Les ruego disculpen nuestra intrusión. Hemos venido a ver a la señorita Doyle.

La señora Doyle frunció los labios y dejó su labor.

—No está aquí —dijo Sean, que se había parado en medio de la estancia, con los brazos cruzados.

—¿Dónde está? —preguntó Robert—. Es importante.

—Se ha ido…

—¿Adónde? —le interrumpió Kitty.

—Ha vuelto a América.

Robert miró a Kitty y ella vio que su semblante se iluminaba, lleno de alivio, como el cielo al despejarse después de una tormenta.

—Muy bien —dijo volviendo a ponerse el sombrero.

—¿Puedo ayudarlos en algo? —preguntó Sean.

—Acaba de hacerlo —contestó Robert, y se dirigió a la puerta.

Kitty notó que la señora Doyle tenía las mejillas húmedas como si hubiera llorado y que los ojos de la anciana señora Nagle tenían una mirada de cansancio en la que se mezclaban la pena y la resignación. El pesar se palpaba en el aire y, aunque le habría gustado poder aliviarlo, Kitty quería salir de allí lo antes posible y volver a casa, donde se sentía a salvo. Mientras volvía apresuradamente al coche, pensó en todo lo que había perdido la señora Doyle y se compadeció de ella.

Puso en marcha el motor y emprendieron el regreso. Mientras el coche avanzaba lentamente por el camino lleno de piedras, Robert alargó el brazo por encima de la palanca de cambios y posó la mano sobre su pierna. La miró, pero en la oscuridad le fue imposible distinguir sus facciones.

—¿Estás bien? —preguntó.

Ella respiró hondo.

—Ahora sí —respondió.

—No deberías haber venido.

—Quería hacerlo.

Él sonrió.

—¿No confiabas en que pudiera hacerlo solo?

—No me fío de ti al volante, no. Pero en todo lo demás confío en ti plenamente. Sobre todo, en esto, Robert —dijo Kitty volviéndose para mirarlo—. Estaba segura de que, pasara lo que pasase, protegerías al Pequeño Jack. Nos protegerías a los dos.

—Tú sabes, Kitty, que Jack y tú sois lo que más quiero en el mundo. Haría cualquier cosa por vosotros.

Kitty volvió a fijar la mirada en el camino, sintiendo que la culpa abría una sima en el centro de su corazón.

En la cubierta del barco, Bridie vio desaparecer la costa irlandesa entre la niebla y se acordó con nostalgia no exenta de amargura de la primera vez que dejó su patria, tres años atrás. Entonces había viajado en tercera clase, con poco más que la ropa que llevaba puesta y una maletita llena de ilusiones y de angustia por el hijo que dejaba atrás, y había visto cómo su pasado iba empequeñeciéndose hasta desaparecer.

Sentía que había perdido a Jack no una, sino dos veces. Había tenido la oportunidad de llevárselo. Había intentado apoderarse de él, pero, al cobrar súbitamente conciencia de que el niño amaba su hogar, había comprendido que la trama de la vida era tan poderosa como la lotería de la sangre, y el hecho mismo de haber intentado atraer al niño con un juguete la avergonzaba profundamente. Había vuelto a abandonarlo, pero esta vez, además, se había degradado a sí misma.

Ahora, al ver cómo los remolinos de niebla envolvían la isla que había amado y perdido, sintió un desgarro tan intenso y doloroso como la primera vez. Porque en aquel país verde descansaba el cuerpo sin vida de su hija y en aquellos prados mullidos florecería su hijo sin pensar en ella ni en su añoranza, y sin llegar a saber de dónde procedía en realidad. En efecto, Jack crecería en la finca de los Deverill sin conocer nunca la rústica granja donde, apenas unas millas más allá, siguiendo las colinas, yacían sus raíces, profundas y silenciosas.

No se molestó en limpiar las lágrimas que corrían por sus mejillas. Hallaba un extraño placer en la pena; cierta satisfacción en la congoja que oprimía su pecho y en el pálpito doloroso de sus sienes; una sensación de triunfo en su voluntad de seguir viviendo pese a que, allá abajo, el mar ceñía la panza del barco invitándola a probar el sabor del olvido en su húmedo abrazo. Fijó la mirada en sus aguas negras y el ritmo de las olas le pareció hipnótico. Susurraban, llamándola. Habría sido tan fácil ceder a su reclamo, dejar que se llevaran su dolor… Y, sin embargo, no lo hizo. Dejó que la aflicción —aquella vieja amiga— la atravesara tumultuosamente, buscando en su espíritu arrasado los últimos restos de tristeza. Sabía que, una vez la hubiera consumido por completo, no quedaría nada de ella y la aflicción pasaría de largo. Había ocurrido ya antes y volvería a ocurrir.

Cerró los ojos y aspiró el aire húmedo del mar. Tal vez estuviera dejando a su hijo atrás, pero su hija, la dulce niña a la que ni siquiera había podido dar un beso, estaba con ella, porque ¿acaso no le había enseñado Kitty que los muertos nunca nos abandonan? Era la única cosa de valor que quedaba de su amistad y se aferró a ella, apretándola contra su corazón.

4

Hazel y Laurel, las hermanas solteronas de Adeline Deverill conocidas como las Arbolillo, estaban junto a la tumba de su hermana, admirando las bayas encarnadas que habían depositado sobre ella. Parecían gemelas: eran de la misma estatura y tenían la cara mofletuda y sonrosada, la boca nerviosa y crispada y el cabello gris recogido en lo alto de la coronilla. Pero, vistas más de cerca, Hazel, que era dos años mayor que su hermana, tenía los ojos brillantes, de un azul cerúleo, mientras que los de Laurel eran del color de la niebla que en invierno cubre el mar de Irlanda. No habían sido grandes bellezas en su juventud, a diferencia de Adeline, con su espléndida cabellera roja y su mirada cautivadora, pero poseían una dulzura de carácter que se manifestaba en el contorno suave de sus facciones y en el encanto sorprendente de su sonrisa. La complicidad que había entre ellas resultaba especialmente conmovedora en dos ancianas que parecían haber renunciado a casarse y tener hijos para no tener que separarse.

—A ella siempre le encantó el color rojo —comentó Hazel con un suspiro.

—Le encantaba el color —convino Laurel—. Cualquier color.

—Menos el negro —puntualizó su hermana.

—El negro no es un color, Hazel. Es la ausencia de color.

—Adeline solía decir que «la oscuridad es simplemente la ausencia de luz». Que no existe en sí misma. ¿Te acuerdas, Laurel?

—Sí, me acuerdo.

—Era tan sabia… La echo mucho de menos. —Hazel se acercó a un ojo un pañuelo de algodón arrugado—. Era muy tranquilizador tenerla cerca durante los Disturbios.

—Oh, sí que lo era —dijo Laurel—. Hemos vivido tiempos turbulentos, pero ahora siento que Ballinakelly está en paz y que las bestias que querían expulsar a los ingleses a toda costa han escondido por fin sus garras. ¿No crees, Hazel?

—Claro que sí. Pero ¡cuánto me gustaría que las cosas no hubieran cambiado! Odio los cambios. Nada ha sido igual…

—Desde el incendio, lo sé —dijo Laurel, concluyendo la frase en lugar de su hermana—. Se acabaron las partidas de *whist* en la biblioteca, y las fiestas… ¡Ay, con lo que me gustaban las fiestas!

—Nadie dabas fiestas como las de Adeline. Nadie —prosiguió Hazel—. Ahora solo nos quedan los recuerdos. Recuerdos maravillosos, maravillosos… —Suspiró melancólicamente al pensar en el pasado—. No será lo mismo aunque Celia haya comprado el castillo.

—No, no será lo mismo. Será muy distinto —agregó Laurel enfáticamente—. Pero Celia volverá a darle vida, y eso es estupendo. Confío de verdad en que se acuerde de cómo era. Deberíamos aconsejarla, ¿no crees?

—Seguro que agradecerá nuestra ayuda. Nosotras conocíamos el castillo mejor que nadie.

—Quitando a Bertie, seguramente —dijo Laurel.

—Sí, quitando a Bertie, claro.

—¿Y a Kitty, quizás? —añadió Laurel.

—Sí, y a Kitty —convino Hazel, un poco molesta—. Pero nosotras sabemos cómo querría Adeline que fuese —añadió, mirando la tierra húmeda bajo la que estaba enterrada su hermana.

Laurel respiró hondo.

—Somos las últimas de nuestra generación en estos contornos, ¿sabes?

—Soy consciente de ello, Laurel. Pero hay que buscar consuelo en la generación más joven. Me siento muy afortunada por contar con Elspeth y Kitty. Si no fuera por nuestras sobrinas nietas y sus preciosos niños, no habría razón para seguir adelante. Ninguna en absoluto.

—Adeline siempre estuvo segura de que al final volveríamos a reunirnos.

—Qué montón de paparruchas —dijo Hazel.

Laurel la miró con sorpresa.

—Mi querida Hazel, creo que es la primera vez que no estamos de acuerdo en algo.

—¿Sí?

—Sí.

—Bueno, espero que no siente un precedente —dijo Hazel con nerviosismo.

—No sé. Podría ser. ¿Verdad que sería espantoso? De pronto, a la provecta edad de...

—¡No lo digas! —la interrumpió Hazel posando una mano sobre su brazo.

—Pues, a nuestra edad, que empezáramos a discutir.

—No podríamos soportarlo —replicó Hazel.

—No, no podríamos. Lo pondría todo patas arriba.

—Sí, en efecto. *Todo*.

—¿Nos vamos a casa a tomar una taza de té?

—Sí, vamos. —Hazel sonrió aliviada—. ¡Me alegra tanto que estemos de acuerdo en eso!

Adeline vio salir a sus hermanas y emprender el camino de regreso a casa. Desde el lugar donde moraba, alcanzaba a ver todo lo que pasaba en Ballinakelly. A diferencia de su marido Hubert y de los demás herederos del castillo de Deverill —sujetos a la maldición de Maggie O'Leary, que los condenaba a permanecer en el castillo hasta que las tierras volvieran a manos de los O'Leary—, ella era libre de ir y venir a su antojo. Era literalmente un espíritu libre, pensó satisfecha. Le habría sido fácil abandonar para siempre este mundo. A fin de cuentas, el tirón de lo que los humanos llamaban «el cielo» era muy fuerte. Pero Adeline estaba atada a Hubert por una fuerza más poderosa que la curiosidad. Había resuelto permanecer con él porque lo quería. Y también amaba Irlanda, y a los miembros de su familia que aún vivían allí. Solo cuando se les agotara el tiempo a los dos se iría al cielo. Juntos, Hubert y ella, como habían estado siempre.

Estaba intrigada por el trajín que había últimamente en el castillo. Celia, que se alojaba en el pabellón de caza con Bertie, pasaba mucho tiempo recorriendo las ruinas y debatiendo sus planes con el señor Leclaire, el arquitecto que había hecho venir de Londres. Rechoncho como un pequeño sapo, con la cara redonda y lustrosa, la cabeza calva, los labios carnosos y un defecto del habla que le hacía escupir cada vez que pronunciaba una ese, el señor Kenneth Leclaire estaba entusiasmado con aquel encargo tan ambicioso. Celia Mayberry pertenecía a su tipo predilecto de clientes: ignorantes y con un presupuesto ilimitado a su disposición. Tenía grandes ideas y se paseaba brincando entre las salas arrasadas por el fuego detrás de la soñadora Celia, haciendo aspavientos y describiendo hiperbólicamente el esplendor de las habitaciones una vez reconstruidas conforme a sus majestuosos planes. Celia daba palmas entusiasmada a cada sugerencia suya y chillaba:

—¡Oh, Kenny, querido, me encanta! Impórtalo, constrúyelo. ¡Lo quiero ya!

Celia quería que Kitty disfrutara del proceso de restauración tanto como ella, y Adeline —a la que hacían gracia las cabriolas del señor Leclaire y la pasión de Celia por recrear el pasado tal y como lo veía a través de sus recuerdos de color de rosa— se entristecía al ver a su nieta favorita recorriendo las ruinas con su prima como si ella también fuera un fantasma y se buscara a sí misma entre las cenizas.

Kitty, en efecto, parecía una figura solitaria y apesadumbrada. La pérdida de su hogar y de sus queridos abuelos había hecho que algo cambiara sutilmente en su interior, como si el tenue movimiento de una nube al recolocarse delante del sol proyectara una sombra sobre ella. Pero no se trataba solo de eso: había algo más. Adeline alcanzaba a verlo desde su puesto de observación. Desde aquella altura, el alma de Kitty yacía expuesta y desnuda, y todos los acontecimientos de su vida se ofrecían a los ojos de su abuela como las páginas abiertas de un libro. Adeline veía la brutal violación en la granja de los Doyle y aquel instante en el andén de la estación, cuando las tropas inglesas de los *black and tans* detuvieron a Jack O'Leary. Sabía, por tanto, que Michael Doyle no solo había violado a Kitty, sino que también le había arrebatado la posibilidad de ser feliz con Jack. Era él quien le había robado su futuro y quien, al mismo tiempo, había traído al Pequeño Jack de aquel convento de Dublín y lo había dejado a su cuidado. Adeline lo veía todo con absoluta claridad. Veía también que Kitty estaba haciendo planes para marcharse a Estados Unidos. Su nieta había perdido ya una oportunidad y estaba decidida a no perderla por segunda vez. Adeline sabía, no obstante, que el lugar del Pequeño Jack no estaba al otro lado del Atlántico. Era un Deverill, y era en el castillo de Deverill donde debía estar.

Nadie tenía más derecho al castillo que el propio Barton Deverill, el hombre que lo hizo construir y que inventó el lema de la familia. Estaba, sin embargo, harto de morar en aquel lugar maldito. Adeline había intentado preguntarle por Maggie O'Leary, pero, a diferencia del de Kitty, el libro que contenía la historia de Barton permanecía firmemente cerrado. Adeline intuía que había algo allí de lo que Barton se avergonzaba profundamente. Casi podía ver la mancha atravesando el papel. ¿Por qué, si no, era Barton tan infeliz? Naturalmente, le desesperaba ver el castillo reducido a escombros. A todos les entristecía verlo así, pero los emocionantes planes de Celia los habían alegrado sensiblemente. Solo Barton seguía sumido en la melancolía y no parecía tener ningún deseo de salir de ella. Adeline se preguntaba por qué.

No dejaba de pensar en la maldición, la tenía siempre en la cabeza. Sabía cuál sería el destino de Bertie y Harry si no se rompía: seguiría castigando eternamente a los señores de Deverill por culpa de lo que había hecho el primero de ellos. Pero ¿qué había hecho Barton Deverill exactamente? Edificar un castillo en las tierras que le concedió Carlos II no era un crimen. Maggie O'Leary lo había maldecido por lo que ella sentía como un robo, pero Adeline intuía que tenía que haber algo más. Tal vez, si lograba averiguar qué había hecho Barton, podría encontrar la manera de deshacerlo. Cuando se fuera a su último lugar de descanso pensaba llevarse consigo a Hubert, a Bertie y a Harry, costara lo que costase.

Kitty galopaba por las colinas que dominaban Ballinakelly. El viento húmedo le apelmazaba el cabello en mechones y enrojecía su cara. El aire gélido la irritaba la garganta y le helaba la punta de la nariz, y el golpeteo rítmico y atronador de los cascos del caballo sobre el suelo duro la devolvía a un tiempo de encuentros furtivos con Jack en el Anillo de las Hadas, cuando el único obstáculo para su felicidad era que su padre no quisiera darles su bendición. Se rio amargamente y deseó hacer retroceder el reloj para apreciar lo sencilla que era la vida entonces, antes de que Michael Doyle, la Guerra de Independencia y el incendio la complicaran hasta un punto que en aquella época ni siquiera podía concebir. Ahora, sin embargo, iba a dejar todo eso atrás. Empezaría de cero y se olvidaría del pasado. Junto a sus dos Jacks, forjaría un futuro en un país nuevo para que el Pequeño Jack escapara de la sombra que proyectaba la tragedia de su linaje. Pero no podía hacerlo sola.

Como había hecho muchas otras veces, trotó hasta la mansión de Grace Rowan-Hampton y dejó su caballo al cuidado del mozo. Grace era, de nuevo, la única persona a la que podía recurrir en busca de ayuda.

Brennan, el altivo mayordomo, abrió la puerta y recogió su abrigo y sus guantes. No le sorprendió ver a la señorita Kitty Deverill, como la llamaba siempre aunque ahora fuera una mujer casada. Estaba acostumbrado a que se presentara sin previo aviso y cruzara el vestíbulo con paso enérgico, llamando a su señora a voces. Se preguntaba qué la traía de nuevo por allí.

Grace estaba en la cocina preparando un gran ramo de flores para la iglesia, aunque en esa época del año se encontraban pocas flores en el jardín. Llevaba puesto un vestido verde y una rebeca verde azulada, y el cabello recogido en un moño flojo, con mechones sueltos alrededor de la cara y el cuello. Al ver a Kitty sonrió calurosamente y sus ojos castaños se llenaron de afecto.

—¡Qué sorpresa tan agradable! —exclamó dejando sus tijeras de podar—. Necesito un descanso de esta tarea tan tediosa. Vamos al salón a tomar una taza de té. Brennan ha encendido el fuego. ¡Tengo los dedos tan fríos que parece que se me van a caer!

Kitty la siguió a la parte principal de la casa, suntuosamente decorada con alfombras persas y coloridos papeles pintados estampados con flores, frisos de madera y retratos enmarcados en oro de antepasados que lo miraban todo con esos ojos saltones y llorosos típicos de los Rowan-Hampton que, lamentablemente, también había heredado su descendiente, sir Ronald.

—Ronald ha mandado un telegrama avisando de que llega pasado mañana con los chicos y sus familias, así que estoy intentando caldear la casa —explicó Grace mientras cruzaban a paso ligero el vestíbulo.

Sus tres hijos habían luchado en la Gran Guerra y, por obra de algún milagro, habían sobrevivido. Desde los Disturbios, preferían vivir en Londres. El ambiente allí les parecía más estimulante, y las calles, más seguras para sus hijos.

—Los he convencido a todos para que este años vengan por Navidad, aunque aquí hay pocas fiestas a las que ir. Sin el castillo, este lugar ya no parece el mismo. Aun así, será agradable tenerlos de vuelta en Ballinakelly. Se encuentra una muy sola aquí.

Kitty imaginaba que sir Ronald estaba al tanto de las infidelidades de su esposa. Saltaba a la vista que ambos se atenían a los usos matrimoniales típicos de la época eduardiana: la esposa producía un heredero y otro hijo de repuesto, y después podía vivir a su aire siempre y cuando fuera discreta. Se daba por descontado que los hombres de la posición de sir Ronald tenían amantes, pero aun así a Kitty le costaba imaginar que sir Ronald, con su cara coloradota y sus enorme barriga, pudiera resultarle atractivo a alguna mujer. Era una idea verdaderamente desagradable. Sir Ronald rara vez venía a Irlanda y Grace parecía hacer su vida y arreglárselas muy bien sin él. Kitty tenía la impresión de que la irritaba su presencia. Se preguntaba si Grace había tenido otros amantes aparte de su padre. Dudaba de que su amiga estuviera de veras sola alguna vez.

Se sentaron una enfrente de la otra, en sendos sofás, y una doncella les trajo una bandeja con té y tarta que colocó en la mesa del centro.

—Veo que Celia sigue adelante con sus planes —comentó Grace—. Debe de ser duro para ti y para Bertie verla a ella y a ese ridículo hombrecillo al que ha contratado correteando por las ruinas de vuestra casa. Aun así, supongo que es mejor que otras posibilidades.

—Es mejor que muchas otras posibilidades —contestó Kitty mientras veía a Grace servir el té en las tazas de porcelana—. Las Arbolillo la están volviendo loca con sus sugerencias. Creen que están siendo de ayuda, pero no se dan cuenta de que Celia quiere hacerlo a su manera.

Se hizo un largo silencio durante el cual Kitty se preguntó por dónde empezar.

Por fin, Grace sonrió comprensiva.

—¿Qué ocurre, Kitty? No es la primera vez que veo esa mirada. ¿Qué estás tramando?

Kitty respiró hondo y dijo resueltamente:

—Me marcho a América con Jack O'Leary. Esta vez me voy de verdad, y Michael Doyle no podrá impedírmelo.

Al oír mencionar a Michael, Grace dejó la tetera y sus ojos risueños se ensombrecieron.

—Michael está en Mount Melleray, Kitty —dijo en un tono que daba a entender que había ido a la abadía por motivos religiosos y no por sus problemas con la bebida—. Estoy segura de que se arrepiente de muchas de las cosas que hizo durante los Disturbios, pero te he dicho otras veces, y te lo repito, que no es culpable de la mitad de las cosas de que le acusas. —Le pasó a Kitty su taza—. Tienes que perdonar y olvidar si quieres encontrar la felicidad algún día.

—Hay una o dos cosas que no le perdonaré nunca, Grace —replicó Kitty, aunque sabía que su amiga haría oídos sordos a todo lo que le dijera sobre Michael Doyle.

No la había creído cuando le contó que era Michael quien había prendido fuego al castillo, y Kitty no le había dicho qué otra cosa había hecho Michael. No sabía por qué —quizá fuera por el papel que ambos habían desempeñado durante la Guerra de Independencia—, pero a Grace le importaba Michael.

—No he venido a discutir contigo —dijo—. Necesito tu ayuda.

—Eso me parecía —repuso Grace y, cogiendo su taza, se acomodó en el sofá—. ¿Estás segura de que quieres dejar Ballinakelly? ¿De que quieres abandonar a Robert?

Kitty no quería pensar en Robert. La culpa que sentía era insoportable.

—Jack y yo necesitamos estar juntos, Grace —declaró, enojada por tener que argumentar su caso—. El destino nos ha separado a cada paso, pero esta vez nada podrá impedir que estemos juntos. Necesito inventar una excusa para poder marcharme con el Pequeño Jack sin levantar sospechas. Como sabes, Robert escribe en casa, de modo que está siempre allí. Necesito que tú me des una coartada.

Grace sonrió por encima de su taza.

—Teniendo en cuenta que una vez me la diste tú a mí, será un placer devolverte ese favor.

—Entonces, ¿me ayudarás?

—Kitty, querida, tú me salvaste la vida después del asesinato del coronel Manley. Si no hubieras dicho que estuve cenando contigo la noche que le tendí una trampa, me habrían acusado de ser cómplice de su asesinato y me habrían ejecutado.

—Si hubieran sabido la mitad de las cosas en las que andábamos metidas durante los Disturbios, nos habrían ejecutado *a las dos* —repuso Kitty con sorna.

—En efecto. Así que ayudarte ahora es lo menos que puedo hacer. Pero estaría mal por mi parte, como amiga, no darte mi opinión sincera. El Pequeño Jack tiene dos padres: Bertie, su padre biológico, y Robert, que es todo lo que ha de ser un padre. Todavía no conoce bien a Bertie, aunque no me cabe duda de que algún día lo hará. A Robert, en cambio, lo quiere con locura, eso es innegable. Piensa en él cuando planees tu huida. ¿Es tu felicidad más importante que la suya? Al apartarlo de todo lo que conoce y ama, quién sabe qué daño le estarás causando. Después de todo lo que has pasado, sin duda puedes valorar la importancia de tener unas raíces profundas y un hogar acogedor, con tu madre *y* tu padre.

A Kitty se le ensombreció el semblante cuando trató de imaginar las posibles consecuencias de sus actos y la ignominia de edificar su felicidad sobre la desdicha de aquellos que la querían.

—Lo siento —prosiguió Grace—. No quiero disgustarte, pero soy más vieja y más sabia que tú, y seré yo quien tenga que intentar reparar los daños de tu abandono. Puede que no te des cuenta, pero tu padre te quiere mucho y está muy orgulloso de su hijito ilegítimo. Lo veo en sus ojos cuando habla de él. Estoy segura de que, si les dieras la oportunidad de pasar más tiempo juntos, Bertie y el Pequeño Jack se harían grandes amigos.

—No olvides que al principio mi padre me desheredó por acoger al Pequeño Jack. Habría preferido que lo dejara en la puerta para que se muriera.

Grace se quedó de piedra.

—Eso no es cierto —dijo rápidamente—. Al principio estaba espantado, claro está, pero en cuanto tuvo tiempo de pensarlo mejor cambió de opinión. Se dio cuenta de que en la vida no hay nada más importante que la familia. ¿Acaso no reconoció al niño delante de toda la familia? El Pequeño Jack es su hijo, Kitty. Es un Deverill.

—No voy a dejarme convencer, Grace. La última vez perdí a Jack porque creía que tenía responsabilidades aquí, pero esta vez voy a llevarme al Pequeño Jack conmigo.

—No apruebo lo que vas a hacer, Kitty, pero sé que te debo la vida. Puedes decir que vas a ir a pasar unos días en mi casa de Londres con el niño. Lo organizaremos todo después de las fiestas. Te ayudaré a comprar los pasajes para América y me ocuparé de que alguien responda por ti cuando llegues allí. Y que Dios se apiade de aquellos a los que dejas aquí.

Kitty se levantó para irse.

—Robert me olvidará y mi padre sobrevivirá —dijo mientras se dirigía a la puerta—. A fin de cuentas, te tiene a ti.

Grace la miró marcharse. Kitty sospechaba que su aventura con Bertie Deverill había concluido en el instante en que ella le había salvado la vida. En efecto, Grace lo había utilizado como pretexto para poner fin a una relación de la que se había cansado. Le había explicado a Bertie que había contraído con Kitty una deuda de gratitud que no podría pagarle si seguía acostándose con su padre. Pero era mentira. Solo Grace conocía el momento exacto en que había terminado su relación: cuando, excitada por haber cumplido su papel en la Guerra de Independencia y haber atraído al coronel Manley a la casa abandonada de Dunashee Road para que Michael Doyle y los demás rebeldes lo asesinaran, se había revolcado con Michael en un abrazo salvaje, como animales. Su aventura con Michael Doyle había empezado entonces. Ahora, se apoyó en la chimenea y contempló el fuego. Las llamas lamían los leños, levantando un humo espeso que olía a tierra. Se pasó la mano por la nuca y cerró los ojos. El calor la hacía sentirse soñolienta y sensual.

Podía ver a Michael con la misma claridad que si estuviera allí delante de ella, con la cara ceñuda tan cerca que notaba su aliento sobre la piel. Incluso podía olerle, ese mismo olor viril que era suyo y solo suyo: a sudor, a sal, a especias y a algo salvaje que la hacía perder el control y rendirse a todos sus deseos. Michael la había tomado esa vez y muchas otras desde entonces, y ella se había vuelto adicta al placer que le proporcionaba, porque ninguno de sus amantes anteriores podía compararse con Michael Doyle. Eran todos ridículos a su lado, incluso Bertie Deverill. Michael poseía una vitalidad, una rudeza, una avidez que la enloquecían. La trataba con impaciencia, sin delicadeza alguna, y cuando acababa ella le suplicaba más. La dejaba reducida a pulpa, pero nunca se sentía tan mujer como cuando él la penetraba.

Ahora que estaba en Mount Melleray, Grace ansiaba el momento de su regreso. Fantaseaba con su reencuentro. Su ardor sería aún mayor por haber estaba encerrado en una abadía. Sería como un semental al que por fin se deja suelto en el campo, y ella estaría esperándolo como una yegua en celo. Esperaría todo el tiempo que hiciera falta. Entretanto, ningún otro hombre podría satisfacerla.

Kitty regresó a casa cansada y de mal humor. Grace había hablado como la voz de su conciencia, y eso no le gustaba nada. Sabía que lo que planeaba era egoísta y sin embargo, después de todo lo que había sufrido, ¿no se merecía hacer algo pensando solo en sí misma?

Quería ir a ver a Jack, pero debía tener cuidado para no levantar sospechas. Se había servido ya muchas veces de su padre, de su hermana Elspeth —que vivía cerca— y de Grace como excusa para justificar sus largas ausencias, y ello aumentaba las posibilidades de que la descubrieran. Tenía que ser discreta. Pronto tendría toda la vida por delante para estar juntos. Hasta que llegara ese momento, tendría que fingir que era una buena esposa.

Tras ir a ver al Pequeño Jack, que estaba cenando, encontró a Robert escribiendo en su despacho. Sabiendo que no debía molestarlo, subió al piso de arriba y se quitó el traje de montar. Cuando bajó, Robert estaba en el vestíbulo.

—¿Te apetece una copa? —preguntó con una sonrisa—. A mí me vendría bien una. Llevo todo el día enfrascado en la novela. Ya casi no distingo las letras del papel. —Se quitó las gafas y se frotó el puente de la nariz. Tenía los ojos castaños irritados y enrojecidos—. ¿Qué has estado haciendo, amor mío?

—He ido a ver a Grace —contestó ella sintiendo el alfilerazo de la culpa.

—¿Ah, sí? ¿Y qué tal está?

—Como siempre. Su familia en pleno llegará dentro de unos días para pasar las fiestas.

Siguió a Robert al salón y lo vio acercarse al armario de las bebidas.

—¿Qué te gustaría hacer en Navidad? —preguntó él—. Les he dicho a mis padres que este año, teniendo en cuenta que hace poco que nos hemos instalado aquí, nos quedaremos en Irlanda. Elspeth y Peter nos han pedido que vayamos a su casa…

—Lo sé —le interrumpió ella—. Pero no soporto su casa, es tan fría y hay tanto alboroto… ¿Por qué no les pedimos a ellos y a mi padre que vengan aquí, con nosotros? A fin de cuentas, mi madre va a pasar las fiestas con Victoria en Broadmere y dudo que Harry venga. Sería agradable que el Pequeño Jack tuviera aquí a sus primos para variar. Podemos poner un árbol allí —añadió señalando un rincón—, y Jack puede ayudarnos a decorarlo.

Al pensar que aquella sería la última Navidad que el Pequeño Jack pasaría en la Casa Blanca se le encogió el corazón y, llevándose la mano al pecho, se sentó. La realidad de su decisión le hizo apreciar lo que tenía y de pronto todo le pareció mucho más querido de lo que pensaba antes. De hecho, la idea de perder su hogar, quizá para siempre, le produjo una congoja tan intensa que de pronto se sintió mareada.

—¿Te encuentras bien, cariño? —preguntó Robert al darle una copa de jerez—. Estás muy pálida.

—Estoy cansada —contestó con un suspiro—. Hoy voy a acostarme temprano. Me sentará bien.

—Desde luego. Ya hablaremos otro día de las fiestas.

En ese momento el Pequeño Jack apareció en la puerta con el pijama puesto. Su cabello rojizo relucía, húmedo y repeinado. Sostenía en la mano, de un hilo, una marioneta de madera en forma de payaso.

—¡Mira lo que me ha regalado Robert!

Kitty miró a su marido.

—¿Se lo has regalado tú?

—Lo vi en el escaparate de la tienda de juguetes de Ballinakelly y no me pude resistir.

—¿Verdad que es divertido? —preguntó el pequeño mientras hacía caminar a la marioneta por la alfombra, hacia Robert.

Kitty vio que el pequeño se concentraba y movía laboriosamente la cruz de madera que tenía en la mano para levantar los grandes pies rojos del payaso. Por fin llegó junto a Robert y dejó que lo sentara en sus rodillas, lo abrazara y le diera un beso en la mejilla.

—Qué listo eres, Pequeño Jack. Pensaba que tardarías mucho más en hacer andar al payaso.

El niño sonrió a Kitty, encantado.

—Eres muy listo, tesoro —dijo ella—. Qué bien que Robert te haya comprado un regalo.

El Pequeño Jack se acurrucó en brazos de Robert y Kitty sintió que se le saltaban las lágrimas. Las palabras de Grace resonaron en su conciencia y, a pesar de sus esfuerzos, Kitty no consiguió acallarlas.

5

Nueva York, 1925

—Es un gran placer volver a verla, señora Lockwood —dijo Beaumont L. Williams al estrechar vigorosamente la mano de Bridie—. Tiene buen aspecto, teniendo en cuenta que acaba de hacer una larga y ardua travesía trasatlántica.

La ayudó a quitarse el abrigo y a continuación le indicó el sillón de cuero que había delante del fuego. Bridie se sentó, quitándose los guantes dedo a dedo. Recorrió con la mirada el despacho de Beaumont Williams, reconfortada por su olor familiar, pues durante los tres años que había vivido en Nueva York había visitado a menudo la oficina del abogado. El aroma a humo de tabaco, a cuero viejo, a libros polvorientos y a la colonia cítrica del señor Williams le produjo la sensación, tan ansiada, de estar otra vez en casa.

—Lamento que la compra del castillo no saliera adelante —comentó él, y sus ojos astutos brillaron detrás de las gafas.

—Fue una idea impulsiva, señor Williams. Vi en el periódico que lord Deverill lo vendía y reaccioné sin pensar. Al final, alguien se me adelantó, pero no lo lamento. No tengo ningún deseo de vivir en Irlanda.

—Me alegra mucho oír eso. Elaine y yo salimos ganando, entonces.

El abogado se acomodó en el sillón de enfrente y cruzó las piernas. Los relucientes botones de su chaleco se tensaban sobre su barriga redondeada. Posó las manos carnosas sobre ella y entrelazó los dedos.

—Sin embargo —añadió ella con énfasis—, manténgase alerta. Si alguna vez vuelve a salir a la venta, avíseme.

—Naturalmente, señora Lockwood. Como usted bien sabe, yo siempre estoy alerta.

Ella se rio.

—En efecto, así es, señor Williams. Dígame, ¿cómo está Elaine? La he echado de menos —añadió, enternecida al pensar en su buena amiga.

—Está deseando verla, señora Lockwood —contestó él—. Creíamos que no volvería.

—Lo mismo pensaba yo —repuso Bridie con sinceridad—. Los Lockwood me echaron de Manhattan, pero no voy a dejarme acobardar, señor Williams. Nueva York es una ciudad lo bastante grande como para que podamos vivir todos en ella sin necesidad de vernos. He sopesado la idea de instalarme en otra parte, como usted me sugirió. Pero Nueva York es lo único que conozco, fuera de Irlanda, y aquí me siento a gusto. No dudo de que me encontrará usted un sitio bonito donde vivir y que Elaine y yo podremos volver a vernos con frecuencia, y que yo haré nuevos amigos.

—Y encontrará un marido, quizá —comentó el señor Williams con una sonrisa—. Es usted joven y, si me permite decirlo, señora Lockwood, una mujer atractiva. Tendrá a todos los solteros de Manhattan aullando delante de su puerta como una manada de lobos.

—Hace usted que parezcan aterradores, señor Williams —repuso ella, pero el abogado comprendió por su sonrisa que se sentía halagada.

—Bueno, dígame, ¿qué le hizo cambiar de idea y regresar?

Bridie suspiró hinchando el pecho y subiendo los estrechos hombros. Por un instante, el señor Williams creyó vislumbrar a la niña perdida bajo el elegante sombrero y la ropa lujosa, y experimentó una compasión sorprendente en él, pues no era hombre que se dejara conmover fácilmente por el sufrimiento de una mujer.

—La vida es extraña —dijo Bridie quedamente—. Llegué aquí siendo una criada sin un penique desde un pueblecito del suroeste de

Irlanda, trabajé para la imponente señora Grimsby, que, por algún milagro divino, decidió dejarme a mí su fortuna al morir, y de la noche a la mañana me convertí en una mujer muy rica. Luego me casé con un caballero, porque era, en efecto, un auténtico caballero que no solo se convirtió en mi compañero, sino que me dio respetabilidad. Sus hijos pueden haberme acusado de muchas cosas, pero no soy una cazafortunas, señor Williams, y nunca lo he sido. Quería sentirme querida y a salvo, y quería desterrar para siempre la soledad. Nada más, solo eso. Era una joven en un país extranjero, sin nadie que cuidara de mí. En efecto, he recorrido un largo camino.

Bajó la mirada hacia el fuego y el cálido resplandor de las llamas alumbró por un instante el profundo pesar de su mirada.

—Quería que las cosas volvieran a ser como antes, cuando era una niña pequeña, un espantapájaros descalzo, siempre hambrienta pero con una casa rebosante de amor.

Sonrió melancólicamente, enfrascándose en sus recuerdos mientras el chisporroteo de las ascuas de la chimenea la transportaba a un tiempo menos complicado de su existencia.

—Había música y risas y yo formaba parte de aquel lugar, igual que la mecedora de mi madre o el gran caldero negro que colgaba sobre el fuego, lleno de sopa de nabos. No soy tan ingenua como para haber olvidado las penurias. El frío, el hambre y las penas.

Pensó en su padre, asesinado a plena luz del día en la calle por un gitano, y se le contrajo el corazón de dolor y de culpa, porque, si no hubiera estado con Kitty y Jack aquel día, si no hubiera descubierto a los gitanos merodeando por las tierras de lord Deverill, su padre tal vez aún seguiría vivo, ¿y quién sabía si ella habría salido de Irlanda en ese caso?

—Pero volvería a pasar por todo eso con tal de sentirme arraigada en un lugar. —Apartó la mirada del fuego y la posó en el señor Williams, que la escuchaba con expresión grave y compasiva. Sonrió con aire de disculpa—. En fin, me di cuenta de que tenía que volver a la ciudad que hizo de mí lo que soy.

Él asintió con una sonrisa.

—Esta ciudad puede haberla convertido en la digna señora que es hoy en día, pero usted se ha hecho a sí misma, señora Lockwood, por pura fuerza de voluntad y coraje.

—He llegado muy lejos yo sola, es cierto.

—Cuando telegrafió para anunciarme que volvía, me puse a buscar una casa para usted. Tengo un apartamento que quizá quiera visitar, cuando esté lista. Elaine la ayudará a encontrar el servicio que necesite. Tengo entendido que ha vuelto sin Rosetta.

—Sí, así es. Necesito otra doncella lo antes posible.

—Cenemos juntos esta noche. Elaine se muere de ganas de verla. Saldremos por ahí, a algún sitio de moda. Espero que no haya guardado en un baúl sus zapatos de baile.

Bridie se rio. La preocupación por su futuro pareció disolverse entre las manos atentas y capaces de Beaumont Williams.

—Claro que no, señor Williams. Los desempolvaré y los sacaré por ahí, y veremos si se acuerdan de cómo se baila el charlestón.

Bridie pasó quince días alojada en el hotel Waldorf Astoria mientras Beaumont Williams se encargaba de alquilar en su nombre un espacioso apartamento en Park Avenue, una calle ancha y elegante a un par de manzanas de Central Park, donde vivían las personas más ricas y elegantes de Nueva York. Le alegraba volver a estar en Manhattan. Le gustaba la gente de aquella ciudad lejana y vibrante que parecía rechazar todo lo viejo y celebrar lo nuevo en medio de una estimulante marea de jazz, luces brillantes y fiestas desenfrenadas. Era la época de la Prohibición, el alcohol estaba prohibido y, sin embargo, no se notaba: sencillamente, se bebía a escondidas, y fue en los locales clandestinos, donde se bebía alcohol de garrafón al ritmo de George Gershwin y Louis Armstrong, de Bessie Smith y Duke Ellington, donde Bridie consiguió por fin olvidar sus penas pasadas y bailar hasta que el horizonte de Nueva York se sonrojaba con la luz rosada del alba. Pudo empezar de cero en las fiestas privadas del Upper East Side, donde se consumían cócteles *orage blossom* en copas de cristal y se hablaba en voz baja en los rincones oscuros, y reinventarse de nuevo, atrayendo a toda una tropa de amigos tan deseosos como ella de placeres hedonistas. Allí era Bridget Lockwood, y el ruido de los camiones, de los autobuses y los automóviles, de los tranvías, los silbatos y las sirenas, de las grúas y las excavadoras, el golpeteo de los pies en las aceras, las canciones de *music hall* y el claqué de los teatros eran tan atronadores que conseguían sofocar la vocecilla de Bridie Doyle que, desde un rincón de su alma, clamaba por volver a casa. En las luces deslumbrantes de Times Square podía forjar una nueva felicidad, una dicha surgida del champán y las compras, de la ropa elegante y los cosméticos y de las veladas nocturnas en cines recién abiertos. Abrazó Nueva York con renovado fervor, decidida a no dejarse arrastrar de nuevo por el pasado.

Su apartamento era luminoso y ventilado gracias a sus techos altos y sus grandes ventanas, y estaba decorado en el opulento estilo *art déco* que estaba de moda entonces. Los lustrosos suelos de mármol blanco y negro, los atrevidos papeles pintados con motivos geométricos, los sillones de piel y cromo y los espejos daban al lugar una sensación de glamur al estilo de Hollywood que fascinaba a Bridie. Tenía la sensación de estar en otro mundo, en un mundo que se le ajustaba a la perfección. Cuando miraba por la ventana, veía los modestos Ford negros que iban y venían por la calle, allá abajo, junto a Rolls Royce lujosamente pintados y Duesenberg de color rojo y verde, y reparaba en que habían pocos caballos y carros en aquella ciudad. En Irlanda, el caballo era aún el principal medio de transporte y en el campo muy poca gente tenía coche. En Manhattan todo parecía pertenecer al futuro, y ella estaba encantada de formar parte de aquel mundo nuevo y fulgurante.

Elaine había encontrado una pareja ecuatoriana para que trabajara en su casa. El marido, llamado Manolo, sería el chófer, e Imelda, una mujer menudita y callada, sería su doncella y asistenta. El señor Williams la ayudó a comprar un coche. Bridie eligió un Winton azul cielo de capota blanda que podía retirarse en verano y mullidos asientos de cuero. Bridie estaba contenta con Manolo e Imelda porque ninguno de los dos conocía su origen. La tomaban por lo que era a sus ojos, una viuda joven y rica, y ella lo agradecía. No pasó mucho tiempo, sin embargo, antes de que volviera a hablarse de la infame señora Lockwood, que apenas unos meses antes aparecía con frecuencia en los ecos de sociedad de las revistas y los periódicos de la ciudad. Su pasado, no obstante, ya no interesaba a nadie: la historia de cómo había pasado súbitamente de la miseria a la riqueza era una noticia obsoleta. Lo que ahora interesaba a la prensa era el glamur de su ropa y la identidad de los afortunados caballeros que la acompañaban cuando salía por ahí.

—¡Mira, Bridget! ¡Hay una foto tuya! —exclamó Elaine una mañana, con la cara pegada al periódico—. *La encantadora señora Lockwood asiste a la representación de* El vórtice *de Noel Coward con un suntuoso abrigo de visón...*

—¿No tienen nada mejor de lo que escribir? —la interrumpió Bridie a pesar de que en el fondo se sentía encantada con tantas atenciones, pues aquella fotografía reforzaba su sensación de hallarse en su entorno natural.

—Eres una viuda bella y rica que sale todas las noches con un hombre distinto. No debería sorprenderte. —Elaine sacudió sus rizos rubios y dio una larga calada a su cigarrillo Lucky Strike—. Me alegro de que te pusieras el vestido del volante. Estás preciosa con él, pareces una auténtica *flapper*.

—Mejor una *flapper* que una vampiresa, Elaine —contestó ella.

—Tú no eres una vampiresa, cielo, solo te estás divirtiendo. Te veo rodeada de los hombres más guapos de Manhattan y a veces me gustaría no estar casada. Y no es que Beaumont no sea todo lo que una mujer pueda desear. —Soltó una risilla gutural y Bridie se echó a reír.

—El señor Williams es un hombre distinguido —dijo eligiendo con cuidado el calificativo, porque Beaumont Williams no era, desde ningún punto de vista, un hombre guapo.

—Algunas veces a una le apetece un poco más de músculo y un poco menos de distinción, tú ya me entiendes. —Elaine suspiró y dejó el periódico—. Una necesita un poco de aventura, si no la vida se vuelve aburrida y el aburrimiento es el gran enemigo, ¿no crees?

—Que Dios nos guarde de él —convino Bridie. Se sacudió una miga de la solapa de su bata de satén rosa—. No tener nada que hacer me hace pensar, y pensar me conduce a lugares a los que no quiero ir. ¿Cómo vamos a entretenernos este fin de semana, Elaine?

—Beaumont ha sugerido que te lleve a Southampton. Los Reynolds dan una fiesta de Navidad el sábado por la noche que promete ser una de las más sonadas del año. Están deseando que vayas. Aportas una nota de misterio...

—Y de escándalo, seguramente —la interrumpió Bridie—. En esta ciudad hay gente con mucha memoria.

Marigold y Darcy Reynolds no son de esos. Son grandes coleccionistas de arte. Toda la gente importante estará allí, de eso puedes estar segura. Nosotros tenemos una casita en la playa, muy modesta, en Sag Harbor. En invierno la tenemos cerrada, pero podemos quedarnos allí. —Elaine pareció inquieta—. Beaumont no puede venir. Los negocios, ya sabes. —Se encogió de hombros—. Lástima. Podemos ir en coche juntas, solas las dos. Será la bomba. ¿Qué me dices?

Bridie había heredado la lujosa casa rosa de estilo *château* que la señora Grimsby tenía en los Hamptons, pero por consejo de Walter Lockwood, su marido, la había vendido. Desde entonces no había vuelto a aquella zona. Recordaba la frustración que sentía por no poder disfrutar de la playa de arena blanca cuando la contemplaba desde alguna ventana de la mansión. La señora Grimsby era una jefa muy exigente. Tras morir la anciana pudo al fin dar un largo paseo por la playa. Fue entonces, entre las olas que lamían suavemente la arena y la luz que destellaba en el agua, cuando se dio cuenta de que iba a echarla de menos. Todavía la añoraba en ocasiones. El autoritarismo de la señora Grimsby le había proporcionado un sentimiento de seguridad que no conocía desde que se había marchado de Ballinakelly embarazada y asustada, y el duro trabajo —y había sido muy duro, desde luego— le había permitido escapar al dolor.

—Me encantaría —le dijo a Elaine.

El sábado por la mañana partió hacia Southampton en su nuevo coche azul con Elaine, que la había convencido de que sería mucho más divertido prescindir de Manolo e iba sentada resueltamente al volante. Llevaban la capota bajada e iban envueltas en pieles, guantes, sombreros y bufandas para defenderse del frío. Charlaban alegremente mientras maniobraban entre el tráfico que salía de la ciudad para el fin de semana. Era una fresca mañana de invierno. El cielo sobre Manhattan era de un azul claro, lleno de promesas y exento de preocupaciones. El sol, que colgaba bajo sobre el Hudson, acariciaba las ondulaciones del agua con besos volubles y teñía de naranja los flamantes rascacielos. Al cruzar el puente de Brooklyn, Elaine se puso a cantar «Tea for two», del musical *No, no, Nanette*, que se había estrenado en Broadway ese año y tenía a todo el mundo bailando claqué al son de sus pegadizas canciones. Bridie también cantó, aunque no se sabía toda la letra, y sonreía traviesa a los hombres que las miraban con pasmo desde los otros coches mientras sus esposas miraban tercamente al frente.

Al salir de la ciudad, gigantescas vallas publicitarias flanqueaban la ruta anunciando coches, cigarrillos y la nueva radio Atwater Kent, que Bridie había comprado por insistencia de Elaine porque, según ella, era lo máximo. Caras hermosas sonreían desde los postes de seis metros de altura prometiendo placeres, glamur y felicidad, y Bridie, que había entrado a base de dinero en ese mundo de derroche material, disfrutaba enormemente sintiéndose parte de él. La bonita sonrisa del anuncio era la suya, y la satinada existencia que se adivinaba detrás, también. Juntas, Elaine y ella eran alegres, descocadas, populares y elegantes, dos mujeres liberadas.

Siguiendo la carretera, dejaron pronto la ciudad atrás y el cemento y el ladrillo dio paso a campos y pastos, a granjas y casas aisladas. El invierno había despojado al campo de su follaje estival y los árboles, desnudos y ateridos, alzaban sus ramas retorcidas al viento y a la lluvia que llegaba del mar. Las jóvenes cantaban para mantener el calor y su aliento formaba nubecillas de vapor en el aire. Era última hora de la tarde cuando llegaron a la casa de Elaine, una casita blanca con fachada de madera, tejado de tejas grises descoloridas y terraza con vistas al mar.

—Beaumont la compró de joven y, aunque tiene pasta suficiente para comprar otra mejor, se empeña en que nos quedemos con esta. Es sorprendentemente sentimental, ¿no te parece? —preguntó Elaine al aparcar ante la casa.

—A mí me parece encantadora —contestó Bridie, que estaba deseando entrar y calentarse.

—Connie debería tenerlo todo preparado. Vamos a ver.

Pero antes de que llegara a los escalones de la puerta de entrada, una mujercilla rechoncha, de no más de metro cincuenta de altura, la abrió y el olor acogedor de la leña quemada les dio la bienvenida, prometiéndoles comida caliente y comodidad.

Arreglarse para una fiesta es a menudo más emocionante que la fiesta en sí. Aunque es imposible predecir si la noche será un éxito o un fracaso, al menos puede una estar segura de que las dos horas, más o menos, que tarda en prepararse serán divertidas de por sí. Con esta idea en mente, Elaine y Bridie aderezaron su zumo de naranja con ginebra, escucharon jazz en el gramófono y bailaron por el dormitorio de Elaine, en medias y combinaciones de raso, mientras se rizaban el pelo y se maquillaban. Connie, que era mexicana, planchó sus vestidos y sacó lustre a sus zapatos de baile sin dejar de refunfuñar en español porque dos mujeres tan jóvenes fueran a una fiesta sin un hombre que las acompañara. Pero cuando se marcharon las despidió con una sonrisa, sacudiendo ligeramente la cabeza con aire de advertencia, y volvió a entrar en la casa para recoger la habitación, que habían dejado hecha un desastre.

La enorme mansión de estilo italiano de los Reynolds se alzaba en medio de una finca majestuosa con vistas a la playa de Southampton y era famosa por su espectacular salón de baile, sus chimeneas de estilo escocés y sus cuidados jardines. Darcy Reynolds había ganado su fortuna en Wall Street. Su lema parecía ser «No tiene sentido ganarlo si no puedes exhibirlo». De ahí que la mansión —o la «casa de verano», como la llamaba la familia— albergara multitud de entretenimientos durante los meses estivales y se sumiera en el silencio justo después de la primera helada. Este invierno, no obstante, Darcy cumplía cincuenta años y había decidido celebrarlo con una espléndida fiesta navideña como no se había visto otra igual en Long Island.

Bridie y Elaine se quedaron atónitas al ver las luces. Daba la impresión de que la casa entera estaba cubierta de estrellas. Brillaban con tal fuerza que casi eclipsaban la luz de la luna llena, que refulgía como un gran dólar de plata por encima de las ornamentadas chimeneas. El ves-

tíbulo circular estaba dominado por una impresionante escalera sobre-
dorada que subía en dos tramos curvos, los cuales confluían en un descansillo, delante de un gran ventanal en arcada, y a continuación volvían
a separarse. Una deslumbrante araña de cristal colgaba sobre la cabeza
de Bridie, que no pudo evitar acordarse del castillo de Deverill y de los
preparativos del baile de verano, cuando todos los sirvientes ayudaban
a bajar las arañas del salón de baile y colocaban cada piececita sobre un
gran paño, en el suelo, para lustrarlas hasta que brillaban como diamantes.

Una banda de jazz compuesta por músicos negros y dirigida por
Fletcher Henderson ocupaba el escenario, al fondo del salón de baile,
y su música electrizante retumbaba en las paredes. El salón ya estaba
lleno de invitados elegantes que bebían champán y cócteles en finas
copas de cristal. Había martinis y *cosmopolitans* y guindas ensartadas
en palillos, y nadie pensaba en la Prohibición, que, en todo caso, hacía
que la fiesta fuera aún más emocionante. Algunos invitados ya estaban
bailando. Las mujeres, con boas de plumas y diademas, collares de
cuentas y perlas, volantes y lentejuelas, vestidos cortos, cabello corto y
corta retentiva, parecían aves exóticas entre los hombres de pajarita y
pelo engominado. Las risas y las conversaciones se superponían al sonido de los instrumentos de viento y percusión, y Bridie y Elaine se lanzaron a disfrutar de aquella algarabía. Bridie tenía la impresión de que
Elaine conocía a todo el mundo, pero pronto se hizo evidente que la
mayoría de los invitados ya había oído hablar de la célebre señora
Lockwood. Enseguida tuvieron en la mano sendas copas de champán y
se vieron rodeadas por una cohorte de admiradores ansiosos por bailar
con ellas.

—Mira, cielo, ahí está Noel Coward hablando con Gertrude
Lawrence y Constance Carpenter. Me pregunto qué estarán tramando
—dijo Elaine, mirando con curiosidad al famoso dramaturgo inglés y a
las dos actrices—. ¿No te encantaría poder oír su conversación?

—Yo solo tengo ojos para la deliciosa señora Lockwood —dijo un
joven que se había presentado como Frank Linden.

Bridie le dedicó una sonrisa inquisitiva.

—Es usted un descarado —dijo ácidamente.

—¿Y eso por qué? ¿Acaso está mal decirle a una mujer que es preciosa? —repuso él. Al ver que ella se sonrojaba, añadió—: ¿Baila conmigo?

Ella paseó la mirada por la pista de baile. Todos parecían estar pasándoselo en grande.

—Muy bien —contestó, y le dio a Elaine su copa de champán vacía.

Frank la tomó de la mano y avanzó entre el gentío, hasta el centro de la pista, justo cuando la orquesta empezaba a tocar «Yes, sir, that's my baby». Se oyó un clamor y una oleada de invitados inundó la pista de baile. Bridie bailaba bien. Desde la época en que solía bailar con su padre en la cocina de su casa en Ballinakelly, siempre le había gustado moverse al ritmo de la música. No había nada más estimulante que el jazz, y bailó vigorosamente mientras Frank la miraba con arrobo.

La cena fue un banquete compuesto por platos suculentos, a cuál mejor presentado. Bridie siguió bebiendo champán, perdió la cuenta de cuántas veces le llenaban la copa y se sentó a comer a una mesa redonda con Frank, Elaine y un grupito de amigos de esta. Advirtió que Elaine estaba más achispada que de costumbre y que coqueteaba descaradamente con un joven vestido con esmoquin blanco llamado Donald Shaw: le daba blandas palmaditas en el pecho y se reía con una risita gutural de todas sus ocurrencias. Tenía la diadema torcida, casi encima del ojo izquierdo, y la máscara de pestañas se le había corrido un poco dándole un aspecto un tanto decadente. Bridie se alegró de que el señor Williams no estuviera presente para presenciarlo, pero estaba demasiado ebria de emoción y aturdida por las burbujas del champán para preocuparse por Elaine.

Hacía mucho calor en el salón de baile. La música le vibraba en los oídos, el alcohol la amodorraba y el alborozo de formar parte de un grupo tan elegante le producía una embriagadora sensación de omnipotencia. De modo que, cuando Frank Linden la tomó de la mano y la llevó escaleras arriba en busca de una habitación donde nadie los molestara, se dejó llevar alegremente. En la oscuridad de una de las habitaciones de invitados, Frank la apretó contra la pared y la besó. A Bridie le agradó sentirse de nuevo objeto de las atenciones de un hombre y, rodeándole el cuello con los brazos, le devolvió el beso. Cerró los ojos y sintió un agradable mareo.

Cuando volvió a abrirlos, estaba tumbada en la cama, en ropa interior, y Frank Linden había metido la mano por debajo de su combinación y le estaba acariciando los pechos. Estaba demasiado soñolienta para hacer nada al respecto y, además, la sensualidad de sus caricias la hizo retorcerse de placer como un gato. Un suave gemido escapó de su garganta y Frank, tomándolo como señal de que le estaba gustando, deslizó la mano entre sus muslos y allí la dejó un momento, acariciándola con indecisión. Como Bridie no protestó y su respiración entrecortada y sus suaves gemidos le hicieron pensar que estaba dispuesta a seguir adelante, Frank movió lentamente la mano hacia arriba, deslizándola por su piel, bajo las bragas de seda. Bridie separó las piernas, indolente. Sus gemidos se convirtieron en jadeos mientras dejaba que aquel calorcillo delicioso se extendiera por su vientre.

Cuando despertó, Frank estaba tumbado a su lado, durmiendo. Bridie oyó la música que llegaba de abajo. Era dulce y suave, y una mujer estaba cantando. Se levantó sin despertarlo y buscó a tientas su ropa. Una vez vestida, giró el pomo de la puerta lo más silenciosamente que pudo y salió al pasillo. Cuando llegó al rellano de la escalera vio a Elaine sentada en el peldaño de arriba, fumando un cigarrillo. Bridie se sentó a su lado.

—¿Estás bien? —preguntó.

—¿Los manoseos cuentan como infidelidad? —preguntó Elaine con voz sorda.

—Creo que el señor Williams sí los contaría.

—Entonces acabo de quebrantar uno de los Diez Mandamientos. —Se volvió hacia Bridie y sus ojos azules brillaron—. ¿No te dije que una necesita un poco de aventura de vez en cuando?

—Creo que deberíamos irnos a casa —repuso Bridie.

—Tienes razón. Ya he tenido suficientes aventuras por una noche. —Elaine entornó los párpados—. ¿Dónde está Frank?

—Durmiendo.

Elaine sofocó una exclamación de sorpresa.

—¡No te habrás…!

—Yo no tengo a nadie a quien traicionar —contestó Bridie con un encogimiento de hombros—. Además, las aventuras son esenciales para una joven viuda como yo, ¿no?

—¿Vas a volver a verlo?

Bridie se encogió de hombros otra vez.

—No creo.

—Solo ha sido para pasar el rato.

—Sí. Esta noche he descubierto que una puede divertirse un poco sin… complicaciones.

Ojalá lo hubiera sabido cuando trabajaba como criada en el castillo de Deverill.

Elaine sonrió, borracha.

—Eso podría habértelo dicho yo, Bridget.

—¿Estás bien para conducir? —preguntó Bridie a pesar de que sabía que la respuesta era negativa.

Elaine se agarró a la barandilla y, haciendo un esfuerzo, se incorporó.

—Nunca he estado mejor —dijo con una risita.

Se agarraron del brazo y comenzaron a bajar lentamente la majestuosa escalera, tambaleándose un poco.

—Dios bendiga América —dijo Bridie, porque creía de verdad que Estados Unidos le había dado una segunda oportunidad.

Elaine le apretó el brazo.

—Y a nosotras —dijo.

6

Celia y Archie pasaron la Navidad con sir Digby y lady Deverill en Deverill Rising, la suntuosa mansión georgiana de Wiltshire que Digby había comprado y reformado sin escatimar en gastos con la primera fortuna que ganó en las minas de diamantes de Sudáfrica. La casa se llamaba originalmente Upton Manor, pero ese nombre resultaba demasiado modesto para un nuevo rico como Digby Deverill, deseoso de exhibirse. Tomando como inspiración el recuerdo de los veranos pasados en el castillo de Deverill, decidió dar a su casa un nombre que pudiera perpetuarse a lo largo de los siglos y proporcionar a su familia un sentimiento de solidez dinástica. Así pues, la rebautizó como Deverill Rising, dotándola del empaque de su nuevo estatus y del peso de su abolengo. Su hijo George habría heredado la casa si su vida no hubiera sido cruelmente cercenada en la Gran Guerra. La muerte de George entristecía profundamente a Digby y había empañado para siempre sus ilusiones, pero su carácter bullicioso y optimista lo impulsaba a buscar siempre el lado positivo de las cosas. Llenaba la casa de invitados a la menor oportunidad y se preguntaba si alguna vez tendría un nieto varón que amara aquella casona tanto como la amaba él.

Las gemelas Leona y Vivien, las hermanas mayores de Celia, también fueron a pasar las fiestas a Deverill Rising, acompañadas por sus maridos, Bruce y Tarquin, y sus hijos pequeños. Debido a que le sacaban siete años, su relación con Celia nunca había sido muy estrecha. Eran ambas rubias y guapas, con la nariz alargada y aristocrática, los ojos azules un poco anodinos e inexpresivos, y unas facciones poco llamativas. Eran muy pocas las cosas capaces de sacarlas de su pasividad.

Con todo, desde que Celia había comprado el castillo provocando con ello su envidia, se mostraban extrañamente vehementes. Ninguna de las dos podía creer que la caprichosa Celia, que había escandalizado a la alta sociedad londinense al escapar de su boda con el padrino del novio, se hubiera quedado con la casa solariega de la familia Deverill. Era indignante, una humillación que enfurecía a Leona y Vivien, que, casadas con militares, llevaban una vida relativamente modesta. Pero lo que las sublevaba más aún era que su padre, a pesar de lo mucho que le había hecho sufrir Celia, estuviera tan orgulloso de ella.

La noticia había horrorizado al principio a Digby, pero el entusiasmo de Celia y el orgullo de Archie por haber hecho posible la compra ablandaron su resentimiento y mitigaron los recelos de Beatrice. Archie, deseoso de impresionar a su suegro, le explicó los audaces planes del arquitecto, que —recalcó Archie— incluían muchas ideas de su cosecha. Digby pidió conocer al tal señor Leclaire en cuanto fuera posible, porque quería cerciorarse de que su veleidosa hija no se estaba pasando de la raya. Una cosa era restaurar un castillo para devolverle su antiguo esplendor y otra muy distinta construir un palacio que no existía con anterioridad.

—Iré con vosotros a Irlanda el año que viene —declaró, entusiasmado ante la idea de implicarse en el proyecto—. Tengo ganas de ver a Bertie. Dime, querida, ¿qué tal está mi primo?

Celia, eufórica de felicidad, tenía la cara colorada.

—¡Ay, papá! ¡Me encantaría que conocieras al señor Leclaire! Tiene tantas ideas… Y entiende de verdad lo que queremos. ¡Todo lo que me sugiere, le digo que lo quiero ya, para antes de ayer! Es la monda. Cree que soy maravillosa.

—Te comportas como si dispusieras de fondos inagotables —dijo Leona con acritud.

Celia hizo oídos sordos.

—Te va a encantar, papá. A nosotros nos encanta. ¡Es todo un personaje!

—¿Y el primo Bertie? —insistió su madre amablemente.

Celia suspiró.

—Está todo lo bien que cabe esperar, supongo —respondió, reacia a cambiar de tema y dejar de hablar de sí misma—. Maud le ha dicho que no quiere volver nunca a Irlanda y sé por Harry que va a comprarse una casa en Chester Square. Seguirán viviendo separados, porque dudo que Bertie tenga intención de dejar el pabellón de caza. Le he dicho que puede quedarse allí todo el tiempo que quiera. Es su hogar, a fin de cuentas. Pero está encantado porque voy a reconstruir el castillo. Encantado. ¿Verdad que sí, Archie?

—Le interesan mucho nuestros planes —convino su marido.

—Imagino que estará haciendo de tripas corazón —comentó Vivien—. Porque ¿cómo va a disfrutar viendo que otra persona reconstruye su casa?

—Celia no es «otra persona» sin más —repuso Archie.

—Claro que estará encantado —terció Digby.

—Me alegro mucho de que así sea —dijo Beatrice—. Me preocupaba que esto creara rencillas en la familia.

—¡Nada de eso, mamá! —exclamó Celia—. Están todos entusiasmados. ¡Sobre todo Kitty! Nuestros hijos crecerán juntos y jugarán en los mismos sitios donde jugábamos nosotras. Será divino. La historia, repitiéndose a sí misma. Vamos a empaparnos del estilo de vida irlandés, ¿verdad que sí, Archie? La caza y las carreras… Archie saldrá a cazar con los perros y la escopeta, como hacía el primo Hubert. ¡Ah, va a ser tan divertido…! —concluyó, y se puso a dar palmas sin volver a pensar en el pobre Bertie, que se hundía melancólicamente en sus botellas de whisky.

—Espero que instaléis calefacción. Que yo recuerde, el castillo era incomodísimo, frío y húmedo —dijo Leona.

—¡Uy, sí, había una humedad espantosa! —añadió Vivien—. Yo me metía en la cama con un abrigo de piel puesto para no helarme.

—Vamos a instalar lo mejor de lo mejor —dijo Celia con firmeza.

—Es una lástima que no puedas gastarte todo ese dinero en mejorar el tiempo —replicó Leona con una risita.

Vivien también se rio.

—Dios mío, en Irlanda llueve constantemente, ¿verdad?

—Igual que en Inglaterra —repuso Celia, lanzándoles una mirada furibunda—. Pero los veranos que yo recuerdo en Ballinakelly eran siempre muy soleados y calurosos. ¿Sabéis?, Archie y yo vamos a celebrar otra vez el baile de verano del castillo de Deverill. Será igual que antes. Las velas, la música, el baile, y todo el mundo dirá que nadie da fiestas como las de la señora Mayberry. ¿Verdad que sí, Archie, cariño?

Archie Mayberry sonrió con indulgencia. Comprarle el castillo a Celia le había hecho sentirse como un hombre otra vez y le había devuelto la dignidad a ojos de sus familiares y amigos. Después de que Celia huyera el día de su boda, le preocupaba que sus suegros le culparan por ser tan aburrido que no había podido retenerla. Temía no recuperar nunca su estima, y le atormentaba haberse visto humillado delante de sus amigos. Nada como el dinero, sin embargo, para que la gente olvide y perdone un escándalo. El soborno de Digby —pues eso había sido, en definitiva— le había permitido no solo salvar a su familia de la bancarrota sino poder mirarse de nuevo al espejo. Resultaba irónico, por otro lado, que se las hubiera arreglado para recompensar la generosidad de su suegro comprando la casa solariega de los Deverill. Digby Deverill, a pesar de ser afable y muy educado, era inescrutable como suelen serlo todos los hombres poderosos. Archie notaba por su expresión, sin embargo, que se había ganado la aceptación de su suegro, como era su intención desde un principio. En cuanto a su respeto, confiaba en ganárselo también algún día.

Kitty y Robert pasaron la Navidad en la Casa Blanca. El padre de Kitty, Bertie, fue a comer con ellos el día de Navidad, junto con Elspeth, Peter y las Arbolillo. Aunque Elspeth era siete años mayor que Kitty, las dos hermanas estaban muy unidas desde que, hacía casi cinco años, Elspeth se había casado con Peter MacCartain y se había instalado en el húmedo castillo de su marido, a un corto paseo del castillo de Deverill. El Pequeño Jack jugó con sus tres primos y abrió sus regalos alborozado. Hazel y Laurel revolotearon alrededor de los niños mientras Robert y Peter permanecían junto al fuego, observando la escena divertidos. Bertie, que no quería arruinar la fiesta, hizo todo lo posible por mostrarse animado, pero Kitty notó que estaba profundamente deprimido. Se preguntaba si era la venta del castillo lo que entristecía a su padre o la muerte de su madre, Adeline, o quizás el haber perdido definitivamente a Grace. No creía, en cambio, que Maud tuviera nada que ver con ello.

Bertie, sin embargo, echaba de menos a su esposa. Era una de esas paradojas de la vejez y el matrimonio: los cónyuges que en su juventud se aburren juntos y se son infieles el uno al otro, a menudo se consuelan y se apoyan mutuamente al hacerse viejos. Bertie había traicionado a su esposa al mantener una larga relación extramatrimonial con Grace (y, anteriormente, numerosos devaneos con chicas guapas), pero ese idilio había terminado hacía largo tiempo y ahora Bertie se descubría con frecuencia pensando en Maud. Parecía absurdo que, después de años y años de gélido matrimonio, fuera él quien quisiera romper el hielo. Ni siquiera él lo entendía. Amaba a Grace —siempre la amaría—, pero ella había puesto fin a su relación y ahora eran solo amigos. La luz del deseo que caldeaba sus suaves ojos marrones se había extinguido y ahora lo miraba con piedad. Bertie odiaba haberse convertido en un hombre digno de lástima. Por más que ella intentara disimular, él lo notaba. Maud, en cambio, no se compadecía de él: lo despreciaba, y su furia tenía algo de majestuoso. A fin de cuentas, lo opuesto del amor era la indiferencia, ¿no? Y a Maud no le era indiferente, desde luego. Le guardaba rencor por su infidelidad, pero ¿acaso no había sido ella la primera en abandonar el lecho nupcial para liarse con Eddie Rothmeade, un antiguo compañero de colegio de Bertie? Maud creía que él no lo sabía, pero se equivocaba. Apenas había podido ocultar su enamoramiento. Pero de eso hacía muchos años y Bertie estaba dispuesto a olvidarlo. Su mujer le aborrecía por su desliz con la doncella, pero le odiaba aún más por haber reconocido oficialmente al hijo nacido de esa unión. Ahora estaba resentida con él por haber vendido el castillo, a pesar de que era ella quien le había animado a hacerlo. Bertie iba a comprarle una casa en Belgravia con los beneficios de la venta, pero era consciente de que Maud no le quería allí. El divorcio era impensable para una mujer obsesionada con el qué dirán, pero Bertie se preguntaba si algún hombre podría hacerla cambiar de opinión; un hombre, quizá, que estuviera dispuesto a darle más de lo que él le había dado. Esa idea le entristecía profundamente. Cuando pensaba en la bella y fría Maud, se preguntaba si, de haber actuado él de otro modo (y con menos arrogancia, quizá), podría haberla hecho feliz. Se preguntaba por qué, cuando intentaba ahogar sus penas en whisky, se hacían más agudas. En medio de la bruma alcohólica que cubría su mente, veía a Maud tal y como era cuando se casaron, cuando su sonrisa esquiva se posó sobre él como los cálidos rayos del amanecer. Maud, sin embargo, no volvería a sonreírle nunca, de eso estaba seguro. Tal vez era esa certeza absoluta lo que le hacía añorar el pasado. ¿No era lo que solía ocurrir? Uno siempre desea lo que no puede tener.

Al día siguiente de Navidad, Kitty supo que Liam O'Leary, el padre de Jack, había fallecido en Nochebuena. La sirvienta que le dio la noticia no estaba segura de qué había muerto. Solo sabía que el entierro era al día siguiente en la iglesia católica de Todos los Santos, en Ballinakelly. Kitty quería ir a consolar a Jack, pero temía que su presencia levantara sospechas. Sin duda Jack estaría con su madre y el resto de su familia, y Kitty sabía que había muchos O'Leary en Ballinakelly. Finalmente, decidió mandar al mozo de cuadras con una carta de pésame. Estaba segura de que Jack sabría leer entre líneas y la avisaría en cuanto pudiera ir a visitarle.

El día del entierro, Kitty se asomó a la ventana de su habitación y contempló el mar, llena de ansiedad, mientras se mordisqueaba la piel reseca del pulgar. No había sabido nada de Jack. Se preguntaba si sus planes de marchar a Estados Unidos se pospondrían después de aquello, o si se irían al traste definitivamente. ¿Podría Jack dejar sola a su madre tan pronto, tras la muerte de su marido? Kitty sabía que Jack tenía hermanas y una tía materna, pues le había oído hablar de ella, pero ignoraba dónde vivían o si tenían una relación muy estrecha. En todo caso, la señora O'Leary adoraba a su hijo, de eso estaba segura.

¡Cuánto le hubiera gustado poder asistir al funeral! Pero era imposible. A Robert le habría parecido muy extraño, y a los vecinos también, a pesar de que, en su calidad de veterinario del pueblo, Jack llevaba años visitando el castillo de Deverill para atender a los animales. Así pues, Kitty esperó. ¿Qué otra cosa podía hacer?

Grace había dispuesto su partida para el primer fin de semana de febrero. No tenía previsto visitar Londres antes de esa fecha y le dijo a Kitty sin rodeos que confiaba en que recapacitara y cambiara de parecer durante el mes que aún quedaba para su partida. Kitty, no obstante, estaba segura de que aquello era lo que quería. Su pasado había estado marcado por el sacrificio personal. Ahora había llegado su momento y estaba decidida a aprovecharlo.

Durante la semana anterior a las fiestas había sufrido enormemente a causa de la menstruación. Tuvo que meterse en la cama con dolores abdominales agudos y Robert había tenido la delicadeza de dormir en su vestidor. Ahora, en cambio, no había razón para que su marido se viera desterrado a otro cuarto y, además, curiosamente, Kitty tampoco quería que así fuera. Estaba a punto de abandonarlo para marcharse al otro lado del mundo. Se disponía a separarlo del Pequeño Jack, seguramente para siempre. Se odiaba a sí misma por permitir que su pasión la volviera egoísta. A fin de cuentas, Robert siempre había sido bueno con ella. Los había querido mucho a los dos. Su sentimiento de culpa era inmenso, y la certeza de lo que iba a perder la impulsaba a lanzarse a sus brazos. Era como una criatura marina que se aferrara a la roca en la que vivía mientras la corriente tiraba de ella para llevársela muy lejos. Y mientras permitía que él le hiciera el amor se daba cuenta, a la luz de su partida inminente, de que era posible amar a dos hombres al mismo tiempo, de dos maneras completamente distintas.

Por fin recibió una nota de Jack pidiéndole que fuera a su casa en cuanto pudiera. Temiendo que fuera a posponer su partida, ensilló su caballo y galopó a toda velocidad por las colinas hasta su casa, que estaba en un paraje aislado, frente al mar. Vio el hilo de humo que salía de la chimenea mucho antes de llegar. Un resplandor dorado titilaba en una de las ventanas de abajo, en medio de la luz crepuscular. Empezaba a caer la niebla y el horizonte, normalmente despejado, estaba cubierto por una bruma gris en la que los barcos de pesca podían desorientarse fácilmente. Esa noche no habría luna que iluminara el camino de vuelta, pero Kitty estaba segura de que lo encontraría.

Desmontó y ató el caballo a una cerca, detrás de la casa. No se molestó en llamar: entró sin más. Jack estaba sentado a la mesa de la cocina, mirando fijamente una jarra de cerveza medio llena. Al verla, se levantó y la estrechó en sus brazos con fiereza. A Kitty se le encogió el corazón al ver su cara demacrada por la pena y le abrazó con todas sus fuerzas. Jack rompió a llorar. Sollozó abrazado a ella como un niño pequeño y Kitty, acordándose de sus queridos abuelos, le compadeció profundamente.

Cuando al fin se calmó, Jack regresó a su silla y apuró la jarra de cerveza. Kitty puso la tetera al fuego y preparó té. Jack le contó que su padre había muerto apaciblemente mientras dormía, pero que su madre había sufrido una fortísima impresión al encontrarlo frío y rígido a su lado a la mañana siguiente.

—Era un buen hombre —dijo en voz baja—. De no ser por la guerra, habría vivido más tiempo, estoy seguro. Esa guerra nunca fue la nuestra. Debería haber hecho lo que yo, quedarse aquí, con los pies bien plantados en suelo irlandés. Pero no teníamos las mismas ideas políticas. Discutíamos, y yo sé que desaprobaba mi decisión de no luchar. Si hubiera sabido la mitad de las cosas que hice durante esos años, no se habría limitado a darme un tirón de orejas. Pero no se enteró de nada y, cuando regresó, algo se había extinguido dentro de él. Nunca hablaba de lo que había visto y hecho, pero yo sé que tuvo que ser terrible. Le robó su alegría. Espero que vuelva a encontrarla, esté donde esté.

—Lo hará —afirmó Kitty—. Ya está en casa.

—Me encanta tu certeza, Kitty. —Jack sonrió y la vio traer la tetera a la mesa y servir dos tazas. Ella se sentó enfrente y él le agarró las manos sobre la estrecha mesa de madera—. O estás como una regadera o conoces el mayor de los misterios de la vida. Sea lo que sea, te quiero igual.

—Y yo a ti, Jack, a pesar de que tengas tan poca fe —repuso ella con una sonrisa.

—Vamos a empezar una nueva vida en América, tú, yo y el Pequeño Jack. Sueño con pasear contigo de la mano a la vista de todo el mundo.

Kitty le apretó la mano con fuerza.

—Yo también. La vida no nos ha tratado bien, ¿verdad?

—Esta vez tomaremos ese barco, pase lo que pase.

—Será emocionante para el Pequeño Jack. Nunca ha estado en un barco.

Jack advirtió la inquietud que se ocultaba tras su alegría.

—Sé que estás preocupada por él, amor mío. Pero es un chico. Será una aventura. —La miró con ternura—. Le daremos hermanos y hermanas. Una gran familia. No tendrá tiempo de acordarse de Ballinakelly.

—Espero que tengas razón.

—Te quiere más que a nada en el mundo, Kitty. Y a mí también acabará queriéndome. Te prometo que sí. Seré un buen padre para él.

A Kitty se le saltaron las lágrimas.

—Lo sé, Jack. Pero tengo miedo. Quiero hacer lo mejor para él, pero tengo que hacer lo mejor para mí. Me siento partida en dos. Y Robert...

A Jack se le endureció el semblante.

—¡No pienses en Robert, Kitty! —le espetó—. No tiene ningún derecho sobre ti. Tú y yo somos como plantas con las raíces muy hondas y entrelazadas. Tenemos una larga historia juntos. Aventuras y recuerdos compartidos con los que Robert no puede competir. Es un ladrón, te robó, te separó de mí. Si no te hubieras casado con él, habrías podido casarte conmigo. No, no discutas. Tú sabes que es cierto. De no ser por él, estaríamos juntos.

Kitty asintió en silencio y le soltó las manos. Agarró la taza de té y bebió un sorbo.

—Sé que te sientes dividida y entiendo a lo que vas a renunciar para acompañarme. No creas que no lo sé. Pero nos merecemos esto, Kitty. No hay otra solución. Es esto o nada. Si no puedes venir conmigo, me iré de todas formas, porque no puedo seguir aquí sin ti.

—Iré contigo. Te lo prometo —le aseguró ella en voz baja.

Jack miró por la ventana. La niebla se apretaba en torno a la casa y ya había oscurecido.

—Será mejor que te vayas ya, o te perderás con esta niebla —dijo.

—Podría cabalgar por estas colinas con los ojos vendados —repuso ella al levantarse.

—Te acompaño —dijo Jack de repente, y echó la silla hacia atrás con estrépito.

—No, no puedes. Si nos ven juntos todo se irá al traste. No va a pasarme nada. Llevo toda la vida montando por estas colinas.

Jack la besó en los labios con ardor.

—¡Y pensar que pronto podré besarte de la mañana a la noche sin interrupción...!

—¡Jack! ¡Lo estoy deseando! Quiero que me beses ahora sin que nadie nos interrumpa. —Deslizó la mano entre los botones de su camisa, pero él la detuvo.

—Tienes que irte ya, Kitty —insistió—. Si esperas más, será noche cerrada. Por favor, amor mío, márchate.

De mala gana, ella se puso el abrigo y los guantes y se caló el sombrero. Subió al caballo y se despidió con la mano de Jack, que aguardaba melancólicamente en la puerta.

—Estoy deseando que llegue el día en que mi casa sea la tuya —dijo, y Kitty le lanzó un beso antes de aguijar suavemente al caballo y echar a trotar por el camino que llevaba a las colinas.

Robert estaba empezando a preocuparse. Había oscurecido y Kitty seguía fuera, con su caballo. No entendía esa necesidad de su esposa de salir constantemente a cabalgar. Si quería ir a Ballinakelly podía ir en coche: era mucho más sencillo. De pie junto a la ventana del cuarto de estar, Robert miraba la noche brumosa, pero solo veía su cara pálida, que le devolvía una mirada ansiosa. Se frotó la barbilla. Nadie parecía saber dónde había ido Kitty. Ni siquiera el mozo de cuadra, que se había limitado a sacudir la cabeza y le había dicho que la señora Trench había ensillado ella misma la yegua y se había marchado sin decir palabra. Seguramente solo había ido a dar un paseo por las colinas. Pero Robert estaba preocupado. Kitty debería haberse dado cuenta al salir de que estaba cayendo la niebla. ¿Cómo era posible que decidiera salir a cabalgar por el monte una tarde de niebla, en pleno enero?

Pensó en salir a buscarla. ¿Y si se había caído del caballo? ¿Y si se había lastimado? ¿Y si estaba herida, tirada en el barro? Se moriría de frío allí fuera, en la oscuridad. Se le encogió el corazón de miedo. Respiró hondo e intentó tranquilizarse. En primer lugar, no la encontraría. Además, podía estar en cualquier parte. No podía echar a andar por los campos debido a su cojera, ni coger el coche, porque los caminos estaban resbaladizos y cubiertos de barro y era muy probable que tuviera un percance grave y destrozara el vehículo. Se sentía completamente inútil. No podía hacer otra cosa que esperar.

Tal vez Kitty estuviera con su padre, se dijo. Últimamente estaba muy preocupada por él. Bertie se mostraba taciturno y melancólico, y solo el Pequeño Jack, con sus travesuras, parecía capaz de sacarlo de su ensimismamiento. Pero Kitty no habría salido a caballo por las colinas, de ser así. Habría atravesado las arboledas y los campos, pues el pabellón de caza estaba cerca, al otro lado de la finca, y a esas horas ya estaría de vuelta. Debía de haber ido a visitar a Grace. Eran uña y carne. Parecían tan unidas como hermanas por la forma en que se hablaban: a veces con impaciencia, otras con cariño, pero siempre sin esa reserva que prevalecía en las relaciones no familiares. En efecto, su amistad parecía tener raíces muy profundas, tan profundas que Robert no alcanzaba a imaginarlas. Pero Grace tenía la casa llena de gente y no les había enviado ninguna invitación formal. No, Kitty no podía haber ido a visitar a Grace, ahora lo veía con claridad.

Cuando por fin se abrió la puerta y entró Kitty con la cara colorada por el frío y el cabello rojo alborotado, Robert experimentó al principio una profunda oleada de alivio, y acto seguido se enfureció con ella por haberle causado tanta preocupación.

—¿Dónde demonios has estado? —preguntó, saliéndole al encuentro en el pasillo.

Kitty se rio.

—No estarías preocupado por mí, por esta niebla, ¿no?

—¡Claro que sí, niña boba!

Su tono condescendiente ofendió a Kitty.

—Conozco esas colinas mejor que la mayoría de los pastores —replicó ásperamente—. No tenías por qué preocuparte.

—¿Dónde estabas?

Ella se encogió de hombros y se quitó los guantes.

—Por ahí, cabalgando.

—¿Dónde?

—¿A qué vienen tantas preguntas, Robert? ¿Me estás acusando de tener un amante escondido en el monte?

Robert se quedó de piedra.

—No —contestó—. Ni siquiera se me había pasado por la cabeza. ¿Debería?

La tez curtida de Kitty se sonrojó.

—Estás haciendo una montaña de un grano de arena. Solo he salido a montar, como siempre. No me preocupaba la niebla.

—Te prohíbo que vuelvas a salir así. Es peligroso.

Kitty suspiró con impaciencia.

—Por favor, Robert. ¡Hablas como si fueras mi tutor otra vez!

—Cuando era tu tutor no estabas obligada a obedecerme. Ahora sí, porque soy tu marido.

—No tengo por qué dar explicaciones —le espetó ella mientras se dirigía a la escalera.

—Por supuesto que sí. Ahora tienes un niño pequeño que depende de ti —le recordó él—. Y me tienes a mí, para bien o para mal. No voy a permitir que andes por el monte de noche. Tienes todo el día a tu disposición. Hazme el favor de montar solo de día. Sin duda, no es mucho pedir.

Kitty, furiosa porque le estuviera diciendo lo que tenía que hacer y alterada por los remordimientos, resolvió no intentar calmar los ánimos. Si estaba enfadada con Robert le sería mucho más fácil abandonarlo. Subió con decisión las escaleras, sin mirar atrás. Robert se quedó en el pasillo hasta que desapareció. Luego volvió cojeando a su despacho y cerró de un portazo.

Kitty leyó un cuento al Pequeño Jack y lo arropó. Le dio un beso en la frente tersa y disfrutó todo el tiempo que pudo del placer de sus bracitos enlazándole el cuello y apretándola con fuerza. Se ablandó al ver al niño y, cuando entró Robert para dar las buenas noches, le costó mantener el enfado. Consiguió, sin embargo, cenar en silencio. Él intentó entablar conversación, pero Kitty respondió con monosílabos hasta que, finalmente, Robert se dio por vencido y solo el tintineo de los cubiertos y los platos interrumpió su pesado silencio.

Kitty se fue a la cama sola y apagó la luz. Volvió a pensar en abandonar su casa y de nuevo se apoderó de ella la desesperación. Pero, justo cuando cerraba los ojos, oyó que se abría la puerta y el ruido de los pasos desiguales de su marido al entrar en la habitación. Deseó que Robert pensara que estaba dormida y se marchara, pero no fue así. Se acostó a su lado y la rodeó con los brazos, atrayéndola hacia sí.

—No quiero que nos peleemos, cariño —susurró—. Te quiero.

Su voz suave disipó por completo el enojo y la angustia de Kitty. Se dio la vuelta y lo besó. Lo besó con ternura y, al hacerlo, una lágrima se abrió paso entre sus pestañas, porque, aunque era consciente de que estaba traicionando a Jack, sabía también que la guiaba un anhelo más profundo. No trató de entenderlo, ni intentó justificarlo. Pero mientras le desabrochaba los botones del pijama y le acariciaba el pecho, comprendió que estaba sellando su destino, fuera el que fuese. Ahora, estaba en manos de Dios.

7

Digby Deverill llegó a Ballinakelly después de Año Nuevo con Archie y Celia y se alojó en casa de su primo Bertie, en el pabellón de caza. No había vuelto desde el funeral de Adeline, cuando Bertie anunció ante toda la familia que iba a vender el castillo y les presentó a su hijo ilegítimo, Jack Deverill. *Menuda comida fue aquella*, pensó Digby con una sonrisa sardónica. Maud se marchó hecha una furia y regresó a Londres lamentándose amargamente de sentirse dolida y humillada. Los demás se quedaron sin habla, lo que era todo un acontecimiento tratándose de una familia tan parlanchina como la suya. Ahora, unos meses después, Digby pudo recordar el episodio con divertida ironía.

Digby amaba el condado de Cork. Recordaba con cariño los veranos de su niñez en el castillo de Deverill, cuando Bertie, él y Rupert, el hermano pequeño de Bertie, que murió después en la Gran Guerra, salían con la barca a pescar acompañados por el primo Hubert, el formidable padre de Bertie. A Digby no se le daba bien pescar, pero le encantaba el dramatismo del océano, el misterio de lo que yacía debajo, el horizonte amplio y la sensación de estar solos en el azul inmenso. Le fascinaban los pescadores del pueblo, con sus gruesos jerséis, sus botas y gorros, sus caras agrietadas por años de exposición a los vientos salobres, sus manos secas, ásperas y nudosas, y le encantaba escuchar su charla cuando, al final de la jornada, Bertie y Rupert lo llevaban a la taberna de O'Donovan, en Ballinakelly, a tomar una pinta de cerveza negra. El primo Hubert prefería la comodidad de su casa…, y la seguridad de hallarse entre personas de su misma clase. Le encontraban en la biblioteca del pabellón de caza (porque en aquella época los abuelos de Bertie vivían en el castillo), comiendo bizcocho delante del fuego con sus sabuesos echados a sus pies, esperando que cayera alguna migaja. «¿A alguien le apetece una partida de *bridge*?», preguntaba, y Digby, ansioso por agradar al primo Hubert, siempre era el primero en ofrecerse voluntario.

Ahora el primo Hubert había muerto, víctima del incendio que destruyó el castillo. Adeline también había fallecido. Era una reflexión saludable, que confirmaba la creencia de Digby de que había que agarrar a la vida por los cuernos y vivir conscientemente, con decisión y coraje, no como Bertie, que se dejaba arrastrar a la deriva por una corriente de whisky y desesperanza. Había que hacer algo, y pronto, o él también moriría y ello supondría el cierre definitivo de una era.

Digby había ido al condado de Cork a conocer al señor Leclaire, pero también con la intención secreta de sacar a su primo de su estado de estupor. Sabía que tenía que aguardar el momento oportuno. Bertie tenía que estar con el ánimo adecuado para escuchar sus consejos, porque siempre cabía el peligro de que se ofendiera, pues era un hombre orgulloso y frágil, y las consecuencias podían ser nefastas.

Mientras esperaba ese momento esquivo, Digby puso todo su entusiasmo en los planes de reconstrucción del castillo. Había visto las ruinas el año anterior, pero nunca se había tomado la molestia de recorrerlas. Ahora, guiado por el expansivo señor Leclaire (que sin duda se regodeaba pensando en su abultadísima minuta), recorrió los escombros pasando de habitación en habitación como un perro que buscara el rastro de su pasado. Lo encontró en el salón, cuya chimenea seguía en pie, y recordó con una oleada de nostalgia el baile de verano, cuando se detuvo allí con su flamante esposa, Beatrice, que veía el castillo por primera vez. Recordaba la cara de su mujer tan claramente como si hubiera sido ayer: su asombro, su júbilo, el puro deleite de la belleza del edificio iluminado por centenares de velas y adornado con enormes arreglos florales.

El señor Leclaire lo sacó de su ensoñación instándolo a entrar en lo que quedaba del cuarto de estar. Lustrosos cuervos negros saltaban entre los cascotes, parloteando entre sí. Leclaire le indicó los tramos de pared que aún estaban intactos y los que estaban tan dañados que habría que echarlos abajo. Gesticulaba haciendo grotescos aspavientos mientras Celia se reía y charlaba, y calificaba de «maravillosa» cada ocurrencia del arquitecto.

—Lo quiero para ayer —decía en respuesta a cada una de sus sugerencias.

Archie vigilaba atentamente las reacciones de su suegro con la esperanza —y el deseo— de que diera su aprobación.

—Utilizaremos la piedra original allí donde sea posible, sir Digby —explicó el señor Leclaire—. Pero donde nos veamos obligados a usar otra, procuraremos que sea lo más parecida posible a la original. La señora Mayberry ha sugerido que compremos piedra envejecida, pero le he explicado, ¿verdad que sí, señora Mayberry?, que los costes aumentarían sensiblemente. La piedra envejecida es muy cara.

—Estoy seguro de que el señor Mayberry querrá ver un presupuesto detallado de ambos tipos de piedra, señor Leclaire —contestó Digby.

Sonrió a su hija y Celia le dio el brazo, pues sabía por experiencia lo que significaba esa sonrisa: que tendría su piedra envejecida, de una manera o de otra.

Mientras cruzaban las ruinas camino de la torre occidental, la única que se mantenía en pie y en la que Adeline se había instalado tras la muerte de Hubert, Celia vio un par de caras mugrientas que los observaban por encima de un muro. Le dio un codazo a Archie.

—Mira, nos están espiando —susurró.

Archie siguió su mirada. Allí, medio escondidos entre las piedras, había dos niños. Tan pronto se dieron cuenta de que habían sido descubiertos, desaparecieron de su vista.

—¿Quiénes son? —preguntó Archie.

—Críos del pueblo, imagino. Tendrán mucha curiosidad. A fin de cuentas, este castillo ha dominado Ballinakelly durante siglos.

—¿No crees que deberíamos decirles algo? Han entrado en una propiedad privada. Hay un letrero bien visible junto a la verja advirtiendo de que esta es una finca particular y no se puede entrar sin permiso.

—Cariño, a ellos les da igual el letrero. Son niños. —Celia se rio mientras hurgaba en su bolso en busca de chocolate.

Encontró una tableta a medio comer y avanzó entre los escombros y la ceniza, hasta el lugar donde se escondían los pequeños.

—Hola, pilluelos —dijo inclinándose con una sonrisa.

Los niños se sobresaltaron y la miraron con cara de susto, como un par de zorros acorralados.

—No os asustéis —dijo ella—. No estoy enfadada. Tomad, ser un espía da mucha hambre.

Les ofreció la tableta con la mano enguantada. Ellos la miraron con desconfianza.

—Vamos —insistió Celia—. ¿No tenéis hambre?

El mayor de los dos niños alargó sus dedos sucios y cogió el chocolate.

—¿Cómo os llamáis? —preguntó ella.

El mayor desenvolvió el chocolate y le dio un mordisco.

—Séamus O'Leary —contestó con fuerte acento irlandés—. Este es mi hermano pequeño, Éamon Óg.

Dio un codazo a su hermano, que miraba boquiabierto y embelesado a aquella encantadora dama inglesa. Los pendientes de diamantes de Celia eran lo más brillante que había visto nunca. Cuando su hermano le dio un codazo en las costillas, cerró la boca y pestañeó, pero fue incapaz de apartar la mirada.

—De pequeña yo solía jugar con un niño que se apellidaba O'Leary. Jack O'Leary —dijo Celia—. Debe de ser familia vuestra.

—Es nuestro primo —dijo Séamus—. Su papá acaba de morirse —añadió mientras saboreaba el chocolate con delectación.

—Vaya, cuánto lo siento —dijo Celia.

En ese momento la llamó Archie.

—¡Cariño, vamos a echar un vistazo a los planos!

—Será mejor que os vayáis corriendo a casa antes de que os vea lord Deverill —les dijo ella a los niños, que se escabulleron sin decir palabra y desaparecieron detrás de la torre occidental.

Celia regresó al coche de Bertie. El señor Leclaire estaba de pie junto al coche, con Digby, mirando la puerta principal del castillo.

—*Castellum Deverilli est suum regnum* —dijo el arquitecto, leyendo la divisa todavía visible en la piedra ennegrecida.

—Ahora es el reino de Celia —comentó Digby.

—Pero seré una señora benévola —dijo ella al acercarse acompañada por Archie—. En cuanto acaben las obras, daré una pequeña fiesta para la gente de Ballinakelly. Marcará un nuevo principio.

—La gente de Ballinakelly siempre ha sido leal a los Deverill —comentó Digby—. El incendio no fue cosa suya, sino de nacionalistas de otras zonas del condado. De aquí no, desde luego. Estoy seguro de que los vecinos de Ballinakelly estarán encantados de que el castillo recupere su antiguo esplendor. Bien, echemos un vistazo a esos planos, señor Leclaire.

Subieron al coche. Digby se sentó al volante y, conduciendo con sus prisas y su temeridad acostumbradas, los llevó de vuelta al pabellón de caza.

Hasta el último día de su estancia en Ballinakelly, sin embargo, no tuvo ocasión de hablar con Bertie. Durante esas dos semanas, Digby observó a su primo atentamente. Bertie no mostraba entusiasmo por nada. Daba la impresión de que se le había secado el corazón hasta perder del todo su savia y de que su *joie de vivre* se había agriado por completo. Era como si la vida le hubiera decepcionado hasta el punto de que la alegría y las diversiones lo exasperaban. Solo salió a cazar una vez, y porque Digby le convenció. Salieron con los perros y pegaron algunos tiros, pero Bertie parecía encontrar poco solaz en la caza, que antes le apasionaba. El placer ya no formaba parte de su existencia: era algo de lo que disfrutaban otros, y que suscitaba su envidia. Solo parecía animarse cuando Kitty traía a su hijo, el Pequeño Jack, a verlo. El niño poseía el encanto natural de los Deverill, se dijo Digby, y sin duda Bertie veía reflejada en el niño la vitalidad despreocupada y espontánea que él había perdido. Por lo demás, su primo bebía demasiado y a menudo estaba tan ensimismado que era imposible conversar con él.

Como era su último día en el condado de Cork, Bertie no podía negarle a su primo una excursión en barca. Hacía buen tiempo, cálido incluso para enero, y el mar estaba en calma. Era el día perfecto para sacar el bote, exclamó Digby jovialmente, confiando en contagiarle una pizca de entusiasmo a su primo. Bertie accedió de mala gana y salieron los dos hacia el puerto donde Bertie tenía amarrada su barca: Digby con una llamativa chaqueta de cuadros amarillos y marrones, chaleco y bombachos, gruesas medias amarillas y gorra a juego, y Bertie con un discreto traje de *tweed*. Digby confió en que su primo le gastara alguna broma a cuenta de su atuendo, pero Bertie permaneció callado. También había perdido su sentido del humor.

Una vez en el mar, Digby aprovechó la ocasión.

—Escúchame bien, viejo amigo —comenzó, y Bertie le escuchó porque allí no había nada más que hacer, salvo vigilar el sedal y esperar a que picara algún pez—. Has pasado unos años muy malos, eso nadie lo duda —prosiguió Digby—. Has sufrido pérdidas terribles: el castillo, tus padres y Maud. Pero no puedes pensar únicamente en las desgracias o acabarás por hundirte del todo. Tienes que pensar en positivo y recuperar las ganas de vivir. ¿Entiendes lo que te digo?

Bertie asintió en silencio, sin apartar los ojos del sedal o sus alrededores. Digby se dio cuenta de que sus palabras no le habían hecho ninguna mella, pero prosiguió con decisión:

—¿Cuál es el problema de fondo, Bertie, muchacho? Estás hablando conmigo, ¿eh?, con Digby, tu primo y tu amigo. Me doy cuenta de que estás en un atolladero y quiero ayudarte.

Bertie siguió sin reaccionar. Digby empezó a desanimarse. Como a la mayoría de los ingleses, no se le daba bien hablar de sentimientos y, en general, temía tener que hacerlo. Pero intuía que la supervivencia de su primo dependía de algún modo de él y estaba decidido a seguir adelante, a pesar de que pocas veces se había sentido tan incómodo. Resolvió probar otra táctica.

—¿Te acuerdas de cuando éramos pequeños? Tu padre intentaba enseñarnos a pescar en este mismo bote. Claro que conmigo no hubo manera —añadió riendo sin ganas—. Nunca se me han dado muy bien las actividades al aire libre.

Para su sorpresa, los recuerdos comenzaron a despertar a Bertie de su sopor y en las comisuras de su boca se dibujó una sonrisa.

—Tampoco se te da muy bien montar a caballo, que digamos —dijo.

Animado, Digby siguió hablando de sus aventuras infantiles.

—Hubert siempre decía que me daba un caballo dócil, pero el maldito animal me echaba una mirada y se encabritaba. Creo que me daba los más nerviosos a propósito.

—Si no lo hubiera hecho, te hubieras quedado rezagado, con las viejecitas —dijo Bertie.

—Odio reconocerlo, pero esas tías tuyas, las Arbolillo, montaban mejor que yo.

—¿Te acuerdas de cuando Rupert bajó escalando por la fachada del castillo?

—¡A Adeline casi le da un ataque!

—Y también a tu madre. Me acuerdo claramente de que se cayó de espaldas y que alguien pidió a voces que le llevaran sus sales.

Los dos hombres se echaron a reír. Luego, Bertie se puso serio.

—Echo de menos a Rupert —dijo melancólicamente.

—Era un buen hombre —contestó Digby.

—Si estuviera aquí ahora y buscara consuelo en el whisky tanto como tú, Bertie, ¿qué le dirías?

Bertie enrojeció.

—Le diría que lo dejara. Le haría entrar en razón.

—Quiero que lo dejes, Bertie —dijo Digby suavemente—. Te está matando, y no puedo quedarme de brazos cruzados y dejar que te hagas eso a ti mismo.

Se hizo un largo silencio mientras Bertie digería sus palabras. Luego se envaró.

—Yo no tengo ningún problema —dijo ásperamente—. A nosotros los irlandeses nos gusta el whisky.

—Tú no eres irlandés —replicó su primo—. Y bebes demasiado.

—Con el debido respeto, Digby, ¿a ti qué te importa?

—Somos familia —contestó Digby con énfasis.

Bertie exhaló un suspiro. Se volvió y miró a su primo con ojos legañosos y enrojecidos.

—Tú no sabes lo que es eso. Lo he perdido todo.

—Eso no es excusa para ahogar las penas en alcohol.

—Para ti es fácil decirlo, Digby. Tú, con todos tus millones, una buena esposa y Deverill Rising, que no ha ardido hasta los cimientos por culpa de un hatajo de rebeldes empeñados en echar a tu familia del país en el que ha vivido durante más de dos siglos y medio. Tus padres todavía viven. Eres afortunado, Digby. Tienes una suerte endemoniada, y seguramente una rubia en cada puerto. De hecho, la vida es fabulosa, ¿verdad que sí? Pues para algunos de nosotros es una lucha constante. Antes tenía una amante, ¿sabes? La quería. Pero también la perdí.

Digby estaba empezando a perder la paciencia.

—Deja de compadecerte a ti mismo. La verdad es que no resultas muy atractivo cuando estás borracho, y pareces estar borracho casi siempre. Seguramente tu amante se cansó de tu peste a alcohol.

Digby se anticipó al puñetazo que le lanzó su primo, y que le habría dado de lleno en la mandíbula si no hubiera reaccionado agarrando a Bertie del brazo con una velocidad y una destreza sorprendentes en él. Bertie lo miró pasmado, resollando como un toro.

—Eres un condenado idiota, Bertie Deverill —le recriminó Digby—. No me extraña que Maud te dejara. Y en cuanto a tu amante, en fin, tú te lo has buscado, ¿no crees? Débil, eso es lo que eres: débil. Ni siquiera eres digno de llevar el apellido de los Deverill. Si tu padre pudiera verte ahora, seguramente te daría un puñetazo. Pero, como él no está aquí, me toca hacerlo a mí.

Digby echó el brazo hacia atrás y le propinó un puñetazo debajo de las costillas. Bertie se dobló y boqueó tratando de recuperar la respiración, pero consiguió abrazarse a las piernas de Digby y estuvo a punto de hacerle perder el equilibrio. La barca se sacudió de un lado a otro mientras los dos hombres se peleaban como niños en el patio de un colegio. Digby zahería a su primo con todos los insultos que se le ocurrían, confiando en que finalmente se derrumbara, agotado, y viera que estaba en un error. Bertie no se derrumbó, sin embargo. Se abalanzó sobre su primo y ambos se precipitaron por la borda de la barca y cayeron al mar. Un momento después sacaron la cabeza, tragando grandes bocanadas de aire y agua salada. Paralizados por el frío, eran incapaces de hablar.

Digby fue el primero en volver a la barca. Tenía la ropa empapada y le costó encaramarse a ella. Las botas eran como piedras que, atadas a sus pies, tiraban de él hacia abajo. Jadeando, se dejó caer en el fondo de la barca como una enorme morsa. Entonces se acordó de su primo. Se incorporó con esfuerzo y se inclinó sobre la borda. Bertie forcejeaba por mantenerse a flote. La ropa y las botas casi le impedían moverse.

—¿Quieres ahogarte? —gritó Digby—. ¿Eso es lo que quieres? Porque, si es así, por mí puedes hacerlo. Pero si prefieres seguir con vida tienes que dejar la bebida, Bertie. ¿Me oyes? Tú eliges.

Bertie tosió y se atragantó, se hundió de repente y volvió a impulsarse hacia arriba, pataleando y moviendo los brazos frenéticamente.

—¿Qué decides, Bertie? —gritó Digby.

Bertie no quería morir.

—¡Vivir! —logró gritar. Tragó agua salada y comenzó a toser violentamente—. Por favor... Digby... Ayúdame...

Digby sacó uno de los remos de su escálamo y, con mucho cuidado, lo tendió sobre el agua. Bertie se agarró a la pala y se impulsó hacia la barca. Permaneció un momento con los brazos colgando sobre la borda, jadeando.

—Vamos, muchacho. Hay que llevarte a casa o te morirás de frío —dijo Digby afectuosamente.

Agarró la chaqueta empapada de su primo y tirando de él consiguió encaramarlo a la barca. Bertie se dejó caer sobre el suelo, temblando de frío y de miedo.

—Cabrón —dijo resoplando, pero sonreía.

—Has elegido vivir, Bertie, y voy a tomarte la palabra. —Digby le tendió la mano y, tras una breve vacilación, su primo la aceptó.

Digby lo ayudó a ponerse en pie.

Tras tambalearse un instante, Bertie recuperó el equilibrio.

—No te defraudaré, Digby.

—Lo sé.

Se abrazaron. Estaban helados y calados hasta los huesos, pero su sentimiento de camaradería nunca había sido más cálido.

Kitty no había podido ver a Jack desde su precipitado encuentro en casa de él tras la muerte de su padre. Jack estaba pasando unos días en casa de su madre, cuya pena era inconsolable. Se mandaron notas como hacían en los viejos tiempos, cuando se dejaban mensajes debajo de una piedra suelta del muro del huerto. Ahora, sin embargo, Kitty envió al mozo de cuadra con su mensaje. Se reunieron en el Anillo de las Hadas y se besaron furtivamente, espiados por las gaviotas que planeaban en el cielo como cometas al viento. A medida que se acercaba el día de su partida, Kitty tenía cada vez más la sensación de que un hacha se cernía sobre ella, aguardando el momento de caer para separarla de un tajo de su hogar. Temía que llegara ese día y lo ansiaba en la misma medida. Perdía la paciencia con Robert, contestaba ásperamente a Celia y lloraba por las cosas más nimias.

Luego, Dios intervino.

Tan pronto comprendió cuál era su destino, la embargó la serenidad: una resignación surgida de la entrega absoluta. Fue como si exhalara un largo y lento suspiro y un sentimiento de paz se apoderara de ella. Ahora estaba segura de lo que iba a hacer. No había más interrogantes, más dudas, más indecisiones: su mente tenía la claridad del cristal. Incluso el dolor que le producía saber cuánta aflicción iba a causar le parecía ajeno a ella, como si perteneciera a otra persona.

Una mañana, en vísperas de que tomaran el tren con destino a Queenstown, fue a caballo a casa de Jack. No se permitió llorar. Apretó los dientes y dejó que el viento frío embotara sus emociones. Cuando llegó, ató el caballo a la cerca como de costumbre y abrió la puerta. Jack no estaba allí, pero tenía la maleta hecha: la había dejado a la entrada. Kitty se sentó a la mesa y esperó mientras la luz débil del invierno retrocedía poco a poco sobre el suelo de madera.

Por fin oyó a Jack fuera, llamando a su perro con un silbido. Un momento después, él abrió la puerta y pronunció su nombre.

—Kitty...

Lo supo enseguida. Antes incluso de ver su cara. Esta vez, no la estrechó entre sus brazos; no le prometió que la esperaría ni la besó para aliviar su dolor. La miró con absoluta incredulidad, exasperado, sabedor de que lo que iba a decirle le heriría con la contundencia de una bala.

—¿Por qué? —preguntó.

Ella se miró los dedos, que tenía entrecruzados sobre la mesa.

—Estoy embarazada —contestó.

Jack se tambaleó como si le hubiera golpeado. Luego, añadió con voz baja y firme:

—Es de Robert.

Jack se sentó frente a ella y escondió la cara entre las manos. Siguió un silencio opresivo. Tan opresivo que Kitty sintió que le pesaba sobre los hombros y empezó a dolerle la cabeza.

—¿Estás segura? —preguntó él finalmente.

—Sí, estoy segura —contestó ella.

Jack la miró con desesperación.

—¿Cómo has podido?

—Es mi marido. No podía rechazarle.

—Podías, Kitty, claro que podías —replicó él levantando la voz—. Si hubieras querido.

Ella levantó la cabeza y se atrevió a mirarlo. Cada vuelta y revuelta de su desdichada historia de amor había apagado un poco más la luz de los ojos de Jack, y ahora parecía absolutamente desolado. Sacudió la cabeza.

—Entonces, ¿ya está? —preguntó—. ¿A esto se reduce todo? Después de lo que hemos pasado... Después de tantos años queriéndonos. ¿Se acabó?

—Lo siento —contestó ella.

Él dio un puñetazo en la mesa.

—¡¿Que lo sientes?! ¡¿Que lo sientes?!

A Kitty se le saltaron las lágrimas.

—Sí, lo siento.

—Pues no basta con eso, Kitty Deverill. Uno dice que lo siente cuando derrama el té. Cuando mancha de barro la alfombra. O cuando hace cualquier otra cosa sin importancia. Pero diciéndome que lo sientes no vas a compensarme por el daño que me estás haciendo. ¿Lo entiendes? Te he esperado —dijo, y su rostro se crispó en una mueca de repulsión—. Y ya estoy harto de esperar.

Una lágrima cayó sobre la mesa.

—No hay nada más que pueda decir.

—¿Alguna vez me has querido de verdad, Kitty?

Una oleada de emoción inundó a Kitty. Se llevó la mano al pecho, intentando controlar el dolor.

—Sí, Jack, te he querido —dijo con un hilo de voz—. Y te quiero con todo mi corazón.

—No, qué va. Si me quisieras estarías dispuesta a renunciar a todo por mí. —Se levantó y se acercó a la ventana. Dándole la espalda, contempló el mar—. Dios sabe que te he querido, Kitty Deverill —dijo cansinamente—. Y sabe también que seguramente nunca dejaré de quererte. Tendré que vivir con esa maldición, pero he sobrevivido a cosas peores, y sobreviviré a esto.

Kitty se levantó despacio. Tenía el cuerpo dolorido. Se acercó a él y le deslizó las manos por la cintura. Jack no dijo nada cuando apoyó la frente en su espalda. Percibió en él el olor del pasado: el aroma del fuego de turba, del té caliente, el bizcocho y el sudor de caballo. El olor de la tierra mojada y la salmuera. Cerró los ojos y se vio a sí misma y a él de niños, haciendo equilibrios en el muro, chapoteando en el río en busca de ranas, besándose en el Anillo de las Hadas, viendo ponerse el sol en Smuggler's Bay. Luego oyó las armas, los gritos de los hombres, las voces de los *black and tans* cuando se lo llevaron a rastras del andén de la estación, y quiso aferrarse a él y no soltarlo nunca. Jack invadió sus sentidos, y se sintió tan abrumada que no pudo seguir conteniendo su pena. Se abrazó a él con fiereza, pero Jack siguió con las manos apoyadas en el marco de la ventana, mirando rígido el mar, y Kitty comprendió que lo había perdido.

Salió de la casa. Jack no se volvió. Si lo hubiera hecho, tal vez ella se hubiera dado por vencida. Tal vez hubiera vuelto a su lado e incluso cambiado de idea. Pero no lo hizo. Kitty montó y emprendió lentamente el camino de vuelta. El corazón le pesaba en el pecho como una piedra. El viento secó sus lágrimas y la visión de los campos aterciopelados del condado de Cork serenó, como siempre, su espíritu atribulado. Irlanda era el único amor con el que podía contar.

Mientras se dirigía a las colinas, supo que Jack tenía razón. Un embarazo era lo único que podía impedir que huyera con él. Ella lo sabía y había permitido que sucediera. No había sido cosa del destino, ni de la fatalidad. Kitty había rezado pidiendo un hijo que la salvara de sí misma. Sabía, tan claramente como que vivía y respiraba, que su sitio estaba aquí, en el castillo de Deverill. Ni siquiera Jack O'Leary, a pesar del extraordinario poder que ejercía sobre su corazón, podía arrancarla de su hogar.

La renuncia de Kitty llenó de frustración a Adeline. Si su nieta se casaba con Jack y conseguía de algún modo volver y reclamar la propiedad del castillo, los espíritus atrapados en el limbo quedarían liberados al fin. Pero mientras veía volver a casa a Kitty, supo con toda certeza que no había modo de cambiar a su nieta. Kitty había escogido a Irlanda, como había hecho siempre.

Adeline estaba de pie en lo alto de la colina, frente al mar. El viento soplaba del mar en ráfagas heladas. Las olas subían y bajaban, siempre cambiantes, desplegando sus crestas como manos que intentaran alcanzar el cielo. Se estrellaban contra las rocas, reducidos sus envites a espuma blanca que bullía y burbujeaba mientras el agua iba y venía siguiendo un ritmo que solo Dios alcanzaba a entender. Adeline, sin embargo, escuchaba la melodía que se ocultaba bajo su fragor y su alma se henchía como el mar mientras contemplaba aquel país que tanto amaba.

Irlanda. Agreste, misteriosa y profundamente bella.

—Ojalá Hubert pudiera morar en estas colinas como yo —se dijo con tristeza, contemplando el cielo rojo y las nubes, que parecían huir del sol poniente como ovejas con la lana encendida. Pero Hubert tenía que quedarse en el castillo con los demás señores de Deverill y, en opinión de Adeline, allí no había sitio para todos.

La muerte los había cambiado muy poco. Seguían siendo las mismas personas que habían sido en vida, sin el estorbo de sus cuerpos mortales. Refunfuñaban y se quejaban, discutían y se lamentaban y, en general, eran un incordio. Adeline se preguntaba si Celia no maldeciría el día que había decidido reconstruir el castillo, porque el hijo de Barton, Egerton, podía ponerse muy pesado cuando le daba por hacer travesuras. Disfrutaba paseándose ruidosamente por los pasillos, haciendo chirriar las puertas y zarandeando los muebles. Era frustrante no estar ni en la tierra ni en el cielo, cargados con los remordimientos y los pesares de toda una vida, y sin un fin a la vista. Ahora, al menos, comprendían mejor en qué consistía la existencia. La vida posterior a la muerte ya no era una incertidumbre. El tiempo era solamente una ilusión. Pero, a pesar de que sus almas habían pasado a un estadio superior, estaban apresados por barrotes invisibles, condenados a vislumbrar la luz y a permanecer en la sombra, con sus egos mortales colgando del cuello como cadenas.

Adeline, en cambio, podía ir donde se le antojara. El cielo la aguardaba con las puertas abiertas de par en par. Solo el amor la ataba a Hubert. Mientras esperaba a que se levantara la maldición, alcanzaba a ver el mundo entero y, al dirigir sus pensamientos hacia otros países, se sintió de nuevo atraída hacia el pedacito de Irlanda, y de sí misma, que se había extraviado al otro lado del mar...

8

Connecticut, 1926

Martha Wallace se arrodilló en el asiento de la ventana y miró embelesada los copos de nieve que caían como esponjosas plumas blancas sobre el jardín. Ese día cumplía cuatro años y su niñera inglesa, la amable y cariñosa señora Goodwin, le había dicho que la nieve era el regalo que le mandaba Dios. La niña apoyó las manos en el cristal y levantó al cielo sus ojos marrones, del color de la turba, para ver si distinguía al Señor allá arriba, entre las nubes, pero solo vio millones de orondos copos de nieve que caían sin pausa, vertiginosamente. Martha los contempló, fascinada por su magia.

—Bueno, es hora de irse, cielo —dijo la señora Goodwin al entrar en el cuarto con el abriguito rojo de la niña colgado del brazo y su sombrero a juego en la mano—. No podemos llegar tarde a tu fiesta. La abuela Wallace ha invitado a toda la familia a celebrar tu gran día. Va a ser tremendamente divertido.

Haciendo un esfuerzo, Martha apartó los ojos de la hipnótica blancura de la nevada y se deslizó al suelo desde el asiento. Se detuvo ante su niñera, que le sonrió con ternura y se agachó para ponerse a su altura.

—Estás muy guapa, corazón mío —dijo mientras le ajustaba los lazos azules que llevaba prendidos en el pelo castaño oscuro.

Recorrió con la mirada el vestido de seda azul, con su cuello y su fajín blancos, que había planchado con esmero para que no quedara en él ni una sola arruga.

—Me acuerdo de cuando eras un bebé. ¡Y qué bebé tan bonito eras! Tus padres estaban tan orgullosos que te enseñaban a todo el mundo. Te quieren mucho, ¿sabes? Tienes que portarte bien con ellos.

Martha se llevó el dedo a los labios en un gesto de complicidad con el que ya estaba familiarizada.

—Shhhh —siseó entre dientes.

—Eso es, cielito. —La señora Goodwin bajó la voz—. Tus amigos secretos deben seguir siendo secretos —le recordó con firmeza mientras la ayudaba a ponerse el abrigo—. Si se lo dices a alguien, pierde la gracia. Dejan de ser secretos, ¿verdad?

—Pero a ti sí puedo decírtelo, tata —susurró Martha mientras veía cómo la niñera le abrochaba hábilmente los botones.

—A mí sí, pero a nadie más —respondió la señora Goodwin—. Tienes un don maravilloso, Martha querida. Pero no todo el mundo lo entendería.

Martha asintió en silencio y miró confiadamente a su niñera. A la señora Goodwin se le encogió el corazón: cuando miraba intensamente los ojos de la niña, le parecía ver en ellos un asomo de soledad. Y no porque a Martha le faltara cariño o compañía, sino porque parecía llevar dentro un vacío que nada era capaz de llenar. Había venido al mundo con él, con esa tendencia a mirar por la ventana como si buscara algo perdido o como si añorara algo que solo recordaba a medias. Era una niña melancólica, soñadora y solitaria: extrañas cualidades para una chiquilla que gozaba de todo tipo de comodidades materiales y tenía cajones enteros llenos de juguetes con los que entretenerse. Pam Wallace mimaba desvergonzadamente a su única hija y le daba todo lo que quería. Martha, sin embargo, no pedía casi nada; de hecho, pocas cosas que pudieran comprarse conseguían captar su interés. Prefería sentarse a fantasear, contemplar las nubes que surcaban el cielo, jugar con insectos y flores y hablar con personas a las que solo veía ella. En sus momentos más imaginativos, la señora Goodwin se preguntaba si la niña no oiría resonar en su alma el eco de su país natal, o si no guardaría el vago recuerdo de haber venido al mundo siendo *dos* y de haber emprendido el largo viaje siendo solo *una*.

La señora Goodwin no debería haber oído a los padres de Martha hablar sobre la procedencia de la pequeña, ni había sido esa su intención. Santo cielo, de haber sabido lo que iba a oír, no habría aplicado la oreja. El caso era, sin embargo, que lo había oído y que no podía hacer nada para *desoírlo*. Había sucedido cuando Martha tenía unos dos años. La puerta de la alcoba del señor y la señora Wallace estaba entornada y la señora Goodwin pasaba casualmente por el pasillo tras dejar a la niña dormida en su habitación cuando los oyó hablar de la evidente soledad de Martha e interrogarse sobre el mejor modo de proceder.

—Deberíamos haber adoptado otro niño —le dijo la señora Wallace a su marido, y la señora Goodwin se paró en seco, como petrificada. Casi sin atreverse a respirar, se quedó allí, inmóvil, dominada por la curiosidad—. Deberíamos haber adoptado también a su hermano —añadió la señora Wallace.

—Eras tú la que solo quería un hijo —repuso el señor Wallace—. Dijiste que no podías con más de uno. Y querías una niña.

—Eso es porque una madre nunca pierde a una hija.

—Sor Agatha nos animó a adoptar a los dos bebés —le recordó él—. A fin de cuentas, eran gemelos. Podríamos volver a Dublín y ver si hay más bebés en adopción. Yo estaría encantado de darle un hogar a otro huérfano.

La señora Goodwin sintió que el desasosiego empezaba a hacer presa en ella, como si de pronto se diera cuenta de que estaba escuchando a un par de ladrones confesar un terrible crimen.

—Si hubiera sabido lo sola que iba a sentirse Martha, me habría quedado también con su hermano —contestó Pam Wallace.

Asombrada y horrorizada, la señora Goodwin logró despegar los pies del suelo y retroceder por el pasillo hasta el cuarto de la niña. Se inclinó sobre la camita y miró a la pequeña con compasión. Martha tenía un hermano, un hermano gemelo, se dijo mientras observaba a la niña dormida. ¿Qué habría sido de él?, se preguntó. ¿También él llevaba un vacío en el alma, como le sucedía sin duda a Martha? ¿Sabían acaso los dos niños, inconscientemente, que no habían estado siempre solos? ¿Y qué había sido de su madre? ¿Por qué había renunciado a sus bebés? La señora Goodwin estaba segura de que los Wallace nunca le dirían a Martha que era adoptada. Aquella fue la primera y la única vez que la señora Goodwin oyó hablar del asunto, y se preguntaba cuánta gente lo sabía. Fuera de la familia Wallace, todo el mundo coincidía en que madre e hija se parecían muchísimo. Las dos tenían el cabello castaño oscuro, los ojos del color de la turba y la piel clara de las irlandesas. No había nada en su apariencia que levantara sospechas acerca del nacimiento de Martha. Y la señora Wallace quería a Martha, eso era indudable. La quería muchísimo. Pero, aun así, era un acto de crueldad separar a dos gemelos, como habían hecho ellos, y la idea de que Martha nunca llegara a saber de dónde procedía, ni que tenía un hermano, resultaba muy inquietante.

La señora Goodwin agarró de la mano a Martha y la acompañó al vestíbulo de abajo, donde la esperaba su madre, revisando el contenido de su bolso. Pam Wallace estaba tan consentida y era tan hermosa como cabía esperar de la esposa de un hombre riquísimo. Llevaba el cabello oscuro cortado a media melena y suavemente ondulado, las cejas finamente depiladas en una curva que le daba un aire de permanente sorpresa y la boquita pintada de escarlata a juego con las largas uñas, ocultas ahora bajo largos guantes blancos. Era alta, esbelta y estrecha de huesos, de modo que la moda de los años veinte, con sus vestidos de cintura baja y pechera lisa, le sentaba como un guante. Cuando la señora Goodwin era joven, a finales del siglo anterior, las mujeres debían estar rellenitas. Ahora, en cambio, nadie quería tener un pecho voluptuoso. A la señora Goodwin, en todo caso, ya no le interesaban ni los hombres ni la moda. Después de enviudar del señor Goodwin, se había volcado en los niños y sabía por experiencia que los bebés necesitaban un pecho mullido en el que descansar.

La señora Wallace se volvió para ver bajar a su hija por la escalera, agarrada a la mano de la niñera por si tropezaba, y en sus labios encarnados se dibujó una sonrisa satisfecha. Sabía que Martha le hacía justicia. El cabello de la niña brillaba, perfectamente cepillado. Lucía dos cintas atadas con esmero en sendos lacitos, llevaba los lustrosos botones del abrigo rojo abrochados hasta arriba y sus zapatos —aquellos preciosos zapatitos azules, teñidos a juego con el vestido que asomaba por debajo del abrigo— eran tan lindos como los de una muñeca. La señora Wallace estaba encantada.

—Vaya, pero si pareces un cuadro, cariño —dijo tendiéndole la mano. Su acento irlandés era apenas discernible bajo la entonación americana que daba a sus palabras—. Eres la estrella de la fiesta. ¡Vas a eclipsar a todos tus primos!

Martha se adelantó y tomó a su madre de la mano, llena de placer, pues nada le gustaba más que complacer a su mamá.

La señora Goodwin estaba a punto de ponerle el sombrerito cuando una mano enguantada de blanco la detuvo.

—No quiero que se le estropee el peinado —dijo la señora Wallace—. Le ha hecho unos lazos preciosos, Goodwin. Sería una lástima aplastarlos. Saldremos corriendo al coche y procuraremos no mojarnos, ¿verdad que sí, Martha?

Martha asintió y miró rápidamente a su niñera, que le sonrió para darle ánimos.

La señora Goodwin se quedó con el sombrero e hizo un gesto afirmativo con la cabeza.

—Como quiera, señora Wallace.

—Vámonos ya, no podemos entretenernos. Hay regalos esperándote, cariño, y también tarta. ¿No dijo la abuela que iba a pedirle a Sally que te hiciera la mejor tarta de chocolate que hayas probado nunca?

La señora Goodwin vio bajar a madre e hija por los escalones hasta el camino de entrada a la casa, donde el chófer aguardaba en posición de firmes junto a la puerta del coche. Su gorra gris ya estaba cubierta de nieve, y seguramente tenía las manos heladas dentro de los guantes negros. La niñera vio que su pequeña pupila subía al asiento de cuero seguida por su madre. Acto seguido, el chófer cerró la puerta y un momento después se sentó al volante y arrancó en dirección a la carretera, dejando unos surcos en la nieve. La señora Goodwin lamentó que la niña no llevara puesto su sombrero.

La casa de la suegra de Pam Wallace estaba a corta distancia de allí. A Martha le gustaba ir en coche y miraba por la ventanilla las bonitas casas y los árboles cubiertos de blanco. Parecía un país encantado, y todo en él la cautivaba. Pam iba sentada, muy tiesa, junto a su hija, demasiado enfrascada en sus pensamientos para fijarse en la magia del paisaje que se divisaba desde el coche, y tan nerviosa por la tarde que la aguardaba que ni siquiera tenía ánimos para hablar con su hija. Sus cuñadas estarían presentes: Joan, con sus cuatro hijos de entre nueve y catorce años, y Dorothy, con sus dos niños, de diez y doce años. Pam se ponía tensa de solo pensar en ellas, y confiaba en que Martha las impresionara por sus buenos modales y su educación. Si no, ventilarían el asunto diciendo que ella, Pam, había sido una imprudente y que había comprado una niña con mala sangre.

Ted y Diana Wallace vivían en una casa grande de ladrillo rojo con postigos blancos, tejado de tejas grises y un porche imponente sostenido por dos recias columnas blancas. Larry había crecido en aquella casa con sus dos hermanos mayores y allí había vivido hasta que se casó con Pam a los veinticinco años. Larry era todo cuanto los padres de Pam, católicos irlandeses, podían desear en un yerno: pertenecía a una adinerada y prestigiosa familia norteamericana, había disfrutado de una educación refinada y tenía un trabajo respetable en el Servicio Extranjero. O, mejor dicho, era *casi* todo lo que podían desear, porque Larry Wallace tenía un defecto: no era católico. Era muy educado, estaba extremadamente bien relacionado, vestía impecablemente, se le daban bien los deportes, era distinguido y, sobre todo, muy rico. Pero el problema de su religión era insuperable para el padre de Pam, Raymond Tobin, que no asistió a la boda. Tras haber dejado su hogar y su granja en Clonakilty en 1918, al morir su hijo Brian asesinado por el IRA por haber luchado en la guerra en el bando británico, Raymond Tobin no estaba dispuesto a transigir en materia de religión.

—Los Tobin llevan siglos casándose con católicos. No pienso darle mi bendición a Pamela Mary para que vaya y se case con un protestante —afirmó, y se desentendió de su hija.

Hanora, la madre de Pam, dejó a un lado sus recelos por el bien de su hija menor e hizo lo posible por aceptar al hombre al que Pam había elegido por amor. Si algo le había enseñado la muerte de su hijo era que el amor era lo único de verdadero valor en este mundo.

Pam se había casado con Larry a la edad de veintidós años, tras seis meses de noviazgo. Al principio habían sido sumamente felices, y los esfuerzos que hizo Pam por integrarse en el seno de la dinastía de la costa este a la que pertenecía su marido —que también tenía sus reservas respecto a la boda de Larry con una católica— comenzaron a dar fruto. Pero, tras dos años intentando sin éxito quedarse embarazada, el médico le confirmó su mayor miedo: que nunca tendría hijos. La angustia de no llegar a ser madre la impulsó a buscar otras opciones, a la desesperada.

Adoptar un niño no era, desde luego, nada frecuente en el mundo en el que vivían los Wallace. Ted Wallace opinaba que uno no se compraba un perro sin conocer previamente su pedigrí, de modo que ¿por qué iba a comprarse un hijo sin saber exactamente de dónde procedía? A Diana Wallace le preocupaba que fuera difícil querer a un niño que no era carne de tu carne. Pero Pam estaba decidida y Larry la apoyó en las conversaciones que se inflamaban hasta convertirse en acaloradas discusiones alrededor de la mesa de comedor de los Wallace, los domingos. El padre de Pam, Raymond Tobin, estaba de acuerdo con su consuegro, a pesar de que no se conocían.

—No sabrás lo que te estás llevando —le dijo a su hija—. Puedes comprarte un hijo, Pamela Mary, pero no será un Tobin ni un Wallace, le pongas el nombre que le pongas.

Su madre, en cambio, entendía el anhelo de su hija y le dijo en voz baja que sería bonito darle una oportunidad a uno de esos pobres bebés irlandeses que nacían en conventos de madres solteras demasiado jóvenes para hacerse cargo de ellos. Con ayuda de su madre, Pam encontró una agencia de adopción en Nueva York que tenía contacto con el convento de Nuestra Señora Reina del Cielo de Dublín. Larry lo dispuso todo para que lo enviaran a Europa en misión diplomática y se fueron a vivir a Londres dos años..., pero antes se pasaron por Irlanda para ir a buscar al bebé que tanto deseaban. Sabedores de que lo estaban haciendo era poco convencional, hicieron todo lo posible por mantenerlo en secreto. Solo la familia de Larry y la de Pam lo sabían, pues habría sido demasiado fatigoso mantener el engaño en familias tan unidas como las suyas.

Martha era todo cuanto podía esperarse de una niña mimada y privilegiada. Era bonita, educada y encantadora. Sus rasgos eran refinados y, en opinión de Pam, aristocráticos. ¿Acaso no les había dicho sor Agatha que la madre natural era de buena familia? Además, Martha era la niña de los ojos de la abuela Wallace. Aquella era la primera vez que Diana Wallace celebraba una fiesta de cumpleaños para alguno de sus nietos. Pam debería sentirse orgullosa, pero estaba demasiado tensa para disfrutar del instante. Joan y Dorothy estarían también allí con sus impecables vástagos, que parecían pequeños clones de sus padres y estaban destinados a perpetuar el linaje. ¿Quién sabía cuál era el origen de Martha? Pam se volvió a su hija y comentó, con un sutil tono de advertencia:

—Hoy vas a portarte bien, ¿verdad, Martha?

—Sí, madre —contestó la niña obedientemente y, percibiendo el nerviosismo de su madre, comenzó a juguetear con sus dedos.

Cuando llegó Pam, Joan, la esposa de Charles, el hijo mayor de los Wallace, ya estaba allí, sentada rígidamente en el sofá del salón junto a Dorothy, la mujer del hijo mediano, Stephen. Su suegra, la formidable Diana Wallace, presidía la reunión sentada en el sillón orejero. Los ojos verdes y rasgados de Joan inspeccionaron rápidamente a sus competidoras y, juzgándose la mejor vestida de las tres nueras, adoptaron una mirada indolente. Su cabello corto y rojizo se rizaba a la altura de los pómulos formando dos anzuelos. Su vestido de color lila claro, a la última moda, tenía la cintura baja. Encima de él llevaba una larga chaqueta del mismo color que el sombrero, adornada con una gran flor de croché justo por debajo del hombro izquierdo. Su atuendo producía, en conjunto, una impresión de estudiado glamur, pues hasta los zapatos negros, con su lengüeta cruzada, las medias de color burdeos y la larga sarta de cuentas azules que le llegaba hasta la cintura habían sido cuidadosamente escogidos conforme a los gustos que hacían furor ese año.

Dorothy, que imitaba a Jane en todo, había tratado de crear el mismo efecto sin conseguirlo y estaba, simplemente, mal vestida. Pam, cuyo glamur era tan estudiado y artificioso como el de Joan, solo conseguía parecer envarada y anodina comparada con ella.

El semblante de la abuela Wallace se iluminó al ver a Martha. Le tendió los brazos y la niña corrió a su encuentro, sabedora de que siempre sería bien recibida en brazos de la abuela Wallace.

—¡Pero si es la cumpleañera! —exclamó Diana—. Si no me equivoco, has vuelto a crecer, señorita.

Pam advirtió que Joan fruncía los labios al ver tales muestras de afecto entre la abuela Wallace y su sobrina, y sintió una punzada de placer. Joan se había alegrado de que Pam no pudiera tener hijos, y había disfrutado enormemente siendo la primera cuñada en dar nietos a sus suegros. La yaya y el yayo —como pronto empezaron a llamar a Ted y Diana— habían mimado mucho a esos niños. Ted se interesaba mucho por las clases de tenis y golf de los niños, y Diana leía cuentos a las niñas y las animaba a tocar el piano y a pintar. Poco después, Dorothy había dado a luz a dos varones. Joan, sin embargo, no se había sentido amenazada por su nacimiento, pues la admiración que su cuñada sentía por ella era palpable y, además, Diana Wallace siempre había sentido especial cariño por los hijos de su primogénito. Después, Pam y Larry volvieron de Europa con el bebé.

Pam nunca olvidaría la cara que puso Joan la primera vez que vio a Martha. Se asomó a la cunita y resopló con desdén.

—El problema de adoptar un niño, Pam, es que no sabes cómo te va a salir. Los genes son muy fuertes, ¿sabes? Puedes educarla para que sea una Wallace, pero siempre será lo que es por dentro. ¿Y qué es? —Al decir esto había sacudido la cabeza y puesto cara de pena—. Solo el tiempo lo dirá.

Pam estaba decidida a demostrarle que se equivocaba.

Le quitó el abrigo rojo a Martha y la niña se quedó allí un momento, con su vestido azul de seda, su cuello blanco a lo Peter Pan y su fajín. Ni siquiera Joan podía negar que la niña era un encanto, y Pam se sintió henchida de placer porque ninguno de los hijos de Joan o Dorothy poseía esa dulzura arrebatadora. Martha tenía algo que la hacía destacar. Era un cisne entre gansos, pensó Pam alborozada, una orquídea entre margaritas. Un momento después aparecieron los otros niños, acalorados por haber estado jugando al escondite en torno a la casa. Sobre el piano había un montón de regalos colocados con esmero, y Martha fue abriendo uno a uno los relucientes paquetes atados con cintas y lazos de colores vivos. Los abría con cuidado, con ayuda de sus primos, y ahogaba una exclamación de placer cada vez que veía uno. Sabía que no debía poner mala cara si alguno no le gustaba y daba las gracias profusamente, siempre consciente de que la mirada afilada pero satisfecha de su madre estaba fija en ella.

El té se sirvió en el invernadero, decorado para la ocasión con serpentinas de papel y globos de colores. Los niños bebieron zumo de naranja, comieron emparedados de jamón con huevo y devoraron la tarta de cumpleaños que la cocinera de la señora Wallace había hecho en forma de gato. Al ver el pastel con sus cuatro velas encendidas, una sonrisa cautivadora se dibujo en el rostro de Martha.

La abuela Wallace apenas apartaba los ojos de su nieta menor y aprovechaba cada ocasión que se le presentaba para comentar algo gracioso que había dicho o hecho.

—Es adorable, Pam —le dijo a su nuera—. No tiene ni una miguita en ese vestido tan bonito.

Joan, que estaba en el rincón del invernadero tomando una taza de té, dio un respingo, irritada.

—Es porque es adoptada —le susurró a Dorothy, consciente de que en su otra cuñada encontraría una aliada—. Verás, la abuela exagera para que Pam se sienta mejor. Se pasa de la raya, a mi modo de ver, porque la niña es del montón.

—Bueno, yo no creo que sea del montón, Joan —repuso Dorothy y, al ver que su cuñada parecía a punto de ofenderse, añadió—: Es peculiar. Mi George me ha contado que Martha tiene una abuela imaginaria llamada Adele o Adine o algo así. Si fuera del montón, no tendría una abuela imaginaria. Si te soy sincera, creo que es vidente.

Joan entornó los ojos.

—¿Vidente? ¿Se puede saber qué quieres decir con eso?

—Creo que ve gente muerta.

—¿No crees que sean fantasías suyas?

—No, creo que de verdad ve gente muerta. Hace poco leí un artículo en una revista sobre fenómenos paranormales. Y muchos niños pequeños tienen amigos imaginarios que no lo son en realidad. Por lo visto, es muy frecuente.

—Bueno, ninguno de mis hijos tiene amigos imaginarios —dijo Joan.

—Los míos tampoco, gracias a Dios. Y si los tuvieran, ¡se los quitaría a bofetadas! No estoy segura de que Stephen aprobara tal cosa.

—Puede que Martha sea una monada ahora —señaló Joan—. Pero más adelante dará problemas. Por lo menos, nosotras sabemos de quién han heredado sus defectos nuestros hijos.

—Uy, claro que sí, Joan.

—Los defectos que vienen de la familia son más fáciles de sobrellevar, pero… —suspiró Joan con malicia apenas disimulada— los defectos de Martha siempre serán un enigma.

Después del té, cuando la familia se instaló de nuevo en el salón, llegó Ted Wallace con su hijo mediano, Stephen, tras disfrutar de un largo almuerzo en el club de golf. Ted se había llevado un chasco porque no habían podido jugar debido a la gruesa capa de nieve que cubría el campo, pero aun así estaban los dos de muy buen humor tras haber comido con varios amigos y haber concluido la comida con una partida de billar. Ted era un entusiasta de cualquier pasatiempo que conllevara el uso de una pelota, y Stephen había heredado no solo la afición de su padre por el deporte, sino su destreza para practicarlo. Entraron, ahítos de comida, riendo mientras revivían su triunfo en la mesa de billar.

Los nietos se detuvieron y saludaron educadamente a su abuelo, un hombre alto y de aspecto imponente, con los hombros anchos, la espalda recta, una espesa mata de cabello gris, la frente despejada aunque fruncida y una cara que, a pesar de sus cincuenta y nueve años, seguía siendo atractiva. A Ted Williams le interesaban mucho más los niños que las niñas, porque, al igual que él, eran muy aficionados a los deportes. Pero también dedicó palabras amables a las niñas, comentando lo bonitos que eran sus vestidos o preguntándoles por sus mascotas. Después, los niños se marcharon corriendo y Ted se situó delante de la chimenea para fumar un puro mientras Stephen tomaba asiento en el sofá junto a su esposa y, recostándose contra los cojines, estiraba las largas piernas con un suspiro de contento.

—Parece que va a nevar toda la noche —comentó Ted—. Yo que vosotros no me iría muy tarde. Los coches tendrán problemas para circular con esta nieve. Aunque Diana y yo estaríamos encantados de que os quedarais a dormir.

—¡Santo cielo, no puedo salir a la nieve con estos zapatos! Si el coche se atasca, yo también —dijo Joan—. ¿Estáis seguros de que todavía no ha cuajado? —Miró hacia la ventana, nerviosa.

—Todavía tardará una hora o más en cuajar —contestó su suegro—. Además, no vais muy lejos.

Era cierto: tan fuertes eran sus lazos familiares que los tres hijos de Ted y Diana Wallace habían encontrado casa a escasos kilómetros de sus padres.

—Voy a llamar a los niños —dijo Dorothy levantándose.

—Bueno, ¿qué tal la fiesta? —preguntó Ted entre una nube de humo de tabaco.

—Martha se lo ha pasado en grande —contestó su esposa—. Esa niña es un tesoro.

—Es bonito verla con sus primos —comentó Joan—. Parece uno de nosotros, ¿verdad?

—Lo es, por supuesto —replicó Pam con excesiva rapidez—. Has sido muy amable por darle una fiesta, abuela. Ha disfrutado cada segundo.

Diana soltó una risa meliflua.

—Soy su abuela preferida, Pam. Tengo que hacer todo lo que pueda para seguir siéndolo.

—Es difícil competir con una abuela imaginaria —dijo Joan con una sonrisa malévola.

—¿Es que tiene una abuela imaginaria? —preguntó Stephen poniendo las manos detrás de la cabeza y bostezando.

—¡Ah, aquí está! ¿Por qué no se lo preguntamos a ella? —dijo Joan al ver que Martha entraba en la habitación siguiendo a sus primos mayores.

—La verdad es que no sé a qué se refiere Joan —dijo Pam, intranquila.

—No me lo estoy inventando. Dorothy, ¿cómo se llama la abuela imaginaria de Martha?

Dorothy, que estaba en la puerta, palideció desconcertada. Evidentemente, no quería que pareciera que causaba problemas.

—Échanos una mano, tesoro —le dijo Joan a la niña.

Martha miró ansiosamente a su madre. Joan tamborileó con las largas uñas sobre el brazo del sofá, impaciente.

—Vamos, habla, cariño. ¿Cómo se llama tu abuela imaginaria? O puede que no sea tan imaginaria. Estamos deseando saberlo.

Pam se levantó y cogió a su hija de la mano.

—Vamos, cariño, tenemos que irnos a casa o luego habrá demasiada nieve. —Se volvió hacia su cuñada y la miró con dureza—. A veces puedes ser muy desagradable, Joan.

Joan se rio, abrió la boca fingiéndose ofendida y se llevó la mano al pecho.

—Vamos, Pam. Solo era una broma. No te pongas así. Una cosa es que Diana compita con la abuela Tobin, pero competir con un fantasma escapa incluso a sus posibilidades —dijo.

Diana sacudió la cabeza.

—No hay nada raro en tener amigos imaginarios. Martha pasa tanto tiempo sola que es completamente normal que invente amigos con los que jugar. A mí no me molesta que tengas otra abuela, Martha. ¡Siempre y cuando te trate tan bien como yo!

Martha sonrió, aunque tenía lágrimas en los ojos.

La señora Goodwin notó que Martha estaba muy callada cuando volvió a casa. La señora Wallace le dijo que solo estaba cansada, pero más tarde, esa noche, después de acostar a Martha, la señora Goodwin volvió a aplicar el oído. Esta vez, no se encontró junto a la puerta entornada por casualidad, sino a propósito. No era propio de Martha estar tan seria y callada, sobre todo después de una fiesta de cumpleaños. El señor y la señora Wallace estaban en el salón, tomando una copa después de cenar, y la señora Goodwin pudo captar algunos retazos de su conversación mientras rondaba por el pasillo.

—Si fuera nuestra hija biológica, no me importarían sus defectos, o sus excentricidades, como tú las llamas, porque serían defectos de familia y los reconocería, pero como viene de Dios sabe dónde no puedo evitar preocuparme porque sea distinta. No quiero que sea distinta, Larry. Para que encaje en la familia, tiene que ser igual que los otros niños. ¿Es que no lo ves?

—Creo que te preocupas demasiado. Se le pasará cuando empiece a ir al colegio y haga amigos de verdad.

—No quiero esperar tanto. Quiero resolverlo ahora.

—¿Y cómo sugieres que lo hagamos? —preguntó Larry.

—Voy a llevarla a ver a un médico.

Larry se rio.

—No está enferma, Pam.

—Hablar con personas invisibles es una especie de enfermedad, Larry. Desde luego, no es normal —replicó ella alzando un poco la voz.

La señora Goodwin se llevó la mano al cuello. ¿Qué diría un médico del «don» de Martha y cómo lo «curaría»? Oyó suspirar al señor Wallace, al que impacientaban los asuntos domésticos.

—Lo que tú quieras, Pam. Si te quedas más tranquila porque un médico te diga que es absolutamente normal que una niña hable con las margaritas, por mí adelante.

—Mary Abercorn me ha recomendado a un hombre de Nueva York que trató a su hijo de ansiedad. Bobby es ahora el jovencito más relajado que puedas imaginarte, así que ese hombre debe de ser bueno.

—¿No es médico, entonces?

—Bueno, es… —Pam titubeó—. Ya sabes, un especialista en cuidar la mente, en contraposición con el cuerpo.

—Un loquero.

—¡Larry, por favor!

—Está bien, un psiquiatra.

Se hizo una larga pausa mientras el señor Wallace consideraba la sugerencia de su esposa. Por fin, dijo en tono concluyente:

—Mientras no le ponga un dedo encima…

La señora Goodwin ya había oído suficiente. Subió apresuradamente las escaleras, pisando la alfombra sin hacer ningún ruido. Cuando llegó arriba, apoyó la mano en la barandilla y cerró los ojos. Respiró hondo y trató de dominar su miedo. Pero, a pesar de sus esfuerzos, el miedo siguió acechando como una densa sombra en la boca de su estómago. No sabía qué iba a hacer aquel psiquiatra, pero estaba segura de que aquello no auguraba nada bueno.

9

Tumbada en la cama, Martha escuchaba los sonidos típicos de la noche: el runrún de gente moviéndose por su habitación, el susurro de sus voces, el tenue zumbido de su ir y venir, a pesar de que en la oscuridad no alcanzaba a distinguir qué estaban haciendo exactamente. Solo sabía que ellos, esas personas que no eran personas como sus padres o la señora Goodwin, estaban muy atareados.

Martha sabía instintivamente que aquellas personas no pertenecían a este mundo, pero su trasiego nocturno nunca la había asustado. A fin de cuentas, la abuela Adeline le decía que sus espíritus no pretendían hacerle ningún daño.

—Solo tienen curiosidad —le explicaba—. Este mundo y el otro están mucho más cerca de lo que uno se imagina.

A Martha le gustaba mucho Adeline. Tenía una sonrisa bondadosa y unos ojos amables, y su risa era suave como una pluma. Con su madre, Martha tenía que portarse a las mil maravillas. Tenía que mantener su vestido limpio y sus zapatos brillantes. Tenía que ser educada y no olvidarse de sus buenos modales. Tenía que ser buena. Aunque aún era demasiado pequeña para comprender el complejo mundo de los adultos, sabía de manera intuitiva que tenía que ganarse el cariño de su madre. Sabía que su amor no era incondicional. Con Adeline era distinto. Intuía que Adeline la quería tal y como era, y no porque Adeline se lo dijera, sino por la ternura con que la miraba. Hacía que la niña se sintiera amada.

La señora Goodwin le había dicho que mantuviera a Adeline en secreto, pero a Martha le costaba trabajo hacerlo, porque Adeline era tan real como la abuela Wallace. Bueno, o casi. Sabía que a su madre no le gustaba que hablara de lo que ella llamaba sus «amigos imaginarios». Y, cuando Martha los mencionaba sin darse cuenta, a su madre se le mudaba el semblante. Se le endurecía de pronto. Su madre se tragaba su cariño como si fuera una cosa tangible, como el humo de los puros que fumaba su abuelo: tan pronto estaba allí, colmando todo el espacio a su alrededor, como desaparecía con una inhalación profunda. Se esfumaba, dejando a Martha fría, aislada y avergonzada. En esas ocasiones, Martha ponía todo su empeño en hacerlo salir otra vez y se portaba de maravilla. Poco a poco, aquello se había convertido en un ciclo al que ambas se habían acostumbrado: Pam le retiraba su cariño en un intento subconsciente de controlarla y Martha se esforzaba por volver a ganarse su afecto. Y mientras tanto Adeline estaba allí, de fondo, asegurándole que era especial.

Martha ahora yacía en la cama, escuchando los ruidos reconfortantes de su habitación. No era consciente de lo tenue que era su asidero en ese mundo. Estaba a punto de descubrirlo.

A la mañana siguiente, la señora Goodwin le puso un vestido verde con una rebeca a juego y largos calcetines blancos. Le cepilló el pelo retirándoselo de la cara y se lo recogió con cintas verdes. Cuando estuvo lista la llevó al recibidor, donde la esperaba su madre. Esta vez iban a Nueva York. La señora Goodwin le había contado lo impresionante que era Manhattan y Martha estaba deseando verlo. No había ido a ninguna parte, solo a casa de la abuela Wallace, y le hacía ilusión ver la gran ciudad.

Nueva York era impresionante, en efecto. Martha pegó la nariz a la ventanilla del coche y miró extasiada los altos edificios, más altos que árboles, y las aceras grises cubiertas de nieve derretida. Nunca había visto tanta gente ni tantos automóviles, todos puestos en largas filas. Algunos tocaban el claxon con impaciencia. Su coche se detuvo por fin delante de un edificio elegante de piedra marrón y su madre se colgó el bolso del brazo y esperó a que el chófer le abriera la puerta. Mientras el chófer se mantenía en posición de firmes, Pam salió, agarró a Martha de la mano y la condujo por una empinada escalera hasta la puerta principal del edificio.

Martha, que había ido charlando alegremente en el coche, se quedó callada de pronto. Se pegó a su madre y le agarró la mano con fuerza. Aquel lugar tenía algo de opresivo. Le daba miedo. El ascensor también la asustó, porque la puerta era como los barrotes de la jaula de un animal. Chirriaba al abrirse y cerrarse, y Martha tenía la sensación de estar prisionera. Sintió un inmenso alivio cuando su madre abrió la puerta en el segundo piso y salieron. Una señora de brillantes labios rojos y largas pestañas como patas de araña las saludó desde detrás de un mostrador. Pam dijo su nombre y la señora les dijo que tomaran asiento en la sala de espera.

Pam había llevado un libro ilustrado para que Martha se entretuviera mirándolo mientras esperaban. Era su cuento preferido, sobre un gatito que se pierde y al que luego encuentran. La niña miró los dibujos de colores y se olvidó del temible ascensor. Un rato después la interrumpió un hombre alto y rígido, vestido con traje oscuro y corbata. Tenía el pelo rubio brillante peinado con la raya a un lado y la piel muy blanca y tersa.

—Hola, Martha —dijo, y la forma en que pronunció su nombre dejó claro que era extranjero.

Le tendió la mano y Martha la tomó y dejó que se la estrechara.

—Soy el señor Edlund. Voy a hablar con tu madre un momento y luego te pediré que vengas a mi despacho.

El señor Edlund le sonrió, pero Martha estaba tan nerviosa que no le devolvió la sonrisa. Miró sus grandes ojos azules, que parecían muy lejanos porque era muy, muy alto, y advirtió algo en su energía que no le gustó. Luego, el señor Edlund se fue con su madre y desapareció dentro de una habitación, cerrando la puerta. A Martha se le revolvió el estómago de nerviosismo. Apoyó el libro sobre sus rodillas, pero dejó de mirarlo. Con los ojos fijos en la puerta, aguardaba asustada el momento en que el señor Edlund aparecería y le pediría que entrara.

Le pareció que pasaba mucho tiempo. Luego, de pronto, se abrió la puerta y el señor Edlund la llamó.

—Ya puedes entrar, Martha —dijo, y la niña se bajó de la silla y entró, nerviosa, en la consulta.

Vio aliviada que su madre estaba sentada delante de un escritorio de madera lleno de papeles bien ordenados, libros y fotografías enmarcadas. Había una silla vacía al lado de la de su madre, y el señor Edlund le dijo que se sentara allí. Martha obedeció y juntó las manos sobre el regazo. Recorrió la consulta con la mirada. Había una camilla en el rincón, cubierta con una sábana blanca, y junto a la camilla una lámpara de pie con una bombilla que brillaba como un ojo demoníaco.

Cuando el señor Edlund le habló, Martha se sobresaltó y apartó la mirada de aquel ojo.

—Tu madre me ha hablado mucho de ti, Martha —dijo—. Dice que eres una niña muy buena.

Martha miró a su madre y vio que sonreía. Aquello la tranquilizó un poco.

—Eres hija única y acabas de cumplir cuatro años. ¿Verdad? —Martha asintió en silencio—. Bien. ¿Qué tal tu fiesta de cumpleaños? ¿Lo pasaste bien? —La pequeña asintió de nuevo—. Estupendo. Espero que no comieras demasiada tarta.

Martha se sonrojó, porque había comido demasiada tarta y después había tenido ganas de vomitar, pero no se había manchado el vestido. Miró de nuevo a su madre, que hizo un gesto afirmativo, animándola.

—Contesta a las preguntas del señor Edlund, Martha. Es un médico —dijo con énfasis—. Puedes contárselo todo.

El señor Edlund no corrigió a la señora Wallace, pues, aunque no tenía título, se consideraba a sí mismo un médico de la mente.

—¿Tienes muchos amigos, Martha? —preguntó el señor Edlund.

Martha no supo qué contestar. En realidad no sabía muy bien qué era un amigo. Jugaba con sus primos de vez en cuando, pero casi siempre estaba sola en casa. Luego se acordó de la señora Goodwin y asintió.

—¿Quiénes son tus amigos, Martha? —preguntó él.

—La señora Goodwin —contestó en voz baja.

—Es la niñera —terció Pam, y soltó una risa ligera—. La señora Goodwin no es tu amiga, Martha, es tu niñera. Es distinto.

—¿Es cierto que tienes amigos que nadie más puede ver? —prosiguió el señor Edlund.

Se había puesto muy serio. Martha se removió en la silla. La señora Goodwin le había dicho que no hablara de Adeline. Miró a su madre esperando a que le retirara su afecto, pero vio con asombro que seguía sonriendo.

—Cariño, al señor Edlund puedes contárselo todo. No vas a meterte en ningún lío —dijo Pam.

Martha estaba confusa. No entendía por qué podía hablarle de Adeline a aquel desconocido y en casa no.

—Sí —dijo con una vocecilla tan tenue que el señor Edlund tuvo que inclinarse sobre el escritorio para oírla.

—¿Tienes un amigo o muchos?

—Muchos —contestó la niña.

El señor Edlund hizo un gesto con la cabeza.

—Entiendo. Pero tu madre me ha dicho que tienes una amiga especial.

—Sí —respondió Martha.

—¿Cómo se llama tu amiga especial?

—Adeline —dijo Martha.

—¿Cuándo la ves?

—En mi habitación.

—¿Por la noche? —Martha asintió en silencio—. ¿Ahora está aquí?

Martha meneó la cabeza.

—No.

El señor Edlund sonrió satisfecho. Se recostó en la silla y entrelazó los dedos sobre el estómago. Miró a Pam, que estaba tan ansiosa porque curara a su hija de sus extrañas alucinaciones que estaba dispuesta a creer cualquier cosa.

—En realidad es muy sencillo —dijo, y Pam se relajó visiblemente, llena de alivio.

—Qué alegría me da —contestó.

Él fijó la mirada en la niña.

—Tú sabes que Adeline no es real, ¿verdad, Martha? —Al ver que ella no contestaba, añadió—: A ti te parece real, pero no lo es. Es como un sueño, por eso la ves por las noches, cuando vas a dormirte. Te la has inventado porque te sientes sola y te gustaría tener a alguien con quien hablar. ¿Entiendes que Adeline no es de verdad?

Martha sabía que Adeline no era una invención suya, y además no la veía solo por las noches, cuando iba a dormirse. Pero miró acongojada a su madre. Pam seguía sonriendo, pero Martha intuyó que estaba a punto de tragarse su afecto y temía la sensación de frío y aislamiento que seguiría. Eso le daba más miedo que tumbarse en aquella camilla, bajo la mirada del «ojo» demoníaco. Así que mintió. La señora Goodwin le había enseñado que mentir estaba mal, pero no quería que su madre le retirara su cariño, ni que el señor Edlund le hiciera más preguntas.

—Sí —contestó, y se le saltaron las lágrimas.

Su mentira surtió un efecto sorprendente. Pam se volvió hacia ella, atónita.

—¿Lo ves, cariño? Adeline es una fantasía tuya y no es real en absoluto. No entiendo por qué has tenido que inventarte una abuela teniendo dos que te quieren muchísimo.

Martha se secó una lágrima. Su madre volvió a mirar al señor Edlund.

—¿Cómo es posible que se haya inventado una persona así? No ha dejado de hablar de esa tal Adeline desde que aprendió a hablar.

—La mente es una cosa muy complicada, señora Wallace. Martha creó a Adeline por necesidad y ahora cree que es real. Los niños tienen una imaginación especialmente poderosa. No es nada infrecuente. Estos espejismos suelen desaparecer con el tiempo, y si no...

—¿Sí? —preguntó Pam, acongojada.

—Hay muchas maneras de proceder, pero no es necesario que hablemos de ellas ahora, a no ser que Martha siga creyendo que ve a esas personas. De modo que, entretanto, debe usted asegurarse de que esté entretenida. Necesita tener amigos con los que jugar y estar ocupada. Cuando mencione a Adeline, recuérdele amablemente que solo es una fantasía. Recuérdeselo con regularidad porque, al repetirlo, estará corrigiendo esa pauta de conducta. Martha es todavía lo bastante pequeña como para que ese método resulte efectivo y eficaz.

Pam estaba muy agradecida. Salió de la consulta del señor Edlund decidida a buscarle a Martha amiguitos con los que jugar y a mantenerla ocupada. Le buscaría un profesor de violín para que, en vez de estar mirando embelesada por la ventana, practicara las escalas. Era un alivio saber que las fantasías de Martha eran solo síntoma de soledad. Pam estaba deseando decírselo a Joan y Dorothy. Les diría lo que le había dicho el señor Edlund, o el doctor Edlund, mejor dicho (mentiría respecto a ese detalle, porque sonaría mejor en boca de un médico).

Martha siguió a su madre por las escaleras, hasta el coche. No habló en todo el camino de vuelta, pero miró desconsolada por la ventanilla. Su madre parloteó sin cesar acerca de lo maravilloso que era el doctor Edlund y lo sensato que era su diagnóstico. No era consciente de que aquel hombre había roto algo dentro de Martha: su deleite en la magia.

La señora Goodwin estaba esperando su regreso en el vestíbulo, llena de inquietud. Cuando el coche se detuvo delante de la casa ya empezaba a oscurecer y estaba nevando otra vez. La señora Goodwin veía los copos en la aureola dorada de las farolas. Martha se bajó del coche y caminó lentamente hacia la casa. La señora Goodwin comprendió por su forma de andar que era profundamente infeliz. La señora Wallace tendió la mano a la niña. Martha la aceptó y dejó que su madre tirara de ella por el camino, ansiosa por cobijarse de la nieve.

Esa noche, cuando la señora Goodwin la arropó en la cama, le preguntó por Nueva York. Martha le dijo que no le gustaba el señor Edlund.

—¿Qué te ha dicho, cielo?

—Que Adeline no es real.

La señora Goodwin estuvo a punto de disentir. Sabía que Martha había nacido con el don de la videncia, pero no quería que la niña se metiera en líos. Tal vez fuera preferible que creyera que las cosas que veía eran fruto de su imaginación. De ese modo no volvería a cometer el error de hablar de sus visiones. La señora Goodwin no quería ni pensar en las consecuencias que eso podía tener. ¿Qué haría el señor Edlund en ese caso? No quería que Martha creciera pensando que le ocurría algo malo. Ni que lo creyera la señora Wallace.

—Cariño mío, eres una niña muy especial —dijo con ternura—. A veces los niños son tan especiales que los adultos son incapaces de entenderlos. Da igual que Adeline sea real o no. Es real para ti. Si te hace feliz, no hay nada de malo en ello. —La niña la miró con amor y confianza. La señora Goodwin le dio un beso en la frente—. Buenas noches y que Dios te bendiga, cielo.

La niñera informó a la señora Wallace de que su hija estaba lista para decirle buenas noches. Pam acarició el pelo de la niña y la besó en la mejilla.

—Hoy te has portado muy bien —dijo, y Martha sintió que el peso que sentía en el corazón se aflojaba un poco.

Cuando su madre se marchó, la niña se quedó sola en la oscuridad. Pasado un rato, volvió a oír los murmullos, los siseos y el runrún de siempre. Se acurrucó bajo las mantas y se puso a cantar. Descubrió que, si cantaba, dejaba de oír aquellos ruidos.

Adeline la observaba con tristeza. Le angustiaba la vergüenza de la niña y lamentaba la ignorancia de la madre. Sabía lo que pasaría a partir de entonces, porque les había ocurrido a otros niños parecidos a lo largo de los siglos: Martha perdería su don. Perdería la capacidad de ver las sutilísimas vibraciones de su entorno y, de paso, se extraviaría a sí misma y se convertiría en una niña corriente. No había nada que Adeline pudiera hacer al respecto. Sencillamente, se difuminaría como un arcoíris cuando deja de brillar el sol.

—Aun así, seguiré contigo —susurró en la oscuridad, bajo las mantas—. Siempre estaré contigo.

Al día siguiente, Pam le hizo un regalo a Martha. La señora Goodwin había sido muy útil ayudándola a decidir qué podía comprarle. Tenía que ser algo con lo que Martha se encariñara. A la niña no le interesaban los juguetes, las muñecas y los osos de peluche. En cambio, le encantaban los seres vivos: los insectos, los pájaros y los animales en general. Pero a la señora Goodwin se le ocurrió la idea perfecta. Martha puso la caja sobre la mesa, delante de ella, y levantó con cuidado la tapa. Dos ojos redondos la miraron con recelo desde dentro de la caja. La niña contuvo la respiración. Luego, una ancha sonrisa afloró a su cara.

—¡Es un gatito! —exclamó, emocionada.

Metió las manos en la caja y sacó con delicadeza al animal. El gatito maulló y se acurrucó contra su cuerpo cálido mientras lo sostenía en brazos.

—Es un macho —le informó su madre—. Así que tienes que ponerle nombre de chico.

—¿Cómo vas a llamarlo, cielo? —preguntó la señora Goodwin.

Martha pensó un momento. Luego se le vino un nombre a la cabeza.

—*Pequeño Jack* —dijo.

La señora Wallace se sorprendió. Martha no conocía a ningún Jack.

—¿Cómo se te ha ocurrido ese nombre? —preguntó.

—Es un nombre precioso —terció la señora Goodwin.

—Bueno, estoy segura de que dentro de poco se le quedará pequeño —comentó Pam.

Martha se inclinó y besó la cabeza suave del gato. Las dos mujeres se miraron y sonrieron. Ambas confiaban en que, ahora que Martha tenía un amiguito con el que jugar —un amigo *de verdad*—, dejaría de sentirse sola.

—Gracias, Goodwin —dijo Pam, posando la mano sobre el brazo de la niñera.

—Ha sido un placer —dijo la señora Goodwin—. Creo que Martha y el *Pequeño Jack* son tal para cual.

10

Ballinakelly, 1926

La primavera sonreía a Ballinakelly con el optimismo ingenuo de un niño. Un sol radiante derramaba sus bendiciones sobre el campo y esparcía besos de oro sobre el mar. Pájaros y mariposas echaban a volar, y los grillos cantaban alegremente entre la hierba crecida. Hazel y Laurel iban camino de la iglesia por la calle principal, cogidas del brazo. El viento jugueteaba con las cintas de sus sombreros y tiraba del bajo de sus vestidos, y ellas respondían a sus provocaciones con predecible alborozo, sujetándose el sombrero y el vestido lo mejor que podían para preservar su pudor sin soltarse la una a la otra.

Por fin llegaron a la iglesia de Saint Patrick. Sus muros relucían anaranjados a la luz brillante del sol y la vista del campanario alzándose hacia el cielo levantó el ánimo de aquellas dos hermanas que habían sufrido un miedo pavoroso durante los Disturbios y todavía se ponían algo nerviosas cuando abandonaban la seguridad de su casa. Las recibió calurosamente el reverendo Maddox, cuya cara rubicunda y redonda barriga delataban su afición por el buen vino y la buena comida, y su incapacidad para tomarlos con moderación.

—Mis queridas señoritas Swanton —dijo tomando las manitas de las hermanas entre las suyas, grandes y esponjosas—. ¿Verdad que hace un día precioso? —Alzó los ojos al cielo con expresión devota, como si Dios y él estuvieran compinchados incluso en lo relativo al tiempo.

—Uy, sí, ya lo creo —convino Hazel, sintiendo casi el impulso de darle las gracias—. La primavera está siendo preciosa, y estoy segura de que el verano también lo será. —Exhaló un profundo suspiro—. A Adeline le habrían encantado las flores silvestres de la falda de la colina.

—Lady Deverill está disfrutando de las flores en el edén —le aseguró el reverendo.

—Claro que sí —dijo Laurel.

—Adeline creía que sería un espíritu que seguiría rondando entre los vivos —añadió Hazel—. En cuyo caso estará aquí, disfrutándolo todo en persona.

—Estoy segura de que es así —dijo Laurel—. No me cabe duda de que está disfrutando del edén junto al pobre reverendo Daunt, que fue un vicario excelente. Nos alegra mucho que hayan mandado un sustituto tan estupendo a nuestra humilde parroquia.

El reverendo Maddox sonrió agradecido y las acompañó a la puerta.

—Mis queridas señoras, ¿por qué no entran a disfrutar de la música? —dijo—. La señora Daunt ha estado ensayando un par de piezas nuevas y le encantaría que las oyeran. La música es un gran consuelo para ella en estos momentos de dolor.

Vio a las dos mujeres entrar en la iglesia. Nunca había conocido a dos hermanas que se entendieran tan bien.

Al poco rato, la iglesia comenzó a llenarse con los miembros de la aristocracia y la nobleza rural a los que no habían echado de sus casas los rebeldes durante los Disturbios, y con protestantes de clase trabajadora. Reinaba ahora una atmósfera de unidad, una sociabilidad que no existía anteriormente. La violencia había unido a la pequeña minoría protestante, cuyos miembros encontraban consuelo en su mutua compañía, como un rebaño de ovejas en una ladera rodeada de lobos por todas partes. Los tenderos saludaban a lores y damas con una sonrisa sincera, y los nobles les devolvían el saludo con idéntico afecto.

Lord Deverill ocupó su sitio de siempre en la primera fila. Kitty estaba a su lado con Robert y JP, como llamaban ahora al Pequeño Jack, pues Kitty opinaba que a sus cuatro años era demasiado grande para que lo llamaran «pequeño» y, dado que su nombre de pila era Jack Patrick, empezaron a llamarlo JP. A decir verdad, el nombre de Jack le producía una punzada de dolor cada vez que lo pronunciaba.

Kitty había advertido un cambio en su padre, sutil como el movimiento de una placa bajo la corteza terrestre. No sabía decir exactamente cuándo había sucedido, pero era como si hubiera tomado la decisión de enmendar la forma en que se veía a sí mismo y veía el mundo. Ese cambio profundo había generado ondas que, atravesando todo su ser, lo habían afectado de muy distintas maneras. Su melancolía había desaparecido, al igual que la autocompasión y la necesidad de beber para olvidar. Parecía agradecido por poder disfrutar de la vida, con todos sus pequeños dones. Parecía, sobre todo, contento de tenerlas a ella y a Elspeth, y pasaba todo el tiempo que podía con su hijo JP, que lo llamaba papá y disfrutaba acompañándolo en sus salidas al campo. La nueva claridad de su mirada convenció a Kitty de que sus sentimientos eran sinceros, aunque ignorara qué los había inspirado. Su padre incluso aprobaba las reformas que estaba haciendo Celia en el castillo, y se paseaba a diario por las obras, donde trabajaban cientos de obreros como un ejército de hormigas en un hormiguero. Kitty habría deseado compartir su interés por la reconstrucción de su antiguo hogar, pero no podía: era demasiado angustioso para ella.

Tampoco quería pensar en Jack O'Leary, porque también la hacía sufrir. Jack se había marchado y la vida continuaba. Kitty no lo creía posible, pero había sucedido. A principios de abril, Celia había dado a luz a una niña a la que había llamado Constance en honor a su cuñada. Kitty daría a luz en otoño. Robert estaba entusiasmado. Ella lo agarró de la mano ahora y se la apretó con fuerza mientras la música de órgano interpretada por la señora Daunt resonaba en las paredes de la iglesia. Kitty había tomado una decisión y ahora tenía que aprender a vivir con ella.

—¿Quién es ese hombre que está sentado con Grace? —le susurró Hazel a Laurel.

Su hermana se inclinó y miró al otro lado del pasillo. Allí, sentado junto a Grace Rowan-Hampton, había un hombre al que las Arbolillo no habían visto nunca antes. Lo miraron las dos fijamente y, al fijarse en su cabello espeso y plateado, en sus ojos marrones y profundos y en el pulcro bigote blando que descansaba sobre una boca ancha y sensual, el tiempo pareció detenerse. Las voces se difuminaron a su alrededor junto con la música del órgano, y solo sus corazones, que comenzaron a latir con un ritmo extraño para ellas u olvidado hacía mucho tiempo, resonaron en sus oídos. Tan unidas como siempre, las dos señoras admiraron y temieron por igual al lobo gris que había aparecido en medio del rebaño. En sus muchas décadas de obstinada soltería, ningún hombre había tenido tal poder para desequilibrarlas. De pronto vieron horrorizadas que él se volvía y las miraba de frente, manteniéndolas cautivas con la mirada durante un instante. Se echaron hacia atrás dando un respingo y al volver en sí se sonrojaron, avergonzadas. La música y las voces regresaron, más atronadoras que antes. Él sonrió e inclinó la cabeza cortésmente. Las Arbolillo apartaron la mirada y se abanicaron las caras sofocadas con sus respectivos breviarios.

—Válgame Dios —murmuró Laurel.

—Debe de ser el padre de Grace —dijo Hazel.

—¿Crees que tendrá mujer? —preguntó su hermana, y añadió apresuradamente—: Que Dios me perdone por preguntar tal cosa en Su casa. No contestes, Hazel. No sé qué me ha pasado. Debe de ser el calor. Hace un calor espantoso, ¿verdad que sí?

—Espantoso, Laurel, espantoso. No me ha parecido que tenga esposa. Parece que está con Grace.

—Mira, el reverendo Maddox está a punto de empezar el oficio. Debemos concentrarnos.

Hazel se tapó la boca con los dedos.

—Nos ha sonreído, Laurel, ¿has visto?

Laurel le dio un codazo.

—Shhh —siseó. Pero esbozó una sonrisilla nerviosa.

El reverendo Maddox dio un sermón conmovedor que parecía no acabar nunca. Era conocido por disfrutar del sonido de su propia voz hasta el punto de ser sordo a todas las demás, pero ese día se explayó más que de costumbre. Quizá fuera por el sol, o quizá porque quería impresionar al distinguido caballero que acompañaba a Grace Rowan-Hampton. Fuera por lo que fuese, su voz subía y bajaba en grandes oleadas de pasión, sus frases se alargaban como un trozo de goma y luego, bruscamente, daban paso a sentencias cortas y enérgicas ideadas para despertar a la congregación amodorrada.

Por fin, después de que el párroco recitara las últimas oraciones y la bendición celta, a la que era tan aficionado, las Arbolillo fueron las primeras en salir al pasillo, dispuestas a escapar de la iglesia antes de que aquel caballero endiabladamente guapo viera que, por culpa suya, se habían convertido en un par de pazguatas temblorosas.

Grace miró a su padre —pues, en efecto, era su padre— y dijo:

—Siento lo del párroco, papá. Confunde el púlpito con un escenario.

Lord Hunt dio unas palmaditas en la mano a su hija.

—Querida mía, no debes preocuparte por mí. Cuando me aburro, como me sucede a menudo en la iglesia, mi mente tiende a divagar. Hoy, sin embargo, no ha sido mi mente sino mis ojos los que se han extraviado —añadió con una sonrisa traviesa.

Grace sacudió la cabeza.

—Papá, eres incorregible. Mamá se revolvería en la tumba si viera cómo te comportas. Si vas a vivir conmigo en este pueblecito, tienes que portarte con decoro. Te advierto que a los vecinos de este pueblo les encanta chismorrear. Si vas a echar una canita al aire, tienes que ser discreto.

—No sé de qué me hablas, Grace —dijo él riendo—. Soy la virtud personificada. Además, soy demasiado viejo para esas cosas. —Enarcó una de sus cejas blancas e hirsutas y esbozó una sonrisa lobuna, por lo que su hija comprendió que ni era demasiado viejo, ni se desinteresaba por «esas cosas».

Grace también sonrió, porque se reconocía en la sensualidad de su padre.

Salieron al sol y Grace presentó a su padre a Bertie y Kitty. El viejo truhan tomó la mano de Kitty y se la acercó al bigote, cuyos pelillos le hicieron cosquillas en la piel.

—He de decir que da gusto ver a las mujeres de Ballinakelly —dijo con un brillo pícaro en la mirada.

Kitty se rio.

—Es usted muy amable —dijo, y sonrió a Grace, que sacudía la cabeza fingiéndose avergonzada.

—Lleva aquí cinco minutos y ya está haciendo de las suyas —comentó.

—El secreto de la longevidad es una pizca de coqueteo —repuso lord Hunt—. Y yo tengo intención de vivir mucho tiempo.

—Tiene que venir a cenar a casa —dijo Bertie jovialmente—. Nos gustaría darle la bienvenida como es debido.

—Muy amable de su parte, lord Deverill. Grace me ha hablado mucho de su familia y reconozco que me interesa su historia. Lo lamenté mucho cuando me enteré del incendio, y sentí curiosidad cuando supe que iban a reconstruirlo.

—Lo ha comprado la hija de mi primo y lo está remodelando en estos momentos. ¿Qué le parece si se lo enseño? Es un proyecto muy ambicioso y extravagante, como poco, pero creo que va a quedar espléndido cuando esté acabado.

—Me encantaría, gracias —dijo lord Hunt.

Grace miró con ternura a su examante. Desde hacía poco, veía atisbos del Bertie despreocupado de antes en su sonrisa y en el brillo de sus ojos, que se le antojaba la luz clara de un nuevo amanecer. También su atuendo parecía renovado, o quizá lo que había cambiado fuera el porte con que llevaba la ropa. Su traje de *tweed* no estaba arrugado y sucio como antes; volvía a llevar el sombrero airosamente ladeado y su piel no denotaba ya una pasión excesiva por el alcohol. Grace había notado que había dejado de beber whisky y vino y se preguntaba a qué obedecía ese cambio. Ella le había dado un ultimátum una vez: o ella o la bebida. Y Bertie había sido incapaz de vivir sin ambas. ¿Quién había salido airoso donde ella había fracasado?

Se sentó al volante de su coche y esperó a que su padre se reuniera con ella. Lord Hunt parecía disfrutar conociendo a los lugareños y regodeándose en el interés que despertaba entre las mujeres, pues a sus setenta y cuatro años seguía siendo un hombre muy guapo. Grace dejó que su mirada vagara más allá de la ventanilla del coche. Un perro famélico, con solo tres patas, avanzaba cojeando por la calle con la nariz levantada como si hubiera captado el rastro de un bocado suculento. Hombres con gorra caminaban en grupos con las manos metidas en los bolsillos y la mirada todavía velada por el recelo que, como un poso, habían dejado los Disturbios. Las mujeres charlaban bajo el cielo despejado mientras los niños jugaban en la calle y sus risas resonaban en las paredes de las casas. Entonces vio a Michael Doyle.

Contuvo el aliento. Se le paró un momento el corazón. Fue una sensación intensísima, visceral. Por un instante no pudo moverse. Lo siguió con los ojos mientras subía despreocupadamente por la calle con su hermano Sean. Pestañeó, incapaz de creer lo que estaba viendo; no se fiaba de sus ojos, porque, si Michael había vuelto a Ballinakelly, lo primero que habría hecho sería ir a verla a ella. ¿Verdad? Deseó que la mirara, pero ni siquiera desvió los ojos hacia ella. Pasó de largo, enfrascado en la conversación con su hermano. Grace se fijó en aquella cara que había acariciado tan a menudo, de piel clara y lustrosa ahora que había dejado la bebida, igual que Bertie. Pero a la sombra que proyectaba Michael Doyle Bertie era invisible, como el resto de los amantes que había tenido. Michael Doyle había vuelto de Mount Melleray y eso era lo único que importaba. Parecía más alto, más ancho, más rudo y atractivo que nunca. Un hormigueo ardiente se extendió por su piel y se acumuló en su vientre. Agarró con fuerza el volante. Michael ya se había alejado. Grace lo observó de espaldas. Le escocían los ojos de mirar fijamente. ¿Cómo era posible que él no sintiera su mirada taladrándole la chaqueta? ¿Acaso no intuía que estaba allí? ¿Por qué no se volvía? Sintió el impulso de correr tras él, de arrojarse a sus brazos, de apretarse contra su cuerpo y sentir sus manos ásperas en la piel y su boca ansiosa en los labios. Pero sabía que debía refrenarse. Tenía que esperar. Michael sabía muy bien dónde vivía. Estaba segura de que iría a verla en cuanto pudiera. Sin duda, su deseo era tan fuerte como el de ella.

—Ese lord Deverill es un joven encantador —comentó lord Hunt al sentarse en el asiento del pasajero. No reparó en la palidez de su hija, ni en el brillo febril de su mirada—. Ha sido muy amable invitándome a echar un vistazo al castillo. Como sabes, me interesa muchísimo la historia.

Tan pronto como su padre hubo cerrado la portezuela del coche, Grace arrancó y enfiló despacio la calle mientras buscaba febrilmente con la mirada. Su padre seguía hablando, pero ella no le escuchaba. Estaba decidida a ver a su amante y a que él la viera y leyera en su mirada su deseo de reunirse con él. Por fin, al acercarse a la taberna de O'Donovan, vio a Michael. Un instante después llegó a su lado. Redujo la velocidad hasta que el coche avanzó al mismo paso que los hombres. Sean la miró, pero Michael estaba tan distraído hablando que no reparó en el coche que pasaba a su lado ni en la mujer que iba dentro, deseosa de que la mirara.

Incapaz de soportarlo un segundo más, Grace tocó el claxon. Los dos hombres, y el resto de las personas que había en la calle, la miraron con sorpresa. Ella se asomó por la ventanilla y compuso una sonrisa que no dejaba traslucir su agitación interna. Grace Rowan-Hampton podía estar desesperada, pero era una actriz consumada y, en cuanto a disimular, no tenía rival.

—¡Señor Doyle! —exclamó sin que casi le temblara la voz.

—Lady Rowan-Hampton. —Michael pareció sorprendido de verla allí. Se quitó la gorra y esperó a oír lo que quería decirle.

—Me alegra ver que ha vuelto. Mi marido está buscando hombres fuertes para sanear la arboleda de detrás de la casa. Las tormentas de este invierno tumbaron varios árboles. Si a sus amigos y a usted les interesa el trabajo, vaya a casa a verme.

Él asintió.

—Preguntaré en la taberna —respondió.

—Gracias —contestó ella confiando en que entendiera el mensaje que transmitía su mirada, como había hecho siempre—. Entonces, le espero en casa. Sir Ronald quiere que el trabajo se haga lo antes posible. Confío en que encuentre algunos voluntarios bien dispuestos.

Arrancó de nuevo, pues no había nada más que decir. Su padre la observó con perplejidad mientras ella miraba por el retrovisor para ver si Michael seguía el coche con la mirada. Pero no: había entrado en la taberna de O'Donovan y en la calle solo quedaban algunos jovenzuelos desaliñados, admirando su flamante automóvil mientras se alejaba.

Una vez en casa, Grace corrió a quitarse la ropa con que había ido a la iglesia y a ponerse un vestido más cómodo. Pasó largo rato en su tocador arreglándose el pelo, poniéndose colorete y aplicándose un poco de perfume de nardos detrás de las orejas y entre los pechos. Estaba segura de que Michael iría a verla.

Ethelred Hunt se había adueñado de un gran sillón orejero de la terraza donde, al abrigo del viento y calentado por el sol, estaba leyendo el *Times* con las gafas apoyadas en la nariz. Una sirvienta le trajo una copa de jerez y él encendió un cigarrillo. Dio una larga y satisfactoria calada antes de expeler el humo. No se cuestionaba el extraño comportamiento de su hija frente a la taberna ni el tiempo excepcionalmente largo que estaba pasando en su habitación, pues Ethelred Hunt era un hombre centrado en su propio placer y en ese instante lo que más le interesaba eran esas dos señoras semejantes a pajaritos que habían parecido tan sorprendidas al verlo en la iglesia. Iba a divertirse de lo lindo con esas dos, se dijo. ¡Por algo lo apodaban «Ethelred el siempre listo»! Cuando por fin apareció Grace, su padre tampoco advirtió que estaba nerviosa. Grace esperó el resto del día, pero Michael no llegó.

A la mañana siguiente, Brennan tocó a la puerta de su señora y anunció que había un grupo de muchachos en la puerta. Al parecer, habían venido a sanear la arboleda por orden de sir Ronald. A Grace le dio un vuelco el corazón.

—Estupendo —dijo—. Le he dicho al señor Turner que iban a venir, así que avísele, por favor, y que se ocupe de ellos.

A pesar de que ardía en deseos de salir, sabía que sería indecoroso hacerlo y, además, ¿cuánto tiempo llevaba Michael en Ballinakelly? Le gustaba la idea de hacerle esperar, como él la había hecho esperar a ella.

Brennan se fue en busca del jardinero jefe y Grace se quedó en su alcoba paseándose de un lado a otro, agitada y retorciéndose las manos. Ethelred se había ido con Bertie a echar un vistazo a las obras del castillo y luego a comer al pabellón de caza. Era muy probable que no regresara hasta la noche, pues Grace sospechaba que Bertie querría enseñarle toda la finca. Su padre era un buen jinete, además de muy aficionado a las carreras, y, dado que Bertie estaba prácticamente viudo, ambos tenían muchas cosas en común. Ronald estaba en Londres, donde pasaba la mayor parte del año. Tenía la casa para ella sola hasta que oscureciera, y estaba decidida a aprovechar la ocasión.

Al ver que Michael no se acercaba a la ventana de su despacho ni entraba en el cuarto de estar como solía hacer, empezó a preocuparse. ¿Habría ido a la arboleda con los otros hombres, por discreción? Pero seguro que podría habérsele ocurrido alguna excusa. Grace salió a la terraza y miró más allá del prado. Al oír un ruido en la mata de viburno que había tras ella se sobresaltó y se giró bruscamente, esperando ver a Michel con una sonrisa lasciva en la cara. Pero no eran más que un par de palomas. Exhaló un suspiro y frunció el ceño. ¿Por qué tardaba tanto?

Por fin, llena de nerviosismo, salió al pasillo en busca de Brennan. Su mayordomo había visto entrar y salir hombres de aquella casa sin mover siquiera una ceja. De hecho, había abierto la puerta a Michael muchas veces y, sin molestarse en anunciarlo, le había dejado cruzar el vestíbulo como si estuviera en su casa. En cierta ocasión incluso le había avisado de que sir Ronald había llegado inesperadamente y se encontraba en casa. Ahora, Grace le preguntó si Michael estaba con el grupo de muchachos. Brennan negó con la cabeza.

—No, señora. Michael Doyle no estaba entre ellos —le dijo.

El rostro de Grace se ensombreció, lleno de furia. ¿Cómo se atrevía a humillarla de ese modo?

—Gracias, Brennan. Si aparece, dígale, por favor, que estoy indispuesta —dijo.

Luego subió a su habitación, se dejó caer en la cama y, abrazándose a la almohada, se preguntó qué debía hacer.

Su padre regresó ya de noche y de muy buen humor, hablando por los codos del estupendo día que había pasado con Bertie.

—¿Sabes que me ha presentado a su bastardo? Un crío guapísimo, y más listo que un zorro. Deverill me ha dicho que su mujer está tan furiosa que se niega a que él se mude a Londres, donde le ha comprado una casa en Belgravia. Por lo visto, no le va a quedar más remedio que quedarse aquí. Yo le he dicho que debería cambiar a su mujer por una nueva.

—¡Papá, por favor! —exclamó Grace—. No es un caballo.

—Por lo que he oído contar sobre Maud Deverill, Bertie se lo pasaría mucho mejor con ella si lo fuera.

Grace no pudo evitar reírse, a pesar de que se sentía muy desgraciada. Al menos lord Hunt se estaba divirtiendo. Ella no, desde luego. Había barajado infinidad de motivos para explicarse por qué Michael no había ido a verla, pero ninguno de ellos aliviaba su desilusión ni su rabia. Más le valía tener un buen pretexto, se dijo, o desearía volver a estar en Mount Melleray.

Grace pasó esa semana distraída, ocultando su frustración bajo una capa de quebradiza jovialidad. Al parecer, todo el mundo en el condado quería conocer a su padre. Cenaban fuera todas las noches y Ethelred entretenía a sus anfitriones y a los invitados de estos con historias y anécdotas hilarantes, todas ellas exageradas y embellecidas, y algunas directamente inventadas, pues lord Hunt tenía una imaginación extraordinaria. Hacía reír allá donde iba, pero las más fascinadas por el ingenio y el encanto de aquel viejo lobo eran las Arbolillo, que el siguiente sábado por la noche se sentaron a su lado, flanqueándolo, en la mesa del comedor de Bertie. Se sonrojaban, tartamudeaban y se reían como colegialas, engatusadas por las atenciones de Ethelred, ante las que parecían indefensas como dos gallinas de Guinea. Sus corazoncitos aleteaban como no habían aleteado nunca antes. Como era su costumbre, estaban absolutamente de acuerdo en cuanto al atractivo endiablado de lord Hunt, pero por primera en su vida lamentaban que así fuera.

Grace no había visto a Michael desde el domingo anterior. Fue a la iglesia y trató en vano de concentrarse en el servicio religioso mientras se preguntaba dónde diablos iba a buscarlo sin hacer evidentes sus intenciones. A su padre, en cambio, no parecía inquietarle lo más mínimo distraerse durante el oficio. Le interesaba mucho más divertirse con las pobres Arbolillo que, sentadas al otro lado del pasillo, miraban sofocadas sus breviarios. Cuando Ethelred sonrió a las dos solteronas y levantó la mano para saludarlas discretamente, Grace se llevó los dedos a los labios y arrugó el ceño, con la mirada perdida.

Sabía que Michael iba a la taberna de O'Donovan, pero las mujeres no entraban en el *pub*, y menos aún las mujeres de su clase social. Sabía dónde vivía, pero no podía presentarse sin más en la granja de los Doyle y preguntar por él. La vieja red de transmisión de notas que tan eficazmente había funcionado durante la Guerra de Independencia había dejado de existir hacía tiempo y, aunque funcionara todavía, ninguna nota llevaría a Michael a su puerta. La estaba evitando por la razón que fuera —y Grace estaba convencida de que tenía que haber una razón de peso—, y no iba a ir a verla. De modo que no le quedaba más remedio que orquestar un encuentro.

Es un hecho, por triste que sea, que en toda relación amorosa siempre hay una parte más ávida que otra. Grace lo sabía muy bien. Pero ahora ella era la menos deseada y eso no podía aceptarlo. Cuando un amante, sea hombre o mujer, ha proporcionado a su pareja un placer único es casi imposible imaginar que ya no lo quiera. Grace estaba dispuesta a perseguir a Michael. Le obligaría a mirarla cara a cara y a darle una explicación.

La ocasión se presentó en la feria de Ballinakelly, que tuvo lugar el primer viernes de mayo. Vino gente de todo el condado a mirar caballos, comprar y vender ganado y codearse con sus vecinos. La brisa del mar barría la plaza con juguetona curiosidad, bailando con los rayos de sol y las faldas de las señoras y arrancando el humo de las pipas de los granjeros y los cigarrillos de los muchachos. Reinaba un ambiente de optimismo; los hombres y las mujeres coqueteaban y los niños jugaban entre las gallinas y las cabras, y se ganaban unas pocas monedas vigilando a las vacas mientras los granjeros visitaban el *pub*. Había una banda que tocaba música y varias gitanas que deambulaban entre la gente leyendo la buenaventura, cargadas con cestas de brezo y estampitas. Se oían voces y carcajadas, el balido de las ovejas y el mugido de las vacas. Grace solía disfrutar de la feria, pero ese día estaba demasiado alterada. Llevaba varias noches sin pegar ojo y tenía los nervios a flor de piel. Su padre, en cambio, estaba encantado. Conocía ya a la mitad de Ballinakelly y estaba deseando conocer a la otra mitad. Cuando se tropezó con las Arbolillo, hizo una reverencia y extendió los brazos invitándolas a enseñarle la feria. Fue una suerte que tuviera dos brazos, pues tanto Hazel como Laurel estaban decididas a agarrarse a uno.

Grace acompañó a su padre y a las Arbolillo, hablando de esto y aquello sin escuchar de veras la conversación ni prestar atención a lo que ella misma respondía. Escudriñaba el gentío buscando a Michael. Sabía que tenía que estar allí. Era granjero, iba a todas las ferias. Tal vez incluso hubiera apuntado a uno de sus toros en alguna competición.

Por fin lo vio justo al otro lado de la plaza: vislumbró su cabeza, inconfundible por su espesa mata de rizos negros, destacándose sobre las demás. Dejó a su padre y a las Arbolillo sin decir palabra y, bajando la cabeza por miedo a cruzarse con algún conocido que quisiera pararse a hablar con ella, se abrió paso entre la gente a codazos. Avanzó con decisión, ansiosa por llegar hasta Michael, pero tenía la impresión de estar vadeando el mar, pues con cada paso que daba una ola de gente se abatía sobre ella empujándola hacia atrás.

Por fin levantó la vista y allí estaba él, justo delante de ella, mirándola muy serio. Sus ojos negros como el carbón eran los mismos, pero su ferocidad había desaparecido.

—Buenos días, lady Rowan-Hampton.

El hombre con el que había estado hablando se escabulló y Grace sintió que estaban solos en una isla en medio de un mar de gente.

—Necesito hablar contigo —le dijo en voz baja, y tuvo que hacer un esfuerzo para no apoyar la mano temblorosa sobre su brazo solo para sentir su contacto—. ¿Por qué no has venido a verme? ¿Cuándo volviste? Te he estado esperando…

Le repugnaba el tono suplicante de su propia voz, pero ya no tenía fuerzas para fingir.

—He cambiado de vida —contestó él con solemnidad, mirando a su alrededor para asegurarse de que nadie los oía—. Me he arrepentido de mis pecados.

—¿De qué estás hablando? ¡Fuiste allí para curarte de la bebida, no para hacerte monje!

Él bajó los ojos para ocultar su vergüenza.

—He cambiado —repitió, esta vez con énfasis—. El Michael Doyle que conocías ha muerto. Dios me ha curado de la bebida y me ha abierto los ojos a las iniquidades de mi pasado.

Grace sacudió la cabeza, incapaz de entender lo que le decía.

—Sigues siendo un hombre, Michael —susurró acercándose a él—. Eso Dios no puede cambiarlo.

—No voy a incumplir Sus mandamientos. Usted es una mujer casada, lady Rowan-Hampton.

—Pero te *necesito*.

Incluso en ese momento ansiaba entregarse a él. Sentir su sabor, besar su frente sudorosa. Apenas conseguía dominarse para no acariciarlo.

—Lo siento, Grace —dijo, esta vez con más ternura.

—Te he esperado, por amor de Dios. Te he esperado *meses y meses* —dijo con voz suplicante, casi histérica—. ¿Qué soy? ¿Una Jezabel?

—Sí —contestó él con una seriedad que la dejó atónita—. No debo volver a mirar a mujeres como tú. No volveré a visitar Babilonia.

Michael miró a aquella mujer que siempre había sido tan dominadora, tan dueña de sí misma y de todos cuantos la rodeaban. Grace había actuado como un arma mortífera durante la Guerra de la Independencia. Muchos militares británicos habían perdido la vida por ella y sin embargo allí estaba, ante él, una mujer como cualquier otra, suplicando a un hombre. Michael negó con la cabeza.

—Creo que deberías irte o acabarás llamando la atención —dijo, no sin amabilidad.

Grace lo miró con incredulidad. Odiaba el deseo abyecto que sentía por él y al mismo tiempo ansiaba librarse de esa dependencia. Se le nublaron los ojos, pero siguió escudriñando su cara en busca de algún indicio de que era todo una broma. Tenía que serlo, una broma perversa y malintencionada. Pero el rostro de Michael no se inmutó. La miraba con la severidad de un sacerdote. Grace retrocedió, con las mejillas sofocadas por la rabia y la vergüenza. *Si en Mount Melleray pudieran curarme de ti, Michael, me iría allí en un abrir y cerrar de ojos.*

11

El primer miércoles de junio, sir Digby y lady Deverill asistieron al Derby, la carrera de caballos más famosa del mundo, en el hipódromo de Epsom, en Surrey. Acompañados por Celia y Archie, Harry y Boysie y sus insípidas esposas, Charlotte y Deirdre —a las que los dos jóvenes preferirían haber dejado en casa—, estaban todos de muy buen humor. Las mujeres lucían elegantes abrigos y sombreros *cloché*, salvo Beatrice, que había preferido un sombrero más grande y de estilo eduardiano con extravagantes plumas de avestruz y perlas. Su llamativo tocado suscitó no pocos comentarios, pues muchas damas de la nobleza consideraban a lady Deverill demasiado estrafalaria. «¿Quién se cree que es? ¿La reina?», murmuraban detrás de sus programas de mano. Los caballeros vestían refinados sombreros de copa y chaqués, pero por alguna razón los zapatos y el sombrero de Digby eran los que más brillaban, el corte del cuello de su camisa era ligeramente más suntuoso de lo que dictaban las normas y su paso airoso daba a entender que se consideraba un personaje de gran importancia. Ese día se sentía indomable porque por primera vez participaba en la carrera su potro, *Lucky Deverill*,[*] al que llevaba un tiempo entrenando en Newmarket.

—Espero que tenga la suerte de los Deverill de Londres y no la de los del condado de Cork —le susurró Boysie a Celia, que respondió dándole una palmada en broma.

—¡Qué malo eres, Boysie!

[*] Lucky, '*afortunado*'. (*N. de la T.*)

—No se le puede castigar a uno por decir la verdad, Celia —replicó él con un soplido.

—Papá dice que tiene muchas oportunidades de ganar.

—Pues parece que solo lo cree él —repuso Boysie—, a juzgar por las apuestas.

—¡Qué sabrán ellos! —respondió Celia desdeñosamente—. Papá dice que ese caballo está hecho para ganar el Derby.

—Y que quedó cuarto en la carrera de las dos mil guineas de New-market, sí, lo sé, eso también me lo ha dicho.

—Apostarás por él, ¿no?

—Solo por ti, Celia. Aunque dudo que vaya a ganar una fortuna.

—Si gana, se disparará su cotización como semental. Las tarifas serán enormes. Y papá ganará una fortuna.

—Otra —dijo Boysie con una sonrisa sardónica—. A tu padre se le da de perlas ganar fortunas.

Envueltos en sus abrigos y sus sombreros y refugiados bajo los paraguas, los miembros de la pequeña comitiva, que había aparcado sus coches detrás de la tribuna, se apresuraron a entrar en el edificio, cuyo lujoso interior estaba bien caldeado. Rápidamente, se sirvieron un refrigerio.

—¡Santo cielo, cuánta gente hay en la colina! —gruñó Celia, observando el promontorio de tierras comunales en el que la feria asomaba bajo la lluvia como un gran animal mitológico—. ¡Cuánto odio a esa chusma!

—Los *hoi polloi* —comentó Boysie—. Yo me alegro de que ellos estén *allí* y nosotros *aquí*.

—Ni que lo digas —repuso ella—. ¡Qué infierno! Te juro que todo el East End ha venido a acampar aquí.

—Tesoro, ha venido todo Londres —dijo Boysie—. Cualquiera pensaría que la lluvia disuadiría a la gente, pero no. Para el gran público británico, no hay nada como un día de permiso al aire libre.

Debido a las inclemencias del tiempo hubo que reducir la frecuencia de los trenes, y aquella jornada recibió pronto el apelativo de «el Derby de la gasolina», pues fue necesario improvisar aparcamientos en los grandes campos empapados a ambos lados de la pista para dar cabida al creciente número de automóviles. El mal tiempo, sin embargo, no disuadió a los miles de espectadores que acudieron en coches, autobuses de dos pisos y camionetas. Algunos incluso llegaron en carruajes tirados por hermosos caballos. Amontonados dentro de los vehículos y encima de ellos, los pasajeros saludaban alegremente a la multitud mientras agentes de la policía con capa y casco trataban de mantener el orden para la llegada de los reyes. Cuando estos aparecieron por fin, en medio de un largo convoy de coches relucientes, la muchedumbre dejó lo que estaba haciendo para mirarlos. El rey iba rígidamente sentado junto a la reina, que lucía uno de sus característicos tocados de plumas. De vez en cuando levantaba la mano para saludar a su pueblo. Las jovencitas, no obstante, estaban mucho más interesadas en el apuesto príncipe de Gales y prorrumpieron en aplausos al verlo pasar.

Al hallarse al fin en la relativa calma de la tribuna, Digby y Beatrice se pasearon por la galería saludando a amigos y conocidos. Fue allí donde Digby se encontró con Stanley Baldwin, el primer ministro, pues el Parlamento cerraba siempre sus sesiones el día del Derby.

—¡Ah, primer ministro! —exclamó acercándose a él.

Baldwin echó una ojeada al estrafalario chaleco morado y verde y a la corbata de puntos rosas de Digby y sonrió. Para ser un hombre de alcurnia, sir Digby Deverill tenía un punto de chabacano. El primer ministro lo saludó levantándose el sombrero de copa.

—Sir Digby, lady Deverill, veo que este año corre un caballo suyo —dijo.

—En efecto, así es —contestó Digby—. Es un potro excelente. Joven pero veloz. Espero mucho de él.

—No me cabe duda, sir Digby —repuso el señor Baldwin enfáticamente—. No habría llegado usted donde está si no tuviera deseos de ganar.

—Ni usted, si me permite el atrevimiento.

—En efecto. —Baldwin sonrió, reconociendo el ingenio de Digby con una ligera inclinación de cabeza—. ¿Cómo van las apuestas?

—Dieciséis a uno —respondió Digby.

—No son muy alentadoras. —Stanley Baldwin era conocido por no tener pelos en la lengua. El primer ministro se echó a reír. Parecía muy poco probable que *Lucky Deverill* fuera el ganador—. En ese caso, le deseo suerte —dijo—. Dígame, ¿cómo van las obras de su castillo?

—Mi hija está invirtiendo una fortuna en el proyecto. Si no supera al castillo de Windsor en opulencia y grandeza, me llevaré un chasco.

—¿Es que piensa su hija vivir allí? —preguntó el señor Baldwin incrédulo, pues la afición de Celia por las fiestas era bien conocida en la alta sociedad—. Yo pensaba que una joven tan vital como la señora Mayberry encontraría Cork muy aburrido comparado con Londres.

El primer ministro sonrió a Beatrice y se fijó en los grandes diamantes que adornaban sus orejas y en el broche en forma de flor que llevaba prendido en la solapa, bajo el hombro izquierdo. ¡Estos *randlords*!, se dijo meneando casi imperceptiblemente la cabeza.

—¡Uy, pero es precioso en verano! —terció Beatrice con énfasis.

—Aunque no tanto en invierno, imagino —repuso el señor Baldwin.

—Entones debemos confiar en que Celia brille lo suficiente para llevar el glamur de Londres a Ballinakelly —dijo Digby y, golpeando un par de veces el suelo con la punta de su paraguas Brigg, soltó una carcajada que resonó como una pepita en el cedazo de un buscador de oro—. Porque, si no lo consigue ella, por Dios que nadie lo conseguirá.

El señor Baldwin también se rio. El entusiasmo de Digby era impúdico, quizá, pero irresistible.

—De eso no me cabe ninguna duda, sir Digby. La señora Mayberry es el mismísimo sol.

Beatrice se distrajo al ver a una amiga que la saludaba desde lejos y el señor Baldwin la saludó levantándose de nuevo el sombrero cuando se alejó. Digby le puso una mano en el hombro y se acercó a él.

—Avíseme si puedo ayudar al partido de la forma que sea —dijo en voz baja.

—Lo haré —contestó el señor Baldwin en tono campechano—. Agradecemos mucho su ayuda.

—Espero que algún día se vea recompensada —repuso Digby.

—Ya ha sido recompensado espléndidamente con una baronía —le recordó el primer ministro.

—Ah, esa minucia —dijo Digby con una risilla—. Un vizcondado sería mucho más de mi agrado.

—¿Sí? No me diga —contestó el señor Baldwin, avergonzado por el descaro del *randlord*—. En mi opinión no puede usted quejarse, le han ido muy bien las cosas —añadió.

—Hasta cierto punto —contestó Digby con una risa como gravilla de oro—. Hasta cierto punto.

Celia avanzó entre el gentío con Boysie y Harry, que habían dejado a sus esposas hablando del tiempo con un tedioso grupito de damas eduardianas lo bastante viejas como para acordarse de la Guerra de Crimea. Archie estaba con su madre, que le había agarrado del brazo y se negaba a soltarlo. No podría librarse de ella hasta la hora del almuerzo. Celia, Boysie y Harry estaban encantados de hallarse solos y sin estorbos, y se paseaban sin rumbo fijo en busca de gente divertida con la que charlar.

Al llegar a los escalones que subían a la terraza superior se encontraron, rodeado por un séquito de cortesanos, al príncipe de Gales en persona, que había dejado el palco real para bajar al *paddock*. Reconoció a Celia de inmediato y su apuesto rostro se distendió en una sonrisa encantadora.

—¡Mi querida Celia! —dijo, y Celia hizo una reverencia.

—Alteza —repuso ella—. ¿Me permite presentarle a mi primo, Harry Deverill, y a mi amigo, Boysie Bancroft?

El príncipe les estrechó las manos y los jóvenes se inclinaron ante él.

—¿Saben?, conozco a Celia desde que era así de alta —les explicó poniendo la mano a cosa de un metro del suelo.

—Y supongo que ahora va a decir que apenas he cambiado —dijo ella riendo.

Los ojos azules del príncipe brillaron, seductores.

—Ahora es más alta, desde luego —contestó—. Y más guapa.

—Es usted muy amable, Alteza —dijo Celia sonrojándose de placer—. El rey tiene un aspecto excelente —añadió—. Y la reina…

—Los sombreros de mi madre son espantosos —la interrumpió él—. ¡Está horrible con esos tocados ridículos!

Celia soltó una risilla.

—Hoy corre un caballo de mi padre —dijo.

—Ya lo he visto. Si gana, sir Digby se pondrá insufrible.

—Ya es insufrible —repuso Celia con una sonrisa.

—Es un *bon vivant* —dijo el príncipe.

Celia sonrió pícaramente y se inclinó un poco hacia él.

—Los iguales siempre se reconocen entre sí, Alteza —dijo.

—¡Celia, eres incorregible! —contestó él riendo—. Voy a ir a buscar a tu padre para desearle suerte.

—Oh, sí, hágalo, Alteza. Está muy nervioso, aunque él no quiera reconocerlo.

El príncipe se rio y siguió avanzando entre los espectadores, que lo observaban por el rabillo del ojo confiando en que se dirigiera hacia ellos.

—El príncipe de Gales me ha dejado sin palabras —dijo Boysie en cuanto se hubo alejado—. ¡Es rabiosamente atractivo!

—¿La lengua más afilada de Londres, silenciada? —replicó Harry fingiéndose sorprendido.

—Me temo que sí, muchacho —dijo su amigo—. Por suerte, Celia ha tenido aplomo suficiente para los tres.

—Hace años que nos conocemos. ¡Es un sol! Venid, vamos a buscar gente joven con la que hablar —sugirió ella, y comenzaron a subir las escaleras.

En las tierras comunales de la colina, el mal tiempo no había desanimado a los miles de personas que habían acudido a ver la carrera. El ruido era ensordecedor: pitidos de bocinas, ruido de motores, corredores de apuestas que anunciaban a gritos las probabilidades de los caballos participantes, vendedores que pregonaban sus mercancías y una algarabía de dialectos procedente del público en general. Las carpas de los puestos de comida estaban llenas a rebosar, los tenderetes despachaban rápidamente sus mercancías y en la feria reinaba el optimismo. Las risas resonaban en torno al tiovivo y a los puestos de tiro al blanco y se apagaban rápidamente alrededor de las barracas cerradas que anunciaban hombres lobo y otras monstruosidades. Las gitanas atraían a los incautos a sus coloridas caravanas para leerles el futuro (y revelarles quién ganaría el Derby) a cambio de unas pocas monedas y los dibujantes se colocaban bajo refugios improvisados para retratar a aquellos cuyos sombreros y peinados no había estropeado la lluvia. Había coches y autobuses de dos pisos aparcados lo más cerca posible de la pista del hipódromo, repletos de espectadores deseosos de ver la carrera en primera fila. Los vendedores ambulantes los abordaban desde el suelo, ofreciéndoles toda clase de chucherías. El suelo estaba empapado, pero el deseo de divertirse (y el de ganar algún dinero, pues las colas para apostar eran muy largas) mantenía a los espectadores eufóricos.

Antes de que empezara la carrera, Celia bajó al *paddock* con su padre para ver desfilar a los caballos. El *jockey* de Digby era un irlandés de metro sesenta de alto, casi cuarentón, llamado Willie Maguire, conocido por su afición a la bebida. Muchos murmuraban que Willie no era de fiar y que sir Digby había hecho mal al contratarlo para la carrera, pero Digby era lo bastante sensato como para dejarse aconsejar por verdaderos expertos. En aquel asunto su entrenador, Mike Newcomb, sabía mucho más que él y tenía más experiencia, y Digby confiaba en él tácitamente. Si Newcomb hubiera elegido a un *jockey* de setenta años y con artritis, él habría accedido de mil amores.

—¿Verdad que sería fantástico que ganara *Lucky Deverill*, papá? —exclamó Celia—. Willie ganaría el premio al *jockey* más atractivo, con su camisa verde y blanca, eso está claro.

Digby se rio.

—Sospecho que ese ha corrido más millas que todos los demás juntos —dijo.

—Y *Lucky Deverill* es un caballo estupendo —repuso Celia mientras recorría con la mirada los relucientes flancos del animal.

—Tiene buena planta, eso no hay quien lo niegue. Se lo va a llevar de calle, tiene progresión de sobra.

—Sí, de sobra —convino Celia sin entender la extraña jerga que usaba su padre.

—Este va a ser nuestro año —añadió Digby—. Si alguna vez gano el Derby, será hoy.

—¿Lo crees de verdad?

Digby asintió pensativamente, acordándose del día que cambió su suerte en las minas de diamantes de Sudáfrica.

—Cuando uno tiene suerte, Celia, la lleva consigo una larga temporada. La suerte atrae más suerte. Y ese es el momento de aprovecharla.

—¿Puede decirse lo mismo de la mala suerte? —preguntó su hija.

—Me temo que sí. A veces la mala suerte se te pega como el barro. En ese caso, hay que capear el temporal. Pero nosotros estamos en racha, mi querida Celia, y hoy vamos a ganar —afirmó Digby saludando con la mano a Willie cuando el *jockey* pasó ante ellos llevando a *Lucky Deverill* de la rienda.

—Es maravilloso que tengas esa seguridad en ti mismo, papá —repuso Celia, llena de admiración por su querido padre.

—Hasta que se me acabe la suerte —dijo él.

—Pero no se te acabará, seguro.

—Oh, claro que sí —contestó Digby con aplomo. Luego sonrió con la expresión de un tahúr al que la posibilidad de perder excitara tanto como la de ganar: lo que le importaba era la emoción del juego—. Pero a veces uno puede fabricar su propia suerte —añadió con un guiño.

Los caballos salieron del *paddock* y desfilaron delante de la tribuna, desde cuyo palco real los observaban los reyes y el príncipe de Gales. La tensión se hizo palpable mientras la muchedumbre veía trotar a los caballos por la pista para colocarse en la línea de salida. Celia se situó junto a su padre en la galería, en la parte más alta de la tribuna, justo frente al poste de llegada.

—Estoy hecha un manojo de nervios —dijo, removiéndose—. Pero muy ilusionada.

Digby se acercó los prismáticos a los ojos y observó a los caballos mientras se situaban en la línea de salida. El corazón empezó a latirle en el pecho como un tambor. Se le encendieron las mejillas y tuvo que hacer un gran esfuerzo por dejar las manos quietas. Veía claramente a *Lucky Deverill* y a Willie Maguire con su chaquetilla verde y blanca, justo en medio de la fila. Masculló algo en voz baja. Luego la bandera bajó y los caballos salieron al galope.

Celia apenas se atrevía a respirar mientras subían atronadoramente por la larga pendiente, apiñados todavía. El gentío se agolpaba contra las vallas a ambos lados de la pista y el ruido de los vítores era ensordecedor. Digby no decía nada. Miraba por los prismáticos, inmóvil, mientras Celia brincaba y se rebullía a su lado, llena de nerviosismo. Beatrice se retorcía las manos y Harry y Boysie observaban cómo *Lucky Deverill* iba quedándose rezagado por la parte de fuera del grupo.

—Puede que Digby tenga que cambiarle el nombre. No parece que tenga mucha suerte —comentó Boysie en voz baja, y Harry se rio.

Pensó en la apuesta que había hecho por no desilusionar a Celia: lo mismo habría dado que quemara el dinero.

Los caballos subieron al galope por la loma, desaparecieron fugazmente detrás de la arboleda que había en su cúspide y emprendieron el descenso hacia Tattenham Corner, la curva más famosa de las carreras de caballos. Los caballos novatos, asustados por la empinada cuesta, empezaron a aflojar el paso mientras los más veteranos seguían avanzando a galope tendido, lo que generó cierto desorden. *Lucky Deverill* todavía no se había destacado. Languidecía detrás de los primeros seis caballos. Beatrice miró de reojo a su marido y contuvo la respiración al ver su perfil inmóvil: había algo en el temblor casi imperceptible de su labio inferior que hizo que se le encogiera el corazón. Celia se llevó los dedos a la boca y empezó a mordisquearse el guante.

Justo en ese momento, cuando los caballos aminoraron la marcha antes de enfilar la recta final, comenzó a ocurrir algo extraordinario. Varios caballos se habían desviado al tomar la curva cerrada y Willie Maguire, que era un jinete experimentado, aprovechó la ocasión para ceñirse a la parte interior de la pista. Para asombro de Digby, *Lucky Deverill* comenzó a ganar terreno a toda velocidad. A Digby se le pusieron los nudillos blancos. Bajó los prismáticos. Los caballos enfilaron la pendiente que conducía a la línea de llegada y lo único que vio Digby en ese instante fue que la chaquetilla verde y blanca adelantaba al cuarto caballo y luego al tercero, avanzando con firmeza por la cuesta. ¡Imposible! Se quedó sin respiración. El ruido se hizo aún más intenso. Digby, sin embargo, no oía nada; solo escuchaba el fragor de su propia sangre palpitándole en las sienes.

Todo el mundo se había puesto en pie. Celia chillaba y Beatrice intentaba refrenarse para no ponerse a gritar. Harry y Boysie, por su parte, observaron atónitos, con la boca abierta, cómo *Lucky* adelantaba al caballo que iba en segunda posición. Solo quedaban cien yardas para la meta y las esperanzas de sir Digby cabalgaban como el viento hacia ella guiadas por Willie Maguire. Un momento después, *Lucky* alcanzó al caballo que iba en cabeza. Iban ahora a la par, pero a *Lucky* lo impulsaba la suerte de los Deverill de Londres y, con un último esfuerzo, Willie Maguire lo condujo el primero a la línea de llegada.

Digby se levantó de un brinco levantando el puño. Celia se abrazó a él mientras Beatrice se enjugaba los ojos con el pañuelo de Boysie. Harry meneaba la cabeza. Tenía ganas de abrazar a Boysie, pero metió las manos en los bolsillos y se limitó a contemplar al gentío que estaba invadiendo la pista.

De pronto, Digby se vio rodeado de gente. Le daban palmadas en la espalda, le sonreían, lo felicitaban. Se vio arrastrado tribuna abajo como una hoja por una cascada, llevado por centenares de espectadores sorprendidos, entre los que había amigos y desconocidos a partes iguales. Cuando al fin llegó abajo, se dirigió apresuradamente a la meta para felicitar a su caballo y a su *jockey*, el victorioso Willie Maguire. Al ver a su caballo con los ollares dilatados y el pelaje empapado de sudor y de lluvia, le acarició el hocico mojado y lo tomó de las riendas para conducirlo al recinto de los ganadores. Los periodistas se agolparon a su alrededor, acribillándolo a preguntas, mientras los fotógrafos hacían funcionar sus cámaras. Los *flashes* le cegaron momentáneamente.

—La verdad es que yo he tenido poco que ver —se oyó decir—. Willie Maguire ha montado con gran arrojo y habilidad, y *Lucky Deverill* ha demostrado que todos se equivocaban. Es a Newcomb, el entrenador de *Lucky*, a quien hay que felicitar y, si no les importa, quisiera ir a hacerlo enseguida —concluyó Digby y, con ayuda de la policía, logró zafarse de la prensa.

—¡Dios mío, ha ganado! —le dijo Boysie a Celia—. ¡Es verdad que tiene una suerte endiablada!

—Papá fabrica su propia suerte —repuso Celia con orgullo.

Beatrice había conseguido dominarse y estaba recibiendo amablemente las felicitaciones del público cuando la interrumpió un hombre de aspecto ceremonioso, con gafas y bigote bien recortado. El desconocido tosió tapándose la boca con la mano.

—Lady Deverill, ¿tendría la amabilidad de acompañarme? El rey quiere darle la enhorabuena personalmente.

Beatrice sonrió de oreja a oreja.

—Por supuesto que sí. Disculpen —les dijo a quienes esperaban para felicitarla—. El rey me reclama.

La gente se apartó para dejarla pasar y Beatrice fue conducida al palco real, en cuya antesala la esperaba Su Majestad rodeado de cortesanos. Era un hombre bajo, con barba y aspecto malhumorado. Vestía chaqué y sombrero de copa, y la fila de medallas que adornaba su pechera le daba el aire de un coronel retirado.

—Mi querida lady Deverill —dijo al verla entrar, y le tendió la mano.

Beatrice la tomó y dejó que el rey le diera un beso en la mejilla, haciéndole cosquillas con la barba. Luego, hizo una genuflexión.

—Estará usted muy orgullosa —dijo el rey.

—Uy, sí que lo estoy, Alteza. Muchísimo.

A diferencia de su hijo, el rey era un hombre de pocas palabras, y Beatrice se descubrió hablando por los codos para disimular la turbación que sentía.

—Me va a costar trabajo que a mi marido no se le suban los humos a la cabeza después de haber ganado el Derby —dijo, y se echó a reír para llenar el silencio que se produjo a continuación.

—Pues sí, en efecto —repuso el rey finalmente, fijando en ella sus ojos de un azul acuoso.

—Recordamos con mucho cariño la visita de Su Alteza a Irlanda —añadió ella, recordando su visita de estado al sur de Irlanda, quince años antes—. ¿Sabía Su Majestad que Celia está restaurando el castillo de Deverill?

—¿De veras?

—Uy, sí —repuso Beatrice—. Es una tragedia que algunos de los caballos más hermosos de Irlanda desaparecieran durante los Disturbios. Es maravilloso pensar que quizá resurjan ahora.

—En efecto —masculló el rey—. Un coto de caza estupendo, el del castillo de Deverill —añadió. En ese momento se acercó el caballerizo mayor y le susurró algo al oído—. Ah, he de ir a entregarle su trofeo a lord Deverill.

—Claro, claro —repuso Beatrice haciendo otra reverencia, y se marchó muy animada a pesar de los nervios que había pasado. Porque a fin de cuentas un rey es un rey, y era lógico que ante tanta majestad se sintiera aturullada.

—La verdad es que no se puede pedir mucho más —le dijo Digby a su esposa cuando volvieron a Deverill House al acabar el día.

Se sirvió una copa mientras Beatrice se dejaba caer en el sofá, agotada por tantas emociones.

—¿Y qué será lo siguiente, Digby? —preguntó ella con un suspiro de placer al descansar por fin las piernas.

—¿Qué quieres decir? Voy a ganar el trofeo de las Dos mil Guineas y la Copa de Oro —respondió su marido.

Se llevó la copa a la nariz y aspiró el olor dulce del whisky. Sus ambiciones se verían colmadas si entraba en política, pero era muy consciente de que guardaba demasiados esqueletos en el armario y no quería poner en peligro su reputación asomando en exceso la cabeza por encima del parapeto.

—No tengo ganas de complicarme la vida dedicándome a la política, querida mía —añadió, consciente de que su mujer no se refería a los caballos, y se dejó caer en un sillón mientras una sirvienta traía una bandeja con el té.

—Tonterías —repuso Beatrice con una sonrisa—. ¡Te encanta ser el centro de atención! —La sirvienta le pasó una taza de té—. Ah, gracias. Justo lo que necesito para reponer fuerzas. ¡Menudo día! Ha sido perfecto. Celia es la señora del castillo de Deverill y mi marido ha ganado el Derby. Es demasiado maravilloso para ser verdad. —Observó a la sirvienta servir el té y luego dio un mordisco a una galleta de jengibre— Soy consciente de la suerte que tenemos, Digby, y no doy nada por descontado. Cuando perdimos a nuestro querido George en la guerra, pensé que mi vida se había acabado. Pero es posible resurgir de las cenizas y seguir viviendo, ¿verdad que sí? Solo hay que seguir adelante de otra manera. Una parte de mí murió, pero he descubierto que llevo dentro mucho más de lo que creía. Salieron a la luz otras facetas mías. Y aquí estamos. Somos enormemente afortunados. Y me siento muy orgullosa y feliz.

Bebió un sorbo de té, deshaciendo así el nudo que se le había formado de pronto en la garganta.

Digby la miró fijamente.

—Pienso en George todos los días, Beatrice —dijo en voz baja—. Y le echo de menos. Hoy habría disfrutado muchísimo. Le encantaban los caballos y tenía un espíritu competitivo. Se lo habría pasado en grande en la carrera. Pero no ha podido ser. Espero que lo haya visto, allá donde esté.

Guardaron silencio mientras ambos recordaban a su hijo y, aunque se sentían muy afortunados, eran conscientes de que nada —ningún logro, éxito o triunfo de la clase que fuese— podría compensar el dolor de una pérdida tan enorme.

Kitty luchaba por sobrellevar la decisión que había tomado. Pasaba los días vadeando con esfuerzo la marea de pena y de pesar que sentía, y solo la vida que crecía dentro de su vientre lograba restañar en parte la herida abierta en su corazón. Era como si hubiera abierto el cuerpo mismo de Irlanda y le hubiera arrancado el alma de cuajo. Sin Jack, el paisaje le parecía cargado de tristeza, como si llorara lágrimas de oro sobre la hierba húmeda a medida que el otoño arramblaba con los últimos vestigios del verano. Procuraba mantenerse ocupada cuidando de JP y preparando el cuarto de los niños para el nacimiento del bebé, y trataba de no sucumbir al recuerdo del hombre al que amaba, acumulado en cada colina y cada valle como una niebla que nunca se disipara. Pese a todo, a finales de octubre, con las primeras heladas, volvió la esperanza cuando dio a luz a una niña. La llamaron Florence en recuerdo de su luna de miel en Italia y Kitty descubrió llena de alegría que el amor arrollador que sentía por su hija eclipsaba por completo su añoranza de Jack.

Robert sostenía a la pequeña en brazos, de pie junto a la cama. Miraba su carita, maravillado.

—Es tan bonita… —le dijo a Kitty, que yacía apoyada en unos almohadones.

—¿Tú qué opinas, JP? —le preguntó ella al niño, que estaba acurrucado a su lado.

Él arrugó la nariz.

—A mí me parece fea —contestó—. Parece un tomate.

Robert y Kitty se rieron.

—Tú también parecías un tomate cuando eras un bebé —le dijo Kitty—. Y mira lo guapo que eres ahora.

—No tiene mucho pelo —añadió JP.

—Ahora no, cariño, pero le crecerá —repuso ella—. Tendrás que cuidar de ella y enseñarle a montar a caballo.

—Se fijará mucho en ti —añadió Robert, devolviendo a Florence a su madre y sentándose al borde de la cama—. Serás su hermano mayor.

—Aunque en realidad eres su tío —dijo Kitty.

—Piénsalo. El tío JP. ¿Qué tal te suena? —le preguntó Robert.

El niño sonrió con orgullo y miró la carita de Florence. La niña hizo una mueca y empezó a llorar. JP arrugó de nuevo la nariz con desagrado.

Robert le tendió la mano.

—Creo que deberíamos dejar que Kitty dé de mamar al bebé —dijo.

—¿Siempre va a hacer ese ruido? —preguntó JP al bajarse de la cama de un salto.

—Espero que no —respondió Robert.

Kitty los vio salir de la habitación cogidos de la mano —JP, con el paso vigoroso de la niñez; Robert, cojeando lentamente— y se sintió profundamente conmovida. Pese a lo dura que había sido su decisión, sabía que había hecho lo correcto. Miró el rostro inocente de su hija recién nacida y comprendió que allí estaba su sitio.

12

Nueva York, otoño de 1927

Bridie llevaba dos años en Nueva York. Durante ese tiempo se había convertido en una presencia constante en las columnas de cotilleos, en el teatro, en los restaurantes y los cafés más elegantes de la ciudad y, cómo no, en los locales llenos de humo de Harlem donde se servía alcohol de contrabando. Su aflicción era una corriente que discurría silenciosa bajo el duro caparazón del que se había rodeado para escapar de los recuerdos y la melancolía. Al igual que un río cubierto de hielo, era hermosa de contemplar pero fría. Vivía su vida en superficie, donde todo era banal, alegre y despreocupado. Compraba su felicidad del mismo modo que lo compraba todo: con dinero. Tan pronto como sentía asomar la tristeza, salía a las tiendas a comprar más felicidad en forma de ropa y sombreros caros, zapatos y bolsos, boas de plumas y lentejuelas, diamantes y perlas. Las *boutiques* estaban llenas de dicha y ella disponía de medios para procurarse tanta como quisiera.

Había también hombres: los tenía en abundancia. Nunca le faltaban pretendientes, y gozaba de ellos cuando quería. Durante esas horas de la madrugada en que la oscuridad la rodeaba con sus manos suaves y sus amantes la acariciaban con ternura, aquella corriente silenciosa se henchía y crecía dentro de ella, y rompía en su corazón como una oleada de anhelo. Su alma pedía a gritos que alguien la amara, y el recuerdo que conservaba del amor se hacía más nítido. Durante unos instantes de felicidad, podía fingir que los brazos que la estrechaban eran los de un hombre que la adoraba y que los labios que la besaban eran fieles y sinceros. Pero era solo una ilusión. La realidad rompía en pedazos su sueño con las primeras luces del alba, y de nuevo tenía que buscar consuelo para su desolación en las tiendas de la Quinta Avenida, donde se vendía felicidad junto a otros espejismos.

Beaumont y Elaine Williams eran sus aliados en ese nuevo mundo de amistades superficiales y vanas. El señor Williams la había conocido antes de que heredara su fortuna, cuando era todavía una criada humilde e ingenua, casi recién salida del barco que la trajo de Irlanda, y Bridie confiaba en él. Williams supervisaba personalmente sus inversiones y su despacho se encargaba de pagar todas sus facturas. Bridie le pagaba generosamente por su astucia y su sabiduría. Desembarazada de las labores más aburridas, Bridie solo tenía que pensar en divertirse, y Elaine era su compañera inseparable. A pesar de lo frívola y avariciosa que era, Bridie no vacilaba en financiar su tren de vida. A fin de cuentas, Elaine era tan vital para ella como una cuerda para un hombre que se ahoga.

Pero, justo cuando creía que estaba olvidado su pasado, su pasado se acordó de ella.

Esa noche hacía un calor pegajoso en Manhattan. Bridie y Elaine habían ido al cine Warners a ver *Don Juan*, una película nueva, con efectos de sonido y música orquestal, protagonizada por John Barrymore, que encarnaba al irresistible seductor. Estaban tan emocionadas que ni siquiera se les ocurrió volver a casa.

—Tantos besos me han dejado temblando —dijo Elaine, dándole el brazo a Bridie mientras cruzaban rápidamente Broadway—. ¿Qué hacemos ahora? Me apetece salir.

—A mí también —convino Bridie—. Vamos al Cotton Club —sugirió—. Allí siempre hay diversión —añadió, y levantó la mano para parar un taxi.

El Cotton Club era un elegante club nocturno de Harlem al que la flor y nata de Nueva York iba a comer platos exquisitos, beber alcohol de contrabando, bailar al ritmo de la música que tocaban orquestas en vivo y ver espectáculos de cabaret. Era un local bullicioso y concurrido, y a Bridie le gustaba especialmente porque en aquel ambiente embriagador y tumultuoso podía olvidarse de quién era en realidad.

Esa noche, sin embargo, sentado a una mesa redonda, con un grupo de hombres trajeados a los que Bridie no conocía y agasajado por dos *vedettes* escuetamente vestidas, estaba el único hombre de Nueva York capaz de hacerla recordar: Jack O'Leary.

Bridie lo miró con asombro. Jack había cambiado. Tenía el pelo muy corto y la cara perfectamente afeitada y vestía traje y corbata. Pero era Jack, de eso no había duda, con sus profundos ojos azules claros y su sonrisa ladeada. La gente se movía a su alrededor zarandeándola, pero ella permaneció inmóvil como una roca hasta que Elaine la sacó de su estupor con un codazo.

—¿Qué pasa, Bridget? —Elaine siguió su mirada—. ¿Conoces a esos tipos? —preguntó, y luego añadió con voz ronca—: Tienen una pinta un poco sospechosa, si te digo la verdad.

—Conozco a uno de ellos —contestó Bridie lentamente. De pronto se sentía mareada.

—¿Al guapo? —preguntó Elaine con una risilla.

—Es mi pasado.

—Ah. Oye, si estás incómoda nos vamos a otro sitio.

—No, nos quedamos. Solo estoy sorprendida. Es la última persona con la que esperaba encontrarme en Nueva York.

Mientras las dos mujeres lo miraban fijamente, Jack levantó la vista. Al principio no reconoció a Bridie. La miró inexpresivamente. Luego, al darse cuenta de quién era, su semblante se suavizó y sus ojos se entornaron. Siguieron así un momento, mirándose el uno al otro a través del humo, como hechizados.

Por fin, Jack se levantó y comenzó a cruzar la sala hacia ella.

—Creo que voy a dejaros solos para que habléis de los viejos tiempos —dijo Elaine, y se escabulló entre el gentío que ocupaba la pista de baile.

Bridie esperó con el corazón acelerado. De pronto se sentía muy pequeña, perdida y muy lejos de casa.

—¿Bridie? —preguntó él, incrédulo—. ¿Eres tú de verdad?

—No te sorprendas tanto. Volví hace más de dos años. Soy yo quien debería estar sorprendida. Y lo estoy.

Jack se rio.

—Tienes mucha razón, Bridie. —La miró a la cara como si buscara en ella un camino de regreso a Ballinakelly.

—¿Desde cuándo estás aquí? —preguntó ella, inquieta por la intensidad de su mirada.

—Desde febrero del año pasado. Pero tengo la sensación de que han pasado diez años.

La sensación de mareo de Bridie se agudizó.

—¿Y Kitty? —preguntó, comprendiendo de pronto que debían de haber huido juntos.

Pero una nube pareció cubrir el rostro de Jack.

—Vamos a sentarnos a alguna parte. ¿Te apetece una copa?

—¡Mataría por una! —exclamó ella, y se dirigieron a una mesita que había en un rincón tranquilo del local.

Jack llamó al camarero, que parecía conocerlo bien, y pidió champán para Bridie y una cerveza para él.

—Vine solo, Bridie, a empezar una nueva vida.

El alivio de Bridie fue inmenso.

—Entonces podría decirse que los dos hemos huido.

—Sí, así es —convino él, y la tensión de sus labios convenció a Bridie de que sufría tanto como ella—. Cuando nos traigan la bebida, brindaremos por eso.

¿Has encontrado trabajo, Jack?

—Encontrar trabajo es fácil aquí en Nueva York. La mitad de la ciudad es irlandesa, o eso parece.

—¿Y a qué te dedicas?

—A esto y aquello —contestó él con cierto nerviosismo.

—No te metas en líos, Jack —le advirtió ella.

—Descuida. Ya he tenido líos de sobra para toda una vida. ¡Esta vez no voy a dejar que me pillen!

Sonrió y ella vio en su sonrisa al Jack de su niñez. Pero había algo distinto en su mirada: un brillo duro, como el destello de un cuchillo, que no reconocía.

—Pero eres veterinario. Te encantan los animales.

—Aquí no hay mucha demanda de veterinarios, Bridie. Digamos simplemente que me dedico a traer cierto producto de más allá de los grandes lagos. A fin de cuentas, sé manejar un rifle en caso de que alguien intente robarnos la mercancía.

—Yo pensaba que después de pasar por la cárcel te lo pensarías mejor antes de quebrantar la ley, Jack —repuso Bridie.

—Estoy dispuesto a hacer dinero en América, Bridie, cueste lo que cueste. Aquí hay oportunidades y no voy a dejarlas escapar.

Ella lo miró con atención y se preguntó si echaba de menos las emociones y el peligro de la Guerra de Independencia; si no habría, quizá, llevado esa vida tanto tiempo que ya era la única que conocía. Una cosa era segura: andaba metido en algo turbio.

El camarero les llevó sus bebidas en una bandeja y Bridie bebió un largo sorbo de champán. Jack rodeó con las manos su vaso de cerveza y Bridie se sintió de nuevo transportada a la granja de Ballinakelly donde, al volver de trabajar en el castillo, solía encontrar a Jack y a sus hermanos sentados a la mesa, bebiendo cerveza negra en jarras de peltre mientras conspiraban contra los británicos.

—Estamos muy lejos de casa, tú y yo —comentó él.

—¿Qué te hizo marcharte?

—Mi padre murió —contestó Jack, pero Bridie comprendió enseguida que no era esa la razón.

—Lo siento. Descanse en paz —dijo sinceramente.

Él bebió un trago de cerveza y se quedó mirando el interior del vaso. Su rostro se endureció y sus labios se tensaron en una mueca de desdén.

—Me fui por Kitty.

Bridie asintió en silencio. No era ninguna sorpresa.

—Me prometió que vendría conmigo, pero mintió. Nunca tuvo intención de venir. —Jack exhaló un suspiro—. Creo que en realidad nunca tuvo intención de dejar Ballinakelly, ni a Robert. Fui un tonto por creer que sí. Me dijo que no podía marcharse porque estaba embarazada de Robert. —Bebió otro trago e hizo una mueca—. Es más astuta que un zorro, eso seguro.

El corazón de Bridie se colmó de resentimiento. Kitty tendría un hijo que crecería junto al Pequeño Jack. No le parecía justo que tuviera tanta suerte y ella fuera tan desdichada.

—¿Crees que se quedó embarazada a propósito? —preguntó.

—Sé que así fue y nunca se lo perdonaré. He malgastado mi vida esperando a Kitty Deverill.

—A mí me robó a mi hijo —dijo Bridie, y el alivio que sintió al decirlo hizo que se le saltaran las lágrimas.

Jack era la única persona en aquella ciudad capaz de entenderlo.

—Jack Deverill —dijo.

—Le puse ese nombre por ti —le recordó Bridie.

Él soltó una risa amarga.

—Ahora tendrá que cambiárselo —dijo esbozando de nuevo una sonrisa torcida.

—Es mi hijo —repitió ella—. Volví a buscarlo, pero él cree que estoy muerta. Bridie le dijo que había muerto, Jack. Esa mujer no tiene corazón. Y yo no podía decirle la verdad al niño, ¿no? Tuve que marcharme sin él, que Dios se apiade de mí.

—Lo siento —dijo Jack—. Debe de ser una tristeza enorme.

—Intento no pensar en ello. Vine aquí a empezar de cero. Una nueva vida. Un nuevo yo. Dejé atrás a la vieja Bridie. Aquí soy Bridget Lockwood, ¿sabes?

—Sí, lo sé, y parece que te sienta de maravilla. Los dos dejamos nuestro pasado atrás, en nuestro viejo país.

Ella sonrió y Jack pensó que estaba muy guapa cuando su rostro se animaba. En Ballinakelly, cuando la veía en misa, le producía una impresión de dureza, como si estuviera siempre a la defensiva. Aquí, en cambio, a pesar de ir elegantemente vestida, había en ella una blandura y una vulnerabilidad que le recordaba a la chiquilla descalza y de cara sucia que se asustaba de las ratas y las orugas.

Él también sonrió.

—Vaya par que formamos —dijo—. Brindemos a nuestra salud.

Bridie levantó su copa.

—Y por nuestro futuro.

—Sí. ¡Puede que yo también me convierta en un Midas!

Cuando Jack le hizo el amor, Bridie ya no tuvo que fingir. Estaba con el hombre al que siempre había querido. El hombre al que había buscado en brazos de otros sin encontrarlo nunca. Las manos que la acariciaban, los labios que la besaban y el dulce acento irlandés que la transportaba a un lugar seguro y familiar eran los del único hombre que de verdad la conocía. Sus caminos habían tardado años en cruzarse, pero ahora que al fin habían coincidido Bridie estaba segura de que estaban destinados a estar juntos para siempre. Creía que finalmente, en aquella ciudad lejana, había encontrado su hogar.

Jack trató de olvidar a Kitty en brazos de Bridie. Había bebido tanto que cada vez que cerraba los ojos era a Kitty a quien le estaba haciendo el amor y, a pesar de la furia que aún sentía, no tenía fuerzas para abrirlos. Le dolía el corazón, lleno de añoranza y de deseo. Sufría por Kitty. Escondió la cabeza entre los brazos de Bridie y deseó estar de vuelta en casa.

Mientras yacían juntos, bañados por el resplandor dorado de las luces de la ciudad, revivieron los viejos tiempos, cuando ambos eran jóvenes e inocentes y estaban llenos de ilusiones: cuando ella soñaba con una vida mejor lejos de Ballinakelly, y él, con una Irlanda libre e independiente. Jack encendió un cigarrillo y se recostó en las almohadas mientas Bridie permanecía apoyada en un codo, a su lado, con el cabello cayéndole en oscuras ondas sobre las almohadas blancas.

—Háblame de lord Deverill —pidió Jack.

—Entonces era todavía el señor Deverill —repuso Bridie.

—Le dijiste a Michael que te violó, ¿verdad?

Bridie no vaciló.

—Tuve que hacerlo o me habría matado.

—Por eso prendió fuego al castillo y mató a Hubert Deverill.

Bridie pareció horrorizada.

—No digas eso, Jack. Michael no habría…

—Hizo cosas mucho peores, créeme. —Pero fue incapaz de traicionar a Kitty y, dando una larga calada al cigarrillo, sacudió la cabeza—. Ya sabes de lo que es capaz —concluyó.

—En el fondo tiene buen corazón —respondió Bridie—. Rescató a mi hijo y se lo dio a Kitty. Lo llevó a casa, donde tenía que estar. Si no lo hubiera hecho, ¿quién sabe qué habría sido de él? Tal vez estaría por ahí, perdido en la otra punta del mundo. Al menos así sé dónde está y sé que está a salvo y bien cuidado. Michael no tenía por qué hacerlo, pero lo hizo. Así que ya ves, no es tan malo.

—Nadie es tan malo, Bridie. Pero Michael tampoco es un santo. Le convenía llevar al Pequeño Jack a casa. Pregúntate por qué Michael, que es un ferviente antibritánico, dejó a su sobrino en manos de una mujer angloirlandesa. ¿Por qué crees que lo hizo?

—Porque el Pequeño Jack es hijo mío, por eso —contestó Bridie enfáticamente—. Pero no solo es un Doyle, también es un Deverill. A fin de cuentas Michael no podía dárselo a nuestra madre, ¿no? Se habría muerto del susto, y mi abuela también. Kitty era la única opción, y es medio hermana de mi hijo.

—En efecto, el Pequeño Jack es un Doyle y a Michael le importa mucho la familia —concedió Jack pensativamente—. Pero yo creo que dejó al niño delante de la puerta de Kitty para aliviar su mala conciencia. Supongo que podría decirse que con una mano le quitó la vida a un Deverill y con la otra se la dio a su nieto. Puede incluso que el niño fuera una especie de ofrecimiento de paz para Kitty, a la que había perjudicado tanto.

Bridie no parecía muy convencida.

—Lo hizo por mí, Jack. Lo hizo por mi familia. Puede incluso que lo hiciera para humillar al señor Deverill y obligarlo a reconocer su falta.

—Una falta que no cometió —le recordó Jack.

—No, no fue una violación —convino ella, pero no estaba dispuesta a aceptar que hubiera tenido alguna responsabilidad en el incendio del castillo y en la muerte de lord Deverill, de modo que añadió—: Pero no debería haberse aprovechado de mí. Yo tenía la misma edad que su hija y no estaba en situación de rechazarle.

—Desde luego, Bridie, no debería haberlo hecho.

Ella suspiró, recordando aquellos encuentros furtivos en el pabellón de caza, cuando el señor Deverill la había convertido tiernamente en una mujer adulta.

—Pero yo lo quería, ¿sabes? Era muy bueno conmigo. Hacía que me sintiera especial. —Se rio con amargura—. Era el único.

Jack la interrogó con la mirada.

—¿Estabais muy unidos?

Ella sonrió melancólicamente.

—Eso pensaba yo.

—¿Qué compartíais? —preguntó él.

Bridie no advirtió el cambio sutil de su tono de voz, ni la fijeza con que la miraba a través del humo.

—Yo se lo contaba todo —contestó despreocupadamente—. Era mi amigo y mi confidente, o eso creía yo. Me di cuenta de lo que yo era para él cuando le dije que estaba esperando un hijo suyo. Fue brutal, Jack. Me trató como si no le importara lo más mínimo. Después de todos esos momentos de intimidad, después de haberme hecho creer que me quería...

Pero Jack ya no la escuchaba. Estaba pensando en los valientes que habían luchado a su lado durante la Guerra de la Independencia y habían muerto. ¿Cuántas emboscadas, cuántos ataques se habían venido abajo gracias a información obtenida en la cama del señor Deverill?

—¿No se te ocurrió pensar que quizás el señor Deverill le contaba lo que le decías al coronel Manley?

—Nunca le dije nada importante.

—O eso creías tú.

—No le dije nada —insistió ella.

—Te acostabas con el enemigo, Bridie.

—Cuando estábamos en la cama no éramos más que un hombre y una mujer que se querían.

—Eres la hermana de Michael Doyle, Bridie. Presenciaste muchas de nuestras reuniones en la granja. Sabías lo que estaba pasando.

—Pero no os traicioné.

—Jugabas a un juego muy peligroso.

—Ya lo sé —replicó ella con dureza—. ¿Estaría aquí, a miles de kilómetros de casa, si el juego al que jugaba no hubiera sido peligroso? Me costó muy caro, tuve que renunciar a todo. Nunca podré recuperar mi antigua vida. Lo intenté, pero esa puerta se cerró para siempre. El señor Deverill podría haber acabado conmigo de no ser porque soy resistente y tuve buena suerte. Pero nunca podré recuperar a mi hijo y él nunca conocerá a su madre. Soy consciente de lo que hice y de lo que no hice. Me acosté con el señor Deverill, pero no traicioné a nuestra gente. No traicioné a nadie.

—Todo acto tiene consecuencias, y puede que los tuyos tuvieran consecuencias más terribles que los de la mayoría.

Bridie lo miró con sus ojos negros y Jack vio de pronto en ellos a Michael Doyle.

—¿Y qué consecuencias tiene esto, Jack? —preguntó ella.

Jack la miró a los ojos y se le heló el corazón.

—Espero que solo buenas, Bridie.

Su mirada se ablandó y, cuando sonrió, pareció de nuevo indefensa, como la chiquilla que había sido antaño, descalza y con el pelo enmarañado.

—Nos hemos encontrado en una ciudad en la que viven miles de personas. ¿Qué probabilidades había de que eso ocurriera? Tú eres la única persona que de verdad me conoce en este país. Contigo no tengo que fingir, puedo ser yo misma. Y tú puedes olvidarte de Kitty. En realidad no es tan difícil, si quieres. Lo sé, puedes creerme. —Frotó la cara contra su brazo y pasó los dedos por su pecho—. He cometido muchos errores en mi vida, pero este no es uno de ellos.

Jack apagó el cigarrillo en el cenicero de la mesita de noche y suspiró profundamente. Cerró los ojos y dejó que su mano vagara por el cabello de Bridie, que muy pronto, teñido por el profundo anhelo de su imaginación, pasó del azabache al cobre. Ella se quedó dormida, pero Jack permaneció despierto, pues sus pensamientos y su mala conciencia no le daban tregua. Ahora que estaba sobrio se daba cuenta de que no quería que saliera nada en absoluto de *aquello*.

Cuando la respiración de Bridie se hizo lenta y regular y el cielo pasó del índigo al oro con los primeros albores del alba, se zafó del abrazo indolente de Bridie y se vistió sin hacer ruido. Al verla apaciblemente dormida sintió una punzada de compasión. Bridie estaba perdida allí, en Manhattan, pero él no era el hombre idóneo para encontrarla. Habían buscado Irlanda el uno en el otro y solo habían encontrado un amanecer ficticio.

Salió de la casa y cerró la puerta con sigilo. Sabía que, si quería verse libre de Kitty, tenía que desembarazarse del pasado, lo que implicaba dejar también a Bridie. Lamentaba causarle dolor al marcharse así, sin una explicación ni una despedida, pero ella también necesitaba desprenderse del lastre del pasado. ¿Cómo, si no, iban a encontrar la felicidad?

Al despertar, Bridie encontró la cama vacía. Parpadeó mirando el espacio que había ocupado Jack y sonrió al recordar su encuentro. Se sentía como si hubiera renacido. Como si se hubiera metamorfoseado en la persona que siempre había querido ser. Era rica, independiente, y ahora tenía a Jack. A Jack, al que siempre había querido. A Jack, al que Kitty le había robado. Y ahora era suyo.

Rodó sobre la cama y aguzó el oído, tratando de oírle en el cuarto de baño. No oyó nada más que el murmullo ronco y lejano de los coches en la calle. Frunció el entrecejo.

—¿Jack? —llamó.

Su voz pareció resonar como un eco en la habitación vacía. Debía de estar en la cocina, se dijo. Los hombres siempre tienen hambre. Se puso la bata y entró en el cuarto de estar. La mañana entraba a raudales por las ventanas en brumosos haces de luz, que solo parecían realzar la quietud y el silencio del apartamento. Oyó entonces unos pasos suaves en el pasillo y experimentó un suave arrebato de felicidad.

—¿Jack? —dijo de nuevo.

—Buenos días, señora —respondió Imelda, su asistenta.

La mujer entró sin hacer ruido en la habitación, juntó las manos sobre el delantal y sonrió. Bridie se llevó la mano al pecho y sintió que le daba vueltas la cabeza. Comprendió entonces que Jack se había ido.

SEGUNDA PARTE

Barton Deverill

La corte al completo había acudido al estreno de la nueva obra de John Dryden, *La reina virgen*, en el Teatro Real de Drury Lane. Los aristócratas ocupaban los palcos, maquillados y ricamente ataviados con sedas y terciopelos de colores vivos y pelucas empolvadas, como exóticas aves del paraíso, resplandecientes a la luz de centenares de velas. Las damas intercambiaban cotilleos cuchicheando detrás de sus abanicos mientras los lores hablaban de política, de mujeres y de las muchas amantes del rey. Lord Deverill estaba sentado en un palco con su esposa, lady Alice, hija del inmensamente rico conde de Charnwell, y su amigo sir Toby Beckwyth-Stubbs. Recorría con la mirada la platea, allá abajo, donde damas y caballeros sudaban acalorados y cortesanas y rameras de poca monta hablaban con voz estridente, coqueteando con los petimetres en medio del aire denso e intensamente perfumado, como un corral repleto de gallinas y gallos libidinosos.

El rey llegó acompañado por su hijo bastardo, el duque de Monmouth, y su hermano el duque de York. Los petimetres de la platea se encaramaron a las sillas y las mujeres se asomaron a las balconadas para ver entrar al cortejo real, y lady Alice buscó con la mirada a la amante del rey, la pechugona y libertina Barbara Palmer, condesa de Castlemaine, la dama más elegante del país.

El público cuchicheó y parloteó mientras los miembros del cortejo real ocupaban sus asientos entre el frufrú del tafetán y el susurro de los abanicos. A ojos de lord Deverill, era una estampa desagradable. La

corte de Carlos II había resultado ser un sumidero de licenciosa frivolidad con soterradas simpatías católicas, y él casi empezaba a añorar al
malvado Cromwell. Deverill había acudido al teatro con el único propósito de conseguir audiencia con el rey para que le procurara más
hombres y armas con los que mantener la paz en West Cork. La cons-
trucción del castillo de Deverill había terminado y el edificio se alzaba
ahora como un formidable bastión de la supremacía británica en Irlanda, pero los irlandeses eran gente pendenciera que roía sus rencores
como un perro salvaje roía un hueso amargo. El año anterior, mientras
Londres soportaba a duras penas los estragos de la peste y el Gran
Fuego, lord Deverill se había refugiado en sus dominios irlandeses,
donde los nubarrones que se cernían sobre él eran de muy distinta ín-
dole: el recuerdo angustioso de la maldición de Maggie O'Leary y el
peligro de que los irlandeses se rebelasen a causa de la Ley de Importa-
ción que les prohibía vender su ganado a Inglaterra.

Como había jurado aquel día en la colina que dominaba Ballinakelly, lord Deverill trataba bien a sus arrendatarios. Les cobraba una renta razonable y toleraba sus prácticas papistas. Lady Deverill y sus damas alimentaban a los pobres y vestían a sus hijos. Era, en efecto, un
señor benévolo. Su lealtad a la Corona era inquebrantable, pero la ley
firmada por el rey le había puesto furioso. Distraído por sus propios
problemas domésticos mientras coqueteaba en exceso con el rey de
Francia y se preparaba para luchar contra los holandeses, el rey no había querido soliviantar al Parlamento sirviéndose de su capacidad de
veto. Lord Deverill temía que hubiera otra rebelión como la del 41 y
estaba decidido a prevenir al rey del peligro.

Lord Deverill pensaba a menudo en Maggie O'Leary. Era un hombre religioso y no se tomaba las maldiciones a la ligera. Sir Toby, por otra
parte, insistía en que la maldición de la mujer era una amenaza indirecta
contra el rey y estaba empeñado en que fuera quemada en la hoguera.
Pero lord Deverill no quería suscitar nuevos odios haciendo matar a una
joven —y a una joven muy bella, además—, fuera o no bruja. No era la
maldición de Maggie O'Leary la que le perseguía como una sombra,
sino su belleza inquietante y extraña y su atractivo casi corrosivo.

Solo la había visto dos veces: la primera, cuando ella lo había maldecido públicamente en la calle de Ballinakelly; la otra, un día que había salido de caza. Iba galopando por el bosque persiguiendo un gamo, en compañía de sir Toby y un pequeño séquito. De pronto, al meterse el gamo entre la espesura, a su izquierda, Barton vislumbró a su derecha, entre la maraña de árboles, un gran ciervo parado en la cresta de una loma. Sin pararse a avisar a sus hombres, viró a la derecha y trotó lo más silenciosamente que pudo hacia él.

Solo en medio del bosque, tiró de las riendas y detuvo a su montura. Reinaba el silencio, salvo por el trino de los pájaros y el murmullo del viento en las ramas. El ciervo era magnífico. Se erguía con la dignidad de un soberano y lo observaba altivamente, con ojos negros y brillantes. Poco a poco, para no espantar al animal, lord Deverill sacó su mosquete. Mientras cargaba y apuntaba, el ciervo se esfumó de repente y en su lugar apareció una mujer. Lord Deverill apartó los ojos del arma y la miró atónito. Vestía un manto, pero bajo su capucha se distinguía la cara inconfundible de Maggie O'Leary. Lord Deverill bajó el arma y la miró fijamente sin saber qué decir. Su belleza lo había dejado sin palabras. Sabía, pese a todo, que aunque hubiera logrado hablar, ella no le habría entendido. Sus ojos verdes eran grandes e inquisitivos y en sus labios rojos como bayas silvestres se dibujaba una sonrisa burlona. Lord Deverill se sintió dominado de pronto por la lujuria; enloquecido por el deseo. Ella levantó sus manos delicadas y se quitó la capucha. El cabello le cayó sobre los hombros en gruesas ondas negras y su cara pálida embrujó a Barton como la cara de la luna llena.

Desmontó y caminó hacia ella. Maggie esperó hasta que casi estuvo a su lado. Entonces dio media vuelta y bajó flotando por la colina, internándose en lo profundo del bosque. Él la siguió, animado por las miradas tentadoras que ella le lanzaba por encima del hombro. Los árboles se apretujaron. Las ramas eran un amasijo de palos y hojas y la luz se redujo a finos rayos acuosos que cortaban la penumbra. Hasta los pájaros habían dejado de cantar. La tierra exhalaba un olor dulzón a podredumbre. Ella se detuvo y se volvió. Lord Deverill no esperó a que le hiciera una seña. La empujó contra el tronco de un roble y pegó sus labios a los de ella. Maggie respondió con ansia, echándole los brazos al cuello y besándolo. Un gemido ronco escapó de su garganta cuando Barton hundió la cara en su cuello y aspiró el olor a savia que impregnaba su piel. Rompió los lazos de su corpiño hasta desnudar sus pechos, blancos en contraste con sus manos morenas, y el calor y el olor embriagador de su carne desnuda excitaron su lujuria. Ofuscado por el deseo, le levantó las faldas. Ella alzó una pierna y le rodeó con ella para que pudiera penetrarla con más facilidad. Gimió de satisfacción y sus pestañas se agitaron como alas de mariposa cuando se deslizó dentro de ella con un gruñido. Se movieron, retorciéndose como una bestia, las caras unidas, la respiración agitada, el corazón desbocado por la avidez del deseo.

Alcanzaron el clímax al mismo tiempo y se dejaron caer en el suelo blando del bosque, entrelazados en una maraña de miembros, ropa y sudor. Por fin, Maggie se apartó de él y se bajó las faldas para cubrirse, pero dejó los lazos de su corpiño desatados y los pechos al descubierto. Fijó en él una mirada franca y desvergonzada, feroz como la de un lobo, y Barton permaneció un instante hechizado por ella. Luego, ella habló. Su voz era tan sedosa como una brisa primaveral, pero lord Deverill no entendía su lengua nativa. Arrugó el ceño y a ella pareció hacerle gracia su perplejidad, porque soltó una carcajada burlona. Mientras él arrugaba aún más el entrecejo, ella se puso de rodillas y avanzó hacia él a cuatro patas con la celeridad de un gato. Se sentó a horcajadas sobre él, le sujetó las muñecas contra el suelo y lo besó de nuevo en la boca. Apresó su labio inferior entre los dientes y mordió con fuerza. Lord Deverill sintió el sabor de la sangre y se echó hacia atrás.

—¡Válgame Dios! ¡Me has hecho daño, mujer! —exclamó.

Pero Maggie se limitó a reír aún más fuerte. La cabellera negra le caía en gruesos mechones sobre los pechos desnudos y su boca hinchada se torcía en una sonrisa furtiva, pero sus ojos, aquellos ojos verdes y agrestes, lo miraban con una repentina frialdad que le heló la sangre en las venas. De pronto, le puso una daga en la garganta. Lord Deverill contuvo la respiración y la miró con horror. Ella profirió una estentórea risotada al ponerse de pie de un salto. Le sonrió de nuevo, esta vez con aire juguetón, y luego desapareció tan repentinamente como había aparecido, y Barton se quedó solo y anonadado en mitad del bosque.

Un fuerte codazo en las costillas le hizo volver al teatro.

—¡Barton! —Era su mujer, Alice—. El rey te está saludando. ¡Despierta!

Lord Deverill se volvió hacia el palco real. En efecto, el rey había levantado su mano enguantada de blanco. Lord Deverill respondió con una inclinación de cabeza y el rey llamó a uno de sus cortesanos chasqueando los dedos. El cortesano se inclinó y el rey le susurró algo al oído.

—Creo que vas a conseguir tu audiencia con el rey —dijo Alice sonriendo con satisfacción—. El rey Carlos siempre se acuerda de aquellos que fueron leales a su padre.

Lord Deverill se volvió hacia el escenario en el momento en el que empezaba la representación y se pasó un dedo por los labios, distraídamente.

13

Ballinakelly, 1929

Celia y Kitty, ataviadas con sus mejores vestidos de seda, contemplaban el mar desde la ventana más alta del castillo. El sol ya había iniciado su lento descenso. Su rostro, que había lucido un amarillo radiante a mediodía, había adquirido ahora una tonalidad más dulce y profunda que teñía el cielo de rosas polvorientos y naranjas suntuosos. Más tarde incendiaría el horizonte y sus tonos sutiles se intensificarían, derivando en púrpura y oro majestuosos. Pero para entonces las dos mujeres estarían ya recibiendo a los numerosos invitados que pronto comenzarían a llegar de todos los confines del condado, pues esa noche Celia celebraba su primer baile de verano como señora del recién restaurado y espléndido castillo de Deverill.

Las puertas oxidadas de la entrada habían sido sustituidas por una ornamentada verja de hierro forjado pintada de negro y decorada —en una ostentosa exhibición de orgullo familiar— con el escudo de armas de los Deverill. Se habían encendido faroles a ambos lados del espacioso camino de entrada, recubierto ahora por una capa de asfalto y gravilla: un lujo que había suscitado la curiosidad de los lugareños, porque el asfalto era una novedad y muchas de las carreteras del condado de Cork seguían siendo de tierra prensada o ladrillo. Los jardines habían resucitado; se habían desbrozado las zonas de maleza, la pista de tenis volvía a estar despejada y el campo de críquet segado y liso. Un abigarrado caleidoscopio de flores se desplegaba en los parterres; rosas y clemátides trepaban por los muros que acotaban el prado, y en el huerto crecían lechugas, patatas, zanahorias, nabos y rábanos en lechos de madera elevados que se encargaban de escardar los hombres que Celia había contratado en Ballinakelly para ponerlos bajo las órdenes del señor Wilcox, uno de los jardineros de Deverill Rising, cedido por su padre. Habían vuelto a pintarse los invernaderos de Adeline, se habían sustituido los vidrios rotos y se había sacado brillo a los tejados, curvilíneos como flanes de manjar blanco. Dentro, Celia había insistido en plantar orquídeas, cuyo cultivo requería un complicado y costoso sistema de humidificadores y reguladores de temperatura. La única planta que pervivía de tiempos de Adeline eran las gigantescas matas de cannabis que, por alguna razón desconocida incluso para ella, Celia había decidido conservar. Digby había sufragado la piedra envejecida recomendada por el señor Leclaire, procedente de un castillo en ruinas de Bandon, a fin de que el castillo de Deverill conservara su aire vetusto, de modo que únicamente la torre oeste y los escasos muros que sobrevivían del edificio original permitían vislumbrar su trágico pasado. El castillo estaba igual que antes del incendio, solo que parecía más nuevo: como un soldado agotado por la batalla al que le hubieran lavado y afeitado la cara y cambiado el uniforme por otro de brillantes botones dorados.

No podía decirse lo mismo de su interior. Aparte del gran salón, que conservaba su chimenea de piedra, y de la amplia escalera de madera, que era idéntica a la anterior, quedaba muy poco del antiguo hogar de Adeline y Hubert. Celia había rediseñado y redecorado las habitaciones conforme a su desmesurada ambición. Se había perdido para siempre la decadente elegancia de un hogar amado por generaciones sucesivas y desgastado por su afecto como el osito de peluche de un niño, con el pelo raído y las orejas rotas de tanto jugar y estrujarlo y la nariz deshilachada a fuerza de besos. Celia había decorado los interiores para impresionar a los invitados, no para dar la bienvenida a su familia tras un largo día de cacería bajo la lluvia. El suelo del salón era un damero de mármol blanco y negro; las paredes estaban pintadas y empapeladas y cubiertas de cuadros de maestros antiguos; los muebles, abarrotados de antigüedades de la época de los Romanov, piezas de la antigua Roma y todo tipo de fruslerías a la última moda. El opulento mobiliario, en abigarrados tonos de púrpura y dorado, procedía de liquidaciones de *châteaux* franceses, en su mayor parte de la época del Imperio de Napoleón I. Celia había comprado toda una librería al peso, pero la atmósfera acogedora de la guarida de Hubert, donde el anciano acostumbraba a fumar puros delante de la chimenea mientras leía el *Irish Times* en un raído butacón de cuero y Adeline pintaba en la mesa junto al ventanal, había desaparecido por completo. Todo relucía, pero nada seducía los sentidos. El antiguo encanto del castillo había perecido consumido por las llamas del incendio, y la oportunidad de recrearlo se había desperdiciado en manos de una joven cuya inspiración surgía de la frivolidad propia de su temperamento. El cálido fulgor del afecto, que no podía comprarse, había sido reemplazado por objetos materiales que solo podían adquirirse a cambio de dinero.

—¿Te acuerdas de cuando veníamos aquí de niñas? —preguntó Celia, con el corazón rebosante de satisfacción.

—Entonces éramos tres —le recordó Kitty.

—¿Qué fue de Bridie? —preguntó su prima.

—Creo que volvió a América.

—¡Qué extraña es la vida! —comentó Celia, extrañamente pensativa—. ¿Quién iba a pensar que nosotras tres, que nacimos el mismo año, acabaríamos donde estamos ahora? Yo, dueña del castillo y madre de dos niñas. Tú, casada con tu antiguo tutor, y con Florence y JP. Y Bridie viviendo al otro lado del mundo y con Dios sabe cuántos hijos. Ninguna de las tres tenía ni idea de lo que nos deparaba el futuro cuando vinimos aquí de niñas, la noche del último baile de verano.

Kitty era consciente de que su prima sabía muy poco de las vicisitudes que habían afrontado Bridie y ella, pero no le apetecía contárselas.

—Pienso a menudo en esos tiempos —dijo con un suspiro—. Antes de que las cosas se torcieran.

—Antes de que perdiéramos a seres queridos en la guerra —añadió Celia quedamente.

Pensó en su hermano George, del que rara vez se acordaba últimamente, y se desanimó de pronto. Meneó la cabeza para ahuyentar ese recuerdo y sonrió resueltamente.

—Pero ahora todo es maravilloso, ¿verdad? —dijo con firmeza—. De hecho, las cosas nunca han ido mejor. —Se volvió y contempló con satisfacción el esplendor de su gran proyecto, concluido por fin—. He volcado todo mi amor en este sitio —le dijo a Kitty—. El castillo de Deverill es como un tercer hijo para mí. Voy a pasar el resto de mi vida embelleciéndolo. Más viajes a Italia y Francia, más compras… Es un proyecto inacabable, y tan emocionante… Estoy siguiendo los pasos de nuestros antepasados, que viajaban por toda Europa y volvían cargados con tesoros maravillosos. —Suspiró, dichosa—. Y esta noche todo el mundo va a admirarlo. Todo el mundo valorará el esfuerzo que he invertido en esto. Espero que Adeline nos esté viendo, esté donde esté. Y espero que dé su aprobación.

Kitty sabía que su abuela las estaba viendo, pero dudaba de que le importara lo que Celia hiciera con su hogar, pues se hallaba ahora en una dimensión en la que el mundo material carecía de importancia.

—Ven, vamos abajo. Tus invitados empezarán a llegar dentro de poco —dijo apartándose de la ventana.

Las dos mujeres cruzaron el castillo y llegaron a la escalera principal. Se detuvieron un momento en el descansillo para mirarse en el gran espejo dorado que colgaba allí. Celia, resplandeciente en tono azul claro, admiró el atrevido diseño de su vestido, que dejaba al descubierto la mayor parte su espalda, mientras que Kitty, muy elegante en seda de color verde bosque, contempló las dos caras que le sonreían desde el espejo y sintió agudamente la ausencia de la que faltaba. *¿Dónde estás, Bridie? ¿Tú también nos echas de menos?,* pensó. *Porque, a pesar de todo, yo te echo de menos.*

Una larga fila de coches avanzaba lentamente delante del castillo. Los sirvientes de Celia se encargaban de recibir a las damas vestidas con traje largo y a los caballeros con corbata blanca que subían la corta escalinata de la puerta principal y pasaban bajo el dintel, en el que sobrevivían aún el escudo de armas de la familia Deverill y la orgullosa divisa de Barton Deverill: *Castellum Deverilli est suum regnum*. La restauración del castillo había sido la comidilla del condado durante años, y la cantidad de dinero invertida en ella había dado mucho que hablar. Los invitados, pues, estaban ansiosos por ver el resultado con sus propios ojos. Situados junto a la chimenea rebosante de flores veraniegas procedentes de los jardines del castillo, Celia y Archie estrechaban manos y recibían felicitaciones. Celia disfrutaba oyendo las exclamaciones de pasmo cuando sus invitados veían por vez primera el suntuoso salón. La mayoría de ellos visitaban con regularidad el castillo antes del incendio, y se apresuraron a comparar el viejo y destartalado edificio con la fastuosidad del nuevo. A algunos, tanta opulencia les encantaba; otros, en cambio, la encontraban de mal gusto.

—Parece un hotel, muy bonito pero impersonal —le susurró Boysie a Harry mientras estaban en la terraza que dominaba los jardines—. Pero, por amor de Dios, no se lo digas a nadie o no volverán a invitarme.

—Para mí es un alivio que no se parezca nada a como era antes. Si no, tendría una nostalgia espantosa —comentó Harry.

—¿No te apena, entonces? —preguntó Boysie, que lo conocía lo bastante bien como para saber que, en efecto, le apenaba muchísimo.

—No, en absoluto —contestó Harry con firmeza, y apuró su copa de champán—. Celia ha hecho un trabajo espléndido.

Boysie fumaba lánguidamente.

—Tu madre ardería de envidia si estuviera aquí —dijo.

—¿Verdad que es una suerte que no haya venido?

—No soportaría ver a Celia mandando en la casa que debería ser suya por derecho. Celia es insufriblemente feliz, y Maud detesta a la gente feliz. Nada le gusta más que la infelicidad, porque confía en que, si esta atormenta a otros, no pondrá sus miras en ella. Digby está más ufano que nunca. ¿No te encanta cómo luce su corbata blanca? No sé cómo se las arregla para que le quede tan chabacana. Es un talento suyo, ¿sabes?, ese don para la chabacanería. Si no fuera sir Digby Deverill, cualquiera pensaría que es terriblemente ordinario. Y en cuanto a tu querida Charlotte, está embarazada otra vez, por lo que veo. ¿Cómo te las arreglas, muchacho? Puede que, después de dos hijas, por fin la fortuna te conceda un heredero.

Harry miró a los ojos a su amigo y sonrió.

—Tú tienes dos hijos, así que seguramente me las arreglo igual que tú, muchacho.

Boysie se rio y ambos se miraron con complicidad.

¿Tu padre está al corriente del asuntillo de tu madre con Arthur Arlington? —preguntó cambiando de tema.

—No se lo he preguntado. Estoy seguro de que sí. Lo sabe medio Londres. Mi madre no ha pedido el divorcio, pero estoy seguro de que mi padre estaría dispuesto a concedérselo. Su matrimonio es una farsa y Arthur es un pelmazo.

—Un pelmazo muy rico —repuso Boysie.

Harry suspiró, resignado.

—Mi padre vive muy bien últimamente.

Distinguió a su padre entre un grupito de gente, en el campo de críquet. Estaban contemplando el castillo. Bertie señalaba el tejado, sin duda explicando a sus acompañantes la evolución de la obra.

—Es extraño que le satisfaga tanto el éxito de Celia, ¿verdad? —dijo con voz queda—. Sería más lógico que estuviera amargado, pero no. Creo que está de verdad encantado.

—Puede que la responsabilidad de ser lord Deverill del castillo de Deverill haya sido un peso muy duro de llevar sobre los hombros todos estos años. ¿Quién sabe? Puede que se sienta aliviado por haberse librado de esa carga. Sé que es así en tu caso.

—Yo aquí no podría ser como soy —repuso Harry, acordándose de su breve idilio con Joseph, el primer lacayo—. No habría sido muy decoroso instalarte en una de las casitas de campo de la finca. Yo diría que estás acostumbrado a entornos más refinados.

—En efecto, así es, muchacho. Irlanda es demasiado húmeda para mi gusto. —Tomó la copa vacía de Harry y la dejó en la bandeja de un camarero que pasaba por allí—. Bien, ¿qué te parece si les hacemos un poco de caso a nuestras esposas? En la salud y en la enfermedad y todo eso...

—Una idea estupenda —dijo Harry, y entraron los dos en el castillo.

Paradas en el salón de baile, Hazel y Laurel miraban a su alrededor maravilladas. Celia lo había decorado en un fastuoso estilo rococó, con paredes blancas y ostentosas molduras de estuco dorado, labradas con exuberantes cenefas asimétricas. Los candelabros ya no sostenían velas, sino bombillas eléctricas cuya luz se reflejaba en los grandes espejos que engalanaban la estancia como estrellas doradas.

—Fíjate en las flores, Hazel —dijo Laurel—. Nunca había visto tantos lirios juntos. —Aspiró con las fosas nasales dilatadas—. ¡Qué perfume tan delicioso! Verdaderamente, Celia tiene motivos para estar orgullosa de sí misma. Lo de esta noche es todo un triunfo.

Justo cuando Hazel estaba a punto de darle la razón, oyeron la voz familiar —y esperada por ambas con anhelo— de lord Hunt, que acababa de entrar en el salón y las saludó con entusiasmo. Se volvieron sin molestarse en disimular su alborozo.

—¡Mis queridas señoritas Swanton! —exclamó él, y se llevó sucesivamente a los labios la mano enguantada de ambas a la vez que hacía una reverencia un tanto exagerada.

Las damas se estremecieron de placer, pues lord Hunt tenía el don de hacer que se sintieran jóvenes, bellas y deliciosamente frívolas. En los tres años que llevaba viviendo con su hija, se había hecho famoso en Ballinakelly por su simpatía, su jocosidad y su incorregible afición por el coqueteo.

—¿Me permiten expresar lo radiantes que están esta noche? —Paseó sus astutos ojos marrones por los vestidos casi idénticos de las dos ancianas y Hazel y Laurel sintieron como si de algún modo se hubiera introducido bajo la tela y rozado con ternura su piel privada de caricias.

—Gracias, Ethelred —dijo Laurel roncamente cuando, haciendo un esfuerzo, logró recuperar la voz.

—Esta noche voy a tener que tomar una decisión terriblemente difícil —dijo él con una mueca apenada.

—¡Santo cielo! —dijo Hazel—. ¿Y cuál es, Ethelred?

Las miró a ambas y suspiró melodramáticamente.

—Con cuál de las dos bailar primero, cuando quiero bailar con ambas.

Laurel miró a Hazel y ambas soltaron una risita nerviosa.

—¿No hay ningún baile para tres? —preguntó él.

—Me temo que no —contestó Laurel—. Aunque Celia es muy moderna, así que nunca se sabe.

—Veo que no están bebiendo champán. Permitan que las acompañe al jardín. Hace una noche espléndida. ¿No les apetece disfrutar de una copa contemplando la belleza del atardecer?

—Uy, sí, desde luego —respondió Hazel.

—Por supuesto que sí —remachó Laurel.

Lord Hunt ofreció un brazo a cada una. Pero, al agarrarse a su brazo izquierdo, Laurel sintió el primer asomo de un sentimiento de competitividad profundamente alarmante y desagradable. Miró a Hazel y deseó fugazmente que su hermana estuviera enferma. Ahogando un gemido de asombro, ahuyentó de sí esa idea. Hazel sonreía al objeto de sus deseos más ardientes, pero cuando él se volvió para sonreír a Laurel, experimentó asimismo una emoción que ni siquiera se atrevió a reconocer ante sí misma: le daba demasiada vergüenza. Ambas hermanas fijaron la vista en las puertas que conducían al ancho pasillo y, más allá, al vestíbulo. Jamás podrían confesarse mutuamente la intensidad de su pasión por Ethelred. *Jamás*. Por primera vez en su vida, guardaban un secreto que no podían compartir.

Digby admiraba el castillo desde el jardín con un agradable sentimiento de triunfo, como si lo hubiera hecho resurgir de sus escombros con sus propias manos. Era la joya de la corona de su familia, la culminación de un anhelo que lo había acompañado desde siempre. Pensó en los muchos años que había pasado luchando por hacer fortuna en Sudáfrica y sonrió con satisfacción al pensar en lo lejos que había llegado y lo mucho que había ascendido. Una vigorosa palmada en la espalda lo sacó de sus cavilaciones. Al levantar los ojos vio la cara colorada de sir Ronald Rowan-Hampton, que le sonreía jovialmente.

—¡Mi querido Digby! —exclamó—. ¡Qué éxito el del castillo! Celia y Archie te han dejado magníficamente bien. Es un triunfo inmenso, una obra de arte, un ejemplo de valentía y arrojo frente a la adversidad. Lo has levantado de sus cenizas y, ¡santo cielo, es todo un palacio! Digno del mismísimo rey.

—No todo el mérito es mío —repuso él suavemente—. La idea fue de Celia.

—Pues entonces está claro que sale a ti —contestó sir Ronald—. Tiene tu estilo y tu sentido de la proporción. ¿Acaso no es cierto que todo lo que emprendes es grandioso, Digby? —Sir Ronald contempló el castillo y meneó la cabeza—. Debe de haber costado una pequeña fortuna.

—Una *gran* fortuna —puntualizó Digby sin ningún sonrojo—. Pero cada penique ha valido la pena. Ahora es de Celia y algún día será de su hijo, y después de su nieto, y así sucesivamente. No solo ha reconstruido el castillo, sino que ha creado un legado que le sobrevivirá mucho tiempo. Estoy sumamente orgulloso de ella.

En el fondo se preguntaba si, ahora que habían concluido las obras, su hija no se aburriría de vivir allí y volvería corriendo a Londres. Era muy consciente de su volubilidad, pues la había heredado de él. Solo confiaba en que fuera capaz de dominarse.

Grace estaba en las puertas de la terraza del salón, desde donde veía a su marido conversando con Digby en el césped. Los invitados estaban empezando a subir a la galería del piso de arriba donde iba a celebrarse la cena, la misma en la que Adeline siempre celebraba sus cenas de gala. Solo que la galería ya no era la misma, pues la decoración elegida por Celia era completamente distinta. Para empezar, las caras que observaban impasibles a los comensales desde las paredes ya no eran las de los antepasados de la familia Deverill, puesto que gran parte de los cuadros se había perdido en el incendio. Celia había comprado retratos de antepasados de otras familias simplemente para rellenar los huecos. Se tardaba mucho tiempo en crear una colección propia: a los Deverill les había costado más de doscientos años.

Grace pensaba en Michael Doyle. Siempre pensaba en Michael Doyle. Su recuerdo asediaba sus pensamientos, la atormentaba, la sacaba de quicio. Estaba segura de que podía volverse loca de deseo y añoranza. Nunca antes se había puesto en ridículo por un hombre y, sin embargo, no podía evitar portarse como una idiota. Había perdido su dignidad y su orgullo aquel día en la feria, pues después de hablar con él lo había seguido hasta detrás de la taberna de O'Donovan y se había arrojado en sus brazos como una loca, recurriendo a todos los trucos que conocía y que en circunstancias normales le habrían hecho perder el control y lo habrían dejado a su merced. Él, sin embargo, la había rechazado.

—He pecado —le dijo.

—No puedes culparte por las cosas que hiciste en la guerra —repuso ella—. Bien sabe Dios que yo también hice mi parte.

—No, no lo entiendes. Las cosas de las que me avergüenzo no tienen nada que ver con la guerra.

—¿Con qué tienen que ver, entonces?

En ese momento, él le había dado la espalda.

—Lo siento, Grace. No quiero hablar más de ese asunto —dijo.

Y la había dejado allí, preguntándose qué había hecho, qué pecado podía ser tan terrible que ni siquiera soportaba hablar de ello o confesárselo a ella.

Ahora, Grace miró a su marido y a Digby mientras Kitty se acercaba a ellos para avisarles de que era la hora de la cena, y volvió a preguntarse qué había hecho Michael y cómo podía ella averiguar de qué se trataba. Sin duda, si conseguía llegar a las raíces de su mala conciencia, encontraría la manera de librarlo de ella.

Al acabar la cena, cuando se sirvió el café, Bertie se puso en pie y pidió silencio a los invitados. Era un Bertie muy distinto al borrachín tambaleante que, tras el funeral de su madre, había anunciado ante toda la familia que no solo iba a poner en venta el castillo sino que pensaba reconocer a su hijo ilegítimo, Jack. Ahora estaba sobrio, lozano, delgado y bien vestido. Guapo, incluso.

—Nunca antes habíamos estado tan unidos los Deverill —proclamó, y acto seguido levantó su copa—. ¡Por Celia y Archie! —dijo.

Todos los presentes se levantaron y brindaron por la audaz pareja. Luego, Digby dio un breve discurso. Agradeció a Bertie su generosidad y repitió el lema de su linaje, que, explicó, no solo se refería al castillo sino al temperamento familiar.

—Que pervive en todos nosotros —concluyó.

Beatrice se enjugó los ojos con la servilleta. Harry sonrió a Celia. Kitty miró con cariño a su padre y Elspeth pensó que era una suerte que ni Maud ni su hermana mayor, Victoria, estuvieran allí para agriar el dulce sentimiento que embargaba a la familia. De pronto, un fuerte resoplido rompió el silencio. Augusta miró con enojo a su marido desde el otro lado de la mesa.

—Hágame un favor, querida —le dijo a la señora sentada a la izquierda de su marido—. Dele un buen codazo en las costillas, ¿quiere?

Archie condujo a Celia al salón de baile, donde estaba tocando una banda de jazz venida de Londres. Las Arbolillo se reprimieron para no ponerse a discutir sobre quién bailaría primero con Ethelred y fingieron ambas cederle ese privilegio a la otra.

—No, de veras, Laurel, tú has de ser la primera.

—No, Hazel, insisto. Tú primera.

Por fin, Ethelred lanzó una moneda al aire y ganó Hazel, para consternación de su hermana, que se vio obligada a componer una sonrisa y hacer como que no le importaba, aunque le importaba, y mucho. Boysie y Harry bailaron con sus respectivas esposas, deseando en su fuero interno desembarazarse de ellas lo antes posible y verse libres para gozar el uno del otro en alguna de las suntuosas habitaciones del piso de arriba. Kitty bailó con su padre dejándose llevar por la música, mientras Robert los observaba melancólicamente, pues su cojera le impedía bailar. Ella intentó sacudirse la tristeza: a fin de cuentas, si su padre estaba contento,

¿por qué no podía estarlo ella también? «Nuestras hijas crecerán juntas aquí, como nosotras, y disfrutarán de las mismas cosas de las que disfrutamos nosotras», le había dicho Celia cuando nació Florence. Y tenía razón: en efecto, la historia se repetiría y Florence disfrutaría del castillo tanto como ella. Así que, ¿por qué sentía tanta amargura?

—Esto es maravilloso —le dijo Beatrice a Grace mientras contemplaban el baile, delante de los espejos centelleantes.

—Sí, lo es —convino Grace—. Celia dijo que resucitaría los viejos tiempos y lo ha conseguido.

Las dos sabían que era imposible resucitar el pasado, pero se contentaban con entregarse íntimamente a la nostalgia y añorar la época anterior a la Gran Guerra y el esplendor de aquellos veranos en Ballinakelly.

Era bien pasada la medianoche cuando Boysie y Harry se encontraron a solas en el vestíbulo. La espléndida escalera parecía incitarlos a subir al piso de arriba como si sus barandillas fueran demonios malévolos que les susurraban, tentadores. Las burbujas del champán se les habían subido a la cabeza, tenían el corazón enternecido por la nostalgia y su anhelo era tanto mayor por cuanto su idilio era imposible y estaban cansados de llevar una vida de engaños y encuentros furtivos. Sin decir palabra, subieron ágilmente los escalones. El estruendo de la música, de los pasos y de las voces fue remitiendo a medida que avanzaban por los largos corredores, adentrándose cada vez más en las entrañas del castillo. Celia había gastado mucho dinero en instalar electricidad y Harry no estaba acostumbrado a aquella profusión de luz donde antes solo había velas y lámparas de aceite. El sistema de fontanería también funcionaba, lo que parecía un milagro teniendo en cuenta que antes del incendio eran los sirvientes quienes subían el agua en cubos. Harry añoraba aquellos tiempos y, al pasar junto a la puerta de la alcoba donde Kitty le había sorprendido en la cama con Joseph, el lacayo, tuvo que hacer un esfuerzo por dominar sus emociones.

De pronto, el castillo significaba para él mucho más que su herencia perdida: representaba también sus propios fracasos. ¿Qué había hecho con su vida? Se había casado con una mujer a la que no amaba, y amaba a un hombre al que no podía tener. Deambulaba ociosamente por Londres, del club a su casa y de su casa al club, y el interminable carrusel de sus obligaciones sociales no tenía propósito alguno. Su empleo en la City era tan monótono y aburrido que a veces se sorprendía echando de menos sus tiempos en el Ejército, donde al menos cumplía una función. Daba la impresión de que el incendio no solo había arrasado su hogar: también le había dejado a la deriva. Mientras cruzaba aquel castillo que ya no reconocía, sintió que una enorme tristeza se extendía por su pecho. La añoranza de lo que había perdido y el anhelo de lo que ya nunca podría ser.

—Boysie… —murmuró.

Boysie se volvió hacia él.

—¿Qué ocurre, muchacho?

Harry no podía expresar con palabras la desolación que sentía. Tomó a Boysie de la mano y desanduvo el camino, hasta detenerse frente a la habitación que le había asignado Celia. Sin decir nada, llevó dentro a su amante y cerró la puerta.

—Esto es una locura —protestó Boysie. Pero estaba demasiado aturdido por el champán para resistirse a los besos insistentes de Harry.

De pronto se encendió la luz. Se volvieron, sorprendidos, y vieron a Charlotte sentada en la cama endoselada, con la cara muy pálida en contraste con el camisón de color rosa y la boca abierta en un mudo grito de estupefacción. Se miraron el uno al otro, horrorizados. Mientras se evaporaban las burbujas del champán y la sobriedad se apoderaba rápidamente de ellos, Harry experimentó en un rincón de su alma un profundo sentimiento de alivio.

Arriba, en lo alto de la torre oeste, Adeline y Hubert contemplaban el cielo estrellado. La luna, casi llena, estaba rodeada por un halo de bruma plateada cuya luz fantasmagórica arrojaba densas sombras sobre el césped del jardín.

—¿Te acuerdas de los bailes de verano de nuestra juventud, Hubert? —preguntó Adeline—. En aquel entonces, claro, los invitados llegaban en sus magníficos carruajes, con palafreneros de librea. Me acuerdo del ruido de los cascos de los caballos en la avenida a medida que se acercaban —rememoró—. Ahora llegan en automóviles. ¡Cuánto han cambiado los tiempos! —Miró a Hubert y sonrió melancólicamente—. Vivíamos bien, ¿verdad que sí?

Hubert miró a su esposa. Su semblante estaba en sombras, como la cara oculta de la luna.

—Pero ¿estamos condenados a quedarnos aquí...? —Titubeó, porque apenas se atrevía a pronunciar aquella sentencia aterradora—. ¿Para toda la eternidad, Adeline? ¿Ese es ahora nuestro destino? Nuestras vidas son tan fugaces como un parpadeo del ojo del tiempo, pero el ojo... ¿Cuánto dura el ojo, Adeline?

Ella tocó su mejilla y trató de parecer optimista.

—La maldición se romperá —dijo con firmeza—. Te lo prometo.

Una voz los interrumpió desde el sillón.

—Eso es tan improbable como que el hombre viaje a la luna —rezongó Barton Deverill, más malhumorado que nunca.

Adeline no le hizo caso. La amargura de Barton era contagiosa y deprimía a Hubert.

—No le hagas caso, amor mío. Es un viejo amargado con muy mala conciencia.

—Qué sabrás tú de mi conciencia, mujer —replicó Barton.

—Lo percibo —respondió Adeline, harta de él.

—Lo que percibes es que llevo casi doscientos cincuenta años pudriéndome en este sitio.

—No se puede uno pudrir si no tiene cuerpo, Barton —contestó ella tajantemente, volviéndose hacia su marido—. Te prometo, cariño mío, que te sacaré de este lugar. Me quedaré contigo todo el tiempo que estés aquí y luego nos marcharemos juntos. Todos nosotros.

Barton se rio con sorna desde el sillón.

—Que Dios se apiade de ti —dijo.

14

Sentado a la mesa del desayuno, Digby atacó un gran plato de huevos revueltos con pan tostado, beicon crujiente y tomate frito aderezado con cebolleta. El baile había sido un gran éxito y, aunque él había participado muy poco en su organización, había intervenido —y mucho— en la reconstrucción del castillo. Al principio se había desvinculado de un proyecto que le parecía un suicidio económico y, por tanto, un disparate, pero con el tiempo había sucumbido a la irresistible posibilidad de recrear el pasado y, a base de cuantiosos cheques, se había ido haciendo un hueco cada vez mayor en los planes de reconstrucción. A fin de cuentas, ¿no habían sido esos veranos en el castillo de Deverill los más hermosos de su vida? ¡Cuánto había envidiado a Bertie y Rupert por crecer en aquel lugar encantado! A su lado, se había sentido como un pariente pobre. Ahora, sus nietos crecerían allí y él podría vivir vicariamente a través de ellos. Deverill Rising no estaba nada mal, desde luego. Pero el castillo de Deverill era harina de otro costal: tenía historia, prestigio, era una pura maravilla. Digby se metió el tenedor lleno en la boca y masticó con fruición. Beatrice, que era capaz de leerle el pensamiento a su marido, le sonrió desde el otro extremo de la mesa.

Digby estaba disfrutando de su taza de té y leyendo el *Irish Times* cuando Celia irrumpió en la habitación.

—¡Papá! ¡Lo de anoche fue un triunfo! ¡No he podido pegar ojo!

—Fue un gran éxito, querida mía. Debes estar muy orgullosa de ti misma —dijo su padre, apartando un momento los ojos de la página para contemplar el rostro radiante de la joven—. Fuiste una anfitriona espléndida.

—¡Todo el mundo se quedó embobado con el castillo! —exclamó ella—. Y todos alabaron la decoración.

—Y a ti —añadió su madre con una sonrisa.

—¡Ay, mamá! Si fuera más feliz, reventaría —contestó Celia—. De verdad, nunca me he sentido tan llena de alegría.

—Creo que todavía estás llena de champán —repuso Digby con ironía mientras volvía la página del periódico.

—En cuyo caso, debes comer algo —dijo Beatrice.

Celia se acercó al vetusto aparador de nogal que había comprado en Christie's con ayuda de Boysie, que trabajaba allí, y se sirvió huevos revueltos y tomate.

Un momento después entró Harry, demacrado y con los ojos inyectados en sangre. Sus ojeras brillaban como moratones.

—Alguien ha tenido una noche loca —comentó Celia riendo, pero Harry apenas consiguió esbozar una sonrisa.

—Buenos días —dijo tratando de parecer jovial—. Me temo que estoy un poco maltrecho.

—Querido, ven a sentarte y tómate una taza de té y una tostada. Te sentirás mucho mejor con el estómago lleno —dijo Beatrice—. Qué pálido estás —añadió cuando él tomó asiento a su lado. Le dio unas palmaditas en la mano con su mano gordezuela y enjoyada y sonrió con dulzura—. Supongo que hay que asumir que una resaca es el resultado inevitable de una fiesta fabulosa —comentó suavemente.

—En efecto —convino Harry mientras reflexionaba sobre lo mal que había acabado la noche en su caso.

Poco rato después apareció Boysie acompañado por Deirdre. Parecían tan frescos y despejados como si se hubieran ido a la cama temprano y hubieran dado una revigorizante caminata mañanera.

—¡Qué fiesta tan deliciosa, Celia! —dijo Boysie al sentarse junto a ella—. ¡Solo había dos pelmazos en la lista de invitados y conseguí esquivarlos a ambos!

—¡Dime quiénes eran y me aseguraré de sentarte a su lado el año que viene! —repuso Celia.

—No puedo ser tan indiscreto —contestó Boysie con una sonrisa. Miró a Harry un momento pero enseguida desvió los ojos—. ¿Te sirvo algo de desayunar, querida? —le preguntó a Deirdre.

Mientras Boysie se acercaba al aparador, entró Charlotte con la cara blanca como una sábana. Beatrice la miró a ella y miró a Harry y comprendió de inmediato que la palidez de ambos no tenía nada que ver con la resaca.

Después del desayuno, Harry logró hablar con Boysie a solas. Estaban en la terraza, al cálido sol del verano, mientras un pequeño batallón de sirvientes limpiaba los desperdicios de la noche anterior. Boysie encendió un cigarrillo. Harry estaba encorvado, con las manos metidas en los bolsillos del pantalón.

—¿Querías que te pillaran, Harry? —preguntó Boysie con dureza, y Harry dio un respingo.

—No… Claro que no —dijo, aunque no estaba tan seguro.

—Fue una idiotez ir a darse de bruces con tu mujer. Que, por cierto, no parece muy contenta esta mañana.

—No dirá nada —se apresuró a decir Harry.

—Más le vale.

—Pero no me habla.

—No me sorprende. Una cosa es traicionar a tu esposa con otra mujer y otra muy distinta traicionarla con un hombre. Pobrecilla. Puso una cara como si le hubieran pegado un tiro en el corazón.

—Y así es, supongo —repuso Harry. Suspiró y se frotó el mentón—. ¡Qué lío espantoso!

Boysie lo miró y su semblante se suavizó.

—¿Qué vas a hacer, muchacho?

—Nada —contestó Harry.

—¿Nada?

—No puedo hacer nada. Esperaré a ver qué quiere hacer ella.

—Darte una buena patada en el culo, imagino —dijo Boysie riendo, y tiró la ceniza del cigarrillo a sus pies, sobre las baldosas de piedra de York.

—Espero que no —dijo Harry, y tragó saliva con nerviosismo—. Confío en que lo entienda.

—Celia lo entendería, pero Charlotte no es Celia. Es una oveja, Harry. Las ovejas siguen al rebaño, y me temo que el rebaño no tiene muy buena opinión de la homosexualidad. Deberías confiar, o rezar, mejor dicho, porque no se lo diga a su familia. —Dio una calada al cigarrillo—. Ven, vamos a buscar a Celia.

Pero Harry sabía que su prima no sería de ninguna ayuda. De pronto sentía un deseo abrumador de hablar con Kitty.

—Voy a dar un paseo. Creo que me sentará bien hacer un poco de ejercicio —dijo, y echó a andar por los jardines, hacia la Casa Blanca.

Kitty estaba sentada en el césped con la pequeña Florence, de dos años, haciendo guirnaldas de margaritas, cuando Harry apareció al pie del camino con la cara colorada por el enérgico paseo. Cruzó la cancela y subió por la ladera para reunirse con ella.

—¡Harry! —exclamó Kitty saludándolo con la mano—. ¡Qué sorpresa tan agradable!

Su hermano se quitó el sombrero de paja y se sentó a la sombra del manzano que protegía a la niña del sol.

—Una fiesta espléndida la de anoche, ¿verdad? —dijo Kitty, pero se le notaba en los ojos que le costaba encontrar algo positivo que decir sobre la remodelación del castillo.

—¿A ti también se te hace duro? —preguntó su hermano.

—Mucho —reconoció ella—. Me siento fatal por decirlo, pero sé que contigo puedo ser sincera.

—Sí —dijo él—. Dios mío, ¡cómo ha crecido Florence! —Pasó la mano por el cabello rubio de la niña—. Es el vivo retrato de su padre, ¿verdad? —comentó.

—Sí —respondió Kitty, y sintió una punzada de dolor cuando la imagen de Jack O'Leary afloró repentinamente a la superficie de su recuerdo para volver a hundirse hasta el fondo un instante después, empujada por la fuerza superior de su voluntad—. Es idéntica a Robert en todos los sentidos, y él la mima muchísimo.

—¿Dónde está JP?

—Montando a caballo. Le gusta tanto como a mí. ¡No hay quien lo separe de su poni! —Kitty se rio—. Y además es muy temerario. No le da miedo nada. Ya ha salido a montar con los sabuesos. Papá está muy orgulloso de él. JP es un jinete nato. En cuanto a Florence… —Suspiró y miró a su hija con ternura—. Ya veremos.

—¿Me acompañas a dar un paseo, Kitty? —preguntó él de repente.

Kitty percibió la tensión en la voz de su hermano y se incorporó al instante.

—Claro —dijo.

Llamó a Elsie y, cuando la niñera acudió para hacerse cargo de Florence, los dos hermanos echaron a andar colina abajo, hacia la costa.

—¿Qué ocurre, Harry? —preguntó Kitty.

Él volvió a ponerse el sombrero y se metió las manos en los bolsillos.

—¿Te acuerdas de aquella vez, cuando me sorprendiste con…? —Titubeó, incapaz de terminar la frase.

—Con Joseph —dijo ella.

—Sí. —Harry se miró los pies mientras caminaban por la hierba—. Yo quería a Joseph.

—Lo sé —dijo Kitty. Lo miró y arrugó el ceño—. A Charlotte no la quieres, ¿verdad?

—Le tengo cariño —reconoció él, y Kitty intuyó lo que su hermano se esforzaba por articular. Embargada por la ternura, lo agarró del brazo y se acercó a él.

—Sé que Joseph también te quería. Recuerdo su cara de tristeza y de impotencia cuando te marchaste para volver al frente. Lo vi mirando por la ventana. Era como un fantasma. Entonces comprendí que esa noche no solo te estaba reconfortando. Al acabar la guerra, cuando volviste a casa y le pediste que fuera tu ayuda de cámara, comprendí el motivo. Nunca te he juzgado, Harry. Amar a otro nombre no es nada convencional, pero te quiero tal y como eres.

Harry sintió un nudo en la garganta y pestañeó para aliviar el picor que notaba en los ojos.

Llegaron al final del sendero, donde la hierba daba paso a la arena blanca, y siguieron andando por la playa. Las aves marinas se dejaban llevar por el viento o se posaban en la arena para alimentarse de los animalillos marinos que la marea había dejado al descubierto al retirarse. El océano tenía un aspecto apacible bajo el cielo despejado y las olas rompían con un ritmo suave en la orilla. Harry posó la mano sobre la de su hermana y se la apretó.

—Gracias, queridísima Kitty. Tú y yo hemos compartido muchos secretos a lo largo de los años. Ahora voy a pedirte que me guardes otro y que me aconsejes qué debo hacer, porque he hecho algo terrible.

Kitty asintió en silencio. Temía lo que su hermano iba a decirle.

—Mantengo una relación con un hombre desde hace años. Desde que llegué a Londres. —Harry la miró acongojado, aguardando su reacción.

—Continúa —le instó ella.

—Yo sabía que tenía que cumplir con mi deber y casarme. Le he dado dos hijos a Charlotte y, si la impresión de descubrirnos a mí y a ese hombre juntos anoche no le provoca un aborto, le daré un tercero.

Kitty se detuvo.

—¡Harry! —Dejó caer las manos—. ¿Qué pasó?

Yo no sabía que se había ido a la cama temprano. La habitación estaba a oscuras. Hice entrar a Boysie...

Kitty contuvo una exclamación de sorpresa.

—¿Boysie Bancroft?

—Sí, ¿no te lo he dicho?

Su hermana negó con la cabeza.

—Debería haberlo adivinado. Sois inseparables.

—Charlotte encendió la luz y nos vio.

—¿Qué dijo?

—No dijo nada. Boysie se fue enseguida. Yo intenté tranquilizarla, pero se limitó a esconder la cabeza debajo de la almohada y a llorar. Así ha estado toda la noche. Todavía no me ha dirigido la palabra. —Levantó las manos hacia el cielo—. Por amor de Dios, dime qué debo hacer.

Kitty echó a andar otra vez. Apretó el paso y fijó los ojos en el suelo, delante de ella. Harry caminaba a su lado sin hablar, confiando en que su hermana encontrara la respuesta en la arena. Por fin, ella se detuvo y se volvió para mirarlo.

—Charlotte te quiere, Harry, así que esta traición tiene que haberle dolido en lo más hondo. En primer lugar, tienes que darle tiempo para que lo asimile. Ha hecho dos descubrimientos terribles: uno, que tenías una aventura con otra persona, y dos, que esa persona es un hombre, lo que, como bien sabes, va contra la ley y se castiga con la cárcel. Se estará preguntando si la has querido alguna vez o si solo te has casado con ella por obligación. Quizá piense que en realidad te repugna hacerle el amor. Se sentirá herida, humillada, dolida y angustiada. Cuando consiga asumir esos dos descubrimientos, hablará contigo.

—¿Y qué me dirá?

—O bien te pedirá el divorcio, o bien lo hará público y tendrás que soportar un escándalo mayúsculo, muy superior al de JP. A mamá seguramente le dará un ataque, claro, pero eso no es lo que tiene que preocuparte.

—Válgame Dios —masculló él.

—O...

—¿Sí? —preguntó Harry ansiosamente—. ¿Qué?

—O te perdonará.

—¿Y por qué demonios iba a perdonarme?

—Porque te quiere, Harry. Pero tienes que convencerla de que vas a dejar a Boysie. De que fue un momento de locura. Échale la culpa al champán. Dile que la quieres. Que quieres a los niños. Que eres un buen padre y que no harás nada que ponga en peligro a tu familia. Eso puedes hacerlo, ¿verdad?

—No puedo dejar a Boysie —contestó él horrorizado.

—Tendrás que hacerlo. O Charlotte, o Boysie. No puedes tenerlos a ambos, Harry.

—Pero quiero a Boysie.

Kitty le puso la mano en el brazo.

—Lo sé. Pero a veces uno tiene que renunciar a la persona a la que quiere, por el bien de todos. —Se le llenaron los ojos de lágrimas—. Es duro, es casi imposible, pero puede hacerse.

Harry la miró fijamente, sin darse cuenta de que hablaba de sí misma. No había imaginado que tendría que renunciar a Boysie cuando le hizo entrar en su habitación. Había propiciado que los sorprendieran únicamente para librarse del peso de mentir, no para verse obligado a renunciar a la persona a la que amaba por encima de todas. ¡Qué necio había sido! Agarró a su hermana por los brazos y apoyó la cabeza en su hombro. Mientras lloraba, no advirtió que Kitty lloraba también, por Jack O'Leary y por su propio corazón afligido.

Cuando regresó al castillo, Harry encontró a Charlotte y Deirdre jugando al críquet con Boysie y Celia. Las Arbolillo, ataviadas con vestidos de flores y pamelas, estaban dando un paseo por los jardines con lord Hunt, que las escuchaba atentamente, con las manos a la espalda. Laurel y Hazel habían puesto gran esmero en peinarse y maquillarse, y el resultado era sorprendente: las dos parecían de pronto mucho más jóvenes. Digby, Archie, Bertie y Ronald estaban jugando al tenis en parejas, con largos pantalones blancos y jerséis de cuello de pico, mientras Beatrice y Grace los observaban desde los bancos —o, al menos, fingían observarlos— bebiendo grandes vasos de limonada con menta.

Mi padre tiene fascinadas a las Arbolillo —dijo Grace, mirando al trío de ancianos—. Es un donjuán incorregible y me temo que Hazel y Laurel hayan caído en sus redes. Me siento fatal.

—Oh, no tienes por qué —repuso Beatrice—. Tu padre les está haciendo disfrutar muchísimo. Creo que nunca les había hecho caso un hombre tan guapo como él.

—Él se lo está pasando en grande, desde luego, pero será desastroso cuando se canse del juego, y se cansará, estoy segura. En cuanto deje de hacerle gracia, se irá en busca de otra presa. Lo conozco. Mi madre era una mujer extraordinariamente tolerante.

—Estoy segura de que ellas se lo toman con cierta guasa —dijo Beatrice mirando a Digby, que se disponía a sacar.

—No, nada de eso, Beatrice. Están enamoradísimas. Son como un par de quinceañeras. Espero que no se peleen por él. Sería espantoso.

—¡Buen disparo, cariño! —Beatrice aplaudió cuando Digby marcó un tanto directo a su primo—. Ya son mayorcitas, Grace. Estoy segura de que son perfectamente capaces de cuidarse solas, y la una de la otra.

—Espero que tengas razón, aunque temo lo peor.

Al acercarse Harry, Charlotte lo miró con enfado desde su puesto junto al tercer aro. Boysie los observó cansinamente mientras Celia, vestida con una larga y vaporosa falda de color marfil y una blusa, un sombrerito *cloché* y una sarta de perlas, colocaba la bola y la golpeaba con la maza. Deirdre, que había intentado descubrir en vano por qué se habían peleado Charlotte y Harry, se mantenía junto a su marido, satisfecha de que su matrimonio se viera libre de tales melodramas.

—Harry, estoy jugando fatal. ¿Por qué no vienes a echarme una mano? —dijo Celia—. No os importa, ¿verdad? —preguntó a los demás.

Charlotte dejó caer su maza.

—No, que me sustituya a mí. No me apetece seguir jugando.

Echó a andar hacia el castillo, enfadada.

—Santo cielo —dijo Celia mientras la veía alejarse—. Yo no me ponía de tan mal humor cuando estaba embarazada.

—¿Debería ir tras ella? —preguntó Harry, indeciso, a pesar de que temía lo que podía decirle su esposa.

Miró a Boysie y sus ojos se encontraron un instante. ¿Cómo iba a renunciar a él?, pensó desesperado. Prefería morir a vivir sin Boysie.

—No, no interrumpas la partida —respondió Celia, tan ensimismada que no había advertido las sutiles tensiones que había entre ellos—. Te toca, Deirdre. Deja a Charlotte, Harry, cielo, se encontrará mejor cuando se eche una siestecita. Seguramente está cansada, después de lo de anoche. Yo lo estoy, desde luego, y no estoy embarazada.

Harry miró las puertas de la terraza que daban al salón, pero no vio a su mujer. Más tarde, cuando por fin reunió valor para hablar con ella, la encontró echada en la cama, con la mirada perdida. Tenía una expresión derrotada y afligida. Harry notó que su cuerpo se tensaba como el de un gato, pero aun así se sentó al borde de la cama.

—Cariño, tenemos que hablar de esto —comenzó a decir, sintiéndose mareado por los nervios. Entrelazó los dedos y se miró las manos como si no supiera cómo desentrelazarlos—. Lo siento —dijo.

Al ver que ella no contestaba, carraspeó y trató de recordar lo que había dicho Kitty.

—Te quiero, Charlotte. Sé que no me creerás después de…, después de lo que viste anoche. Te prometo que fue un momento de locura. El champán, la emoción, la nostalgia. No estaba en mi sano juicio. No era yo mismo y me avergüenzo. Estoy *profundamente* avergonzado, y te ruego que me perdones.

Ella volvió la cabeza y lo miró, impasible. Harry ansió saber qué estaba pensando.

—¿Me quieres, Harry? —preguntó ella con voz débil.

—Sí, tesoro mío. Sí, te quiero. Quiero a nuestros hijos. Adoro nuestra vida familiar. Y no haré nada que ponga en peligro todas esas cosas que tanto amo.

Charlotte se quedó mirándolo un momento. Tenía los labios tensos y adelgazados, y los ojos, enormes y redondos, le brillaban intensamente.

—No puedo perdonarte a ti, ni a Boysie. Me avergüenzo de vosotros. Lo que os vi hacer era antinatural. —Volvió la cara cuando sus ojos se llenaron de lágrimas—. Pero no se lo diré a nadie. Prefiero morir a decírselo a alguien. Pero no volverás a ver a Boysie, ¿verdad? No puedes después de…, después de… —Comenzó a llorar histéricamente.

Harry se quitó los zapatos y se tumbó a su lado. La rodeó con el brazo y la atrajo hacia sí. ¿Cómo iba a sobrevivir, si Boysie ya no formaba parte de su vida?

—Quiero que me lleves de vuelta a Londres —dijo ella—. No quiero estar aquí ni un minuto más. Invéntate cualquier excusa, pero llévame a Londres. Pasaremos el resto del verano en Norfolk con mis padres y te olvidarás para siempre de Boysie y de este vergonzoso incidente. —Le apartó la mano de su vientre abultado—. Y no quiero que me toques.

—Charlotte… —murmuró él.

—Lo digo en serio, Harry. Necesito tiempo. No puedo olvidar así como así lo que vi anoche. No puedo fingir que no ha ocurrido.

—Fue un momento de locura.

Ella lo miró con dureza.

—¿Y qué habría pasado si yo no hubiera estado aquí? ¿Qué habría pasado? ¿Qué habrías hecho? —Empezó a sollozar de nuevo, temblando—. ¿Qué habrías hecho, Harry?

—Nada. No habría hecho nada. Fue un beso. Nada más. Un beso.

Charlotte se volvió bruscamente, dejándole claro que no le creía.

Harry le dijo a Celia que su esposa lo estaba pasando tan mal con aquel embarazo que quería ir a pasar el resto del verano con sus padres.

—Qué aburrimiento —contestó Celia de mal humor—. Nos ha echado a perder las vacaciones. El primer verano que podemos pasar todos juntos aquí, en el castillo, desde hace casi diez años. Iba a ser especial, y ella lo ha estropeado todo. —Cruzó los brazos, enojada—. A Boysie no le va a hacer ninguna gracia que te vayas. Se pondrá furioso. Esto nos va a arruinar la fiesta.

Harry se encogió de hombros.

—Lo siento, pero no me queda otro remedio.

De pronto, a Celia se le iluminó la cara.

—¡Ya sé! Que se vaya ella a Norfolk con los niños y tú te quedas. ¡Vamos, Harry, quédate, cielo! Será como en los viejos tiempos. Si conseguimos que Deirdre se vaya también con ella, ¡sería fabuloso!

—No —contestó él con firmeza—. No puedo hacerle eso.

—Pues tú también eres un aguafiestas y me va a costar mucho perdonarte.

—Pero me perdonarás, por supuesto.

—Por supuesto. Pero la próxima vez deja a Charlotte en casa. De todos modos, me parece que no le gusta Irlanda.

El coche, conducido por el chófer de Celia, esperaba ya en la glorieta con el equipaje. Harry y Charlotte se despidieron, e incluso consiguieron aparentar de modo convincente que se habían reconciliado. Todos lamentaron su marcha, pero quien más lo sintió fue el propio

Harry. Ayudó a su esposa a acomodarse en el asiento trasero del coche y remetió cuidadosamente su falda antes de cerrar la portezuela. Luego, algo le impulsó a mirar hacia la ventana que había encima de la puerta principal. Boysie estaba en el descansillo, mirándolo con expresión desolada. A Harry le dio un vuelco el estómago al acordarse de lo que le había dicho Kitty sobre Joseph. Boysie también parecía un fantasma. Tenía la cara blanca tras el cristal, y sus ojos parecían dos agujeros negros rebosantes de tristeza. Harry notó un nudo en la garganta y se quedó allí un momento, mirando hacia arriba. Quería hacerle un gesto de despedida, pero sabía que no podía. Que, si lo hacía, se derrumbaría y se echaría a llorar como un niño. Apartó los ojos con esfuerzo y rodeó lentamente el coche. Al abrir la portezuela de su lado, levantó de nuevo los ojos. Boysie seguía allí. Había apoyado la mano y la frente en la ventana rectangular y su aliento empañaba el cristal. Harry respiró hondo y se obligó a sentarse en el asiento trasero. Cerró la portezuela, se metió un dedo en la boca y lo mordió con fuerza. Si cedía a las ganas de llorar, Charlotte comprendería la verdad: que amaba a Boysie por encima de todo, y que siempre sería así.

15

Después de que Jack O'Leary se esfumara al amanecer, Bridie cayó en un profundo pozo de amargura del que no tenía ganas, ni fuerzas, para salir. Había creído que sus almas atormentadas habían llegado por fin al final de su búsqueda y que hallarían reposo la una en la otra, como dos ciegos que de pronto vieran la luz. Jack, sin embargo, se había marchado, dejando los pedazos del corazón de Bridie dispersos sobre la cama. Su añoranza de Irlanda era ahora más aguda que nunca. Era como si Jack se hubiera llevado un trozo de Irlanda consigo y ella se encontrase de pronto completamente perdida, asustada y a la deriva.

Buscó consuelo en el alcohol y descubrió que podía comprarse otra clase de felicidad en una botella de ginebra. Bebía al despertar, cuando el dolor era más intenso, y seguía bebiendo a lo largo del día para impedir que volviera a aflorar. Pero la embriaguez solo le proporcionaba un placer amargo y superficial. Era como tapar una herida supurante con una gasa deshilachada: seguía saliendo el pus.

Elaine hacía cuanto podía por sacarla de aquel agujero. Tiraba la ginebra por el desagüe, la animaba a salir de compras, a ponerse ropa nueva e ir a fiestas, pero Bridie se resistía a sus esfuerzos y se quedaba en casa, donde encontraba botellas que había escondido en lugares que ni siquiera Elaine, pese a registrar exhaustivamente su apartamento, era capaz de encontrar.

—Eres joven y bonita, Bridget —le gritó una tarde, cuando se la encontró todavía en la cama, con el pelo apelmazado y grasiento, los ojos enrojecidos y la mirada perdida—. Puedes tener al hombre que quieras.

—Pero yo solo quiero a Jack —contestó Bridie, sollozando sobre la funda de seda de la almohada—. Llevo toda la vida queriéndolo, Elaine. Nunca querré a otro. No, mientras viva —dijo, y en su estado de amodorramiento su acento irlandés sonó más pronunciado que nunca.

—Tienes que sobreponerte.

—¡Haré lo que se me antoje! —le respondió Bridie a gritos—. ¡Si no te gusta, no vengas!

Tras varios meses de declive constante, Elaine estaba tan preocupada que habló de ello con su marido.

—Solo hay una solución. Tiene que dejar la bebida, Elaine —le dijo Beaumont con firmeza.

—No querrá escucharme.

—A mí me escuchará —dijo él tajantemente—. Hablaré con ella.

Y así, una mañana de primavera especialmente ventosa, Elaine y Beaumont Williams llamaron al timbre del apartamento de Bridie en Park Avenue y subieron en el ascensor hasta el último piso. Abrió la puerta la doncella y entraron en el impecable vestíbulo, en una de cuyas paredes un enorme espejo se desplegaba como un abanico de plata. Elaine se detuvo un momento a mirar su rostro acongojado, desintegrado por las diversas secciones del espejo. Su marido, en cambio, no vaciló y, tras entregarle su abrigo a Imelda, entró resueltamente en el ventilado cuarto de estar, pues era un hombre que, cuando decidía hacer algo, no perdía el tiempo en titubeos. Se acercó a las ventanas que daban a la calle. La vista era espléndida, y Beaumont pensó satisfecho que había hecho bien al aconsejarle a la señora Lockwood que alquilara el apartamento.

Por fin apareció Bridie, vestida con una bata japonesa de color turquesa estampada con grandes orquídeas de colores. Calzaba pantuflas de terciopelo morado. Elaine se dejó engañar un instante, pues Bridie tenía el pelo limpio y lustroso y lo llevaba peinado en una melena corta muy a la moda, y el maquillaje, aplicado con esmero, daba a su rostro un brillo de lozanía. Pero, cuando se acercó, Elaine advirtió que se tambaleaba ligeramente. Su mirada vidriosa delataba su estado de embriaguez y su desolación. Comprendió entonces que Bridie solo estaba haciendo un gran esfuerzo por ocultar la verdad.

—Vaya, qué sorpresa —dijo al dejarse caer en un sillón—. ¿A qué debo el placer?

Elaine, sin embargo, comprendió por su mirada recelosa que ya lo sabía.

Beaumont permaneció junto a la ventana. Se volvió hacia ella y le sonrió como si aquella fuera simplemente una visita de cortesía.

—Hacía mucho tiempo que no venía por aquí, señora Lockwood. He de decir que tiene usted una casa muy elegante.

—En efecto, así es, señor Williams —repuso ella—. ¿Puedo ofrecerle un café o un té? Imelda lo traerá.

—No, nada, gracias. Quizás a Elaine le apetezca algo.

Su mujer se había sentado, nerviosa, al filo del sofá y se retorcía las manos.

—Me encantaría tomar un café —dijo sin atreverse a mirar a los ojos a su amiga por miedo a que adivinara en ello su traición.

—Yo tomaré un té —dijo Bridie.

Mientras Imelda preparaba el té y el café, Beaumont conversó despreocupadamente con Bridie, y ella, confiando en hacerle creer que se encontraba en perfecto estado de salud, creyó que podría retrasar, o incluso evitar, el inevitable interrogatorio, pues sabía perfectamente cuál era el propósito de su visita. Pasado un rato que a Elaine se le hizo interminable, Imelda llevó la taza de café para ella y una tetera para su señora. En ese momento, Beaumont acercó una silla y se sentó junto a Bridie. A ella le temblaba tanto la mano cuando se sirvió el té, que la tapa de la tetera repiqueteó en la porcelana. Con ese sencillo gesto, su aplomo se disolvió y, como si cayera el antifaz de un ladrón, su vulnerabilidad quedó al descubierto. Le tembló el labio mientras intentaba que no le temblara el pulso. Sin decir nada, Beaumont puso lentamente la mano sobre la suya y se miraron a los ojos. Bridie tenía la mirada frenética de un animalillo acorralado. La de Beaumont, en cambio, era serena y rebosaba compasión.

—Permítame, señora Lockwood —dijo amablemente, y Bridie lo
miró pestañeando, como si de pronto fuera una niña que miraba con
los ojos como platos a un padre que la quería y la comprendía.

Ese gesto nimio pero cargado de significado hizo que se le saltaran
las lágrimas. Beaumont tomó la tetera y sirvió el té, y Bridie temió levantar la taza por si derramaba su contenido.

—Señora Lockwood —comenzó a decir él—, ¿se acuerda de nuestro primer encuentro? —Bridie asintió con una inclinación de cabeza—. Fue en el salón de la señora Grimsby, ¿verdad? Era usted una
chiquilla asustada, recién llegada de Irlanda. No tenía en Nueva York a
nadie que velara por su bienestar. —Dos lágrimas rodaron por las mejillas de Bridie, dejando un rastro húmedo en su maquillaje—. Ha llegado usted tan lejos desde entonces y ha demostrado tanto coraje que, si
yo fuera su padre, a estas alturas estaría reventando de orgullo.

Bridie tragó saliva al pensar en Tomas, su querido padre, muerto a
cuchilladas por un hojalatero.

—No puede tirarlo todo por la borda después de haber llegado
hasta aquí —prosiguió Beaumont, y Bridie miró el interior de su taza.

Se sentía incómodamente sobria. Con manos temblorosas, levantó
la taza y el platillo y bebió un largo sorbo de té.

—No encontrará remedio para su pena en el fondo de una botella
de ginebra, señora Lockwood, ni en ninguna otra botella, diría yo. El
remedio para aliviar su dolor está dentro de usted. Que ese joven la
destruya o la haga más fuerte depende de usted. Puede ahogarse en su
tristeza o agarrar de nuevo la vida por los cuernos, como ha hecho otras
veces. Es usted rica, joven y bella. Cualquier hombre daría su brazo
derecho por casarse con usted.

—Pero yo no quiero a otro...

Beaumont la atajó en mitad de la frase:

—¿Recuerda que una vez me dijo que una mujer sin marido no
tiene ningún prestigio, ni quien la proteja en esta sociedad? —Bridie
asintió lentamente—. Tenía razón, pero olvidaba usted una cosa importante: una mujer sin marido está obligada a recorrer a solas el largo y a
menudo arduo camino de la vida, una experiencia que puede resultar

muy amarga. Nosotros, los seres humanos, no somos criaturas solitarias. Necesitamos el consuelo y la compañía de nuestros semejantes. Lo que usted necesita es un marido.

Bridie pensó en el señor Lockwood y recordó fugazmente el sentimiento de seguridad que le había proporcionado su difunto esposo.

—Tiene que quitarse a ese irlandés de la cabeza, como ha hecho con Irlanda. No preste oído a esa voz que la anima a regresar a casa, sino a la que le insta a seguir adelante. El hombre que le conviene está ahí fuera, en alguna parte, y vamos a encontrarlo.

Beaumont le dedicó una sonrisa tranquilizadora y ella dejó su taza de té. Elaine estaba tan tensa que le dolían los hombros. Bebía su café a sorbitos, orgullosísima de la sabiduría y la elocuencia de su marido… y profundamente avergonzada de su propia insensatez y su estúpido desliz.

—Bien, vamos a ir paso a paso. Lo primero es que se comprometa a dejar la bebida.

Una sombra de congoja cruzó el semblante de Bridie. Se había preparado para negar su alcoholismo, pero ya no tenía sentido hacerlo. El señor Williams sabía la verdad. A él no podía ocultarle su estado.

—Quiero que recorramos la casa juntos y que me enseñe dónde esconde el alcohol —añadió él amablemente—. Luego lo tiraremos todo, botella a botella. Será el comienzo de un nuevo capítulo.

Con reticencia al principio y después con creciente entusiasmo, Bridie le mostró al señor Williams los lugares donde guardaba la ginebra. Tanto a Elaine como a Beaumont les sorprendió su astucia, pero no hicieron ningún comentario al respecto. Se deshicieron de la ginebra solemnemente, como si efectuaran un exorcismo. Bridie se sintió renovada de inmediato y se aferró a ese sentimiento con todas sus fuerzas. El señor Williams le había echado un cable, y ella se dijo que sería una estupidez —un suicidio, incluso— no aceptarlo.

Lentamente y con gran esfuerzo, Bridie salió del pozo. Se obligó a dejar de pensar en Jack, a tragarse su desengaño y su pena y a fijar la mirada en el futuro. El afán de dejar atrás el pasado y pasar página le resultaba hasta cierto punto familiar. Lo había hecho incontables veces, pero no por ello dejaba de ser difícil. Simplemente, reconocía el camino por haberlo recorrido otras veces. Elaine era su principal apoyo y su compañera constante y, en las varias ocasiones en que recayó, estuvo allí para animarla sin juzgarla nunca.

Finalmente, Bridie comenzó a sentirse de nuevo orgullosa de sí misma. Disfrutaba yendo de compras y bailando, igual que antes, aunque era un poco más discreta y mucho más cautelosa. Se dejó cortejar por algunos hombres. Seguía teniendo el corazón roto, sus lágrimas eran todavía recientes y aún conservaba muy fresco el recuerdo de Jack. Pero, con el paso de los meses, ese recuerdo se fue difuminando, y cuando llegó el verano de 1929 entre una profusión de flores y brisas suaves, el filo de su pena ya se había embotado. El conde Cesare di Marcantonio la vio, madura para el amor como un melocotón dorado en un árbol, desde el otro lado del abarrotado jardín de Southampton en el que los Reynolds celebraban su fiesta de verano anual y decidió arrancarla de su rama.

—¿Quién es esa belleza? —le preguntó a su amigo Max Arkwright, que le había llevado a la fiesta.

—Vaya, pero si es la célebre señora Lockwood —contestó Max pasándose una mano por el espeso cabello dorado—. Todo el mundo ha oído hablar de ella.

—¿Está casada? —preguntó el conde, visiblemente contrariado.

—No, es viuda.

Aquello satisfizo al conde y Max procedió a contarle la historia tal y como la había leído en los periódicos y escuchado en los grandes salones de la Quinta Avenida. El conde le escuchaba con atención, con una ceja levantada, cada vez más interesado por los fascinantes pormenores del relato.

Consciente de que aquel misterioso extranjero la miraba fijamente desde el otro lado del jardín, Bridie le preguntó a Elaine quién era. Su amiga entornó los ojos al sol del atardecer y arrugó el entrecejo.

—No lo sé —confesó, a pesar de que conocía a casi todo el mundo—. Pero conozco al hombre que está con él. Es Max Arkwright, un famoso mujeriego. Pertenece a una familia muy rica de Boston, pero pasa casi todo el año en Argentina y Europa jugando al polo y seduciendo a mujeres. Es soltero, un sinvergüenza encantador. Y los pájaros del mismo plumaje tienden a juntarse. Estás avisada.

—No me interesa ninguno de los dos —dijo Bridie con aire desdeñoso, ocultando su interés en el desconocido—. Solo tengo curiosidad. Su amigo me está mirando fijamente. Casi noto sus ojos debajo del vestido.

—Pues más vale que te apartes, Bridget, no vaya a ser que te quemes.

Se escabulleron las dos entre la gente y llegaron a la ancha escalinata que conducía a la terraza y, más allá, a la magnífica mansión de estilo italiano. Cuando Bridie miró hacia atrás, vio que el desconocido seguía mirándola y sintió que un estremecimiento de placer recorría su piel.

Una vez en la terraza, se paseó entre los grandes maceteros llenos de hortensias azules y blancas y conversó con amigos y conocidos. Sonreía y charlaba con una desenvoltura adquirida gracias a años de práctica y tenacidad, mientras sus ojos se movían de un lado a otro, en busca del guapo desconocido que había captado su atención desde el otro extremo del jardín. El sol se puso lentamente en el horizonte, bañando el césped con su cálida luz ambarina, y la algarabía de los pájaros fue remitiendo a medida que se acomodaban en las ramas y contemplaban con desinterés el ir y venir de los invitados.

Justo cuando empezaba a sospechar que el desconocido se había marchado, Bridie sintió que alguien le tocaba con delicadeza el hombro desnudo y al volverse lo vio ante ella. Su rostro, de un atractivo irresistible, tenía una expresión de disculpa, casi avergonzada.

—Siento molestarla —dijo con un acento tan extranjero que Bridie tardó un momento en entender lo que decía—. Conde Cesare di Marcantonio —añadió él, pronunciando «Chésare» y el resto de su nombre con tal suavidad que Bridie no pudo retener ni una sola sílaba.

Aquel nombre le sonó cálido como la miel y la inundó de dulzura.

—La he visto en el jardín y he tenido que venir a presentarme. Seguramente no es lo más adecuado en una fiesta de la alta sociedad norteamericana, pero en Argentina, donde pasé mi juventud, o en Italia, donde transcurrieron mis primeros diez años de vida, se consideraba una grosería no rendir homenaje a una mujer bella.

Bridie se puso del color de la grana cuando él recorrió su cara con una mirada acariciadora.

—Bridget Lockwood —dijo—. No suena tan exótico como su nombre.

—Pero usted me gana en belleza, de modo que, ya ve, estamos empatados.

Él sonrió, y alrededor de su boca aparecieron arrugas semejantes a las de un león. Sus grandes dientes blancos brillaban en contraste con su tez morena y curtida por la intemperie. Tenía patas de gallo largas y profundas, y sus ojos, verdes como ágatas, tenían un destello travieso que atrajo de inmediato a Bridie. Su cabello, muy negro, brillaba tanto que casi parecía encerado, pero el sol había aclarado el pelo de su coronilla dándole un tono semejante al del azúcar moreno. Bridie sintió el impulso de acariciarlo con los dedos, pero se refrenó y, sosteniendo con fuerza su vaso de limonada, procuró disimular su nerviosismo.

—Bien, dígame, ¿qué hace en Southampton? —preguntó pese a ser consciente de que era una pregunta anodina, y deseó que se le ocurriera algo más ingenioso que decir.

—Jugar al polo —contestó él—. Le confieso, señora Lockwood, que soy un hombre ocioso.

Bridie sonrió, advirtiendo que la había llamado «señora» Lockwood a pesar de que ella no le había proporcionado ese dato. La llenó de alegría que hubiera estado preguntando por ella.

—Mi familia tiene una hacienda muy grande y extremadamente rentable en Argentina, de modo que yo me dedico a disfrutar de los placeres que me salen al paso. He decidido pasar el verano aquí, jugando al polo y visitando a mis amigos. Algún día tendré que sustituir a mi padre, así que ¿por qué no disfrutar antes de tener que asumir esa carga? ¿No le parece?

—¿Vive usted en Argentina?

Él se encogió de hombros ambiguamente.

—Soy un hombre de mundo. Vivo un poco en Argentina y un poco en Roma, a veces en Montecarlo y otras en París... Y ahora aquí, en Nueva York. Quizá me compre una casa en Southampton. Aquí la gente es encantadora, ¿no? —dijo lanzándole una mirada larga y parsimoniosa que hizo que el estómago de Bridie se volteara como una tortita.

Impresionada por el despreocupado tren de vida del conde —que se hacía patente en su carísimo atuendo, en los gemelos de oro en forma de abeja y el alfiler de corbata a juego que llevaba y en el aire general de lujo y privilegio que lo envolvía—, Bridie sintió crecer su interés. Nunca había conocido a un hombre que desprendiera tanto misterio, ni que tuviera un atractivo tan exótico y delicioso. Cuanto más conversaba con él, más le gustaba. Desde que perdiera a Jack, ni siquiera había intentado juntar las piezas de su corazón roto. Ahora, sin embargo, sentía el deseo de hacerlo. Quería entregarle su corazón a aquel extranjero, que lo sostuviera entre sus grandes manos y se lo quedara para siempre. Se dejó devorar por su mirada, y por una vez ni siquiera pensó en regresar a casa.

Intrigada porque su amiga pasara más tiempo del que se consideraba decente conversando con el amigo misterioso de Max Arkwright, Elaine decidió interrumpirles. Bridie sonrió al verla acercarse y le presentó rápidamente a su acompañante. Incluso admitió —con una sonrisa coqueta que Elaine no veía desde hacía meses— que no sabía pronunciar su nombre.

—Cesare di Marcantonio —repitió él, sonriendo—. Ahora dígalo usted.

—Cesare di Marc... —dijo Bridie lentamente.

—Marcantonio —repitió él.

—Marcantonio.

Bridie sonrió, triunfante. Elaine la observaba, cada vez más intranquila. Tenía la sensación de ser invisible, porque su amiga y el conde solo tenían ojos el uno para el otro.

—Esta es mi querida amiga Elaine Williams —dijo Bridie rodeándola con el brazo—. Cuando llegué a Manhattan y no conocía a nadie, Elaine acudió en mi auxilio y desde entonces ha estado a mi lado. No sé qué haría sin ella.

Elaine miró al conde con frialdad.

—Sí, y ahora también estoy aquí –dijo con firmeza—. Vamos a comer algo, Bridget. El bufé tiene una pinta estupenda.

—Las acompaño —se ofreció el conde para consternación de Elaine—. Será un gran placer cenar con dos damas tan encantadoras.

Cruzaron la terraza y bajaron por la escalinata hasta la pradera de césped, donde estaban dispuestas las mesas del bufé.

—Es muy guapo, Bridget, pero yo no me fiaría ni pizca de él —susurró Elaine mientras bajaban juntas por la escalinata.

—Dios mío, creo que me he enamorado —repuso Bridie en voz baja, ignorando la advertencia de su amiga.

—Ten cuidado —le dijo Elaine—. No sabemos nada de él.

—Sé todo lo que quiero saber —replicó Bridie altivamente—. A mí me basta.

Beaumont apareció al pie de la escalera con dos platos de comida.

—Ah, aquí estás, Elaine —dijo—. ¿Vienes?

Elaine se sorprendió al ver a su marido, pero cogió el plato y lanzó a Bridie una mirada desilusionada.

—¿Seguro que estás bien? —preguntó.

—Estupendamente —contestó ella, y echó a andar por el césped acompañada por el conde.

—¿Qué pasa? —preguntó Elaine a su marido cuando se sentaron junto a uno de los pequeños veladores que había dispersos por el jardín, en grupos, bajo sartas de bombillas titilantes.

—Bridget ha encontrado por fin a un hombre —respondió él con una sonrisa.

—Pero ¿le conviene? No sabemos nada de él.

—Sospecho que no le conviene en absoluto —dijo Beaumont—. Dudo que la cosa dé mucho de sí, pero creo que un romance es justo lo que necesita para recuperar los ánimos.

—¿De veras es conde?

—En Italia hay condes a patadas —respondió su marido desdeñosamente—. Aun así, está claro que a ella le gusta, y eso debe alegrarnos. Aunque dudo que vaya a ser la futura condesa di Marcantonio.

Sin embargo, Beaumont Williams, que normalmente tenía razón en todo, en esto se equivocaba. El beso que el conde dio furtivamente a Bridie bajo un cerezo en el jardín de los Reynolds fue solo el primero de muchos cuyo recuerdo ella conservaría como un tesoro.

—¿Puedo volver a verte? —le preguntó Cesare, tomándola de la mano y mirando sus ojos de color chocolate como si hubiera descubierto en ellos algo precioso.

—Me encantaría —contestó Bridie, a pesar de que apenas podía creer que aquel hombre tan apuesto se sintiera atraído por ella—. De veras, me encantaría.

Durante las semanas siguientes, Cesare la llevó a ver el polo al club de Meadowbrook, en Long Island, y después a presenciar un partido en el que jugaba él. Sentada en las gradas con su vestido veraniego, Bridie miraba el campo con el corazón en un puño mientras él cabalgaba de un lado a otro con la maza levantada. Era fuerte y atlético, temerario y osado, y la atracción que sentía por él no dejaba de aumentar. Lo veía como un príncipe extranjero al que respetaba y admiraba rendidamente. Él le contaba anécdotas de su niñez, que tenían como escenario palacios italianos, y de su traslado a Argentina, en cuya capital, Buenos Aires, su familia poseía varias casas señoriales. Su hacienda en la Pampa era tan grande que podía viajar a caballo de sol a sol sin abandonar sus tierras.

—Algún día te llevaré allí y te enseñaré lo hermoso que es el atardecer, cuando las llanuras se tiñen de rojo y el cielo de añil. Te enamorarás del país.

El conde Cesare parecía disfrutar enormemente llevando del brazo a la célebre señora Lockwood. La exhibía en las galas de recaudación de fondos, en fiestas privadas, en los salones de baile de Manhattan y en los clubes de jazz y los garitos clandestinos de Harlem. Podía encontrársele allí donde se reuniera la flor y nata de la ciudad, elegantísimo con sus trajes y sus corbatas de seda, con intrincadas abejas de oro adornando los ojales de la camisa y la chaqueta. Llevaba ese mismo monograma estampado en su cartera de piel y en el clip de plata de su billetera. El emblema de la abeja estaba por todas partes. El conde Cesare brillaba, deslumbrante, con su pelo negro azabache, tan bruñido como sus zapatos bicolores, y sus dientes blanquísimos, a juego con el blanco radiante de sus ojos.

Cundieron los rumores, elevándose en grandes burbujas de excitación, y todo el mundo auguró que habría boda. Los *flashes* de las cámaras les daban la bienvenida allá donde iban y los periodistas comentaban cada uno de sus gestos. *El ubicuo conde Cesare de Marcantonio acudió, acompañado de nuevo por su buena amiga la señora Lockwood, a la cena benéfica celebrada en el Museo Metropolitano... Ella lucía un vestido de Jean Patou...* Quienes despreciaban a Bridie por considerarla una advenediza insaciable resoplaban indignados y tachaban al conde de «donjuán de tres al cuarto», pero quienes simpatizaban con la muchacha de origen humilde que había cumplido el sueño americano al convertirse en una de las mujeres más acaudaladas de la ciudad se congratulaban por aquel nuevo capítulo de su vida.

Bridie dejó que el conde la besara otra vez. Y otra. Sus besos eran sensuales y provocadores, ardientes y duraderos. Rozaba sus labios, le susurraba palabras en español, introducía los dedos bajo su blusa y lamía suavemente el pequeño hueco de su garganta. La llevaba hasta la locura y Bridie tenía que hacer un ímprobo esfuerzo por refrenarse. Luego, apenas un mes después de conocerse, Cesare le pidió que se casara con él.

—Te quiero con todo mi corazón —le dijo, poniéndose de rodillas en la hierba de Central Park, donde la había llevado de pícnic—. ¿Me concederás el honor de ser mi esposa?

A Bridie se le llenaron los ojos de lágrimas. Se arrodilló delante de él y le rodeó el cuello con los brazos.

—Sí —contestó y, cuando Cesare la besó, comprendió que tal vez la felicidad no era algo que podía comprarse, sino algo que tenía su origen en el amor.

16

Londres, otoño de 1929

Beatrice había notado que Digby estaba un tanto deprimido desde el baile de verano del castillo de Deverill. La fiesta había sido todo un éxito y Celia había demostrado ser una anfitriona radiante y encantadora, y había cautivado a todo el mundo con su sonrisa fácil y su evidente entusiasmo por su nuevo papel como señora de Ballinakelly. Después, durante semanas, no se habló de otra cosa. El castillo era asombroso, los jardines espléndidos, y los invitados —incluidos Bertie, Kitty, las Arbolillo y Harry— solo tenían alabanzas para Celia y Archie por sus muchos esfuerzos. Digby, pese a todo, parecía cada vez más desanimado y taciturno, lo que resultaba muy desconcertante para su familia, con la que siempre se había mostrado expansivo, vital e indomable. Beatrice se preguntaba si no habría caído en una leve depresión al concluir las obras del castillo y su participación en el proyecto. Su marido era un jugador nato, un hombre aficionado al riesgo por naturaleza, y había disfrutado enormemente acometiendo la reconstrucción del castillo. Ahora que habían terminado las obras, volvía a estar encerrado en su despacho, especulando en el mercado bursátil y tramando maniobras con su abogado y su corredor de bolsa. Se interesaba tan vivamente como siempre por sus caballos, pero parecía extrañamente inquieto y receloso. Beatrice notó que pasaba mucho tiempo de pie junto a la ventana, fumando puros y contemplando la calle como si esperara que algo o alguien indeseable apareciera por la avenida que daba acceso a su casa.

Beatrice intentaba distraerlo llenando la casa de gente. Sus veladas de los martes por la noche seguían reuniendo a políticos, actrices, literatos y figuras de la alta sociedad, y los fines de semana procuraba que Deverill Rising estuviera llena de amigos de su marido relacionados con el mundillo de las carreras hípicas. Nada de ello, sin embargo, parecía aliviar la ansiedad de Digby y devolverle la alegría de vivir. Cuando Beatrice le preguntaba qué le ocurría, él se limitaba a darle unas palmaditas en la mano y a sonreírle con aire tranquilizador.

—No hay por qué preocuparse, querida mía. Es solo que tengo muchas cosas en la cabeza, nada más —decía.

Beatrice ignoraba si su marido había anticipado el desplome de Wall Street el 24 de octubre de ese año o si su instinto de jugador había barruntado que se avecinaba una gran crisis bursátil, pero la terrible caída de la Bolsa de Londres un par de días después del Jueves Negro de Nueva York superó con creces las previsiones más pesimistas de Digby, que se encerró en su despacho y se pasó casi todo el día al teléfono, gritando. No salió hasta la noche, con la cara colorada y sudorosa, y por primera vez en sus muchos años de matrimonio Beatrice vio verdadero miedo en su mirada.

Celia había regresado a Londres para comprar más extravagancias con las que decorar su amado castillo. Había leído los periódicos y sabía que su madre estaba preocupada por su padre, pero no creía que el derrumbe de Wall Street pudiera afectarla a ella. Cuando preguntó a Archie por el estado de sus finanzas, su marido le aseguró que no corrían ningún peligro: tenían dinero a montones y ninguna caída del mercado bursátil le induciría a pedirle que recortara sus gastos. De modo que Celia siguió comprando como de costumbre: se paseaba despreocupadamente por Knightsbridge y Bond Street mientras el resto de la élite londinense temblaba y se tentaba los lujosos ropajes y el hollín que cubría la ciudad se solidificaba en una lúgubre bruma gris.

—Todo esto es un aburrimiento —le dijo a Harry un día mientras comían en Claridge's—. Mi padre está de un humor de perros, y eso es muy raro en él. Y mi madre no para de revolotear histérica a su alrededor, lo que le enfada todavía más. Leona y Vivien vinieron ayer a tomar el té y preocuparon aún más a mamá repitiéndole lo que evidentemente les han dicho los idiotas de sus maridos: que vamos a ser todos pobres. Que pronto estaremos en la miseria y sin un penique en el bolsillo. Dios mío, no soporto a mis hermanas. —Bebió un sorbo de champán y sonrió maliciosamente—. Así que, para animarme, acabo de comprar un cuadro fabuloso para el vestíbulo, para cambiar el de ese general acartonado con su perro que hay al pie de la escalera...

Mientras su prima parloteaba, Harry trató de concentrarse en lo que decía, pero solo veía su bonita boca roja moviéndose, muda, en medio del fragor de sus pensamientos, en cuyo tumulto resonaba continuamente el nombre de Boysie Bancroft.

Celia ignoraba el desastre que había provocado su baile de verano, aunque Harry reconocía que en realidad la culpa era solo suya. Si no hubiera llevado a Boysie a la habitación que compartía con su mujer... Si no hubiera sido tan imprudente... Si no hubiera querido inconscientemente que lo descubrieran... Desde su marcha de Ballinakelly con Charlotte, había caído en una profunda desesperación. Sin Boysie, la vida no merecía la pena. Ahora que le había prometido a su esposa que no volvería a verlo, el sol había dejado de brillar, las noches eran tan negras como el alquitrán y a él le pesaban los miembros como si fueran de plomo. Se sentía como si vadeara continuamente un curso de agua, siempre a contracorriente. La infelicidad se había adueñado de él, y tenía la impresión de que, mientras que Celia parecía bañada en luz, él moraba en una sombra permanente, cuya negrura le había traspasado hasta la médula de los huesos. Su desdicha era total y absoluta, y sin embargo no podía explicarle a Celia lo que le sucedía. Tenía la obligación de ser un actor consumado: sonreír cuando tocaba, ser tan ocurrente como de costumbre, reírse con su frescura habitual, mientras íntimamente su corazón se marchitaba como una ciruela caída en la hierba a merced de la escarcha invernal.

Celia estaba tan concentrada en su flamante castillo que ni siquiera le preguntó por Boysie. Si hubiera estado más atenta, quizá le habría extrañado que Boysie no comiera con ellos. Se habría preguntado por qué Harry no acudía a las veladas de los martes en casa de su madre y por qué no cruzaba el umbral de Deverill House desde el verano, a pesar de haber sido siempre un visitante asiduo. Si no hubiera estado tan embebida en sí misma y en la decoración de su nuevo hogar, quizá le habría preocupado la palidez de su primo, el dolor descarnado que reflejaban sus ojos y que ningún artificio podía disimular y la expresión amarga de su boca cuando la pena lo pillaba desprevenido. Pero no fue así. Celia se contentó con hablarle de sus compras y de los fabulosos planes que tenía para Navidad. Iban a tener un montón de hijos —le dijo—, porque «un castillo de ese tamaño hay que llenarlo de niños», y las fiestas navideñas iban a ser «la bomba» porque se reunirían todos allí en vez de pasar, como de costumbre, quince días en Deverill Rising.

Por fin, dejó de parlotear acerca de sí misma y dejó sobre la mesa su copa de vino vacía.

—Cielo, quería preguntarte cómo está Charlotte. En el baile estaba hecha un guiñapo. ¿Está más animada?

Harry se limpió la boca con la servilleta, a pesar de que la tenía limpia.

—Sí —mintió—. Ha tenido un embarazo difícil. Pasar el resto del verano en Norfolk la animó mucho. Creo que solo necesitaba estar con su familia. La nuestra puede ser un poco agobiante.

Lo cierto era que Charlotte no le había perdonado. No le había invitado a compartir su cama desde su regreso de Norfolk y tampoco parecía dispuesta a olvidar lo que había visto. Era, de hecho, tan infeliz como él. Y el cansancio natural del embarazo aumentaba su infelicidad. Era como si habitaran en dos dimensiones distintas y solo se juntasen por el bien de los niños y en reuniones sociales en las que sus esfuerzos pasaban desapercibidos y cualquier muestra de irritabilidad se achacaba al nerviosismo por el parto inminente, en el caso de ella, y al preocupante estado de la bolsa, en el de Harry. La mayor parte de la alta sociedad londinense estaba angustiada por el declive de la economía y todos, excepto Celia, temían por su futuro.

Solo había una persona, aparte de Celia, que parecía vivir con total despreocupación: Maud, la madre de Harry. Tras encontrar una casa a su gusto en Chester Square, se había puesto de inmediato a decorarla con ayuda del señor Kenneth Leclaire, el famoso diseñador que tales prodigios habría obrado en el castillo de Deverill, sin dedicar un solo pensamiento a su marido, que le había comprado la casa con los beneficios obtenidos de la venta de la sede de su linaje. Maud no quería ver a Bertie ni en pintura, y él permaneció en el pabellón de caza por cortesía de Archie y Celia, que le cobraban un alquiler irrisorio. Harry había conocido al amante de su madre, Arthur Arlington, hermano menor del conde de Pendrith y un conocido calavera, dos veces divorciado y con una notable afición por el juego. Coincidieron en el ballet y Harry se quedó de una pieza. Maud, a la que siempre le habían preocupado en extremo las apariencias, se mostraba muy desinhibida con Arthur, del que todo el mundo sabía que no solo la acompañaba a la Royal Opera House, sino también a la cama. Quizá se debiera a que Arlington era de linaje aristocrático, se dijo Harry. Nada embelesaba más a su madre que un título nobiliario.

—Quizá puedas dejar a Charlotte en Norfolk en Navidad —prosiguió Celia—. Acabará de tener al bebé y lo último que le apetecerá será cruzar el mar de Irlanda para ir a pasar unos días a Ballinakelly. Es mucho mejor que descanse en casa, para que la cuide su mamá. ¿Crees que podremos convencer a Boysie de que vaya también sin la tristona de Deirdre? Quizá pueda venir para Año Nuevo. La verdad, no sé por qué tuvisteis que casaros. Erais mucho más divertidos cuando estabais solteros.

—Tú también te has casado, señorita —dijo Harry lánguidamente.

—Eso es distinto. Archie es un sol. Vuestras mujeres son unas pelmas. —Se le iluminó el semblante al hablar de la admiración que sentía por su marido—. Archie no me ha negado nada para el castillo. Deberías ver las maravillas que compré en Francia. Tuvimos que hacerlas traer en barco y tardaron semanas en llegar… ¡Cualquiera diría que tenían que cruzar el Atlántico y no el canal de la Mancha! Dentro de poco hay una subasta en Christie's. Sacan a la venta unas cosas preciosas de Rusia. Después de la Revolución, esos bestias de los bolcheviques vendieron todos su tesoros. Es increíble la opulencia de esos príncipes rusos. Le tengo echado el ojo a un par de cosas. ¡Estoy tan emocionada...! ¿Te apetece venir conmigo? Pienso pujar como una loca y menear la manita a la primera oportunidad. Es tan divertido... Me encanta.

—Me sorprende que Archie no te esté poniendo freno, teniendo en cuenta la situación actual —comentó Harry al mismo tiempo que pedía la cuenta al camarero.

—Tesoro, Archie dice que no hay por qué preocuparse. Acuérdate de que me casé con un hombre muy listo.

Harry no estaba tan convencido.

—El desplome de la bolsa tiene que haberle afectado, como a todo el mundo.

—Pues entonces debe de tener reservas secretas —contestó ella con una risita—, ¡porque yo me las estoy gastando!

La seguridad de Celia se vio sacudida unas semanas después, no obstante, cuando su modista preferida de Maddox Street se negó a fiarle. Demudada por la preocupación, esperó a que Archie regresara a casa tras disfrutar de un largo almuerzo en su club y le preguntó qué ocurría.

—Mi querida Celia, es lo normal en estos tiempos —le explicó él despreocupadamente—. Todo el mundo está tomando precauciones extra.

—Entonces, ¿no hay de qué preocuparse?

—No, en absoluto.

Ella suspiró, aliviada.

—Qué alegría. Me llevaría un tremendo disgusto si no pudiera ir a la subasta rusa de Christie's. Le pedí a Harry que me acompañara, pero no ha querido, así que vendrá conmigo mamá. ¡La verdad, están haciendo todos una montaña de un grano de arena! —Abrazó a su marido y lo besó—. Eres un hombre maravilloso, Archie. Maravilloso de verdad. No sé qué haría sin ti.

Él arrugó el ceño, pero Celia estaba tan contenta que no reparó en el nerviosismo que le hacía desviar la mirada.

—¿Sabes qué es lo que más me satisface, cariño? —preguntó ella.

—No, ¿qué?

—Ver a papá disfrutar del castillo. Creció a la sombra de ese lugar y le encantaba, ansiaba que fuera suyo, como era de sus primos Bertie y Rupert. Mamá me ha dicho que todos esos veranos en Ballinakelly se le quedaron tan grabados que está inmensamente satisfecho de que el castillo ahora sea mío. Es casi como si fuera suyo, creo. Has hecho una cosa maravillosa, no solo restaurando la casa solariega de la familia, sino además entregándosela a los Deverill de Londres. No te imaginas lo que supone eso. Es un prestigio enorme. Quiero mucho al primo Bertie y recuerdo con mucho cariño los momentos que pasamos allí cuando vivían Hubert y Adeline, pero soy muy feliz de que haya caído en mis manos. Me encanta, y a papá también. Gracias, amor mío, por hacerlo posible. Nos has hecho increíblemente felices.

Archie la estrechó en sus brazos.

—Eso es lo que único que he querido siempre —dijo, y Celia sintió que restregaba la cara contra su pelo.

A finales de noviembre, Charlotte Deverill dio a luz a un niño al que llamaron Rupert en recuerdo del tío de Harry muerto en Galípoli. El nacimiento de su hijo aplacó hasta cierto punto la hostilidad de Charlotte hacia su marido. Después de dos niñas, la llegada de un varón fue un motivo de verdadera felicidad para la pareja. Durante un tiempo olvidaron su resentimiento y celebraron el nacimiento del heredero de su título centenario y la futura esperanza de que el pequeño Rupert tuviera algún día un hijo que asegurara la perpetuación del linaje durante al menos otra generación. Harry adoraba a sus hijas, pero el nacimiento de su hijo le afectó de una manera muy distinta. El niño le distrajo de su constante añoranza de Boysie y reavivó su corazón marchito. La inocencia del pequeño Rupert le conmovía profundamente, y cada gesto que hacía suscitaba en él una sonrisa surgida de lo más hondo de su ser. Luego, sin embargo, al llegar diciembre con sus noches ventosas y frías y sus mañanas oscuras, el negro perro de la desesperación volvió a perseguirlo sin descanso.

La alegría con la que Celia agitó su blanca manita en la subasta de objetos rusos de Christie's impresionó a todo el mundo. Animada por su madre, pujó por casi todo y consiguió todas las piezas que ambicionaba. Para celebrarlo, madre e hija comieron en Mayfair y debatieron los planes de Celia para su espléndido baile de Año Nuevo.

—Va a ser aún más maravilloso que el de verano —le dijo Celia a Beatrice—. Voy a invitar a Maud y a Victoria, aunque no las soporto. Creo que va siendo hora de tenderles la rama de olivo, ¿tú no? Me encantaría que Maud viera lo que he hecho y que le gustase.

—Cariño, dudo mucho que Maud vuelva a poner un pie en Ballinakelly. Me parece que no soportaría ver la herencia de su marido en tus manos. Pero estoy segura de que agradecerá el detalle. Creo que tus hermanas sí irán esta vez. El año pasado pasaron las fiestas con las familias de sus maridos y este año nos toca a nosotros. Les he dicho que piensas dar una fiesta en Navidad y tienen mucha curiosidad por ver lo que habéis hecho en el castillo tú y Archie. Creo que son las únicas de la familia que aún no lo han visto. Como no pudieron ir este verano... —Beatrice sonrió, satisfecha—. Ya me imagino a todos esos niños correteando por los jardines del castillo. Van a pasárselo en grande. —Luego, su sonrisa se desvaneció y la preocupación arrugó su frente. Juguetó con su copa de vino—. Me parece que a tu padre le sentará bien salir de Londres. Está muy alicaído últimamente. Hasta me ha dicho que recorte gastos donde pueda...

—¿Que economices, quieres decir? —preguntó Celia, atónita.

—Me temo que sí. Estoy haciendo todo lo que puedo. Estoy segura de que esta crisis pasará muy pronto, pero mientras tanto estoy procurando tener cuidado. —Se rio melancólicamente—. No me he preocupado por el dinero desde antes de casarme. Ya sabes que tu padre era muy rico cuando nos conocimos. Tuvo suerte en las minas de diamantes y luego durante la fiebre del oro. Era un aventurero tan apuesto... Pero le gusta correr riesgos. No estoy segura de qué está pasando, pero temo que algunas de sus inversiones no han dado el resultado que esperaba y que el desplome de la bolsa le ha arrebatado parte de su riqueza. Estoy segura de que no es nada serio. Eso espero, al menos. Pero capearemos el temporal, ¿no crees?

—Papá no tendrá ningún problema —dijo Celia con énfasis. La idea de que su padre dejara de ser un hombre riquísimo, firme y seguro de sí mismo le parecía una abominación—. Es demasiado listo para permitir que esto pueda con él. Pero tienes razón, pasar las fiestas en el castillo de Deverill le sentará estupendamente. Igual que a todos. Es lo que tiene el castillo.

Siguiendo la tradición señorial de los Deverill que habían morado en el castillo antes que ella, Celia invitó a toda la familia a pasar dos semanas en Ballinakelly para celebrar la Navidad y el Año Nuevo. Las fiestas concluirían con un baile suntuoso que prometía eclipsar los celebrados anteriormente en el castillo.

Maud declinó la invitación, como era de esperar. Victoria, en cambio, escribió para decir que iría, porque, tras cumplir con su deber durante quince años recibiendo junto a su marido a los arrendatarios y a los trabajadores de su hacienda en Broadmere, acompañada por su suegra, la condesa viuda, se merecía pasar las fiestas donde le apeteciera. Los abuelos de Celia, Stoke y Augusta, aceptaron también, lo que fue una gran sorpresa porque Augusta había dado muestras inequívocas de que moriría antes de que llegara la Navidad. Las hermanas de Celia aceptaron acudir a la fiesta, al igual que Harry y Charlotte, lo que fue un chasco para Celia, que esperaba que Harry pudiera dejar a su malhumorada esposa en Inglaterra. Pero su mayor desilusión fue Boysie, que le escribió con su hermosa caligrafía en un lujoso papel de color marfil desde Mount Street para decirle que no podría asistir, lo que sentía infinitamente porque Celia Mayberry era sin duda la anfitriona más deslumbrante no solo de Ballinakelly, sino de todo Londres. A pesar de sentirse halagada, a Celia la apenó que uno de sus mejores amigos no estuviera presente en su primera Navidad en el castillo y en su primer baile de Año Nuevo.

Kitty y Robert irían a pasar el día de Navidad con las Arbolillo y Bertie, y Elspeth llegaría acompañada por su rubicundo marido, Peter, jefe de las partidas de caza de Ballinakelly, que se había empeñado en introducir a Archie en los deleites de la vida rural irlandesa y se había mostrado encantado de prestarle un caballo e invitarlo a las cacerías. El castillo estaría lleno de niños, de primitos que corretearían por los jardines como perros asilvestrados, al igual que habían hecho siempre los primos Deverill. Celia estaba tan excitada como un purasangre en el Derby y se moría de ganas de que llegara todo el mundo.

Por fin, los coches empezaron a llegar por la avenida y a detenerse delante de la impresionante entrada del castillo, que Celia había decorado con una corona hecha de ramas de abeto y bayas de acebo. El mayordomo estaba junto a la puerta para recibir a los recién llegados y tres lacayos aguardaban para llevar el equipaje a las habitaciones. Soplaba un viento húmedo del mar y unas nubes grises se arracimaban en gruesos pliegues sobre las torres del castillo, pero nada podía empañar la alegría de Celia al dar la bienvenida a sus invitados a su casa lujosamente caldeada.

Los primeros en llegar fueron Augusta y Stoke. Augusta esperó a que el chófer la ayudara a salir del coche y luego se detuvo un momento a contemplar los muros del castillo, embargada por la nostalgia al recordar los tiempos en que se reunía allí con Adeline y Hubert, antes de que el incendio golpeara a la familia. Por un instante le pareció ver una cara en la ventana de la torre oeste y parpadeó para aclararse la vista. Quizá fuera un niño que jugaba allí, o un efecto de la luz.

Su marido acudió a ofrecerle su brazo y Augusta fijó la mirada en la puerta abierta del castillo, que dejaba entrever el suntuoso vestíbulo y el fuego que ardía alegremente más allá.

—Todavía vive —le dijo Adeline a Hubert mientras sus espíritus observaban la escena desde la ventana de la torre—. Sospecho que acabará por enterrarlos a todos.

—Espero que no —repuso Hubert.

—A su marido le va a sobrevivir, desde luego. Stoke parece más temblequeante que nunca. Ah, ahí llega otro coche. ¿Quién es?

Esperó junto a Hubert, al que cada vez era más difícil entretener en el monótono limbo en el que moraba desde hacía ya demasiados años. Adeline sonrió.

—Son Harry y Charlotte. —Suspiró y ladeó la cabeza—. ¡Pobre Harry! ¡Qué desdichado es! La vida no es nada fácil.

—Peor aún es la vida después de la muerte —refunfuñó Hubert.

—Pues más vale que te vayas acostumbrando —terció Barton desde su sillón orejero—. No tienes de qué quejarte.

—No discutáis —les dijo Adeline con paciencia—. Os conviene llevaros bien, porque a este paso vais a tener que estar aquí mucho tiempo. Ah, ahí están Digby y Beatrice. ¿Te acuerdas, querido, de que Digby solía traerte los mejores puros habanos?

Hubert rezongó algo.

—Y Beatrice nos traía unas sedas exquisitas. Eran siempre tan generosos... El pobre Digby también está pasando una mala racha. Pero estas cosas nos llegan para ponernos a prueba, ¿verdad? Nosotros también tuvimos nuestros baches, ¿verdad que sí, Hubert?

—Ojalá te hubiera hecho caso, Adeline —dijo él de repente—. Pensaba que estabas... —Titubeó y luego se echó a reír irónicamente—. Pensaba que estabas un poco loca, pero era yo el que lo estaba. Creía que los fantasmas eran imaginaciones tuyas, y ahora soy uno de ellos. ¡Qué ciegos están los seres humanos, y qué equivocados! Míralos. —Miró por la ventana mientras otro coche avanzaba lentamente por el camino de grava—. También ellos están ciegos. Todos ellos. Solo la muerte puede abrirles los ojos.

Oyeron que alguien chasqueaba la lengua a su espalda.

—No te quejes tanto, Hubert. Por lo menos no estás en el infierno.

Hubert se volvió hacia Barton.

—No creo en el infierno que me enseñaron. El infierno está en la tierra. Eso está clarísimo ahora.

—Ahí llega, en efecto —dijo Adeline maliciosamente.

Hubert sonrió, pues allí, apeándose de un coche, estaba Victoria, condesa de Elmrod, con su aburrido y circunspecto marido, Eric.

—Esto animará las cosas —dijo Adeline—. Nos esperan quince días de entretenimiento. ¡Qué divertido!

17

Victoria no llevaba ni una hora en el castillo y ya había irritado a los sirvientes con sus continuas exigencias. Quería que plancharan todos sus vestidos y las camisas de su marido, e insistía en que su hija de ocho años, lady Alexandra, dispusiera de una doncella para ella sola, de modo que hubo que apartar de sus tareas habituales a Bessie, una de las sirvientes más jóvenes, para que atendiese a la niña.

Victoria había llegado dispuesta a criticar la audaz reconstrucción que su prima había hecho de la antigua casa de su padre, pero descubrió con sorpresa que era muy de su agrado.

—¡Tiene cañerías y electricidad como Dios manda! —exclamó encantada al entrar en el cuarto de baño—. ¡Santo cielo, Celia ha sacado este sitio de la Edad Media, y menudo cambio! Creo que voy a estar muy a gusto aquí. Ojalá mamá se hubiera tragado su orgullo y hubiera venido, porque hasta a ella le habrían impresionado todas estas comodidades y estos lujos.

—Querida mía, tu madre encontraría algo que criticar, no te quepa duda —respondió su marido, que estaba mirando los impecables parterres del jardín desde la ventana—. Y se pondría tan celosa que no habría quien la aguantara.

—Pero va a pasar la Navidad sola en Londres.

—Ha sido decisión suya, Victoria. La invitaron y no ha querido venir.

—Pues yo no pienso permitir que me haga sentirme culpable.

Eric se rio.

—Pondrá todo su empeño en ello, eso tenlo por seguro.

Harry y Charlotte se alojaron en la misma habitación que habían ocupado en verano, lo que aumentó la tirantez en su ya tenso matrimonio. Harry no había vuelto a ver a Boysie en todos esos meses y ahora, al hallarse en el castillo, descubrió que el recuerdo de su amigo lo asaltaba en cada rincón, y la pena y el anhelo que sentía lo hicieron aún más desdichado. Él también contemplaba los jardines desde la ventana, pero no eran los celos de su madre lo que ocupaba sus pensamientos. No, mientras miraba los setos, Harry contemplaba la idea de arrojarse por la ventana. Ese pensamiento se había ido introduciendo lentamente en su cerebro, sigiloso como una sombra vespertina. La muerte sería una liberación, se decía. Dejaría de sentir el dolor de la separación y la agonía de la culpa. Sería libre.

Charlotte salió de la habitación para ir a ver a la niñera y al pequeño Rupert, que estaban alojados al otro lado de la casa, como el resto de los niños. Harry encendió un cigarrillo y dejó que los recuerdos flotaran ante sus ojos como barcos en el mar. Se acordó de su primer amor, Joseph, el lacayo de la casa; de aquel día en que Kitty los sorprendió juntos en la cama; de su despedida, cuando se marchó al frente. Se acordó de la guerra, del estruendo de los disparos, de la terrible añoranza que sentía cuando de noche, acurrucado en una trinchera, miraba las estrellas que titilaban como las luces lejanas del hogar. Sentía ahora esa misma añoranza por Boysie, y era igual de dolorosa.

Por la tarde llegaron las Arbolillo con Kitty y Robert, Elspeth y Peter y todos sus niños, y Bertie, que vino a pie desde el pabellón de caza alumbrándose el camino con una linterna. Se abrazaron emocionados, porque hacía mucho tiempo que no se reunían los Deverill de Londres y los de Ballinakelly, y se reencontraron entre exclamaciones de alegría.

—¡Cuánto me alegro de estar todavía viva para ver otra vez el castillo restaurado en todo su esplendor! —dijo Augusta con voz estentórea al dejarse caer en un sillón como una gallina opulenta.

El cuello de su vestido negro se encrespaba como si estuviera hecho de plumas, y sus pendientes de diamantes pesaban tanto que tenía los lóbulos de las orejas colgantes y dados de sí. Entrelazó los dedos hinchados y artríticos de modo que los voluminosos anillos que había logrado embutir en ellos se juntaran, formando una refulgente panoplia de colores.

—Puedo irme tranquila, ahora que lo he visto por última vez.

Los hombres se quedaron en el vestíbulo hablando del lamentable estado de la economía mientras Celia enseñaba el salón a sus hermanas, Vivien y Leona, y Kitty y Elspeth soportaban el autocomplaciente soliloquio de Augusta acerca de la muerte. Beatrice, que estaba charlando con las Arbolillo, notó que había algo distinto en ellas. No era su aspecto físico —aunque tenía que admitir que iban más arregladas que de costumbre—, sino algo intangible y que sin embargo saltaba a la vista. Había en el aire, entre ellas, una tensión que resultaba desagradable.

—Imagino que Archie va a acoger la cacería del día de San Esteban —comentó Hazel.

—En efecto —respondió Beatrice—. Supongo que tendrá que salir a cazar, aunque me parece que no es muy buen jinete.

—Ethelred es un jinete magnífico —dijo Laurel tomando aire ruidosamente por la nariz y haciendo una mueca que solo podía calificarse como de profunda admiración y reverencia—. ¿Tú lo conoces?

—Claro que sí —dijo Beatrice, y notó que entre las dos hermanas se instalaba de pronto una extraña frialdad.

—Vendrá a la cacería de San Esteban, por supuesto —terció Hazel—. Monta estupendamente.

Laurel esbozó una tensa sonrisa.

—Intentó convencerme de que volviera a montar.

—Y a mí —añadió su hermana para no quedarse atrás—. A mí también intentó convencerme. Pero creo que soy demasiado vieja.

—Pues yo no —replicó Laurel—. Yo me lo estoy pensando.

—¡Qué dices! —exclamó Hazel.

—¿Qué pasa? ¿Es que crees que soy una inválida? Fui una amazona muy competente en mis tiempos, no lo olvides. Lord Hunt incluso me dijo que estaría arrebatadora en traje de montar. —Laurel se sonrojó y sonrió, satisfecha—. Se toma ciertas libertades.

Hazel frunció los labios.

—¡Ah, ahí está Charlotte! —dijo—. Estoy deseando ver al pequeño Rupert. Disculpadme.

Y se acercó a Charlotte, que se había quedado junto a la puerta,
pálida y apocada. Beatrice sintió cierto pánico al verla marchar. Se volvió hacia Laurel y le preguntó por el reverendo Maddox: cualquier cosa
con tal de alejar la conversación de lord Hunt, al que empezaba a ver
como un zorro en un gallinero.

Digby palmeó a Archie en la espalda.

—Eres un buen hombre, Archie, por haber invitado a toda mi familia a pasar las fiestas. Creo de verdad que van a ser las mejores Navidades que hemos tenido nunca.

Archie pareció muy complacido al oír los halagos de su suegro.

—No podría desear mejor marido para mi hija. La has hecho muy
feliz, lo cual no es nada fácil. Celia es caprichosa y se distrae fácilmente,
pero ha tenido los ojos puestos en el castillo todos estos años, sin des-
viarse, cosa que me sorprende más que a nadie. Tú eres lo que le da alas,
Archie. Le tienes tomada la medida, diría yo.

—Gracias, Digby —dijo Archie.

—Dime, de hombre a hombre, ¿cómo van los negocios?

—Muy bien —respondió Archie.

Digby asintió pensativamente, fijando la vista en un punto lejano.

—¿No hay nada de lo que deba preocuparme?

—Nada —le aseguró su yerno.

—Corren malos tiempos. Yo soy un jugador, Archie. Un especulador. Disfruto arriesgándome, pero hasta yo me he quemado los dedos.

—No diré que todo esto no nos haya afectado —reconoció Archie—. Pero creo que he obrado con mucha astucia.

—Estupendo. —Digby volvió a palmearle la espalda y añadió—:
Espero que, si alguna vez tienes problemas económicos, no serás demasiado orgulloso para recurrir a mí.

—Claro que no —contestó Archie.

Digby fue a rellenar su copa, confiando en que su yerno no le to-
mara la palabra: no estaba en situación de ayudar a nadie en esos
momentos.

El día de Navidad, la familia fue a la iglesia y regresó al castillo para comer y abrir los regalos. Los pequeños, vestidos de terciopelo y seda, rasgaron los papeles y quitaron atropelladamente las cintas que envolvían sus regalos, gritando de emoción. Luego, las niñeras se los llevaron al ala de los niños a jugar con sus juguetes nuevos. Los adultos bebieron jerez, jugaron a las charadas y a las cartas y vieron cómo atardecía por las ventanas del salón.

—La Navidad debería ser una época alegre —le dijo Kitty a Harry mientras miraban por la ventana, el uno junto al otro—. Pero a mí me pone nostálgica y un poco triste, por todo lo que hemos perdido. —Miró a su hermano, que luchaba por encontrar palabras con las que expresar su aflicción—. Has hecho lo correcto —añadió ella en voz baja—. Aunque sea duro. Has salvado a tu familia.

Él asintió en silencio, esforzándose por reprimir sus emociones. Se sonrojó y le brillaron los ojos, pero los mantuvo clavados en el cielo de color gris pizarra y en los jardines sumidos en sombras.

—Se pasará, ¿sabes? —añadió ella—. La tristeza nunca desaparece del todo, pero el dolor agudo que sientes ahora acabará embotándose. Y podrás ignorarlo, casi siempre. Afortunadamente, hay muchas distracciones en la vida. Luego, de repente, cuando menos te lo esperes, algo volverá a desencadenarlo y te llegará otra vez hasta el tuétano de los huesos. Pero esos momentos se superan y al final pasan. Pienso en Adeline y en lo que diría ella. Estas cosas nos son dadas para ponernos a prueba, Harry. La vida no ha de ser fácil.

Lo miró de nuevo y su expresión le pareció tan apesadumbrada que sintió el impulso de coger su mano y apretársela, pero sabía que no podía hacerlo, por el bien de Harry: si le tocaba, solo conseguiría que se derrumbara.

El día después de Navidad, los Sabuesos de Ballinakelly se reunieron en la pradera del castillo para la cacería de San Esteban. Era un día húmedo, templado para el mes de diciembre. Una suave llovizna flotaba en la brisa, que arrastraba el aroma de los pinos, de la tierra mojada y el mar. Los cuervos saltaban entre la hierba, picoteando el suelo en busca de larvas, mientras los caballos bufaban echando vaho al aire húmedo. Las señoras, con sus trajes de montar de color azul marino y sus sombreritos, montaban a mujeriegas excepto Kitty, que la mañana del incendio había decidido no volver a montar de esa guisa nunca más. Se erguía sentada a horcajadas sobre su yegua, con pantalones, chaquetilla azul y camisa de cuello blanco almidonado. La roja melena le caía por la espalda en una gruesa trenza que casi le llegaba a la cintura. A su lado, JP montaba con aplomo su poni. A sus casi ocho años de edad, tenía los mismos ojos grises y osados de su hermana Kitty y el mismo cabello rojo, pero su cara era ancha y de hermosas facciones, como la de su padre, que se sentía sumamente orgulloso de que el pequeño hubiera matado ya su primera pieza. Ansioso por empezar la cacería, JP se removía inquieto en la silla mientras Robert lo observaba, acompañado por su hija Florence, a la que le daban miedo los caballos. Archie, al que Peter había persuadido de que se uniera a la cacería, se mantenía torpemente sentado sobre su caballo, intentando no parecer asustado. Sacó del bolsillo una petaca de plata y bebió un largo trago de licor de endrinas, pero no consiguió sentirse mejor.

Lord Hunt, muy apuesto con su chaqueta negra y sus botas de reborde marrón, se levantó el sombrero para saludar a las Arbolillo, que revoloteaban alrededor de la cabeza de su caballo como un par de moscas.

—Hace buen día para ir de caza —les dijo Ethelred alegremente—. El aire viene templado. Los perros no tendrán problema para encontrar el rastro. Debo encontrar la manera de persuadirlas de que vuelvan a cazar, aunque solo sea para verlas con traje de montar y velo —añadió con una sonrisa mientras ellas se daban codazos, compitiendo por acercarse más aún.

Grace estaba elegantísima con su traje negro y la cara pálida medio oculta tras un diáfano velo negro. Tenía, no obstante, la cintura más fina que de costumbre y su boca, normalmente llena de sensualidad, dibujaba una línea dura. Desde que Michael Doyle la había rechazado, sentía más agudamente que nunca que había dejado atrás su juventud. Lamentaba no ser ya la belleza de antaño, pues sin duda, si lo fuese, Michael no habría podido resistirse a su encanto. Por más que lo intentaba, rara vez conseguía olvidarse de Michael, y su cuerpo ardía aún al evocar sus caricias. ¿Podía arriesgarse a reconocer, aunque fuese solo para sus adentros, que Michel le había robado el corazón, además del deseo? No había tenido ningún amante desde entonces, y debía soportar que su marido se pavoneara ante ella con la ufanía de quien tiene una mujer bonita en cada ciudad. Miró a sir Ronald, que estaba hablando con Bertie, sentado a lomos de un caballo que parecía a punto de hundirse bajo su enorme peso, y sintió crecer su exasperación cuando su marido echó la cabeza hacia atrás y soltó una carcajada.

Celia, que desempeñaba con fervor su nuevo papel de señora de Ballinakelly, estaba sentada a mujeriegas sobre su montura, con su traje de cazar, su lustroso cabello rubio recogido en un moño cubierto con una redecilla y un sombrero negro calado al bies. Se paseaba entre los jinetes saludando a todo el mundo con la elegancia de una reina. Bertie, que destacaba por su chaqueta de cazar de color rosa, pidió a uno de los sirvientes que distribuían copas de oporto entre los invitados que le llevara una a Digby, al que veía un poco demacrado. Los maridos de Leona y Vivien, Bruce y Tarquin, se erguían airosamente en sus monturas, pues ambos pertenecían al Ejército y eran jinetes consumados, mientras que sus esposas, a las que no agradaban los caballos, observaban la escena.

Peter, como jefe de la partida de caza, sopló su cuerno y la partida de caza partió por fin. Los perros se adelantaron corriendo, con el hocico pegado al suelo, ansiosos por encontrar el rastro de algún zorro. La pradera quedó de pronto vacía, con excepción de los cuervos. Hazel y Laurel se quedaron en la terraza, alicaídas.

—Bueno, ya está —dijo Hazel.

—Hasta la hora del té —repuso Laurel.

—Voy a ir a sentarme junto al fuego del salón.

—¿Y aguantar a Augusta? No, gracias.

—Entonces, ¿qué vas a hacer, Laurel? —preguntó Hazel enojada.

—Voy a buscar a tres amigos para jugar una partida de *bridge*. Estoy segura de que a Robert le apetecerá y, con un poco de persuasión, Leona y Vivien también querrán.

Hazel pareció dolida. Siempre jugaban juntas al *bridge* cuando vivían Adeline y Hubert.

—Muy bien —dijo levantando la barbilla valerosamente—. Como quieras. Y, por cierto, *a mí* me agrada Augusta.

Las dos mujeres entraron juntas en el castillo, irritadas por aquel desacuerdo tan impropio de ellas.

Harry disfrutaba de la caza porque lo obligaba a concentrarse en el momento presente, como le había ocurrido después de la guerra, cuando deseaba huir de los traumáticos efectos de la brutalidad de la que había sido testigo. Ahora necesitaba volver a evadirse. De niño no le gustaba salir de caza porque entonces era un cobarde; ahora, en cambio, gozaba montando a galope tendido sin preocuparse por su seguridad, saltando setos, vallas y arroyos. Los perros encontraron un rastro y lo siguieron, excitados. Harry galopaba en primera línea, con las venas rebosantes de adrenalina y el corazón martilleándole en el pecho. Ahogaba así su nostalgia de Boysie. En un instante alcanzó a Kitty, que cabalgaba con la temeridad de un hombre, y ella le sonrió cuando se acercaron a un seto de espinos y lo saltaron entre el estruendo ensordecedor de los cascos. Los dos hermanos siguieron cabalgando a la par, disfrutando del peligro que los anclaba firmemente al presente y les hacía olvidar, aunque fuese solo durante unas horas, sus amores imposibles.

Pasado un rato, Grace, con la cara salpicada de barro y el cabello revuelto, se encontró con un grupo de hombres y niños endomingados que avanzaba lentamente por el camino que conducía de Ballinakelly a otros pueblos de la costa. Los acompañaba una pequeña banda e iban cantando. Grace puso a su caballo al trote hasta que vio a Michael Doyle entre ellos y, tirando de las riendas, se detuvo. Un niño pequeño sostenía un palo largo lleno de cintas de cuyo extremo colgaba un pequeño bulto. Grace miró a Michael a través de su velo y él clavó en ella sus ojos negros.

—Buenos días, señor Doyle —dijo Grace. Luego, mirando al niño, le preguntó qué era lo que colgaba de la punta del palo.

—Es el día de San Esteban, señora —contestó el pequeño, sorprendido porque no lo supiera—. Es un carrizo de invierno, un pájaro.

Grace se echó hacia atrás.

—¿Un pájaro? ¿Un pájaro muerto?

—Sí, eso es —contestó uno de los hombres.

—¿Por qué lo han matado? —preguntó ella dirigiéndose a Michael, que destacaba entre los demás por su aire de autoridad y su empaque.

—Hay tres historias sobre el entierro del carrizo —contestó él—. La primera es que el carrizo delató la presencia de Jesús en el huerto de Getsemaní y por eso lo descubrieron los romanos. La segunda es que un carrizo delató a los fenianos posándose en un tambor y alertando al ejército de Cromwell. —De pronto miró a Grace intensamente y una sonrisa se dibujó en sus labios—. Pero hay otra historia, la leyenda de Cliona, una bruja que, valiéndose de argucias, conducía a los hombres a la muerte en el mar. Descubrieron un talismán que los protegía de ella y Cliona solo encontró una forma de escapar: se transformó en un carrizo de invierno, y desde entonces es perseguida, por los siglos de los siglos, por su perfidia —concluyó mirando a Grace con expresión astuta.

Ella levantó la barbilla.

—Entonces será mejor que sigan su camino —replicó ella, aguijando suavemente a su caballo.

El grupo continuó bajando por el camino, pero Grace llamó a Michael. Él se quedó rezagado y esperó a que sus compañeros se alejaran un poco.

—¿Lady Rowan-Hampton?

—Yo soy el carrizo que cuelga del palo —dijo, y se mordió el labio—. Tu fe es tu talismán y yo soy ese pobre carrizo de invierno.

—Grace...

Ella tensó los músculos del cuello para refrenar sus emociones.

—¿Sabes?, a veces un exceso de pureza ofende a la naturaleza. ¿No lo habías pensado?

—Dejémoslo estar —repuso él.

—Acabarás entrando en razón, lo sé.

Él negó con la cabeza.

—Cuando uno ha visto la luz, Grace, no se puede volver a la oscuridad.

Ella profirió un gruñido de furia, volvió grupas bruscamente y se alejó al galope para alcanzar a la cacería.

Al atardecer, cuando el débil sol invernal ardía sin humo entre el encaje de los árboles como la fragua de un herrero, la partida de caza volvió a casa. Habían atrapado un zorro y traían aún el ánimo exaltado por la emoción de la carrera y el dramatismo de la matanza. Archie bajó con el caballo al paso por la ladera de la colina hacia el castillo, cuyas ventanas refulgían con una luz acogedora que prometía té, tarta y un buen fuego de turba. Mientras se acercaba, las torres y los pináculos de su hogar se recortaban contra el añil claro del cielo, pues el viento había arrastrado las nubes tierra adentro y se había llevado la lluvia consigo. Era un panorama impresionante. Le dieron ganas de detenerse un rato a contemplarlo antes de que se pusiera el sol y la silueta del castillo se sumiera en la oscuridad, pero los demás estaban ansiosos por llegar a casa para bañarse y tomar el té, de modo que siguió adelante, agobiado de pronto por el peso de la responsabilidad. El castillo de Deverill era algo más que un castillo y él lo sabía. Era el núcleo mismo del espíritu de los Deverill y ahora le correspondía a él mantener vivo ese espíritu. Celia adoraba el castillo, pero no entendía el porqué. Él, sí. Era muy consciente de que no se trataba únicamente del recuerdo de los buenos ratos pasados en él, sino del alma misma de los Deverill.

Cuando llegaron a los establos, dejaron los caballos al cuidado de los mozos y entraron apresuradamente en el castillo para cambiarse. Tenían los pantalones salpicados de barro y la cara sucia por el sudor y el polvo que levantaban los cascos de los caballos. Cuando Harry cruzaba el vestíbulo hacia la escalera, Celia salió de pronto del cuarto de estar con la cara colorada y resplandeciente.

—No te vas a creer quién ha venido —le dijo en voz baja, agarrándolo del brazo.

A Harry se le encogió un momento el corazón. ¿Habría cambiado Boysie de idea después de todo?

—¡Maud! —añadió su prima temblando de excitación—. Dice que se aburría sola en Londres y que la Navidad es para pasarla en familia. Me siento como si el hada malvada hubiera venido a estropearnos la fiesta, la verdad —dijo, aunque no parecía en absoluto disgustada—. ¿Qué va a decir tu padre? ¿Y Kitty?

Harry disimuló su decepción.

—Imagino que no habrá traído a Arthur Arlington, ¿verdad? —preguntó, tratando de insuflar a su voz una pizca de humor.

—¡Santo cielo, no! Eso sí que habría sido un escándalo. Ha venido sola. Dice que quería darnos una sorpresa.

—Pues lo ha conseguido, desde luego —repuso Harry mientras empezaba a subir las escaleras.

—¿No vas a ir a saludarla?

—¿Y manchar de barro su impecable vestido? Creo que no. Bajaré después de bañarme para librarte de esa carga.

—¡Ah, ahí está papá! —Celia corrió al encuentro de Digby—. No te vas a creer quién ha venido…

Maud estaba elegantemente sentada en el guardafuegos, con un vestido de *tweed* claro sobre el que lucía una lujosa estola de piel. Llevaba el cabello rubio cortado a la altura de la mandíbula, lo que realzaba las severas facciones de su rostro. Sus gélidos ojos recorrían la estancia fijándose en todo. Beatrice casi alcanzaba a oír el ruido de sus engranajes mentales mientras calculaba el precio de todo. Augusta la miraba con desconfianza desde el sillón de orejas y Charlotte —a la que siempre le había dado un poco de miedo su suegra— permanecía sentada en el sofá con Leona y Vivien, confiando en que Maud no se dirigiera a ella. Las Arbolillo, que solo pensaban en lord Hunt, estaban sentadas en otro sofá, momentáneamente pasmadas como un par de ratoncillos en presencia de una serpiente. Victoria, que se había sentado junto a su madre en el guardafuegos con un cigarrillo humeando en la boquilla que sostenía entre los dedos, disfrutaba del calor de la chimenea y de las diversas expresiones de las caras de las señoras, que iban desde la sorpresa al espanto mal disimulado.

Por fin, habló Maud.

—Es agradable —dijo en tono crispado.

A Beatrice le tembló ligeramente la boca.

Augusta soltó un bufido.

—A nosotras nos enseñaban que «agradable» es una palabra muy poco imaginativa, Maud —dijo imperiosamente.

—Es bonito, entonces —añadió Maud—. Desde luego, está caldeado, y es un cambio que se agradece. Por suerte, Adeline no está viva para ver cuánto ha cambiado esto.

—Tenía que cambiar, mamá. Difícilmente se podía hacer una réplica de todo lo que se perdió en el incendio —repuso Victoria.

—Pero es tan distinto… Le falta alma.

—Es moderno —contestó su hija—. A mí me gusta mucho. De hecho, yo lo habría hecho exactamente igual, si hubiera tenido oportunidad.

Beatrice le sonrió.

—Tú siempre has tenido un gusto exquisito, querida —dijo, intentando que los comentarios de Maud no la irritaran.

—Veo que no han escatimado en gastos. La verdad, ignoraba que Archie fuera un potentado —añadió Maud.

Augusta resopló otra vez.

—Es muy vulgar hablar de dinero.

—Pero es difícil no hacerlo estando rodeado de semejante lujo —replicó Maud sin perder un instante—. Creo que es incluso más suntuoso que cuando el padre de Hubert vivía aquí. Y entonces era sumamente lujoso.

Antes de que Augusta pudiera replicar, aparecieron los hombres aseados y vestidos para el té. Cuando Harry se acercó a saludar a su madre, el rencor que sentía Maud contra Celia por haber reconstruido la que debería haber sido la herencia de su hijo se evaporó como la bruma a la luz del sol. En un raro arranque de afecto, lo abrazó con vehemencia y sonrió.

—Harás que traigan a Rupert, ¿verdad, cariño? Me muero por achuchar a ese pequeñín.

Charlotte dio un respingo: Maud apenas sabía sostener en brazos a un bebé. Digby disimuló su sorpresa y le preguntó qué tal había sido la travesía en barco. Se preguntaba cómo reaccionaría Bertie al saber que su esposa había vuelto a Irlanda tras jurar no volver a poner un pie en la isla.

Celia se sentó en el suelo al lado de su abuela, buscando cobijo. Sabía que Augusta la defendería de los dardos envenenados de Maud. En parte deseaba que Maud no hubiera venido, y en parte la llenaba de emoción aquella situación embarazosa.

Cuando por fin llegó Bertie a tomar el té, acompañado por Kitty y Robert, se hizo el silencio en la habitación. Maud no hablaba directamente con su marido desde el entierro de Adeline, hacía casi cuatro años, y todo el mundo sentía curiosidad por ver qué diría, además de sentir cierto desasosiego por Bertie, al que tenían mucho cariño.

Bertie vio de inmediato a Maud y enrojeció. Ella, que se había preparado para ese instante y disfrutaba siendo el foco de atención, sonrió con dulzura.

—Bertie, qué alegría verte —dijo con voz clara, convencida de que su actuación era elegante a la par que fría: el tipo de saludo que le dedicaría al vicario o a un viejo amigo de la familia al que no tuviera especial estima.

Bertie, parado en la puerta, la miraba anonadado. A Digby le dieron ganas de ir a darle un codazo, pero prefirió romper el incómodo silencio.

—Qué sorpresa tan agradable, ¿verdad que sí? —dijo, confiando en que Bertie le diera la razón.

Pero su primo carraspeó y pareció buscar algo que decir, sin encontrarlo.

—Hola, mamá —dijo Kitty.

Pero la hija menor de Maud ni siquiera fingió que se alegraba de verla.

—Hola, Kitty —repuso ella—. ¿Qué tal la cacería?

—Estupendamente. Rápida y peligrosa. Como a mí me gusta. —Se volvió hacia su padre—. Deja que te sirva una taza de té, papá. Después del día que hemos tenido, a los dos nos hace falta entrar en calor —añadió con una sonrisa.

Maud dio un respingo. El afecto entre padre e hija era palpable. Observó a Bertie mientras los presentes retomaban la conversación y el murmullo de las voces disipaba la tensión que se había instalado en la sala. La última vez que había visto a su marido, Bertie estaba gordo, hinchado y demacrado por el alcohol. Ahora estaba delgado y en forma y tenía la piel fresca y lozana. No le temblaban las manos y sus ojos claros habían recuperado esa intensidad que la atrajo de él en un principio. Saltaba a la vista que vivía a gusto y satisfecho sin ella.

Un rato después llegó Grace con sir Ronald y su padre, que rescató galantemente a las Arbolillo de la serpiente conduciéndolas a la ventana para enseñarles las estrellas, que, según explicó, brillaban especialmente esa noche.

—Ha bajado mucho la temperatura —comentó Ethelred—. Creo que va a nevar.

—¡Uy, a nosotras nos encanta la nieve! —exclamó Hazel, pensando en lo romántico que sería dar un paseo a la luz de la luna por los jardines con lord Hunt.

—Sí, nos encanta —añadió Laurel, y deseó que su hermana fuera a entretenerse a otra parte para que ella y aquel viejo lobo gris pudieran contemplar juntos la luna.

Lord Hunt bebió un sorbo de té y, a pesar de las esperanzas que abrigaban ambas, ninguna de las dos se movió un ápice.

Maud advirtió lo delgada que estaba Grace. Notó también con satisfacción que su antigua amiga y rival estaba empezando a perder su belleza. Se levantó y se acercó a ella.

—Mi querida Grace —dijo—, cuánto tiempo.

—Vaya, Maud. Qué grata sorpresa —repuso Grace con una sonrisa impecable.

—No podía quedarme en Londres mientras toda mi familia estaba aquí, celebrando las fiestas sin mí.

—Claro que no. Tienes buen aspecto. Se ve que Londres te sienta bien.

Maud esbozó una sonrisa jactanciosa.

—Oh, sí. Pero tú, querida, estás un poco delgada. Y tanta delgadez envejece. ¿Es que no comes?

—Gozo de perfecta salud, gracias —respondió Grace suavemente—. Pero es la primera vez que ves el castillo desde que lo compró Celia. ¿Verdad que es una maravilla? No creo que haya ninguna casa en toda Irlanda que pueda comparársele. Todo el mundo lo piensa.

Maud se encrespó.

—Espero que no se tuerzan las cosas —dijo fingiendo una mirada de preocupación—. El desplome de la bolsa ha hundido más de una fortuna. Espero que la suya esté a salvo. Después de todo lo que han invertido en este sitio, sería una auténtica pena perderlo.

—Tú siempre tan positiva, Maud —comentó Grace.

—Y tú siempre tan buena amiga, Grace —replicó Maud.

Nevó esa noche. Un ejército de nubes avanzó en silencio sobre el mar al amparo de la oscuridad y arrojó sobre el campo escarchado un alud de gruesos copos de nieve, blancos y plumosos. Los Deverill y sus familias durmieron plácidamente en sus camas, ajenos a la nevada que caía más allá de las ventanas. El castillo estaba en silencio, el viento había amainado y se habían retirado las estrellas; la nieve caía blandamente y sin ruido y sin embargo, en medio de aquella apacible quietud, los espíritus del castillo de Deverill se agitaban inquietos. Percibían algo terrible en aquella calma. Entonces, justo cuando las primeras luces del alba pintaban de rosa el horizonte, uno de los hombres se levantó.

Se vistió con cuidado de no despertar a su esposa dormida. Se abrochó la camisa y se anudó la corbata. Se puso la chaqueta y los zapatos, asegurándose de que sus calcetines estuvieran bien estirados bajo los pantalones. Respiraba tranquilamente y no le tembló la mano al sacar de debajo de la cama la soga que había ocultado allí. Sin vacilar, se acercó a la puerta. Giró el pomo sin producir un solo chirrido y salió al pasillo. Sigiloso como un gato, cruzó el castillo y salió al frío.

Era un amanecer bellísimo. El fulgor rosado del alba comenzó a virar al oro ante sus ojos a medida que el sol anunciaba la llegada de un nuevo día y el cielo se resquebrajaba como un huevo de pato. Atravesó la pradera con paso firme, dejando un rastro de huellas de color añil en la nieve. El cielo estaba raso y las últimas estrellas asomaban allí donde habían desaparecido las nubes. Nada de ello, sin embargo, le conmovió. Tenía un propósito que cumplir y nada lo apartaría de él: ni la hermosura del amanecer, ni las personas a las que se disponía a dejar atrás. Se sentía en paz, resuelto y aliviado.

Al llegar al árbol marcado con una placa en la que decía *Plantado por Barton Deverill en 1662*, trepó a él con facilidad. Se sentó a horcajadas sobre una rama que crecía paralela al suelo y ató la soga a su alrededor. Hacer el lazo le resultó fácil: de niño siempre había disfrutado haciendo nudos. Se sacó una petaca del bolsillo y dio un trago. El alcohol le quemó la garganta y le calentó el estómago, brindándole el último placer que experimentaría en este mundo. No se permitió sentir tristeza o arrepentimiento: no quería que esas emociones le impidieran llevar a cabo su plan. Pensó en lo que tendría que afrontar si seguía viviendo y supo sin sombra de duda que era preferible la muerte. Era la única salida.

Se puso el lazo alrededor del cuello y se levantó lentamente, con la agilidad y la cautela de un equilibrista. Apoyando la mano en el tronco, mantuvo el equilibrio. Levantó los ojos al cielo y echó una última mirada al castillo. El sol naciente lanzaba sus rayos sobre los muros de piedra. Subían lentamente por las paredes, como llamas, consumiendo a su paso las sombras de color púrpura. Pronto sería de mañana y el castillo cobraría vida. Ahora, sin embargo, permanecía sumido en una quietud y un silencio que tenían algo de fantasmales. Cerró los ojos, apartó la mano del tronco y se dejó caer. La soga restalló al tensarse de golpe y chirrió luego rítmicamente mientras el cuerpo se mecía a escasa distancia del suelo.

Una bandada de cuervos levantó el vuelo y sus graznidos estrepitosos resonaron en la arboleda con el grito espeluznante de la Banshee.

18

Al despertar, Charlotte descubrió que Harry no estaba en la cama. Apoyó la mano en su lado de la almohada. Estaba frío. Debía de llevar levantado un buen rato. Charlotte cerró el puño. Estaba tan distante últimamente, tan hermético… Se preguntó si su matrimonio tenía remedio. A veces pensaba que, después de lo que había presenciado, era imposible salvarlo. Se vistió y bajó al comedor, donde Digby, Celia, Beatrice y Maud ya estaban desayunando. Olía a beicon frito y le sonó ligeramente el estómago, a pesar de que desde hacía una temporada apenas tenía apetito.

—¡Ah, Charlotte! —dijo Digby sonriéndole con afecto—. Espero que hayas dormido bien.

—Papá, las camas son las mejores del mercado. Claro que ha dormido bien —dijo Celia.

Charlotte buscó a Harry con la mirada. Había estado tan absorta en su propia infelicidad que no se había detenido a pensar en la de él. Se preguntó si habría salido a dar un paseo por la nieve y sintió una punzada de remordimiento. Últimamente pasaba demasiado tiempo solo.

—¿Verdad que la nieve es una maravilla? —dijo Beatrice.

—Es señal de buena suerte —comentó Celia con un suspiro de satisfacción—. Ahora mismo me siento muy dichosa. Estas están siendo las mejores Navidades de mi vida, y la fiesta de Nochevieja señalará el comienzo de un año de prosperidad para todos nosotros.

Digby levantó una ceja. No creía que 1930 fuera a ser un año próspero para nadie, y menos aún para él. Se llevó a la boca el tenedor y masticó pensativamente el pan con huevo del desayuno. Maud —asumiendo, como cabía esperar de ella, la voz de la fatalidad— añadió:

—El país acaba de sufrir la peor crisis financiera de la historia. No creo que nadie se sienta especialmente afortunado en estos momentos salvo tú, Celia.

Celia puso cara de fastidio y estaba a punto de decir algo de lo que podía arrepentirse cuando su madre salió en su defensa.

—Yo creo que todos tenemos mucha suerte de estar aquí, en este lugar tan bonito y en una mañana tan deliciosa. No sé tú, pero yo voy a salir a dar un paseo para disfrutar de la nevada en cuanto acabe de desayunar.

Hubo una breve pausa en la conversación cuando entraron Victoria y Eric, seguidos por Stoke, que parecía haber cepillado a conciencia su blanco bigote. Mientras se daban los buenos días y se preguntaban cortésmente unos a otros qué tal habían dormido, apareció el mayordomo con una nota en una bandeja. Dudó un momento, sin saber a quién dársela.

—¿Qué ocurre, O'Sullivan? —preguntó Celia.

—Una carta, señora. Estaba en la mesa del vestíbulo. Pero no va dirigida a nadie.

—Bueno, tráela aquí —ordenó ella agitando sus blancos dedos.

Abrió el sobre y sacó una tarjetita mecanografiada. Al leerla, arrugó la frente, perpleja, y frunció los labios.

—*Lo siento.*

—¿Cariño? —dijo Beatrice.

—No dice nada más, solo eso: *Lo siento* —respondió Celia.

—Bueno, ¿y de quién es? —preguntó Digby, contrariado.

Celia dio la vuelta a la nota y luego hizo lo mismo con el sobre.

—No hay ningún nombre. ¿Es una especie de broma? —Los miró a todos, enojada—. Porque no tiene gracia.

Charlotte rompió a llorar.

—Es Harry —dijo con voz estrangulada y, levantándose de la silla, se llevó las manos a la garganta como si se ahogara—. Es Harry. Sé que es él. Se ha…, se ha… —balbució, y comenzó a sollozar incontrolablemente.

Beatrice miró inquieta a su hija, que observaba horrorizada a Charlotte. Digby tosió tapándose la boca con la servilleta mientras Victoria parecía anonadada: un estallido de emoción como aquel era inconcebible; sencillamente, inconcebible.

Maud palideció.

—¿Qué ocurre? ¿Qué le ha pasado a Harry? ¡Charlotte, por amor de Dios! ¡Habla!

Charlotte intentó calmarse.

—No…, no estaba en la cama esta mañana. No sé dónde está.

—No nos pongamos nerviosos —terció Eric, dejando sobre la mesa un plato con huevos, tomate y pan tostado y sentándose a comer—. Seguramente habrá ido a dar un paseo. Hace una mañana preciosa.

—Ha hecho alguna estupidez. Lo presiento —sollozó Charlotte—. Ha escrito esa nota y se ha ido. Lo sé.

—Entonces hay que encontrarlo. —Digby arrojó su servilleta sobre la mesa—. Tenemos que registrar el jardín. Se acabó el desayuno hasta que lo encontremos.

Eric y Victoria suspiraron, exasperados.

—Esto sí que es hacer una montaña de un grano de arena —comentó ella, pero Maud ya estaba saliendo por la puerta.

Stoke permaneció en su silla y los miró desconcertado cuando salieron del comedor. A sus ochenta y tantos años era duro de oído y no había entendido nada de la conversación.

Un frenesí se apoderó del castillo al difundirse la noticia de la desaparición de Harry y de la críptica nota que había dejado. Digby se puso las botas y el abrigo y salió a la nieve. Vio las huellas de inmediato y las siguió, tembloroso, asaltado por un repentino presentimiento. Beatrice, Maud, Celia y Charlotte corrieron tras él, llamando a gritos a Harry. Los cuervos los observaban desde las copas de los árboles, con un brillo sagaz en sus ojillos negros.

—¿Qué es lo que siente? —le preguntó Maud a Charlotte mientras seguían a Digby a toda prisa—. Ojalá Digby fuera más despacio. Estoy segura de que no es más que una falsa alarma. Harry se va a sentir ridículo cuando vuelva y descubra que todo el castillo lo está buscando.

Charlotte no podía hablarle a su suegra de lo sucedido la noche del baile de verano de Celia; no habría sabido por dónde empezar. Pero ¿y si Harry sentía que su vida carecía de sentido sin Boysie? *Dios mío, ¿qué he hecho?* Comenzó a llorar otra vez. ¿Y si había empujado a su marido al suicidio? Pidió en silencio a Dios que le devolviera a su querido Harry sano y salvo. *Si vuelve, lo perdonaré*, prometió mientras avanzaba a trompicones entre la nieve. *Podrá ver a Boysie cuanto quiera, con tal de que viva.*

De pronto, Digby dio media vuelta y comenzó a volver sobre sus pasos. Tenía la cara colorada como un tomate y estiraba los brazos como si intentara impedirles ver algo.

—Señoras, vuelvan al castillo, por favor —dijo en tono imperioso.

Celia sintió de pronto una oleada de náuseas. Detrás de su padre, colgando de un árbol, vio el cuerpo de un hombre. Se llevó una mano a la boca y ahogó un grito.

—Por favor. Beatrice, llévate a las chicas al castillo —dijo Digby enérgicamente.

En cualquier otra circunstancia, habrían obedecido sin rechistar. Pero Celia, impulsada por un sentimiento de congoja y terror, pasó resuelta a su lado, apartándolo con un empujón tan vigoroso que su padre estuvo a punto de caer al suelo. Digby recuperó el equilibrio y estiró el brazo frenéticamente tratando de detenerla, pero ella echó a correr por la nieve, jadeando, cegada por las lágrimas. Allí colgado, pálido y quieto como un saco de harina, estaba Archie.

Celia se abrazó a sus piernas en un vano intento de levantarlo. Un gemido ronco escapó de su garganta mientras forcejeaba bajo el peso muerto de su marido. De inmediato su padre tiró de ella, tratando de apartarla. Le hablaba con voz suave y tranquilizadora, pero Celia solo oía el pálpito de la sangre en sus sienes y los gemidos que brotaban de su pecho: un sonido salvaje, extraño, ajeno a ella.

Beatrice sollozaba. Maud miraba con espanto la escena que se desarrollaba ante sus ojos, y Charlotte se dejó caer de rodillas en la nieve y lloró de alivio. Entonces, en medio de aquel tumulto, apareció Harry. Se volvieron todos, sorprendidos, y él clavó los ojos en el cuerpo que colgaba flácido de la soga y en Celia, que seguía aferrándose a las piernas de Archie sin darse cuenta de que por más que intentara levantarlo no lograría salvarlo. Hacía tiempo que estaba muerto. Charlotte se levantó, aturdida, y se precipitó en sus brazos.

—¡Harry! ¡He pensado que eras tú! —gimió.

Harry rodeó con los brazos a su esposa, sin poder apartar los ojos de la cara azulada y el cuello roto de Archie. Poco a poco, el horror se fue adueñando de él.

Por fin Digby, con ayuda de Harry y Eric, que había acudido alertado por los gritos, logró apartar a Celia del cadáver y llevarla al castillo. Telefoneó a la Garda y al médico y llamó luego al pabellón de caza para informar a Bertie de la espantosa noticia.

—¡Santo Dios! —exclamó su primo—. ¿Cómo ha podido hacer algo así?

Digby suspiró.

—Hay una sola razón por la que un hombre en la situación de Archie acabaría con su vida y es el dinero —dijo—. Tengo la horrible sensación de que a Celia le esperan muy malos tiempos.

—Voy enseguida —dijo Bertie, y colgó.

Poco tiempo después, toda la familia había vuelto a reunirse en el salón y hablaba entre cuchicheos. «Lo tenía todo. ¿Por qué lo habrá tirado por la borda?», decían. «¿Alguien había notado que era infeliz?» «Creo que nunca había visto a Archie tan contento.» «Las apariencias engañan.» «Debía de ocultar algo terrible.» «Pobre Celia, ¿qué va a hacer sin él?»

Celia estaba sentada junto al fuego, envuelta en una manta, bebiendo una copa de jerez. La copa le temblaba en la mano y sus labios tiritaban a pesar del calor que hacía en la habitación. Acongojaba verla sollozando quedamente. Aquella mujer que un rato antes se había congratulado de su buena suerte, ahora lloraba su amarga pérdida.

—Me ha arruinado la Navidad —gimió—. Me ha arruinado la fiesta de Año Nuevo. ¿Cómo ha podido, mamá?

Beatrice la apretó contra su pecho y le acarició el cabello como si fuera una niña pequeña. Volviéndose hacia sus hijas mayores, dijo:

—Está traumatizada, pobrecilla.

Leona y Vivien asintieron en silencio. De pronto se sentían culpables por la animosidad que había despertado en ellas su hermana pequeña, que parecía tenerlo todo.

Kitty llegó con Robert. Se acercó corriendo a su prima y, arrodillándose a sus pies, la tomó de las manos y se las apretó suavemente.

—Mi querida Celia, lo siento muchísimo —dijo.

Ella levantó los ojos hinchados y sonrió, llorosa.

—Éramos tan felices —dijo, aturdida—. Archie estaba tan contento... El castillo de Deverill y su familia eran sus mayores logros. Estaba tan orgulloso de todo esto... ¿Por qué ha sentido el deseo de escapar cuando estaba celebrando su éxito? No lo comprendo. ¿Cómo ha podido hacerme esto?

—Ha dejado una nota mecanografiada que solo decía *Lo siento* —explicó Beatrice—. No iba dirigida a nadie. ¿Verdad que es extraño? ¿Por qué no la escribió a mano, y por qué no se explicó?

—Debía de estar trastornado —dijo Kitty juiciosamente—. No pensó en ti, ni en sus hijas. Cuando la gente es así de desdichada, solo piensa en sí misma.

—No parecía desdichado —dijo Leona.

—Parecía muy feliz —añadió Vivien.

—Pero me ha dejado viuda —afirmó Celia con tristeza. De pronto dejó de llorar, como si aquella idea acabara de ocurrírsele—. Soy viuda. Mis hijas no tienen padre. Estoy sola —dijo antes de caer presa de otro acceso de llanto.

—No estás sola, tesoro —dijo Beatrice apretándola aún más contra su pecho—. Nos tienes a todos nosotros, y nunca te abandonaremos.

Kitty se sacó del bolsillo una bolsa llena de hojas verdes y se la puso en la mano a Beatrice.

—Es el cannabis de Adeline —le dijo—. Haz una infusión con él. La tranquilizará.

Augusta apareció en la puerta, cuyo vano ocupó por completo, ataviada con su traje victoriano y su chal negros, y se quedó allí un rato, apoyada en el bastón. Sus ojos recorrieron imperiosamente la habitación en busca de su nieta. Cuando al fin la encontraron en brazos de su madre, junto al fuego, avanzó entre los presentes, que se apartaron dócilmente, y al pasar junto a su marido pidió que le trajera «enseguida» una copa grande de brandy. Se acercó al sofá en el que estaban sentadas Vivien y Leona y chasqueó los dedos enjoyados. Las dos mujeres se levantaron de inmediato y su abuela se dejó caer sobre los cojines y pareció desparramarse como un flan de chocolate, hasta que no quedó sitio para nadie ni a un lado ni al otro. Kitty, que seguía a los pies de Celia, se trasladó al guardafuegos junto a Leona y Vivien, y allí permanecieron sentadas las tres como parajillos en una percha.

—Bien, querida mía, esto es una desgracia que nadie podía prever —comenzó a decir Augusta gravemente—. Era demasiado joven para morir. Uno nunca sabe cuándo va a venir a buscarlo la Parca, pero quitarse la vida es un acto de egoísmo supremo, de eso no hay duda.

—Augusta —dijo Beatrice en tono de advertencia.

—No puedo ocultar lo que siento, Beatrice. Ese joven ha hecho algo espantoso. Celia no se merece esto. Siempre ha sido una buena esposa. Te aseguro que yo he tenido momentos en que preferiría no haberme despertado, pero jamás habría cargado a mi familia con ese bochorno y ese dolor. ¿Cómo se le pudo ocurrir?

—No lo sabemos —contestó Beatrice tratando de conservar la paciencia, y deseó que se marcharan todos y la dejaran a solas con su hija.

Dinero —resopló Augusta—. Un hombre solo cae en tales extremos por una mujer o por dinero. Y por una mujer no ha sido, de eso podemos estar seguros.

Celia sorbió por la nariz.

—Tenía dinero a montones, abuela —dijo.

—Bueno, ya veremos —dijo Augusta con un bufido, y echó una ojeada a la suntuosa habitación—. Puede que esto haya sido su perdición —añadió sin ningún reparo mientras su nieta se deshacía otra vez en llanto.

Llegó el médico y Kitty y Beatrice llevaron arriba a Celia, donde le dieron unas gotas de valeriana para que se calmara y la acostaron, igual que hicieron con Adeline la noche que murió Hubert en el incendio.

—Estamos malditos —dijo Celia, somnolienta.

—No, nada de eso —le aseguró Kitty, sentándose a su lado en la cama y tomándola de la mano—. Adeline solía decir que yo había nacido bajo el signo de Marte y que mi vida estaría llena de conflictos.

—Entonces yo también debí de nacer bajo ese signo —repuso Celia.

—Ahora, duerme. Archie está bien donde está. Confía en mí. Eres tú quien necesita que la cuiden.

—¿De veras está bien? ¿No sigue colgando de ese árbol? —Los ojos de Celia brillaron, llorosos otra vez.

—Escapó de ese cuerpo antes incluso de saber lo que estaba pasando.

—Pero ¿no irá a pudrirse en el infierno?

—Dios es amor, Celia —dijo Kitty mientras le apartaba el pelo de la frente—. Y las almas no pueden pudrirse.

Sonrió con ternura a su prima y se acordó de las largas charlas sobre la vida y la muerte que solía tener con Adeline en el cuartito de estar de su abuela, que olía a fuego de turba y a lilas.

—Archie era un buen hombre. Sospecho que se quitó la vida porque se sentía incapaz de afrontar el futuro. Que a uno le falte el valor no es ningún pecado. Te aseguro que saldrán a recibirlo almas llenas de afecto para mostrarle el camino a casa.

A Celia comenzaron a pesarle los párpados. Intentó decir algo, pero el sueño la venció y las palabras se le disolvieron en la lengua.

Kitty regresó al salón. Ahora que Celia ya no estaba presente, hablaban todos en tono normal.

—Habrá que informar a la familia de Archie —estaba diciendo Bertie, reunido en un pequeño grupo con los demás hombres.

—Una tarea que no le desearía ni a mi peor enemigo —comentó Victoria desde el sofá, donde estaba sentada junto a su madre.

Había encendido un cigarrillo que sostenía en su elegante boquilla de baquelita y miraba a Augusta, que se había quedado dormida en el sofá de enfrente, con la papada hundida en el pecho como un suflé derretido.

—Creo que nunca me recuperaré de esa imagen —dijo Maud en voz baja mientras bebía su segunda copa de jerez—. Y pensar que podía haber sido Harry…

—Pero no ha sido él —dijo Victoria razonablemente.

—Pero Charlotte me metió el miedo en el cuerpo —continuó su madre—. ¿Por qué crees que habrá sido?

Victoria dio una chupada a su boquilla.

—No tengo ni idea. Puede que se hubieran peleado.

—Un hombre no escribe una nota de suicidio por una discusión de nada —repuso Maud—. Espero que no tengan problemas. Nuestra familia no podría soportar más escándalos. —Levantó la vista cuando Bertie se sentó en el sofá, a su lado.

—Siento que te hayas asustado —dijo su marido suavemente—. Charlotte se siente muy mal por haberte dado ese susto.

—Me alegro —replicó ella con aspereza—. Porque ha sido un susto espantoso. La muy boba, armar ese lío por nada...

—Supongo que Harry está sufriendo, aunque no diga nada —comentó él.

—¿Sufriendo? ¿Por qué? —preguntó Maud.

—Por haber perdido su hogar. Todos hemos tenido que poner buena cara, pero me atrevería a decir que a ninguno nos ha resultado fácil.

Maud fijó la mirada en su copa de jerez. Sus facciones angulosas se suavizaron un poco cuando bajó la guardia. Leona y Vivien se habían trasladado al otro lado de la sala y Augusta seguía dormida, de modo que estaban solos los tres.

—No, claro que no —dijo—. No ha sido fácil para nadie. Ni siquiera para mí, que nunca le he tenido cariño a este sitio, no como vosotros.

—Eso me parecía —dijo Bertie con una ternura que la sorprendió.

—A pesar de mi obstinación, me importa muchísimo que Harry no llegue nunca a ser lord Deverill de Ballinakelly, como le correspondería por derecho. El título carece de sentido sin el castillo.

—A mí también me importa, mamá —convino Victoria, y sonrió de soslayo entre el humo del tabaco—. Hemos sido todos muy valientes —dijo, pero no le pareció de buen gusto añadir que, si el castillo hubiera sido tan cómodo antes del incendio como lo era ahora, no habría estado tan ansiosa por marcharse.

—Me alegro de que hayas decidido volver —dijo Bertie, mirando a su esposa con afecto—. Solo lamento que esta tragedia haya empañado tu visita.

—Hemos soportado muchas tragedias —repuso Maud, y levantó la barbilla para demostrar que no iba a permitir que aquella nueva desgracia pudiera con ella—. Pero hemos sobrevivido. Seguiremos adelante, como hemos hecho siempre. Los Deverill estáis hechos de una pasta muy dura. Yo no, pero vosotros me arrastráis en vuestra estela y eso ayuda. —Le dedicó una leve sonrisa—. Gracias, Bertie. Tu preocupación me conmueve.

Bertie también sonrió y Victoria se dijo que tal vez las ascuas de su matrimonio no se hubieran apagado por completo, como ella creía.

Kitty posó la mirada en una ventana y vio que un grupo de agentes de la Garda con uniforme azul marino y gorra de plato cruzaba la pradera llevando el cuerpo de Archie envuelto en una sábana.

—¿Dónde está Digby? —preguntó cuando Robert se reunió con ella.

—En la biblioteca, hablando con el inspector. Tengo la impresión de que no tardaremos mucho en saber por qué se ha matado —dijo él—. Podría haber dejado una nota más amable —añadió—. No le ha dado ninguna explicación, nada.

—Porque estaba demasiado avergonzado para dar explicaciones.

—¿Avergonzado por qué? ¿Sabes algo, Kitty?

—Sospecho que perdió todo su dinero, como tantos otros. No se atrevió a decirle a Celia que no les quedaba nada. No se me ocurre ninguna otra razón para que se haya quitado la vida. Apostaría todo mi dinero, el poco que tengo, a que lo ha hecho por vergüenza.

—Dios mío. Espero que Celia no tenga que vender el castillo.

—Yo también lo espero. Si lo vende, nos veremos todos en apuros.

Robert la tomó de la mano y sonrió cariñosamente.

—Pase lo que pase, Kitty, estaremos bien. Afrontaremos todo lo que se nos venga encima porque somos fuertes y estamos unidos.

Algo más tarde, Harry encontró a Charlotte en su habitación. Estaba sentada ante el tocador, peinándose el largo cabello rubio rojizo con un cepillo de plata.

—Me estaba preguntando dónde te habías metido. Lo siento. Debería haber estado más atento.

—Ven, siéntate —dijo ella mientras dejaba el cepillo sobre el tocador y se volvía en su taburete—. Tengo algo importante que decirte.

Harry acercó una silla y se sentó frente a ella. Temía que fuera a pedirle el divorcio. No creía que su madre pudiera soportarlo, sobre todo después del espantoso suceso de ese día.

Charlotte lo miró fijamente y él notó que sus ojos azules se habían aclarado como el agua en primavera. Ya no parecían congelados por el resentimiento, sino que brillaban llenos de calor.

—Hoy he pensado que eras tú quien se había ahorcado —dijo ella con voz queda.

—Querida mía... ¿Tan infeliz te parezco?

Charlotte sonrió con tristeza.

—Sí. Cuando vi la cama vacía y oí lo que ponía esa nota, di por sentado que habías hecho alguna tontería. E hice un pacto con Dios.

—¿Un pacto?

—Le dije que, si estabas vivo, te perdonaría y dejaría que volvieras a ver a Boysie.

—Charlotte... —comenzó a decir él.

—No me interrumpas. He pensado mucho en esto. Te quiero, Harry. No me habría sentido tan dolida si no te quisiera. Estoy segura de que tú también me quieres, a tu manera.

—Sí —contestó él.

—Pero sé que no me quieres del mismo modo en que quieres a Boysie. Es un amor extraño, pero no soy quién para juzgarte. El amor es una cosa maravillosa, allá donde brota. —Se miró las manos, que tenía posadas sobre el regazo—. No sé si Deirdre es consciente de lo que siente Boysie por ti. Puede que lo sepa y que la ingenua sea yo. Pero ya no lo seré más. Yo también quiero a Boysie. Me apena haber dejado de verlo. Lo echo de menos.

—Oh, Charlotte... —Harry la tomó de las manos—. Claro que te quiero. ¿Crees que hay sitio en nuestro matrimonio para los tres?

Ella se rio y parpadeó para disipar las lágrimas, todas menos una, que brilló en sus largas pestañas.

—Creo que sí —respondió.

Lo irónico fue que, en ese instante de magnanimidad, Harry comprendió que amaba a su mujer mucho más de lo que imaginaba.

19

Nueva York, 1929

La felicidad de Bridie era completa. Estaba prometida en matrimonio con el apuesto conde Cesare di Marcantonio y vivía en una ciudad ebria de optimismo, oportunidades y riqueza creciente. El país entero compartía su confianza en el futuro. El presidente Hoover preveía un tiempo no muy lejano en que la pobreza quedaría erradicada; los economistas hablaban de una nueva «meseta de prosperidad» y auguraban un largo periodo de opulencia; la gente de a pie creía que no podía equivocarse si compraba acciones de bolsa y todo el mundo, desde el limpiabotas hasta los hombres más adinerados de la ciudad, invertía en el mercado de valores. Bridie canturreaba el tema de Irving Berlin «Blue Skies» junto al resto de los neoyorquinos, que creían haber alcanzado al fin la olla repleta de oro del final del arcoíris, y derrochaba dinero a mansalva, convencida de que dicha olla no tenía fondo. Beaumont Williams la previno de que se avecinaba una crisis, pero ella ignoró sus advertencias. Y Beaumont, que tenía razón en casi todo, acertó también en esto.

Cuando se desplomó la bolsa, el golpe fue demoledor, pues cayó desde muy alto. Bridie escuchó la radio y leyó los periódicos y pensó enseguida en sí misma. No quería volver a ser pobre, como lo había sido de niña.

—¿En qué me afecta esto a mí? —le preguntó al señor Williams al acomodarse en el sillón de cuero del despacho del abogado, delante de la chimenea, que no estaba encendida porque todavía hacía calor a pesar de ser otoño.

—No la afecta —respondió él, y al cruzar las piernas dejó al descubierto un fino tobillo y un calcetín morado—. Me tomé la libertad de ordenar a su agente de bolsa que vendiera antes de que empezara el pánico —explicó tranquilamente, como si su sagacidad fuera cosa de poca monta—. Quizá recuerde que llevaba meses augurando esto. El valor de las acciones estaba enormemente inflado desde hacía años y decidí que era hora de recoger los beneficios. Rothschild dijo muy sabiamente: «Dejen a otros el último diez por ciento». Es usted más rica que nunca, señora Lockwood.

En efecto, con el aumento del desempleo, la crisis agrícola y el descenso de las ventas de automóviles Beaumont no era el único que había previsto un desastre inminente, pero era uno de los pocos que habían actuado a tiempo para esquivarlo.

Bridie se sonrojó de gratitud.

—Dios mío, señor Williams, no sé qué decir...

—Su marido, el señor Lockwood, era un hombre muy astuto. Invirtió gran parte de su fortuna en oro. Tengo la corazonada de que el mercado del oro se recuperará. —Abrió un libro encuadernado en piel y se lo apoyó sobre la rodilla. Luego sacó sus gafas del bolsillo de la pechera y se las puso en el puente de la nariz—. Sugiero que nos reunamos próximamente con su agente de bolsa. Entretanto, sin embargo, le pedí que me enviara su cartera de valores a fin de tranquilizarla a usted. Como verá, señora Lockwood, su dinero está sabiamente invertido en bonos a corto plazo del gobierno de Estados Unidos y en terrenos e inmuebles selectos. No me gusta echarme flores, pero en este caso reconozco que he sido muy prudente.

Bridie escuchó mientras el señor Williams le hablaba de cifras y conceptos que apenas entendía. Las únicas palabras a las que prestaba atención eran «ganancia», «interés» y «balance». Observó a aquel hombre reservado, con su barriga redonda cubierta por un impecable chaleco gris, sus manos pulcras y sus uñas bien cuidadas, su cara afeitada con esmero y su reluciente cabello negro, y sintió una oleada de gratitud por hallarse en manos de una persona tan sensata. De no ser por el señor Williams, ¿dónde estaría ahora?, se preguntó. No se preguntó, en cambio, dónde estaría el señor Williams sin ella: su prosperidad —y era un hombre ciertamente próspero— estaba mucho más ligada a la de Bridie de lo que ella podía imaginar.

—Como ve, señora Lockwood, no tiene por qué preocuparse. Aunque Nueva York entero se derrumbe a nuestro alrededor, usted será una de las pocas personas que siga en pie.

—Estoy en deuda con usted —repuso ella al ver que cerraba el libro y volvía a dejarlo sobre la mesa, ante sí. Levantó la mano izquierda y admiró el anillo de diamantes que brillaba en ella.

—Es un anillo muy bonito —comentó el abogado—. ¿Me permite? —Tomó su mano, la atrajo hacia sí y la acercó a la luz. Algo sabía sobre diamantes y enseguida, aun sin servirse de una lupa, descubrió que aquel era de mala calidad—. ¿Cuándo piensan casarse?

—Todavía no hemos fijado la fecha —le dijo Bridie, resplandeciente de felicidad—. Ha sido todo tan rápido... Todavía tengo que recuperar la respiración. Cesare quiere que nos casemos lo antes posible.

—No me diga —dijo el señor Williams frotándose la barbilla pensativo, pero Bridie estaba demasiado ilusionada para advertir su preocupación—. ¿Me permite darle un consejo? —preguntó él.

Teniendo en cuenta la cantidad de dinero que le había ahorrado el abogado, Bridie pensó que no podía negarse.

—Naturalmente —contestó.

—Tómese su tiempo. No hay prisa por volver a casarse. Vaya conociendo en profundidad a su prometido. Relaciónese con sus amigos y su familia. A fin de cuentas, meterse en el matrimonio es mucho más fácil que salir de él.

Bridie sonrió y sacudió la cabeza vigorosamente.

—Oh, sé lo que parece, señor Williams. Por supuesto que lo sé. Da la impresión de que no sé nada de él, ¿verdad? Pero con Walter seguí lo que me decía la cabeza, y aquí estoy. Esta vez seguiré lo que me dicte el corazón. No vale la pena vivir sin amor. Ahora lo sé. Puedo ser tan rica como Rockefeller que, si no tengo amor, no tengo nada. Creo de verdad que he encontrado a mi alma gemela.

Beaumont la observó atentamente. Había cambiado mucho desde que, dos años antes, languidecía de amor por aquel irlandés y buscaba consuelo en la ginebra. Ahora tenía las mejillas sonrosadas por el rubor del primer amor, los ojos le brillaban llenos de buena salud y optimismo y parecía, en general, más segura de sí misma y satisfecha. Beaumont comprendió que carecía de importancia que aquel conde fuera o no un farsante, porque Bridie lo amaba. Y después de todo lo que había sufrido —del penoso esfuerzo de servir a la señora Grimsby, de su matrimonio con el anciano Walter Lockwood, del que había enviudado a los veinticinco años, y del abandono de aquel irlandés al que creía amar—, merecía saborear un pedazo de felicidad.

—Le deseo suerte, señora Lockwood —dijo Beaumont recostándose en su silla.

—Gracias, señor Williams —contestó ella, tan embriagada por el amor que no advirtió los recelos de su abogado.

Beaumont Williams no era, en todo caso, un hombre pasivo. Cuando algo le preocupaba, se esforzaba por llegar hasta el fondo del asunto sin perder un instante.

El conde Cesare di Marcantonio era un enigma. Si Bridie sabía poco de él, sus amigos y conocidos de Nueva York sabían aún menos. Pero Beaumont Williams tenía contactos tanto en Italia como en Argentina y, tras hacer algunas indagaciones con suma discreción, pudo arrojar cierta luz sobre los oscuros antecedentes del conde.

—Nació en Abruzzo, un lugar de Italia —le dijo Elaine a Bridie mientras almorzaban en Lucio's, un pequeño restaurante de la Quinta Avenida cuyo dueño, un italiano barbudo que tenía el don de hacer que las mujeres se sintieran especiales, siempre les daba la mejor mesa junto a la ventana—. Su familia es muy aristocrática. Su madre es una princesa descendiente de la familia de un papa. Barberini, creo que se llaman, aunque del nombre del papa soy incapaz de acordarme. Todos los nombres de los papas suenan igual, ¿no te parece?

—Continúa —dijo Bridie, muy elegante con su sombrerito *cloché*, su vestido verde oliva y una larga sarta de perlas que le llegaba a la cintura.

—Nadie sabe exactamente por qué, pero la familia se mudó a Argentina cuando tu conde era un niño. A mí me da mala espina, si te digo la verdad. Sencillamente, se esfumaron de la noche a la mañana. Sospecho que debían dinero o algo así. El caso es que su padre es uno de esos hombres que ganan fortunas a toda prisa y las pierden con la misma facilidad, y luego vuelven a ganarlas. Se hizo rico con la carne de ternera y luego en la industria, invirtiendo en ferrocarriles. Compró fincas y ganado y exportaba carne a todo el mundo. Es lo que ha averiguado Beaumont.

—¿Y ahora? —preguntó Bridie.

Elaine se encogió de hombros.

—Su padre, el conde Benvenuto, es un personaje muy conocido en Buenos Aires. Vive a lo grande, invierte en proyectos absurdos y derrocha su dinero en amantes y juego. Su reputación no es del todo impecable. Nadie sabe con seguridad si se las ha arreglado para conservar su fortuna o si nunca la ha tenido. Beaumont sospecha que es más bien esto último y quiere advertirte de que no todo en tu conde es *kosher*, como decimos en Nueva York.

Bridie dejó sobre la mesa su cuchillo y su tenedor y pareció pensativa un momento. Sintiéndose mal, Elaine se apresuró a tranquilizarla.

—No digo que Cesare vaya tras tu dinero, Bridget —le aseguró, aunque eso era precisamente lo que estaba diciendo—. Pero se rodea de gente rica que esté dispuesta a acogerlo en su mundo. Es encantador, claro, y muy divertido. Y a los americanos nos encantan los títulos nobiliarios. —Resopló con aire de disculpa y miró a su amiga con cierto nerviosismo—. Nos ha parecido mejor que lo supieras antes de pasar por la vicaría.

Bridie sonrió con indulgencia, como una madre a la que la maestra de su hijo acabara de narrarle la última travesura de su hijo.

—La historia de su familia me trae sin cuidado, Elaine. Me da igual de dónde proceda. Yo era una don nadie, bien lo sabe Dios. ¿De qué puedo presumir: de una granja que se caía a pedazos, de un par de vacas y de tener la comida justa para ir tirando? No tuve zapatos hasta que empecé a trabajar en el castillo. Cesare puede estar sin un céntimo y descender de campesinos, que a mí lo mismo me da. Eso no influye en lo que siento por él. Si su padre se ha gastado todo su dinero jugando, yo tengo suficiente para los dos. Si es un mujeriego, yo le haré fiel. Si es un aventurero, le daré la aventura de su vida. El amor nos llevará como el viento y nuestros pies nunca tocarán el suelo.

Después de aquello, Elaine no pudo decir nada más.

Bridie cerró los ojos y los oídos y se negó a ver y escuchar los más que evidentes defectos del conde. A su modo de ver, nunca había habido un hombre tan guapo, tan romántico y tan amable. El amor le impedía ver su arrogancia y la desvergüenza con que procuraba arrimarse a los ricos y poderosos, su vanidad y su fe inquebrantable en su propio éxito. Cuando miraba sus ojos de color verdemar, Bridie sentía que la luz de su adoración por ella alcanzaba los rincones más oscuros de su ser y les insuflaba nueva vida, como un jardín abandonado que de pronto bañara la luz del sol, haciéndolo germinar y florecer. No necesitaba regalos; necesitaba amor. Y Cesare tenía amor suficiente para saciar su sed más devoradora.

El carisma de Cesare era tan deslumbrante que redujo a cenizas el poso de cariño que aún conservaba por Jack O'Leary. Disipó por completo su añoranza de Irlanda e incluso el anhelo de recuperar a su hijo. La izó del pozo del pasado y la llevó en volandas al presente, donde estaba convencida que nada ni nadie podría hacerle daño. Ahora, Cesare cuidaba de ella, y Bridie le entregó de buen grado su corazón. *Tómalo*, le decía en silencio cuando él hundía la cara en su cuello, *y haz con él lo que quieras porque soy tuya y siempre lo seré.*

Fijaron la fecha del enlace para mayo y, puesto que era la segunda boda de Bridie, Marigold Reynolds se ofreció a acoger la ceremonia y la fiesta posterior en los suntuosos jardines de su casa de Southampton. Como reina indiscutible de la alta sociedad que era, Marigold estaba encantada de organizar otra espléndida fiesta a la que poder invitar a las grandes estrellas del cine, el teatro, el deporte, la élite social y los medios de comunicación. El crac de Wall Street podía haber recortado los gastos de mucha gente, pero no los suyos, desde luego. Las invitaciones se imprimieron en el mejor papel y con la más bella tipografía, y un chófer de los Reynolds se encargó de entregarlas en mano a los trescientos invitados.

Mientras Estados Unidos se sumía en la mayor crisis económica de su historia, Bridie y el conde Cesare disfrutaban de un noviazgo fabuloso. Eran la comidilla de todo Nueva York, y la mayoría de los miembros de la alta sociedad agradecía aquel entretenimiento, que los distraía de las noticias deprimentes que copaban los periódicos y los programas de radio. Pronto empezaron a buscar casa, una tarea fácil dado que los precios se habían desplomado y mucha gente que había perdido su fortuna de la noche a la mañana se había visto obligada a poner su casa en venta. Bridie descubrió que tenía muchas donde elegir.

—Amor mío, tengo que hablar contigo —le dijo Cesare una noche, tomándola de la mano, mientras cenaban en el restaurante Jack and Charlie's 21, en la calle 52 Oeste, un local famoso por su sistema secreto de palancas que, en caso de haber una redada, cerraba los estantes del bar y arrojaba las botella de licor a las alcantarillas de la ciudad.

Bridie pareció preocupada.

—¿De qué?

—De dinero —contestó él, bañándola en amor latino y desvergonzado afecto. Tenía una mirada húmeda y tierna, y Bridie le apretó la mano para darle ánimos—. Mi padre está poniendo dificultades —explicó—. Le he pedido dinero, pero…

Con ese acento, con esos ojos y esos labios, hablar de dinero no sonaba vulgar ni sospechoso. Era simplemente una petición encantadora de un hombre encantador, y Bridie deseó satisfacerla de inmediato.

—Amor mío, mi queridísimo Cesare —le interrumpió—. Yo tengo dinero de sobra para los dos. No necesitamos el dinero de tu padre. Hablaré con el señor Williams, mi abogado, y le diré que abra una cuenta a tu nombre y que ingrese dinero en ella desde el momento en que nos casemos. Lo compartiremos todo.

Cesare trató de disimular su alivio con una mirada de horror.

—Pero el conde Cesare de Marcantonio, descendiente del papa Urbano VIII, no puede aceptar dinero de una mujer. El deber de un marido es cuidar de su esposa…

Bridie le apretó la mano.

—Yo no tenía nada, Cesare. Nací en Irlanda, me llamaba Bridie Doyle y era la criada de una gran señora que vivía en un castillo. Vine aquí para empezar de cero y trabajé para una anciana muy rica que al morir me dejó su fortuna. He tenido suerte. Por favor, permite que la comparta contigo. Te quiero, Cesare. Me has hecho más feliz de lo que creía posible.

—Esto va contra mis principios. No puedo aceptar.

—Pues no va contra los míos. He sufrido, Dios sabe cuánto he sufrido, y gracias a ti he vuelto a creer en el amor.

—Volveré a escribir a mi padre…

—Si quieres. Pero vamos a cenar y a disfrutar de la velada. Dejemos el asunto del dinero.

Él la tomó de las manos y la miró intensamente a los ojos.

—Estoy deseando hacerte el amor —dijo con una sonrisa que la dejó sin aliento—. Eres una mujer preciosa y pronto vas a ser mía. Voy a tomarme mi tiempo y a explorar cada centímetro de tu cuerpo. —Bajó la voz y se inclinó hacia ella—. Y cuando haya acabado, volveré a empezar.

Bridie se dejó acunar por su mirada y pensó, soñadora, que le compraría la luna si él se lo pidiera.

En mayo, el sol de la primavera hizo florecer los árboles y la brisa cálida arrastraba sus pétalos blancos y rosas por las calles como confeti. Pero, pese al cambio de estación, el ánimo de la ciudad seguía por los suelos. Aumentaban el desempleo y la pobreza, y reinaba una atmósfera sombría, cargada de rabia y ansiedad. La Gran Depresión no alcanzó, sin embargo, la casa de los Reynolds en Southampton. El primer sábado de mayo, la carretera de entrada a la mansión se llenó de Cadillacs, Chryslers y Bugattis conducidos por chóferes que llevaban a los célebres invitados a la boda. Entre ellos estaban Beaumont y Elaine Williams, los únicos verdaderos amigos que Bridie tenía en Nueva York. Todo lo demás era oropel: gente que sin duda desaparecería al menor indicio de su declive. Pero a Bridie no le importaba: ese día, iba a casarse con el hombre al que amaba.

Escribió una breve carta informando a su familia de que iba a volver a casarse, pero no mencionó que su novio tenía un título nobiliario. No quería que dieran por sentado que se casaba con él por eso. Envió la carta y después se olvidó por completo de ellos. Se sentía tan ajena a su antigua vida que ya casi nunca pensaba en su familia. La distancia no había empañado su memoria. El enamoramiento, sí. Mientras se hallase bajo el fulgor del conde Cesare, las sombras de su pasado no podrían alcanzarla. Ataviada con un vestido de Chanel de color marfil y cubierta con perlas y gemas que centelleaban al sol, avanzó por el pasillo flanqueado de rosas blancas al final del cual aguardaba la encarnación de todos sus sueños para tomar posesión de ella. Iba del brazo del señor Williams, que hacía de padrino, y Elaine la precedía en calidad de dama de honor. Marigold estaba sentada en primera fila, satisfecha por haber reunido a los más destacados escritores y actores y a los miembros más prominentes de la alta sociedad. Pero Bridie solo veía a Cesare. Tomó la mano que él le tendía y se detuvo a su lado. El sacerdote leyó los votos nupciales, que repitieron ambos, y un instante después concluyó la ceremonia y comenzó la fiesta. Bebieron todos champán, disfrutaron de un delicioso banquete y bailaron bajo la luna primaveral que se alzaba sobre Long Island, rosada a la luz del sol poniente.

Cesare abrazó a la novia e inclinó la cabeza para besarla. Los festejos seguían a su alrededor, pero ellos formaban un pequeño islote entre los invitados, que parecían haber olvidado que la fiesta tenía algo que ver con la pareja.

—Mi amada esposa —dijo Cesare en voz baja—. Ahora eres la condesa de Marcantonio, la esposa del conde Cesare de Marcantonio, descendiente de la familia del papa Urbano VIII, Maffeo Barberini. El escudo de armas del linaje de los Barberini contiene tres abejas. Me gustaría que llevaras esto, porque ahora tú también eres una Barberini y quiero que todo el mundo lo sepa.

Abrió la mano y dejó al descubierto un pequeño broche de oro en forma de abeja. Bridie lo miró maravillada. El ilustre abolengo de su marido la dejó aturdida y se tambaleó ligeramente. Cesare deslizó los dedos bajo la tela de su vestido, justo por debajo de la clavícula, y le prendió el broche de la abeja.

—Precioso —dijo posando los dedos sobre su piel.

Bridie comprendió por su mirada que la adoraba. Y supo por sus ojos entornados y su mirada turbia que la deseaba.

Se escabulleron tan pronto como pudieron y cerraron la puerta de su dormitorio. La habitación estaba en penumbra; el sonido de la música, sofocado por las ventanas cerradas y las cortinas; y el aire, adensado por el olor dulce de los narcisos con que Marigold había decorado su alcoba para la noche de bodas. Cesare le desabrochó con delicadeza la parte de atrás del vestido, que se deslizó por su cuerpo y cayó a sus pies formando un charco sedoso. Bridie se quedó en combinación y braguitas. El brillo de su piel desnuda contrastaba con el de su lencería de seda. Él le acarició levemente los hombros, y luego el cuello y la cara. Le quitó las horquillas del pelo y le deshizo el moño, dejando que su melena cayera en lustrosas ondas alrededor de su cuerpo. Ella tembló cuando le quitó la combinación y le bajó las bragas. Se quedó desnuda ante él, y Cesare la contempló con una mirada lujuriosa.

Bridie había tenido numerosos amantes. Algunos la habían hecho gozar y otros la habían decepcionado, pero Cesare se tomó el tiempo necesario para satisfacerla como ningún otro, y sabía cosas que incluso a ella, que se entregaba sin inhibiciones al placer sexual, la hacían sonrojarse. Fiel a su palabra, exploró cada centímetro de su cuerpo y, cuando acabó, comenzó de nuevo. Condujo a Bridie a las más altas cimas del placer. Ella gimió y murmuró, suspiró y finalmente lloró al descubrir el paraíso carnal al que la condujo la destreza magistral de su amante.

Si Cesare se sentía disminuido en su hombría por el dinero de Bridie, no se notaba. Al contrario: hizo honor a su nombre conquistándola como un Julio César sexual. Era, en la cama, tan hábil como el que más, un auténtico maestro. La flamante condesa de Marcantonio cedió el control y dejó que la llevara de la mano, y eso fue sin duda lo que le brindó el placer más exquisito de todos.

20

Connecticut

Cuando, en el verano de 1927, Pam Wallace descubrió que estaba embarazada se fue derecha a la iglesia, se hincó de rodillas y dio gracias a Dios por Su intervención, pues sin duda aquel milagro, anhelado en vano durante tanto tiempo, era obra suya. Lloró de alegría, prometió demostrar su agradecimiento mediante actos de caridad y generosidad (y no volviendo a hablar mal de nadie) y luego corrió a casa a darle la maravillosa noticia a su marido.

Martha no sabía a qué se debía tanto alboroto. Parecía haber ocurrido algo extraordinario. Algo sobrenatural. De pronto, su madre la trataba como si fuera tan frágil que podía romperse con cualquier movimiento brusco. Se deslizaba por la casa con parsimonia, como una inválida que estuviera enormemente satisfecha de su enfermedad. Iba de la mesa al sillón, del sillón a la escalera y de la escalera a la puerta procurando tener siempre dónde apoyar la mano para sostenerse por si tropezaba, y todo el mundo se ofrecía a servirla y le decía una y otra vez que descansara «por el bebé». Larry le compraba flores y joyas que traía en estuchitos rojos, y hasta su padre, Raymond Tobin, fue a visitarla armado de regalos para ofrecerle una reconciliación. La casa olía como una floristería, lo que la emocionaba mucho más que la idea del nacimiento de un bebé, porque adoraba las flores. Merodeaba alrededor de sus pétalos como una abeja ebria de néctar, maravillándose de su colorido y aspirando su perfume dulce. Todo el mundo le daba palmaditas en la cabeza y le decía que era muy afortunada porque iba a tener un hermanito o hermanita, y Martha confiaba en su fuero interno en que el bebé se quedara para siempre dentro de la tripa de su mamá, porque ella era muy feliz estando sola.

El único miembro de la familia que se tomó a mal la noticia, como si fuera una afrenta personal, fue Joan, que siempre había sentido un regodeo malsano porque la hija de Pam fuera adoptada y, por tanto, una «extraña». Ahora que su cuñada iba a dar a luz a un Wallace de pura cepa, la envidia la volvía irritable.

—Me pregunto si Martha seguirá siendo la nieta preferida de la abuela cuando nazca el hijo de Pam —le comentó a Dorothy mientras paseaban por una tienda de moda, mirando vestidos de verano.

—Me temo que nadie la hará caso una vez nazca el bebé, pobrecilla —respondió Dorothy—. Ted es un hombre muy tribal: la sangre le importa más que nada en el mundo, y Diana se volcará en el recién nacido, porque tener un hijo propio es lo que ha querido Pam desde el principio.

Siempre ha tenido todo lo que quería, pensó Joan agriamente. *Qué fastidio que también vaya a tener* eso. Descolgó del perchero un vestido de color granate y se puso delante del espejo, pegándoselo al cuerpo.

—No tengo nada en contra de Martha —dijo—. Es una niña, muy… dulce, además —añadió con cierto esfuerzo—. Espero que sea un varón. Todos los hombres quieren tener hijos y Larry no es distinto. Se llevará una horrible desilusión si es una niña. —Ladeó la cabeza—. ¿Qué te parece?

—El color es una preciosidad —contestó Dorothy—. ¿Por qué no te lo pruebas?

—¿No crees que me va mal, con mi tono de pelo? No suelo ir de rojo.

—Vamos, Joan, a ti todo te sienta bien.

—Eso es verdad. Pero seguro que Pam me verá con él puesto y querrá comprarse uno. El granate es un tono más adecuado para ella, y no quiero que me copie.

—Por favor, Joan, tú eres infinitamente más elegante que Pam. ¿Y sabes lo que dicen sobre lo de que a una la copien?

—Que es el mayor halago —dijo con un suspiro—. En fin, no me siento halagada, solo estoy aburrida. Llevo años soportando que me copie cada cosa. —Sonrió con satisfacción—. ¡Pero al menos durante unos cuantos meses tendrá que llevar vestidos de premamá!

Martha no se sintió ignorada durante el embarazo de su madre porque Pam puso mucho cuidado en hacerla partícipe de cada fase de la gestación. La animaba a poner la mano sobre su vientre para sentir cómo se movía el bebé y procuraba tranquilizarla diciéndole que, cuando nacían, los niños traían consigo su propia ración de amor, de modo que siempre había suficiente para todos.

—No voy a quererte menos porque quiera al bebé —le decía—. Solo tendré el doble de amor.

Aunque Martha era demasiado pequeña para ser consciente de sus emociones, comenzó a sentirse segura del cariño de Pam. Por primera vez en su vida, su madre no la escrutaba con una mirada llena de aprensión, y aquella forma de absorber su cariño se desvaneció hasta convertirse en un recuerdo desagradable, de modo que durante los meses previos al nacimiento del bebé Martha dejó de temerla y esperarla.

La señora Goodwin notó que la niña se sentía más segura que antes. Era como una yema primaveral que acabara de empezar a abrirse, dejando al descubierto los delicados pétalos rosas y blandos de su interior. El ambiente de la casa se volvió ligero y amable, como una tarde soleada. Pam estaba siempre contenta. Se tumbaba en un diván del invernadero a leer libros y revistas y a hablar por teléfono con sus amigas. Venían señoras a visitarla y a tomar té con hielo. Cuchicheaban y escuchaban sus planes para decorar la habitación del bebé. Pam hacía pasar a Martha como si fuera un pequeño poni de exposición y las mujeres admiraban sus vestidos floreados y comentaban cuánto había crecido. La señora Goodwin se alegraba de que el asunto de los amigos imaginarios de Martha hubiera caído en el olvido. Daba la impresión de que la propia Martha se había olvidado de ellos. No había vuelto a mencionarlos desde su visita a la consulta del médico y, cuando jugaba sola en el jardín, ya no hablaba consigo misma ni trataba de atrapar cosas invisibles que al parecer revoloteaban en torno a los lechos de flores. Por suerte, tampoco parecía sufrir por su ausencia.

Cuando por fin nació el bebé —una niña— la primavera siguiente, la casa se llenó de nuevo de flores y regalos. La abuela Wallace, consciente de que Martha podía sentirse desplazada por las atenciones que recibía la pequeña, le regaló una preciosa casa de muñecas, la cosa más bonita que le habían regalado nunca. Tenía una escalera curva, un gran vestíbulo y nueve habitaciones, todas decoradas con lindo papel de flores. Su madre le regaló los minúsculos muebles, los cubiertos y los cacharros y le dijo que la familia de muñecas que iba a vivir en la casa era un regalo del bebé, que estaba deseando que su hermana y ella fueran buenas amigas. Martha la creyó y se convenció de que cuando la pequeña fuera algo mayor serían, en efecto, grandes amigas.

La recién nacida recibió el nombre de Edith y no se escatimaron gastos en aquella niña, tan querida para su madre. Solo los padres de Pam y la familia de Larry sabían por qué ponía la cunita junto a su cama y pasaba horas tumbada a su lado, mirando la cara de su hija. A su modo de ver, la pequeña tenía los rasgos de Larry, los ojos de su padre y también algo de su madre en la forma, tan femenina, de fruncir la boca. Cuando la familia de Larry vino a visitarla, disfrutó poniendo de relieve los parecidos, sobre todo ante Joan, que se erizó como un gato y le dio de mala gana el regalo que había comprado.

—Es igualita que Larry —dijo mirando la cuna—. A ti no se parece nada.

—¿Verdad que no? —repuso Pam, que no necesitaba verse reflejada en la niña, pues sabía muy bien quién la había dado a luz.

—Tiene gracia, pero Martha se parece más a ti. Esta niña va a ser rubia, como Larry.

—Es una Tobin, Joan, tanto como una Wallace.

Joan resopló y se sentó.

—¿Es distinto?

—¿El qué?

—Tener una hija a la que has dado a luz. ¿La quieres más?

Pam se ofendió.

—Es horrible decir eso, Joan.

—Vamos, no te pongas así. Es natural querer más a una hija tuya que a una adoptada, ¿no crees?

—No, no creo. Quiero a Martha tanto como a Edith. No hay ninguna diferencia.

Joan hizo una mueca que daba a entender que no la creía.

—Puedes pensar lo que quieras, Joan. Puede que tú quisieras más a un hijo biológico que a uno adoptado si estuvieras en mi lugar, pero yo no soy tú. Edith ha sido un regalo. Para encontrar a Martha, recorrí medio mundo.

—Eso es un poco exagerado hasta para ti, Pam.

—Yo quería tener una hija y Dios me condujo a Irlanda. Martha estaba destinada a ser mi hija desde el momento en que nació. No podría quererla más.

Joan levantó las manos.

—Muy bien, no te pongas así. Solo era una pregunta. Estás muy sensible, la verdad, Pam.

—No es cierto. Cualquiera se sentiría ofendido por lo que has dado a entender.

—Es lo que pensará todo el mundo, créeme. Solo que yo he tenido el coraje de decirlo.

—O la falta de tacto —replicó Pam.

Vio que Joan encendía un cigarrillo y se recostaba en el sillón cruzando las piernas. Llevaba un precioso vestido de color burdeos que no le favorecía con su tono de pelo. Pam se preguntó cómo podía averiguar dónde lo había comprado y si habría otro para ella.

La señora Goodwin no dudaba de que la señora Wallace quisiera por igual a sus dos hijas, pero de lo que no cabía duda era de que desde el principio consintió a Edith como no había consentido nunca a Martha. Y no porque Edith estuviera más mimada: a ninguna de las dos se les negaba nada desde un punto de vista material. Lo que cambiaba era cómo reaccionaban sus padres al comportamiento de la pequeña.

Mientras que Martha se había visto obligada a ser extremadamente cuidadosa con sus modales, sabedora de que su madre escrudiñaba cada uno de sus gestos, ansiosa porque su hija agradara a los demás y fuera aceptada, Edith podía hacer lo que se le antojaba y solo la señora Goodwin la reprendía cuando se portaba mal. Edith hacía con impunidad cosas por las que Martha habría recibido un severo castigo. A ojos de sus padres, nunca hacía nada mal. Podía tener berrinches y pataletas, podía enfurruñarse, chuparse el dedo, verter la comida, interrumpir a los mayores y hacer exigencias, que sus padres se limitaban a reír, a guiñarse un ojo y a hacer comentarios que nunca habían hecho sobre Martha. *Es igualita a la abuela*, decían. O *Ha salido tan terca como su abuelo*. La señora Goodwin lo notaba, pues la diferencia de trato era muy evidente, y la entristecía. Porque, aunque Martha era quizá demasiado pequeña para verla, no había duda de que la sentía. Los niños pequeños perciben de inmediato la injusticia y saben cosas sin necesidad de que nadie se las diga. A medida que fue creciendo, la pequeña Edith se volvió insoportable. Sus padres, sin embargo, no parecían notarlo, o preferían hacer la vista gorda. Era carne de su carne, y el milagro de su concepción les volvía ciegos al hecho de que se estaba volviendo extremadamente desagradable.

La señora Goodwin se esforzaba por equilibrar la balanza cuando la señora Wallace no estaba en casa. Cada vez que Edith, que ya tenía tres años, le quitaba algo a Martha, hacía que se lo devolviera. Le decía que se sentara derecha, que comiera con la boca cerrada, que no respondiera ni interrumpiera a los demás ni fuera maleducada. Cuando se negaba a compartir algo, le decía que la castigaría si no lo hacía. Pero los castigos de la señora Goodwin nunca eran muy severos. Obligaba a Edith a sentarse en un rincón, o la mandaba a su cuarto. Sin embargo, nada de cuanto hacía parecía corregir el comportamiento de la niña, que se creía por encima de las leyes que regían los dominios de la niñera. Sabía que podía hacer todo cuanto se le antojara cuando su madre estaba en casa, y tenía razón. La señora Goodwin procuraba que las niñas se quedaran en las habitaciones que les estaban reservadas, pero Edith solía escaparse y cruzaba la casa corriendo en busca de su mamá, berreando y chillando a voz en cuello. Pam se ponía pálida, cogía a su hija en brazos y la calmaba con promesas y sobornos y, cada vez que lo hacía, la convicción de Edith de estar por encima de los demás se acrecentaba. La señora Goodwin se sentía impotente. Ella, por su parte, no tenía duda de a quién quería más.

Si Martha se daba cuenta de que a su hermana la trataban de manera distinta, no hablaba de ello. Ahora que ya no estaba sola, ansiaba hacerse amiga de su hermana. Le encantaba tener la compañía de otra niña y, como era seis años mayor, disfrutaba enseñando a Edith a dibujar, a pintar y a tocar el piano y el violín. Le hablaba de las flores, de las mariposas y los pájaros y nunca se cansaba de jugar con ella. El carácter de Edith fue empeorando a medida que crecía, pero Martha, que era muy paciente, siempre le permitía elegir el personaje al que quería interpretar y los juegos a los que jugaban. La señora Goodwin trataba de animarla a ponerse firme con su hermana y a no permitir que se saliera siempre con la suya, pero Martha era demasiado buena y generosa y el carácter autoritario de Edith acababa por imponerse.

Luego, una tarde, mientras estaban en casa de su abuela, Diana Wallace se llevó a Pam a un aparte.

—Cariño, ¿no crees que Edith se está desmandando un poco?

Pam se ofendió de inmediato. Criticar a Edith equivalía a criticarla a ella.

—No sé a qué te refieres —contestó.

—Martha tiene unos modales tan deliciosos y se porta tan bien… En cambio, Edith es… —dijo, y titubeó—. Bien, para serte sincera, es una salvaje. —Pam no supo qué decir. A sus ojos, Edith era perfecta—. No te estoy culpando, querida. Solo digo que quizá la señora Goodwin no está haciendo del todo bien su trabajo. Si no le impones disciplina ahora que es pequeña, crearás un monstruo cuando sea adulta. Me temo que Edith está creciendo sin ningún límite. Y los malos modales son muy poco atractivos.

Pam se sintió herida en lo más vivo.

—Tiene carácter, eso es todo —replicó.

—Demasiado carácter, Pam —contestó Diana con severidad—. Si no aprende a comportarse tendrás que dejarla en casa. Los niños que no saben comportarse no deben presentarse ante la buena sociedad.

Aquello dio que pensar a Pam. Estaba orgullosísima de su niña, que parecía un ángel y era una auténtica Tobin-Wallace, y le preocupaba que no la consideraran digna de presentarse en público. De que era bonita no había ninguna duda. Su carita en forma de corazón y sus ojos azules claros eran encantadores, y tenía una melena rubia, larga y sedosa como la crin de un unicornio. Su tez era blanca como la leche y tan tersa como el satén, y su sonrisa, en las raras ocasiones en que la dejaba ver, era muy cautivadora. Pero Pam era lo bastante astuta como para saber que, si sus modales eran desagradables, ello la afearía irremediablemente a ojos de todo el mundo.

—Yo le enseñaré a obedecer —le aseguró a su suegra resueltamente—. Todavía es pequeña, y muy lista. Aprenderá enseguida.

—Puede que necesites una niñera más dura —sugirió Diana Wallace—. A fin de cuentas, la señora Goodwin se está haciendo mayor.

Pero Pam no tenía intención de dejar a su preciosa hija en manos de una desconocida, y la señora Goodwin, que había venido de Londres con ellos, era suficientemente estricta.

Sin embargo, y a pesar de las buenas intenciones de su madre, Edith siguió saliéndose con la suya en todo. Después de decirle a la señora Goodwin que fuera firme con la pequeña, la reprendía por ser demasiado dura. Edith, aunque pequeña, era una manipuladora nata. Sabía cómo ganarse a su madre. Era muy consciente del efecto que surtían sus lágrimas y, si se sacaba el labio inferior al mismo tiempo que lloraba, ese efecto era fulminante. Su madre no soportaba verla apenada ni un solo minuto. En cuanto a su padre, llegaba a casa muy tarde, a veces incluso cuando ella ya se había ido a la cama. Pero los fines de semana Edith se sentaba en sus rodillas y allí estaba a salvo de las exigencias de la señora Goodwin y de las miradas de desaprobación de su abuela, porque su padre la quería tal y como era.

Edith tenía cada vez más celos del lugar que ocupaba su hermana en el corazón de su abuela. Diana Wallace quería especialmente a Martha y no hacía de ello ningún secreto. Joan y Dorothy podían hacer desfilar a sus hijos delante de ella todo lo que quisieran, que, cuando Diana posaba los ojos en Martha, saltaba a la vista que era a ella a quien reservaba sus miradas más tiernas. Edith no estaba acostumbrada a ocupar un lugar marginal —de hecho, se sentía el centro del cariño de sus padres— y, como consecuencia de ello, se comportaba aún peor cuando estaba en presencia de su abuela. Martha tenía motivos sobrados para sentir celos de Edith, pero no era de carácter envidioso y, a pesar de sus diferencias, siempre cedía ante su hermana.

En lugar de admirar a su hermana mayor, como suele ocurrirles a los pequeños, Edith estaba celosa de Martha. Su madre le había hecho creer que ella era especial, y Edith sentía como una ofensa personal cualquier atención que recibiera su hermana, de su abuela o de cualquier otra persona. Era solo una niña, y sus pequeños actos de sabotaje y rebelión eran como las ondas que forman en el agua las patas de un jején. Pero con el paso de los años esas patas se harían más grandes, y sus ondas se convertirían en grandes salpicaduras de destrucción.

Adeline ya no formaba parte del mundo consciente de Martha. La niña le había cerrado la puerta y por pura fuerza de voluntad había logrado que su imagen remitiera y su voz se hiciese más y más lejana hasta convertirse en una mera sensación, como una racha de viento o un rayo de sol, que Martha prefería no sentir. Adeline, sin embargo, no la abandonó; a fin de cuentas, Martha era una Deverill. La sangre de su linaje y las aguas de Irlanda corrían por sus venas. En lo más hondo de su corazón, Martha sabía quién era. Sabía de dónde venía. Solo que lo había olvidado. Adeline estaba segura de que algún día la bruma del olvido se disiparía y Martha comprendería que los profundos anhelos de su alma estaban ligados al país que había perdido. Irlanda la llamaría, y ella regresaría a casa.

Mientras tanto su abuela la vigilaba, atenta y preocupada. Martha amaba la naturaleza en la misma medida que ella y, aunque intentaba interesar a su hermana pequeña en la flora y la fauna del jardín, Edith carecía de sensibilidad para la belleza. Su padre compró un poni para cada una, pero a Edith le daba miedo montar. Chilló y se retorció, y se negó a que la sentaran en la silla. Martha, en cambio, descubrió de pronto una parte de sí misma que había quedado atrás, en las colinas de Ballinakelly, y se sintió a sus anchas con los pies en los estribos y las manos en las riendas, mientras el viento le pasaba los dedos por el cabello. Ignoraba que su padre biológico era uno de los mejores cazadores del condado de Cork, pero Adeline, que lo sabía, sonrió con orgullo al ver que la niña sacaba a relucir el espíritu de los Deverill escondido en su seno. Pam temía que se cayera, pero Martha nunca se había sentido tan a salvo como sentada en la silla, y los dejó a todos boquiabiertos por su valentía y su atrevimiento, y por la rapidez con que aprendió a manejar al poni.

En apariencia, Martha era producto de su madre adoptiva. Vestía con el mismo esmero que Pam y sus gestos eran tan refinados y comedidos como los de ella. El exceso de disciplina la había despojado de toda espontaneidad y vivacidad. Era educada, prudente, amable y un poco miedosa. La cautela no era un rasgo típico de los Deverill. Quizá lo fuera de los Doyle, pero Adeline no se acordaba de Bridie Doyle. No obstante, cuando se hallaba en plena naturaleza, la magia de los árboles y las flores, el trino de los pájaros y el zumbido de las abejas liberaba algo en su interior. Experimentaba una alegría profunda y desenfrenada, y Adeline sabía que, mientras que Edith solo percibía la pátina superficial de las cosas, Martha era consciente de los hondos misterios inherentes a las maravillas del mundo natural. Eso lo había heredado de ella.

—Martha, entra en casa —gritó la señora Goodwin por la ventana—. Es la hora del baño.

Martha, que estaba tumbada en el césped leyendo un libro de poesía, suspiró con pesar.

—¿No puedo quedarme un ratito más? —preguntó—. Por favor.

La niñera sonrió con indulgencia. Miró su reloj.

—Está bien —dijo—. Pero solo quince minutos más.

—Prometido.

Martha se tumbó de espaldas y contempló el cielo. El sol se ponía bajo los árboles y lo veía refulgir como una bola de oro que se fundía poco a poco con la tierra. Allá arriba, las nubes eran plumas rosadas que surcaban parsimoniosamente un mar azul. Cruzó los pies, puso las manos detrás de la cabeza y contempló cómo el rosa se tornaba en un velado tono de azul. El aire era cálido, los mosquitos revoloteaban en nubes grises, los pájaros cantaban ruidosamente en las ramas y la brisa traía consigo el leve pero diáfano aroma del océano. Martha arrugó el ceño cuando una imagen pasó fugazmente por su cabeza, tan veloz que apenas la distinguió. Vio una costa con altos acantilados y farallones y grandes olas que se estrellaban en las rocas. No sabía de dónde había surgido, pero era como si un recuerdo se hubiera liberado dentro de ella. Antes de que pudiera detenerse a contemplarla, se disolvió como espuma y allá en lo alto brilló, centelleante, la primera estrella. De mala gana, Martha se levantó y entró en casa.

Adeline la vio alejarse.

—Irlanda te está llamando, mi niña —dijo, pero su voz era un susurro que se perdió en el viento—. Es allí donde está tu sitio y allí volverás algún día. El amor te liga a ella y acabará por llevarte hasta allí. Tengo todo el tiempo del mundo para asegurarme de que así sea.

21

Ballinakelly, 1930

La señora Doyle estaba en su mecedora de siempre junto al hogar mientras su madre, la vieja señora Nagle, encorvada y marchita, ocupaba la silla de enfrente, casi invisible en su rincón. A sus setenta y tantos años y casi ciega, la anciana señora jugueteaba con las cuentas de su rosario y mascullaba oraciones con sus encías desdentadas, hundiéndose cada vez más en el vestido negro que casi la ocultaba por completo. Michael estaba de pie en medio de la habitación, cuyo espacio parecía llenar con su voluminosa figura. Tenía en la mano una carta. Miró a Sean y a Rosetta, su cuñada, que, embarazada, estaba sentada a la mesa aguardando a oír las noticias que enviaba Bridie desde Norteamérica. Michael fijó de nuevo los ojos en la carta y comenzó a leer.

> *Queridísima mamá, abuela, Michael, Sean y Rosetta:*
>
> *Espero que al recibo de la presente gocéis todos de buena salud. Escribo con el corazón lleno de felicidad para daros la maravillosa noticia de que voy a volver a casarme. Pronto dejaré de ser una triste viuda para convertirme en la esposa de un caballero y tendré un nuevo futuro por delante. Estoy deseando llevar a mi marido a casa para que podáis conocerlo y quererlo tanto como lo quiero yo. Espero que podáis compartir mi alegría y que me perdonéis por no haberos informado antes. Ha ocurrido todo tan deprisa que casi siento que mis pies no tocan el suelo. Os tengo a todos en el pensamiento y rezo por vosotros.*
>
> *Vuestra amante hija y hermana,*
> *Bridie*

Michael levantó la mirada de la hoja y la paseó por las caras asombradas de sus familiares. La señora Doyle se estaba enjugando los ojos con un pañuelo. La vieja señora Nagle había dejado de rezar y tenía el pulgar suspendido sobre las cuentas del rosario. Sean y su mujer se miraron en silencio, con la complicidad propia de las parejas jóvenes.

—Se casa otra vez. Le ha ido bien —comentó Michael. Dobló la carta y volvió a guardarla en el sobre—. Sí, Dios ha sido muy generoso. Tenemos mucho por lo que dar gracias.

La señora Doyle se guardó el pañuelo en la manga y sonrió.

—Tienes razón, Michael, Dios ha sido muy generoso. Siempre pensé que Bridie no llegaría a nada, pero tengo que reconocer que me equivocaba, bien lo sabe Dios. Tenemos mucho que agradecerle a tu hermana —añadió, pensando en su rodillo de lavar y en las otras pequeñas mejoras que habían aliviado su carga de trabajo y sus preocupaciones.

Gracias a Bridie, la vida de todos ellos había mejorado inmensamente, de eso no había duda. A pesar de las protestas de la vieja señora Nagle, al volver de Mount Melleray Michael había empleado el dinero de su hermana tal y como pretendía Bridie: adquirió en propiedad las tierras que tenían arrendadas a los Deverill, compró más vacas, reparó y agrandó la casa y los demás edificios de la granja y compró un coche. Incluso contrató a un par de muchachos para que ayudaran en la granja. Tras arrepentirse de sus pecados y jurar llevar una vida piadosa, tenía mucho cuidado de no caer en el derroche o la imprudencia. Donaba dinero a la iglesia, lo que no solo complacía en extremo al padre Quinn, sino que le valió la presidencia de la Cofradía de San Vicente de Paul, una gran organización de beneficencia católica fundada para ayudar a los pobres. Aunque procuraba no jactarse de su nueva prosperidad, los vecinos del pueblo se mofaban de él a sus espaldas por su vanidad santurrona y lo apodaban *el Papa*. A los Doyle nunca les faltaba de nada, aunque sus necesidades eran muy modestas. Siempre tenían comida en la mesa y ropa con la que abrigarse, y su casa estaba de nuevo sellada contra los gélidos vientos invernales.

—Dice que va a venir —dijo Rosetta quedamente, acercándose a su marido.

Hacía casi cinco años que se había casado con Sean y otros tantos que Michael había regresado de Mount Melleray, pero a Rosetta aún la intimidaba su cuñado. Su presencia era arrolladora y, a pesar de haberse convertido en un hombre piadoso y empeñado en hacer el bien, el Papa de Ballinakelly emanaba una energía turbia y poderosa.

—¿Y qué pinta un americano en Ballinakelly? —preguntó la señora Doyle meciéndose suavemente en su silla, contenta ahora que Michael —a quien admiraba tanto como había admirado a su marido— había dado su bendición a Bridie.

—A mí me gustaría conocerlo —dijo Sean.

—Yo estoy deseando volver a verla —convino Rosetta.

Se acordaba mucho de su amiga Bridget, a la que había conocido en Nueva York cuando las dos eran criadas que pasaban sus días libres sentadas en algún banco de Central Park. Cuánto camino habían recorrido desde entonces, se dijo admirada. Miró a la abuela de Bridie y se preguntó si la anciana señora Nagle viviría para volver a ver a su nieta. No pensó en su propia familia, que seguía en Estados Unidos, ni se atrevió a conjeturar si alguna vez volvería a verla, ni pensó en sus dos pequeños hijos, que tal vez nunca conocerían a sus abuelos italianos.

—Ahora es la esposa de un caballero —añadió en voz baja—. Una gran señora.

—¡Una gran señora! —repitió la señora Doyle con desdén—. ¡Válgame Dios!

—A mí me gustaría conocer a ese caballero —dijo la vieja señora Nagle, y todos la miraron con sorpresa: últimamente no hablaba mucho. Tensando los labios sobre las encías, la anciana sonrió—. ¡Mi nieta, casada otra vez! —dijo—. ¡Sagrado corazón de Jesús! ¿Qué habría dicho Tomas, Mariah, de su riqueza y de su segundo matrimonio? —le preguntó a su hija—. ¡Que Dios lo tenga en su gloria!

—Pensaría que se ha subido a la parra, eso pensaría —respondió la señora Doyle levantando la barbilla, pero no pudo disimular el orgullo que brillaba en sus ojos—. El Señor nos mira a todos con el mismo afecto, a reyes y a campesinos por igual. Bridie no es mejor por ser rica, ni por ser la esposa de un caballero. La verdad es que habría llevado una vida más cristiana si se hubiera quedado aquí, con nosotros. ¿Quién sabe qué clase de vida lleva allí, al otro lado del mar?

Comenzó a sollozar otra vez y se sacó el pañuelo de la manga con mano temblorosa.

—Pero en la carta dice que va a volver —insistió Rosetta, ilusionada.

Michael clavó su imponente mirada en ella y la vio encogerse.

—No volverá nunca —dijo con firmeza—. Aquí no se le ha perdido nada.

Se puso su gorra y, agachando la cabeza, cruzó la puerta y salió al sol. El verano había vuelto la hierba de un verde vivo y sus vacas pastaban tranquilamente, cebándose con las flores silvestres que crecían en la ladera de la colina. Se metió las manos en los bolsillos y pensó en Bridie. Se acordó de ella en Dublín, con la barriga hinchada y la boca llena de mentiras. Que la había violado el señor Deverill, decía. Se acordó de cuando trajo al niño a casa desde el convento, tras corromper a una de las monjas, que lo ayudó a llevar a cabo su plan. Dejó al pequeño en la puerta de Kitty con una nota y ella hizo lo que él estaba seguro que haría: quedarse en Irlanda. El bebé la había atado a su hogar porque era un Deverill y por tanto su sitio, como el de Kitty, estaba en Ballinakelly. Haciendo un pacto con los Auxiliares —su libertad a cambio de la captura de Jack—, Michael se había asegurado de que detuvieran a O'Leary. Después, Kitty huyó a Londres, pero volvió al cabo de un tiempo, como él esperaba. Ahora, su rival se había establecido en Estados Unidos definitivamente. Jack se había marchado para siempre y él nunca tendría que volver a ver al hombre al que Kitty había querido tan apasionadamente. Kitty y JP vivían en Ballinakelly, como él había planeado. Había tenido en cuenta en sus cálculos el lazo indisoluble que unía a Kitty a Irlanda y su fuerte instinto maternal, y había dado en el clavo. Kitty estaba exactamente donde él quería que estuviera.

Se acordó de pronto, vivamente, del día en que la forzó en la casa de la granja y se sintió embargado por una oleada de remordimientos tan arrolladora que tuvo que sentarse. Ella le había provocado, eso estaba claro, y él había pecado. Le había confesado debidamente su pecado al padre Quinn y había recibido el perdón del sacerdote, y después se había consagrado a la obra de Dios. Había intentado mantener los ojos fijos en el Señor para que sus pensamientos no se extraviaran llevándolo de nuevo al recuerdo de Kitty Deverill, pero a pesar de sus esfuerzos aquella mujer aún lo conmovía profundamente: conservaba sobre él ese poder.

Arrancó una flor morada de brezo y la hizo girar entre sus dedos. *Kitty Deverill*. Su nombre era como una rosa plagada de espinas: bellísima, pero capaz de causar un enorme dolor. ¡Cuánto amaba a Kitty Deverill! Últimamente hacía lo posible por evitarla, porque la cara que ponía al verlo era como un puñal que se le clavaba en el corazón. Había quemado el castillo por culpa de la mentira que le contó Bridie, y su ira y sus celos lo habían impulsado a hacer algo inenarrable. Pero en Mount Melleray se había enfrentado a sus pecados y Dios lo había perdonado. Ahora era un hombre distinto: un hombre de bien, un buen cristiano. Quería que Kitty lo supiera. Y también quería su perdón.

Grace, con el sombrero calado de modo que su ala casi le cubría la cara, avanzó rápidamente por el camino que llevaba a la iglesia católica de Todos los Santos. El sol calentaba las paredes de piedra gris del vetusto edificio, que tiempo atrás se había hallado en el centro mismo de la lucha de los irlandeses por la independencia. Grace se acordó de las reuniones celebradas en la sacristía y de los planes que había maquinado con Michael Doyle y el padre Quinn. Se había crecido, exultante, en la emoción del peligro, que finalmente había llevado al asesinato del coronel Manley en la carretera de Dunashee. El peligro la había arrojado también en brazos de Michael. Nunca olvidaría la violenta excitación de esa noche, cuando Michael y ella se arrancaron la ropa a zarpazos, como animales salvajes. Ahora subía por ese mismo camino que tan bien conocía, pero el peligro que estaba a punto de afrontar era de muy distinta clase.

Encontró al padre Quinn al fondo de la iglesia, hablando con un joven monaguillo. Al verla, el cura despidió al chico con un ademán.

—Lady Rowan-Hampton, acompáñeme, por favor —dijo, y cruzó el suelo de baldosas haciendo ruido.

Pasaron por una puerta baja y entraron en la sacristía, que contenía un armario de madera para las vestiduras del sacerdote, una pequeña pila de cerámica, una gran mesa de madera sobre la que descansaban varios candelabros de plata labrada, velas, libros y otros utensilios propios del culto. En las paredes había cuadros religiosos y una talla de mármol de Cristo en la cruz que no estaba allí la última vez que Grace había visitado la sacristía. Habían gastado bien el dinero de Bridie en el embellecimiento de la casa del Señor, se dijo.

Se sentó y cruzó las manos sobre el regazo.

—Esta iglesia ha cambiado mucho desde que nos reuníamos aquí en tiempos de la guerra —comentó.

—La han amueblado los fieles —respondió el padre Quinn—. Tienen el deber moral de hurgarse en los bolsillos, cuando el Señor ha tenido a bien llenárselos.

—Tiene usted mucha razón —dijo Grace, que no había ido allí para recibir una homilía.

—Esos tiempos ya pasaron, gracias a Dios —añadió el padre Quinn—. Su ayuda durante esos años fue de incalculable valor. De hecho, sin usted y sin la señorita Deverill no habríamos tenido tanto éxito. El pueblo irlandés nunca sabrá hasta qué punto les debe su libertad.

—Ahora llevamos una vida tranquila y apacible —repuso Grace con una sonrisa que ocultaba su pesar. Nunca se había sentido tan viva como durante la Guerra de Independencia—. Gracias a ello he podido hacer examen de conciencia, padre Quinn.

Él levantó sus cejas hirsutas, sorprendido.

—¿De veras?

—Siento un enorme anhelo —dijo, y titubeó, bajando los ojos—. Me da vergüenza decirlo. Mi marido se divorciaría de mí. Mis hijos se llevarían un tremendo disgusto. De hecho, toda la gente que conozco quedaría horrorizada, pero…

El sacerdote, que se había sentado en la silla de enfrente, se inclinó hacia ella.

—¿Pero? —preguntó.

—Deseo convertirme al catolicismo.

El rostro del padre Quinn se sonrojó de placer. No había nada más emocionante para un cura que un converso en potencia.

—No voy a fingir que no me sorprende su confesión, lady Rowan-Hampton.

—Lo sé. Pero hace ya muchos años que siento ese anhelo. ¿Se acuerda de cuando enseñaba lengua inglesa a los niños y conspiraba con sus padres?

—Claro que me acuerdo —respondió el cura.

—¿Y de las muchas veces que me reuní con los fenianos en Dublín?

—Naturalmente.

—Me convertí en uno de ellos, padre Quinn. —Sus ojos adquirieron un brillo febril y sus mejillas se arrebolaron mientras miraba fijamente al sacerdote—. Ayudé a alimentar a los pobres con lady Deverill y a recoger ropa y zapatos de segunda mano para los niños. Quería aliviar su pobreza. Quería educarlos, darles la oportunidad de prosperar en la vida. Quería cambiar las cosas. Pero también sentía que era como ellos, padre Quinn. No encuentro palabras para describir lo que sentía en el fondo de mi corazón. Era una especie de comunión, supongo. Un vínculo profundo y poderoso. Y después me di cuenta de que no se trataba solo de un sentimiento patriótico. Era una convicción religiosa. Quería ser católica.

El padre Quinn la escuchaba fascinado, asentía y meneaba la cabeza instándola a continuar, ansioso porque siguiera hablando.

—Era como si tuviera una espina en el corazón, padre. Me dolía y me molestaba continuamente, y cada vez que me sentaba en la iglesia me sentía fuera de lugar, como si fuera una extraña. Pero no podía decírselo a nadie. Tenía que ocultar mis sentimientos. Luego acabó la guerra y volvió la paz y tuve tiempo de pensar, de sondear mi alma. Y comprendí que si no expresaba mi deseo me volvería loca.

—Entonces, ¿ha tomado una decisión?

—Sí, padre Quinn. Quiero tomar la comunión católica y quiero que sea usted quien me la dé, porque confío plenamente en su discreción. Nadie debe enterarse de esto.

—Como desee —contestó él recostándose en su silla—. Dado que ya es usted cristiana, no llevará mucho tiempo...

—Padre Quinn —le interrumpió ella—, no quiero apresurarme. No es una decisión que haya tomado a la ligera. Quiero tomarme mi tiempo y quiero disfrutar del proceso. He esperado años este momento.

—Como quiera.

—Y, debido a la delicada situación en la que me encuentro, no puedo mezclarme con la comunidad católica de Ballinakelly. Necesito, sin embargo, apoyo y guía dentro de la comunidad, ¿no le parece?

—¿Hay alguien en quien usted confíe, lady Rowan-Hampton?

Ella vaciló y entornó los ojos, como si barajara los nombres de distintas personas.

—La señora Doyle —dijo por fin—. Lady Deverill la tenía en gran estima cuando trabajaba en el castillo. Sé que es una mujer piadosa y muy discreta, además. Cuando pienso en lo que debió de vivirse en su casa durante esos años tumultuosos... Y ella nunca dijo una palabra.

El padre Quinn pareció sorprendido de nuevo.

—Es una buena elección. La señora Doyle es una de las personas más devotas de mi congregación y, como usted sabe, su hijo Michael se ha reformado plenamente. Son una familia ejemplar.

—Lo sé, por eso precisamente he pensado en ella. ¿Podría pedírselo de mi parte? Quizá pueda hacerle una visita para que hablemos.

—Estoy seguro de que se sentirá muy halagada.

Grace fijó de nuevo en él sus cálidos ojos castaños, ahora llenos de gratitud.

—Me gustaría hacer una donación a la iglesia —dijo—. Quizá podamos hablar de cómo puedo ayudarlo a usted, padre Quinn.

Cuando regresó a casa, Grace encontró a su padre sentado a la mesa de naipes del salón con Hazel, Laurel y Bertie, jugando al *bridge*.

Se quitó el sombrero y lo dejó sobre una silla, de donde una doncella se lo llevó un instante después.

—¿Dónde has estado? —preguntó Ethelred, exhalando una bocanada de humo de su puro.

—En el pueblo —contestó ella tranquilamente. Se acercó a la mesa y apoyó la mano en el hombro de su padre. Hacía mucho tiempo que no se sentía tan contenta y animada—. ¿Así que Hazel y tú estáis jugando contra Bertie y Laurel? —preguntó.

—Son rivales muy duros, pero no se nos está dando mal, ¿verdad que no, Hazel? —respondió él, guiñándole un ojo a su compañera, que se ruborizó de placer.

—Oh, ya lo creo que sí —dijo Hazel, y lanzó una mirada a su hermana, que había fruncido la boca, llena de celos—. Formamos un equipo estupendo —añadió al fijar de nuevo la mirada en sus cartas.

—¿Cómo está Celia? —le preguntó Grace a Bertie.

Habían pasado seis meses desde la muerte de Archie. Al principio, solo se hablaba del horror del suicidio. Luego, la gente empezó a especular acerca de por qué se había matado, hasta que por fin afloró la horrible verdad: había perdido todo su dinero y el de su familia en la crisis financiera y no se atrevió a confesárselo a su esposa, que, como todo el mundo sabía, era una manirrota. Digby se había declarado profundamente entristecido porque su yerno fuera demasiado orgulloso para pedirle ayuda, pero Grace se preguntaba si de veras estaba en situación de echarle una mano. Por lo que sabía a través de su marido, sir Ronald, a Digby tampoco le iban muy bien las cosas.

—Va tirando —contestó Bertie.

—¿Y el castillo, si se puede preguntar?

Bertie exhaló un profundo suspiro y bajó los hombros. Todos apartaron la vista de las cartas.

—Me temo que la cosa no pinta nada bien. Pero me figuro que yo seré el último en enterarme.

—No creerás que va a venderlo, ¿verdad?

—Es posible que tenga que hacerlo. Digby la está aconsejando y tengo entendido que han liquidado todos los bienes de Archie. Pero

Celia tiene muchas deudas y el dinero tiene que salir de alguna parte. Ella se está aferrando al castillo con uñas y dientes, pero yo no me hago muchas ilusiones. Todo indica que dentro de poco me encontraré a merced de algún desconocido, a fin de cuentas.

Grace se compadeció profundamente de su viejo amigo.

—Ojalá pudiera hacer algo —dijo.

—Aparte de comprar el castillo, no creo que pueda hacerse nada —repuso Bertie.

—Si pudiéramos, todos pondríamos nuestro granito de arena para salvarlo —dijo Laurel.

—Gracias, mi querida Laurel, eres muy amable.

Llegó la doncella con la bandeja del té y la depositó sobre la mesita baja, entre los sofás y los sillones de delante de la chimenea.

—¿Hacemos un descanso? —preguntó Ethelred, y lanzó otra bocanada de humo de olor dulzón.

—Buena idea —contestó Hazel—. Me vendría bien una taza de té. ¡Qué maravilla! —Se levantó y fue a sentarse junto a Grace, que había empezado a servir el té con una preciosa tetera de porcelana.

—Pobre Celia —suspiró Laurel, y al ver que Ethelred ocupaba el sillón, se sentó en un extremo del otro sofá, cerca de él.

—Es un asunto horroroso —comentó Grace—. Dos hijas huérfanas, los padres y las hermanas de Archie con esa pena...

—Y arruinados —añadió Hazel lúgubremente.

—Ay, es espantoso. No puedo quitármelo de la cabeza. ¡Qué lástima que una persona tan joven se haya quitado la vida por dinero! Pobre Archie. Una solución tan tajante para un problema pasajero...

—Fue una locura invertir toda su fortuna en un proyecto tan ambicioso —comentó Ethelred.

—Sí, una locura —repitió Laurel con énfasis.

—Digby debería haber aconsejado mejor a su hija —dijo Grace—. A fin de cuentas, tiene experiencia. Debería haber sabido en qué se estaban metiendo.

—Cuando le dije que Celia había comprado el castillo o, mejor dicho, que lo había comprado Archie, gruñó y dijo... Me acuerdo de sus palabras exactas… «Esto será su ruina». —Bertie miró las caras sorprendidas de los demás y meneó la cabeza—. Eso dijo. No creo que se le pueda culpar a él. Celia es una jovencita muy decidida. Suele conseguir todo lo que quiere.

—¡Dios mío! —exclamó Hazel con voz ahogada.

—Sí —convino Laurel automáticamente.

—A mi modo de ver Digby disfrutó mucho con el hecho de que su hija hubiera salvado la mansión familiar —dijo Grace—. Es un hombre extravagante, le gusta lucirse. ¿Os acordáis de cuando ganó el Derby? ¡No oímos hablar de otra cosa durante meses!

—Estoy convencido de que hará todo lo que esté en su poder para salvar el castillo —declaró Bertie.

—Aunque no estoy segura de que tenga medios para hacerlo —añadió Grace con expresión adusta.

Ethelred exhaló otra bocanada de humo y se rio por lo bajo.

—Hablemos de algo más alegre. ¿Os he contado ya lo de aquella vez que aposté por el ganador del Derby? Fue una cosa extraordinaria…

Ethelred consiguió captar la atención de todos los presentes salvo de Grace, que ya había escuchado aquella anécdota una docena de veces. Pero a nadie fascinaban más las alocadas aventuras de lord Hunt que a Laurel y Hazel, que lo miraban embelesadas, con los labios ligeramente entreabiertos y la respiración agitada.

Celia y Kitty estaban sentadas en la terraza mientras se ponía el sol y las sombras se alargaban, devorando la luz de la pradera y trepando como demonios por los muros del castillo. Envueltas en chales, sostenían en las manos sendas tazas de la infusión de cannabis de Adeline, que Celia encontraba muy eficaz para embotar su dolor. Escuchaban el clamor de los pájaros y el grito desolado de una gaviota solitaria que planeaba dejándose llevar por el viento, allá arriba.

—Pensaba que ya me había tocado sufrir lo suficiente cuando murió George —dijo Celia con voz queda—. Pero ese zarpazo puede llegar en cualquier momento, ¿verdad?, y quitártelo todo.

—Ay, Celia... No puedo dejar de preguntarme: «¿Por qué?»

—Yo también me he hecho esa pregunta mil veces, créeme, tantas que me sorprende que todavía exista. Sé por qué lo hizo, pero sigo sin entenderlo. En ningún momento me dijo que dejara de gastar. Ni una sola vez me negó nada. Lo devolvería todo, todo, si pudiera dar marcha atrás al reloj y empezar de nuevo. Me encanta este sitio, pero podría haber refrenado mi ambición. Ahora lo sé.

—No podías prever esto —repuso Kitty con ternura.

—Eso es lo que me pone furiosa. ¿Por qué no me avisó? Ni siquiera lo intentó —dijo Celia, y se le quebró la voz.

Hizo una pausa para serenarse. Kitty bebió un sorbo de infusión y esperó. La gaviota se alejó, llevándose consigo su triste grito. Las sombras comenzaban a dar paso al anochecer. Pronto caería la noche y obligaría a Celia a encarar sus miedos. Por eso ahora Kitty pasaba a menudo la noche con ella: la asustaba dormir sola.

—No me dio ninguna pista —prosiguió Celia—. Podríamos haber resuelto esto juntos, pero prefirió marcharse y dejarme sola. Dejar a sus hijas sin padre. ¿Cómo pudo ser tan cobarde?

Kitty no supo qué decir. Era la primera vez que su prima llamaba cobarde a Archie.

—Un hombre como es debido no le haría eso a su mujer y sus hijas —añadió Celia—. Un hombre como es debido me habría obligado a escucharle y me habría explicado la situación. Pero Archie no era así. Mientras yo gastaba alegremente, llenando de lujos el castillo y comprando cuadros en Italia, él afrontaba la ruina económica. Dios mío, Kitty, me pone tan furiosa... —Se llevó la taza a los labios y bebió un largo trago—. Cuando pienso en él ahora, no me siento triste, me siento traicionada. —Se rio histéricamente—. Si lo ves, puedes decirle lo enfadada que estoy.

—Puedes decírselo tú misma, Celia. Estoy segura de que te está viendo y de que desearía no haberte causado tanto dolor.

—¿Está en el infierno? —preguntó Celia quedamente—. El reverendo Maddox me diría que es un pecado terrible quitarse la vida. Diría que Archie está en el infierno.

—Pero Dios sabe perdonar, Celia.

—Pues yo no. Todavía no. —Suspiró profundamente y apuró su taza—. En fin, voy a vender el mobiliario del castillo. Boysie me ha puesto en contacto con un tal señor Brickworth que va a venir de Londres a tasarlo todo y luego hará un catálogo grande y reluciente para que todo Londres lo vea. Es bochornoso, pero ¿qué otra cosa puedo hacer?

—Lo siento muchísimo —dijo Kitty—. Pero quizás así no tengas que vender el castillo.

—Tendré que dormir en un colchón en el suelo. Es ridículo. ¿De veras vale la pena?

—No, no vale la pena. La vida es demasiado corta. Véndelo y sigue adelante. —Kitty sonrió, apenada—. Podría decirte que es solo un castillo, pero tú sabes también como yo que es mucho más que eso.

—Para mí lo es todo —dijo Celia con los ojos dilatados y brillantes—. Todo.

—Para mí también —repuso Kitty, y vio que Celia cogía la tetera y volvía a llenarse la taza.

—¿Nos embriagamos esta noche y olvidamos todas nuestras penas?

Kitty le tendió su taza.

—¿Por qué no? —dijo.

22

De pie junto a la ventana de su despacho, Digby observaba furtivamente el camino de entrada a la casa y, más allá, la ancha avenida de frondosos plataneros que se extendía por espacio de media milla entre Kensington y Notting Hill. Aquella era, sin lugar a dudas, una de las calles más selectas de Londres y él estaba orgulloso de vivir en ella. Meditaba acerca de sus inicios, mucho más modestos. Hijo menor de una familia de terratenientes venida a menos, siempre fue consciente de que sus padres tenían mucho más interés en trepar por la escala social que en él. Ansioso por escapar del mundo opresivo de su madre, partió hacia Sudáfrica dispuesto a hacer fortuna en las minas de diamantes. Allí vivió en tiendas de campaña, arrostrando el polvo y el calor del verano y el frío paralizante del invierno, y sin embargo, de algún modo, encontró dentro de sí una fortaleza que ignoraba poseer. Mientras miraba a un lado y otro de la calle, su mente regresó de nuevo a las minas de diamantes de Sudáfrica. Había tenido suerte, pero hasta cierto punto era él quien la había propiciado: a fin de cuentas, Dios solo ayuda a quienes se ayudan a sí mismos. Entonces, un movimiento en la calle captó su atención.

Era aquel hombre otra vez. Estaba parado al otro lado de la calle, con el sombrero echado sobre la cara. Vestía un mugriento abrigo largo y corbata y sostenía un periódico doblado bajo el brazo. Fumaba lánguidamente, como si tuviera todo el tiempo del mundo. Digby se rio sin ganas. Si no fuera tan siniestro, tendría gracia. Parecía un rufián de comedia, allí apostado, entre las sombras. *Pues a mí no va a intimidarme*, pensó Digby resueltamente. *Que haga lo que tenga que hacer. Ya veremos lo que consigue.* Pero, pese a aquel arranque de fanfarronería, no se sentía tan fuerte ni tan seguro de sí mismo como intentaba aparentar. En otro tiempo se había sentido indomable, pero con el paso de los años las sucesivas pérdidas que había sufrido habían ido minando su confianza en sí mismo: la pérdida de seres queridos, la pérdida de su juventud, la pérdida de ese sentimiento de ser invulnerable, incluso inmortal. En otros tiempos, un sujeto como Aurelius Dupree apenas habría logrado hacerle mella. En cambio ahora…

Él no solo había levantado un negocio de la nada. También se había labrado una reputación. Era un pilar de la comunidad, contribuía con su dinero al sostenimiento del Partido Conservador. Entre sus amigos se contaban miembros de la realeza, políticos y aristócratas. No solo hacía generosas donaciones a obras de caridad, sino que era un mecenas de las artes. Era uno de los principales benefactores de la Royal Opera House, porque Beatrice era una amante de la ópera y el ballet y asistía a menudo a las representaciones. Incluso les invitaban con frecuencia al palco real. Pertenecía a diversos comités y era miembro de varios clubes de prestigio, como el White's. Tenía también, por supuesto, sus compromisos hípicos y desde que había ganado el Derby era un personaje muy respetado en ese ámbito. Su caballo, *Lucky Deverill*, era desde hacía tiempo uno de los favoritos en las apuestas. Digby se enorgullecía de su talento aparentemente infalible para hacer dinero. Era un jugador, un especulador, se arriesgaba siempre y sus envites solían rendirle pingües beneficios. Pero a todo el mundo se le acababa la suerte. Estaba pensado seriamente en probar suerte en la política. A los *randlords* —los potentados que habían hecho fortuna en las minas de diamantes— no se los consideraba del todo respetables, pero él estaba superando ese estigma gracias a su encanto y su dinero. Quizá pudiera comprar un periódico, como había hecho su amigo lord Beaverbrook, y entrar así en política. *Si no fuera por Aurelius Dupree*, se dijo irritado, *nada me detendría.*

Digby observó a Aurelius Dupree apostado en la calle. No parecía tener intención de moverse de allí, y él también observaba a Digby. De hecho, se vigilaban mutuamente como un par de toros. Ninguno de los dos quería mostrarse débil siendo el primero en apartar la mirada. Digby, no obstante, tenía mejores cosas que hacer que competir en aquel concurso, de modo que se retiró de la ventana y llamó a su chófer para que lo llevara al club. Era un hermoso día de verano, pero no quería arriesgarse a cruzar el parque hasta St. James's, por si se topaba con Aurelius Dupree. Aquel individuo podía escribir todas las cartas que quisiera, que él no pensaba concederle audiencia. No lograría acercarse a él, por más que montara guardia delante de su casa. Y, con un poco de suerte, al final se daría cuenta de que era un empeño inútil y volvería a meterse bajo la roca de la que había salido.

Harry y Boysie quedaron para comer juntos en el White's. Habían pasado seis meses desde que Charlotte había dado permiso a Harry para volver a frecuentar a su amigo, y desde entonces se veían a menudo. No habían retomado, en cambio, sus encuentros furtivos en el Soho. Charlotte había dado su bendición a la amistad entre ambos, pero no había dicho en ningún momento que pudieran acostarse, aunque tampoco lo había prohibido expresamente. Harry se sentía profundamente en deuda con ella por su tolerancia y no quería traicionar su confianza metiéndose en la cama con Boysie. Si aquello era lo único que se les permitía, ambos lo aceptaban de buen grado. Harry se sentía feliz con solo respirar el mismo aire que Boysie. Se decía que no necesitaba hacerle el amor. Pero con el paso de los meses cada vez les resultaba más difícil mantener las distancias.

Estaban sentados en el comedor, rodeados por caras conocidas, pues los hombres más distinguidos de Londres formaban parte del White's. Pero Boysie y Harry solo tenían ojos el uno para el otro.

—Es preferible ser un ignorante, como Deirdre —comentó Boysie—. De ese modo es perfectamente factible ser feliz.

—Charlotte se alegra de que volvamos a ser amigos —dijo Harry con firmeza.

—Pero te está vigilando, no te confundas. Vigila cada uno de tus movimientos. Un solo desliz y te verás en un lío muy gordo, muchacho. —Boysie se rio, pero sus ojos delataban su tristeza—. ¿Esto es lo que único que va a poder haber entre nosotros ya?

Harry fijó la mirada en su copa de vino.

—No lo sé.

Boysie suspiró con su despreocupación habitual e hizo un mohín cargado de petulancia.

—No estoy seguro de poder soportarlo.

—Tienes que soportarlo —repuso Harry alarmado—. Es lo único que se nos permite. Y es mejor que nada. No podría vivir sin nada.

—Estoy seguro de que Charlotte es consciente de eso desde que Archie se quitó de en medio. —Boysie esbozó una sonrisa maliciosa—. ¿De verdad te matarías por mí? —preguntó inclinándose sobre la mesa y clavando sus hermosos ojos verdes en los de Harry.

—Se me pasó por la cabeza —reconoció Harry serenamente.

—Pues no lo hagas —dijo Boysie—. Porque yo no tengo valor para hacerlo y, desde luego, no podría vivir sin ti. No te irás y me dejarás solo, ¿verdad?

Harry sonrió.

—No, claro que no.

—Bueno, entonces estamos de acuerdo. Me quitas un peso de encima. Ya sabes que ese hotelito del Soho sigue ahí. Nadie se enteraría. Ni siquiera a Charlotte se le ocurriría buscarte allí.

—No podemos —dijo Harry en voz baja, y miró con nerviosismo a izquierda y derecha por miedo a que alguien los oyera.

—¿Sabes?, Celia me ha dicho que le han hecho una oferta para comprar el castillo con todo lo que contiene —dijo Boysie, cambiando de tema en vista de que la respuesta de Harry a su sugerencia era la de siempre—. Las noticias vuelan.

Harry puso cara de sorpresa.

—¿Cuándo te lo ha dicho?

—Esta mañana. Me llamó por teléfono.

—¿Y bien? ¿Qué te dijo? ¿Va a venderlo? —Harry parecía horrorizado.

—Claro que no. Adora el castillo. Solo va a vender el mobiliario. La mayoría. Estoy seguro de que se quedará con una o dos camas.

Harry meneó la cabeza.

—Es horrible. No soporto pensar en su situación. Está terriblemente sola sin Archie.

—Querido, no solo ha perdido a Archie. Ha perdido su *joie de vivre*. Su *esprit*. Creo que deberíamos convencerla de que venga a Londres a pasar una temporada. Necesita salir, ver gente, acordarse de cómo es de verdad.

—No debería ser viuda —repuso Harry.

—A no ser que sea una viuda alegre. Nosotros le recordaremos su lado alegre, ¿verdad que sí, muchacho?

—Dios mío, qué bien lo pasábamos antes —suspiró Harry, y empezaron a rememorar con nostalgia sus vidas antes de que aparecieran Charlotte y Deirdre para complicarlo todo.

Al poco rato, Digby entró en el comedor del club con gran alboroto. Con sus dientes blancos y relucientes, su pelo rubio peinado hacia atrás y sus gemelos de diamantes, saludó a sus amigos casi a gritos mientras circulaba entre las mesas repartiendo comentarios ingeniosos o encantadores aquí y allá. Harry y Boysie interrumpieron su conversación para verlo avanzar hacia ellos. Su llamativo atuendo y su expansiva personalidad causaban siempre cierto revuelo entre los miembros de un club tan extremadamente convencional como el White's.

—¡Ah, chicos! —exclamó al llegar a su mesa—. Por lo menos hay un sitio en Londres donde podemos vernos libres de nuestras esposas.

Se echó a reír sin darse cuenta de cuán certeras eran sus palabras en el caso de Harry y Boysie y siguió camino hacia la mesa donde lo aguardaban sus invitados.

Grace llamó a la puerta de la casa de los Doyle. Era la primera vez que visitaba la granja, pues durante la Guerra de Independencia Michael y ella se veían en su mansión, o bien en el establo de Badger Hanratty, en las colinas. Al abrir la puerta, se le aceleró el corazón pensando que iba a ver a Michael, *el Papa*, cuya religiosidad le repugnaba y por el que sin embargo seguía sintiendo una intensa atracción física. Percibió su presencia, pues su energía vibraba con fuerza, como una nota musical que resonaba en cada palmo de la granja, y su exaltación se intensificó. Oyó una voz y, cuando sus ojos se acostumbraron a la penumbra, vio a una anciana sentada en una silla junto al hogar.

—Buenos días —dijo.

La anciana levantó sus ojos fatigados y una expresión de sorpresa se pintó en su cara cadavérica. La vieja señora Nagle no esperaba ver entrar a una dama en su humilde morada.

—Soy lady Rowan-Hampton. Vengo a ver la señora Doyle.

Un momento después, la señora Doyle apareció al pie de la escalera. Entró en la habitación retorciéndose las manos con nerviosismo. Era más baja de lo que recordaba Grace. Tenía la piel tan llena de líneas como un mapa y sus ojos redondos eran tan negros como los de Michael. Asintió bruscamente con la cabeza.

—Buenos días, señora —dijo.

—El padre Quinn… —comenzó Grace con cierto nerviosismo. No quería que nadie supiera que estaba allí, aparte de Michael, claro. Por eso había venido, a fin de cuentas.

—Ah, sí, el padre Quinn insistió mucho en que había que extremar la discreción. Puede usted estar segura de que ni mi madre ni yo diremos una palabra, Dios no lo quiera. —Pareció no saber qué hacer a continuación, y de pronto se acordó de sus buenos modales y ofreció a Grace asiento junto a la mesa—. ¿Le apetecería un té, señora? La tetera está caliente.

—Gracias, me encantaría —contestó Grace al sentarse.

Sentía el olor de Michael, como si hubiera estado allí un momento antes, empequeñeciendo la habitación con sus anchos hombros y su autoritaria presencia. Se preguntó dónde habría ido y si volvería pronto. No sabía cuánto tiempo aguantaría hablando de Dios con su madre.

La señora Doyle puso una tetera y un plato con un bizcocho de pasas encima de la mesa, ante ella, y se sentó cruzando las manos sobre el regazo. Esperó a que Grace comenzara a hablar. Haciendo un esfuerzo, Grace dejó de pensar en Michael y trató de concentrarse en aquella farsa. No sentía deseo alguno de convertirse al catolicismo pero, si era necesario para reconquistar a Michael, seguiría hasta el final.

—Como le habrá dicho el padre Quinn, me gustaría hacerme católica —dijo—. Ello va en contra de los deseos de mi familia, pero siento la llamada de Dios, señora Doyle, y quiero responder a esa llamada.

—¿Y en qué puedo ayudarla? —preguntó la señora Doyle frunciendo el ceño.

—Quiero saber lo que significa vivir en el seno del catolicismo. El padre Quinn la propuso a usted como modelo a seguir. Es usted una buena católica, señora Doyle. Me gustaría que me diera ejemplo.

La señora Doyle se relajó al comprender que eso era lo único que se esperaba de ella. Se consideraba, desde luego, una buena católica, y de buena gana le explicaría a lady Rowan-Hampton cómo llevar una vida piadosa.

—¿Quiere…? —comenzó a decir, pero Grace la interrumpió.

—Hábleme de su vida desde el principio, sí, eso sería sumamente interesante. ¿Cómo es criarse siendo católica?

La señora Doyle comenzó a rememorar su vida, y la mente de Grace, a vagar por la casa en busca de Michael. La vieja señora Nagle se había dormido en su silla, con la cabeza caída hacia delante como una muñeca de trapo. Un hilo de baba le caía por la comisura de la boca, hasta los pelos blancos del mentón y la camisa holgada que cubría su escuálido pecho. La señora Doyle siguió hablando, cada vez más animada. Le habló del ángelus, de sus oraciones diarias, del rosario, de la misa y de las pequeñas cosas que hacía cada día como parte de su devoción religiosa. Grace escuchaba a medias, asintiendo con la cabeza cuando tocaba. Sin quitar ojo a la puerta, dejó hablar a la señora Doyle y deseó con todas sus fuerzas que aquella puerta se abriera y entrara Michael.

Cuando la señora Doyle se detuvo por fin para tomar aliento, ella se había terminado su té. La habitación estaba casi a oscuras y la vieja señora Nagle se había despertado con un sobresalto. Grace comprendió que no podía quedarse más tiempo. No creía que pudiera soportar seguir oyendo la voz monótona de la señora Doyle ni un minuto más. Entonces, de golpe, se abrió la puerta y supo que era Michael antes de verlo. Echó hacia atrás su silla y se levantó de un salto, olvidándose por un instante de que la vieja señora Nagle y la señora Doyle la miraban fascinadas, como si fuera un ave exótica que hubiera decidido por capricho juntarse con los gansos.

Michael la miró con sorpresa. Había visto su coche aparcado fuera y se preguntaba qué demonios estaba haciendo en su casa. ¿Se había vuelto loca?

—Lady Rowan-Hampton —dijo en un tono que parecía exigir una explicación.

Grace sonrió dulcemente.

—Hola, señor Doyle —dijo, contenta de poder mantenerlo en suspenso por un instante.

Él miró a su madre, que se había levantado con esfuerzo.

—Lady Rowan-Hampton y yo tenemos mucho de que hablar —dijo la señora Doyle y, fiel a su palabra, no mencionó el motivo de su visita.

—¿Hablar? ¿De qué? —preguntó él.

—¿Quieres un té? —dijo ella acercándose a la chimenea—. Voy a poner la tetera a hervir.

—Tengo que irme —dijo Grace, que se había animado visiblemente—. Muchísimas gracias, señora Doyle. Le agradezco mucho que me haya dedicado este rato. Quizá podríamos volver a vernos para seguir hablando.

—Como guste —contestó la señora Doyle, halagada. Había disfrutado hablándole de sí misma a alguien que la escuchaba con tanta atención.

Michael parecía perplejo.

—La acompaño a su coche, lady Rowan-Hampton —dijo abriendo la puerta.

Grace pasó a su lado con la cabeza muy alta y una sonrisa satisfecha en los labios.

Fuera, el sol declinaba. El trino de los pájaros llenaba el aire de un sonido estival. Una brisa ligera soplaba sobre los acantilados. Michael se volvió hacia ella, con la cara envuelta en sombras.

—¿Qué está pasando, Grace?

—Voy a convertirme al catolicismo —afirmó ella con sencillez.

Michael arrugó el ceño.

—Y un cuerno —contestó.

—Oh, claro que sí —insistió ella con una sonrisa—. Tu madre me está ayudando como asesora espiritual. El padre Quinn me sugirió que viniera a hablar con ella. Es una mujer admirable.

—Tú no vas a convertirte al catolicismo. Sir Ronald se divorciaría de ti.

—Ronald no va a enterarse —dijo ella con ligereza—. Como bien sabes, llevamos vidas separadas. En su momento, te convenía que así fuera.

Él hizo una mueca compasiva.

—¿A qué viene esto, Grace? —preguntó con suavidad.

—No tiene nada que ver contigo, Michael. He pasado página. Puedes estar seguro de que no volveré a tentarte para que te apartes del camino que has elegido. Respeto tu devoción. De hecho, la admiro. —Bajó los ojos pudorosamente y titubeó como si le costara encontrar las palabras adecuadas—. He hecho cosas en mi vida de las que me siento profundamente avergonzada —dijo bajando la voz— Quiero hacer las paces con Dios. Quiero pedir perdón y quiero llevar una vida mejor. Lo que hubo entre nosotros fue intenso y yo no querría cambiarlo por nada del mundo. Pero he empezado un nuevo capítulo. El anterior está cerrado, para siempre. —Se acercó a su coche—. Me alegro de verte —añadió—. De veras. Espero que podamos ser amigos, Michael.

Él asintió en silencio, pero su ceño fruncido mostraba hasta qué punto estaba desconcertado. La vio abrir la portezuela del coche y subir a él. Luego, Grace levantó la mano y le dedicó un breve saludo antes de arrancar.

Miró por el espejo retrovisor y al verlo observándola, ceñudo, sonrió, satisfecha con su plan e ilusionada con aquel nuevo complot.

Costó convencer a Celia para que regresara a Londres a pasar unos días, pero Boysie y Harry insistieron en que no debía estar sola cuando más necesitada estaba de sus amigos. Ella argumentó que tenía a Kitty y Bertie muy cerca y que las Arbolillo iban a visitarla todos los días con un pastel empapado en whisky.

—Razón de más para que escapes a Inglaterra —repuso Boysie, y Celia se echó a reír y cedió por fin.

Llegó a Londres a principios de julio y Beatrice la recibió con los brazos abiertos. Puso flores frescas en su habitación y organizó almuerzos con sus amigos más queridos. Sabía que a su hija no le apetecería dejarse ver en sociedad y que, sin embargo, la compañía de sus seres queridos sería un bálsamo para su espíritu maltrecho. Hasta Leona y Vivien fueron amables con ella y se abstuvieron de mencionar el suicidio de Archie o de preguntarle si tendría que vender el castillo. Celia sabía que todos ardían en deseos de preguntárselo, y agradeció su tacto y su contención. Es decir, hasta que Augusta se autoinvitó a tomar el té.

La abuela de Celia llegó en un reluciente Bentley negro de morro largo y fino y grandes faros redondos que se hinchaban como ollares. El coche llegó a Kensington Palace Gardens y se detuvo al pie de la escalinata que conducía a la espléndida entrada de la mansión. Augusta esperó a que el chófer le abriera la portezuela y le ofreciera la mano y después se apeó con parsimonia, agachando la cabeza lo justo para no aplastar las plumas de su sombrero. El chófer le entregó su bastón, pero sabía que su señora no se tomaría a bien que intentara ayudarla a subir los escalones. «Todavía no estoy tan decrépita», le diría desdeñosamente, apartándolo.

Con el aspecto de una gran dama victoriana, ataviada con un largo vestido negro cuyo cuello alto le constreñía la garganta y el cabello plateado recogido en un moño flojo bajo el sombrero, pasó junto al mayordomo sin decir palabra y encontró a Celia esperándola cumplidamente en el vestíbulo, al pie de la escalera. Augusta, que no veía a su nieta desde la muerte de Archie, la atrajo hacia sí y la estrujó, emocionada, contra su amplio pecho.

—Mi querida niña —dijo—, nadie tendría que pasar por lo que has pasado tú. Nadie. La indignidad del suicidio me resulta insoportable.

Celia sintió alivio cuando apareció su madre y subieron las tres al salón.

Augusta se acomodó en el sofá, se quitó los guantes y los dejó sobre su hondo regazo.

—Todo este asunto ha sido de lo más fastidioso —afirmó sacudiendo la cabeza de modo que las plumas temblaron como una gallina asustada—. Porque, ¿qué iba a decirles a mis amigas? Si no hubiera salido en todos los periódicos podría haber inventado algo, pero no: tuve que reconocer que el pobre hombre se había ahorcado. Estoy segura de que ha de haber alguna manera de quitarse de en medio sin cubrir de bochorno el nombre de tu propia familia.

Beatrice se apresuró a zanjar el tema. Ya habían pasado suficiente tiempo debatiendo qué había empujado a Archie a suicidarse.

—Así son las cosas —dijo—. Ahora tenemos que mirar adelante y pensar en el futuro.

—El muy idiota podría haberse tragado su orgullo y haber pedido ayuda a Digby. Digby es tan rico como Creso —afirmó Augusta frunciendo los labios en una sonrisa vanidosa al pensar en los logros de su hijo—. De todos mis polluelos, es el que ha llegado más alto y más lejos. Pero el orgullo es una cosa espantosa.

Beatrice le entregó una taza de té.

—Creo que no es tan sencillo, Augusta —dijo.

Celia miró a su madre e hizo una mueca mientras su abuela echaba dos terrones de azúcar en su té.

—¿Cómo está Stoke?

—Delicado —respondió Augusta—. No durará mucho, me temo. Cuando lo veo por las mañanas, siempre me sorprende que siga aquí. Yo también estoy muy delicada, pero lo disimulo, por supuesto.

—A mí me pareció que tenía una aspecto estupendo la última vez que lo vi —comentó Celia.

—Puede ser, pero tiene sus altibajos. Debió de ser uno de sus días buenos. Por desgracia, los últimos meses han sido muy malos. Cuando uno es tan mayor como él, el declive puede ser muy rápido. Aun así, ha tenido una buena vida. —Antes de que Beatrice pudiera objetar, Augusta añadió con estridencia—: En cuanto a mí, pensé que no sobreviviría al suicidio de Archie y aquí estoy. Una tragedia más y creo que mi corazón echará el cierre. Una tiene un límite. He llorado tanto que no me queda dentro ni una sola lágrima.

Procedió entonces a hacerles una relación detallada de qué conocidos suyos habían enfermado, fallecido o se hallaban dando las últimas boqueadas. Cuanto más truculento era el relato, más la satisfacía.

—Así que, ya veis, he de considerarme afortunada. Cuando me comparo con ellos, me doy cuenta de que la vergüenza es en realidad muy poca cosa. A fin de cuentas, nadie se muere de eso.

—Ninguno de nosotros se siente tan avergonzado —dijo Beatrice—. Solo estamos profundamente tristes por Archie y por Celia. Pero procuramos no regodearnos en nuestra pena.

—Me ha dicho mi contacto en Christie's que vas a vender el mobiliario del castillo —dijo Augusta, y Celia se sonrojó—. ¿Se puede saber por qué? Seguro que Digby no lo permitirá.

—Digby no está en situación de ayudar a Celia —dijo Beatrice, y le agradó ver la cara de sorpresa que ponía su suegra.

—¿Cómo que no está en situación de ayudarla? Por supuesto que sí.

—Me temo que no. La crisis bursátil ha afectado a todo el país, Digby incluido.

—Santo Dios, no te creo.

—Me temo que es cierto.

—Hablaré con él de inmediato…

—No, por favor —dijo Beatrice rápidamente—. No querrá hablar del tema. Ya sabes cómo es. Como tú, Augusta, se lo calla todo. De cara a la galería, está perfectamente. Pero tú eres su madre, así que te darás cuenta de que no es así. Celia tiene que vender el mobiliario del castillo para pagar las deudas de Archie, que son muchas.

Le dieron ganas de añadir «y las deudas de su familia», pero no quería avergonzar más a su hija. Celia hizo una mueca al pensar en el dinero que tenía que reunir, pero se apresuró a alejar de sí esa idea angustiosa. Mientras estuviera sentada en el suntuoso salón de su madre, podía fingir que todo iba bien.

—¿Y el castillo? —preguntó Augusta en tono crispado.

Celia se encogió de hombros.

—Puede que también tenga que venderlo —respondió.

Augusta tomó aire.

—Eso me llevará a la tumba, no hay duda —declaró—. Puede que, después de todo, me muera de vergüenza.

Celia escapó de su abuela y del calor agobiante de Londres y huyó a Deverill Rising, en Wiltshire, para pasar el fin de semana con su familia. Invitó a Boysie y Harry, que llegaron acompañados por sus esposas, pero al menos en el campo de golf pudo librarse de ellas, puesto que ni Charlotte ni Deirdre practicaban ese deporte. Ellos parecieron igual de aliviados de desembarazarse de ellas durante un rato.

Digby, vestido con unos llamativos bombachos de cuadros verdes, largos calcetines del mismo color y un jersey rojo sin mangas sobre una camisa amarilla, era un golfista irregular. Se reía a carcajadas cuando mandaba la bola al *rough* y lanzaba un puñetazo al aire cuando, por milagro, atinaba a meter una en el hoyo. Sus dos labradores negros se lanzaban derechos a la arboleda como un par de focas en busca de pescado y aparecían minutos después con las bocas llenas de pelotas de golf, casi todas ellas de Digby, de partidas anteriores.

Celia jugaba bien. A Boysie y Harry, que vestían elegantemente, con colores claros y bien conjuntados, les interesaba menos el deporte. Para ellos, el golf era un simple pretexto para pasar la mañana juntos en compañía de personas que no los juzgaban.

—La abuela me acribilló a preguntas —le dijo Celia a su padre mientras iban hacia el siguiente hoyo—. Es increíblemente insensible.

—Lamento que hayas pasado por eso, y tienes razón: no se anda con contemplaciones.

—Dice que se morirá de vergüenza si vendo el castillo.

—Vivirá más que todos nosotros, acuérdate de lo que te digo —repuso Digby.

—Cree que el abuelo está al borde de la tumba.

—El abuelo no va a ir a ninguna parte —repuso Digby con firmeza—. Si ha sobrevivido sesenta y tantos años casado con ella, sobrevivirá unos cuantos más. —De pronto se echó a reír—. Estoy seguro de que, después de tantos años, está inmunizado contra ella.

Celia metió las manos en los bolsillos de su chaqueta de punto.

—Me han hecho una oferta por el castillo —dijo—. Una oferta importante. Mucho más de lo que vale.

Digby se paró en seco.

—¿Sabes de quién es?

—No, no lo sé. Un ricachón americano.

—¿Me estás pidiendo consejo?

—Sí. Tú conoces mi situación financiera mejor que yo. Es todo tan complicado, y hay tantos ceros… Odio todos esos horribles ceros.

—No tienes por qué vender —dijo su padre, y una sombra cruzó su rostro—. Al menos, no todavía.

—Quiere comprar el castillo con todo lo que contiene.

—No tienes que vender el castillo —repitió Digby con decisión, echando a andar de nuevo—. Lo salvamos una vez y volveremos a salvarlo. Pero ¿dónde se han metido esos dichosos perros?

Su padre puso la pelota en el *tee* y colocó los pies en posición. Celia advirtió que se había puesto muy colorado, pero pensó que se debía al esfuerzo de atravesar el campo de golf. El recorrido era largo y el sol de verano caía a plomo. Celia se preguntó si su padre no debería quitarse el jersey. Él alineó su palo e hizo un par de amagos sobre el *green*. Pequeñas gotas de sudor empezaban a formarse en su frente y su respiración se había agitado de repente, como si le costara tragar aire. Celia miró con nerviosismo a los chicos, que también lo habían notado y observaban a Digby con preocupación.

—Papá —dijo—, creo que deberíamos tomarnos un descanso. Hace mucho calor y hasta yo estoy un poco mareada.

Pero Digby estaba decidido a hacer su lanzamiento. Movió el palo, pero al girar el cuerpo le falló el brazo y cayó de rodillas. Celia corrió a su lado.

—¡Papá! —gritó, sin saber dónde poner las manos ni qué hacer.

Una náusea violenta se apoderó de su estómago. Digby tenía la cara amoratada. Sus ojos parecían a punto de escapar de las órbitas y su boca se abría en un grito silencioso. Se llevó una mano al pecho.

Harry y Boysie ayudaron a tenderlo sobre la hierba. Harry le aflojó la corbata y le desabrochó la camisa. Respiraba agitadamente. Tenía la mirada fija, pero no parecía ver nada. Luego, haciendo un ímprobo esfuerzo, agarró a Celia del cuello de la camisa y tiró de ella hasta que casi pegó su cara a la de él. Ella dejó escapar un gemido aterrorizado.

—Quema… mis… cartas —dijo su padre con voz sibilante.

Luego, su mano perdió fuerza y cayó al suelo.

TERCERA PARTE

Barton Deverill

Carlos II —metro ochenta y tres de estatura, cabello y ojos negros, ate-zado y endiabladamente guapo— se hallaba en sus aposentos del des-tartalado y laberíntico palacio de Whitehall. En compañía de su aman-te, la condesa de Castlemaine, su amigo el duque de Buckingham y sus *spaniels*, a los que él llamaba sus «hijos», estaba sentado a la mesa de naipes cuando lord Deverill entró en la sala y se inclinó en una profun-da reverencia.

—Majestad —dijo.

—Uníos a nosotros, Deverill —ordenó el rey sin levantar la mira-da—. Coged cartas. ¿Qué apostáis?

El rey disfrutaba ganándoles dinero a sus amigos, y Deverill depo-sitó unas monedas en el centro de la mesa y se sentó.

—¿Cómo son las mujeres allí, en la inhóspita Irlanda, Deverill?

—Guapas —contestó lord Deverill—. Pero no son las mujeres lo que me preocupa, Majestad, sino los rebeldes…

El rey agitó las manos, haciendo que sus grandes anillos brillaran a la luz de las velas y los intrincados volantes de encaje de sus mangas revolotearan en torno a sus muñecas.

—Os mandaremos más hombres, claro. Hablad con Clarendon —dijo, zanjando la cuestión sin más.

Lord Deverill sabía que era muy probable que los refuerzos llega-ran demasiado tarde, si es que llegaban en algún momento, dado que al rey le preocupaba más la amenaza de invasión de los holandeses.

—Qué considerado por vuestra parte, Deverill, casaros con una mujer hermosa —prosiguió el rey curvando los labios en una sonrisa lánguida cuando la condesa hizo un mohín y dejó escapar un suspiro de exasperación—. Estamos todos terriblemente cansados de ver siempre las mismas caras y chismorrear de las mismas personas. Debéis traerla a la corte más a menudo.

—Vendrá encantada, estoy seguro —contestó lord Deverill.

El rey, que era incapaz de resistirse al atractivo de una mujer hermosa, recibía el mote de *Old Rowley* por un macho cabrío, viejo y lascivo, que solía rondar por sus jardines privados. Lord Deverill, que no creía que le sentara bien lucir un par de cuernos, resolvió que, cuanto antes se llevara a su esposa a Irlanda, tanto mejor.

No era aquel, sin embargo, el momento más idóneo para llevarla al castillo de Deverill. Barton dejó a su esposa a salvo en su mansión de Londres y regresó a casa. La travesía del mar de Irlanda fue larga y ardua, pero el tiempo era favorable y llegó a tierra sin contratiempos. Acompañado por una pequeña escolta de hombres del rey que fue a recibirlo al puerto, galopó por las colinas camino de Ballinakelly.

El viento soplaba en fuertes rachas, empujándolo hacia delante, y unas nubes grises y opresivas pendían sobre él, cargadas de lluvia. Faltaban apenas unas semanas para la primavera y, sin embargo, el paisaje parecía ventoso y frío y las yemas que empezaban a formarse en los árboles permanecían firmemente cerradas. Pero, a pesar de la luz lúgubre y el cielo plomizo, la suave belleza de Irlanda era arrebatadora. Sus campos verdes y ondulantes le conmovieron profundamente, y lord Deverill temió la escena de destrucción que lo esperaba al llegar a casa.

Nervioso, cabalgó hasta la cresta de la colina y contempló el valle en el que se alzaba su castillo, de cara al mar. Le dio un violento vuelco el corazón al ver aquella manifestación de todas sus ambiciones convertida en una lúgubre ruina de la que todavía brotaba un hilo de humo. La furia se agitó en su pecho como una bestia dormida a la que el pinchazo de una espada hubiera despertado súbitamente. Clavó las espuelas en los flancos de su montura y bajó por el camino al galope. Sintió un calambre de angustia en las entrañas al acercarse al escenario de la batalla. Aunque el castillo seguía en pie, había sufrido terribles daños y la torre oriental había sido pasto de las llamas.

Reconoció de inmediato los colores de su amigo, el duque de Ormonde, y los soldados, al verlo, se apresuraron a conducirlo ante su capitán.

—Lord Deverill —dijo este cuando Barton entró en el salón.

—¿Qué demonios ha ocurrido? —preguntó mientras sus ojos recorrían febrilmente la estancia en busca de daños, sin encontrar ninguno. Al menos los rebeldes no habían logrado abrirse paso hasta el interior del castillo, se dijo.

—Su excelencia acudió en su auxilio en cuanto oyó la noticia. Llegamos justo a tiempo de asegurar el castillo. Vuestros hombres se hallaban en situación desesperada. De no ser por la rápida intervención de su excelencia, en estos momentos no tendríais casa a la que volver.

—No sé cómo expresaros mi gratitud. Estaré siempre en deuda con el duque —repuso lord Deverill con calma.

El duque y lord Deverill se habían hecho grandes amigos durante el exilio francés del rey Carlos II, del que eran fieles seguidores. En el momento de la restauración, Ormonde había recuperado sus vastos dominios en Irlanda, confiscados por Cromwell, y recuperado el rango de lugarteniente de Irlanda que ocupara en tiempos de Carlos I. Era, por tanto, el hombre más poderoso del país. Un aliado importante, desde luego, pero también un amigo de confianza. Ormonde no le había fallado cuando más necesitaba Barton su ayuda.

—¿Quién está detrás de esto? —gruñó—. ¡Por Dios que haré que les corten la cabeza!

—Los que han sobrevivido están presos en los establos. Podéis estar seguro de que el duque se encargará de que reciban un castigo severo. Esto no ha sido una simple rebelión contra vuestra autoridad, sino una insurrección en toda regla contra el rey, y ha de ser castigada en su justa medida.

—Debemos dar un escarmiento —añadió lord Deverill con vehemencia—. Que la gente de Cork vea lo que ocurre cuando se levanta contra sus señores ingleses.

El capitán se frotó la barbilla y frunció el ceño.

—Hay una mujer en el centro de la conspiración, lord Deverill. Va a ser juzgada por bruja.

Lord Deverill palideció.

—¿Una mujer? —dijo lentamente, aunque sabía muy bien de quién se trataba.

—En efecto. Una pagana llamada O'Leary, mi señor. Fue ella quien inició la rebelión. Los hombres la acusan de haberlos embrujado. A fin de cuentas, estas eran sus tierras, ¿no es cierto, lord Deverill? Y según nos han dicho os maldijo a vos y a todos vuestros descendientes. Son muchos quienes lo vieron.

Lord Deverill no supo qué decir. No podía negar que ella le había lanzado una maldición, y cualquier cosa que dijera en su favor podía ser contraproducente, teniendo en cuenta lo que él le había hecho en el bosque. Se imaginó su cara tal y como se le aparecía en ensueños diurnos y pesadillas nocturnas, y asintió con gesto crispado.

—Sí, así es —contestó.

Su mente buscó frenéticamente un modo de ayudarla, correteando por su cabeza como un conejo atrapado en un redil, pero no encontró ninguna. Apretó los dientes, recordándose a sí mismo que aquella mujer lo había traicionado y había incitado la rebelión, y que su castillo estaba en ruinas. No tenía por qué socorrerla, por qué amarla. Y sin embargo ella se había introducido bajo su piel y se había abierto paso en su corazón como una exquisita oruga que, adueñándose también de su conciencia, se hubiera transformado en una mariposa bellísima. ¿Era aquello también cosa de brujería?

—¿Qué será de ella? —preguntó.

El capitán hizo una mueca y se encogió de hombros.

—Probablemente acabe en la hoguera —contestó, y lord Deverill dio un respingo al oírlo.

—¿Probablemente?

—Sí. La decisión tienen que tomarla su excelencia el representante de Su Majestad y vos mismo.

—Muy bien —contestó Barton con un estremecimiento, consciente de que no había nada que decidir, ningún motivo para salvarla que no arrojara sospechas sobre él—. Se lo dejo a su excelencia. No tengo deseo alguno de verla.

No quería que ella le lanzara acusaciones, aunque dudaba de que alguien fuera a creerla. Le avergonzaba haberla tomado en el bosque.

—Estaba embarazada, milord, casi a punto de parir.

—¿Embarazada? —repitió lord Deverill, haciendo un gran esfuerzo porque no se le quebrara la voz. Pero la angustia que atenazó de pronto su estómago fue tan dolorosa como un golpe físico.

—Sí, pero perdió el niño —añadió el capitán—. Ahora será juzgada y que Dios se apiade de su alma.

Lord Deverill se mordió el labio inferior y se pasó la lengua por dentro, donde ella lo había mordido. Aún le parecía notar el sabor de la sangre. La idea de verla atada como un animal lo ponía enfermo. Estaba asustado, pero no porque ella fuera una bruja. Lo que le daba miedo era su propio corazón, y lo que podía impulsarlo a hacer.

—Así sea, pues —dijo, y salió de la sala.

23

Cuando Beatrice supo que Digby había muerto, la pena se apoderó de ella, venciéndola por completo. Ya en una ocasión, con inmenso esfuerzo, había logrado alejarse del abismo de la desesperación, y sabía que no le quedaban fuerzas para hacerlo de nuevo. Digby había sido su vela, su timón y el capitán de su barco, y ahora que él se había ido la vida se le antojaba tan salvaje y solitaria como un océano que amenazaba con tragársela. Se retiró a su habitación y se metió en la cama, donde permaneció en penumbra, temerosa de afrontar el mundo sin él. La muerte era preferible a vivir así, se decía lúgubremente mientras yacía acurrucada bajo la colcha, y el atractivo aterciopelado del olvido parecía llamarla con un susurro, prometiéndole cobijo en su silencio.

Celia estaba hundida y aturdida por haber perdido a su padre tan poco tiempo después del suicidio de Archie. Digby era para ella tan sólido como el suelo que pisaba. Firme, inquebrantable, inmortal. Le resultaba imposible imaginarse su vida sin él. ¿Cómo se las arreglaría? Nunca había tenido que pensar por sí misma. Su marido y su padre se habían encargado de todo. Ella nunca había mirado una factura, ni hablado siquiera con el director de su banco. Y si alguna vez tenía un problema, alguno de aquellos dos hombres tan capaces se lo solucionaba en un abrir y cerrar de ojos. ¿A quién podía recurrir ahora? A nadie. No tenía a nadie. Cavó muy hondo en busca de su fortaleza interior y solo encontró debilidad.

Boysie y Harry se llevaron a sus esposas a Londres, conscientes de que Charlotte y Deirdre solo conseguirían irritar a Celia y de que la familia necesitaba estar sola. Celia se despidió de ellos con un fuerte abrazo y copiosas lágrimas, y prometió avisarles de la fecha del funeral. Les dijo adiós tristemente con la mano desde los escalones cuando el taxi se alejó por la avenida.

—La muerte persigue a los Deverill como un depredador implacable —comentó Boysie con expresión sombría mientras la menuda figura de Celia iba haciéndose cada vez más pequeña, hasta que desapareció por fin cuando enfilaron la carretera.

—Eso parece, sí —dijo Harry.

—Pues haz lo posible por esquivarla, muchacho —añadió Boysie en voz baja.

—Si un hombre tan indomable como el primo Digby ha caído tan rápido, ¿qué esperanza nos queda a los demás?

Celia lloró la muerte de Digby junto a sus hermanas, Vivien y Leona. La tragedia las unió como solo ella puede hacerlo. Se trasladaron a Deverill Rising para ayudar a Celia a cuidar de su madre y su hermana se lo agradeció. El derrumbe de su madre la había sorprendido casi tanto como el fallecimiento de su padre, y era un alivio no tener que afrontarlo sola. Durante la semana siguiente, las tres hermanas rememoraron los viejos tiempos, cuando eran niñas, y vertieron lágrimas de pena y alegría al recordar a su padre, su ostentosa y a menudo chabacana manera de vestir y su energía irreprimible. Digby había sido uno de esos hombres cuya copa está siempre rebosante. Recordaron también a su hermano George, cuando era un niño pequeño y seguía a Harry por el castillo de Deverill como un perrillo fiel, y anhelaron poder regresar a esos veranos en Ballinakelly, antes de que la Gran Guerra y la Guerra de Independencia lo barrieran todo. Dieron largos paseos por las colinas de Wiltshire, buscando consuelo en la apacible serenidad de la naturaleza, solaz en sus recuerdos y fortaleza en su mutua compañía.

Augusta no se murió, como todo el mundo —sobre todo, ella— creía que ocurriría. Ateniéndose a la gran tradición británica, apretó los dientes, levantó el mentón y se negó a permitir que la muerte de su hijo pudiera con ella. Aceptó las condolencias con entereza, sabedora de que, si cedía a la pena, tal vez nunca recuperara la compostura, y se aferró a la religión, depositando su fe en Dios y deponiendo toda resistencia.

—La resignación es la única vía posible —le dijo a Maud, que fue a visitarla en cuanto oyó la terrible noticia—. Esto acabará con Stoke, estoy segura. No puede asumir que Digby haya muerto y ahí reside su error. Solo a través de la resignación se puede hallar la paz. A Digby le había llegado su hora y Dios lo ha acogido en Su seno. No tiene sentido rebelarse. Dios no va a devolvérnoslo. Hay que resignarse, esa es la clave.

Aunque Augusta siempre le había crispado los nervios, la filosofía con que se había tomado la muerte de su hijo llenó de admiración a Maud. Se preguntó, no obstante, si la anciana dama daba rienda suelta a su dolor en privado. Los cercos rojos de sus ojos, que podían pasar por signos de su edad avanzada, la convencieron de que, en efecto, así era.

El funeral se celebró en la iglesia parroquial, a escasos kilómetros de Deverill Rising. Solo asistió la familia. Bertie, Kitty y Robert, Elspeth y Peter y las Arbolillo vinieron desde Irlanda, y Augusta y Stoke, Maud y Victoria llegaron de Londres junto con Boysie y Harry, acompañados por sus respectivas esposas. Los dos hermanos de Digby acudieron con sus mujeres y algunos de sus hijos, pero la envidia que había anidado en sus corazones al hacerse rico Digby en Sudáfrica se dejó sentir incluso en el entierro de su hermano y se marcharon tan pronto como terminó el oficio religioso.

Beatrice llegó a la iglesia flanqueada por sus dos fornidos yernos, que la agarraban de los brazos, y volvió directamente a casa, donde se metió otra vez en la cama. No le apetecía hablar con nadie. Un solo pésame más y se rompería como una balsa endeble sacudida por una ola. Sollozando quedamente con la cara hundida en la almohada, dejó que los efectos de la infusión de cannabis que Kitty trajo de Irlanda la sumieran en la quietud, allá donde todo era sereno, fresco e inmóvil.

—Hola, Maud —dijo Bertie, acercándose con cautela a su esposa cuando la familia se congregó frente a la iglesia.

Ella sonrió compasivamente y él notó que sus ojos gélidos se habían deshelado un poco más desde la última vez que se habían visto, en Navidad.

—¿Por qué será que siempre nos reúne una desgracia? —preguntó.

No lo sé —contestó Bertie—. Pero ha habido muchas últimamente, ¿no?

—Pobre Beatrice, lo que debe de estar sufriendo...

Bertie se quedó atónito. Por una vez, Maud no pensaba en sí misma.

—Me acuerdo de cuando perdió a George. Pensé que no iba a recuperarse de ese golpe, pero al final lo consiguió. Ahora me temo que ha tocado fondo.

—Ha sido tan repentino e inesperado... Solo tenía sesenta y cinco años.

A Maud le brillaron los ojos de repente y una sombra de temor cruzó su mirada. O puede que fuera solo el reflejo de las nubes.

—La muerte puede llegarnos en cualquier momento. Nunca antes había tenido una conciencia tan aguda de mi propia mortalidad. Si Digby... —Contuvo el aliento—. Si Digby, que era tan fuerte y tan enérgico... Si él... —Se le quebró la voz.

Bertie posó la mano sobre su brazo. Ella no se apartó. Por el contrario, le dirigió una mirada benévola que suavizó los contornos cincelados de su rostro.

—Hay que vivir el momento, Maud —dijo Bertie, acordándose de pronto, con un estremecimiento, del día en que su primo le gritó exigiéndole que eligiera entre la vida y la muerte cuando él estaba a punto de perecer en el mar—. Digby me salvó la vida —añadió en voz baja.

—¿Sí? —preguntó Maud.

—Sí. De no ser por Digby, me habría ahogado en una botella de whisky.

—Oh, Bertie... —dijo ella con voz ahogada.

—Elegí vivir. Me rehíce. Juré no volver a malgastar la vida que me había dado Dios.

Maud se enjugó una lágrima con el guante.

—Me preguntaba qué te había ocurrido —dijo.

—¿Sí? —preguntó él, y sintió que algo semejante a la felicidad inundaba su espíritu.

Ella asintió con un gesto.

—Sí, Bertie, y me alegré mucho al ver de nuevo al hombre con el que me había casado.

—¿Tan lejos se había ido ese hombre?

Ella asintió de nuevo.

—Quizá llegue un momento en nuestras vidas en que podamos decir adiós al pasado —se aventuró a decir él.

—No sé —dijo Maud, temiendo retroceder a un rincón muy oscuro de su vida—. Quizá.

Kitty vio a sus padres caminando juntos al sol y se preguntó qué se estarían diciendo. Hasta donde ella sabía, Maud seguía paseándose por las fiestas de Londres del brazo de Arthur Arlington.

—Vamos a volver a casa a tomar una taza de té —dijo Hazel tocándole el hombro—. ¿Vienes con nosotras?

—Me vendría bien algo más fuerte que un té —repuso Kitty mientras buscaba a Robert con la mirada. Lo vio hablando con Bruce y Tarquin y dio por sentado que volvería con ellos en el coche—. Voy a esperar a Boysie y Harry —dijo—. Os acompaño hasta el taxi.

—¿Te acuerdas de la infusión de cannabis de Adeline? —preguntó Laurel mientras iban por el camino.

—¡Cómo no voy a acordarme! —exclamó su hermana.

—Si la tomáramos continuamente, ¿no seríamos todos más felices? —añadió Laurel.

—La vida pasaría de largo ante nosotros —dijo Kitty—. Y aunque eso a veces pueda ser muy agradable, creo que sufrir nos hace mejores personas. Nos ayuda a mirar más adentro, a compadecernos más de nuestros semejantes. ¡Qué egoístas seríamos si la pena no nos alcanzara nunca!

Hazel arrugó el entrecejo.

—Hablas igual que Adeline —afirmó.

Kitty sonrió.

—¿Sí? —Miró a las Arbolillo mientras subían al taxi—. Está aquí, ¿sabéis? —dijo con convicción—. Estoy segura de que se ha encargado de que Digby encuentre el camino de vuelta a casa.

Celia vio alejarse el taxi y luego recorrió con la mirada los rostros sombríos de los lugareños que habían acudido a dar el pésame a la familia. Los hombres aguardaban con el sombrero en la mano mientras las mujeres, algunas de ellas con niños pequeños, contemplaban la escena, apenadas. Entre ellos había un hombre ya mayor que llamó la atención de Celia porque no se había quitado el sombrero. Su rostro cadavérico no reflejaba compasión, ni lástima. Tenía, en cambio, una expresión fría y desafiante que la ofendió. Al advertir que lo estaba observando, el hombre entornó los ojos con desprecio. La miró fijamente, como si quisiera intimidarla, y Celia, sorprendida e impresionada por su ira, que era casi palpable, dio media vuelta y se fue en busca de Harry y Boysie. Cuando los encontró, se olvidó rápidamente de aquel individuo de mirada torva.

Tras asegurarse, incluso en su aflicción, de que Charlotte y Deirdre se marchaban con Maud y Augusta, regresó a casa con Harry y Boysie.

—¿Sabéis qué fue lo último que me dijo mi padre? —dijo con la vista fija en sus guantes negros mientras el coche avanzaba traqueteando por la carretera. Ellos negaron con la cabeza—. «Quema mis cartas» —añadió solemnemente—. Eso fue lo último que me dijo. No dejo de darle vueltas. ¿Creéis que tenía una amante? No soy tan ingenua como para creer que no buscaba entretenimiento de vez en cuando, pero ¿creéis que estaba enamorado de otra mujer?

Harry miró a Boysie, pero su amigo sabía que no debía angustiar aún más a Celia diciéndole lo que pensaba.

—No, no lo creo —dijo—. Quería a tu madre. Eso saltaba a la vista.

—Espero que tengas razón.

—Entonces, ¿vas a quemarlas? —preguntó Harry.

—No sé dónde están —contestó ella soltando una risa cargada de impotencia.

—Podrías empezar mirando en su despacho.

—Si tiene caja fuerte, ignoro cuál es la combinación. Y no estoy dispuesta a forzarla. —Suspiró—. Si vosotros tuvierais que esconder unas cartas de amor, ¿dónde las esconderíais?

Miró a Boysie y luego a Harry y el mundo pareció detenerse un momento. Vio a los dos jóvenes con repentina distancia y, desde esa perspectiva, experimentó un instante de clarividencia. ¿Por qué no se había dado cuenta antes?, se preguntó. De pronto le parecía tan obvio... Harry amaba a Boysie y, teniendo en cuenta que eran inseparables —y que a Boysie se le iluminaba el semblante cuando estaba con Harry—, estaba claro que el sentimiento era mutuo. Seguramente era así desde siempre. De repente todo tenía sentido. El mal humor de Charlotte, los meses que Harry y Boysie habían pasado sin verse, el hecho de que Boysie hubiera declinado su invitación al castillo y dejado de asistir a las veladas que organizaba su madre... Juntos, parecían más una pareja que cuando estaban con sus respectivas esposas. Celia bajó la mirada, temiendo que se dieran cuenta de aquella súbita revelación y se avergonzaran. No tenían nada que temer, sin embargo. Si de amor se trataba, ella los quería más que nadie en el mundo.

—No contestéis —dijo rápidamente, meneando la cabeza con energía—. Es una pregunta tonta. ¿Dónde se esconden las cosas? ¿En el fondo de un cajón? ¿Detrás de un libro en una estantería? La verdad es que podrían estar en cualquier parte. Empezaré por los sitios más evidentes y registraré su despacho palmo a palmo. —Se llevó la mano enguantada a la boca y cerró los ojos—. ¡Ay, cuánto lo echo de menos!

Boysie y Harry la rodearon cada uno con un brazo y la estrecharon con fuerza.

—Cómo no ibas a echarlo de menos, tesoro —dijo Harry—. Pero no estás sola.

—Santo cielo, no —añadió Boysie—. Tú nunca estás sola. Siempre nos tendrás a nosotros.

Después del funeral, Celia dejó a su madre al cuidado de sus hermanas y regresó a Londres con Boysie y Harry. Su padre había pronunciado sus últimas palabras con imperiosa urgencia, y ella tenía el deber de cumplir su último deseo.

Se le hizo raro estar sola en la casa. Oía el rumor tranquilizador de los automóviles en Kensington High Street y los pasos amortiguados de los sirvientes que moraban en el piso de arriba del edificio y en las estancias escondidas detrás de la puerta de gamuza verde. Más allá de la ventana del despacho de su padre, las farolas bañaban la calle con un resplandor ambarino que de alguna forma hacía que se sintiera menos sola. Echó las cortinas. Sentía el olor dulzón de los puros de su padre, el denso aroma del whisky y el olor mohoso de los papeles, la tinta y los libros. ¿O acaso eran imaginaciones suyas, porque ansiaba sentir la presencia de Digby?

Se dejó caer en la silla de cuero de su padre y paseó la mirada por su escritorio. Digby no era un hombre ordenado. Había libros, documentos, periódicos y notas dispersos sobre la mesa. Digby parecía garabatear comentarios y observaciones en cualquier papel que tuviera a mano. Cogió una carta que él había estado escribiendo y pasó los dedos por la tinta. Su padre tenía una letra vistosa y llamativa, como la caligrafía de un artista. Temiendo que fuera una carta de amor, Celia contuvo la respiración, pero era solo una nota de cortesía dirigida a lady Fitzherbert dándole las gracias por una cena a la que Digby había asistido. Suspiró, desanimada. Había cajones, armarios y estanterías, llenos de vestigios de la vida de su padre. ¿Dónde podía empezar a buscar esas cartas incriminatorias?

Poco a poco, meticulosamente, comenzó a registrar sus cajones, que nunca nadie había ordenado. Sonrió al acordarse de la batalla constante que mantenía Digby con su madre por ese motivo. No quería que los sirvientes invadieran sus dominios privados y ella insistía tercamente en que al menos había que limpiar el polvo. «Acabará oliendo como la jaula de un hámster», decía, a lo que él replicaba: «Un hámster no fuma puros ni bebe whisky, querida, y no tengo nada en contra de una fina capa de polvo». Al principio, Celia tuvo cuidado de sacar una por una las cosas que contenían los cajones y examinarlas atentamente. Cada uno de aquellos objetos podía tener aparejada una anécdota que ella desconocía, se dijo mientras acariciaba con los dedos la superficie de las cosas, y se preguntó cómo habrían llegado a manos de su padre y qué significaban para él. Monedas antiguas, plumas, tarjetas de visita, documentos de viaje, tarjetas del hipódromo, menús y otros recuerdos, todos amontonados. Pero al cabo de un rato perdió la paciencia y vació los cajones sobre la alfombra.

No había cartas, o bien su padre las tenía muy bien escondidas. Si ella no podía encontrarlas, su madre tampoco podría, desde luego. Se sintió aliviada. No quería leer cartas de amor de una amante de su padre. Sospechaba, naturalmente, que Digby había tenido amantes o, al menos, amantes pasajeras. A fin de cuentas, era un hombre atractivo y muy rico que se codeaba con actrices y señoras de la alta sociedad, y seguramente también con mujeres de mala reputación. Habría sido raro, por tanto, que no echara una canita al aire de vez en cuando. Pero eso eran cosas de hombres. Ella no quería saber nada al respecto. Quería recordar a Digby como un buen marido. No deseaba que nada empañase la imagen que tenía de él.

Registró los armarios de debajo de las estanterías. Sintió la intensa presencia de su padre al revisar las viejas fotografías de color sepia guardadas en álbumes de gruesas tapas. Había fotografías de Digby en su juventud: sentado sobre un camello con un sombrero panamá, de safari en África, en las carreras de Ascot con sombrero de copa y chaqué, posando delante del Taj Mahal y de las pirámides de Giza. Era ya muy apuesto en aquel entonces, siempre con una sonrisa pícara en la cara y un brillo travieso en los ojos. De sus hermanos había pocas fotografías, pero Celia los consideraba unos extraños. Su abuela Augusta había sido sorprendentemente bella. Su abuelo, en cambio, no había cambiado en absoluto. Hasta llevaba el mismo bigote grande y curvo. Celia contempló largamente los retratos de su padre. Siempre había sido un hombre jovial, como si no hubiera nada en el mundo que no le resultara divertido.

Tras cubrir la alfombra de objetos de su padre, no supo dónde mirar a continuación. Echó un vistazo al reloj de la repisa de la chimenea.

Era casi medianoche y empezaba a estar cansada, pero le daba miedo irse a la cama en la mansión ocupada únicamente por los sirvientes de arriba, que dormían como ratones bajo las tablas del suelo. La casa parecía inquieta, como si comprendiera que su dueño había muerto y no supiera cómo comportarse. Celia lamentó no haber pedido a Harry o a Boysie que se quedaran con ella.

Fatigada, se detuvo en medio del despacho y lo recorrió con la mirada en busca de un escondite secreto donde su padre pudiera haber ocultado cartas que no quería que nadie encontrara. No había encontrado ninguna caja fuerte y ya había abierto todos los cajones. Sus ojos se posaron entonces en la estantería de libros que su padre nunca había leído, pues todo el mundo en la familia sabía que Digby no había leído un solo libro en toda su vida. ¿Por qué había tantos? De pronto le extrañó que, siendo tan poco aficionado a la lectura, tuviera tantos libros a mano. Entonces se le ocurrió una idea. Se acercó a toda prisa a los estantes y comenzó a sacar los libros y a tirarlos al suelo. Caían a sus pies, levantando nubes de polvo. Y allí estaba, por fin, la caja fuerte escondida en la pared, detrás de la hilera de libros de aspecto inofensivo. La emoción del descubrimiento le insufló nuevas energías. Ya no se sentía cansada. No tardó en dar con la llave. Estaba en un cenicero, sobre el escritorio, entre diversas monedas, *tees* de golf y clips para papeles. En su interior había tres cartas, dejadas descuidadamente sobre otros documentos.

Con el corazón latiéndole con violencia en el pecho, se llevó las cartas al sillón en el que su padre solía sentarse a leer documentos junto al fuego, respiró hondo y sacó la primera de su sobre. Justo cuando empezaba a leer, volvió a oír la voz imperiosa de Digby y sintió una oleada de mala conciencia. Su padre le había dicho que quemara las cartas, no que las leyera. Aunque tampoco le había prohibido leerlas, razonó. Tras un momento de vacilación, se dejó llevar por la curiosidad y recorrió con la mirada la hoja que tenía delante.

Su mayor miedo era encontrar una carta de amor de una amante de su padre, pero, al leer las palabras abominables escritas en la página, pensó que una carta de amor habría sido preferible a aquello. Se le encogió el corazón y la sangre se le retiró de la cara. El suelo pareció ceder bajo sus pies cuando sacó las otras dos cartas de sus respectivos sobres y las leyó atropelladamente. ¡Cuánto desearía haber seguido el mandato de su padre y haberlas quemado! ¿Acaso no le habían enseñado que la curiosidad mató al gato? Ahora que sabía lo que contenían aquellas cartas, no podría olvidarlo. Se sentía manchada, maldita por el veneno que albergaban sus palabras. Solo podía hacer una cosa.

A toda prisa, como si las cartas tuvieran vida propia y pudieran escapar de pronto de la casa y exponerse a miradas ajenas, las arrugó y las lanzó a la chimenea. Buscó cerillas en la repisa y encendió una. Agachándose, arrimó la llama al papel y lo vio arder. El fuego consumió las cartas hasta que de ellas solo quedaron pavesas que se mezclaron con el montón de cenizas dejadas por infinidad de fuegos anteriores.

Aurelius Dupree. No quería volver a ver u oír ese nombre nunca más.

24

Londres ha perdido su luz más brillante —y la más opulenta—, escribió el vizconde Castlerose en su columna del *Express*.

Sir Digby Deverill era uno de mis amigos más queridos y su muerte repentina, debida a un ataque al corazón, ha causado auténtica consternación en los salones de la élite londinense, pues todos lo creíamos inmortal. No fue ninguna sorpresa ver reunidas a la crème de la crème *de la sociedad británica y a las grandes estrellas del cine y el teatro en la misa funeral que se celebró en su honor. El conde Baldwin de Bewdley —quien, según se rumorea, estaba tratando de persuadir al siempre expansivo y campechano sir Digby para que entrara en política— coincidió allí con el señor Winston Churchill, el conde de Birkenhead y lord Beaverbrook, fundador de este rotativo, y las deliciosas Betty Balfour y Madeleine Carroll aportaron una nota del glamur de la gran pantalla a la triste ocasión. El servicio fúnebre, celebrado en Mayfair, sirvió para recordarnos que sir Digby tenía amigos y conocidos en muy diversos ámbitos de la sociedad. El rey envió un representante, pues el finado era una figura muy conocida en el mundo de la hípica y una vez oí contar que había comprado un semental de las cuadras reales a un precio muy alto, favor este del que el rey se acordaba. No me sorprendió ver entre los presentes a unos cuantos* randlords *compañeros suyos, como su amigo y vecino sir Abe Bailey, al que vi charlando con el señor Boysie Bancroft, esteta y asesor de Christie's, sin duda acerca de arte, dado que, según se dice, la colección de sir Abe no tiene rival. El luto de rigor no deslustraba el espléndido porte de la marquesa de Londonderry, que asistió con su*

hijo, lord Castlereagh. Pero nadie podía eclipsar la trágica belleza de la
hija menor de Deverill, la señora Celia Mayberry, que enviudó reciente-
mente. En la mente de todos los asistentes resonaba sin duda la misma
pregunta: ¿Venderá o no venderá el castillo?

—¡Qué ridiculez! —bufó Maud cerrando el periódico—. Nada podrá convencer a Celia de que venda el castillo.

Piensa vender el mobiliario —le informó Harry mientras removía su café con leche.

—Eso no es lo mismo que vender el castillo. El vizconde Castlerose
debería escribir novelas en vez de dedicarse al periodismo. Le iría mucho mejor. Francamente, lo último en lo que pensaba uno ayer era en el
castillo.

—Estoy seguro de que Digby le ha dejado suficiente dinero a Celia
en su testamento para saldar las deudas de Archie —dijo él en tono
optimista.

—Archie dejó a Celia en una situación espantosa. Imagínate, hacerle eso a tu esposa… Qué vergüenza.

Maud sonrió a su hijo. Las visitas de Harry la animaban mucho. El
otoño, con sus fuertes vientos, su niebla espesa y su hojarasca, siempre
la ponía melancólica.

—Bueno, ¿qué va a hacer Celia ahora? —preguntó.

—Creo que va a pasar una temporada aquí, en Londres, hasta que
se calmen un poco las aguas. Al menos, hasta que se lea el testamento y
sepa a qué atenerse. La niñera va a venir con sus hijas, y Beatrice…

—Beatrice —lo interrumpió Maud frunciendo sus labios de color
escarlata—. Con Beatrice no puede contarse para nada. Debería recordar que tiene una familia que la necesita. Me imagino que a Celia le
hace muchísima falta su madre en estos momentos, porque esas hermanas suyas con unas inútiles, y además nunca se han llevado bien. Pero
tú te portas bien con ella, ¿verdad, Harry? Seguro que eres un gran
consuelo para ella.

—Beatrice ha vuelto ya a Deverill Rising —prosiguió su hijo—. No
quiere ver ni hablar con nadie.

—Tiene que comer. Está la mitad de gorda que este verano.

—Está muy triste, mamá. Estoy seguro de que se le pasará.

—Claro que se le pasará. Saldrá adelante. Nosotros los Deverill somos muy resistentes.

—Tenemos que serlo.

—Y la más resistente de todos soy yo, Harry. Lo que yo he pasado habría acabado con cualquier mujer corriente. Pero yo estoy hecha de una pasta más dura.

Harry se preguntó a qué padecimientos se refería su madre, aparte de algún que otro escándalo y a la pérdida de un castillo que nunca había sido de su agrado. No le llevó la contraria, sin embargo. Sabía que no era prudente discutir con su madre.

—Lo que me mantiene en pie es mi fe, mis hijos y la convicción de que siempre me he esforzado al máximo.

Harry paseó la mirada por el suntuoso cuarto de estar de su madre, que Maud había amueblado sin escatimar en gastos, y decidió cambiar de tema.

—Has dejado la casa preciosa, mamá.

—Sí, pero no puedo negar que me siento sola. Tú eres mi consuelo, Harry. Tú, Charlotte y vuestros adorables niños. No me arrepiento de nada. De nada. —Le sonrió de nuevo y, al ver su expresión satisfecha, Harry se sintió incómodo—. Estoy muy orgullosa de ti, cariño mío. No podría desear mejor hijo que tú.

Celia cerró el periódico con un resoplido de desdén. Su padre le había dicho que no vendiera el castillo. Aquel lugar significaba para él mucho más de lo que cualquiera podía suponer. Y no pensaba renunciar a él sin luchar.

Pensó en la misa funeral. El vizconde Castlerose no se había fijado en un desconocido con sombrero de fieltro que había asistido al oficio sin estar invitado y se había quedado rondando al fondo de la iglesia, desde donde lo observaba todo con avidez. Era el mismo individuo al que Celia había visto frente a la iglesia el día del entierro de su padre, mirándola con tanto odio. Se acordaba muy bien de él. Tenía muy mala memoria para los nombres pero nunca olvidaba una cara, y la de aquel hombre, macilenta, gris y cubierta de manchas oscuras, se había clavado en su memoria como una espina. Lo había visto varias veces desde entonces, parado bajo una farola, en su calle, observando la casa, vigilándola a ella. Presentarse en el entierro de su padre era una cosa, pero asistir a la misa funeral era como mínimo una audacia, aunque Celia no creía que aquel sujeto tuviera muchos escrúpulos. No, Aurelius Dupree no tenía escrúpulos.

Celia sabía que pretendía llamar su atención, pero estaba decidida a no darse por enterada. Si hacía caso omiso, tal vez acabara por marcharse.

Beatrice se encontraba tan decaída que no pudo asistir a la lectura del testamento. La reunión se celebró en un lujoso despacho de St. James's, y estuvieron presentes Celia y sus hermanas Leona y Vivien, acompañadas por sus maridos, Bruce y Tarquin, y también Harry, al que Celia invitó para que ocupara el lugar de Archie. Reinaba un ánimo sombrío y ceremonioso. El señor Riswold, el abogado de Digby, no era el típico letrado paternal y entrado en carnes. Era, por el contrario, tan cadavérico y agrio como un enterrador. Se sentó a la cabecera de la mesa y abrió su maletín. Tras las formalidades de costumbre, sacó un montoncillo de papeles pulcramente grapados y lo colocó delante de sí.

—Empecemos —dijo, y la familia aguardó expectante a oír cómo había dividido Digby su inmensa fortuna.

En realidad, se lo había dejado todo a Beatrice para que ella se ocupara de repartir el dinero y las propiedades entre sus hijas como creyera más conveniente. Como explicó el señor Riswold con una mirada de desaprobación, sir Digby se había *jugado* su dinero en la bolsa, que, como todo el mundo sabía, se había desplomado el año anterior. El abogado estaba seguro de que, de haber vivido, sir Digby se habría recuperado de sus pérdidas con el tiempo, pero lo cierto era —y aquí empezaron a aflorar pequeñas gotas de sudor a su frente— que, tal y como estaban las cosas, había perdido gran parte de su fortuna. El señor Riswold carraspeó, evitó mirar a los presentes directamente y les reveló la amarga verdad. Los problemas financieros de Digby eran mucho más graves de lo que cualquiera de ellos podía suponer. La suerte del jugador se había agotado, finalmente.

—¿Cómo vamos a decírselo a mamá? —preguntó Leona, cuya cara larga había adquirido un tono ceniciento por la impresión.

Habían entrado en aquella sala creyéndose muy ricos, solo para descubrir que su padre no les había dejado nada.

—No vamos a decírselo —contestó Celia resueltamente.

—No creo que podamos ocultárselo, Celia —dijo Vivien—. Habrá que vender los bienes de papá, incluyendo Deverill House, en Londres, y Deverill Rising, en Wiltshire. Con lo que le gustaban a papá... —Le brillaron los ojos, llenos de lágrimas.

Tarquin la agarró de la mano y se la apretó para darle ánimos.

—Mamá no está en condiciones de saber que puede perder sus casas —repuso Celia.

—No nos pongamos dramáticos —terció Leona—. La única persona que va a vender algo aquí eres tú, Celia. A mamá le va a costar mucho saldar las deudas de papá con lo poco que ha dejado, pero lo que está claro es que no queda nada para saldar las tuyas.

Celia se encrespó.

—Soy perfectamente capaz de saldar las deudas de Archie por mis propios medios, gracias —replicó enojada, a pesar de que sabía que, de hecho, no podía pagar ni la mitad.

—No discutáis —dijo Harry.

—Estoy de acuerdo —añadió Bruce—. Tenemos que hablar esto despacio, y permanecer unidos. —Su pulcro bigote castaño se movió de un lado a otro cuando su cerebro, condicionado por una larga carrera en el Ejército, comenzó a idear una estrategia.

—Celia tiene razón —dijo Tarquin, que había servido tantos años como su cuñado en las Fuerzas Armadas y al que le agradaba en igual medida hacer planes e idear tácticas—. No tiene sentido darle ese disgusto a Beatrice. Ahora mismo está demasiado frágil y esto podría ser la gota que colme el vaso. Sugiero que averigüemos exactamente cuánto se debe y que calculemos cuánto queda para poner mantener las dos casas.

—Me entran sudores solo de pensar cuánto cuesta mantener esas casas —dijo Celia—. Sé muy bien lo que gasto yo en el castillo de Deverill…

—No estamos hablando del castillo —replicó Leona subiendo un poco el tono de voz. Vivien le lanzó una mirada de advertencia, pero Leona añadió de todos modos—: si papá no hubiera malgastado tantísimo dinero en tu ridículo castillo, quizás ahora no nos encontraríamos en esta situación.

—Eso no es justo, Leona —intervino Vivien—. El castillo de Deverill era un sueño para papá.

—Pero ha resultado ser una pesadilla, ¿verdad?

—Por favor, no discutáis —insistió Harry.

Si alguien tenía que estar disgustado por el castillo era él, y no lo estaba.

—Nunca me gustó ese sitio —dijo Leona—. Era frío y húmedo y demasiado grande. Tú lo has convertido en un palacio. Pero no estaba hecho para eso. Seguro que Adeline y Hubert se están revolviendo en sus tumbas.

—Ya basta, Leona —dijo su marido en el mismo tono que habría empleado con un cadete insubordinado—. Seamos positivos. No tiene sentido pensar en el pasado. Digby tenía todo el derecho a gastar su dinero como le apeteciera. Se lo había ganado.

—Y lo perdió jugando —repuso ella con amargura.

—Tenemos que acordar cómo proceder —dijo Bruce, y se volvió hacia el lúgubre abogado, que había permanecido callado y expectante mientras los ánimos se encrespaban en la sala—. Señor Riswold, usted conoce los asuntos de sir Digby mejor que nosotros. Quizá pueda aconsejarnos.

El señor Riswold echó los hombros hacia atrás, se lamió el dedo índice y pasó hasta el final las páginas del testamento.

—Había previsto esta circunstancia —dijo en tono apagado—. Y me he tomado la libertad de preparar un plan de acción para ustedes…

Celia comprendió entonces por qué había escogido su padre a aquel individuo pedante y enteco para que se encargara de sus asuntos.

Evidentemente, Riswold sabía mantener el aplomo en momentos de tensión.

—Prepárense para lo peor —dijo en tono ominoso.

Experimentaron todos la sensación vertiginosa de caer en picado, irremediablemente, hacia la pobreza.

Cuando Celia regresó a Deverill House, el mayordomo le entregó una carta en una bandeja. Reconoció la letra de inmediato y se puso pálida.

—Un caballero la trajo esta tarde —explicó el mayordomo cuando Celia preguntó por la carta, que no llevaba sello.

Al pensar que Aurelius Dupree había llamado a su puerta, sintió un escalofrío, como si una hilera de gélidas hormigas recorriera su piel. Haciendo un esfuerzo por dominarse, dio las gracias al mayordomo y luego entró en el despacho de su padre, arrojó la carta a la chimenea con mano trémula e hizo con ella lo mismo que había hecho con las otras: la quemó. Confiaba en que, haciéndolas desaparecer, el problema se esfumaría sin más.

Ya solo podía hacer una cosa: regresar al castillo de Deverill. Tal vez allí el señor Dupree no la encontraría. A la mañana siguiente informó al mayordomo de que se marchaba a Irlanda y le dio instrucciones de que si aquel individuo volvía a presentarse, con o sin carta, le dijera que se había marchado definitivamente y que por tanto no tenía sentido que insistiera en escribirle. Confiaba en que Dupree no apareciera por Deverill Rising e intentara hablar con su madre. Si Beatrice se enteraba de lo que contenían esas cartas, era muy probable que tuvieran que organizar otro funeral en breve.

Adeline vio con preocupación que Celia regresaba a casa. Percibía su miedo, así como su determinación de sacar fuerzas de flaqueza y hallar dentro de sí un arrojo que no estaba segura de poseer. Estaba sola. Podría tener a Bertie en el pabellón de caza y a Kitty en la Casa Blanca, pero nunca había estado tan sola como ahora. Adeline se compadecía de ella, pero no podía hacer nada por consolarla. Celia no podía ver a

Archie y Digby, y el hecho de que aún estuvieran a su lado en espíritu no significaba nada para quien carecía de la sensibilidad necesaria para percibir su presencia.

—Envidio a los tipos como Digby —comentó Barton levantándose de su sillón y reuniéndose con ella junto a la ventana—. A fin de cuentas, es un suertudo entre los Deverill.

—Si lo dices porque es libre de ir y venir a su antojo, tienes razón —repuso Adeline, que empezaba a perder la paciencia con aquellos fantasmas cascarrabias—. Pero no ha tenido mucha suerte al irse así, tan pronto. Todavía tenía cosas que hacer.

—Como todos, Adeline —dijo Barton. Suspiró y vio a Celia entrar en el castillo mientras los sirvientes se ocupaban de su equipaje y la niñera se hacía cargo de los pequeños—. Esta no es la primera vez que ha habido que reconstruir el castillo —añadió.

—¿Ah, no? —preguntó Adeline con curiosidad.

—Ya se había quemado antes.

—¿En tu época?

Él hizo un gesto afirmativo.

—Sí, en mi época. La historia se repite, en efecto. Las gentes de Ballinakelly se rebelaron contra mí y le prendieron fuego. Tuve que regresar urgentemente a Irlanda para defenderlo. No hay nada que pueda compararse a ver tu hogar llameando en el horizonte. Como un gran horno, así era. Como la mismísima fragua de Dios. Fue muy parecido al incendio en el que murió Hubert, el que iniciaron los rebeldes.

—No fueron los rebeldes —dijo Adeline, enojada—. Eso fue una rencilla personal.

—El amor y el odio están estrechamente entrelazados —reflexionó él con voz cargada de pesar.

Adeline lo miró. Tenía la cara crispada por el dolor y la boca torcida en una mueca de arrepentimiento.

—¿Qué hiciste, Barton? —preguntó suavemente.

Él miró por la ventana, pero Adeline comprendió que lo que estaba viendo era el rostro de una mujer, pues solo el amor puede hacerle eso a un hombre.

—Hice algo imperdonable —confesó Barton—. Y, sin embargo, inevitable.

—¿A quién?

Él meneó la cabeza y cerró los ojos. Durante doscientos cincuenta años había guardado aquel secreto a salvo, dentro de su corazón. Ni siquiera él se atrevía a mirarlo de frente. Ahora, en cambio, envuelto en la luz que irradiaba Adeline, sentía el deseo de librarse de esa carga. Quería desembarazarse de la culpa, zafarse de las tinieblas que lo envolvían como un sudario, del peso insoportable de aquella sombra. Quería absorber parte de su luz.

—Yo amaba a Maggie O'Leary —dijo en voz tan queda que Adeline no sabía si le había oído bien.

—¿Amabas a la mujer que os maldijo a ti y tus descendientes? —preguntó, horrorizada—. ¿A la misma mujer que te condenó a este limbo?

—Sí. La amaba —dijo, y las palabras salieron de él como un veneno expulsado de una herida—. La amaba en cuerpo y alma.

—Pero no entiendo. Si la amabas, ¿por qué no deshizo la maldición?

Barton se volvió hacia ella, negó con la cabeza y en sus labios se dibujó una sonrisa de impotencia.

Celia nunca se había sentido tan sola. A pesar de que el castillo estaba lleno de sirvientes y los pasillos repletos de fantasmas, se sentía aislada, abandonada y horriblemente perdida. Apenas se atrevía a mirar a los ojos a los empleados del castillo, a los que pronto tendría que despedir. Acurrucada en la cama, sentía aún más vivamente la ausencia de su marido. El lado del colchón que antes ocupaba Archie le parecía inmenso y frío, y no osaba posar el pie en él, porque, mientras permaneciera aovillada como una serpiente, podía fingir que no notaba su frialdad. Las lágrimas fueron cayendo sobre la almohada, hasta que la funda de algodón estuvo completamente mojada. Se sentía como una marioneta con los hilos cortados. El titiritero la había dejado suelta, pero ella no quería independencia, ni incertidumbre: quería seguridad. Quería que las cosas fueran como cuando Archie y ella estaban en Italia comprando muebles y cuadros para el castillo. Antes de que se acabara el dinero, antes de que Archie se matara, antes de que su padre muriera de un ataque al corazón, antes de que todo se torciera espantosamente. Cerró los ojos con fuerza y rezó. Dios era su último recurso, el único que no se ofendería por ser su última alternativa. A fin de cuentas, ¿no era Su amor incondicional?

Al día siguiente fue a ver a Kitty. Necesitaba estar con alguien que la entendiera; alguien que no la criticara como había hecho Leona; alguien que hubiera sufrido tanto como ella. Solo alguien como Kitty podía compadecerse de su situación.

La encontró en su cuarto de estar, envolviendo regalos de Navidad, sentada a la mesa, junto a la ventana. Parecía que había pasado una eternidad desde la fiesta navideña en el castillo. Entonces su marido y su padre aún estaban vivos. Todo era maravilloso, vivían rodeados de privilegios, la fortuna les sonreía. Celia valoraba ahora mucho más que antes su buena suerte. Para apreciar algo en su justo valor, no había nada como perderlo.

Al verla parada en la puerta, triste y enflaquecida, Kitty se levantó y se acercó tendiéndole los brazos con el rostro lleno de compasión. Las palabras sobraban entre dos primas tan unidas como ellas. Kitty la estrechó con fuerza y Celia, cediendo a su desesperación y su perplejidad, se echó a llorar sobre su hombro. Kitty, que conocía el dolor de primera mano, dejó que se desahogara, que sollozara, gimiera e hipara, sin dejar de susurrarle palabras de ánimo y consuelo. Sabía que la pena se embotaría con el tiempo, que dejaría de quemar y palpitar, y que al fin Celia se acostumbraría al dolor constante y sordo de su corazón. De hecho, ese dolor se convertiría en algo tan consustancial a ella como su latido: apenas lo notaría. Y, sin embargo, siempre estaría ahí, y en los momentos de quietud, cuando se hallara a solas con sus pensamientos y los quehaceres cotidianos no ocuparan su mente, afloraría a su conciencia y entonces volvería a recordar la horrible agonía del sufrimiento. Kitty cerró los ojos y trató de impedir que el rostro de Jack aflorara a la superficie, como solía ocurrirle cuando bajaba la guardia. Era esa una pena que se llevaría a la tumba.

Se sentaron junto al fuego y Celia le contó que su padre se había jugado todo su dinero en la bolsa. Le habló del resentimiento de Leona y de los débiles intentos de Vivien por salir en su defensa. Compartió con ella sus reflexiones sobre Harry y Boysie y se llevó una sorpresa cuando Kitty le confesó que lo sabía desde hacía años. Le habló de su desolación y de su dolor, pero no mencionó el nombre de Aurelius Dupree. No podía hablarle a nadie de aquel sujeto, ni siquiera a Kitty.

Luego, un día, a principios de julio, recibió otra carta. Como las anteriores, fue entregada en mano y un sirviente se la trajo en una bandeja de plata mientras el sol de la tarde se hundía en el mar. El miedo se apoderó de ella, dejándola helada. Aurelius Dupree estaba en Irlanda. La había seguido hasta el castillo de Deverill. Había invadido su fortaleza. No se atrevió a abrir la carta. No soportaba leer de nuevo lo que contaba sobre su padre y sobre lo sucedido en Sudáfrica. Sabía que era todo mentira. Estaba segura de que Digby no podía haber herido ni engañado a nadie. No eran más que pérfidas, horribles mentiras. Arrojó también aquella carta al fuego, a pesar de que ahora sabía que, aunque las llamas consumieran el papel, la información que contenía no desaparecería mientras Aurelius Dupree siguiera vivo.

Sabía también que algún día Aurelius Dupree llamaría a la puerta del castillo y ella se vería obligada a dejarlo entrar. Solo era cuestión de tiempo.

25

Para distraerse de sus preocupaciones, Celia pasaba mucho tiempo con Kitty. La hija de esta, Florence, jugaba con su hija Connie, igual que ellas habían jugado juntas de niñas. JP, en cambio, era ya muy mayor para interesarse por los juegos de los niños pequeños. Tenía ya nueve años y eran tan hábil en la silla de montar como en el aula, y guapo además. Parecía haber heredado las mejores cualidades de los Deverill —la mirada gris y penetrante, la expresión inteligente, el humor vivo y ágil y el encanto despreocupado—, de modo que nadie parecía prestar atención a las cualidades que podía haber recibido del lado materno.

Kitty procuraba mantenerlo alejado de Ballinakelly por miedo a tropezarse con Michael Doyle, aquel matón al que ahora llamaban *el Papa*. Solo lo había visto una vez, a través de la ventanilla del coche cuando iba a la iglesia, y había vuelto premeditadamente la cabeza para no cruzarse con su mirada. Estaba decidida a impedir que tuviera cualquier contacto con JP. El niño era en primer lugar un Deverill y luego un Trench. Bridie había escogido su camino y emprendido una nueva vida en Estados Unidos, y Kitty dudaba de que regresara alguna vez. JP rezaba por su mamá, a la que creía en el cielo, pero sus plegarias eran breves y descuidadas. Kitty era para él cuanto debía ser una madre, y el niño no se sentía disminuido por la falta de su madre biológica. Tenía dos padres: Robert, que era una presencia constante en su vida, y Bertie, al que iba a ver al pabellón de caza con tanta frecuencia como podía. De hecho, a medida que crecía, su relación con Bertie se fue haciendo más estrecha. Les apasionaban las mismas cosas: pescar, cazar, jugar al tenis y al críquet, trastear en el cobertizo de Bertie y entretenerse con juegos de palabras delante del fuego a la hora del té. Kitty sabía que los Doyle no podían darle nada que no tuviera ya.

Bertie y JP habían construido una gran maqueta de tren en el desván del pabellón de caza. Ocupaba toda una habitación que antaño había sido un trastero y se extendía sobre un cuadrante formado por varias mesas de borriquetas. Tenía colinas verdes con minúsculas ovejas pastando en los prados, túneles, puentes, lagos, casitas y granjas. Habían construido una estación provista de señales, raíles móviles y un paso para peatones. Incluso había una barca en el lago con un hombrecito dentro que sostenía una caña de pescar, con su sedal y un pececillo boqueando en un extremo. Bertie compraba en Londres las piezas más sofisticadas que no podían conseguirse en Dublín, pero la ferretería de Ballinakelly estaba bien provista y allí podían encontrar las cosas básicas, como pegamento, pintura, cartón y madera.

Un día especialmente húmedo del mes de enero, Bertie y JP, que habían decidido construir un castillo con establos y un invernadero, decidieron ir en coche a Ballinakelly a comprar lo necesario para llevar a cabo tan ambicioso proyecto.

Unas nubes densas y grises llegaban del océano impulsadas por el fuerte viento del este, que soplaba en rachas frías sobre el mar, restallando en los acantilados y silbando en los tiros de las chimeneas. Bertie, que conducía un Ford T azul, iba sentado al volante con su hijo al lado, entusiasmado por el proyecto que habían emprendido juntos. Se avergonzaba de haber repudiado a JP años atrás y de haber desheredado a Kitty por empeñarse en quedarse con el bebé al descubrirlo en la puerta del pabellón de caza. ¡Qué ironía que aquel niño, del que había creído que precipitaría su muerte, le hubiera dado, de hecho, una razón para vivir!

Padre e hijo charlaban animadamente sobre cómo iban a diseñar y construir el castillo. Bertie propuso distintos materiales, pero JP tenía sus propias ideas y las expresaba con desenvoltura y aplomo. Quería que fuera exactamente como el castillo de Deverill.

—Puede que eso escape a nuestras posibilidades, JP —dijo Bertie, riendo.

—Nosotros podemos con todo, papá —repuso el niño alegremente—. Tú y yo podemos hacer todo lo que queramos.

Bertie miró admirado a su hijo, al que nada le parecía imposible.

—Construiremos el castillo de Deverill con todas sus torres y sus ventanas y sus puertas. Hasta haremos los árboles y el huerto. Sé exactamente cómo hacer la cúpula del invernadero usando una cebolla, papel maché y un poco de pintura verde.

—Imagino que el pabellón de caza es poca cosa para ti —dijo Bertie, confiando en que JP se animara a construir el pabellón y se olvidara del castillo.

El niño pareció horrorizado.

—Pero ese no es nuestro hogar, papá. Nuestro hogar es el castillo de Deverill.

Bertie sacudió la cabeza, convencido de que aquello solo podía proceder de Kitty.

En la calle mayor de Ballinakelly había mucho trasiego. La gente caminaba bajo los paraguas o se apresuraba a cobijarse de la lluvia en las tabernas y las tiendas. Hombres con gorra y chaqueta avanzaban con paso vivo por las aceras con la cabeza gacha y los hombros encorvados, y caballos enganchados a carros subían trabajosamente por la cuesta, tan empapados que no parecían notar la lluvia. Bertie aparcó frente a la ferretería y entraron corriendo. El señor O'Casey los saludó amablemente. El anciano, que se acordaba de los tiempos en que lord Deverill era pequeño, sentía un respeto innato por la aristocracia y afirmaba que la noche en que se quemó el castillo había sido una de las más aciagas que pudieran recordarse. Escuchó atentamente el minucioso plan de JP para construir la maqueta del castillo y a continuación se movió de un lado a otro detrás del mostrador, arrastrando los pies, y hasta se subió a la escalera de mano para llegar al estante más alto, a fin de encontrar los materiales que exigía el proyecto. Los amontonó sobre el mostrador y JP, emocionado, los tocó todos.

—Vamos a hacer un castillo estupendo —dijo cuando el señor O'Casey se puso las gafas y empezó a marcar los precios en la caja registradora.

Estaba acabando de hacer la cuenta cuando sonó el timbre de encima de la puerta y entró Michael Doyle acompañado por una ráfaga de aire húmedo.

Bertie dejó el dinero sobre el mostrador y se volvió para mirar al hombre al que la policía había detenido en relación con el incendio y dejado libre después. Pero, si sentía alguna animosidad hacia Michael Doyle, era demasiado educado para demostrarlo.

—Buenos días, señor Doyle —dijo tranquilamente.

Michael fijó la mirada en el niño y su expresión pareció dulcificarse.

—Buenos días, lord Deverill. —Se quitó la gorra, dejando escapar una aureola de agrestes rizos negros—. Y este debe de ser el joven Jack Deverill, si no me equivoco —añadió con una sonrisa.

JP asintió.

—Soy JP —dijo educadamente—. Tanto gusto.

Michael no había vuelto a ver al niño de cerca desde que lo trajera en tren desde Dublín. Entonces era solo un bebé. Ahora era un muchacho guapo y de ojos brillantes. Pero, a pesar de su cabello rojo, era un Doyle. Eso saltaba a la vista. Michael lo veía en la fortaleza de su mandíbula y las leves pecas que cubrían su nariz. Veía indicios de Bridie en su frente ancha y en la dulce curvatura de su labio superior, pero también se reconocía a sí mismo en la mirada franca del chico. Seguro que JP era tan osado y temerario como había sido él de niño. Sintió un arrebato de orgullo.

Bertie dio las gracias al señor O'Casey y cogió del mostrador la bolsa de papel que contenía su compra.

—Vamos, JP —dijo—. Tú y yo tenemos mucho trabajo por delante.

Saludó a Michael con una inclinación de cabeza y este se quitó de nuevo la gorra cuando lord Deverill abrió la puerta y salió a la calle detrás de su hijo. La campanilla tintineó otra vez y la puerta se cerró tras ellos. Michael vio que el niño subía al coche. Ya se había olvidado de él y charlaba alegremente con su padre. Un momento después, el coche arrancó y Michael sintió una extraña punzada de anhelo. JP era su sobrino, pero él nunca lo sabría.

Michael compró las cosas que necesitaba y regresó a casa en el coche que habían comprado con el dinero de Bridie. Se preguntó si Grace estaría sentada en la cocina, rezando con su madre y su abuela. Ya se había acostumbrado a ella. Había acudido suficientes veces —sin prestarle ninguna atención— como para convencerlo de su sinceridad. Al principio, Michael había pensado que era una treta para atraerlo de nuevo a su cama, pero con el paso de los meses, a medida que el padre Quinn la instruía en la fe y ella asistía a misa en la iglesia católica de Cork, comprendió que su conversión al catolicismo no tenía nada que ver con él. Grace quería de veras reconciliarse consigo misma y con Dios. Michael lo entendía perfectamente y la respetaba por ello. Antaño habían compartido el pecado; ahora estaban juntos en Cristo. Y, sin embargo, no conseguía olvidarse de la pasión devoradora de Grace y del ardor de su piel.

Mientras conducía por las colinas, pensó en Kitty Deverill. Hasta que obtuviera su perdón no volvería a acostarse con nadie, nunca.

Grace estaba sentada en el sofá de su cuarto de estar mientras el padre Quinn ocupaba el sillón orejero, con su sotana negra y un vaso de whisky en la mano. Había perseguido a su presa como una víbora paciente perseguía a una rata astuta. Sabía desde el principio que le llevaría algún tiempo. El padre Quinn no iba a desvelar un secreto de un momento a otro, pero ella lo conocía lo suficiente como para saber que, si convenía a sus intereses, traicionaría a su propia madre. Tendría que convencerlo poco a poco, atraerlo y persuadirlo con delicadeza, hasta hacerle creer que estaba cumpliendo el mandato de Dios. Primero, y ante todo, tenía que confiar en ella. A fin de cuentas, habían conspirado juntos durante la Guerra de Independencia, de modo que el padre Quinn sabía mejor que nadie que lady Rowan-Hampton era muy capaz de guardar un secreto. Y era muy consciente, además, de que Michael y ella habían sido firmes aliados en la lucha contra los británicos, a pesar de la enorme distancia que separaba el origen social de ambos. Así pues, Grace confiaba plenamente en que, con un poco de maña, podría persuadir al padre Quinn para que le revelara cuál era el terrible crimen que había cometido Michael y del que tanto se avergonzaba.

Empujó hacia él la botella de whisky que había sobre la mesa.

—Por favor, padre Quinn, con su trabajo necesita usted un reconstituyente —dijo, y escuchó distraídamente mientras el cura despotricaba contra los jóvenes y su falta de compromiso.

—En nuestros tiempos teníamos una causa por la que luchar. Eso nos mantenía unidos y nos daba ímpetu —comentó Grace—. Bien sabe Dios que no deseo otra guerra, pero la lucha por la libertad era una causa en la que creía con todo mi corazón y por la que estaba dispuesta a arriesgar mi vida.

—Es usted una mujer valiente —dijo él mientras volvía a llenarse el vaso.

—Pero hice cosas terribles —repuso Grace bajando la voz en tono confidencial—. Iré al infierno por algunas de las cosas que hice —añadió, y lo miró fijamente.

—*Arrepiéntete, pues, conviértete y tus pecados quedarán borrados* —dijo el padre Quinn citando la Biblia.

—Fui yo quien llevó al coronel Manley a la granja. De no ser por mí, Jack O'Leary no le habría hundido el cuchillo en el corazón. Soy tan culpable de su asesinato como él —afirmó ella con voz queda, y sus ojos se llenaron de lágrimas—. ¿Puede Dios perdonarme eso?

—Si se arrepiente de verdad, mi querida lady Rowan-Hampton, el Señor la perdonará y borrará la pizarra de un plumazo.

—Me arrepiento de verdad, padre, con toda mi alma. Me arrepiento de muchas cosas que he hecho. De las cosas que hicimos Michael y yo. —Se sacó de la manga un pañuelo de algodón blanco y se enjugó los ojos—. ¡Cómo admiro a Michael, padre! Era un pecador de la peor especie. ¡Ah, las cosas que hizo en nombre de la libertad! Y, sin embargo, dio un vuelco a su vida y ahora es tan piadoso como un sacerdote.

E igual de célibe, pensó con amargura, pero se guardó para sí esa queja.

—Me conformaría con ser la mitad de devota que él, padre Quinn.

—Michael dio un vuelco a su vida, en efecto. Dejó la bebida, ¿comprende usted? El alcohol despertaba al demonio que llevaba dentro y lo impulsaba a pecar.

—Me contó, padre, me contó lo de... —Grace comenzó a sollozar—. No puedo creer que fuera capaz de... —Titubeó, sin atreverse apenas a respirar, confiando en que el cura acabara la frase por ella.

—Pero, mi querida lady Rowan-Hampton, sus pecados no son los de usted.

Ella apartó la cara bruscamente.

—Lo sé, padre, pero ¿puede perdonar Dios semejante depravación?

—Claro que puede. Si Michael se arrepiente de verdad, el Señor lo perdonará, no hay duda. Incluso por eso.

Ella lo miró con ojos grandes y brillantes.

—¿Incluso por eso? —repitió, ansiosa por saber qué era *eso*.

El padre Quinn se inclinó hacia delante y apoyó los codos en las rodillas. Miró fijamente su vaso y sacudió la cabeza.

—Dios lo perdonará, pero él quiere algo más. No descansará hasta obtener el perdón de Kitty Deverill.

Grace dejó escapar un suspiro controlado y asintió con aire grave. No demostró su sorpresa, ni dejó entrever su alborozo por haber atrapado a la rata en su red y haberla obligado a chillar. Procuró que su semblante no se inmutara.

—Rezo porque Kitty pueda perdonarlo algún día, padre.

Él la miró y frunció el ceño.

—Si hay algo que usted pueda hacer, se lo agradecería mucho.

—Como sabe, Kitty y yo somos grandes amigas —repuso ella volviendo a guardarse el pañuelo en la manga—. Soy su confidente desde hace muchos años. Déjemelo a mí. Ahora que sé que Michael está dispuesto a suplicarle perdón, haré todo lo que esté en mi mano por ayudarlo. Solo quiero lo mejor para los dos. Espero que Dios me dé el tacto necesario. No va a ser tarea fácil.

—No, desde luego —convino el padre Quinn—. Pero si alguien puede conseguirlo es usted, lady Rowan-Hampton. Tengo mucha fe en sus habilidades.

Yo también, pensó ella, ufana.

Cuando el sacerdote se marchó trastabillando camino de su coche, que estaba aparcado en el camino de grava frente a la casa, Grace se retiró a su habitación. Cerró la puerta y se acercó a la ventana. Allí, en la intimidad de su alcoba, dejó escapar un lento gemido y cedió a un súbito estremecimiento que la recorrió por entero. Así pues, Kitty Deverill era el motivo por el que Michael la rechazaba. A lo largo de esos años había imaginado incontables motivos, pero ni una sola vez había pensado que pudiera ser ese. No creía, desde luego, que Michael la hubiera violado, como había dado a entender el padre Quinn. Kitty tenía que haberlo seducido, no había duda, y angustiado por la mala conciencia él se había entregado a la bebida. Era todo culpa de Kitty. Michael era un hombre salvaje y apasionado, se dijo Grace, pero no era un violador.

Tardó un rato en dominar los celos que se agitaban en su interior como una marea de aguas pútridas, asfixiándola. Tuvo que hacer acopio de voluntad para controlar sus movimientos, pues sentía el impulso de agarrar cualquier cosa y arrojarla contra la pared. Había pasado muchos años, no obstante, practicando el arte de la autodisciplina. Miró con fijeza el jardín y trató de ahuyentar de sí la visión de Michael penetrando a Kitty, que permanecía fija en su mente como si su pensamiento se hubiera congelado en una sola imagen. Por fin consiguió dominar su furia ideando una conspiración. No había nada como tener un plan para sentirse menos impotente. Si podía persuadir a Kitty de que perdonase a Michael, tal vez él volviera a su cama.

Esa noche, Laurel regresó de dar un largo paseo a caballo por las colinas con Ethelred Hunt. Desde que él le había dicho que estaría arrebatadora a caballo, Laurel había coqueteado con la idea de volver a montar. Había sido una amazona excelente en sus tiempos, incluso temeraria, sobre todo cuando salía a cazar, pero ahora no tenía intención de cometer ningún disparate. Hazel opinaba que aquello era una ridiculez. A fin de cuentas, le quedaban solo un par de años para cumplir los ochenta.

Pero ¿por qué tenía que llevar una vida mortecina solo porque fuera mayor?, pensó con aire desafiante. Lo que de verdad contaba era sentirse joven por dentro. Ethelred Hunt la hacía sentirse como una niña otra vez, y esa tarde, mientras cabalgaban por los acantilados y el mar se estrellaba en las rocas y las gaviotas planeaban en el cielo, había revivido un episodio de su juventud.

Estaba locamente enamorada. No había manera de diferenciar aquel amor del anhelo apasionado y rebosante de vitalidad que había experimentado cuando tenía veintitantos años. Tal vez ahora fuera una señora mayor, pero su corazón seguía siendo tierno, como un capullo de rosa que se abriera con la primera leve caricia de la primavera. No se consideraba una necia porque, a fin de cuentas, ¿por qué había de ser el amor un privilegio de la juventud? Si Adeline estuviese viva, le diría que lo único que envejece es el cuerpo físico; el alma es eterna y, por tanto, no puede envejecer. Laurel podía parecer una abuela, pero, cuando Ethelred Hunt la había mirado a los ojos y besado en la boca, veía en ella a una mujer.

Respiró hondo y cerró los ojos, reviviendo por un instante la maravillosa sensación que le había producido aquel beso. Sentía aún el olor especiado de la piel de Ethelred y el roce suave de su barba en la cara. Había sido como un sueño, un sueño muy hermoso. Nunca lo olvidaría, mientras viviera.

—Esto debe quedar entre nosotros —le había dicho él al apartar la mano de su cintura, o del lugar donde estaba su cintura cuando era joven—. O le daremos un disgusto a Hazel —había añadido Ethelred—. Creo que le gusto un poco.

Laurel se había arrebolado de felicidad. Tras varios años compitiendo con su hermana por las atenciones de aquel irresistible lobo gris, la había elegido a *ella*.

—Descuida, que puedo ocultarle un secreto a Hazel —le había asegurado; y, en efecto, podía.

Entró en la casa y cerró la puerta suavemente a su espalda. No veía a su hermana desde esa mañana, cuando se habían separado, Hazel para ir a casa de Bertie a jugar al *bridge* y ella para ir a la peluquería. El sonido del gramófono le llegó por el pasillo, desde el cuarto de estar. Laurel se sorprendió y se preguntó si su hermana tendría visita. Normalmente no ponía música cuando estaba sola. Encontró a su hermana de pie junto a la ventana, contemplando el ventoso jardín, donde ponían pienso para los petirrojos. Tenía una mano apoyada en la nuca y otra en la cadera y canturreaba, distraída. A Laurel le pareció que se mecía ligeramente al son de la música.

—Hola, Hazel —dijo en tono jovial mientras se quitaba el alfiler del sombrero.

Hazel se volvió, sobresaltada.

—¡Ah, Laurel, ya has vuelto!

—Sí. Ha sido muy divertido volver a montar. Me siento rejuvenecida.

Miró a su hermana y se dio cuenta de que no era la única que se sentía así. Hazel tenía las mejillas sonrosadas y un brillo en los ojos.

—Por lo menos no te has caído —comentó con hastío, como si no le interesaba especialmente que su hermana hubiera salido a montar a caballo.

No le preguntó por Ethelred y Laurel se alegró de ello: no quería sonrojarse como una colegiala y que su hermana descubriera que la había besado.

—¿Qué has hecho tú? —preguntó al sentarse en el brazo del sofá, con el sombrero sobre la rodilla.

—Nada de particular —contestó Hazel vagamente—. La partida de *bridge* estuvo entretenida, como siempre. Y esta tarde... En fin... —Suspiró desdeñosamente—. Esta tarde no he hecho nada, salvo mirar a los pájaros. ¿Verdad que son una monada?

—¿Quién estaba en la partida?

—Los de siempre. Bertie y Kitty, y Ethelred y yo. —Tocó el timbre para llamar a la doncella—. Vamos a tomar una taza de té y a acabarnos el bizcocho que queda. —No miró a Laurel al pasar por su lado—. Cuéntame, ¿qué tal es volver a subirse a un caballo? ¿Te ha dado miedo?

Laurel decidió no dar importancia al extraño comportamiento de su hermana y fue a sentarse junto al fuego.

—No, no me ha dado miedo —dijo, sonriendo al recordarlo—. Es lo más emocionante que he hecho en muchos años.

Y por una vez ninguna de las dos trató de superar a la otra contando jugosas anécdotas de Ethelred Hunt. De hecho, no volvieron a mencionar su nombre y la cordialidad con la que siempre se habían tratado volvió a instalarse entre ellas. Charlaron animadamente y se rieron, alegres. Pero de vez en cuando las dos se pasaban un dedo por los labios y sonreían furtivamente, tapándose la boca con la mano.

Por más que intentaba distraerse de la cruda realidad y olvidarse de la muerte de su padre y de las deudas que le había dejado Archie, Celia no podía obviar el hecho de que tenía que sacar dinero de alguna parte, y con urgencia. Digby ya no estaba allí para echarle una mano y, aunque hubiera estado, ahora Celia sabía que no tenía medios para hacerlo. Procuraba sonreír cuando estaba con sus hijas, o cuando venían amigos a verla o algún miembro de su familia se pasaba a visitarla, lo que ocurría con harta frecuencia, pero tenía la angustia depositada en la boca del estómago como una bola de cemento. Había momentos en que, de pie junto a la ventana de su habitación, contemplaba las estrellas y se acordaba de los bailes de verano del castillo de Deverill cuando era pequeña y Kitty, Bridie y ella veían llegar los carruajes que llevaban a la flor y nata del condado de Cork, y deseaba poder despertarse siendo de nuevo una niña, sin miedos ni preocupaciones. En aquellas noches mágicas, el cielo siempre estaba despejado y oscurecía poco a poco, a medida que el ocaso daba paso a la noche con el tenue titilar de la primera estrella.

Temía tener que vender el castillo. Ahora era su hogar. Había puesto su corazón en el corazón de Ballinakelly y allí se quedaría.

Una mañana especialmente ventosa, el mayordomo entró en el salón y la encontró sentada a su escritorio, escribiendo unas cartas. Tocó a la puerta.

—Hay un caballero que desea verla, señora Mayberry —dijo.

Celia supo de inmediato de quién se trataba. Estaba esperándolo desde hacía tiempo. Sintió aumentar el peso del cemento dentro de sus entrañas y se llevó una mano al corazón. No podía seguir evitándolo.

—Acompáñelo aquí, O'Sullivan, y dígale a la señora Connell que prepare té.

Se situó en medio de la sala, se alisó la falda y la rebeca y respiró hondo. Un momento después, el individuo al que había visto en el entierro y en la misa funeral de su padre entró en la habitación.

—Señora Mayberry —dijo sin sonreír.

—Señor Dupree —contestó ella levantando el mentón—. Llevaba algún tiempo esperándolo. ¿Té?

26

—No quiero té —contestó él con voz atiplada—. Whisky —dijo.

Cuando O'Sullivan le trajo la bebida, el señor Dupree vació el vaso de un solo trago y volvió a dejarlo sobre el posavasos de plata con mano temblorosa. Celia reparó en que tenía las uñas rotas y sucias. Él la miró con ojos enrojecidos y legañosos.

—Ahora sí me tomaré ese té —dijo, y Celia hizo un gesto al mayordomo, que salió de mala gana de la sala, inquieto por dejar a su señora en compañía de un vagabundo de aspecto amenazador.

El señor Dupree aparentaba cien años. Su cabello blanco era tan ralo que dejaba entrever el cuero cabelludo de debajo, cubierto de pústulas. Tenía la piel muy fina y llena de manchas de vejez, de cicatrices y profundos surcos producidos quizá por la hoja de un cuchillo. La amargura le había desfigurado los labios y la cólera ardía detrás de las cataratas que nublaban su vista y hacía lagrimear sus ojos. Un tic nervioso se había apoderado de un lado de su cara, contrayendo los músculos cada pocos minutos y tensando su boca en una fea mueca. Despedía ese olor denso a alcohol y sudor de los hombres que dormían mal y vivían en condiciones penosas. La energía que irradiaba era tan intensa y espinosa como su mirada, y Celia tuvo que hacer un esfuerzo por ocultar la repulsión que le inspiraba aquel hombre, que se había introducido en su vida como una alimaña que se hubiera colado en el castillo a través de una cloaca. Había, no obstante, algo de escurridizo en su actitud, en el ligero encorvamiento de sus hombros y en la curvatura de su espina dorsal, que lo despojaba de ese aire de peligro y hasta inspiraba cierta lástima. Por debajo de su ira, parecía desesperado.

—Por favor, tome asiento —dijo Celia en un tono frío y firme que le costó reconocer como suyo.

Vio que él se sentaba, inquieto, al borde del sillón y ella fue a sentarse en el guardafuegos, delante de la chimenea.

—Quiero que sepa que he leído las cartas que envió a mi padre y que no creo una palabra de lo que decían. Las que me ha mandado a mí, las he quemado sin leerlas. Me parece indignante que haya tenido la audacia de acosar de este modo a una familia que está de luto.

El señor Dupree sacó un paquete de cigarrillos del bolsillo interior de su chaqueta y le dio unos golpes con la mano.

—¿Hasta qué punto conocía usted a su padre, señora Mayberry? —preguntó con voz áspera, poniéndose un cigarrillo entre los labios resecos.

Celia pensó que tenía un leve acento irlandés, aunque ignoraba de dónde exactamente.

—Estaba muy unida a él —contestó con frialdad.

El señor Dupree meneó la cabeza.

—Creo que está usted a punto de descubrir que no lo conocía en absoluto —dijo, y de pronto rompió a toser—. ¿Cree usted en la justicia? —preguntó cuando se repuso.

—Limítese a decirme qué desea, señor Dupree —replicó Celia, furiosa porque aquel perfecto desconocido creyera conocer la relación que había tenido con su padre.

Lo vio pulsar un encendedor barato y acercar el cigarrillo a la llama. Dupree se guardó el encendedor, se recostó en el asiento y cruzó las escuálidas piernas dejando al descubierto sus calcetines raídos, sus zapatos polvorientos y unos tobillos penosamente delgados.

—Sus exigencias son completamente descabelladas —afirmó Celia.

Deseaba ardientemente que aquel hombre se levantara y se fuera, pero Dupree no parecía tener intención de ir a ninguna parte por el momento. El señor O'Sullivan regresó con la bandeja del té. Sirvió una taza al señor Dupree y se la dio. La fina porcelana de la taza parecía incongruente entre sus manos toscas y encallecidas.

—Permítame empezar por el principio, señora Mayberry. Déjeme que le hable del Digby Deverill que *yo* conocía.

Celia suspiró, impaciente.

—Muy bien. Adelante.

No tenía ningún interés en escuchar su historia pero, dado que Dupree parecía empeñado en chantajearla, no tenía más remedio que prestarle oídos. El señor O'Sullivan le sirvió una taza de té y luego los dejó solos y cerró la puerta suavemente al salir.

Aurelius Dupree exhaló una densa nube de humo y entornó los párpados. A pesar de su mirada fija y retadora, la mano que sostenía el cigarrillo temblaba.

—Cuando Digby Deverill llegó a Ciudad del Cabo en 1885 y recaló en Kimberley, mi hermano mayor, Tiberius, ya llevaba ocho años haciendo prospecciones —dijo, dando comienzo a su relato—. Sabía todo lo que había que saber sobre diamantes. Todo. Lo llamaban *Brill* porque tenía olfato para los brillantes: podía olerlos, literalmente, y todo el mundo lo quería en su equipo. Trabajaba para Rhodes y Barnato, dos gigantes, y le pagaban bien. Muy bien, de hecho. Me escribió pidiéndome que me reuniera con él y llegué en barco desde Inglaterra, recorrí quinientas millas hasta Kimberley y aprendí deprisa.

Dupree se tocó la sien con un dedo artrítico.

—En las minas siempre podía ganarse dinero, si uno era un poco listo. —Sonrió y Celia retrocedió ligeramente al ver los negros huecos donde antaño habían estado sus dientes—. Cuando llegó Digby, Kimberley era un gran trozo de queso roído por diez mil ratones. Rhodes y Barnato estaban intentando fusionar las minas. La zona estaba esquilmada. No quedaba nada allí para Deverill. Él era un muchacho voluntarioso y de buena familia, pero eso de poco le servía. Allí solo importaban el dinero y los diamantes, y él no tenía ninguna de las dos cosas. Rhodes y Barnato eran tan ricos como Midas. Ricos como reyes. Y sin embargo Digby se presentó allí con su ambición y su optimismo, muy seguro de sí mismo. Nunca he conocido a un hombre que tuviera tanta fe en sí mismo como tenía Deverill. Montó una tienda a las afueras del asentamiento minero, entre el polvo y con un calor de justicia. Había moscas a montones, y penalidades que usted no alcanza a imaginar y que no deseo contarle a una dama refinada como usted, señora Mayberry. Nadie habría adivinado que Deverill era un niño bien al que expulsaron de Eton a los diecisiete años por montar un tinglado de apuestas en el colegio y acostarse con la enfermera o con la madre de algún otro chico. Eso me contó él, al menos.

Se rio desganadamente y un nuevo ataque de tos sacudió sus pulmones llenos de flemas.

—Dicen que el hijo de lord Salisbury perdió cien libras jugando con Deverill. Pero en Kimberley Deverill no se codeaba con aristócratas, sino con los individuos de peor catadura que uno pueda imaginar. Como un tal Jimmy McManus *el Loco*, que luchó en la Guerra de Crimea y que por lo visto había destripado a un hombre con sus propias manos. O Frank Flint *Corazón de Piedra* y Joshua Stein, al que apodaban *Mala Sangre* por motivos que no querrá usted oír. Deverill era su igual. No los temía. En todo caso, eran esos rufianes quienes lo temían a él, a pesar de sus buenos modales y sus trucos aprendidos en Eton. Deverill tenía al diablo de su parte. Esos tipos eran unos canallas, pero Deverill tenía algo que a ellos les faltaba: suerte. Tenía suerte en las apuestas, y muy pronto empezaron a llamarlo *Lucky* Deverill, y con ese mote se quedó. Y siguió teniendo suerte.

Celia pensó en el caballo con el que su padre había ganado el Derby: su último golpe de suerte antes de que se le acabara la buena racha.

—Continúe, señor Dupree. ¿Qué pasó después?

Aurelius Dupree dio una calada a su cigarrillo y Celia advirtió con repugnancia que tenía los dedos amarillentos, como si padeciera ictericia. Exhaló una bocanada de humo, se inclinó hacia delante y echó la ceniza en el cenicero de cristal que Celia había comprado en Asprey, en New Bond Street. Luego se aclaró las flemas de la garganta con otro acceso de tos. Celia sintió que se le revolvía el estómago.

—Así que, un buen día, *Lucky* Deverill estaba ganando a las cartas —prosiguió Dupree—. Y Flint, ese al que llamaban *Corazón de Piedra*, se había quedado sin un centavo. Solo le quedaba una parcela de tierra inútil al norte de Kimberley. A *Lucky* Deverill tenía que agotársele la suerte en algún momento, ¿no? En algún momento, desde luego, pero no entonces. ¡Ni en muchos años! Deverill mostró su jugada ganadora y se llevó todo el dinero. Y, cómo no, ganó también la parcela, ese trozo de tierra presuntamente inservible. Pero Tiberius y Deverill se habían hecho amigos. Deverill no sabía nada de diamantes, pero mi hermano lo sabía todo. Hicimos los tres un pacto, un acuerdo entre caballeros: si había diamantes allá arriba, dividiríamos las ganancias a la mitad. A la mitad, ¿entiende?, a partes iguales. Deverill aceptó. Un cincuenta por ciento para él y el otro a repartir entre mi hermano y yo. El terreno era suyo, pero nos necesitaba para explotarlo, ¿comprende usted? Sin nosotros no podía hacer nada.

»Al principio no encontramos nada. La zona había sido arrasada. La mina estaba abandonada y allí no parecía haber más que tierra yerma, polvo, moscas y un viejo cobertizo donde en tiempos había habido una granja. Hasta el pozo estaba seco y lleno de piedras. Era un pedazo de tierra inútil y muerta. Empezamos a excavar en sitios en los que nadie había excavado hasta entonces. Y nada. Deverill comenzó a desanimarse y a hablar de dejarlo, pero, como le he dicho, Tiberius tenía olfato para los diamantes y olía diamantes en aquella tierra, justo allí, en aquella parcela reseca. Deverill fue a echarse a la sombra del único árbol que había en varias millas a la redonda, se puso el sombrero en la cara y se durmió. Ya no le interesaban aquellas tierras. Estaba pensando en la siguiente partida y en alguna mujer. Tiberius y yo, en cambio, seguimos cavando con ahínco, sacando la tierra con nuestras propias manos. Yo seguía a Tiberius porque mi hermano olía esos brillantes como un sabueso huele el rastro de un zorro. Entonces encontró uno allí mismo, junto a la valla, o lo que quedaba de la valla. Estaba tirado en el suelo como si acabara de caer del cielo. Como le decía, Tiberius sabía mucho de suelos y aquel era suelo aluvial, partículas sueltas de arcilla y limo. Mi hermano llegó a la conclusión de que allí había habido agua en algún momento y que el diamante había sido arrastrado corriente abajo y depositado allí, al borde de la antigua granja. Llamamos a Deverill a gritos y vino corriendo. Ahora sí que estaba interesado. Subimos hasta lo alto del cerro y cavamos allí y,

¡bingo!, pronto encontramos una veta densa y amarillenta y comprendimos que allí había diamantes. Nos pusimos como locos. Hasta Deverill dejó de pensar en las cartas y las mujeres. Escarbamos como perros, los tres. Aquella tierra estaba cuajada de diamantes. Los había a montones. No podíamos creer que hubiéramos tenido tanta suerte. Acordamos registrar nuestro hallazgo. Deverill fue a inscribir la mina en el registro con el nombre de Deverill Dupree.

Llegado a este punto, a Aurelius se le ensombreció el semblante, lleno de profundo y amargo pesar, e hizo una mueca.

—Estábamos tan atareados cavando que apenas levantamos la vista del suelo cuando firmamos esos papeles. Confiábamos en Deverill, ¿sabe? El mayor error de mi vida, confiar en *Lucky* Deverill. —Meneó la cabeza, apesadumbrado, y apagó su cigarrillo—. Pero tenía una suerte endiablada, eso no hay quien lo niegue.

Dupree hizo una larga pausa mientras apuraba su té y rumiaba la terrible injusticia que, según él, había cometido el padre de Celia. Ella permaneció sentada en el guardafuegos, inmóvil, con el estómago cada vez más revuelto. No podía dejar de escuchar, sin embargo, dividida como estaba entre la fascinación y el horror. Un nuevo mundo, una nueva visión de su padre se estaba abriendo ante ella como un abismo espantoso.

—Deverill no era solo un jugador muy hábil —prosiguió Aurelius Dupree—. También era un mujeriego. No había esposa que estuviera a salvo cuando él andaba cerca. Era rubio, de ojos azules, como concebido por los propios ángeles. Pero el diablo tiene muchos disfraces. Mientras Tiberius y yo hacíamos todo el trabajo, Deverill estaba... —Titubeó y fijó sus ojos negros en Celia—. Digamos que estaba ocupado en otra parte. Lo único que hizo, mientras nosotros sudábamos, fue plantar un letrero de decía *El castillo de un Deverill es su reino*. Lo escribió en una plancha de madera, con pintura negra, y yo no entendí lo que significaba hasta que vi este castillo. Nosotros nos reíamos de él, pero deberíamos haber sido más avispados —se lamentó—. Sí, deberíamos haber sido más avispados. Trajimos a nuestros trabajadores, zulúes y xhosas a centenares, y Deverill contrató como capataces a sus camaradas, esos rufianes de Flint, Stein y McManus *el Loco*. Una vez, pillaron a un chico robando un diamante y lo mataron a palos.

»El caso es que necesitábamos inversionistas para explotar la mina de diamantes, así que Deverill recurrió a sir Sydney Shapiro, el agente de la familia Rothschild, los dueños de la banca Rothschild, que financiaron a Cecil Rhodes cuando montó la Compañía Británica de Sudáfrica. Deverill se estaba acostando con la esposa de Shapiro. Era preciosa: rubia y con cara de ingenua, como si no hubiera roto un plato en su vida. Pero esas son a menudo las peores zorras, y disculpe usted mi lenguaje, señora Mayberry. En cuanto a Shapiro, metía mano en todo, como un pulpo enorme y gordinflón, pero ignoraba que su mujercita, aquella mosquita muerta, se estaba encamando con Deverill. Con el dinero de Shapiro, Deverill creó su propia empresa, Deverill and Co., de la que era dueña la sociedad Deverill Dupree. Pero Deverill nos había engañado al registrar la sociedad y se había atribuido el cincuenta y uno por ciento, dejándonos a nosotros el cuarenta y nueve restante. Así que Deverill se ofreció a comprarnos nuestra parte. En aquel momento, cinco de los grandes parecían un buen pellizco, y además estaba la promesa de las participaciones en la empresa. Pero él fundó la World Amalgamated Mining Company, o WAM, como se la conocía entonces, y se la vendió a De Beers por varios millones. En el acuerdo de venta no decía nada sobre nuestras participaciones. Nada. Deverill se marchó a Ciudad del Cabo, se compró una mansión y allí vivió a lo grande, como un gran magnate de los diamantes. Tiberius estaba fuera de sí. Decidimos demandarlo. Queríamos nuestra parte y estábamos convencidos de que los tribunales nos darían la razón.

Aurelius Dupree sacó de nuevo el paquete de cigarrillos que guardaba en el bolsillo de la pechera. La mano le temblaba aún más que antes. Encendió su mechero e inhaló profundamente, llenándose los pulmones de humo. Cuando miró a Celia, sus ojos ya no eran negros: parecían velados por una capa de aflicción.

—Pero perdieron, ¿verdad, señor Dupree? —preguntó Celia.

Sabía que, de haber ganado, Dupree no estaría allí sentado, hecho una piltrafa. Se alegraba de que todo se redujera a aquello: a una riña entre mineros hacía muchos años. La palabra de su amado padre contra la de un solo hombre.

—Habríamos ganado, no me cabe ninguna duda —contestó el señor Dupree—. Algo habríamos ganado. Puede que no siete millones, pero en Kimberley todo el mundo sabía que Deverill nos debía nuestra parte.

—¿Qué pasó, entonces? ¿Por qué no ganaron?

—Ahí es donde interviene el diablo, señora Mayberry —dijo él con voz tan queda y lúgubre que Celia se estremeció—. Digby...

—Si va a hablar de mi padre —le interrumpió ella, irritada—, llámelo *sir* Digby.

—Ah, no, señora Mayberry, para mí nunca será sir Digby. Un demonio a sueldo del diablo, eso sí, como verá enseguida. En aquel entonces teníamos por costumbre cazar. Cazábamos casi a diario: gacelas, antílopes, cebras, elefantes y hasta leones. Sí, hasta el rey de la selva. Mientras Deverill estaba en Ciudad del Cabo, en su flamante palacio, codeándose con Rhodes, Beit y Barnato, nosotros las pasábamos canutas para salir adelante. Pero un día, estando a las afueras de Ciudad del Cabo, oímos hablar de un león comehombres a un tal capitán Kleist, un alemán de los dominios alemanes de África del sudoeste. Aquel cazador blanco nos invitó a participar en la cacería. Habría sido de mala educación negarse y, además, necesitábamos distraernos con algo. Cuando llegamos con nuestras armas al borde de la sabana, ¿a quién nos encontramos allí, sino a McManus, Flint y Stein, y al tal Kleist, el capitán alemán? Dudo que fuera de verdad capitán, pero no voy a meterme en eso ahora. El caso fue que, después del primer momento de desconcierto, nos saludaron como viejos amigos y nosotros no les culpamos por lo que había pasado con Deverill. Así que nos internamos en la sabana. Estaba amaneciendo. Todavía estaba oscuro y hacía fresco. Pronto empezó a apretar el calor, sin embargo. Ese calor como alquitrán que casi le impide a uno moverse. Seguimos avanzando, primero a caballo y luego a pie. Tiberius y yo vimos leones, pero no vimos al comehombres, si es que existía. El capitán Kleist iba al mando. Nos dividió en parejas. Él se quedó con Tiberius y a mí me puso con McManus.

Fueron pasando las horas. Y nada. McManus me contó historias de
Deverill y de sus artimañas tramposas. Ya se sabe que entre ladrones no
hay honor. Luego, justo cuando estábamos a punto de abandonar, porque era ya mediodía y hacía demasiado calor para seguir, oímos disparos cerca de donde estábamos. Corrimos campo a través, dando voces.
Por fin oímos la voz de Kleist, que gritaba pidiendo socorro. Seguimos
los gritos y nos encontramos con una escena espantosa. Tiberius estaba
tendido en el suelo, solo que ya no era él. No solo estaba muerto, señora Mayberry, estaba despedazado, hechos trizas. Mi hermano parecía
un impala con las entrañas desgarradas. Al parecer, el león comehombres se había abalanzado sobre él, señora Mayberry. No se podía hacer
nada, y el capitán Kleist, Flint y Stein ya estaban allí, mirando sin decir
nada. No había palabras para describir aquello. Nada que decir. Pre-
gunté a Kleist qué había pasado. A fin de cuentas, estaba con Tiberius.
Pero Kleist me dijo que se habían separado y que había dejado solo a
mi hermano. Decía que había disparado al león, pero que era ya demasiado tarde.

El señor Dupree interrumpió su relato y se enjugó la frente húmeda
con el pañuelo.

—Un accidente de lo más desafortunado —comentó Celia.

—Eso pensé yo en aquel momento —repuso Dupree—. «Una desgracia», dijo el capitán Kleist, y los demás dieron fe de que había sido
un accidente. Pero yo me llevé el cadáver al campamento y lo lavé con
mis propias manos. Y vi lo que no debía ver, señora Mayberry. Vi que
mi hermano tenía un orificio de bala en el pecho, oculto entre las heridas, que quizá no fueran obra de las garras de un león sino de un ma-
chete. Quizás a mi hermano no lo había matado un león, sino un hombre, o varios. Y esos hombres eran los secuaces de su padre. De pronto
comprendí quién estaba detrás de aquella muerte.

Entornó los párpados y miró a Celia que, al otro lado de la sala,
permanecía rígidamente sentada en el guardafuegos, con la taza de té
frío aún en la mano.

—Hablé con la policía y hubo una detención. Pero no fue a Deverill a quien detuvieron, sino *a mí*.

—¿Y por qué pensaron que había asesinado a su hermano? —preguntó Celia—. Ni siquiera estaba con él en la cacería.

—No, y así se lo dije a la policía. Pero el capitán Kleist aseguró que yo estaba con él, y McManus y los otros dos le dieron la razón. Dijeron que estábamos solos Tiberius y yo, y que yo era el único que podía haberlo matado. Me tendieron una trampa, señora Mayberry. Deverill quería quitarnos de en medio y se salió con la suya, como solía.

—Pero para matar a una persona tiene que haber un móvil.

—Descuide, señora Mayberry, que Deverill se tomó muchas molestias para encontrar uno. Hizo averiguaciones y descubrió que estábamos los dos enamorados de la misma chica en nuestro pueblo natal, Hove. Los dos queríamos casarnos con ella, es cierto, como también es cierto que habíamos reñido por ese motivo, pero yo jamás habría matado a mi hermano por ella. Una mujer declaró que me había oído amenazar con matar a Tiberius si se casaba con ella, pero, si lo hice, fue en el calor de la discusión, nada más. Pensé que estaba acabado. Creía que el juez mandaría que me pusieran la capucha negra y me ahorcaran. Pero no había pruebas suficientes para colgarme. Me acusaron de conspiración para cometer un asesinato y me condenaron a cadena perpetua. Y mientras yo me pudría en una prisión sudafricana, olvidado de todos, Deverill amasó una fortuna. Una fortuna construida sobre la sangre de mi hermano inocente.

Celia dejó su taza sobre la mesa. Aurelius Dupree apagó su cigarrillo y no encendió otro.

—Ahora que he salido en libertad, he venido a buscar mi parte —concluyó, mirándola fijamente.

—¿O qué? ¿O venderá su historia a algún periodicucho y manchará la reputación de mi padre? Está muerto, señor Dupree.

—Los muertos también tienen reputación, y sus familias viven de ella. Solo quiero lo que es mío y estoy decidido a conseguir mi parte —añadió en tono tranquilo—. Su padre no puede devolverme mi vida, pero puede hacer que mis últimos años sean lo más cómodos que sea posible. Me debe veinte mil libras, señora Mayberry. Con eso bastará. No soy avaricioso. Solo quiero tener un poco de tranquilidad antes de morir.

Celia se levantó.

—Creo que ya he oído suficientes fantasías por hoy —dijo y, acercándose a la puerta, la abrió—. O'Sullivan, por favor, acompañe al señor Dupree a la salida.

El mayordomo apareció en el vestíbulo, para alivio de Celia.

—El señor Dupree se marcha ya —dijo con voz débil.

Cuando se dio la vuelta, vio con sobresalto que Dupree estaba justo detrás de ella, tan cerca que notó el olor a tabaco de su aliento.

—Él no apretó el gatillo, señora Mayberry, pero pagó a quien lo hizo. Deberían haberlo colgado. Volveré —remachó—. Volveré para exigir lo que es mío.

27

Celia salió del castillo y echó a andar por las colinas. El viento invernal, frío y áspero, peinaba con dedos gélidos la larga hierba y el brezo. El aire estaba cargado de humedad. Comenzó a caer una ligera llovizna. Celia caminaba tan deprisa como le permitían sus piernas. Con la cabeza gacha y la mirada perdida en algún punto por encima del suelo, delante de ella, avanzó con paso decidido por las barrancas y las hondonadas que había explorado de niña junto a Jack O'Leary, su halcón amaestrado y su perro. Se acordó de cómo Kitty, Bridie y ella observaban a los pájaros y de que Jack les enseñaba sus nombres. Somormujos, pardelas, zampullines y avefrías: de alguno se acordaba todavía. Se tumbaban a esperar a los tejones, boca abajo sobre la tierra, susurrando llenos de nerviosismo y emoción. Jugaban con orugas —que Bridie llamaba gusarapas—, arañas y caracoles, y a veces, en fragantes noches de verano, se tumbaban a contemplar las estrellas y ella sentía en lo más hondo de su ser el leve agitarse de algo que no alcanzaba a explicar. Se sentía arrastrada hacia la oscuridad aterciopelada, hacia el brillo titilante de las estrellas, hacia la eterna vastedad del espacio. El aroma dulce de la tierra y el brezo impregnaba el aire templado, y la maravilla de todo aquello la aturdía. Pero esos días habían quedado muy atrás, y con ellos se había marchado la inocencia. Ahora solo sentía miedo.

Ignoraba si su padre era culpable de asesinato o no. Estaba claro, sin embargo, que Aurelius Dupree quería dinero. Un dinero que ella no tenía. El escándalo que causaría aquella historia si se hacía pública acabaría con la vida de su madre, de eso estaba segura, y no se atrevía a contársela a sus hermanas, ni a Harry o Boysie. No podía revelarle *a nadie* la ignominia de su padre. No tenía elección. Debía sacar ese dinero de algún sitio, y debía hacerlo sola.

Aurelius Dupree no solo le había hecho una exigencia imposible de cumplir; también había despojado a Digby de su humanidad, pintándolo como un monstruo feroz que, movido por la avaricia, había segado una vida inocente. Un monstruo al que Celia no reconocía, o no quería reconocer.

Siguió caminando, adentrándose en las colinas, ansiosa por extraviarse en la niebla que se estancaba en las cañadas formando fantasmagóricas lagunas de vapor, cada vez más grandes. Por fin se metió entre los árboles, para esconderse entre sus recios troncos y sus ramas. Las lágrimas le nublaban la vista, pero el suelo musgoso era blando bajo sus pies y el olor de los pinos y el follaje húmedo, que saturaba el aire, comenzó a serenar su espíritu atribulado. Pestañeando para disipar la desesperación, miró a su alrededor y vio que el bosque era muy bello. ¿Y qué es la belleza sino amor? La energía mística que irradiaba la tierra pareció envolverla en su abrazo, insuflándole una inesperada fortaleza: el sentimiento de no estar sola. Dejó de pensar en Tiberius Dupree y en su padre, en asesinatos y dinero, y contempló la maravilla de la tierra viva, en la que nunca hasta entonces había reparado. Había pájaros en los árboles y animalillos en la maleza, y quizá cientos de ojos la observaban desde los arbustos. Cuando un pálido rayo de sol brilló entre la espesura y cayó en el camino, delante de ella, Celia se rindió a la efervescencia de la naturaleza y dejó que el poder de esa extraña presencia, mucho más grande que ella, disipara su dolor.

Cuando regresó al castillo se sentía inmensamente fuerte. Se fue derecha al cuarto de los niños a ver a sus hijas. Mientras rivalizaban por sus atenciones y la rodeaban con sus bracitos, Celia pensó en Archie y en su sueño de tener una familia numerosa y alborotadora con la que llenar el castillo de niños. Ya no sería posible. Tenía dos hijas que siempre la unirían a Archie, pero ya no podría darles hermanos. *Pase lo que pase*, se dijo al besar las caritas suaves de las niñas, *no dejaré que* mis *problemas destrocen vuestras vidas*. Vendería el castillo si era necesario y buscaría un nuevo hogar en otra parte. Porque no eran los ladrillos los que componían un hogar, sino las personas que moraban entre sus muros, y era el amor lo que mantenía unidas a esas personas. Eso podían tenerlo en cualquier parte.

Embargada por ese nuevo sentimiento de determinación, viajó a Londres para reunirse con el señor Riswold, el abogado, así como con el director del banco de Archie y su agente de bolsa, el señor Charters. Sopesó con detenimiento sus alternativas, pero cuando emprendió el viaje de regreso a Irlanda estaba persuadida de que no tenía más remedio que vender el castillo. Era hora de sacar la cabeza de debajo de la tierra y afrontar la verdad: estaba al borde de la bancarrota y lo único que podía salvarla era vender su amado castillo.

A principios de la primavera, O'Sullivan se presentó en la puerta de la salita donde Celia estaba tomando el té con las Arbolillo.

—Lamento molestarla, señora Mayberry, pero hay un caballero en la puerta que desea verla.

Por un momento se le encogió el corazón al pensar que Aurelius Dupree había vuelto en busca de su dinero y palideció, pero O'Sullivan había dicho «caballero» con cierto énfasis, cosa que no habría hecho si se tratara de Dupree.

—¿Le ha dicho su nombre? —preguntó Celia.

—Sí, señora, pero me temo que no puedo repetirlo. —Al ver que ella arrugaba el entrecejo, el mayordomo se retorció las manos—. Es un apellido extranjero, señora.

Celia sonrió.

—Muy bien. Dígale que espere en la biblioteca.

—Oh, por nosotras no le hagas esperar —dijo Hazel—. Nos marchamos ya.

—Sí, tenemos montones de cosas que hacer, ¿verdad que sí, Hazel? —añadió su hermana.

—Desde luego —convino Hazel—. Vamos a ir a ver a Grace, que tiene un catarro espantoso. Le he preparado un bálsamo medicinal.

—Es una vieja receta de Adeline —dijo Laurel—. Obra maravillas.

—Sí, desde luego —repuso Hazel.

—Bueno, si de verdad no os importa —dijo Celia, viendo que las dos ancianas se ponían en pie.

Con sus sombreros de plumas, parecían un par de gansos. Sonreían las dos, pues últimamente se las veía extremadamente contentas, y parecían tan compenetradas como antes de la llegada de lord Hunt.

—En absoluto. Gracias por el té y la tarta. ¡Qué delicia que por fin sea primavera! —exclamó Hazel.

—Sí, yo me siento como nueva —rio Laurel, y pensó para sus adentros que, si se sentía como nueva, no era únicamente por la llegada de la primavera.

—Lo mismo digo —añadió su hermana, sin saber que lord Hunt era el responsable de la alegría de ambas.

Las Arbolillo y el misterioso caballero extranjero se cruzaron en el vestíbulo. Ellas se rieron, cloqueando como gallinas, cuando el apuesto desconocido les hizo una profunda reverencia y sonrió, dejando ver sus dientes blanquísimos. En Ballinakelly nunca se había visto a un hombre como aquel, pensaron emocionadas al encaminarse a casa de Grace, a quien no solo darían el bálsamo medicinal, sino también una descripción entusiasta del sofisticado visitante de Celia.

Celia esperó a que el desconocido de nombre impronunciable fuera conducido a la sala de estar. Se alisó la falda de su vestido azul y aguardó de pie, con las manos cruzadas, sin saber a qué atenerse. Nada, sin embargo, podría haberla preparado para el encanto arrebatador del conde Cesare de Marcantonio, que, nada más aparecer en la puerta, pareció inundar la habitación con su ancha y contagiosa sonrisa, sus ojos cálidos y su colonia con olor a miel y limón. Celia, que no esperaba encontrarse con un hombre de sus trazas, se quedó de piedra. El conde se acercó a ella, tomó la mano que le tendía y se la llevó a los labios con una ceremoniosa reverencia. Cuando pronunció su nombre, clavó en ella sus ojos de color verde pálido y le sostuvo la mirada con fijeza. Celia no creía haber conocido nunca a un hombre que irradiara tal seguridad en sí mismo.

—Siéntese, por favor —dijo indicándole el sofá.

Vestido con un impecable traje gris, chaleco amarillo y corbata de seda a juego, el conde se acercó al sofá, se recostó en sus cojines y cruzó las piernas, dejando ver unos calcetines a rayas y unos relucientes zapatos de cordones.

—¿Puedo ofrecerle algo de beber? ¿Una taza de té, quizás, o algo más fuerte? Mi marido solía beber whisky.

—Whisky con hielo, por favor —contestó él, y O'Sullivan asintió y salió de la habitación.

—Bien, ¿a qué debo el placer de su visita? —preguntó Celia, a pesar de que ya sabía a qué había venido el conde: no podía haber otro motivo.

—Me interesa comprar su precioso hogar —contestó él.

Celia se sonrojó de emoción. Había tomado la decisión de vender en enero, pero una pequeña parte de su ser todavía se resistía a poner en venta el castillo. Esa pequeña parte confiaba aún en que las exigencias de dinero de Aurelius Dupree y las enormes deudas de Archie se desvanecieran sin más. Hete aquí, sin embargo, a un rico conde extranjero cuya llegada la obligaba a encarar de pronto sus temores.

—Entiendo —dijo bajando los ojos.

Se hizo un breve silencio que pareció extenderse durante largos minutos, y el semblante del conde se suavizó, lleno de compasión.

—Permítame darle mi más sentido pésame —dijo con voz queda.

—¿Por cuál de ellos? —contestó Celia con una risa amarga.

—Es terrible perder a un padre.

—Y a un marido. Yo he perdido a los dos —dijo.

—Y ahora va a perder también su hogar. —El conde meneó la cabeza y su hermoso rostro se crispó, apesadumbrado—. Es usted una joven muy bella. Si no estuviera casado, compraría el castillo para regalárselo a usted.

Celia se rio. De no ser por su atractivo acento extranjero, aquello habría sido de mal gusto.

—¿Dónde está su esposa? —preguntó, confiando en esquivar su intento de coqueteo.

—La condesa está en Nueva York. Vivimos allí.

—¿Fue usted, por casualidad, quien me hizo una oferta el verano pasado?

—Sí, fue mi abogado, de mi parte. El señor Beaumont L. Williams.

—Sí, me acuerdo. Debe de tener muchísimas ganas de comprar el castillo.

—Las tiene mi esposa, señora Mayberry. Cuando se enteró de que estaba en venta, quiso comprarlo a toda costa. —Paseó la mirada por la estancia—. Ahora entiendo por qué lo desea tanto. Es muy bello.

—¿Ella lo ha visto?

El conde frunció la frente.

—Por supuesto que lo ha visto —contestó, aunque no parecía muy convencido—. Es un castillo famoso, ¿no?

—Pertenece a mi familia desde el siglo XVII. Me rompería el corazón perderlo. Después de tantas generaciones, tengo la sensación de que estoy traicionando a mis antepasados. Soy la Deverill a la que se recordará por haber dejado el castillo en manos de desconocidos.

—Nosotros adoraremos este lugar, señora Mayberry. Puede estar segura.

—No me cabe duda de que así sería —repuso ella en voz baja, reacia aún a aceptar que tenía que desprenderse del castillo.

O'Sullivan entró con el whisky del conde, seguido por la señora Connell, que llevaba el té para Celia. El conde esperó a que los criados se marchasen. Luego meció los hielos de su vaso y dijo:

—Voy a hacerle una oferta que no podrá rechazar. Estoy dispuesto a pagarle más que nadie en toda Europa. Verá, se ha encaprichado con este castillo y no quiere ningún otro. Y lo quiere tal y como está. Se quedará con el servicio y nadie perderá su empleo a causa de la venta. Todo seguirá como hasta ahora. Ella lo quiere, y yo estoy decidido a comprárselo.

Celia estaba perpleja. ¿Por qué lo deseaba tanto la condesa?

—¿Su esposa ha estado aquí con anterioridad? —insistió.

Él se encogió de hombros y de nuevo pareció dudar.

—Siempre ha soñado con tener un castillo en Irlanda y este es especial —dijo—. Tiene una historia fascinante y sin embargo está completamente reformado. No creo que sea el caso de la mayoría de los castillos irlandeses. —Volvió a recorrer la habitación con la mirada—. Los castillos de este país no valen gran cosa, en general, pero este es distinto al resto. Lo ha dejado usted precioso, señora Mayberry. Verá, yo desciendo de los condes de Montblanca y de los príncipes Barberini, de la familia del papa Urbano VIII, de modo que algo sé de estas cosas.

—¿Van a venir a vivir aquí?

—Con el tiempo, sí. La condesa está esperando nuestro primer hijo —contestó con una sonrisa satisfecha—. Voy a ser padre. Estoy muy contento.

—Enhorabuena —dijo Celia, y sintió envidia de la condesa por su enorme riqueza y su buena suerte. En otro tiempo, ella también había gozado de esos privilegios, antes de que el destino se los arrebatara cruelmente—. ¿Ha hecho el largo viaje desde Estados Unidos solo para ver el castillo con sus propios ojos? —preguntó, llena de curiosidad por aquel extranjero cuya esposa estaba encaprichada de un castillo en el que nunca había puesto el pie. Había algo de inquietante en todo aquello.

El conde descruzó las piernas y se inclinó hacia delante, apoyó los codos en las rodillas y la miró desde debajo del lustroso flequillo que le caía sobre la frente.

—Quería hablar con usted en persona, señora Mayberry. Y también ver el castillo por mí mismo, claro. No quería que una transacción tan importante se hiciera fríamente, a través de un abogado. Tenía la corazonada de que este edificio es un verdadero hogar, el hogar de una familia, y me habría parecido una falta de tacto no hablar con usted cara a cara. Entiendo que se resista a vender, pero puedo asegurarle que cuidaremos bien del castillo.

Celia se preguntó si el conde leía los periódicos británicos, que hablaban con cierta frecuencia de la bancarrota de su padre y de la posibilidad de que ella tuviera que vender el castillo. Pero en los periódicos no aparecían fotografías del castillo, así que ¿por qué estaba tan empeñada en comprarlo la condesa?

—¿Quiere que le enseñe el edificio, conde di Marcantonio? —preguntó.

—Si tiene tiempo.

—Sí —contestó Celia con un suspiro, levantándose del asiento del guardafuegos—. Tengo todo el tiempo del mundo.

Primero le mostró el interior del castillo: los grandes salones reconstruidos tras el incendio, y decorados con gusto exquisito, y el mobiliario y los cuadros que había comprado en Italia, que agradaron particularmente al conde por ser él de origen italiano. Celia le contó la historia del castillo o, al menos, las partes que conocía, y él escuchó, muy serio, asintiendo de tanto en tanto con la cabeza, como si quisiera aprendérselo todo de memoria. El conde alabó su buen gusto, admiró el esplendor de la arquitectura y se imaginó instalado allí, pensó Celia mientras lo veía mirarlo todo con avidez. Le parecía chocante que un extranjero sin vínculos con Irlanda quisiera mudarse allí. El paisaje era precioso, de eso no había duda, pero el invierno era frío y húmedo, ¿y de veras querían prescindir del glamur de Nueva York? Se representó a la condesa como una italiana estrafalaria y consentida, de voz chillona y gustos chabacanos. La vio cruzando el vestíbulo cubierta de pieles y perlas y gritando a los sirvientes. No tenía ningún motivo para imaginársela así, pues el conde iba exquisitamente vestido y tenía unos modales impecables. Quizá fuera la envidia, que la volvía mezquina.

Los jardines estaban bañados por el luminoso sol primaveral. Los pájaros trinaban en los árboles, cuyas ramas comenzaban a cubrirse de verde, con el brillo fosforescente de las hojas nuevas. Las flores de manzano flotaban en el viento como copos de nieve, y las gaviotas volaban en círculos y chillaban allá arriba, bajo gruesas bolas de nubes blancas y algodonosas. El día era el más propicio para que el conde viera el castillo, que brillaba en todo su esplendor. A Celia se le hizo un nudo en la garganta. Pronto, aquel ya no sería su hogar. Pronto, todo el cariño y el placer que había vertido en él pasarían a otras personas.

El conde contempló maravillado los parterres cuidados con esmero, el césped recién cortado y los lechos de flores, en los que los nomeolvides y los tulipanes salpicaban con pinceladas de rojo y azul los brotes verdes que emergían de la tierra. Admiró los setos de tejo, el antiquísimo cedro y la gigantesca haya roja que se alzaba detrás del campo de críquet, cuyas hojas comenzaban a despuntar en una espléndida panoplia de tonos bermejos. Cruzaron el huerto y Celia le mostró los invernaderos en los que había jugado de niña. Pensó en Kitty y se le encogió penosamente el corazón. Nadie sufriría más que su prima por la venta del castillo. Intentó sofocar su mala conciencia y concentrarse en el conde y su visita.

De pronto, un grito resonó en el prado. Celia reconoció de inmediato aquella voz. Al volverse, vio a Grace atravesando el prado con decisión, ataviada con un vestido de flores. Se sujetaba el sombrero con la mano para evitar que se lo arrancara el viento. El conde también se volvió, y en la cara de Grace floreció una enorme y encantadora sonrisa cuando llegó a su lado.

—Cuánto lo siento, Celia. Creía que tu visita ya se habría ido —dijo ladeando la cabeza con aquella coquetería suya que había conquistado numerosos corazones y roto otros tantos.

—Creía que estabas resfriada —dijo Celia.

—Oh, las Arbolillo lo exageran todo. Estoy perfectamente. —Miró al conde y sonrió—. Siento interrumpir —añadió tendiéndole la mano.

El conde la tomó, se la llevó a los labios y se inclinó.

—Conde Cesare di Marcantonio —dijo, y sus palabras parecieron bañar a Grace como una cascada deliciosa, pues se estremeció de placer.

—*È un grande piacere conoscerlei* —contestó, y se sonrieron como si hubieran llegado a un mutuo entendimiento.

Celia observó con admiración el desvergonzado coqueteo de Grace. El conde, que hasta entonces había flirteado con ella suavemente, fijó ahora toda su atención en Grace, y Celia comprendió que, en comparación, a ella no le había hecho ni caso. Indudablemente, el conde había reconocido en Grace un hedonismo equiparable al suyo.

—Permítame presentarle a lady Rowan-Hampton —dijo Celia, y los ojos verdes y seductores del conde contemplaron los rasgos de Grace con mirada acariciadora.

—¡Qué maravilla, ver el castillo de Deverill en un día así! —exclamó ella, recuperando el aliento.

—Eso mismo estábamos comentando ahora —dijo el conde. Se rio para sí, como si le sorprendiera su suerte—. ¿Son todas las mujeres de Irlanda tan bellas como ustedes, *bellissime donne?* —preguntó—. Porque es la primera vez que visito su país y estoy empezando a preguntarme por qué nadie me había puesto sobre aviso. Habría venido antes.

—No, nada de eso —contestó Grace riendo—. Me temo que ha visto lo mejor que puede ofrecer West Cork.

Echaron a nadar hacia los establos.

—En el castillo de Deverill siempre se han celebrado las mejores cacerías —comentó Grace—. Y lord Deverill siempre invitaba a los mejores cazadores. ¿Usted monta a caballo, conde di Marcantonio?

—Por supuesto. Juego al polo. Tengo muchos caballos en Southampton.

Su respuesta pareció agradar sumamente a Grace.

—¡Qué deporte tan emocionante, el polo!

—Me crie en Argentina y no hay mejores potros que aquellos en todo el mundo.

—Igual que sus jinetes, según tengo entendido —repuso ella.

—Tiene usted razón. Pero soy demasiado educado para jactarme. —Sonrió de oreja a oreja, mostrando su perfecta y blanca dentadura.

—Delante de nosotros no tiene que andarse con cumplidos, ¿verdad que no, Celia? Un poco de jactancia no nos disgusta.

—El conde di Marcantonio está interesado en comprar el castillo, Grace —dijo Celia, confiando en que su amiga cambiara de actitud al saberlo, pero no fue así. Al contrario: sus ojos gatunos y rasgados se ensancharon y su pecho se hinchó con emoción mal disimulada porque aquel guapo conde extranjero fuera a venir a vivir al castillo de Deverill.

—Primero tengo que convencer a la señora Mayberry de que soy la persona adecuada para hacerme cargo de la responsabilidad de cuidar de un castillo semejante, con tanta historia detrás. Tal vez usted sepa juzgar el carácter de las personas, lady Rowan-Hampton, y pueda ayudarme a convencerla.

—Haré lo que pueda, por los dos —repuso Grace, pero no miró ni una sola vez a Celia. Mantuvo los ojos fijos en el conde.

Celia siguió enseñándole los jardines al conde, aunque hubiera preferido que Grace la sustituyera en esa tarea. Grace y el conde charlaban por los codos, como dos adolescentes en una cita. Celia se preguntó si eran conscientes de que ambos estaban casados. Dedujo que sí y que no les importaba. La condesa estaba en Estados Unidos, y sir Ronald... En fin, sir Ronald podía estar en cualquier parte menos allí, en Ballinakelly.

Por fin, Celia accedió a considerar la oferta del conde. Pero con una condición.

—¿Sí? —preguntó él enarcando las cejas.

—Hay dos casas en la finca que tienen alquiladas mis primos, lord Deverill y su hija, Kitty Trench. Solo venderé el castillo si se les prorroga el alquiler al mismo precio que pagan actualmente. De hecho, haré que se incluya en el contrato de compraventa una cláusula por la que el pabellón de caza y la Casa Blanca se les ofrecerán siempre a los Deverill como primera opción.

El conde se encogió de hombros.

—Estoy seguro de que no habrá ningún problema —dijo—. Es el castillo lo que tan ardientemente desea la condesa.

—Pensándolo bien, ¿por qué no viene a cenar a mi casa mañana por la noche? —propuso Grace—. Celia, espero que tú también vengas. Invitaré a varias personas encantadoras. ¿Juega usted al *bridge*? —le preguntó al conde.

—Claro —contestó él con un encogimiento de hombros.

—Estupendo. ¿Dónde se aloja? Le mandaré una invitación.

—En el hotel Vickery's Inn, en Bantry.

La sonrisa de Grace se ensanchó.

—Si va a usted a vivir aquí, más vale que vaya conociendo a sus vecinos —dijo.

El conde volvió a besarles las manos con una reverencia. Ellas se quedaron en la escalinata y lo vieron subir a su taxi y alejarse por la avenida.

—¡Dios mío, qué hombre tan atractivo! Su condesa es una mujer muy afortunada —comentó Grace.

—Después de ver cómo ha coqueteado contigo, no estoy tan segura de que lo sea. Yo no me fiaría ni un pelo de él.

—Oh, todos los italianos son así. Prohibirles que coqueteen sería como negarles el oxígeno —repuso Grace despreocupadamente, pero tenía las mejillas arreboladas y sus ojos castaños brillaban con intensidad.

El conde Cesare di Marcantonio podía ser la persona indicada para hacerla olvidarse de Michael Doyle. De hecho, ya se veía en la *suite* real del Vickery's Inn de Bantry.

—Siento que tengas que vender el castillo, Celia —dijo—. De veras que lo siento —añadió poniendo su manos sobre las de su amiga.

—Quiere comprárselo a su condesa —dijo Celia—. No me explico por qué una condesa italiana quiere instalarse en Ballinakelly. Viven en Nueva York y, por lo que he entendido, nunca ha visto el castillo.

—Tienes razón, es muy raro —dijo Grace, aunque de hecho no le importaba lo más mínimo—. Eres un cielo por pensar en Kitty y Bertie.

—Me siento culpable —contestó Celia.

—¿Por qué? ¿Por haber salvado su castillo y haberlo perdido? De no ser por ti, no se habría reconstruido. Nadie habría cometido la locura de hacer lo que tú hiciste.

—Y mira para lo que ha servido.

—Vas a ser rica —le dijo Grace poniéndose seria—. Ese conde te va a pagar una fortuna por el castillo. Tiene más dinero que sentido común, te lo aseguro. No aceptes su primera oferta. Puedes pedirle más, mucho más. Si tanto lo desea su condesa, pagará tres veces más de lo que vale. Es un farsante de tomo y lomo —añadió, riendo.

—¿Qué quieres decir? Creía que te gustaba.

—Y me gusta, pero no me engaña. Tengo un olfato muy fino. Cuando alguien es un farsante, lo noto. Pero, aun así, da gusto verle. —Dio el brazo a Celia—. Vamos a tomar una taza de té y así podrás contarme cómo es que el conde sabe que existe el castillo.

Celia suspiró mientras entraban en el vestíbulo.

—Me temo que no conozco la respuesta a esa pregunta.

Grace entornó los párpados.

—Entonces tenemos que averiguarlo.

28

De pie junto a la cama de Stoke Deverill, Adeline observaba cómo el aliento del anciano entraba y salía lenta y penosamente de su cuerpo con un leve estertor. Su piel perdía poco a poco el color de la vida y adquiría el tono verdoso y apagado de la muerte. Su bigote, que antaño extendía sus alas como un cisne majestuoso, se veía ahora lacio y unas sombras moradas ocupaban sus mejillas hundidas. Adeline sabía que su hora estaba muy cerca, pues Digby, el hijo de Stoke, su nieto George y otros miembros de su familia fallecidos hacía largo tiempo habían acudido para llevarlo a casa. Adeline sonrió. Si la gente supiera que no moría sola, tendría mucho menos miedo a la muerte.

Augusta estaba sentada en una silla, junto a la cama, y se enjugaba los ojos con un pañuelo. Maud estaba sentada al borde de la cama, en un extremo, y Leona y Vivien permanecían de pie junto a la ventana, preguntándose cuánto tiempo tardaría su abuelo en morir, porque tenían cosas que hacer. Beatrice seguía postrada en Deverill Rising, ignorante de la magnitud de las deudas de su marido. Mientras ella se escondía bajo las mantas, sus yernos trataban de impedir que perdiera sus casas. Tenían escasas posibilidades de éxito.

—Debería ser yo —dijo Augusta con un sollozo—. He desafiado a la muerte a cada paso. En algún momento tendrá que alcanzarme.

—Tú nos enterrarás a todos —dijo Maud.

—Dios sería muy cruel si me permitiera vivir tanto tiempo. ¿Qué gracia tiene estar aquí abajo si todos tus amigos están allá arriba? —preguntó la anciana levantando los ojos al cielo—. Creo que ya se ha ido. Ha dejado de respirar.

Leona y Vivien se acercaron apresuradamente a la cama, aliviadas de que la vigilia concluyera por fin. Entonces Stoke farfulló algo e inhaló bruscamente.

—¡Ah, no! ¡Ha vuelto! —exclamó Augusta—. Creo que no quiere irse.

Querría, si supiera dónde va, pensó Adeline. Pero Stoke se aferraba a la vida con uñas y dientes como un escalador al borde de un precipicio, temeroso de caer al abismo. Adeline le pasó la mano por la frente. *Vamos, ven*, susurró. *Nosotros te cogeremos.*

Stoke abrió los ojos. Miró maravillado las caras que lo rodeaban. Caras que no veía desde hacía mucho tiempo.

—Digby, George —jadeó tendiendo la mano.

Augusta contuvo la respiración y dejó de llorar. Maud abrió la boca, asombrada. Leona miró a Vivien y se mordió el labio. Los ojos de Vivien brillaron, llorosos. De pronto, ni siquiera las nietas de Stoke querían irse de allí.

Incapaz de articular palabra, Augusta hipó estentóreamente y se llevó el pañuelo a la boca. En la cara de Stoke se dibujó una ancha sonrisa que disipó las sombras y revivió su bigote. Adeline vio que Digby y George lo tomaban de las manos y lo levantaban de la cama. Rodeado por sus seres queridos, partió hacia la luz. Adeline los vio marchar. Justo antes de desaparecer, Digby se volvió hacia ella y le guiñó un ojo.

—Ha muerto —dijo Maud, mirando el rostro sin vida del anciano.

—¿Creéis que de veras ha visto a Digby y George? —preguntó Augusta, a la que el pañuelo le temblaba en la mano.

—Creo que sí, abuela —contestó Leona, poniéndole la mano en el hombro—. Estoy segura.

—Espero que también vengan a por mí cuando llegue mi hora —dijo Augusta. Miró a Maud y sonrió con tristeza—. No he sido tan mala, ¿verdad?

—No, claro que no, Augusta. No has sido peor que el resto.

—Entonces espero que Stoke me reserve un sitio allá arriba, porque no tardaré mucho en llegar.

Leona miró a su hermana con cara de fastidio, y Vivien disimuló una sonrisa.

—Augusta, llevas veinte años ensayando tu muerte —repuso Maud no sin amabilidad.

—Entonces ya va siendo hora de que salga a escena, ¿no os parece? —Se levantó con esfuerzo de la silla y Vivien le dio su bastón—. Entre tanto, la vida sigue, ahora sin mi querido Stoke. Vamos a comer. ¡De hambre no pienso morirme, desde luego!

De vuelta en el castillo de Deverill, Adeline le contó a Hubert cómo había muerto Stoke.

—Qué privilegio, morir así —comentó él melancólicamente—. ¡Y qué maldición, morir como yo!

Adeline no pudo contestar nada, porque estaba de acuerdo con él. Era, en efecto, una horrible maldición que los señores de Deverill tuvieran que morir así.

Sentada junto a la ventana, Celia contemplaba la negra noche. Las nubes tapaban las estrellas y cegaban el ojo de la luna a su aflicción. Se sentía sola y asustada. No había nadie en quien pudiera confiar. Nadie a quien recurrir. Nadie que pudiera aconsejarle cómo debía proceder. Vendería el castillo, compraría cerca de Ballinakelly una casa modesta en la que vivir y saldaría las deudas de Archie. En cuanto a Aurelius Dupree, cuando pensaba en comprar su silencio, algo dentro de ella se encogía hasta formar una bola prieta y contumaz. No podía permitir que Dupree hiciera públicas sus odiosas acusaciones, pero dejar que la chantajease iba en contra de su instinto. Su padre no habría tolerado un ataque semejante.

Dobló las rodillas, cruzó los brazos sobre ellas y apoyó la frente en el hueco del codo, cerrando los ojos. ¡Ojalá todo aquello se desvaneciera como por arte de magia! Mientras se adormilaba poco a poco, encontró consuelo en sus recuerdos. Se acordó con toda viveza de la ilusión que había sentido al reconstruir el castillo; del vivaracho señor Leclaire, con sus planes y sus proyectos; del gran viaje por Europa que había hecho con Archie para comprar muebles y obras de arte con los que adornar su nuevo hogar. Se acordó del orgullo de Archie, del alborozo de su padre, de la emoción de su madre y de la envidia de sus hermanas, y las lágrimas se abrieron paso entre sus pestañas entrelazadas. Entonces pensó en Kitty, en Harry y Bertie. Si ella sufría ante la perspectiva de vender el castillo, ¿cómo se habrían sentido ellos cuando lo compró? Confiaba en que compartieran su alegría, pero ¿cómo iban a compartirla? Solo ahora se daba cuenta de lo duro que tenía que haber sido para ellos y de lo valerosamente que habían disimulado su pesar, y se sentía avergonzada. Había sido tan egoísta, tan arrogante y autocomplaciente… Maud, Victoria y Elspeth no parecían tener ningún vínculo emocional con el castillo, pero Kitty —y al pensar en ella su corazón se llenó de compasión y de pena—, Kitty lo amaba más que nadie, incluso más que ella. ¿Cómo lo había soportado?

Pensando en ello se quedó dormida en el asiento de la ventana. Las nubes se adelgazaron y al cabo de un rato la luna brilló entre sus resquicios, vertiendo su luz plateada sobre la ventana de la habitación. Celia soñó con su padre. Digby la abrazaba y le aseguraba que nunca estaba sola, porque él siempre estaba allí, con ella. Pero al mirarlo Celia vio que tenía la cara de un ogro y se despertó sobresaltada. Levantó la cabeza de las rodillas y miró, perpleja, la habitación en penumbra. Unas nubes impenetrables ennegrecían el cielo. Se sentía aterida y agarrotada. Se limpió las lágrimas con el dorso de la mano. Se acercó a la cama, retiró las mantas y se acostó. Estaba demasiado cansada para pensar en Aurelius Dupree. Demasiado cansada incluso para pensar en su padre. Mañana pensaría en ellos. Otras mujeres se habrían dado por vencidas, o habrían pagado, o llorado. Pero el espíritu de los Deverill comenzaba a brotar dentro de Celia por primera vez. Sabía que solo había un modo de averiguar la verdad acerca de su padre y de limpiar su nombre, y era ir a Sudáfrica. Apoyó la cabeza en la almohada y el sueño volvió a envolverla en su abrazo.

Diez días más tarde, Celia iba en un barco rumbo a Ciudad del Cabo.

—¿Es que se ha vuelto loca? —le preguntó Boysie a Harry mientras comían en su mesa de costumbre en el White's.

—Eso parece —contestó Harry—. Ha estado muy hermética. No quiso decirme a qué venía ese viaje. Solo dijo que tenía que hacer algo importante.

—Debe de ser muy importante si tiene que cruzar medio mundo para hacerlo —dijo Boysie antes de beber un sorbo de su Sauvignon—. ¿Qué demonios está pasando? No es propio de ella guardarnos secretos.

—Kitty dice que un extranjero espantosamente rico va a comprar el castillo y todo lo que contiene —añadió Harry—. No es que me sorprenda, claro, pero lo siento por ella. Ese sitio está maldito.

Boysie sacudió la cabeza.

—No es el castillo lo que está maldito, muchacho, es tu familia la que está maldita. Y tú.

—Tonterías, eso no es más que un cuento absurdo que se inventó Adeline. Mi abuela creía en toda clase de ridiculeces. Hasta creía en las hadas, ¿te imaginas? —Se rieron los dos—. Te lo prometo. Decía que veía espíritus en el jardín constantemente.

—Tu familia tiene una vena muy excéntrica.

—La familia de mi abuela —repuso Harry con énfasis—. Mira las Arbolillo.

—Sí, tienes razón. Me figuro que ellas también ven fantasmas, ¿no?

—No, a ellas les daría pavor, creo. Casi no pueden tratar con los vivos. Ese lord Hunt las tiene engatusadas. Kitty dice que acabarán las dos con el corazón hecho trizas.

—No creía que eso fuera posible a una edad tan provecta. ¿No son un poquito mayores para esas tonterías?

—Cualquiera pensaría que sí. —Harry se limpió la boca con la servilleta—. Por lo visto, Celia ha conseguido que ese extranjero pague por el castillo mucho más de lo que vale. Rechazó su primera oferta y lo obligó a subirla. Al parecer, ese tipo lo desea muchísimo. O, mejor dicho, lo desea su esposa. Va a comprarlo para ella, ¿sabes?

—¿Desde cuándo se le dan tan bien a Celia los negocios? —preguntó Boysie riendo.

—Puede que se parezca más a su padre de lo que creíamos.

—Mejor. Se merece sacar un buen pellizco por el castillo. Va a vender su corazón junto con él.

Harry arrugó el entrecejo.

—Eso es muy triste.

—Va a vender el corazón de todos vosotros junto con el castillo —añadió Boysie mientras dejaba su copa sobre la mesa.

—El mío no —dijo Harry tranquilamente—. Mi corazón es tuyo, Boysie, y siempre lo será.

Se miraron el uno al otro desde sendos lados de la mesa, muy serios de repente.

—Lo mismo digo, Harry —dijo Boysie, y apartó la mirada.

No tenía sentido volver a mencionar ese hotelito en el Soho. Harry no iba a cambiar de idea. Sencillamente, tenían que aceptar las cosas tal y como eran.

Apoyada en la barandilla del *Carnarvon Castle*, el barco de doscientos trece metros de eslora en el que viajaba a Ciudad del Cabo, Celia contemplaba el océano. Había empeñado parte de sus joyas para pagar la travesía hasta Sudáfrica, que duraba diecisiete días. Era un viaje muy largo, sí, pero no tanto como el periplo interno que había hecho Celia. Pensó en la muchacha que era apenas un año antes y comprendió que esa joven jamás se habría imaginado allí, en aquel barco, cruzando medio mundo en busca de la verdad acerca del pasado de su padre. Esa joven no había podido imaginar ni la mitad de los acontecimientos que habían tenido lugar en los últimos doce meses. Había perdido a su padre, a su marido y su hogar, y estaba siendo objeto de un chantaje a manos de un hombre que afirmaba que Digby Deverill había mandado matar a su hermano. Eso era más de lo que la mayoría de la gente podía soportar, pero ella no era como la mayoría: era una Deverill y estaba empezando a descubrir lo que eso entrañaba.

Miró el agua del mar, que se agitaba y espumeaba a medida que el casco gris del buque hendía su superficie a una velocidad de veinte nudos, y experimentó un arrebato de euforia. El viento revolvía su cabello y barría su cara, sacándola de su abatimiento. Sintió que una especie de fortaleza crecía dentro de ella como un globo que se hinchara, llenándola de seguridad en sí misma y de renovado optimismo. De su desolación brotaba la esperanza. Era una Deverill y los Deverill no se dejaban aplastar por las dificultades. La desgracia podía llevarse todo lo que amaba, pero no podía arrebatarle su espíritu. Eso no se lo quitaría. ¿Acaso no decía Kitty que aquellos a quienes amamos y perdemos nunca nos abandonan en realidad? Levantó la cara al viento y por primera desde hacía meses no se sintió sola.

El elegante trasatlántico llevaba doscientos dieciséis pasajeros en primera clase y el doble en segunda. Entre los primeros se hallaba el famoso tenor irlandés Rafael O'Rourke, que iba de gira mundial. A sus cuarenta y cinco años, tenía una apariencia romántica y misteriosa, los ojos claros, del color de una mañana irlandesa, y la mirada intensa y seductora de un ídolo del escenario. Celia se emocionó al descubrir que había accedido a cantar para los pasajeros de primera clase. Por las noches, después de la cena, cantaba acompañado por el pianista de la orquesta del barco, mientras los caballeros y las damas bebían champán y cócteles sentados a los veladores del bar. Las velas despedían un brillo cálido y suave y, en medio de aquella luz atenuada, Celia bebía el alcohol justo para olvidar sus preocupaciones. Rafael cantaba acerca del amor y la nostalgia y su voz despertaba en ella el eco de profundos anhelos. Se sentaba en un rincón, sola en su mesa, y dejaba que la música suavizara el aserrado filo de su pena.

La cubierta de primera clase era amplia y confortable, con *suites* lujosas y salones decorados con elegancia. Celia pasaba el día en el salón de recreo, leyendo tranquilamente o jugando a las cartas con algunos pasajeros con los que había trabado conocimiento. Pronto la adoptó una pareja entrada en años que conocía bien el apellido Deverill.

—Cualquiera que sepa algo de Sudáfrica conoce ese nombre —le explicó sir Leonard Akroyd cuando se conocieron—. Edwina y yo llevamos ya cuarenta años viviendo en Ciudad del Cabo, y *Lucky* Deverill es uno de los grandes personajes que recuerdo de mi pasado.

Cuando Celia le contó que Digby era su padre, sir Leonard la invitó a sentarse a su mesa todas las noches a la hora de la cena.

—Su padre me hizo un gran favor una vez, así que estoy encantado de tener la oportunidad de corresponderle cuidando de su hija. —Sir Leonard sonrió afablemente mientras su esposa les observaba complacida—. Permítame que le cuente esa historia —dijo, y comenzó a relatarle una anécdota larga y bastante tediosa acerca de una mancha y el préstamo de una camisa limpia.

Celia se fijaba en Rafael O'Rourke cada vez que el tenor entraba en el salón, que iluminaba de inmediato con su carisma apacible y su pronta sonrisa. Iba siempre rodeado de gente que, supuso Celia, formaban parte de su séquito. Los pasajeros se le acercaban en tropel, ansiosos por hablar con él, y Celia imaginaba que el único sitio donde podía estar tranquilo era su *suite*. Él se sentaba a fumar y a leer el periódico, o a hablar con hombres trajeados, y de vez en cuando la sorprendía mirándolo desde el otro lado del salón y Celia sentía que se le enrojecía el rostro y se apresuraba a bajar los ojos. No sentía ningún deseo de abordarlo, como hacían las otras pasajeras, pero aquel hombre despertaba su curiosidad.

Pronto empezó a sentirse contrariada cuando él no visitaba el salón, que en esas ocasiones le parecía menos estimulante y extrañamente vacío, a pesar de estar lleno de gente. Se sentía desanimada hasta que él volvía a aparecer, y entonces la embargaba una especie de «vivacidad» que encontraba desconcertante y que la alarmaba ligeramente. ¿Estaba bien que se sintiera atraída por un hombre haciendo tan poco tiempo que había fallecido su marido? Aquellas emociones la hacían sentirse culpable, y se retiraba a un rincón del fondo de la sala, distrayéndose con las aburridas anécdotas de sir Leonard o buscando solaz en las cartas.

Cuando faltaban solo cinco días para atracar en Ciudad del Cabo, ella debía de ser la única pasajera de primera clase que no se había presentado a Rafael O'Rourke. No fue sorprendente, por tanto, que al encontrarla a solas en la cubierta una noche después de la cena, fuera él quien se le presentara. Para un hombre tan célebre y solicitado como Rafael O'Rourke, no había nada tan atrayente como una mujer que no corría a arrojarse a sus pies. Se apoyó en la barandilla, a su lado, y le ofreció un cigarrillo. Celia lo miró con sorpresa, pero sonrió y aceptó.

—Gracias —dijo al ponerse el cigarrillo en los labios.

—Qué paz hay aquí —comentó él, y su acento irlandés conmovió a Celia, que de pronto sintió la nostalgia de su hogar.

Volviéndose de espaldas al viento, él encendió su mechero. Celia tuvo que inclinarse y proteger la llama con las manos. Se apagó un par de veces y, al tercer intento, Rafael se abrió la chaqueta para resguardarla de la corriente. Había algo muy íntimo en la forma en que Celia se inclinó hacia su cuerpo, y le alegró que la noche fuera tan oscura porque de ese modo él no pudo verla sonrojarse al acercar el cigarrillo a la llama. Este se encendió por fin y ella retrocedió y apoyó el codo en la barandilla.

—Canta usted maravillosamente, señor O'Rourke, pero eso se lo dirá todo el mundo —dijo, confiando en que su voz sonara firme—. Lo que no le dicen, en cambio, es que su voz se ha convertido en el bálsamo que me cura.

—No he podido evitar fijarme en que viaja usted sola —repuso él.

—En efecto —contestó Celia.

Él posó suavemente la mirada en su rostro.

—¿Puedo preguntar por qué una mujer tan bella viaja sola?

Ella se rio y se preguntó cuántas veces habría formulado esa misma pregunta a desconocidas a las que conocía en el transcurso de sus giras.

—Porque mi marido ha muerto, señor O'Rourke.

Él pareció consternado.

—Le pido disculpas. No debería haber preguntado. —Se volvió hacia el mar y contempló la oscuridad.

—Por favor, no se disculpe. No tiene importancia. Me estoy acostumbrando a estar sola.

Él la miró y sonrió.

—No lo estará mucho tiempo.

—Si sir Leonard Akroyd se saliera con la suya, no pasaría ni un minuto sola en todo el viaje. Su esposa y él me han tomado bajo su ala.

—Pero usted ha escapado y aquí está.

—Sí. Son una pareja encantadora y muy amable, pero a veces una necesita estar un rato a solas. Seguro que usted sabe a qué me refiero. Por lo que he visto, rara vez tiene un momento de paz.

Rafael O'Rourke sonrió.

—Así que se ha fijado en mí. —Antes de que ella pudiera contestar, añadió—: Verá, yo me fijé en usted el primer día, y he seguido fijándome desde entonces. Me doy cuenta cuando entra en una habitación y cuando sale.

Celia exhaló una bocanada de humo al viento y vio cómo la noche se la llevaba.

—¿Puedo enseñarle una cosa? —preguntó él.

—Depende...

Él dejó escapar un risa profunda y ronca.

—Soy un caballero, señora...

—Me llamo Celia Deverill —dijo, y se sintió en cierto modo reconfortada al adoptar de nuevo su identidad anterior. Casi le pareció que volvía a ser la de antes—. Verá, ya no soy la señora Mayberry. Así que puedes llamarme Celia, si quieres.

—Y tú puedes llamarme Rafi.

—Muy bien, Rafi. ¿Qué es lo que quieres enseñarme?

Echaron a andar por la cubierta de paseo hasta llegar a su extremo, donde había varias filas de tumbonas. Él arrojó su cigarrillo y lo pisó, y acto seguido se recostó en una y se puso a contemplar las estrellas.

—¿Verdad que son magníficas? —dijo.

Celia se acomodó en la tumbona de al lado y también miró el cielo.

—Sí, lo son —convino con un suspiro—. Son preciosas.

Se acordó de las noches estrelladas en el castillo de Deverill y sintió una opresión en el pecho.

—¿Lo ves?, soy un perfecto caballero —dijo él, riendo.

—Sí, es cierto —dijo Celia.

—¿De dónde eres, Celia?

—De Ballinakelly, en el condado de Cork.

—Yo soy de Galway —repuso él—. Estamos muy lejos de casa.

—Sí —contestó ella con voz queda.

—Y faltan cinco días para que lleguemos a Ciudad del Cabo.

—¿Estás casado, Rafi? —preguntó ella.

—Sí, desde los veintiún años. Tengo cinco hijos, ya mayores. ¿Qué dirías si te dijera que ya soy abuelo?

—Que no pareces tan mayor. ¿Es eso lo que quieres que te diga?

—Naturalmente.

Celia contuvo el aliento cuando él tomó su mano y se la acarició con el pulgar. Mantuvo los ojos fijos en las estrellas mientras la sangre se le agolpaba en las sienes. Hacía una eternidad que no sentía la caricia de un hombre. Su corazón comenzó a latir con violencia y una sensación cálida se extendió suavemente por su cuerpo, insuflando nueva vida a su sexualidad adormecida. Cuando se volvió, él tenía la mirada fija en ella y sus ojos brillaban a la luz de la luna.

—Cinco días —dijo, mirándolo fijamente.

Él sonrió y posó la mano en su cara. Se inclinó y la besó en los labios. Fue un beso tan tierno, tan sensual, que a Celia le fue muy fácil rendirse a él. *Cinco días*, se dijo. *Tiempo suficiente para disfrutar de una fantasía deliciosa y poder marcharse luego con el corazón intacto. En cuanto a mi virtud, ¿no va siendo hora de que me divierta un poco? Soy una Deverill, a fin de cuentas.*

29

Los últimos cinco días a bordo del *Carnarvon Castle* le parecieron a Celia otra vida. Se lanzó a aquella aventura embriagadora con el entusiasmo propio de quien ansiaba olvidar el mundo que se extendía más allá de la proa del barco. En aquella isla remota de camarotes y cubiertas, gozó intensamente de su breve idilio. Rafael O'Rourke era un amante sensible y tierno, y ella encontraba consuelo y una nueva vitalidad en brazos de aquel hombre que no tenía ningún vínculo con su familia ni con las tragedias que le habían acontecido. Con él podía alejarse de la persona que era en realidad y ser otra completamente distinta. Una persona más feliz, más despreocupada; más próxima a la muchacha frívola que había sido antaño.

En público, fingían ser solo conocidos. Se saludaban educadamente cuando se cruzaban en el pasillo o cuando se hallaban sentados en mesas contiguas en el salón. Rafael actuaba en el bar por las noches y ella se sentaba en su mesa de siempre, en el rincón, bebía champán y escuchaba las tristes melodías que él cantaba con su voz resonante y conmovedora, solo para ella. En público eran desconocidos, pero sus ojos se encontraban desde lados opuestos del salón y sus miradas ardían, y cuando se hallaban a solas al fin, en el camarote de Celia, se precipitaban uno en brazos del otro.

De noche escapaban a las tumbonas de la cubierta y allí se tumbaban, a oscuras, a contemplar las estrellas de la Cruz del Sur, que brillaban con fuerza sobre ellos, y a contarse la historia de sus vidas. Mientras el barco se mecía suavemente y el viento barría las cubiertas, ellos yacían entrelazados, dándose calor el uno al otro, y la emoción de esos momentos furtivos corría tumultuosa por sus venas. Pero solo tenían cinco días, y pronto la Montaña de la Mesa se hizo visible, surgiendo entre las brumas del amanecer para anunciar el fin de su viaje y los últimos instantes de aquel breve capítulo de sus vidas.

Celia, que había estado tan segura de poder marcharse con el corazón intacto, se descubrió aferrándose a Rafael con una congoja cada vez mayor. No sabía si su miedo se debía a la incertidumbre que le producía el lugar al que se dirigía y lo que podía descubrir cuando llegara a él, al brusco regreso a la realidad o al desgarro de la separación y a la posibilidad de que no volvieran a verse nunca. Él la besó una última vez, acarició su rostro con una mirada cargada de tristeza, como si intentara memorizar cada una de sus facciones, y le dijo que intentaría con todas sus fuerzas olvidarla o pasaría el resto de su vida preso de la añoranza. Luego se marchó.

Celia sintió en el corazón un vacío más grande y doloroso que antes, pues durante cinco días llenos de dicha Rafael lo había llenado por completo. Le había hecho olvidar quién era en realidad y lo que llevaba dentro. Y, ahora que estaba sola otra vez, no tenía más remedio que aceptar su situación, bajar del barco y afrontar con entereza lo que le deparase el destino. Había sobrevivido ya a muchas cosas. Sobreviviría también a esta.

Era principios de otoño en Ciudad del Cabo, pero el sol brillaba tanto —mucho más que en Inglaterra— que a Celia le pareció que era pleno verano. El cielo, de un azul zafiro, refulgía y ni una sola nube mancillaba su arrebatadora perfección. La luz poseía una fluidez que al instante la llenó de optimismo y, entornando los ojos, levantó la cara al sol y se olvidó momentáneamente de las sombras que alimentaban sus temores.

La ciudad era limpia y ordenada, una extensa mezcolanza de casas de estilo holandés de tonos claros brillando al pie de la montaña, que, con su cima aplanada, semejaba una mesa de proporciones gigantescas. Después de pasar varios días jugando a esconderse de sir Leonard y lady Akroyd en el barco, Celia se sintió patéticamente aliviada por tenerlos a su lado cuando la acompañaron por la pasarela y entre el gentío hasta su coche, conducido por su chófer particular. Pensaban dejarla en el hotel Mount Nelson, donde se alojaría una sola noche, y a la mañana siguiente se asegurarían de que llegara sana y salva a la estación de ferrocarril, de donde partiría camino de Johannesburgo.

Celia, pese a haber frecuentado a cantantes de jazz norteamericanos en los salones de su madre en Londres, nunca había visto tantos negros juntos en un mismo lugar. Armaban una algarabía ensordecedora, pregonando hoteles y ofreciéndose a gritos, en un idioma que Celia no reconocía, a cargar con el equipaje de los viajeros. Zulúes de largas piernas y piel de ébano, vestidos con estrafalarios atavíos de colores brillantes y enormes tocados de plumas y hueso, ofrecían sus *rickshaws* mientras un sinfín de chiquillos correteaba entre los fatigados viajeros vendiendo periódicos, frutas y golosinas. Olía a humedad y a polvo, y al salitre del mar.

Celia se alegró de hallarse al fin cobijada en el confortable Mercedes de los Akroyd y, sentada junto a la ventanilla, contempló la famosa ciudad que, como le había dicho sir Leonard solemnemente, era «la puerta de la Sudáfrica británica». Se imaginó a su padre llegando allí con solo diecisiete años, siendo todavía un muchacho, y le maravillaron su arrojo y su afán de aventuras. Recordó la anécdota de sir Leonard sobre la camisa y confió en encontrar enseguida pruebas que desmintieran el abominable relato de Aurelius Dupree. No dudaba de que aquel hombre era un mentiroso. Sencillamente, tenía que demostrarlo.

Ciudad del Cabo rebosaba actividad mientras la ciudad se despertaba y, desperezándose, se ponía en marcha. Los coches zigzagueaban entre los tranvías de dos pisos y hombres con chaqueta y sombrero circulaban en bicicleta o caminaban aprisa por las aceras. Las floristas montaban sus puestos en las esquinas y los tenderos abrían sus negocios. Caballos y carros transportaban mercancías para vender avanzando lentamente por el asfalto y, al fondo, la Montaña de la Mesa relucía al sol de la mañana como un gran escalón que llevaba al cielo. Mientras el Mercedes se abría paso lentamente subiendo por Adderley Street, sir Leonard le contó brevemente a Celia la historia de la ciudad, de la que se sentía a todas luces orgulloso, y ella bajó del todo la ventanilla y miró la gran avenida flanqueada por edificios majestuosos, tiendas y restaurantes, tratando de imaginar qué aspecto tenía cuando su padre la vio por primera vez.

Los Akroyd dejaron a Celia en el Mount Nelson, un hotel eminentemente británico situado justo al pie de la Montaña de la Mesa, donde permaneció una sola noche. A la mañana siguiente, sir Leonard y lady Akroyd la acompañaron al tren e insistieron en que fuera a pasar unos días con ellos al final de su viaje.

—Hay muchas más cosas que tiene que ver —dijo Edwina—. No puede venir hasta aquí y no ver un solo animal. Estoy segura de que Leonard podrá persuadirla para ir a la sabana.

Celia pensó en el león que había despedazado a Tiberius Dupree y decidió que prefería quedarse en la ciudad a aventurarse en la sabana.

Sonó el silbato y una nube de vapor envolvió a los Akroyd. El tren salió de la estación y Celia partió hacia Johannesburgo.

Miraba por la ventanilla, anonadada por la vastedad del paisaje. Nunca antes se había sentido tan pequeña ni había estado bajo un cielo tan colosal. El tren avanzaba resoplando por las verdes llanuras de rica tierra de labor, en las que destacaba de tanto en tanto una casa anegada de sol. Un niño pequeño que pastoreaba unos bueyes la saludó al pasar. Su torso desnudo brillaba como el ébano a la luz de principios de otoño. A lo lejos, bordeando la sabana, una imponente cordillera de montañas parecía elevarse de la tierra como una ola gigantesca de roca gris que retemblara en la canícula, al filo del horizonte. Al poco rato la sabana dio paso a lomas escarpadas cubiertas por matorrales rastreros, y el tren prosiguió su sinuoso avance por el valle hasta desembocar, pasado un tiempo, en una llanura herbosa, despejada y seca. Las montañas retrocedieron y solo el cielo, que caía suavemente hacia el horizonte, brillaba en su lugar.

Esa noche, Celia durmió a ratos en su compartimento. Echaba de menos a Rafael O'Rourke y se preguntaba si él también la echaría de menos o si, como sospechaba, aquellos escarceos amorosos eran parte inevitable de la vida de un músico célebre: una forma de hurtarse a la soledad, que sin duda también era parte consustancial de una larga gira. Le daba miedo estar sola. Le asustaban el ruido rítmico del tren, el inquietante ir y venir de los pasajeros por el pasillo y el sonido sofocado de voces al otro lado de la pared del compartimento. Pero, a pesar de sus temores, el vaivén del tren la sumió finalmente en un sueño intranquilo.

Llegó por fin a Park Station, en Johannesburgo, un poco agarrotada por culpa del duro colchón. Había dormido poco y espasmódicamente, y se sentía cansada y de mal humor. Aquella estación era muy distinta a la majestuosa e impecable estación de Ciudad del Cabo. Era muy grande y ruidosa, y estaba abarrotada de gente que se empujaba sin miramientos, intentando abrirse paso. El antiguo capataz afrikáner de su padre, el señor Botha, estaba esperándola en el andén, como habían acordado. Era tan alto que su cabeza se destacaba por encima del gentío mientras avanzaba saludándola con la mano. Corpulento y de cabello rizado, vestía unos voluminosos pantalones cortos de color pardo y cubría sus gruesas pantorrillas con largos calcetines blancos. Calzaba unas arañadas botas marrones de cordones, y su camisa blanca de manga corta, remetida en el pantalón, se tensaba sobre una barriga esférica e hinchada. Llevaba un sombrero de safari blanco bien calado sobre las orejas grandes y carnosas. Celia calculó que tenía sesenta y tantos años, pero la gruesa capa de grasa que lo cubría y su espesa barba blanca le hacían parecer mucho más joven.

—Usted debe de ser la señora Mayberry —dijo jovialmente, con fuerte acento afrikáans, tendiéndole su gruesa manaza—. Hace un *murra leka dag* —añadió—. Un día precioso —tradujo.

Ella le estrechó la mano y sonrió, agradecida.

—Me alegra mucho conocerlo —dijo, tranquilizada de inmediato por la confianza en sí mismo que irradiaba aquel hombre.

—Se parece a su padre —dijo él mientras la miraba de arriba abajo—. Tiene sus ojos. El mismo azul. Era un gran hombre, su padre —añadió asintiendo con la cabeza—. La acompaño en el sentimiento.

—Gracias. Fue muy repentino.

—Conociendo a Digby Deverill, estoy seguro de que no habría querido una larga agonía. Ha muerto demasiado pronto, desde luego, pero él habría preferido irse así.

—Creo que tiene usted razón, señor Botha.

—Espere, déjeme ayudarla con eso. —Levantó su maleta con facilidad, como si fuera el juguete de un niño—. Vamos, seguro que le apetece refrescarse en el hotel antes de que nos pongamos manos a la obra. Me he tomado la libertad de reservarle habitación en el mejor hotel de Johannesburgo, el Carlton. Creo que lo encontrará muy cómodo. Y, luego, una buena comida. —Echó a andar por el andén y Celia tuvo que apretar el paso para no quedarse atrás—. Esta es su primera visita a Sudáfrica, según creo.

—Sí —contestó ella.

—Ha hecho un viaje muy largo, señora Mayberry.

—Espero que merezca la pena.

—Estoy seguro de que así será —contestó él animosamente—. Dijo usted que quería informarse sobre el pasado de su padre. Pues nadie mejor que yo para ayudarla en eso, señora Mayberry. Estoy a su servicio.

Inaugurado en 1906, el hotel Carlton era de proporciones enormes y diseño clásico y armonioso, con contraventanas y balcones de hierro forjado que a Celia le recordaron París. Su *suite* era grande y confortable, y para ella fue un alivio hallarse de nuevo rodeada de los lujos y las comodidades a los que estaba acostumbrada. Deshizo la maleta y se dio un baño, canturreando en voz baja. Después de bañarse, se puso un vestido de verano y una rebeca de color marfil que se echó despreocupadamente sobre los hombros. Sintiéndose restaurada tras el largo viaje en tren, se detuvo un momento a contemplar desde la ventana aquella ciudad extranjera que antaño había sido el hogar de su padre. Allá abajo, un tranvía de dos pisos avanzaba lentamente por la vía en Eloff Street mientras unos cuantos automóviles circulaban en un sentido y en otro con parsimoniosa grandeza y sus faros redondos centelleaban al sol.

Estaba segura de que el señor Botha desdeñaría la historia de Aurelius Dupree y la tacharía de pura invención. Sin duda podría regresar a casa con la cabeza bien alta, pues la verdad despejaría cualquier duda sobre su padre y reforzaría la fe que tenía en él. Aurelius Dupree volvería arrastrándose al agujero del que había salido y no volvería a molestarla.

El señor Botha llegó en su coche para llevarla a comer. El restaurante era un elegante edificio de estilo holandés diseñado alrededor de un amplio patio con árboles frondosos y maceteros de buganvillas rojas. El otoño empezaba a cambiar de color las hojas de los árboles, pero el sol aún calentaba con fuerza y el olor del verano impregnaba todavía el aire. Se sentaron a una mesa, en el jardín, a la sombra de las hojas amarillentas de un jacarandá, y Celia se sintió como nueva tras tomar una gran copa de vino sudafricano. El señor Botha le habló de buena gana del joven *Lucky* Deverill y de sus primeros tiempos, antes de que se hiciera rico.

—¿Usted lo conoció desde el principio? —preguntó Celia.

—Sí, y seguimos en contacto hasta que murió, señora Mayberry. Su padre nunca se estaba quieto. Fue un jugador toda su vida. Nada le gustaba más que arriesgarse. Por algo le pusieron ese mote, ¿no le parece?

Cuando acabaron el segundo plato, Celia pensó que había llegado el momento de formular la pregunta que la había traído a Sudáfrica.

—Señor Botha, ¿puedo hablarle con franqueza?

—Naturalmente. —Él frunció el ceño y la piel de su frente se arrugó en gruesos pliegues.

—Imagino que conoce usted a los hermanos Dupree —dijo ella.

—Todo el mundo ha oído hablar de los hermanos Dupree, pero yo los conocí bien. A Tiberius lo mató un león y su hermano Aurelius fue condenado a cadena perpetua por su asesinato. —Meneó la cabeza—. Menudo par de perdedores.

—¿Le habló mi padre de las cartas que le envió Aurelius justo antes de su muerte?

—No, nunca. ¿Qué decían?

Celia, plenamente convencida ya de la inocencia de su padre, resolvió no andarse con rodeos.

—Aurelius acusa a mi padre de haber hecho asesinar a su hermano.

El señor Botha pareció atónito.

—Eso es mentira. Su padre no era un asesino.

Celia respiró hondo.

—No sabe usted lo feliz que me hace oír eso. Aunque yo nunca he dudado de él.

—Su padre tampoco era un santo —añadió Botha, hundiendo la papada en el cuello tostado por el sol—. Aquellos eran tiempos muy duros y había mucha competencia. Para tener éxito había que ser espabilado, tener cierta dosis de astucia. Pero Digby Deverill jamás se habría manchado las manos con un asesinato.

—Aurelius me habló de la cacería de ese león comehombres. Dijo que había otros tres hombres además del jefe de la cacería. Flint, Stein y McManus. Me gustaría hablar con ellos.

El señor Botha meneó la cabeza.

—Están muertos, señora Mayberry —dijo.

—¿Muertos? ¿Han muerto todos?

—*Ja*, todos —confirmó él.

—Aurelius acusa a mi padre de haberles engañado por partida doble. Primero, cuando registró la sociedad Deverill Dupree y se quedó con la parte mayoritaria, y después, cuando les compró su parte y les prometió participaciones…

—Permítame dejar una cosa clara, señora Mayberry —la interrumpió el señor Botha enérgicamente—. Sí, el señor Deverill registró la sociedad Deverill Dupree en su propio beneficio, pero eso fue porque las tierras las ganó él en una partida de cartas, así que era justo que él tuviera el cincuenta y uno por ciento de la compañía y ellos el cuarenta y nueve. En cuanto a las participaciones, *ja*, de eso también estoy al corriente. Ellos querían demandarlo, pero la verdad es que no tenían fundamentos. Firmaron todos los papeles voluntariamente y el señor Deverill les pagó más de lo que creía que valía esa tierra en aquel momento. ¿Cómo iba a saber él que De Beers se la compraría por varios millones? La gente es avariciosa, señora Mayberry, y esos hermanos Dupree eran peores que la mayoría.

—Entonces, ¿mi padre no los engañó?

—Desde luego que no.

Celia se recostó en su silla.

—¿Puede darme alguna prueba que demuestre que ese hombre odioso se equivoca? Me temo que está intentando chantajearme.

—Le daré copias de todos los documentos que firmaron —respondió el señor Botha.

Chasqueó los dedos para llamar al camarero y pidió otra botella de vino. El día era caluroso; el restaurante, elegante; y el señor Botha disfrutaba recordando a un hombre al que había tenido en la más alta estima.

—¿Cómo era mi padre de joven, señor Botha? —preguntó Celia, aturdida de alegría por haber visto confirmada la inocencia de su padre.

—Era todo un personaje. Cuando llegó, apenas tenía un centavo. Había llevado una vida acomodada, pero era el menor de tres hermanos, de modo que tuvo que abrirse camino por su cuenta. No quería entrar en el Ejército ni en la Iglesia, ni seguir los pasos de su padre y trabajar en las finanzas. Ese estilo de vida le habría aburrido. Él quería aventuras. Quería desafíos. No solo tenía un buen cerebro, una inteligencia muy aguda, sino que además se daba mucha maña. Debería haberlo visto jugando a las cartas. No sé cómo lo hacía, pero rara vez perdía y, cuando perdía, parecía que había ganado. Nadie ponía mejor cara de póquer que Digby Deverill.

Celia vio que el camarero le llenaba la copa. Empezaba sentirse agradablemente achispada.

—¿Y qué me dice de sus amoríos, señor Botha? ¿Tenía líos de faldas? Cuando revisé su despacho, vi viejas fotografías suyas y era un hombre muy guapo. Apuesto a que la mitad de las mujeres de Johannesburgo estaban enamoradas de él.

—Así es, en efecto —contestó el señor Botha riendo de buena gana—. Pero ¿sabe usted a quién quiso más?

—Dígamelo —repuso Celia, sonriéndole animosamente.

—A una mujer de color a la que llamaba Duquesa.

—¿De color? ¿Negra, quiere decir? —preguntó, fascinada.

—Medio negra, señora Mayberry. Su padre se enamoró de una bella mujer de color.

—¿Qué fue de ella?

Él se encogió de hombros.

—No lo sé. Vivía en un poblado a las afueras de Johannesburgo. Si todavía vive, seguramente seguirá allí. Su padre era un donjuán, no le quepa duda, pero en el fondo era a la Duquesa a la única que quería. Ella fue su gran amor durante unos tres años. Imagino que a ella no le ocultaba nada.

—Quiero conocerla —dijo Celia de repente—. Quiero conocer a esa mujer misteriosa de la que se enamoró mi padre. Seguramente ella lo conocía mejor que nadie, ¿verdad?

El señor Botha sacudió la cabeza.

—No creo que sea buena idea —dijo, y bajó los ojos con cierto nerviosismo mientras mecía el vino de su copa—. Ni siquiera estoy seguro de que siga viviendo allí. Seguramente no la encontraríamos nunca. —Hizo un ademán desdeñoso con la mano—. Puedo presentarle a personas más interesantes que también conocieron a su padre. Hombres distinguidos…

—No, quiero conocerla a ella —insistió Celia—. Vamos, señor Botha.

—Fue hace cuarenta años.

—Lo sé, y, por supuesto, ella estará casada y tendrá hijos y hasta nietos, seguramente, quién sabe, pero para mí es importante conocerla, ¿no cree? Si mi padre la quería, me encantaría entrevistarme con ella. Debe de saber muchas cosas sobre esa época de su vida. He hecho un viaje muy largo y no pienso dejar ni una sola piedra sin mover antes de regresar a casa.

—Su padre tuvo también otras amantes —añadió él, intranquilo, pero Celia se mostró inflexible.

—Sé lo de la esposa de Shapiro —dijo.

El señor Botha asintió con un gesto.

—Sí, esa también.

—Pero Duquesa… —Celia meneó la cabeza y apuró su copa de vino—. Quiero que me lleve a verla, señor Botha.

—Me parece que debería pensárselo dos veces antes de ponerse a escarbar en el pasado de su padre —le advirtió él—. Quizá descubra cosas que no le gusten. Aquellos eran tiempos difíciles. Había que ser un tipo duro para salir adelante.

—No pienso aceptar un no por respuesta —declaró ella poniéndose en pie.

Y así, de muy mala gana, el señor Botha llevó en coche a Celia fuera de los barrios elegantes de la ciudad hasta un mísero y polvoriento poblado de chabolas de madera con techo de uralita, surcado por caminos de barro seco y estrechos y sombríos callejones. Celia no había visto tanta pobreza ni siquiera en los peores años de Irlanda, y su euforia se evaporó como el calor del atardecer. Perros famélicos vagaban por la tierra rojiza en busca de comida mientras hombres con casco de minero y cara sucia volvían de trabajar en las minas montados en carros tirados por caballos. Mujeres con el cabello cubierto por turbantes de colores vivos charlaban a la sombra mientras los niños, descalzos y medio desnudos, jugaban alegremente al sol. Un hombre visiblemente borracho se puso delante del coche y el señor Botha tuvo que dar un frenazo para no atropellarlo.

La gente salía de sus barracas y miraba con curiosidad el reluciente vehículo que avanzaba lentamente por la calle polvorienta. El blanco de sus ojos parecía brillar en contraste con el color intenso de su piel y Celia los contemplaba anonadada. Se acordó del afán de Adeline por alimentar a los pobres de Ballinakelly y, al ver con sus propios ojos la miseria en que vivían aquellas gentes, comprendió que su abuela sintiera que debía hacer algo al respecto.

Al poco rato, un pequeño grupo de niños seguía al coche. Corrían a su lado, desafiándose unos a otros a tocar la chapa mientras se gritaban en una lengua que Celia no entendía.

—Ojalá tuviera algo que darles —le dijo al señor Botha.

—Si lo hiciera, nunca tendrían suficiente —contestó él secamente—. Además, si das de comer a uno, todos los niños del poblado vienen a pedirte comida.

Pasado un rato, se hizo evidente que el señor Botha, que ahora sudaba copiosamente, se había perdido. Celia reconoció una calle por la que ya habían pasado. Como no quería ponerlo nervioso, decidió fingir que no se daba cuenta, pero cuando volvieron a recorrerla por tercera vez comprendió que tenía que decir algo.

—¿Sabe dónde estamos? —preguntó.

—Hace años que no vengo por aquí, señora Mayberry. Parece que me he desorientado.

Se metió la mano en el bolsillo de la camisa y sacó un pañuelo con el que se enjugó la frente.

—¿Por qué no pregunta a alguien? —sugirió ella—. Seguro que esos niños nos ayudarían.

Sonrió a los niños por la ventanilla y ellos le devolvieron la sonrisa con avidez.

El señor Botha era reacio a hablar con los «nativos», pero sabía que no tenía elección. Además, si no sabía dónde estaban, ¿cómo iba a salir de allí? Paró el coche y preguntó a los niños por dónde se iba a la calle Mampuro. Señalaron todos con entusiasmo y luego echaron a correr delante del coche, gritando y riendo.

El señor Botha los siguió despacio y enseguida descubrió que estaban solo a dos calles del lugar al que iban. Cuando volvió a orientarse, se guardó el pañuelo en el bolsillo, bajó una cuesta y se detuvo delante de una pequeña choza marrón, con una puerta de madera sencilla y dos ventanas de cristal.

—¿Aquí es donde vive? —preguntó Celia al salir del coche.

Los niños se retiraron formando un semicírculo alrededor del coche y miraron con curiosidad a la bella señora rubia, con su largo y vaporoso vestido y sus zapatos de charol.

El señor Botha llamó a la puerta. Se oyó un ruido dentro, luego la puerta se abrió y un ojo miró cautelosamente por la rendija, acompañado por un grato olor a humo. Una voz de mujer pronunció, chasqueando la lengua de tanto en tanto, una sarta de palabras que Celia no entendió. Luego, la mujer pareció reconocer al señor Botha y abrió del todo la puerta. Salió arrastrando los pies, descalza y ataviada con un vestido *shweshwe* de colores brillantes y un turbante a juego y estiró el cuello para verlos mejor. Llevaba una serie de puntos blancos pintados en la cara.

—He traído a alguien a verte, Duquesa —dijo el señor Botha.

La mujer se volvió hacia Celia. Al verla, se enderezó y una expresión de sorpresa se adueñó de su cara. La miró largamente, sin pestañear, y tensó los labios indecisa. Luego su sorpresa se trocó en curiosidad. Miró con fastidio a los niños, que se dispersaron en silencio, y dijo en voz baja:

—Será mejor que pase.

—Voy con usted —dijo el señor Botha, pero Celia levantó una mano.

—No. Por favor, espere en el coche —dijo.

El señor Botha obedeció a regañadientes. Celia siguió a la mujer al interior en penumbra de la barraca. Dentro hacía fresco y había numerosas macetas con plantas de diversos colores. Había una alfombra de mimbre, una mesa de madera y un par de sillas. Las paredes estaban pintadas de azul intenso y había un estante con un par de libros y multitud de objetos sobre la chimenea abierta. Celia echó un vistazo a la otra habitación, donde había una cama colocada bajo un ventanuco que daba a la parte de atrás de otra chabola. En la pared, sobre la cama, había una cruz de madera, lo que sorprendió a Celia. No se le había ocurrido que aquella mujer fuese cristiana.

Estaba a punto de presentarse cuando la mujer le indicó una silla con sus dedos largos y elegantes.

—Sé quién es —dijo con fuerte acento mientras se sentaba al otro lado y cogía la larga pipa que había estado fumando.

Era un mujer corpulenta, de brazos fuertes y pechos voluptuosos. Su cabello grisáceo asomaba apenas bajo el turbante y, pese a que sus mejillas algo hundidas revelaban su edad, Celia vio claramente que de joven había sido muy bella. Sus ojos, rasgados como los de un gato, eran del color marrón lustroso de las castañas de Indias y miraban con una altivez que sin duda, supuso Celia, le había valido el sobrenombre de Duquesa. En efecto, tenía la piel tersa y sin arrugas, los pómulos altos y las cejas elegantemente arqueadas, lo que le daba un aire de nobleza. Sus labios carnosos dibujaban un hermoso arco y sus dientes eran grandes y blancos.

—Es la chica de Digby Deverill —dijo, fijando su intensa mirada en el rostro de Celia—. La reconocería entre mil mujeres —añadió—. Por los ojos. Los reconocería en cualquier parte.

—Soy hija de Digby, sí —dijo Celia con una sonrisa—. Acabo de llegar a Sudáfrica y quería conocerla.

La mujer chasqueó la lengua.

—¿Cómo está su padre? —preguntó.

—Me temo que ha muerto —contestó Celia quedamente.

La mujer parpadeó horrorizada y echó un poco la cabeza hacia atrás, como si acabara de recibir una bofetada.

—Fue un golpe terrible para todos nosotros —explicó Celia, que de pronto se cuestionaba si había hecho bien al ir allí—. Todavía era joven y estaba lleno de vida.

Procedió a contarle a Duquesa cómo había muerto su padre. La mujer estaba tan impresionada que no podía hablar y, mientras Celia hablaba, se pasaba los largos dedos por los labios temblorosos.

Por fin sus ojos, llenos de tristeza, se posaron en Celia.

—Entonces, ¿quería verme porque conocí a su padre?

Celia bajó la cabeza, avergonzada. ¿Qué derecho tenía a presentarse allí sin ser invitada y a hurgar en el pasado de aquella mujer de la que no sabía nada?

—Sí, quiero saber cómo era mi padre. Por lo que me ha dicho el señor Botha, usted lo conocía mejor que nadie.

Los ojos de Duquesa parecían hechizarla. Celia la miraba fijamente, sin poder apartar la vista. Era como si aquella mujer fuera una cámara llena de secretos que estuviera a punto de abrirse.

—Su padre traicionaba a todos los que lo rodeaban —dijo suavemente, expeliendo una bocanada de humor azulado—. Y me traicionó a mí. Pero bien sabe Dios que nunca he querido a nadie como quise a Digby Deverill.

—¿La *traicionó*? —preguntó Celia, perpleja.

El sentimiento de temeraria felicidad que la había embargado al comprobar que su padre no era un asesino, como aseguraba Aurelius Dupree, se derrumbó de repente y sintió que el miedo volvía a apoderase de ella como una sombra que se tragara la luz.

—Lo siento. Quizá... no debería haber venido —dijo, e hizo amago de levantarse.

—No, quizá no. Pero, ya que está aquí, vale más que se quede.

Celia permaneció en su sitio, pese a que ardía en deseos de marcharse. Pero Duquesa había esperado más de cuarenta años para contar su historia y estaba decidida a seguir adelante.

—Dios la ha traído a mi puerta, señorita Deverill. Me preguntaba si alguna vez volvería a ver a su padre. Pero los años fueron pasando y nuestra historia se evaporó como tinte al sol, aunque no para mí. Mi corazón no ha escarmentado y sigue amando como amaba entonces. Así que no se irá usted con las manos vacías, señorita Deverill. Ha venido a verme por un motivo y yo me alegro de que haya venido.

Se llevó la pipa a los labios y Celia reparó en las pulseras de cuentas de cristal que adornaban sus muñecas y en los collares de elaborado diseño y colores abigarrados que descansaban sobre su pecho.

—Me llamo Sisipho, que significa «regalo» en xhosa, pero su padre me llamaba Duquesa. Decía que era preciosa y lo era entonces, señorita Deverill. Era tan bella como usted. —Levantó la cabeza y sus hermosos ojos brillaron llenos de orgullo—. Su padre era un caballero. Siempre me trató con respeto, no como otros hombres blancos trataban a las negras. Me escuchaba. Hacía que sintiera que valía algo. Incluso me llevó a pasear por Johannesburgo en un calesín. —Se llevó el puño al corazón—. Hacía que me sintiera valorada. —Señaló con la cabeza el estante—. Esos libros que ve ahí... Él me enseñó inglés, y me enseñó a leer. Digby me los regaló y los he leído cien veces. Me mimaba. Con él me sentía especial y lo era, para él.

Celia se preguntó si alguien la había hecho sentirse especial desde entonces. Lo dudaba, a juzgar por cómo se secaba ahora los ojos con aquellos dedos extraordinariamente elegantes.

—Me contaba todos sus secretos. Yo lo sabía todo y he guardado esos secretos durante más de cuarenta años. Pero no quiero morirme con ellos. Son una carga muy pesada para cruzar con ella las puertas del cielo, señorita Deverill. Voy a entregársela a usted.

Celia no quería llevar la carga de los secretos de Duquesa, pero no tenía elección. Duquesa estaba decidida a desembarazarse de ella. Dio una chupada a su pipa y el humo llenó la habitación de un aroma dulce y persistente.

—Digby ganó una granja en una partida de cartas. Se le daba tan bien juzgar las intenciones de la gente que rara vez perdía. Venía aquí y me lo contaba todo. Me hablaba de esos hombres necios que perdían todo lo que tenían jugando a las cartas. Digby, no. Él no era ningún tonto. Era listo y lo sabía. Sabía que iba a hacer dinero. Quería volver a Londres siendo rico. Los hombres eran capaces de cualquier cosa por hacer fortuna aquí. En eso su padre no era distinto. —Sonrió y Celia vio por primera vez cómo se iluminaba su cara, como una hermosa dalia negra—. Y volvió a Londres siendo rico. Muy rico. —Entornó los ojos y su sonrisa se volvió malévola—. Pero era un hombre implacable, señorita Deverill. Su padre no ganó su fortuna como Moisés. No, quebrantó unos cuantos mandamientos en el camino hacia la prosperidad. A fin de cuentas, si hubiera sido un hombre virtuoso, no se habría enamorado de mí.

Celia observaba fascinada cómo aquella mujer parecía rejuvenecer al fulgor de sus recuerdos. Los desplegaba ante ella como si fueran tesoros guardados durante décadas y expuestos ahora en todo su esplendor ante la única persona a la que le interesaba mirarlos. Sus ojos brillaban con fervor mientras las palabras salían a borbotones de su boca.

—Pero a Digby no le importaba lo que pensaran los demás y venía a verme de todos modos. Me hablaba de sus ganancias y gastaba parte de ellas en mí. —Sus ojos se empañaron al recordar los buenos tiempos—. Llegaba emocionado como un niño que le trajera un regalo a su mamá, y yo lo regañaba por gastar dinero en mí cuando debía estar ahorrándolo para las minas que pensaba construir. No se fiaba de los de su clase, de los hombres blancos que podían robarle sus diamantes, su dinero, pero se fiaba de mí. Yo sabía que iba a hacerse rico. Lo veía en su ambición. Si alguien iba a hacerse rico, ese era Digby Deverill… y había miles de hombres como él, con ímpetu y ambición, todos excavando en el mismo sitio, pero yo sabía que Digby lo conseguiría. Tenía una suerte endiablada. Así que, después de ganar esas tierras al norte de Kimberley, se fue con otros dos a buscar diamantes allí y los encontraron.

—El señor Botha me ha hablado de eso —dijo Celia, cada vez más interesada—. Tiberius y Aurelius Dupree.

Duquesa sacudió la cabeza, haciendo oscilar las cuentas que colgaban de sus orejas.

—Esos muchachos no eran rivales para él —dijo con orgullo—. Su mayor error fue confiar en Digby. Pero él parecía un ángel, con esos ojos grandes y azules y esa aureola de pelo rubio. Parecía inocente como un corderito. Cuando dejó de necesitarlos, se libró de ellos al viejo estilo.

—¿Qué quiere decir? —preguntó Celia. De pronto, el humo pareció convertirse en hielo y envolverla en su frío aliento—. A Tiberius lo mató un león.

Duquesa la miró fijamente. Su voz había adquirido una especie de quietud. Hasta el humo parecía estancado.

—No lo mató un león. Lo mató una bala.

—Una bala disparada por Aurelius —dijo Celia con firmeza.

El corazón le latía tan violentamente contra las costillas que tuvo que llevarse la mano al pecho para aquietarlo.

Duquesa negó con la cabeza, pero esta vez sus pendientes no se movieron.

—Fue el capitán Kleist quien disparó esa bala —dijo.

Celia la miró con los ojos desorbitados por el terror.

—¿El capitán Kleist, el cazador blanco?

—Era un rufián que había luchado en el ejército prusiano. Matar a un hombre no significaba nada para él. Organizó el viaje y se aseguró de que la muerte de Tiberius pareciera un accidente.

—Pero Aurelius fue acusado del asesinato de su hermano y pasó cuatro décadas en prisión.

—No fue él quien lo hizo —afirmó Duquesa con naturalidad—. Digby le tendió una trampa.

Celia comenzó a toser. El humo la ahogaba. Se levantó y, tambaleándose, se acercó a la puerta. Fuera se estaba poniendo el sol y el polvo y el anochecer volvían el aire granuloso. Una brisa fresca barría el poblado trayendo consigo el respiro del otoño. Se apoyó contra el marco de la puerta y gimió. El señor Botha se había quedado dormido dentro del coche, con la cabeza apoyada en el asiento y la boca abierta. Celia oía sus ronquidos a tres metros de distancia.

Así pues, su padre había hecho todo aquello de lo que lo acusaba Aurelius Dupree. Había engañado a los hermanos, había hecho asesinar a uno y tendido una trampa al otro para enviarlo a la cárcel. Estaba tan horrorizada que tenía ganas de vomitar. Quería arrojar de sí lo que acababa de oír. ¡Cuánto desearía no haber venido!

—Entonces, ¿por qué lo quería? —preguntó, volviendo a entrar en la casa.

Duquesa seguía sentada en su silla, hurgando en una bolsa de cuentas de colores de la que sacaba tabaco para cebar su pipa.

—Porque era el Diablo —contestó con sencillez—. No hay nadie más atractivo que el Diablo. —Sonrió ampliamente y miró a Celia—. Y porque me trataba como a una duquesa.

Celia volvió a sentarse. Se pasó los nudillos por los labios, pensativa.

—Ha dicho que a usted también la traicionó.

—Una día, su padre dejó de venir a verme. Desapareció de mi vida sin más y no volví a saber de él. Por causa suya me vi expulsada de mi aldea y desheredada por mi familia. Pero ahora soy una mujer cristiana, señorita Deverill, y he podido perdonar. Los perdono a todos.

Con mano temblorosa, Celia abrió el cierre de su bolsito de mano.

—No tengo mucho, pero quiero darle lo que me queda.

Duquesa levantó una mano para detenerla.

—No quiero su dinero. Nunca le pedí nada a Digby y no voy a aceptar nada de usted. Le he contado mi historia.

—Pero quiero darle algo. Por haber guardado del secreto de mi padre.

—Lo guardé porque lo quería.

—Pero él ya no puede darle las gracias.

Duquesa entornó los ojos y sonrió.

—No, pero quiero darle las gracias a usted por haber venido, niña. Quiero darle una cosa. En 1899, mi hermano trabajaba para un buscador de oro afrikáner que lo llevó a una granja en el Estado Libre de Orange. Decían que había oro allí, oro a montones. Pero estaba tan hondo que no tenían medios para sacarlo. Así que se lo dije a Digby. Verá, había un terreno que se vendía justo al lado. El dueño era un tal Van der Merwe, y a nadie se le había ocurrido comprarla. Digby, que no tenía ni un pelo de tonto, sabía que esas tierras podían ser inservibles en ese momento, pero que eso podía cambiar en años futuros. «¿Quién sabe lo que inventará el hombre para cavar más hondo en la tierra?», decía. Así que compró el terreno por cuatro perras y ahí ha estado, sin que nadie lo tocara, todos estos años. Sé que ahora en las minas de los alrededores de Johannesburgo se está perforando muy hondo. Más que nunca. ¿Por qué no piensa en cavar allí en vez de escarbar en el pasado de su padre? Y si encuentra oro, entonces podrá darme algo.

30

Celia dejó a Duquesa fumando su pipa. Despertó al señor Botha con un zarandeo. Él dio un último ronquido y se incorporó.

—Gracias por traerme, señor Botha. Ha sido una visita muy esclarecedora.

—¿La llevo de vuelta al hotel? —preguntó él.

—Sí, por favor.

Celia cerró la portezuela del coche y se recostó en el asiento de cuero. Necesitaba tiempo para asimilar lo que le había dicho Duquesa. Tenía que decidir qué hacía. Se preguntaba, además, hasta qué punto conocía la verdad el señor Botha y si le estaba ocultando algo. Mientras el coche pasaba sobre las largas sombras del camino, los niños salieron a la polvareda que dejaba a su paso y contemplaron cómo se alejaba el brillo de la carrocería hasta que desapareció doblando una esquina.

—Dígame, señor Botha, ¿qué sabe usted sobre la granja Van der Merwe?

—No sé a qué se refiere.

Celia lo miró con dureza.

—¿Trabajaba usted para mi padre y sin embargo dice no saber nada sobre la compra de esas tierras?

El señor Botha encogió sus gruesos hombros.

—Su padre vendió todas sus minas a la Anglo American Corporation, a Ernest Oppenheimer. No queda nada, pero hay algunos documentos viejos en la caja fuerte.

—En ese caso me gustaría verlos, por favor —le dijo Celia.

—No hay nada que merezca la pena ver, señora Mayberry.

Celia le dedicó su sonrisa más encantadora.

—Si no le importa, señor Botha, me gustaría verlos de todas formas. Solo por si acaso.

—Muy bien —contestó él con un suspiro cansino—. La llevaré. Pero no recuerdo nada de esa granja que me dice. Para serle franco, señora Mayberry, Duquesa está ya mayor y seguramente le falla la memoria.

—Pues, ya que hablamos con franqueza, ¿conoce a usted a un tal capitán Kleist? —preguntó ella.

—*Der Kapitän* —dijo Botha—. Es un viejo borrachín y un fullero, y no creo que luchara en la guerra franco-prusiana. ¿Por qué? ¿A él también quiere conocerlo?

A Celia no le agradó su tono.

—Sí —contestó—. Me gustaría.

El señor Botha meneó la cabeza con aire de desaprobación.

—Es un farsante y un embustero, señora Mayberry. Si se acuerda de algo, estará pasado por el filtro del alcohol, o se lo inventará. Tiene casi noventa años y está perdiendo la cabeza.

—¿Dónde puedo encontrarlo?

—Acodado en la barra del Rand Club —respondió él con un bufido desdeñoso—. Pero las mujeres tienen prohibida la entrada.

—Entonces tendré que hablar con él en un lugar donde pueda entrar, señor Botha.

Él suspiró.

—Muy bien, veré qué puedo hacer, señora Mayberry.

El despacho del señor Botha estaba en la primera planta de un edificio blanco y elegante que podría haber estado situado en pleno Londres y que sin embargo estaba en el centro de Johannesburgo. La hizo pasar al vestíbulo y cerró la puerta de madera maciza que daba a la bulliciosa calle, donde tranvías, automóviles, hombres en bicicleta y mujeres a pie iban y venían a sus quehaceres con la premura propia de los habitantes de las ciudades. El interior del edificio estaba en silencio y la mujer que atendía el mostrador de recepción, con gafas y traje azul marino, sonrió al señor Botha. Él le dijo algo en afrikáans y comenzó a subir las escaleras. Hizo pasar a Celia a su despacho y le ofreció un vaso de agua, pero ella estaba ansiosa por examinar los documentos del terreno del señor Van der Merwe. Botha llenó un vaso de agua para sí y le pidió que le acompañara a la caja fuerte, que estaba en la habitación del fondo del pasillo, en un pequeño armario. Tardó un rato en abrirla y Celia tuvo la sensación de que se demoraba a propósito. Pero por fin la caja se abrió y el señor Botha se inclinó y agarró con su manaza una caja de cartón.

—Estos son los papeles de su padre —le dijo al mismo tiempo que ponía la caja sobre el escritorio—. Puede revisarlos tanto como quiera.

La caja era grande y contenía numerosos documentos. Celia acercó una silla y se sentó.

—Ahora sí quiero ese vaso de agua —le dijo al señor Botha mientras sacaba una carpeta beis y la abría.

Él fue a buscar un vaso y a llenar una jarra. Cuando volvió, unos minutos después, el escritorio estaba cubierto de papeles y Celia tenía una expresión satisfecha y ufana.

—Es usted muy ordenado —dijo en un tono que denotaba sorpresa. No pensaba que el señor Botha tuviera los papeles tan bien clasificados y etiquetados—. He encontrado las escrituras de las tierras del señor Van der Merwe —dijo levantando una carpetilla azul descolorida—. Ahora quisiera que me organizara una entrevista con el capitán Kleist.

De vuelta en el hotel, se sentó en el salón con un gran vaso de whisky. Tras haber temido quedarse sola, se sentía aliviada por tener tiempo para pensar sin la abrumadora presencia del señor Botha. Se sentó en el sofá y meció su copa haciendo entrechocar los cubitos de hielo. El líquido dorado le quemó la garganta, pero le produjo un grato calorcillo en el estómago que de inmediato disipó su inquietud. No concebía que su querido padre fuera capaz de ordenar un asesinato a sangre fría, pero Duquesa había dejado escasas dudas al respecto. Y, a pesar de todo, aquella mujer decía seguir queriéndolo. A pesar de todo lo que había descubierto, y aunque estaba conociendo a un Digby muy distinto al que estaba acostumbrada, ella también lo quería. Pidió otro whisky con hielo.

Durmió bien esa noche. El hotel era muy cómodo, y esa comodidad la tranquilizaba. Estaba habituada al lujo y ya no sentía miedo. Había, no obstante, un extraño vacío en lo más hondo de su ser, una sorda ausencia de emociones surgida de la resignación. Resignación a la verdad, a la horrible verdad de que su padre había levantado su fortuna gracias al asesinato y el encarcelamiento de los hermanos Dupree. Ninguna cifra de dinero podría devolver a Aurelius tantos años perdidos, ni a Tiberius la vida. Era una idea tan aplastante que su mente se cerraba sobre sí misma, negándose a aceptarla. Cerró los ojos y se sumió en la dicha del olvido.

Por la mañana bajó a desayunar al comedor. Había un mensaje para ella en recepción. El capitán Kleist iría a verla a las once. Aquello la sorprendió y la puso un poco nerviosa. Pensaba que aquel hombre se resistiría a hablar con ella. Suponía que no querría hablar sobre aquel turbio episodio de su pasado. Aquello la animó un poco y prendió en ella una chispa de esperanza. Sin duda, si Kleist hubiera matado por orden de su padre, no estaría tan dispuesto a ir a verla.

Esperó en el salón, vestida con un elegante vestido de flores, un sombrero de ala estrecha y guantes de paño, mientras tomaba una taza de té. Comenzó a sentirse intranquila a medida que las manecillas del reloj se aproximaban a las once. Tenía el estómago revuelto por los nervios y sentía que sudaba. El minutero pasó de las doce y pareció acelerarse al descender hacia el seis. Celia vigilaba la puerta. Cada vez que aparecía alguien en ella, esperaba que fuera el capitán Kleist y se llevaba un chasco. Poco a poco fue relajándose, dejó de dolerle el estómago y el sudor se secó. Permaneció una hora en el sofá, hasta que tuvo que asumir que el capitán no vendría.

Cuando telefoneó al señor Botha, este no pareció en absoluto sorprendido.

—Está viejo y enfermo —explicó—. Le sugiero que lo deje, señora Mayberry. No tiene ganas de verla.

Llegados a aquel punto, muchos se habrían dado por vencidos, como sugería el señor Botha. Pero Celia estaba descubriendo dentro de sí una determinación de acero a la que antes nunca había tenido que recurrir. Había viajado miles de kilómetros para averiguar si Aurelius Dupree decía la verdad o no, y no iba a regresar a Irlanda sin tener esa certeza. El capitán Kleist era la única persona que sabía de verdad qué había ocurrido aquel día en la sabana y ella estaba decidida a hablar con él, fuera como fuese. Se quedó dos horas más en el sofá del salón, tratando de encontrar una manera de embaucar a Kleist para que se entrevistara con ella. Y entonces, justo cuando su estómago empezaba a avisarla de que era la hora de comer, dio con un plan: un plan que no incluía al señor Botha.

Pidió al conserje el número del Rand Club y preguntó si podía usar el teléfono de recepción para hacer una breve llamada local. El conserje accedió encantado a la petición de una joven tan guapa como la señora Mayberry y se alejó un poco para dejarle intimidad. Celia marcó el número y esperó. El corazón le latía tan estruendosamente que pensó que no oiría el pitido de la línea. Hubo un chisporroteo en la línea y luego comenzó a oír con más claridad. El pitido de la línea se escuchó varias veces antes de que contestara una voz de hombre.

—Rand Club, ¿en qué puedo ayudarle?

—Hola, buenas tardes. Soy la señora Temple —dijo en tono tranquilo y puntilloso—. Llamo de la oficina del Gobernador General de Ciudad del Cabo. Quisiera hablar con el capitán Kleist.

—Me temo que hoy no ha venido —contestó el hombre.

Era lo que esperaba Celia.

—Ah, entonces quizá pueda ayudarme —añadió—. El gobierno de Su Majestad desea enviar un paquete muy especial al capitán. Creo que podría ser una medalla. ¿Sería tan amable de darme su dirección para que pueda enviárselo? Es cuestión de cierta urgencia.

El hombre del otro lado de la línea no vaciló en darle las señas del capitán. Celia le dio las gracias y colgó, eufórica. Arrebolada por su triunfo, dio las gracias al conserje.

Tomó un taxi para ir a casa del capitán, un pequeño y modesto bungaló en un barrio tranquilo del extrarradio de Johannesburgo. Armada con una botella de ginebra, recorrió el caminito que llevaba a la puerta principal. Respiró hondo y llamó al timbre. Hubo un largo silencio antes de que oyera el traqueteo de una cadena y la puerta se abriera el ancho de una rendija. Un anciano de semblante torvo la miró por el hueco con los ojos entornados y una expresión astuta. Al verla con su vestido elegante y su sombrero, pareció sorprendido.

—¿Capitán Kleist? —dijo ella.

El anciano asintió y arrugó el entrecejo, mirándola de arriba abajo con desconfianza.

—Soy de la oficina del Gobernador General. Tengo un paquete para usted.

—¿Qué clase de paquete? —preguntó él con fuerte acento alemán.

Ella miró más allá del viejo y vio las paredes repletas de trofeos de caza colgados en filas.

—Tengo entendido que es usted un tirador excelente —dijo—. ¿Puedo pasar? —preguntó y, sin esperar respuesta, pasó junto al viejo empujándolo ligeramente.

Kleist se volvió con el rostro congestionado de indignación y Celia vio que sostenía una pistola.

—¿Sabe?, en otro tiempo le habría pegado un tiro por algo así —dijo él.

—Pero usted no dispararía a la hija de Digby Deverill, ¿verdad que no?

El capitán la miró, mudo de asombro.

—¿Tomamos una copa? —preguntó ella.

—¿Una copa? Se me ha acabado la bebida.

—Es una suerte que haya traído una botella, entonces —dijo ella mostrándole la ginebra.

Él la cogió y miró la etiqueta. Satisfecho, entró en la salita de estar.

—¿Cómo quiere la suya, *Fräulein*? —preguntó.

—Con hielo y agua —contestó Celia.

El capitán Kleist le dio un vaso de ginebra con mano temblorosa y ella lo siguió a la sala, que estaba decorada con pieles y cabezas de animales. Olía a cerrado y el tufo rancio del humo de tabaco impregnaba las tapicerías de los muebles. Celia se sentó y procuró no mirar los ojos muertos que la observaban tristemente desde las paredes.

Kleist no se había afeitado y estaba sudando. Tenía manchas en la corbata y en la solapa de su arrugada chaqueta de lino. No parecía que fuera a recordar gran cosa. Miró a Celia de arriba abajo, con ojos legañosos, y esbozó una sonrisa torcida.

—Es usted el vivo retrato de su padre —dijo pronunciando las consonantes con la sequedad del acento alemán—. Me recuerda a él cuando era joven. Tiene los mismos ojos.

—Me lo dice todo el mundo —contestó ella tranquilamente, sin saber si era un cumplido o no. ¿Veían tal vez una esquirla de hielo en sus ojos, como la veían quizás en los de su padre?

Aliviada porque Kleist recordara algo, Celia le pidió que le hablara de Digby, cosa que él hizo con admiración, como los demás. Ella escuchó mientras le contaba anécdotas banales acerca de la astucia y el atrevimiento de Digby y de su infalible buena suerte, intercalando constantemente digresiones para hablar de sí mismo. Cada historia acerca de su padre parecía conducir a una de la que él era el protagonista. Celia se recostó en el asiento y bebió a sorbitos su ginebra mientras Kleist alardeaba de su participación en la guerra franco-prusiana y de su arrojo matando «nativos». De hecho, se jactó, le habían concedido una medalla al valor.

Celia comenzó a cansarse de sus interminables historietas, que podían ser pura fantasía, que ella supiera. No creía que el capitán fuera a ayudarla a confirmar o desmentir lo que le había dicho Duquesa. ¿Estaría dispuesto a reconocer que había matado a un hombre blanco delante de una mujer a la que acababa de conocer?

—Capitán Kleist —dijo al fin—, ¿se acuerda usted de dos hermanos apellidados Dupree?

Der Kapitän asintió pensativamente.

—Claro que me acuerdo de ellos. A uno, no recuerdo a cuál, se lo comió un león.

—Sí, así es. ¿Es cierto que organizó usted esa partida de caza?

—¿Y qué si así fue? Seguramente. —El viejo se encogió de hombros y dejó su vaso vacío en la mesa. Ya no le temblaba tanto la mano.

—Creo que se acuerda usted de ese día, capitán Kleist. Creo que se acuerda muy bien. A fin de cuentas, ¿a cuántos clientes se los come un león? —Lo observó fijamente—. Imagino que ese día ganó mucho dinero. Más de lo normal.

—A los cazadores blancos se les paga bien —contestó él, y su cara pareció adelgazarse, llena de astucia. Uno de los lados de su boca se tensó en una sonrisa—. Pero es cierto, nunca gané tanto dinero como ese día, y me merecía cada penique. Su padre era un cliente muy exigente. —Asintió, pensativo—. Y los otros, McManus *el Loco*, Flint y Stein, también trabajaban para su padre. Todos nos llevamos un buen pellizco ese día. Pero Deverill era muy rico y los ricos siempre consiguen lo que quieren.

—Iban a cazar un león comehombres, ¿verdad?

—Sí, así es.

—Pero no consiguieron atraparlo, ¿no es así? —preguntó Celia.

—No —dijo él negando con la cabeza—. No, no lo atrapamos.

—Sin embargo, mató usted a la presa a la que mi padre quería que matara, ¿me equivoco? —añadió ella con cautela, mirándolo fijamente.

El capitán Kleist pareció recuperar la sobriedad momentáneamente y le sostuvo la mirada sin vacilar. El aire rancio de la habitación quedó tan inmóvil y silencioso como el de una tumba. La cara del capitán estaba desprovista de humanidad, tan lisa y afilada como un farallón de roca. Poco a poco, una sonrisilla se dibujó en ella: la sonrisa de un hombre demasiado vanidoso para ocultar sus triunfos.

—Digamos simplemente, señorita Deverill, que yo nunca erraba el blanco.

Unos días después, Celia llegó a la granja Van der Merwe en Bloemfontein, en el Estado Libre de Orange, a cinco horas de viaje en coche desde Johannesburgo. El grupo que la acompañaba estaba formado por un joven geólogo con gafas, el señor Gerber; dos prospectores, el señor Scholtz y el señor Daniels, que según el señor Botha eran esenciales para el proyecto; y por el propio señor Botha, que ahora se atribuía el mérito de haberle sugerido a Celia que se interesara por aquel terreno de su padre.

—Tenía pensado comentárselo a sir Digby justo antes de que muriera —aseguraba—. Es una suerte que haya decidido usted venir a Sudáfrica en este momento, señora Mayberry. Creo que es el momento idóneo para excavar.

Celia no se molestaba en llevarle la contraria. Si encontraban oro, le daría igual quién lo hubiera sugerido.

La granja se componía de una pequeña arboleda en medio de una vasta extensión de sabana árida y amarilla, con un depósito de agua elevado y una destartalada casucha encalada al estilo de Ciudad del Cabo, con su gablete característico y contraventanas verdes oscuras, rodeada de vallas de madera caídas y de maquinaria agrícola y aperos de labranza abandonados, que sobresalían entre la hierba como los esqueletos de grandes bestias muertas largo tiempo atrás. Al oeste de la casa había un campo cuya tierra roja estaba recién arada. Más allá de la casa, hasta donde alcanzaba la vista, había kilómetros y kilómetros de tierras llanas, jalonadas de cuando en cuando por sotos y rebaños de animales salvajes.

Un par de cabras famélicas los miraron con recelo cuando detuvieron los coches y se apearon. Celia se alegró de estirar las piernas y aspirar el aire fragante del campo. Al acercarse a la puerta de la casa, salió a recibirlos una señora mayor, seguida por varios perros de raza indeterminada. Era baja de estatura, con el cabello gris recogido descuidadamente en un moño en la coronilla y la piel arrugada y morena, curtida por los inclementes veranos africanos. Sus ojillos, sin embargo, brillaban como dos zafiros, y fueron a clavarse directamente en Celia. Le tendió la mano y sonrió.

—Me llamo Bobbie van der Merwe —dijo—. Soy la mujer de Flippy, pero por desgracia Flippy ya no está con nosotros. Me acuerdo de su padre. Pero hace muchos años que compró la granja. Bienvenida.

Los invitó a asearse en la casa y luego sacó un refrigerio a la terraza. Más tarde, mientras los hombres iban a echar un vistazo al terreno, Celia se quedó sentada con Boobie en un gran sofá de mimbre que miraba a la sabana.

—Es un sitio precioso para vivir —comentó, sintiendo en el pecho la atracción del horizonte lejano.

—Sí que lo es —convino Boobie con una sonrisa—. Llevo setenta años viviendo aquí.

Celia la miró extrañada.

—¿Setenta?

—Tengo noventa y seis, querida.

—¿Y todavía trabaja la tierra?

—Un labrador nunca se jubila. Trabajar la tierra no es una ocupación, es una forma de vida. Flippy murió hace doce años y yo sigo labrando estas tierras con nuestros dos hijos. Nos preguntábamos a menudo si su padre volvería para hacer prospecciones. Ahora están perforando muy hondo por estos alrededores. La tecnología moderna es una cosa maravillosa. Puede que sir Digby se olvidara de estas tierras.

O quizá tenía motivos más oscuros para no querer volver, se dijo Celia.

—Desde luego, a nosotros se olvidó de subirnos la renta —prosiguió Boobie, y sus ojillos brillaron—. O prefirió olvidarlo. Debía de ser un buen hombre.

—Si excavan aquí, señora Van der Merwe, tiene usted mi palabra de que la tratarán con todo cuidado. Me encargaré personalmente de que le busquen otro lugar donde establecerse y de compensarla por la pérdida de su hogar.

—No tiene por qué hacerlo, querida. Solo somos arrendatarios. No hay nada que le impida pedirnos que nos marchemos, quizá con un mes o dos de antelación. Eso es todo. Llevábamos cuarenta años esperando ese aviso —contestó la anciana, riendo.

—Pero yo sé lo que es sentirse ligada a un lugar. Su corazón está aquí, señora Van der Merwe. Sería un terrible desgarro tener que abandonar su casa.

—Nada dura para siempre, señora Mayberry. Al final, todo se reduce a polvo. Mientras pueda contemplar la sabana, seré feliz. Mis chicos cuidarán de mí.

—Quizá les interese trabajar para mí.

Bobbie asintió con la cabeza, pensativa.

—Quizá sí —contestó.

Los hombres regresaron por fin. Estaban acalorados y polvorientos, pero Celia notó por la expresión del señor Botha que habían llegado a una conclusión favorable. Él se quitó el sombrero y se abanicó la cara sudorosa.

—Como descubrió sir Digby hace cuarenta años, aquí el oro está muy profundo, pero se puede excavar. Los avances tecnológicos lo permiten. Si quiere usted seguir adelante, habrá que perforar aquí. O quizá quiera venderle el terreno a la Anglo American. Pero aquí hay oro. Oro en cantidad. Una veta tan grande como las que se han encontrado en otros lugares del Estado Libre. Su padre era un hombre muy sagaz, señora Mayberry. ¿Qué va a hacer?

—Quiero encargarme yo misma —contestó ella resueltamente—. Empezaré con los hombres que financiaron a mi padre y con sus hijos. Todos hicieron fortuna con él y la harán también conmigo. Haga una lista de todos sus accionistas, señor Botha.

Él volvió a ponerse el sombrero y sonrió.

—Le sugiero que se prepare para trasladarse a Johannesburgo, señora Mayberry —dijo.

Al día siguiente, Celia escribió a su madre y sus hermanas para decirles lo que había descubierto. Era muy posible que pudiera recuperar la riqueza de la familia gracias a la misma industria en la que su padre había hecho fortuna. El señor Botha velaría por sus intereses mientras ella regresaba a Inglaterra para ocuparse del feo asunto de Aurelius Dupree. Después volvería a Johannesburgo con sus hijas y empezaría allí una nueva vida. Había perdido el castillo, a su marido y a su padre, y era hora de pasar página y concentrarse en reconstruir su vida.

Pero antes de marcharse a Londres tenía algo que hacer.

Duquesa pareció sorprendida de volver a verla. Cuando el coche se detuvo frente a su humilde choza, estaba sentada en una silla junto a la puerta, fumando su pipa. Miró a Celia con asombro.

—Creía que no volvería a verla, señorita Deverill —dijo, incorporándose—. ¿Quiere pasar?

Celia la siguió al penumbroso interior de la casa. Sintió el olor familiar del tabaco, mezclado con las hierbas y especias con las que cocinaba Duquesa.

—He venido a darle las gracias por contarme lo de la granja Van der Merwe.

Duquesa se rio y se dejó caer en la silla.

—Sabía que encontraría oro —dijo meneando la cabeza—. ¿No se lo dije?

—Está muy profundo, pero, como usted dijo, con la maquinaria que hay ahora será posible perforar hasta esa profundidad.

Duquesa asintió y exhaló una bocanada de humo.

—Me alegro. Ahora será rica, como lo era su padre. Tiene suerte, igual que él.

—Pero, a diferencia de la suya, la mía no procede del Diablo. Yo no olvidaré a la mujer que la hizo posible, Duquesa. No la traicionaré como hizo mi padre.

—Tiene usted un gran corazón, señorita Deverill. —Celia notó que le brillaban los ojos de emoción—. Y un corazón bueno, además.

Justo cuando Celia iba a sentarse se abrió la puerta, arrojando luz sobre la habitación. Entró un hombre alto, de piel marrón clara. Se sorprendió al verla allí. El flamante coche aparcado fuera y el chófer que esperaba en él debían de haber despertado su curiosidad. Miró a Celia con desconfianza.

—Señorita Deverill —dijo Duquesa moviendo sus largos dedos—, este es mi hijo.

Celia miró al hombre a los ojos y ahogó una exclamación de sorpresa. Lo observó fijamente, muda de asombro. Era como si estuviera viendo un reflejo de sus propios ojos, pues tenían la misma forma almendrada, el mismo color azul claro y la misma disposición que los suyos. Eran los ojos de su padre. Los ojos de los Deverill. Celia le tendió la mano y él se la estrechó, mirándola con idéntico asombro.

—Celia Deverill —dijo ella por fin.

—Lucky —contestó él sin soltarle la mano—. Lucky Deverill.

31

Grace pasó los dedos por el pecho musculoso del conde Cesare y sonrió. Tenía las mejillas coloradas y los ojos brillantes y su ávido apetito de placeres carnales había quedado saciado por completo, de momento. El conde, en efecto, no la había defraudado. Apenas se había acordado de Michael Doyle desde que aquel hombre exótico y evidentemente diabólico le había desabrochado el primer botón del vestido. El conde la había llevado a la cama y había confirmado lo que ella sospechaba desde siempre: que los hombres latinos sabían mejor que nadie cómo satisfacer a una mujer.

Ahora, el recuerdo de Michael Doyle volvió a aflorar en su mente. Quería que se enterara de lo que pensaba del conde Cesare y quería que ardiera de celos.

—Ahora que has comprado el castillo, Cesare, ¿cuándo piensas mudarte aquí? —preguntó apoyándose en el codo y sacudiendo la cabeza para que le cayera en ondas leoninas sobre los hombros.

—En otoño, quizá —contestó él desganadamente—. Primero tengo que resolver unos asuntos en América. Y regresar a Buenos Aires, quizá. Para jugar al polo. —Sonrió, y Grace devoró su bella sonrisa con mirada hambrienta.

—Me encantaría verte jugar al polo —dijo—. Pero primero querría verte cazar. No puedes volver a América sin probar lo que se siente al cabalgar a galope tendido por las colinas de Irlanda. No hay nada comparable.

—No tengo prisa por marcharme —dijo él con un suspiro, y deslizó los dedos por su cabello para acariciarle la nuca—. Ahora que he encontrado entretenimiento aquí, me apetece mucho disfrutar un poco más de los placeres que ofrece la vida en Irlanda.

Ella besó su sonrisa arrogante.

—Bueno, yo tengo mucho más que ofrecer, y también Irlanda. Hasta ahora solo has probado un bocadito. Quédate una temporada —añadió deslizando la mano bajo la sábana—. Estoy segura de que se me ocurrirá alguna forma de retenerte aquí.

Él dejó escapar un gemido, retorciéndose de placer.

—Bueno, a fin de cuentas la condesa no tiene prisa. Le he comprado su castillo, así que me merezco explorar un poco más el lugar donde vamos a tener nuestro hogar.

—Desde luego que sí —convino ella mientras lo acariciaba con destreza—. Yo te enseñaré todo lo que quieras saber.

Kitty cabalgaba con su padre por la playa de arena de Smuggler's Cove, por donde tantas veces había paseado con Jack. Contempló el mar y se preguntó qué estaría haciendo Jack en Estados Unidos y si alguna vez pensaba en ella. Su amor por él no había disminuido con el paso de los años, pero estaba contenta con la decisión que había tomado. Tenía una familia propia y tenía a Irlanda, siempre Irlanda, en el centro de su corazón. Solo cuando dejaba vagar su mente se acordaba de Jack, y su recuerdo la hería en lo más hondo.

La noticia de que un guapo italiano había comprado el castillo y pensaba traer a su condesa de Estados Unidos para instalarse en él se había difundido rápidamente. Kitty no creía que fueran a aguantar mucho allí. ¿Qué pensaría una pareja de italianos de los cielos grises y la llovizna constante? Tampoco creía que pudieran entender el estilo de vida de los irlandeses. Solo era cuestión de tiempo que volvieran al glamur y la sofisticación de Nueva York. Un castillo era una quimera encantadora para un extranjero con más dinero que sentido común, pero la realidad de aquel país agreste e implacable sería muy difícil de sobrellevar para dos forasteros como ellos. Kitty no creía que fuera a entusiasmarles la vida social de Ballinakelly, aunque, por lo que había visto en las cenas que celebraba Grace, el conde disfrutaba enormemente de la compañía de su amiga, tanto en la mesa como en la cama.

Kitty echaba de menos a Celia, que se había marchado a Sudáfrica sin dar explicaciones, dejando a sus hijas al cuidado de la niñera. Ella procuraba estar pendiente de las niñas, pero, ahora que el castillo de Deverill ya no era suyo, sin duda regresarían a Inglaterra y se establecerían allí. A pesar de los melancólicos recuerdos que Celia guardaba de Ballinakelly, estaba segura de que su prima era, en el fondo, una enamorada de Londres y de que la vida en la gran ciudad sería mucho más de su agrado tan pronto como se recuperara del revés y la humillación que había supuesto tener que vender el castillo. Estaría, además, cerca de Boysie y Harry y de su madre, aunque Beatrice seguía sumida en la postración del duelo y se negaba a salir de la cama.

Celia había explicado a Bertie y a Kitty que podían seguir viviendo en la Casa Blanca y el pabellón de caza tanto tiempo como quisieran. El acuerdo de compraventa recogía que los Deverill tendrían siempre prioridad sobre esas dos residencias siempre y cuando no se retrasaran en el pago de la renta. El conde había prometido hacerles esa pequeña concesión, porque al fin y al cabo le convenía que las casas estuviesen ocupadas y generaran algún ingreso. Para Bertie y Kitty había sido un verdadero alivio saber que no tendrían que moverse de sus respectivas casas.

—Voy a echar muchísimo de menos a Celia —dijo Kitty mientras paseaba a caballo junto a su padre por la ancha playa.

—Hay que adaptarse a los cambios —repuso él filosóficamente—. No tiene sentido mesarse los cabellos y lamentarse, porque de todos modos no se consigue nada: las cosas no van a volver a ser como antes. Hemos de dar gracias por nuestros recuerdos, Kitty. Somos muy afortunados por haber vivido como hemos vivido.

—Pero va a dolerme mucho ver el castillo habitado por desconocidos.

—El conde parece un tipo bastante simpático —dijo Bertie—. Seguramente nos caerá muy bien cuando lo conozcamos mejor.

—Si es que se queda. No estoy segura de que esto vaya a resultarles muy entretenido. Son extranjeros, papá.

—Se entretendrán como nos entretenemos todos. Se adaptarán a la vida irlandesa y para ellos será emocionante porque es distinto. A fin de cuentas, la variedad es la sal de la vida.

—Pero seguro que echarán de menos el glamur de Nueva York. Aquí no hay un ambiente muy cosmopolita, ¿no?

—Puede que estén cansados de cosmopolitismo.

Kitty se encogió de hombros.

—Aun así, no les doy mucho tiempo. Este lugar es muy aburrido, a menos que el corazón de uno esté aquí. Lo que nos ata a este sitio es el amor. Tú y yo lo queremos más que nadie y nada puede apartarnos de él. Pero el conde y su esposa no le tienen afecto. Ella ni siquiera ha puesto un pie en Irlanda. ¿Cómo va a saber lo que es esto? Habrá visto una fotografía en el periódico y se habrá imaginado viviendo como una princesa. Pero Ballinakelly no es un pueblo de cuento de hadas. Se dará cuenta en cuanto llegue, y apuesto a que volverá pitando a Nueva York, llevándose a rastras al pobre conde. —Se rio—. Si ahorramos todo nuestro dinero, puede que tú y yo podamos comprarlo cuando lo vendan.

Bertie también se rio.

—Tienes mucha imaginación, querida.

—Salgo a ti, papá.

—Pero tu imaginación y tu arrobo por la magia de la naturaleza proceden directamente de tu abuela.

—Y tú siempre despreciaste esas cosas diciendo que eran bobadas —replicó ella, sonriéndole con afecto.

Bertie la miró de reojo.

—He aprendido que es un necio aquel que desdeña cosas de las que no sabe absolutamente nada. Siento la presencia de Dios aquí, Kitty —dijo, lanzando una mirada al mar—. Pero no puedo verlo con los ojos. Así que, ¿por qué no van a existir también los espíritus de la naturaleza, los fantasmas, los duendes y los trasgos? —Sonrió al ver la expresión de sorpresa de su hija—. La idea es hacerse más sabio a medida que se envejece, mi querida Kitty.

Ella se echó a reír.

—¿Qué diría la abuela?

—Ojalá lo supiera. Ojalá estuviera aquí… —Sacudió la cabeza y sonrió—. Pero claro que está aquí, ¿no? Siempre está aquí. ¿No decía ella que las personas a las que amamos y perdemos nunca nos dejan?

En efecto, eso decía, contestó Adeline, pero su voz era un suspiro en el viento que solo Kitty alcanzaba a oír.

Para Laurel, volver a montar a caballo se había convertido en un pasatiempo apasionante. Hazel, por su parte, prefería jugar a las cartas. De ahí que las dos hermanas descubrieran que sus entretenimientos las obligaban a separarse a menudo, conduciéndolas a lugares muy distintos del condado. Antaño, esa separación habría sido muy enojosa para ambas. Ahora, en cambio, no veían el momento de librarse la una de la otra. Mientras Laurel se besaba a escondidas con Ethelred Hunt detrás de los setos de las ventosas colinas de Ballinakelly, Hazel le permitía juguetear con su pie bajo la mesa de naipes e incluso a veces poner la mano sobre su pierna cuando nadie miraba. Para besarse tenían que escabullirse en pasillos oscuros y habitaciones vacías, y lo furtivo de esos encuentros aumentaba más aún el deleite que sentía Hazel. Ambas mujeres guardaron celosamente el secreto de su idilio amoroso… hasta una aciaga noche de mayo en que un descubrimiento fortuito descorrió de golpe el velo de la ocultación.

Laurel había salido a montar, ella sola. Le había pedido prestado un caballo a Bertie y había salido a dar un paseo por su cuenta, pues se había requerido la presencia de Ethelred en la mesa de *bridge* del pabellón de caza y daba la impresión de que la partida duraría hasta la noche. Disfrutaba cabalgando sola, aunque habría preferido tener la compañía del apuesto lobo gris. Los pajarillos retozaban en los espinos y los saúcos y se afanaban construyendo sus nidos mientras los gazapos triscaban entre las largas hierbas y los brezales. Aquella era su época preferida del año, y Laurel contemplaba extasiada la primavera, que había estallado sobre el paisaje barrido por el viento en todo su espléndido colorido.

Se detuvo en la cresta de una loma y, mirando el ancho océano, aspiró los olores vigorizantes del mar y escuchó el fragor de las olas que rompían contra las rocas, allá abajo. Cuando se puso en marcha de nuevo para regresar a casa, se sentía llena de alborozo. Su vida era maravillosa. Tenía un romance delicioso con Ethelred Hunt y Hazel y ella volvían a ser amigas, tras meses de distanciamiento. Ya no tenía que sentir celos de su hermana, ni sufrir la congoja del amor no correspondido. Ethelred Hunt la amaba, de eso no tenía duda. Mientras Hazel no se enterase, todo iría bien. ¡Pobre Hazel!, se dijo con lástima sincera. Pero Ethelred la había elegido a ella, y ella había sido demasiado débil y estaba demasiado enamorada para resistirse a él. Aquella era la primera vez en su vida que no anteponía a su hermana a todo lo demás. No estaba orgullosa de ello, pero su pasión por Ethelred le producía una despreocupación embriagadora que le permitía olvidarse de un plumazo de los sentimientos de su hermana.

Avanzó lentamente, siguiendo el borde del acantilado. Allá abajo, las gaviotas y los alcatraces picoteaban las criaturas marinas que la marea dejaba a su paso y alguna que otra mariposa que pasaba volando. Laurel oyó entonces una risa que no pertenecía a ningún ave marina que ella conociera. Detuvo su caballo y miró hacia la playa. El viento arrastraba aquella risa, que reconoció al instante por su calidez y su tono seductor. Entonces se oyó la voz de un hombre, y la risa cesó cuando él tomó en brazos a su acompañante y la besó con ardor. Laurel se quedó atónita al ver la vigorosa pasión que manifestaba aquel hombre y cómo le flaqueaban a la mujer las rodillas y se dejaba caer contra su pecho. Estaba tan fascinada que no podía apartar la mirada. ¿Qué diría sir Ronald si descubría que su esposa tenía un lío con el conde Cesare?, se dijo Laurel, escandalizada. ¿Y qué diría la esposa del conde? Meneó la cabeza y chasqueó la lengua. Grace Rowan-Hampton debería avergonzarse de aquel comportamiento tan licencioso. Una dama de su porte no debía conducirse así. ¡Y, además, cualquiera podía toparse con ellos! Era una suerte que fuera ella quien los había descubierto y no otra persona. Al menos ella sabía tener la boca cerrada.

¿O no?

Hazel no contaba, se dijo. Cotillear con la propia hermana de una era de lo más natural y Laurel sabía que Hazel no se lo contaría a nadie. Apartó a su montura del borde del acantilado sin que los amantes se dieran cuenta de que los habían descubierto y bajó al trote por el sendero, hacia el pabellón de caza.

Ardía en deseos de contarle a alguien lo que había descubierto sobre el conde y Grace y estaba deseando liberarse de esa carga. Corrió a los establos y, ayudada por uno de los mozos, desmontó y entregó las riendas del caballo. Cruzó el patio a toda prisa mientras se quitaba los guantes dedo a dedo, impaciente por ver a su hermana. Encontró a Bertie y Kitty en la biblioteca. Sonaba música clásica en el gramófono y padre e hija estaban tomando el té.

—Ah, hola, Laurel. Espero que hayas tenido un paseo agradable —dijo Bertie desde su sillón.

Las cartas estaban pulcramente amontonadas sobre la mesa de naipes. La partida había acabado.

—Pues sí, Bertie, muy agradable, gracias. Hace un día espléndido —contestó Laurel desde la puerta, dejando claro que no tenía intención de reunirse con ellos para tomar el té.

—A mí también me apetecería salir —dijo Kitty con envidia—. Es una lástima desperdiciar una tarde tan bonita quedándose en casa.

—Habrá más como esta —dijo Bertie riendo.

—¿Hazel se ha ido a casa? —preguntó Laurel, impaciente.

—No, aún no —contestó Bertie—. Ha salido a dar un paseo con Ethelred por el jardín.

—Entonces voy a buscarla. Tengo que contarle una cosa —anunció antes de marcharse.

—Me aseguraré de que haya té recién hecho cuando vuelvas —dijo Kitty, pero Laurel ya había desaparecido por el pasillo.

Bertie dirigió a su hija una mirada interrogadora y Kitty se encogió de hombros.

—Me pregunto qué estará pasando —dijo.

—Pronto lo sabremos, estoy seguro —repuso Bertie.

Los jardines del pabellón de caza estaban formados por un prado, un huerto, un jardín tapiado y una zona de frutales separados entre sí por setos de tejo, arbustos, árboles o muretes. Estaban algo descuidados desde hacía tiempo porque Bertie no podía permitirse pagar a la cuadrilla de jardineros que antes podaba los setos, recortaba el césped, arrancaba la maleza y plantaba renuevos. Había un invernadero en el que años atrás guardaban esquejes y plantas de interior durante los meses de invierno y que ahora estaba vacío. Un cristal roto permitía entrar y salir a las urracas con facilidad, lo mismo que a la lluvia. Nada crecía allí, excepto hierbajos y un pequeño castaño que había brotado espontáneamente, como por milagro.

Laurel echó a andar a paso vivo. A pesar de su estado de abandono, los jardines estaban llenos de color. Las vincapervincas y los nomeolvides se habían extendido como agua por los prados y los parterres, y las clemátides moradas trepaban por los muros junto con las glicinias y las rosas. Margaritas y ranúnculos salpicaban la hierba, y los dientes de león servían de seductora pista de aterrizaje a las abejas, ebrias de néctar. Las mariposas monarca volaban alegremente entre las matas de budelia, y las golondrinas volaban de acá para allá, lanzándose desde el alero del tejado, debajo del cual construían afanosamente sus nidos. Laurel pensó que era todo muy hermoso, aunque fuera tan rústico y agreste. Le habría gustado ser más joven y enérgica para arrancar de raíz la maleza que asfixiaba las plantas y que se estaba adueñando de los parterres, llenándolos de bejucos y miscanto.

Cruzó el jardín tapiado, que estaba rodeado por un muro y un seto de tejo. Había un banco situado en un rincón donde daba el sol, pero la hierba estaba tan crecida que casi lo ocultaba por completo. Se asomó por la esquina del seto de tejo, más allá del cual había un estanque apacible y sereno, a la sombra de un sauce llorón. Los jacintos de agua crecían, espesos y verdes, sobre la superficie del estanque y un par de patos salvajes que se habían establecido allí picoteaban sus tallos tranquilamente. Laurel aguzó el oído por si oía voces, pero solo oyó el trino alborotado de los pájaros. Habría llamado a gritos, si ir dando voces por el jardín no le hubiera parecido poco decoroso.

Estaba a punto de darse por vencida cuando los vio por el cristal del invernadero. Estaban de pie al otro lado, a la sombra, cogidos de la mano. Con las dos manos, advirtió con sobresalto. Y entonces vio horrorizada que el hombre que le había hecho sentir que era la única mujer a la que deseaba inclinaba la cabeza y besaba a su hermana en los labios. No solo era escandaloso: era repugnante, y no pensaba permitir que él se saliera con la suya.

Rodeó el invernadero y se detuvo a unos pasos de distancia, con los brazos en jarras, mirándolos con furia. Estaban tan absortos que tardaron un rato un advertir su presencia. Entonces Hazel abrió los ojos y la miró con espanto. Apartó a Ethelred de un empujón.

—No es lo que parece —dijo torpemente.

—Es exactamente lo que parece —replicó Laurel.

Ethelred se volvió y la miró con sorpresa. Por lo menos tiene la decencia de parecer avergonzado, pensó ella.

—Bien, señoras… —comenzó a decir, incómodo.

Pero Hazel lo interrumpió, sacudiendo la cabeza, compungida.

—Siento no habértelo dicho, Laurel. Debería haberlo hecho. Ethelred y yo llevamos un tiempo viéndonos…

Laurel se acercó a lord Hunt y le asestó una bofetada. Hazel hizo amago de protestar, pero su hermana se volvió hacia ella.

—Se ha reído de nosotras, Hazel —le dijo—. ¡Yo también me estaba viendo con él!

Hazel miró pasmada a lord Hunt.

—¿Es cierto? —preguntó—. ¿Has estado viéndote con las dos? ¿Has estado jugando con nosotras, enfrentándonos? —De pronto echó la mano hacia atrás y le dio otra bofetada—. ¡Cómo te atreves!

—¡Lleva meses riéndose de nosotras! —exclamó Laurel, comprendiendo de pronto la magnitud de su traición.

—¡No me había sentido tan humillada en toda mi vida! —gimió Hazel—. Nunca lo superaré. ¡Nunca!

Ethelred apeló a ambas.

—Pero no podía decidirme entre vosotras dos —explicó levantando las manos al cielo, con la cara colorada—. La verdad es que me he enamorado de las dos.

—¡Nunca he oído nada tan indignante! —repuso Laurel, dándole el brazo a su hermana.

—Yo tampoco. ¡Qué espanto! —dijo Hazel, y miró a Laurel con ternura—. Vamos, Laurel, dejemos que este sinvergüenza se lama solo las heridas. No tengo ganas de oír sus explicaciones.

—Pero os quiero de verdad —dijo Ethelred en tono suplicante, y se le quebró la voz. Pero las dos hermanas echaron a andar hacia la casa con paso decidido, sin mirar atrás.

—No debemos decírselo a nadie —dijo Hazel mientas se acercaban al pabellón de caza.

—No, desde luego que no —convino Laurel.

—Es demasiado humillante.

Siguieron caminando en silencio mientras empezaban a asimilar la deshonestidad de Ethelred Hunt. Luego, Hazel suspiró con tristeza.

—Creo que lo quiero de verdad, Laurel —dijo con un hilo de voz.

Su hermana asintió, aliviada por poder compartir su dolor.

—Yo también —dijo.

—¡Ay, vaya par de dos! ¡No tenemos remedio! —se lamentó Hazel.

—Ni que lo digas.

—¿Qué diría Adeline? —dijo Hazel.

Laurel meneó la cabeza.

—No tendría palabras, Hazel —contestó—. ¡No tendría palabras!

En su estado de agitación, se había olvidado por completo de Grace Rowan-Hampton y del apuesto conde italiano.

32

Nueva York, 1931

Jack esperaba a la entrada del Trapani, el elegante restaurante sicilia-
no de la calle 116 Este, en Harlem. Llevaba tiempo esperando aquella
llamada. Sabía desde el principio que en algún momento sería necesaria su intervención. Había pocas cosas ante las que se arredrara y no
le tenía miedo a nadie. Dio una calada a su cigarrillo y miró a su alrededor. Trapani era el clásico local italiano, con las paredes recubiertas
de madera y olor a cebolla frita y ajo. Todos los camareros eran sicilianos rechonchos, de cabello grisáceo y rostro curtido y moreno. Vestían pantalones negros y chaquetilla blanca, y hablaban con la entonación musical propia de los italianos. Jack advirtió que no había clientes
en el comedor principal, solo fornidos guardaespaldas de traje negro
y sombrero de fieltro: hombres de Salvatore Maranzano. Desde el
asesinato de Joe Masseria, el Jefe, Maranzano era el *capo di tutti capi*,
el jefe de jefes. Los guardaespaldas estaban esperando a Jack. Le habían hecho sentarse a una mesita, bajo el toldo de la entrada del restaurante, le habían ofrecido un cigarrillo y un café italiano, y Jack se
había sentado a esperar. En su oficio uno pasaba mucho tiempo esperando.

—El Jefe ya sabe que estás aquí —le dijo uno de los guardaespaldas, un tipo con la frente chata de un neandertal y la nariz aplastada y
rota—. Está dentro, comiendo. Acabará en un rato.

—Estupendo —contestó Jack—. Entonces tomaré otro de estos
—añadió levantando su taza de café vacía.

Jack no conocía al Jefe en persona, pero había oído hablar mucho de él. Según decían, Maranzano tenía obsesión por el Imperio romano. Devoraba libros sobre los césares y le gustaba citar a Calígula y Marco Antonio, de ahí que le hubieran puesto el mote de Pequeño César, aunque nadie se atreviese a llamarlo así a la cara. Había ganado hacía poco la guerra contra Joe Masseria y pactado una alianza con los gánsteres más jóvenes: Charlie *Lucky* Luciano y sus aliados judíos, Meyer Lansky y Ben *Bugsy* Siegel. En aquel mundillo todo el mundo tenía mote, igual que en Irlanda, y Jack, que había luchado con los rebeldes en la Guerra de la Independencia irlandesa, estaba familiarizado con ese ambiente. Sabía manejar un arma y era capaz de usarla. Había matado al capitán Manley aquella noche en la carretera de Dunashee y, cuando has matado una vez, la segunda resulta más fácil. Ansioso por dejar atrás su pasado y el dolor y el desengaño que arrastraba consigo, se había lanzado al caldero lleno de sangre de Nueva York sin mirar atrás. Había resuelto velar por sus intereses, y al diablo con lo demás.

El modo más rápido de hacer dinero en Nueva York era unirse a una banda, lo cual no era difícil siendo un irlandés recién llegado a Estados Unidos: la ciudad estaba llena de irlandeses. Había contactado con un viejo amigo de Irlanda, que había hecho las presentaciones de rigor, y poco después comenzó a hacer recados para Owen Madden, que regentaba el Cotton Club. Recados como ir de pistolero en un camión que transportaba whisky de Canadá. Al poco tiempo, se corrió la voz de que Jack tenía el corazón de acero. Se «ganó los galones» matando a un hombre a tiros, lo que le granjeó el respeto de sus compañeros, y de pronto todo el mundo quería trabajar con él. Empezó a ganar el doble. Cuando pensaba en el mísero sueldo que ganaba trabajando de veterinario en Ballinakelly, resoplaba con desdén. En Nueva York, donde tenía fama por el temple con que era capaz de apretar el gatillo, le habían puesto un mote: lo llamaban *Perro Loco* O'Leary, y en su pequeño y enrarecido mundo todos sabían quién era. Se sentía respetado y disfrutaba de su nuevo estatus. No podía sumarse a la Mafia propiamente dicha, en la que solo se admitía a sicilianos, pero no le importaba. Los irlandeses tenían sus propias bandas y chanchullos, y a menudo trabajaban con los italianos y los judíos.

Los irlandeses velaban los unos por los otros, y cuando llevaba dos años y medio en Nueva York, dedicado al negocio del contrabando de alcohol, Jack se había casado con la hija de uno de los ayudantes de Owen Madden en el Cotton Club, una chica irlandesa cuya familia era originaria del condado de Wicklow. Se llamaba Emer y era bonita y pecosa, amable y sumisa, en nada parecida a Kitty Deverill, que era apasionada en el amor, de temperamento feroz cuando algo la enfurecía y de una determinación infatigable. Asaltado momentáneamente por su recuerdo, la vio corriendo hacia él en el Anillo de las Hadas y arrojándose en sus brazos como había hecho tantas veces, con el viento enredado en su roja e indomable cabellera, el sol dorando su piel y su risa elevándose por encima del bramido de las olas. Se imaginó su cara, la avidez de su mirada, y sintió la energía de su abrazo como si lo reviviera todo de nuevo. Tuvo que hacer un ímprobo esfuerzo por apartar la imagen de Kitty de su mente y concentrar sus pensamientos en la mujer con la que se había casado.

Emer era joven y dulce y no tenía doblez y, después de Kitty, era un alivio disfrutar de un amor sin complicaciones. Porque él quería de verdad a Emer. Era un tipo distinto de amor, pero era amor de todos modos, y a pesar de sus anhelos estaba seguro de que Emer era la mujer adecuada para él. Comprendía su trabajo porque se había criado en el ambiente de los mafiosos irlandeses y no lo interrogaba cuando volvía del Cotton Club de madrugada oliendo a perfume barato, igual que su madre no había interrogado nunca a su padre. Emer aceptaba lo que hacía y los riesgos que corría sin rechistar, y agradecía el dinero que ganaba sin preguntarle de dónde lo había sacado. Sabía que llevaba pistola y era muy consciente de que se había servido de ella con resultados mortales. Le había dado una hija, Rosaleen, que tenía ya dos años, y estaba embarazada otra vez. Sus hijos nunca conocerían Irlanda, ni el papel que había desempeñado su padre en la lucha por su independencia. Jack se encargaría de que tuvieran una vida más cómoda que la suya en Ballinakelly. Haría lo que fuera necesario para ganar el dinero que lo hiciera posible.

Justo en ese momento se armó cierto revuelo. Había concluido la comida y los guardaespaldas se levantaban de sus sillas, se abrochaban las chaquetas y se acercaban a la puerta. Un joven italiano de traje elegante y sombrero de fieltro cruzó la sala con el paso jactancioso de un luchador. Tenía la cara carnosa y la piel áspera marcada por una larga cicatriz roja que le cruzaba toda la mandíbula. Sus ojos eran pequeños, de color castaño oscuro y mirada arrogante. Los guardaespaldas echaron a andar tras él y los que había a la entrada se adelantaron y lanzaron miradas desconfiadas a uno y otro lado de la calle antes de situarse junto a un reluciente coche negro. Jack sabía quién era aquel hombre. Sus andares y la expresión de su cara eran inconfundibles. Era la mano derecha del Jefe, Lucky Luciano, el hombre que había organizado el asesinato de Masseria. Luciano lo miró con circunspección, pues no conocía su cara. Luego, un guardaespaldas le abrió la puerta y Luciano subió al coche, que arrancó y enfiló la calle.

—O'Leary, ahora te toca a ti.

Jack se levantó y entró en el restaurante. Dos hombres lo cachearon y le quitaron la pistola y la navaja que siempre llevaba en una liga, alrededor de la pantorrilla. Luego le hicieron pasar al salón de atrás, donde Salvatore Maranzano estaba sentado a una mesa manchada aún de salsa de tomate y trozos de espagueti. Tenía unos cuarenta y cinco años, era compacto y recio y vestía un terno que se tensaba sobre su barriga y una corbatita de lazo. Era bien parecido, de cara ancha, cabello espeso y negro peinado hacia atrás y frente despejada. Levantó los ojos cuando entró Jack y dio un par de caladas a su cigarro.

—Acércate, O'Leary —dijo con fuerte acento italiano y, entre la nube de humo, le señaló la silla de enfrente.

—Don Salvatore —dijo Jack, e hizo una pequeña reverencia porque sabía que los italianos, y especialmente el Pequeño César, esperaban ese tipo de adulación.

Maranzano le tendió la mano y Jack se la estrechó.

—Toma asiento. ¿Café? ¿Un cigarrillo? ¿Coñac?

—No, nada, gracias —contestó Jack mientras se sentaba frente al Jefe.

Maranzano hizo una seña a sus guardaespaldas, que salieron y cerraron la puerta.

Jack y el Jefe se quedaron solos: el pueblerino irlandés y el capo de la mafia de Nueva York. Jack se dijo que había llegado muy lejos, pero no tuvo tiempo de regodearse en la nostalgia, pues Maranzano lo miraba fijamente, calibrándolo con los ojos entornados para ver si de veras era el Perro Loco que decía todo el mundo.

—Me han dicho que tienes agallas y que eres capaz de cargarte a quien sea —dijo con voz suave.

Jack se encogió de hombros con indiferencia.

—Eso dicen.

—Bueno, algo debe de haber de eso si te llaman *Perro Loco*. Claro que hay un montón de chavales irlandeses a los que llaman así. A mí me interesa un perro que esté bastante loco, pero no demasiado, no sé si me explico. Necesito resolver un asunto deprisa y bien.

—Entonces puede que yo sea el hombre que busca —repuso Jack, sosteniendo impertérrito la mirada de Maranzano.

—Verás, de este trabajito no puede encargarse un italiano ni tampoco un judío, así que va a tener que ser un comepatatas irlandés, y que sea nuevo en esto, además. Alguien que lleve poco tiempo en la ciudad, al que no conozca todo el mundo y que sepa disparar. ¿Sabes a qué me refiero?

—Usted me ha llamado y aquí estoy —contestó Jack con mucho más aplomo del que sentía en realidad.

Deseaba desde hacía tiempo un encargo así, un encargo importante, pero de pronto un escalofrío le recorrió la piel, empezando por la base de la espina dorsal y subiendo lentamente, y se preguntó si aquello no le vendría grande. Una cosa era dedicarse al contrabando de alcohol y otra muy distinta trabajar para la Mafia. Sabía, no obstante, que nadie dejaba en la estacada al Pequeño César y vivía para contarlo.

—¿Sabes algo de historia de Roma, muchacho? —preguntó Maranzano exhalando el humo de su grueso cigarro.

¡Dios! Ya empezamos, pensó Jack.

—Deja que te hable de mi personaje favorito, Julio César. De él aprendí cómo organizar mi ejército, mis centuriones, mis legiones. —Maranzano se levantó, haciendo chirriar su silla, y levantó el dedo índice como si se dispusiera a dictar una lección—. Y luego está Marco Aurelio, del que aprendí la filosofía de cómo gobernar un imperio. Él dijo: «¡No te cesarices en exceso, es peligroso, mantente siempre alerta!» ¿Sabes lo que digo? Y Augusto, ese sabía que un imperio necesita paz después de una guerra. Y eso es lo que me toca hacer ahora. Pero Augusto gobernó junto a Marco Antonio y al final comprendió que Marco Antonio tenía que desaparecer de escena. *¿Capisci?*

Jack no entendía a qué se refería, y tampoco quería hacer conjeturas porque, si se equivocaba, podía costarle el cuello. Así que se hizo el tonto. Maranzano volvió a menear el dedo.

—Voy a hablarte de otro césar, Calígula, que dijo: «Me da igual que me odien, con tal de que me teman». Estaba loco, pero no tenía un pelo de tonto, *¿capisci?* Y por eso te he hecho venir. —Volvió a sentarse y se puso el cigarro entre los labios.

—¿Por qué me ha hecho venir, Jefe? —preguntó Jack.

—Porque tengo un trabajo para ti. El trabajo más importante de tu vida —respondió Maranzano apuntándole con el dedo—. Si la cagas, se acabó para ti esta ciudad, pero, si lo haces bien serás de los míos, mi centurión irlandés, *¿capisci?* Te he hecho llamar por un motivo. ¿Has visto al tipo que acaba de irse, el que ha comido conmigo?

Jack asintió en silencio.

—¿Sabes quién es?

Jack volvió a asentir.

—Luciano, ese es. Ese cabronazo intenta matarme, después de hacerle mi lugarteniente y de todo lo que le he dado. —Maranzano alzó la voz y achicó los ojos, llenos de odio—. Él y sus amiguitos judíos, Bugsy y Meyer, están intentando liquidarme. ¿Conoces a Bugsy, ese de los ojos azules que parece una estrella de cine? Pues a mí no me asusta ningún judío. Tengo un muchacho infiltrado en su casa y me ha dicho que ya están planeando quitarme de en medio. Pero pienso cargarme primero a Luciano, y tú lo vas a hacer por mí.

—Es un trabajo complicado —dijo Jack, mirándolo fijamente. No quería que el Jefe le viera dudar.

—Cincuenta mil dólares. Veinticinco ahora y el resto después. Es mucho dinero para un comepatatas irlandés nuevo en la ciudad. ¿Es suficiente?

—Sí, es suficiente. Acepto el trabajo, don Salvatore, aunque tengo que decirle que no me gusta que me llamen «comepatatas».

Maranzano rodeó la mesa y le dio un abrazo. Olía a ajo, a cebolleta, a puro y a colonia de limón.

—Eres un hombre orgulloso, O'Leary, y eso me gusta. Lo retiro. Respeto a tu gente y me gustan vuestras canciones. Te pido disculpas. ¿Estamos conformes?

—Sí, claro, no hay problema —contestó Jack.

—Bien. —El Jefe lo besó en ambas mejillas y le estrechó la mano con fuerza—. Luciano vendrá a mi despacho dentro de un par de días. Está en un octavo piso, pero él siempre sube por la escalera porque se siente atrapado en los ascensores. Muy sensato, ¿no? Cuando salga de la reunión, estará solo y podrás liquidarlo entre mi despacho y las escaleras. *¿Capisci?*

—Parece un buen plan —repuso Jack, aunque en realidad no le parecía muy sólido.

—Aquí tienes los primeros veinticinco mil.

Maranzano se sacó un sobre del bolsillo y lo dejó sobre el mantel delante de Jack, que nunca había visto tanto dinero junto. Jack dobló el sobre y se lo guardó en el bolsillo interior de la chaqueta. Podía hacer muchas cosas con cincuenta de los grandes. Podía comprar una casa para él y para Emer. Podía darles a sus hijos una vida muy distinta a la que él había tenido.

—Esto no lo sabe nadie —prosiguió Maranzano—. Ninguno de mis muchachos de ahí fuera, ¿entiendes? Nadie. Solo tú y yo. Por eso voy a hacerte rico. Ya sabes, O'Leary, que controlo a todos los matones de esta ciudad, todas las manzanas, todos los garitos. Si me traicionas, si te vas de la lengua o si fallas, te aplastaré. Y si huyes, te perseguiré hasta tu pueblucho irlandés y mataré a todos tus seres queridos, ¿me explico? Pero, si cumples, te daré el mundo entero. Ya sabes, Jack, que he matado a muchos hombres, y una cosa que he aprendido es que hay que apoyar la pistola en la frente del tipo, justo aquí. Así te aseguras de no fallar. El hombre es el animal más difícil de matar. Porque, si se escapa, volverá a por ti y será él quien te mate.

33

Jack estaba apoyado en el filo del escritorio de un pequeño despacho contiguo a la recepción de la oficina de Salvatore Maranzano. Tomaba café, leía el periódico —el *New York World-Telegram*— y miraba los resultados de las carreras de caballos. De vez en cuando se distraía pensando en la chica del Cotton Club con la que se había acostado la noche anterior. Todavía notaba el olor de su perfume y sentía sus músculos de bailarina. Ser un matón irlandés en Nueva York tenía sus ventajas. Volvería a verla esa noche y, además, tendría cincuenta mil dólares en el bolsillo para celebrarlo.

Se sonrió y volvió la página del periódico. A su alrededor, la oficina era un hervidero. Chicas guapas con vestidos elegantes pasaban por la puerta sin mirarlo siquiera, demasiado atareadas con telegramas, cartas y documentos que archivar. Otras permanecían sentadas ante sus mesas, escribiendo a máquina con la cabeza gacha. Las oficinas eran elegantes y lujosas, con frisos de madera, altos techos, molduras ornamentales en las cornisas y lustrosos suelos de mármol adornados con alfombras carmesíes. Las paredes estaban repletas de cuadros de la antigua Roma, y Jack leyó las inscripciones que figuraban debajo: *el Foro, el Coliseo, el Monte Palatino, el Panteón, la Basílica de San Pedro...* Cada pocos metros había una estatua de algún emperador romano vestido de toga. Jack había oído decir que aquella fijación del Jefe por los césares romanos no era del agrado de todo el mundo, pero que nadie se atrevía a poner de manifiesto su falta de entusiasmo.

El edificio, situado en la calle Cuarenta y cinco, era como un palacio, todo nuevo y reluciente, y era obra de los mismos arquitectos que habían diseñado Grand Central Station. El vestíbulo era de mármol, los ascensores brillaban como espejos y Jack había podido echarse un vistazo en sus puertas y arreglarse la corbata mientras subía. Tenía buena planta: traje oscuro, figura esbelta, su sombrero de la suerte y zapatos de cordones blanquinegros. No estaba mal para un palurdo de Ballinakelly. Seguía teniendo la mella en los dientes, de cuando le dieron un puñetazo en la cárcel, pero sus ojos azules y su sonrisa traviesa eran casi irresistibles para las mujeres. Sabía muy bien por qué le habían encargado aquel trabajo: él nunca se ponía nervioso. Poseía una serenidad sobrenatural, era frío como el hielo y siempre sabía qué hacer y cuándo hacerlo. Llevaba una Colt Super del 38 en la pistolera, debajo del brazo. Era un arma que tenía poca gente todavía, pero para él era ya como un apéndice de su mano. Llevaba en el bolsillo del traje el adelanto que le habían pagado. Le dio una palmadita, satisfecho al sentir su grosor.

Todo estaba en orden. Esperaría en aquella habitación hasta que Luciano entrara en el despacho del Jefe y luego se situaría al fondo, junto a la escalera. Cuando Luciano saliera, le pegaría un tiro en la frente, como le había dicho el Jefe, apoyándole el cañón en la cabeza, y se iría tranquilamente por el pasillo, tomaría el ascensor y bajaría al vestíbulo antes de que los guardaespaldas de Luciano, que esperaban en la puerta de las escaleras, oyeran los dos disparos. Lo único que tenía que hacer ahora era quedarse allí sentado y esperar.

Había llegado puntual, a las dos y cuarto. Estaba previsto que Luciano llegara quince minutos después, pero había mandado aviso de que iba a retrasarse. Jack encendió un cigarrillo y siguió esperando. Echó un largo vistazo al pasillo, por el que las chicas con medias de seda y faldas de tubo entraban y salían del despacho de Salvatore Maranzano, y a la antesala, donde decenas de hombres y mujeres corrientes, funcionarios municipales, trabajadores, políticos y algún que otro gánster esperaban para ser recibidos por el Pequeño César. El tiempo pasaba y Luciano llegaba tarde. Muy tarde. Jack consultó su reloj. Eran ya las tres menos cuarto. Volvió a fijar la atención en el periódico. En su oficio, la paciencia era la mayor virtud.

Justo en ese momento salieron cuatro hombres del ascensor. Se acercaron al mostrador de recepción, donde la secretaria los saludó con una sonrisa. La sonrisa se le borró de inmediato, sin embargo, y en su lugar apareció una mueca de nerviosismo al mismo tiempo que sacudía la cabeza. Jack se puso en guardia. Aquellos hombres no eran matones de Luciano, porque sus hombres y él habrían subido por la escalera. Reparó entonces en sus uniformes. Bajó el periódico y cambió de postura, de modo que sintió el peso de la pistola en su funda: si era una redada policial, no quería que lo pillaran con el arma y el dinero encima. Pero era improbable que se tratara de eso, porque el Jefe tenía amigos en la policía. Así que, ¿quiénes eran aquellos tipos y qué pintaban allí? ¿Venían a hacer una visita de cortesía inesperada? No le daba esa impresión. Comenzó a sentirse intranquilo y se le erizó el vello como a un perro que intuyera el peligro sin saber de dónde venía. Observó a los hombres más atentamente. Dos vestían uniforme; los otros dos, traje oscuro. Uno de los uniformados le mostró su insignia a la secretaria, que la miró, asintió con la cabeza y luego se encogió de hombros. Jack observó y esperó. La calma se apoderó de él a medida que sus sentidos se afilaban. Si eran inspectores fiscales y estaban allí cuando llegara Luciano, tendría que dar el golpe otro día. Todo estaba previsto, menos esto.

Jack observó al hombre alto de traje. Era un traje muy bien cortado, se dijo, para pertenecer a un funcionario del gobierno. Echó un vistazo a sus zapatos de charol y de pronto le dio un vuelco el estómago. Miró bruscamente la cara del tipo y reconoció los llamativos ojos azules de Bugsy Siegel.

Luego, todo se precipitó.

Bugsy sacó su pistola y los guardaespaldas del Jefe se echaron al suelo, desarmados por los dos hombres de uniforme. Bugsy y sus compinches pasaron sobre ellos moviéndose como gatos. Las secretarias se quedaron paralizadas en el sitio y nadie gritó. Entonces Jack oyó la voz de Maranzano: «¿Qué demonios hacéis vosotros aquí?», seguida al instante por el sonido húmedo de los cuchillos al hundirse en la carne y, a continuación, por el ruido amortiguado de los disparos. Jack se puso en pie de un salto y entró corriendo en el cuarto del correo, que estaba un poco más allá, en el pasillo, cerca de las escaleras. Se escondió debajo de la mesa en el momento en que los asesinos salían precipitadamente, pasando por el mismo lugar donde había estado sentado segundos antes. Los hombres se detuvieron un momento y Bugsy dijo:

—Había un tipo sentado aquí, un irlandés. ¿Dónde está? Esta chavala me lo dirá. Eh, tú, ¿dónde está? ¡No puede haber ido muy lejos!

—No lo sé —contestó la secretaria, aterrorizada—. No lo sé. Por favor, no me haga daño. Creo que ha huido.

Bugsy le dio una fuerte bofetada.

—¿Huir? ¿Adónde?

La chica empezó a llorar.

—Vamos, salgamos de aquí —dijo uno de los hombres de uniforme.

—No. Era el comepatatas que estaba esperando a Lucky —dijo Bugsy—. Quiero cargármelo aquí mismo. Ahora.

—Tenemos que irnos.

—Muy bien —replicó Bugsy—. Pero ofrezco cincuenta de los grandes y una casa en Westchester a cualquiera que mate a ese irlandés de mierda, ¿me habéis oído? Cincuenta de los grandes y una casa en Westchester.

Se marcharon entonces y sus pasos fueron alejándose por la escalera.

Jack vio que le temblaban las manos con las que sostenía su Colt. Salió despacio de debajo de la mesa, con la pistola por delante. La gente iba saliendo poco a poco al pasillo, pestañeando anonadada. Reinaba un silencio sepulcral. Jack entró a toda prisa en la recepción y buscó a la secretaria que le había salvado la vida. Tocó su mejilla llorosa.

—Gracias —dijo.

—Más vale que te largues —contestó ella—. Y deprisa.

Jack saltó por encima de un busto romano hecho añicos y se dirigió al ascensor, pero prácticamente todos los empleados de la planta habían salido de sus despachos y trataban de tomar el ascensor. Corrió al despacho de Maranzano y encontró al César de Nueva York, al *capo di tutti capi*, tendido en el suelo, muerto. Tenía las piernas abiertas y su camisa blanca, que se le había salido de los pantalones, estaba manchada de rojo carmesí. De la herida de navaja de su gran barriga aún brotaba la sangre. Sus dedos se movían espasmódicamente y la sangre le manaba a chorros del orificio de bala que tenía en la frente: el tiro de gracia que él mismo recomendaba siempre, por si acaso.

La mente de Jack se aquietó, reconcentrándose de pronto. No podía quedarse allí ni un minuto más. Tenía que ir a buscar a Emer y Rosaleen lo antes posible y marcharse de Nueva York sin perder un momento. Luciano era ahora el Jefe y Bugsy era su mano derecha, y de algún modo se habían enterado de que Jack estaba allí para matar a Luciano. Habían puesto precio a su cabeza y no había ni un solo gánster en la ciudad, ya fuera irlandés, italiano o judío, que no estuviera dispuesto a liquidar a *Perro Loco* O'Leary en cuanto le echara la vista encima. Tenía que salir de Nueva York y desaparecer para siempre. Se iría al sur, decidió, y empezaría una nueva vida. Lo había hecho ya una vez y podía hacerlo de nuevo. Pensó en Irlanda y sintió una punzada de añoranza al recordar esas colinas verdes y esos acantilados pedregosos que se destacaban entre la niebla como un oasis de color esmeralda en un vasto desierto baldío. Pero no podía volver a casa porque en Ballinakelly sería donde los buscarían primero y, además, allí no le quedaba nada más que las cenizas de su antigua vida. No, empezaría de cero muy lejos de allí, donde nadie de Nueva York pudiera encontrarlo.

Cuando estaba a punto de marcharse, vio sobre la mesa, junto a un busto de César, un gran montón de billetes nuevos.

Salió del edificio por las escaleras, se echó el ala del sombrero sobre la cara y llamó a Emer desde un teléfono público.

—No hagas preguntas y no se lo digas a nadie —le dijo con firmeza, y ella adivinó por su tono de voz lo que le iba a decir—. Coge a Rosaleen, haz una maleta pequeña y reúnete conmigo en Penn Station. Te espero debajo del reloj. Ven tan rápido como puedas. Nos vamos de Nueva York para siempre, Emer, y no vamos a volver.

34

A pesar de que estaba muy ilusionada con su embarazo, Bridie no podía evitar acordarse de su embarazo anterior y de la brutalidad de la que había sido objeto entonces. El señor Deverill había tenido la desfachatez de preguntarle si el niño era suyo y, tras aceptar a regañadientes que en efecto lo era, la había enviado a Dublín para que se librara de aquella carga rápidamente y con la mayor discreción posible. Lady Rowan-Hampton la había tratado con idéntica displicencia. Le había dejado perfectamente claro que no podía quedarse con el bebé y la había mandado al otro lado del mundo sin dejarle decidir si quería marcharse o no. Las monjas del Convento de Nuestra Señora Reina del Cielo debían de tener el corazón de piedra, porque la habían hecho sentirse profundamente avergonzada e inútil. La consideraban una perdida, y según ellas su vientre hinchado era una afrenta contra María, la Santa Madre de Jesús. Le habían arrebatado a sus hijos sin una sola palabra de comprensión o de consuelo, como si fuera poco más que un animal de granja de escaso valor. A pesar de los años transcurridos desde entonces y de la distancia emocional que había puesto entre el presente y aquel oscuro episodio de su vida, Bridie llevaba aún dentro de sí esa culpa, como una mancha indeleble del alma. Por más que su nueva situación cubriera con una capa de barniz la deshonra de la anterior, seguía sintiéndose podrida por dentro.

Ahora estaba casada y su embarazo era motivo de alegría y parabienes. Nadie conocía los secretos que guardaba, ni la congoja que acompañaba a la dicha de aquella nueva vida que crecía dentro de su vientre, entrelazadas ambas como hilos, inseparables la una de la otra. Todo el mundo le compraba regalos y la felicitaba, y ella se decía que estaba mal, que era un error que una vida tuviera que valer menos simplemente por la falta de un anillo de boda.

Mientras Cesare estaba en Irlanda, tuvo mucho tiempo para pensar. Ansiaba, con un anhelo surgido de la pérdida, tener un hijo al que querer. Se acordaba del Pequeño Jack con amargo dolor y esperaba que su nuevo bebé llenase el vacío de su corazón, pues ni siquiera Cesare, con todo su amor y su entrega, había podido colmarlo. Tumbada en la cama, con la mano sobre la tripa, se acordaba de su hijita, a la que las monjas se habían llevado sin permitir siquiera que la sostuviera en brazos. No había tumba, ni lápida, nada que la recordara, solo la imagen fugaz de su carita antes de que las monjas la envolvieran en una toalla y se la llevaran, y hasta eso se había difuminado como una fotografía dejada al sol. Nadie había pensado en Bridie, en la herida irreparable de su corazón. Nadie se había compadecido de ella como ser humano o como madre. Le habían robado a sus bebés y sin embargo no había ninguna ley que condenara a los culpables, ni nadie que la ayudara a recuperar a su hijo. Se habían deshecho de ella como de una basura y la habían mandado a Estados Unidos para que no diera problemas, y solo ahora, mientras se preparaba para ser madre de nuevo, cobraba plena conciencia de la injusticia de la que había sido objeto.

Cesare regresó de Irlanda a principios de verano. Bridie estaba contentísima de volver a ver a su marido, porque le había echado terriblemente de menos y porque necesitaba distraerse del tumulto que agitaba su espíritu. Al abrazarlo, le pareció sentir en su pelo el olor del viento salobre y el brezo de su hogar. Se le encogió el corazón y un repentino arrebato de celos se apoderó de ella, porque Cesare había tocado las verdes colinas de Ballinakelly que antaño habían sido suyas, y la llenaba de rabia que hubiera respirado el aire que a ella se le había negado tan cruelmente. Pero aquel arrebato se disipó tan rápidamente como había surgido cuando Cesare le aseguró que encontraría todo listo para recibirla en cuanto decidiera partir. Irlanda estaba al alcance de su mano y él la llevaría allí.

Pero ¿estaba ella lista para volver? ¿Estaba preparada para enfrentarse a Kitty, a Celia, a lord Deverill y a su hijo? ¿Había comprado simplemente el castillo para quitárselo a ellos? ¿Había actuado únicamente por despecho? En cuanto Beaumont Williams le dijo que sus contactos en Londres le habían informado de que el castillo de Deverill estaba otra vez en venta, había aprovechado la oportunidad y esta vez se había mostrado inflexible. Quería el castillo costase lo que costase, porque conocía su valor: su valor para los Deverill.

Escuchó, cada vez más entusiasmada, a Cesare mientras le describía el lujo del mobiliario y el confort de la instalación eléctrica y la fontanería del nuevo castillo. Batió palmas de alegría e insistió en que le diera más detalles, pendiente de cada una de sus palabras como una reina pirata a la que le describieran el último tesoro que habían robado sus hombres. Quería saber cómo eran todas las habitaciones y lo bonitos que eran los jardines y, mientras Cesare hablaba, se imaginó el castillo tal y como era en su infancia, cuando Celia, Kitty y ella eran amigas y jugaban en los terrenos del castillo, antes de que todo se deshiciera. Antes de que Kitty y ella se volvieran enemigas. Antes de que Kitty le robara a su hijo.

Le había hablado a Cesare de su infancia en Ballinakelly y le había contado que su madre era la cocinera de lady Deverill en el castillo, pero no le había dicho nada de su hijo. No podía. Era incapaz de hablar del Pequeño Jack, incluso con su marido. Sobre todo, con él. Cesare era tan tradicional y tan orgulloso... Demasiado orgulloso incluso como para aceptar dinero sin sentirse humillado. ¿Y si le parecía mal que hubiera tenido un hijo sin estar casada? ¿Y si la quería menos por haberlo dado en adopción? Había muchos motivos para no contárselo, de modo que guardó aquel secreto en lo hondo de su pecho y dejó que su marido se ilusionara con el nacimiento inminente de su primer hijo juntos.

Cesare le habló de su encuentro con Celia y le dijo que había omitido la verdadera identidad de su esposa, como ella le había pedido. Le dijo que había conocido también a Kitty en una cena celebrada por lady Rowan-Hampton, y vio que el rostro de Bridie se endurecía y que su expresión se volvía seria y severa.

—No quiero oír hablar de esas dos mujeres —dijo con frialdad—. Fuimos amigas, pero de eso hace mucho tiempo.

Después de aquello, Cesare restó importancia al tiempo que había pasado en compañía de los Deverill y se apresuró a cambiar de tema para hablar de su futuro. No le dijo nada, claro está, de las muchas horas que había pasado con Grace, ni de las otras mujeres con las que se había acostado en Cork. Había llegado a la conclusión de que iba a gustarle vivir en Irlanda. Por un tiempo, al menos.

Convinieron en que sería una locura viajar a Irlanda mientras ella estuviera embarazada y decidieron mudarse allí el verano siguiente, cuando Bridie estuviera ya lo bastante recuperada para soportar el viaje. Su hijo nació a principios de febrero en Nueva York. El parto fue rápido y relativamente fácil. Bridie lloró cuando por fin tuvo a su niño en brazos. Lloró por los bebés que había perdido y por este, con el que le habían permitido quedarse. Al mirar su carita, se enamoró como nunca antes. Nada de lo que había vivido podía compararse a aquello. Nada la había colmado tan completamente. Era como si Dios hubiera recompensado su sufrimiento con una dosis doble de amor maternal. Bridie comprendió entonces que su corazón se curaría por fin. Aquel diminuto bebé había venido al mundo con amor suficiente para sanar todo el dolor de su madre.

Cesare esperó abajo, en el despacho, paseándose de un lado a otro como mandaba la tradición mientras el médico atendía a Bridie en su dormitorio. Se llevó una sorpresa cuando le anunciaron que su hijo había nacido, porque esperaba que el parto durara varios días. Subió los escalones de dos en dos con el corazón desbocado por la emoción. Abrió la puerta y encontró a Bridie sentada en la cama, con su hijito en brazos. La cara le resplandecía de felicidad, y tenía una mirada suave y tierna y una sonrisa orgullosa en los labios. Cesare se acercó a la cama y se sentó. Miró la cara del bebé.

—Mi hijo —susurró maravillado, y el corazón de Bridie se colmó de dicha al oír su tono de satisfacción—. Eres una esposa muy lista, además de muy hermosa, por haberme dado un hijo varón —dijo él al besarla con ternura—. No te imaginas lo que significa esto para mí.

—¿Qué nombre vamos a ponerle? —preguntó ella.

—¿Qué nombre te gustaría?

Ella miró la carita de su hijo y frunció el ceño.

—Me gustaría ponerle un nombre que no tenga ninguna relación con el pasado. Un nombre que no tenga nada que ver con mi familia. Que sea solo suyo.

—Muy bien —dijo Cesare, que se había pasado los nueves meses anteriores pensando nombres— ¿Qué te parece Leopoldo?

—Leopoldo —repitió Bridie con una sonrisa, sin apartar la mirada de su hijo.

—Leopoldo di Marcantonio —añadió Cesare, y las palabras se deslizaron de su lengua como si estuvieran empapadas en aceite de oliva—. Conde Leopoldo di Marcantonio.

—Suena a grandeza, a nombre de rey —dijo Bridie.

—Puede que solo sea conde —repuso Cesare—, pero para mí es un príncipe. Trae, deja que lo coja en brazos.

Cuando llegó el verano, Bridie descubrió que aún no estaba preparada para mudarse a Irlanda. Le daba miedo volver al pasado, siendo el presente tan dichoso. Temía ver a Kitty con su hijo, no poder ser una madre para él, verse obligada a cargar con un secreto tan pesado. El castillo la llamaba en un susurro que la despertaba en plena noche, pero se resistía a su atracción y hacía oídos sordos a su insistente llamada. Soñaba con él, y en sueños corría por sus pasillos interminables persiguiendo a Kitty, cuya larga cabellera roja envolvía por completo el edificio, asfixiándola en su espesura. Pensaba a menudo en el castillo, y la sombra que este proyectaba sobre su alma se hizo tan grande y tan oscura que comenzó a temerlo. Iría cuando estuviera preparada, decidió. Y pasado un tiempo lo estaría, se dijo. Pero ahora no. Cesare estaba muy ocupado jugando al polo y disfrutando de su ajetreada vida social. No tenía prisa por empezar una nueva ida al otro lado del mar. Así pues, se compraron una mansión en Connecticut y retrasaron su partida. Irlanda podía esperar.

Kitty estaba de rodillas en el jardín, arrancando los bejucos y las hierbas de San Andrés que crecían en los parterres. Cavaba con la pala, pero las raíces eran profundas y parecían formar una compleja red de finos tentáculos bajo el suelo que frustraba sus esfuerzos, pues cada vez que creía haber eliminado las malas hierbas descubría otras nuevas. El sol le calentaba la espalda, pero un viento fresco y vivificante soplaba del mar. Robert estaba en su despacho, escribiendo. Sus libros tenían mucho éxito y estaba ganando bastante dinero, lo que mantenía a raya las preocupaciones. Florence tenía ya cinco años y JP diez, y ambos le procuraban una enorme felicidad. Eran una familia muy unida, y en ese aspecto Kitty se sentía colmada. Sin embargo, Jack O'Leary era una presencia constante, como su sombra, inseparable de ella por más que se esforzase en huir de él. Y, al igual que su sombra, había veces, cuando el sol brillaba con fuerza, en que su presencia era más intensa y otras, los días nublados, en que casi parecía desvanecerse por completo. Pero nunca desaparecía del todo, como no desaparecía del todo el vacío que había dejado en su corazón. Un vacío que nadie más podía llenar.

Se echó hacia atrás, de rodillas, y se enjugó la frente con el guante de jardinera, manchándose de tierra. Su mente vagó entonces como si Jack exigiera su atención desde el otro lado del mundo. Vio su cara claramente: los ojos de un azul invernal, el largo flequillo castaño, la cara sin afeitar, la mandíbula angulosa, la sonrisa ladeada y la mella de sus dientes, visible cuando sonreía. Sonrió al recordarlo y se llevó la mano al corazón, anegado por una oleada de nostalgia. Se preguntó, como hacía a menudo, qué tal le iría en Estados Unidos. Si por fin había sentado la cabeza y fundado una familia con otra mujer. No era justo negarle la felicidad y, sin embargo, no quería que se casara o tuviera hijos: deseaba pensar que le pertenecería solo a ella, aunque hubiera sido decisión suya no escaparse con él. La imagen que guardaba de él era la de un hombre solitario, de pie en el Anillo de las Hadas, mirándola con adoración. Con una mirada que le prometía amor eterno. Daba por sentado, pese a todo, que Jack habría emprendido una nueva vida y se lo imaginó como un granjero sencillo y satisfecho en algún lugar de Kansas, con una guadaña en las manos o mordisqueando un tallo de trigo al sol, junto a su camioneta, y pensando en ella.

El ruido de un coche que subía por el camino de grava la sacó de su ensoñación. Al volverse, vio que el Austin azul de Grace se acercaba lentamente. Se levantó y se quitó los guantes.

—¡Qué día tan bonito! —exclamó su amiga al apearse del coche.

Llevaba un vestido floreado, una chaqueta de punto rosa echada sobre los hombros y zapatos de tacón de color marfil. El cabello casta ño claro, apartado de la cara, le caía sobre los hombros en exuberantes rizos. Pero lo más radiante de su persona era su sonrisa.

—Hola, Grace —dijo Kitty mientras cruzaba el césped para darle la bienvenida.

—¡Santo cielo, pero si estás trabajando en el jardín! —exclamó Grace.

—Después de la lluvia, las malas hierbas se han vuelto locas —contestó Kitty—. ¿Tienes tiempo para una taza de té? Me vendría bien un descanso.

—Claro que sí —contestó Grace, y entraron en la casa cogidas del brazo—. Hacía tiempo que no te veía y he pensado que estaría bien charlar un rato.

Se llevaron el té fuera y se sentaron en la terraza, al abrigo del viento. Grace preguntó por los niños y Kitty se interesó por su padre.

—Bien, ya te dije que esas bobas de las Arbolillo acabarían con el corazón destrozado y tenía razón. Mi padre ha jugado con ellas despia dadamente, como un zorro con un par de gallinas. El problema es que, ahora que no tiene a ninguna de las dos, gimotea patéticamente, como un perrillo. En serio, deberías verlo: da lástima. No quiere salir. No quiere ver a nadie. Se queda en casa, sentado, fumando, leyendo y refunfuñando. Ni siquiera le apetece jugar al *bridge*. Las partidas en casa de Bertie se han acabado, porque esos tres no pueden estar juntos en la misma habitación, y mi padre no para de suplicarme que haga algo al respecto. ¡Ojalá tuviera más temple y dejara de comportarse como un jovenzuelo enamorado!

—¿Y las Arbolillo? No las he visto en la iglesia...

—Eso es porque evitan a mi padre. Es todo tan infantil… ¡Cualquiera diría que tienen veinte años y no setenta y tantos!

—¡Ay, Dios! ¡Qué lío! Yo creía que a su edad uno ya no sufría de mal de amores.

—Pues está claro que sí. Pero hablemos de algo mucho más interesante. ¿Qué demonios está haciendo Celia en Sudáfrica?

—Tengo la impresión de que hace un siglo que se marchó —repuso Kitty—. La echo muchísimo de menos.

—Entonces, ¿no sabes nada de ella?

—No, nada. Sabe Dios qué estará haciendo. Ni siquiera he ido al castillo. No soporto verlo habitado por ese conde que parece un pavo real. ¡Seguro que su mujer es insoportable!

—No han llegado aún —dijo Grace, disimulando una sonrisa detrás del borde de su taza.

Estaba deseando que el conde se instalara en el castillo y volvieran a empezar sus citas de media tarde. El conde era la única persona que había conocido en los últimos diez años capaz de hacerle olvidar a Michael Doyle.

—Creo que todos tenemos que asimilar el cambio —continuó—. El tiempo pasa y hay que adaptarse a su ritmo. Celia volverá a instalarse en Londres, seguramente se casará otra vez y tú y yo lo pasaremos en grande hablando de los Marcantonio. Dios mío, qué aburrida sería la vida si no tuviéramos a nadie de quien reírnos. Ojalá se den prisa en mudarse. No entiendo por qué están tardando tanto. Lo lógico sería que, después de haberse gastado una fortuna en el castillo, estuvieran impacientes por instalarse en él.

—Antes no soportaba que Celia hubiera comprado el castillo, pero ahora que se lo ha vendido a esos idiotas estoy deseando que vuelva. Fue una tontería por mi parte disgustarme tanto por eso.

—Tienes mucha razón. Solo son ladrillos y mortero.

Kitty asintió en silencio, deseosa de estar de acuerdo con su amiga.

—Bueno, querida —prosiguió Grace—, hay algo muy serio de lo que quiero hablarte.

Kitty bajó su taza.

—En primer lugar, tengo que hacerte una confesión —añadió Grace.

—¿Sí?

—Entre tú y yo, como en los viejos tiempos.

—Muy bien. Adelante.

Grace dejó su taza y cruzó las manos sobre el regazo.

—Me he convertido al catolicismo.

Kitty levantó las cejas, sorprendida.

—¿Al catolicismo? ¿Tú?

—Yo —contestó Grace con una sonrisa—. He seguido el dictado de mi corazón, Kitty, y ya soy una católica hecha y derecha.

—Y Ronald no lo sabe, de ahí el secreto —dijo Kitty.

—No lo sabe nadie, excepto tú y los Doyle.

Kitty se sonrojó al oír mencionar a los Doyle. Las caras de Bridie y Michael aparecieron ante ella, a cuál más desagradable.

—¿Los Doyle? ¿Por qué?

—Porque necesitaba que una familia católica devota me instruyera. El padre Quinn insistió en ello, en vista de que no puedo asistir a misa aquí en Ballinakelly y, por tanto, no puedo integrarme en la comunidad católica local.

—Qué cosa tan extraordinaria, Grace. Pero la religión es un asunto muy íntimo, así que no voy a cuestionar tus creencias. Debías de desearlo mucho si te has tomado la molestia de convertirte. Eso por no hablar del riesgo que entraña.

Grace suspiró.

—Me siento ligera —dijo alegremente—. Como si me hubiera quitado de encima el peso de todas esas cosas horribles que hice durante la guerra. Me han limpiado como a una ventana sucia.

—¿Y no creías que el Dios de los protestantes pudiera perdonarte?

—Necesitaba una absolución al estilo católico. Ahora estoy en estado de gracia y ya puedo entrar en el cielo, lo que es un alivio teniendo en cuenta la magnitud de mis pecados.

Kitty no sabía si Grace bromeaba o no. Tenía una expresión enigmática, a medio camino entre la gravedad y el humor.

—Muy bien. Lo importante es que tú sientas que tienes la conciencia limpia —dijo, esperando a medias que su amiga echara la cabeza hacia atrás y soltara una carcajada. Pero no lo hizo.

—El cristianismo se basa en el perdón —continuó Grace—. Yo he sido perdonada por mediación de Cristo y he perdonado a quienes me hicieron daño en el pasado. —Miró de pronto a Kitty con más intensidad—. Noto que llevas dentro un pesar muy hondo, Kitty, y quiero ayudarte a aligerar esa carga.

—¿El padre Quinn te ha pedido que intentes convertirme a mí?

Grace negó con la cabeza.

—Claro que no, pero sé lo ligera que se siente una tras hacer las paces con quienes le han hecho daño.

—¿Estás sugiriendo que haga las paces con quienes me han hecho daño a mí? —preguntó Kitty, sintiendo que se tensaba como un gato.

Grace clavó en ella sus ojos castaños.

—Sí —contestó.

—Yo no llevo ese peso sobre mis hombros, Grace. Pero gracias por ofrecerte a ayudarme.

—Claro que lo llevas —insistió Grace.

Kitty arrugó el ceño. La mirada de Grace la hacía sentirse acorralada, pero no se le ocurría una excusa para levantarse e irse.

—Sé lo que pasó con Michael —dijo Grace quedamente.

Kitty se quedó sin respiración. Pensó frenéticamente quién podía habérselo dicho: Robert, Jack… Nadie más lo sabía.

—Me lo dijo Michael, Kitty —mintió Grace—. Michael me contó lo que pasó. Se ha confesado ante Dios. Pero no ante ti.

Kitty estaba tan atónita que no supo qué decir. Miró en silencio a Grace mientras esta la observaba con fría compasión.

—No tienes por qué avergonzarte delante de mí —dijo—. Hemos compartido muchos secretos. Este es uno más. Pero, por la cordura de ambos y por la paz de espíritu de Michael, debes perdonarlo.

Su sugerencia indignó tanto a Kitty que, cuando recuperó el habla, se puso a gritar.

—¿Que *yo* debo perdonarlo? —le espetó, y su tono y el fuego que ardía en su mirada sorprendieron tanto a Grace que palideció—. ¿Por *su* cordura? Si tuvieras una ligera idea de lo que hizo Michael no te interesarías por su paz de espíritu. ¡Querrías que su alma ardiera en el infierno! ¿Cómo te atreves siquiera a hablarme de eso, y cómo se atreve Michael a enviarte como una espía a pedirme perdón de su parte? Si tanto desea que lo perdone, ¿por qué no ha tenido el valor de venir en persona?

—Jamás tendría la audacia de venir sin que lo invitaras. Sabe que no querrías verlo. —Grace buscó atropelladamente otra excusa—. No me ha mandado como espía, sino como mediadora. Estoy ondeando la bandera blanca, Kitty.

—Siempre he sabido que te interesaba Michael Doyle —replicó ella, más calmada al ver que Grace parecía perder pie—. Siempre lo defendías. Debería haberme dado cuenta. Eras la única mujer a la que escuchaba Michael, la única a la que respetaba, y tú, a tu vez, lo admirabas. Saltaba a la vista, pero yo era tan estúpida que no me daba cuenta. Mientras nosotros conspirábamos, llevando notas y armas y arriesgando nuestras vidas por la causa, tú te acostabas con Michael Doyle. ¿Cuánto tiempo hace que sabes lo de la violación, Grace? ¿Te lo dijo la misma mañana del incendio, después de prender fuego al castillo y violarme en la mesa de su cocina? ¿Buscó refugio en tu casa después de traicionar a Jack y delatarlo a la policía? ¿Habéis estado compinchados todo este tiempo? ¿Conspirando como ladrones y haciéndonos la zancadilla a cada paso?

Kitty no estaba segura de por qué decía aquello, pero la verdad comenzaba a calar en su conciencia como una luz que se insinuara a través de una grieta en una caverna oscura. Sacudió la cabeza al comprender el alcance de la traición de Grace.

—De no ser por ti, Jack y yo habríamos tenido una oportunidad. ¿Por qué, Grace? ¿Qué tenía nuestro amor para que lo saboteras de esa forma? Creía que eras mi amiga.

Grace se había puesto lívida.

—Soy tu amiga. ¿He venido aquí a ayudar y así es como me lo agradeces? Acusándome de todo lo malo que te ha ocurrido.

—¿Niegas que te acostabas con Michael?

—Rotundamente —contestó Grace con firmeza—. Michael es un alma atribulada y, como buena católica, me he impuesto el deber de ayudarlo. Si no lo perdonas, Kitty, estarás condenándolo a una vida de sufrimiento.

—¿Y qué hay de mí, Grace? ¿Qué hay de mi sufrimiento? —preguntó Kitty señalándose el pecho—. ¿Crees que aquella mañana salí de esa cocina dejándome allí mi vergüenza, mi dolor y mi ira? ¡No, la he llevado conmigo, he cargado con ella diez largos años!

Grace quería acusarla de mentir. Quería obligarla a reconocer que su vergüenza no se debía a un acto de violación, sino a la deshonra que había hecho recaer sobre ella su propia conducta. Kitty tenía que haber provocado a Michael, que no era ningún violador, y él había hecho lo que habría hecho cualquier hombre cuando una mujer bella como Kitty se abría de piernas ante él. Pero era demasiado astuta para arruinar su amistad con la única persona que podía conseguir que Michael volviera a su cama.

—Kitty —dijo con calma—, estás enfadada y tienes motivos de sobra para estarlo. Pero no permitas que la ira te nuble la razón. Soy tu amiga y siempre lo he sido. Cuentas con mi lealtad y mi comprensión. No justifico lo que hizo Michael, pero yo lo veo como lo ve Jesús: como un hijo de Dios que ha caído en el error. Cometió una falta espantosa y ha sufrido por ello. Se siente culpable y arrepentido. Solo quiero que encontréis la paz, tú y él. Pero veo que te he ofendido gravemente y lo lamento. No he venido a pelearme contigo. Confiaba en poder aliviarte de esa carga. Ahora comprendo que eso solo puedes hacerlo tú, cuando estés preparada.

—Nunca estaré preparada, Grace —replicó Kitty con aspereza, y notó que los músculos de la mandíbula de Grace se contraían al intentar contener su ira.

Kitty se preguntó por qué era tan importante para ella que perdonara a Michael. De pronto veía a su amiga tal y como era y se daba cuenta de que sus actos tenían siempre un motivo ulterior, un interés egoísta. Grace solo se era fiel a sí misma. De modo que, ¿en qué podía beneficiarla su perdón? Kitty no lo sabía.

35

Londres

Celia regresó a Londres para enfrentarse a Aurelius Dupree. La travesía resultó penosa porque esta vez no tenía a Rafael O'Rourke para entretenerla, y no conseguía quitarse de la cabeza la verdad acerca de su padre. Cuanto más pensaba en ello, más se le endurecía el corazón. Decidió ocultarle a su familia lo que había averiguado. No creía que su madre pudiera soportar la noticia de que Digby tenía un hijo negro llamado Lucky. Si se enteraba, además, de que era un asesino, la impresión sin duda acabaría con ella. Les daría, en cambio, la buena noticia acerca de la mina de oro y los vería quedarse boquiabiertos cuando anunciara que pensaba volver a Sudáfrica para dirigirla en persona. Había llamado a los Rothschild, a los Oppenheimer y a las demás dinastías financieras que habían tenido amistad con su padre. Dado que las compañías mineras ya estaban invirtiendo en perforaciones a gran profundidad en Witwatersrand y ahora también en el Estado Libre de Orange, y puesto que conocían a su padre, había empezado de inmediato a recabar dinero para crear la Compañía Minera de Excavaciones en Profundidad del Estado Libre, como decidió llamar a su empresa.

La mina supondría muchos años de esfuerzo, dedicación y paciencia. No se engañaba al respecto. Pero hacía falta especial determinación para conseguir el capital y tendría que aprenderlo todo por sí misma. Se había informado acerca de la geología del oro en las minas a gran profundidad, donde el metal no se presentaba en relucientes pedazos, sino en el interior de vetas de mineral de hierro. Había aprendido cómo se construían los pozos y los ascensores que bajaban a los obreros al interior de las minas. Se había enterado de cómo trabajaban en los realces y había estudiado el procedimiento químico por el que se fundía el mineral de hierro para extraer el oro, que era, en resumidas cuentas, el objeto de todo este vasto y complicado proceso. Se había informado acerca de cómo construir un pequeño poblado en el que pudieran vivir sus trabajadores y estaba decidida a contratar a los técnicos que fueran necesarios para asegurarse de que todo se hacía correctamente. ¿Quién habría pensado que ella, Celia, la cabeza de chorlito de la familia, sería capaz de todo eso?

Lo último que le apetecía era que Bruce y Tarquin pensaran que ellos podían hacerlo mejor y quisieran viajar con ella a Sudáfrica, de modo que decidió decirles que el señor Botha, el antiguo capataz de su padre, iba a encargarse de supervisarlo todo, a pesar de que ya había resuelto buscarse un capataz propio en cuanto regresara a Johannesburgo.

El problema de Aurelius Dupree no tardó en reaparecer. Dupree sabía que se había marchado y se enteró también de su regreso, pues al día siguiente de su llegada llamó a su puerta en Kensington Palace Gardens. Esta vez lo invitaron a entrar. Celia advirtió lo mucho que había envejecido en aquellos dos meses. Parecía un poco más encorvado, su tos había empeorado y le temblaban las manos cuando se apoyó en los brazos del sofá para sentarse. Seguía teniendo una mirada belicosa, sin embargo, que clavó en Celia mientras, al otro lado del salón, ella servía el té y le entregaba una taza.

—He estado en Sudáfrica —le dijo—. Fui a Johannesburgo y me entrevisté con el antiguo capataz de mi padre, el señor Botha.

Aurelius Dupree asintió y sus labios delgados se crisparon en un rictus de rencor.

—El correveidile de su padre —dijo—. Imagino que no la habrá iluminado contándole toda la verdad.

—No, no lo hizo —contestó Celia.

—Un viaje muy largo para no descubrir nada, señora Mayberry.

—Podría haberme detenido ahí y habría sido mucho más satisfactorio para mí. Habría regresado convencida de que su hermano y usted inventaron un montón de mentiras y difamaron a mi padre, que era un hombre honorable en un mundo sucio lleno de rufianes y asesinos.

Dupree levantó una de sus blancas cejas.

—¿Pero no fue así?

Celia negó con la cabeza.

—No. Seguí indagando, señor Dupree, y descubrí, para mi bochorno, que está usted en lo cierto.

Aurelius Dupree dejó su taza de té y la miró con perplejidad.

—Perdone, señora Mayberry. ¿Qué ha dicho?

—Que tiene usted razón, señor Dupree. Mi padre los engañó para quedarse con su dinero e hizo que asesinaran a su hermano y que a usted lo encarcelaran por un crimen que no cometió.

A Aurelius Dupree se le nubló la vista cuando las lágrimas inundaron sus ojos resecos, cubriéndolos con una pátina brillante y acuosa.

—No volveré a hablar de esto con nadie y mis palabras no saldrán nunca de estas cuatro paredes, pero confieso el crimen de mi padre en su nombre y le pido perdón. No puedo pagarle todo lo que se le debe ni devolverle los años que perdió en la cárcel, pero he descubierto una mina de oro en Sudáfrica que mi padre no pudo excavar en su momento porque la veta estaba a gran profundidad. La maquinaria actual lo ha hecho posible y pienso explotar la mina. He vuelto a Londres para empezar a recaudar los fondos necesarios. Así pues, lo que le ofrezco, señor Dupree, es una participación. También me aseguraré de que reciba la mejor atención médica que haya en Londres. Tiene usted una tos muy fea, si me permite decírselo, y su estado de salud es deplorable. Haré lo que esté en mi mano porque los años que le queden sean todo lo cómodos que puedan ser.

Aurelius Dupree se levantó con esfuerzo y, tambaleándose, se acercó a donde Celia estaba sentada y la tomó de las manos. Las lágrimas se habían desbordado y corrían por las arrugas y los surcos de su piel como arroyos vacilantes.

—Es usted una buena mujer, señora Mayberry —dijo con voz ronca—. Acepto su oferta. La primera vez que la vi, hace muchos meses, pensé que solo era una cara bonita, pero me ha demostrado que estaba equivocado. Es usted una mujer de una pieza, señora Mayberry. Hace falta coraje para hacer lo que ha hecho usted. En efecto, no puede devolverme esos años de mi vida, pero me ha dado otra cosa, casi tan importante: credibilidad. He pasado treinta años proclamando mi inocencia y solo he encontrado burla y menosprecio. Usted ha borrado todo eso con solo pronunciar tres palabras: *Tiene usted razón*. No se imagina lo que esas tres palabras significan para mí. —Tosió, expulsando flema de los pulmones—. Estoy acabado, señora Mayberry. Acabado.

Tosió de nuevo y Celia le hizo sentarse en el sofá. Dupree temblaba tan violentamente que Celia pidió a una de las doncellas que trajera una manta y al mayordomo que encendiera el fuego. Le dio a beber leche caliente con miel y una sopa. El hombre que se había negado a quitarse el sombrero en el entierro, que se había colado en la iglesia durante el funeral, que la había aterrorizado con amenazas y acusaciones, no era ahora más que un viejo vagabundo sin techo con la salud deteriorada y un corazón maltrecho rebosante de gratitud.

—Debe quedarse aquí hasta que esté mejor —dijo Celia, embargada por la compasión—. No aceptaré un no por respuesta. Es lo menos que puedo hacer.

—Entonces permítame darle algún consejo sobre su mina —repuso él débilmente—. Sé una o dos cosas sobre minas y mucho sobre los hombres con los que va a tener que tratar.

Celia escuchó sus consejos y, durante un rato, las mejillas lívidas del señor Dupree se sonrojaron, llenas nuevamente de vida, y sus ojos brillaron con un placer olvidado, como las ascuas de un fuego que, aparentemente extinguidas, llamearan de nuevo. Pero a medida que el día daba paso a la noche sus energías se fueron debilitando, se le cerraron los párpados y cayó en un sueño profundo, en medio de una respiración estertorosa que no auguraba nada bueno.

Celia comprendió que no viviría para disfrutar de los beneficios de sus acciones en la compañía, y que tampoco necesitaría la mejor atención médica que hubiera en Londres. Presentía que no pasaría de aquella noche. Aurelius Dupree podía al fin deponer las armas, porque había encontrado la paz.

Los secretos del pasado de Digby Deverill que amenazaban con destruir la reputación de la familia quedaron enterrados con Aurelius Dupree. Solo Duquesa sabía la verdad y Celia no dudaba de que se la llevaría a la tumba. Celia informó a su familia de su plan de regresar a Johannesburgo con sus hijos, lo que fue una sorpresa mayúscula para todos, especialmente para Harry y Boysie. Cuando comieron juntos en Claridge's percibieron en ella una solemnidad, una hondura que antes no era visible. La chica frívola que solo quería bailar en el Café de Paris y el Embassy, para la que la vida era «la monda», había desaparecido, y en su lugar había surgido una mujer madura que había perdido muchas cosas, pero que, a través de la desgracia, había descubierto algo que antes le era desconocido: el espíritu de los Deverill, la capacidad de sobreponerse al desaliento y alzarse más allá de los límites de su propia fragilidad. No solo había encontrado fuerzas, sino que se había labrado un porvenir. Iba a restaurar la fortuna de la familia y Harry y Boysie se dieron cuenta, mientras la escuchaban, de que estaba decidida a ello.

—El pasado, pasado está —les dijo—. Y no tiene sentido llorar por ello. Hay que mirar adelante y mantener la vista fija en el horizonte. Mientras lo haga y no mire atrás, todo irá bien.

—Pero ¿qué vamos a hacer sin ti? —preguntó Boysie.

—Nada será igual —añadió Harry con tristeza.

—Os tenéis el uno al otro —les dijo ella con una sonrisa—. Siempre hemos estado juntos los tres, pero en realidad nunca me habéis necesitado, ¿verdad?

—Pero nos gusta tenerte cerca —repuso Boysie.

—Volveré cuando sea rica y poderosa.

—Eres muy valiente, Celia —dijo Harry.

—¿Quién lo hubiera imaginado? —agregó Boysie.

Celia pensó en Aurelius Dupree y sonrió.

—Yo no, desde luego —dijo—. Pero he cambiado. Aquí ya no me queda nada, salvo vosotros dos y una vida frívola que ya no deseo. Voy a lanzarme a la aventura, chicos, y estoy muy emocionada. Escribiré para contároslo todo y quizá, si también tenéis ganas de aventuras, podáis venir a reuniros conmigo. Mientras tanto, tenéis que cuidar de mi madre y de Kitty y escribirme a menudo. Quiero enterarme de todo para que algún día, cuando vuelva, no sienta que he estado lejos.

Se agarraron los tres de las manos y acordaron que así fuera.

—Aunque no estés aquí, seguirás con nosotros —dijo Boysie.

Harry levantó su copa.

—Brindemos por eso —dijo.

—¡Santo cielo! —exclamó Hazel—. Celia se ha ido a vivir a Sudáfrica. ¡Va a hacerse minera!

—¿Minera? —preguntó Laurel horrorizada, mirando la carta que su hermana tenía en la mano.

—Eso dice. Va a buscar oro en una vieja mina de Digby.

—¿Cómo? ¿Ella sola?

—Por lo visto, sí.

—Pero ¿sabe algo de minería?

—Claro que no.

—¡Ay, Señor! Suena muy alarmante —dijo Laurel antes de beber un sorbo de té.

—Dice que aquí ya no le queda nada ahora que ha vendido el castillo.

—Está huyendo —afirmó Laurel—. ¡Qué desastre! ¿Crees que alguien debería ir a traerla de vuelta? ¿Cuándo se ha ido?

—Hace semanas, mi querida Laurel. Estoy segura de que, cuando se dé cuenta de lo duro que es buscar oro, volverá enseguida. Ese no es sitio para una mujer.

Se hizo una larga pausa mientras Hazel doblaba la carta y volvía a guardarla en el sobre. El silencio, que habían mantenido a raya durante su breve conversación, volvió a pesar entre ellas, triste y denso como una niebla. Y en esa niebla se dejaba sentir la presencia inevitable de Ethelred Hunt.

Hazel miró a su hermana.

—¿Estás bien, Laurel? —preguntó con voz queda.

Laurel respiró hondo y levantó la barbilla.

—Perfectamente —dijo—. Y tú, Hazel, ¿estás bien?

—Sí —contestó su hermana, pero su voz tembló como la cuerda de un violín mal tocado.

—No, claro que no. Lo noto.

—No, la verdad es que no.

—Yo tampoco —reconoció Laurel.

—Entonces, en eso estamos de acuerdo.

—Últimamente estamos de acuerdo en todo —repuso Laurel con una risa desganada.

—Lo quiero —dijo Hazel—. Lo quiero con toda mi alma.

—Yo también —añadió Laurel y, estirando el brazo, tomó la mano de su hermana—. Pero nos tenemos la una a la otra.

—Gracias a Dios —dijo Hazel—. No sé qué haría sin ti.

En ese momento llamaron a la puerta.

—Cielos, ¿esperamos a alguien? —preguntó Laurel.

Hazel negó con la cabeza y pareció preocupada.

—¿Quién puede ser? —dijo Laurel al levantarse del sofá.

—Vamos a ver —dijo Hazel, y siguió a su hermana al pasillo.

Llegaron a la puerta y tardaron un rato en descorrer la cadena y abrir. Desde los Tumultos se tomaban muy a pecho la seguridad de su casa. Abrieron la puerta el ancho de una rendija y vieron la cara apenada de Ethelred Hunt, que esperaba con el sombrero en las manos. Justo cuando Laurel iba a cerrarle la puerta en las narices, él metió el pie en el hueco.

—¿Puedo hablar? —preguntó.

Las Arbolillo lo miraron con los ojos desorbitados a través de la rendija, como un par de pájaros asustados.

—He llegado a la conclusión de que os quiero a las dos y, sencillamente, no puedo vivir sin vosotras. No puedo decidirme por una de las dos y tengo la sensación de que formáis un todo, de que estáis unidas y es imposible separaros. Así que tengo una proposición que haceros, una proposición escandalosa, pero francamente deliciosa. ¿Queréis oírla?

Ellas se miraron entre sí.

—Tal vez —dijo Hazel.

—Adelante —dijo Laurel.

—¿Qué os parecería que viviéramos los tres juntos?

Las dos hermanas pestañearon, atónitas.

—Sé que es poco convencional y estoy seguro de que mi hija pondrá el grito en el cielo, pero no veo otra solución. Es todo o nada, y no soy hombre que se resigne fácilmente. O vivimos los tres juntos o… —Vaciló—. O para mí solo habrá infelicidad. Estos últimos meses he sido profundamente desgraciado. No me arrepiento de nada, ni de un solo segundo. Ojalá hubiera habido más. ¿Qué decís, chicas? ¿Estamos de acuerdo?

Se oyó una breve discusión y luego la puerta se abrió.

—¿Qué tal una taza de té? —preguntó Hazel alegremente.

—Voy a poner la tetera al fuego —añadió Laurel yendo hacia la cocina.

—Bueno, a mí me apetece algo más fuerte —dijo Ethelred mientras colgaba su sombrero en el perchero de la entrada, entre dos pamelas rosas con cintas azules—. A fin de cuentas, tenemos algo que celebrar.

36

Connecticut, 1938

—¡No voy a ponerme ese vestido! ¿Me oyes? —gritó Edith dando un zapatazo en el suelo.

—Edith, cariño, te lo ha comprado la abuela y te lo ha traído desde París para que te lo pongas —contestó la señora Goodwin en tono paciente—. Es Navidad. No nos pelemos el día del cumpleaños de Jesús.

—Me da igual quién me lo haya regalado y no me importa que sea el cumpleaños de Jesús. Lo odio. No voy a ponérmelo. ¡No puedes obligarme!

Edith miró a su hermana, que había aparecido en la puerta con un elegante vestido azul, zapatos de adulta y medias, y el pelo rizado y recogido en un sofisticado peinado muy a la moda.

—¿Y tú qué miras, Martha? —le espetó, rabiosa—. ¿Por qué no puedo ponerme un vestido como el suyo, Goodwin?

—Porque tienes diez años y Martha tiene casi diecisiete —contestó la niñera—. Cuando tengas diecisiete años, tendrás vestidos como los de Martha.

Edith se sentó en el borde de la cama y cruzó los brazos.

—No pienso ponerme ese estúpido vestido.

Apretó los dientes y, por más que lo intentó, la niñera no consiguió convencerla para que se pusiera el vestido.

Por fin, la señora Goodwin se dio por vencida.

—Iré a decírselo a tu madre.

Edith sonrió.

—Eso, Goodwin, díselo. Mamá no me obligará a ponérmelo. Dejará que me ponga lo que quiera.

Pero ese día no era un día cualquiera. Era Navidad y la comida en casa de Ted y Diana Wallace era un gran acontecimiento familiar. Pam tenía muy presente las palabras de su suegra, que le había advertido de que, si no controlaba a Edith, la niña se convertiría en una adulta monstruosa, y ansiaba contar con su aprobación, sobre todo porque los hijos de Joan y Dorothy eran a ojos de todos «encantadores» y «buenísimos». Resultaba irónico que durante tanto tiempo hubiera temido que su hija adoptiva no se integrara en la familia y que sin embargo fuera ella, Martha, la nieta favorita de Diana Wallace y un dechado de buenos modales y amabilidad, mientras que su hija natural, por cuyas venas corría la sangre de los Wallace, fuera la nieta menos querida de Diana y el incordio de toda la familia. Ese día era el único del año en que Edith tenía que hacer lo que le decían. Pam se mostró inflexible. Edith tenía que ponerse el vestido de su abuela, a toda costa.

Cuando Edith se enteró de lo que había dicho su madre, no pudo creerlo. Se levantó de un salto de la cama y se fue con paso decidido al cuarto de su madre, donde Pam estaba sentada ante el tocador poniéndose unos pendientes de diamantes. Al ver por el espejo el rostro furioso de su hija pequeña, que se había parado en la puerta en ropa interior, se volvió hacia ella.

—Cariño, no me mires así. Tu abuela te regaló ese vestido para hoy, así que no tienes más remedio que ponértelo.

Edith empezó a llorar. Se acercó corriendo a su madre y le echó los brazos al cuello.

—Pero lo odio —gimió.

Pam la besó en la coronilla.

—¿Qué te parece si vamos de compras y buscamos un vestido que te guste?

—¿Ahora? —preguntó la niña, animándose.

—Claro que no, tesoro. Las tiendas están cerradas en Navidad. Cuando vuelvan a abrir, será lo primero que hagamos.

Edith se apartó e hizo un mohín.

—¡Pero yo quiero un vestido nuevo ahora!

—Edith, te estás comportando como una niña mimada. Contrólate —dijo Pam, satisfecha de sí misma por imponerle disciplina a su hija.

Edith la miró con horror.

—Ya no me quieres —sollozó.

Las otras dos tácticas no habían funcionado, así que quizá la autocompasión diera resultado.

Pero Pam no quería ni oír hablar del asunto. Ese día sus niñas tenían que exhibir un comportamiento ejemplar, costara lo que costase. La abuela Wallace le había regalado a Edith el vestido, que era muy bonito, y Pam no pensaba ofenderla llevando a la niña a comer con otra ropa.

—Edith, vete a tu cuarto y ponte el vestido o te prometo que no habrá ningún regalo para ti estas Navidades.

—¡Me odias! —gritó Edith, corriendo hacia la puerta—. ¡Y yo te odio a ti!

Pam se volvió hacia el espejo. Estaba muy pálida y le brillaban los ojos. Deseaba más que nada en el mundo quemar aquel absurdo vestido y dejar que Edith se pusiera el que quisiera, pero no podía hacerlo. ¡Cómo detestaba a Diana Wallace! Se enjugó una lágrima con un dedo tembloroso y a continuación se retocó el maquillaje alrededor de los ojos con un pompón.

Edith se puso el vestido, pero no sonrió y apenas habló mientas iba sentada en la parte de atrás del coche, mirando por la ventanilla los jardines nevados y las casas cubiertas de escarcha. Quería castigarlos a todos por hacerla sufrir. Sobre todo, a su madre. *Vas a desear no haberme obligado a ponérmelo*, pensó con despecho. El hecho de que Martha estuviera tan guapa y se comportara tan bien la enfurecía más aún.

Pam y Larry fueron los últimos en llegar. Los hermanos de Larry, Stephen y Charles, ya estaban allí con sus esposas, Dorothy y Joan. Sus hijos, ya adultos, estaban también presentes, impecablemente vestidos con traje, corbata y elegantes vestidos de noche. Pam estaba pendiente de Edith, que no había dicho una palabra desde que habían salido de casa. Tenía la cara agrisada por la furia y apretaba con fuerza los labios. Se notaba a la legua que estaba furiosa. Pam se esforzó por compensar la actitud de su hija saludando a todo el mundo con entusiasmo mientras Larry acarreaba la bolsa de regalos para ponerla bajo el árbol.

—¡Ah, Edith! Te has puesto el vestido que te compré —dijo Diana mirando a la niña con aprobación.

Edith ni siquiera hizo intento de sonreír.

—Es precioso, abuela —intervino Pam—. Qué bien que lo encontraras. El verde le sienta de maravilla.

Diana sonrió a su nieta menor. Se había percatado de que estaba rabiosa y había decidido ignorarlo. Fijó su atención en Martha.

—Mi querida niña, estás guapísima. Qué deprisa estás creciendo. Ven a sentarte a mi lado para que pueda mirarte bien. ¿Ese vestido es nuevo? Es muy de mayor, pero, claro, estás a punto de cumplir diecisiete años. ¡Cómo pasa el tiempo!

Martha se arrodilló en el suelo junto al sillón de su abuela mientras Edith, alentada por un suave empujón de su madre, iba a ayudar a su padre a colocar los regalos bajo el árbol. Los demás continuaron conversando y la hosquedad de Edith pareció pasar desapercibida. Joan, sin embargo, vio cómo arrojaba al suelo sin ningún cuidado los regalos envueltos en papel de colores brillantes y entornó los párpados. Siempre había creído que sería Martha quien diese problemas a Pam, pero había resultado ser Edith. Sonrió detrás de su copa de champán. Para Diana Wallace, los buenos modales eran primordiales. Despreciaba a las personas indisciplinadas y a los niños maleducados. Joan miró con orgullo a sus hijos y llegó a la conclusión de que el mal carácter de Edith tenía poco que ver con su nacimiento y mucho, en cambio, con su educación. Pam había educado a Martha para que fuera una Wallace y lo había conseguido, eso saltaba a la vista. Había descuidado, por el contrario, la educación de Edith porque daba por sentado que le bastaría con ser hija de quien era, y se había equivocado.

Después de comer, abrieron los regalos. La sala se llenó de humo cuando los hombres encendieron puros y las mujeres, cigarrillos. Edith parecía descontenta con sus regalos. Estaba empeñada en aguarles la fiesta a todos, aunque para ello tuviera que pasar un mal rato. Cuando Joan le dio el exquisito costurero que le había comprado, con sus bobinitas de hilo metidas cada una en su hueco correspondiente, lo tiró al suelo y cruzó los brazos.

—Odio coser —soltó—. Es la clase de cosa que le gusta a Martha.

Pam advirtió la cara de horror de su suegra y se apresuró a regañar a su hija.

—Si no sabes comportarte, más vale que salgas de la habitación —dijo, aunque le dolía levantarle la voz a la niña.

Edith, humillada delante de toda la familia, rompió a llorar y salió corriendo.

—Lo siento —dijo Pam con un profundo suspiro—. No sé qué le pasa hoy.

—Ven aquí, Pam —dijo Larry, dando unas palmaditas sobre el cojín del sofá, a su lado—. Ya se le pasará. Es solo que está pasando por una fase difícil.

—Pues esa fase dura ya bastante tiempo —repuso Diana con sorna—. Os sugiero que contratéis una institutriz inglesa estricta. Goodwin es demasiado blanda. Va siendo hora de que se jubile, ¿no os parece?

—Mamá tiene razón —convino Larry mientras seguía fumando su puro.

—Martha se llevará un disgusto si se marcha Goodwin —dijo Pam.

—Entonces, ¿por qué no las mandáis juntas a Londres? A Martha le vendría bien ver un poco de mundo. Debería hacer un viaje.

—No sé si es buena idea, mamá. Da la impresión de que en Europa pronto habrá otra guerra.

—No digas tonterías, Larry. No va a haber otra guerra. Nadie quiere que se repita la Gran Guerra. Harán lo que sea por evitarlo. La vida debe continuar. Yo estuve en París en otoño y me pareció bastante seguro.

Ted, que estaba de pie delante de la chimenea con Stephen y Charles, se sumó a la conversación.

—Son las dictaduras las que amenazan la paz —comentó con énfasis, exhalando el humo de su cigarro—. Los americanos debemos mantenernos neutrales, pero tenemos que involucrarnos más en la política europea si queremos evitar otra guerra...

Joan salió al pasillo. Oyó gemidos procedentes de lo alto de las escaleras. Allí, sentada en el descansillo, estaba Edith. Joan se llevó el cenicero arriba y se sentó junto a su sobrina. Se puso el cigarrillo entre los labios de color escarlata y le dio una calada. Edith dejó de llorar y la miró con desconfianza.

—Siento haberte regalado un costurero. Me pareció que era bonito. —Miró la cara llorosa de la niña—. Pero en realidad no se trata del costurero, ¿verdad? ¿Qué ocurre?

—Mi madre me ha obligado a ponerme este horrible vestido.

—¿No te gusta?

—Es feo.

—La abuela te lo regaló, así que tenías que ponértelo te gustara o no. ¿Sabes?, cuando yo era niña nunca podía decidir qué ropa me ponía. No pude hasta que cumplí dieciséis años. Mi madre lo elegía todo y yo me limitaba a obedecer. Los niños éramos más obedientes en aquellos tiempos.

—Mi madre me odia —dijo Edith, y empezó a llorar otra vez.

Joan echó la ceniza en el pequeño cenicero. Tenía las uñas muy largas, pintadas del mismo color escarlata que los labios.

—Tu madre no te odia, Edith. Eso es absurdo.

—Sí que me odia. Prefiere a Martha. Martha lo hace todo bien y nunca se mete en líos. Martha es perfecta.

—Bueno, se porta bien, desde luego.

—Mi madre la prefiere a ella.

—Tú sabes que eso no es verdad.

—Sí que lo es. Si me quisiera, no me habría obligado a ponerme este vestido tan feo.

—El cariño no tiene nada que ver con los vestidos, Edith. Tenía que obligarte a ponértelo. Si no, la abuela se habría disgustado porque fue ella quien te lo compró.

—Mamá no me quiere. Solo quiere a Martha —insistió Edith, que había comprendido que, sirviéndose de la autocompasión, la tía Joan le haría todo el caso del mundo.

—Tu madre te deseaba muchísimo —dijo Joan—. Quiso tenerte desde el momento en que se casó con tu padre, pero tardaste mucho tiempo en llegar.

—Tenía a Martha —repuso Edith con amargura.

—Pero te quería *a ti*.

Edith arrugó el ceño.

—No me conocía, tía Joan.

Joan se miró las uñas y sopesó el secreto que estaba a punto de revelar. Sabía que no debía hacerlo y era muy consciente de que si la descubrían se metería en un buen lío, pero la niña la miraba con ojos brillantes y había algo dentro de ella que ansiaba ayudarla… a expensas de Martha, que era tan perfecta, tan adorable y *exasperante*.

—¿Te cuento un secreto? —dijo.

Edith olfateó la importancia de aquel secreto como un sabueso que oliera sangre y al instante dejó de llorar. Miró fijamente a su tía sin apenas respirar y asintió con la cabeza.

—Pero tienes que prometerme que no se lo dirás a nadie. Tiene que quedar entre tú y yo, Edith.

—Te lo prometo —dijo la niña, que en aquel momento le habría prometido cualquier cosa.

—Trato hecho, entonces —dijo Joan tendiéndole la mano.

Edith se la estrechó y Joan apagó el cigarrillo. El murmullo de las voces del salón pareció remitir cuando Joan se inclinó hacia su sobrina.

—Martha es adoptada —dijo.

Bien, ya estaba hecho. Había pronunciado aquellas palabras y ya nunca podría retirarlas. Edith la miró anonadada.

—Es cierto. Tus padres no podían tener hijos, así que fueron a Irlanda y compraron una niña. Verás, deseaban muchísimo tener un bebé. Tanto, que estuvieron dispuestos a comprar el de otra persona. Luego, años después, por algún milagro, Dios les concedió tener un hijo propio y naciste tú. Así que ya ves, cielo. Quizá pienses que no te quieren tanto como a Martha, pero la verdad es que te quieren más a ti porque tú les perteneces como ella no podrá pertenecerles nunca.

En ese momento, Pam apareció al pie de las escaleras y la conversación se interrumpió.

—Ah, estáis ahí —dijo al mirar hacia el descansillo, donde Edith y Joan estaban sentadas, muy juntas, como un par de conspiradoras.

Edith se sentía tan desbordada por lo que acababa de descubrir que corrió escalera abajo y se lanzó en brazos de su madre.

—Lo siento, mamá. Te prometo portarme bien a partir de ahora —dijo, y Pam miró a Joan, extrañada.

Joan se encogió de hombros e hizo una mueca, fingiendo ignorancia. Aliviada porque Edith estuviera de mejor humor, Pam le dio las gracias moviendo los labios sin emitir sonido y volvió a entrar en el salón con su hija.

La transformación de Edith fue instantánea. Se mostró educada, simpática y obediente. Pam estaba tan sorprendida que le preguntó a Joan de qué había estado hablando con la niña, pero Joan fingió que solo le había dicho que la vida era mucho más sencilla si una hacía lo que le decían. Por primera vez desde que formaba parte de la familia Wallace, Pam sintió simpatía por su cuñada.

—Tienes un toque mágico —dijo.

—Qué va, no es nada. En el fondo es un sol —contestó Joan, lo que hizo que Pam le estuviera aún más agradecida.

Pero Edith se moría de ganas de contar su secreto. Cuando regresó a casa, al final del día, tenía una sonrisa satisfecha en la cara y se sentía profundamente complacida. Cada vez que miraba a su hermana, apenas podía contenerse para no revelar aquel secreto que la hacía sentirse superior y tenía que morderse la lengua para que no se le escapara. Pero se le escapó, porque no solo se le daba mal guardar secretos, como solía ocurrir a su edad, sino que además sentía un impulso dañino. La turbiedad de su temperamento, surgida de un sentimiento de ineptitud, la impulsaba a imponerse continuamente a los demás, y el único modo que tenía de aventajar a su hermana era intentar hundirla. Ignoraba, sin embargo, las repercusiones que tendría su revelación.

No pasó mucho tiempo antes de que Martha prendiera inadvertidamente la cerilla que originó el incendio. Edith la provocó a propósito hasta que Martha puso cara de fastidio y le contestó, momento que Edith aprovechó para erguirse en toda su estatura y espetárselo. Llena de alborozo, le dijo que ella en realidad no era hija de su madre, porque era adoptada. Al principio, Martha no la creyó.

—No seas ridícula, Edith —dijo—. ¿Por qué no vas a buscar algo que hacer en vez de darme la lata?

—Es la verdad —insistió la niña—. Me lo dijo la tía Joan.

Aquello extrañó a Martha.

—¿La tía Joan te dijo eso? —preguntó, sintiéndose de pronto menos segura.

—Sí, me lo dijo, y me hizo prometer que no se lo contaría a nadie.

—Entonces, ¿por qué me lo has dicho?

—Porque tenías que saberlo. Mamá y papá no son tus padres, en realidad. Pero sí los míos. La tía Joan me dijo que tenían muchísimas ganas de tenerme y que estaban tan tristes porque no nacía que te compraron a ti. Luego nací yo. Fue un milagro —añadió con delectación—. Soy un milagro.

Los ojos de Martha se llenaron de lágrimas.

—Te lo estás inventando.

—No, qué va. A ti te compraron en una tienda.

Martha sacudió la cabeza y salió de la habitación intentando contener las lágrimas. Corrió al jardín cubierto de nieve y se sentó en el banco, bajo el cerezo, donde podía llorar a solas. Si aquello era cierto y era adoptada, ¿por qué no se lo habían dicho sus padres? ¿Y por qué había decidido la tía Joan contárselo a Edith? ¿Por qué le contaba alguien un secreto a una niña de diez años? Y, si no era cierto, ¿por qué se había inventado la tía Joan una cosa tan despreciable? Sentada en el banco, sopesó todas las alternativas. Trató de retrotraerse a su infancia y recordar algo que pudiera corroborar la afirmación de Edith, pero no se le ocurrió nada. Sabía que se parecía a su madre, todo el mundo se lo decía, y ni su padre ni su madre la habían hecho sentirse nunca inferior a Edith. Solo había una persona a la que podía preguntárselo.

Encontró a la señora Goodwin en el cuarto de estar de los niños, planchado la colada. Al ver su cara llorosa, la niñera dejó la plancha. Martha cerró la puerta.

—¿Dónde está Edith? —preguntó la señora Goodwin.

—En su cuarto, supongo, donde la dejé.

—¿Estás bien, cielo? ¿Se está portando mal otra vez?

Martha seguía delante de la puerta, indecisa.

—Señora Goodwin, necesito preguntarle una cosa y tiene que decirme la verdad.

La señora Goodwin sintió que se le encogía el estómago y se sentó en el brazo del sillón.

—Está bien —dijo con nerviosismo—. Te diré la verdad.

—¿Soy adoptada?

La vieja niñera abrió la boca, sofocando un gemido. Se puso colorada y sacudió la cabeza enérgicamente, no para negar la pregunta, sino para librarse de ella. Pero el secreto había sido revelado, y por más que sacudiera la cabeza no podría borrarlo.

—Martha, querida, ven y siéntate —dijo, consciente de que se le estaban llenando los ojos de lágrimas.

Martha comenzó a llorar. Se llevó la mano a la boca y ahogó un sollozo.

—Pensaba que Edith estaba mintiendo…

La señora Goodwin no esperó a que Martha se sentara a su lado. Se acercó a ella apresuradamente y la estrechó en sus brazos, abrazándola con fiereza.

—Mi querida niña, eso no significa que tus padres no te quieran. Todo lo contrario. Significa que te deseaban tanto que estuvieron dispuestos a recorrer medio mundo para encontrarte.

—Pero ¿dónde está mi verdadera madre?

—Da igual dónde esté. Eso no tiene importancia. Pam es la mujer que te ha querido y te ha cuidado desde que eras un bebé. Se puso tan contenta cuando te encontró en ese convento de Irlanda… Estaban los dos radiantes de felicidad. Fue como si se enamoraran de ti.

—Entonces, ¿no me quería? ¿Mi verdadera madre?

—Tu madre biológica te dio a luz, pero no fue quien te quiso y…

—Pero está claro que no me quería, Goodwin. Me dio en adopción.

—No conoces los hechos. Creo que es mucho más probable que fuera una joven soltera que estaba en una situación difícil.

Martha se apartó y escudriñó los ojos de su vieja amiga.

—¿Por qué nadie me lo ha dicho?

—Porque no tiene importancia. Eres una Wallace y una Tobin, Martha. —El semblante de la señora Goodwin se endureció—. ¿Te lo ha dicho Edith? —Martha asintió en silencio—. ¿Cómo lo sabe ella? Seguro que no se lo ha dicho tu madre.

—Se lo dijo la tía Joan.

La señora Goodwin puso cara de espanto.

—Pero ¿por qué ha hecho una cosa así?

—No lo sé. —Martha se sentó en el sofá y cruzó los brazos—. Me encuentro mal, Goodwin. Creo que voy a vomitar.

La señora Goodwin fue corriendo a buscar la palangana. Regresó un momento después y la puso sobre el regazo de Martha.

—Respira, cielo. Respira hondo y te sentirás mejor. Es por la impresión.

En efecto, Martha se había puesto muy pálida.

Tus padres no te lo han dicho porque no querían que sufrieras, como estás sufriendo ahora. No puedo creer que Joan haya sido tan insensata. ¿Cómo podía esperar que una niña de diez años guardara un secreto semejante? ¿En qué estaba pensando? Tu madre se pondrá furiosa cuando se entere.

—No va a enterarse —dijo Martha rápidamente—. Está claro que no quieren que lo sepa y no quiero que se lleven un disgusto. Edith no podía saber lo que estaba haciendo —añadió, y una oleada de ternura embargó el corazón de la señora Goodwin. Martha era tan buena que, incluso teniendo pruebas de sobra para condenar a su hermana, prefería exonerarla de toda responsabilidad.

—Edith sabía perfectamente lo que hacía —repuso la niñera en un estallido de rencor raro en ella—. Por eso te lo ha dicho.

37

Descubrir la verdad acerca de su nacimiento removió algo dentro de Martha. La señora Goodwin advirtió el cambio, que pasó desapercibido para los demás. La joven estaba muy callada, pensativa y apesadumbrada. Edith, en cambio, se mostraba más expansiva que nunca y acaparaba la atención de sus padres, de modo que la melancolía de Martha apenas era visible. La señora Goodwin, sin embargo, que la conocía y la quería, estaba muy preocupada por ella. Pese a todo, la tristeza hizo que la joven se sumiera en sí misma y que, en ese lugar recóndito y silencioso, encontrara algo que había perdido hacía mucho tiempo: un conocimiento intuitivo de su origen y de quién era en realidad. Oía susurros en el viento y vislumbraba extrañas luces que revoloteaban por el jardín nevado. Por las noches, cuando lloraba sobre su almohada, tenía la clara sensación de que no estaba sola. Ignoraba a qué obedecía esa sensación y, habiendo sido educada en la fe cristiana, se preguntaba si se trataba de la presencia de Dios o de un ángel enviado para reconfortarla. Pensaba a menudo en Irlanda y se imaginaba a su madre como una joven asustada y sin nadie a quien recurrir. No la despreciaba por haberla abandonado —no era, por temperamento, tan negativa—, sino que sufría por ella. En algún lugar, en aquel país lejano, había una mujer que formaba parte de ella. Una mujer que la había perdido, y la joven asustada de sus fantasías suscitaba en ella un profundo sentimiento de compasión.

Martha se negaba a salir de casa y se quedaba encerrada en su cuarto, mirando por la ventana mientras la señora Goodwin inventaba excusas para no despertar las sospechas del señor y la señora Wallace.

Martha prefería estar a solas con sus pensamientos. Hallaba consuelo en su mundo interior, porque el de fuera la había decepcionado amargamente.

Luego, una noche de principios de enero, tuvo una idea extraña. Pareció surgir de repente. Vio la imagen de una caja de zapatos al fondo del armario del cuarto de baño de su madre y oyó las palabras *partida de nacimiento* muy claramente, como si alguien se las susurrase al oído. Se incorporó sobresaltada y miró a su alrededor. La habitación estaba a oscuras, como de costumbre, pero tenía la sensación de que no estaba sola. Se le aceleró el corazón y, con los nervios, comenzaron a sudarle las manos. Había alguien más allí, en su cuarto, estaba segura. Sabía, sin embargo, que si encendía la luz aquella presencia desaparecería y ella no quería que se fuera. Deseaba verla con toda su alma.

Pasado un rato, volvió a echarse y cerró los ojos. Pero el corazón seguía latiéndole a toda prisa y estaba más despierta que nunca. Entonces, un recuerdo afloró a su mente. Se acordó de un edificio de piedra marrón y del miedo a subir en un ascensor que parecía una jaula. Se acordó de que se agarraba a la mano de su madre con fuerza y de que su madre caminaba con paso decidido, ansiosa por entrar en el edificio. Vio a un hombre alto, de ojos azules, que se inclinaba para inspeccionarla como si fuera un insecto, y un calambre de angustia atenazó su estómago. Vio entonces una extraña lámpara que parecía un ojo demoníaco y ahogó un grito. Horrorizada, se inclinó y encendió la luz. Miró a su alrededor. No había nadie allí. No se oía nada, salvo el latido de su corazón. Respiró hondo y trató de indagar en aquel recuerdo. La cara del hombre se difuminó, llevándose consigo el terror, pero algo se resistía a marchar. Martha no conseguía entender qué era, pero sabía que estaba allí, fuera de su alcance. Se esforzó por recordar hasta que empezó a sentirse fatigada. Cuanto más intentaba apresar aquel recuerdo, más se le escapaba. Finalmente, se dio por vencida. Apagó la luz y se tumbó de espaldas. La visión de la caja de zapatos sin duda era producto de un sueño, se dijo, pero al día siguiente echaría un vistazo cuando su madre estuviera fuera, solo por si acaso. Si encontraba su partida de nacimiento, sabría a quién debía buscar, porque *iba* a buscar. Eso ya lo había decidido.

Al día siguiente, en cuanto su madre salió de casa con Edith, Martha entró en su cuarto de baño. Se agachó y abrió el armario de debajo del lavabo. Dentro había frascos colocados en filas bien ordenadas, bolsas de algodón y cajas de medicamentos. Se quedó pasmada al descubrir la caja de zapatos al fondo, en la oscuridad, tal y como la había visto en sueños. Le temblaban las manos cuando la sacó con todo cuidado. Apenas se atrevía a respirar al levantar la tapa. Dentro había papeles y un pedazo de manta vieja. Hurgó debajo y sacó los documentos. Tenía en la mano su partida de nacimiento. Se le llenaron los ojos de lágrimas y tardó un momento en concentrarse, pero pestañeó y al fin consiguió enfocar la mirada. *Nacida el 5 de enero de 1922 a las 12:20 del mediodía en el Convento de Nuestra Señora Reina del Cielo de Dublín. Nombre: Mary-Joseph. Sexo: niña. Nombre y apellido del padre: desconocidos. Nombre y apellido de la madre: Lady Grace Rowan-Hampton.* Contuvo la respiración. Su madre era una aristócrata. Martha dedujo que se había quedado embarazada estando soltera y que se había visto obligada a entregar en adopción a su hija, y el corazón se le llenó de compasión. Se preguntó si lady Rowan-Hampton pensaba alguna vez en ella y cómo sería. Se preguntó si era feliz, si sabía siguiera que ella existía. Se preguntó si lamentaba haber renunciado a ella o si, sencillamente, había firmado los papeles y había seguido con su vida. ¿Era posible olvidar a una hija a la que se renunciaba? Volvió a guardar la caja y regresó a su habitación, donde se miró al espejo y trató de imaginar cómo era lady Rowan-Hampton. ¿Se parecía ella a su madre o a su padre? El nombre de su padre era una incógnita, pero lady Rowan-Hampton tenía que saber quién era. Si encontraba a su madre, quizá también podría dar con él. Entonces se le ocurrió una idea pavorosa: ¿y si lady Rowan-Hampton no quería que la encontrara? Al pensar que tal vez la rechazara estuvo a punto de desestimar su plan, pero enseguida se dijo que no debía ser tan pesimista. Había un cincuenta por ciento de posibilidades de que su madre se alegrara de verla, y eso era lo que importaba.

Cuando la señora Goodwin le dijo que la habían despedido para contratar a una institutriz que llegaría en febrero para hacerse cargo de Edith y que ella se marcharía dentro de poco a Inglaterra, la reacción de la joven sorprendió a la vieja niñera. Martha no se echó a llorar ni le suplicó que se quedase, como esperaba. Miró fijamente el triste semblante de la señora Goodwin y declaró que se marchaba con ella.

—Pero, querida mía, tu sitio está aquí, con tu familia —protestó la niñera.

—No descansaré hasta que encuentre a mi madre —respondió Martha, y su tono de determinación hizo comprender a la señora Goodwin que estaba decidida y que nada la haría cambiar de idea.

—Pero ¿qué dirán tus padres? —preguntó, nerviosa.

—Les dejaré una carta explicándoles lo que pienso hacer. Si se lo digo antes, intentarán detenerme. No he pensado en otra cosa desde nuestra conversación en el cuarto de los niños.

—Pero ¿dónde vas a buscar?

—He encontrado mi partida de nacimiento, Goodwin, en el armario del cuarto de baño de mi madre, y he descubierto que mi madre se llama lady Grace Rowan-Hampton.

La señora Goodwin puso unos ojos como platos.

—Imagínate —dijo, impresionada—. Eres una dama.

—Pienso viajar a Dublín, al convento donde nací. Seguro que allí tendrán registros.

—Sí, no me cabe duda. —La señora Goodwin parecía perpleja—. No tengo mucho dinero, Martha —le advirtió—. Pero te ayudaré en lo que pueda.

—Recibí algún dinero al cumplir los dieciséis —explicó la joven—. Y he ahorrado un poco en estos años. Bastará para pagar mi pasaje a Irlanda y, si vivo modestamente, podré arreglármelas una vez esté allí. —Tomó de las manos a la niñera—. ¿Vendrá conmigo?

—¿A Irlanda?

—A Dublín. ¡Oh, por favor, diga que sí! Será una aventura. Me da miedo ir sola. Nunca he estado en ninguna parte. Pero usted ha viajado. Es lista y tiene experiencia. Sé que puedo hacerlo si usted viene conmigo.

—Bueno, es verdad que tengo un poco más de mundo que tú —dijo la señora Goodwin sonriendo con ternura—. Si quieres que te acompañé, lo haré, por supuesto. Pero tienes que prometerme una cosa.

—¿Qué? —preguntó Martha con nerviosismo.

—Que lo aclararás todo con tus padres cuando vuelvas.

—De acuerdo —contestó ella.

—Te quieren muchísimo, Martha. Esto va a hacerles muy desgraciados.

—Eso no puedo evitarlo. Ahora que sé la verdad, no puedo olvidarme de ella, ni darme por vencida. Mi madre está ahí, en alguna parte. Puede que me añore. O puede que no, pero en todo caso tengo que saberlo. No soy quien pensaba que era, Goodwin. Necesito averiguar quién soy de verdad.

—Muy bien —dijo la señora Goodwin con energía—. Déjalo todo en mis manos.

Y desde su lugar en Espíritu Adeline sonrió, satisfecha por un trabajo bien hecho.

En Nueva York, Bridie leyó la carta de Michael: la vieja señora Nagle se estaba muriendo y su madre quería que volviera. Con los ojos llenos de lágrimas, comprendió que no podía seguir evitando su destino. Había comprado el castillo por venganza, pero quizá lo que anhelaba de veras era la tierra sobre la que se alzaba el castillo. A pesar del temor que le producía enfrentarse a personas a las que detestaba, añoraba a sus seres queridos y esa añoranza la atraía de vuelta a sus raíces. Dejó la carta sobre la mesa y miró por la ventana. El cielo era de un azul pálido y el sol invernal brillaba débilmente sobre la tierra helada. Un petirrojo saltaba por el césped nevado, destacándose sobre el blanco de la nieve. Al no encontrar nada allí, abrió las alas y se alejó volando, y Bridie deseó tener alas ella también para poder escapar volando. Y regresar a casa, esta vez para siempre.

Jack había pasado los últimos siete años y medio en Buenos Aires. Había empleado parte del dinero de Maranzano en abrir una taberna irlandesa en un barrio del noreste de la ciudad llamado Retiro y comprado un apartamentito en un edificio de estilo parisino, cerca de allí. Emer y él se habían esforzado por adaptarse a su nuevo hogar. A fin de cuentas, Buenos Aires era una ciudad preciosa, llena de avenidas arboladas, plazas soleadas y parques frondosos, pero la prosperidad de la que había disfrutado durante los años veinte se había esfumado con la Gran Depresión y ahora reinaba en ella un ambiente tenso e inseguro. No era el momento más adecuado para abrir un negocio, pero a Jack no le había quedado más remedio que esconderse, y no creía que Luciano y Siegel fueran a buscarlo allí. Pese a todo, cada vez que alguien llamaba a la puerta le daba un vuelco el corazón, y desconfiaba de cualquier extraño que lo mirara por la calle. Dormía con la pistola debajo de la almohada y temía por sus hijos cada vez que salían de casa. Emer se mostraba paciente y tranquila, pero incluso ella empezaba a cansarse de su constante paranoia.

Rosaleen tenía ya diez años y Liam casi siete, y Emer había dado a luz a Aileen el año anterior. A Jack le preocupaba la seguridad de sus hijos, y su futuro. No se veía viviendo el resto de su vida en aquel país cuyo idioma hablaba a duras penas y donde no conseguía sentirse a gusto por más que se esforzaba. Su taberna tenía pocos clientes, la comunidad irlandesa de Buenos Aires era pequeña y a los argentinos no les atraían especialmente las canciones ni la cerveza irlandesas. Había hecho un par de inversiones poco afortunadas y perdía dinero rápidamente. Una mañana, miró por la ventana de su habitación y tomó una decisión. Era hora de volver a casa.

Habían pasado casi ocho años desde que huyera de la Mafia. No creía que a esas alturas siguieran buscándolo. Estaba seguro de que en

Ballinakelly se encontraría a salvo y confiaba en que allí sus hijos vivirían mejor y tendrían un porvenir más halagüeño. Quería olvidarse de la pistola, desempolvar su maletín de veterinario y llevar una vida tranquila, sin mirar constantemente hacia atrás y desconfiar de cada desconocido. Intentaba no pensar en Kitty. Procuraba concentrarse en lo que tenía, no en lo que había perdido. Quería a Emer. Ella era su presente, y él no tenía motivos para temer el pasado.

Barton Deverill

El día amaneció gris y nublado. Hacía frío y soplaba un viento duro, de bordes afilados como cuchillos. Las urracas y los cuervos brincaban por los muros del castillo, cuyas piedras había calcinado el fuego tiñéndolas de un negro desagradable a la vista, pero el pendón de lord Deverill ondeaba alto y desafiante en la torre occidental para que todos aquellos que lo vieran recordaran su triunfo sobre sus enemigos y abandonaran toda idea de rebelión.

Lord Deverill despertó con una sensación de congoja en la boca del estómago. Salió de la cama con un gruñido y llamó a su criado para que le trajera vino y pan. Maggie O'Leary dominaba sus pensamientos desde la primera vez que había puesto sus ojos en ella. Ese día, sin embargo, aquel triste episodio terminaría de una vez por todas. Ese día, Maggie moriría, quemada en la hoguera como tantas otras brujas antes que ella. Barton confiaba en que con su muerte pereciera también su imagen, que lo atormentaba día y noche y que, por más que intentaba distraerse, estaba siempre presente, atormentándolo con el poder de su atractivo. Veía ahora de nuevo aquellos ojos verdes y hechiceros, que lo miraban con una mezcla de insolencia y arrobo. Ese día se cerrarían para siempre y él se libraría de ella y de sus remordimientos por haber cedido a la tentación y haberla tomado en el bosque.

Se vistió y mandó que le trajeran su caballo. El camino hasta Ballinakelly se le hizo más largo que de costumbre. Acompañado por un puñado de hombres, avanzó despacio por las densas arboledas y bajó por el valle en el que un riachuelo discurría sinuoso y plácido sobre piedras relucientes y rocas aserradas. Cuando llegó a la aldea, reinaba en ella una extraña quietud. No había nadie en las puertas y el camino estaba desierto, salvo por un chiquillo que corría tan rápido como le permitían sus piernas por miedo a llegar tarde y perderse el espectáculo. Porque eso era, un espectáculo, y las gentes de Ballinakelly se habían congregado en la plaza para contemplarlo.

Lord Deverill pasó con su caballo frente a las modestas casas de piedra, dejó atrás la forja del herrero y la posada y se adentró en el corazón de la aldea. Cuanto más avanzaba, más se le encogía el estómago. No quería verla. No quería que ella lo viera. No quería recordar su propia necedad. Al fin, vio el gentío y, más allá, el montículo de leña y la estaca que sobresalía, amenazadora, de él. Tragó saliva y agarró con fuerza las riendas para impedir que le temblaran las manos. Una o dos personas se volvieron, percatándose de su llegada, y al instante cundió un murmullo de agitación. Después se hizo el silencio, hasta que todo quedó tan callado que incluso los bebés enmudecieron en brazos de sus madres.

Lord Deverill distinguió al chiquillo al que había visto correr camino arriba momentos antes y le hizo señas de que se acercara. El niño se acercó al caballo y lo miró con ansiedad. Lord Deverill se inclinó y susurró algo que solo el pequeño alcanzó a oír. Luego, el niño asintió y cogió con sus manos sucias la bolsita que le entregó lord Deverill y una reluciente moneda como recompensa. Desapareció entre el gentío con la agilidad de un hurón. Un instante después se oyó un traqueteo y apareció un carro que transportaba a una mujer vestida con un rústico sayo blanco. Estaba arrodillada sobre la paja, con las manos atadas a la espalda. Su cabello, largo y enmarañado, colgaba como un velo negro. La mujer no dijo nada, pero recorrió a la muchedumbre con la mirada y pareció hechizarlos a todos, pues nadie se atrevió a emitir un sonido. Incluso yendo camino de la muerte la temían.

Se acercó serenamente a la estaca, con las manos todavía atadas. No intentó resistirse. No forcejeó, ni gritó, ni gimió. Allá arriba parecía tan frágil como una niña, pero la nobleza de su porte era casi sobrenatural.

Un sacerdote leyó con voz retumbante el crimen del que se la acusaba, pero Maggie no pareció inmutarse. Miraba a los presentes con la cabeza bien alta y una expresión imperiosa en su bello rostro, como si los compadeciera por su ignorancia. No parecía temer a la muerte, y la multitud, que percibía su bravura, la miraba con embeleso, sumida en un silencio temeroso.

En el momento en que los hombres avanzaban con antorchas para encender la pira, ella alzó los ojos y los clavó en lord Deverill, atravesándole el alma. Barton sintió que el aliento se le helaba en el pecho. No podía moverse. Fue como si la mirada de Maggie penetrara hasta lo más hondo de su ser, y lord Deverill no supo si la sonrisa que curvó sus labios era de gratitud o de desafío. Intentó apartar la mirada, pero ella lo mantuvo hipnotizado como una serpiente a su presa y, cuando los leños comenzaron a arder y un humo gris la envolvió, sus ojos abrasadores seguían fijos en él.

Las llamas lamieron sus pies y se elevaron, pero ella permaneció callada y la muchedumbre comenzó a agitarse, inquieta. ¿Por qué no gritaba? ¿No sentía acaso que se abrasaba? Por fin, ella dejó escapar un gemido ronco. Barton la miró horrorizado mientras ese gemido se convertía en un chillido agudo y penetrante que amenazó con romper los tímpanos de todos los presentes. Y entonces la bolsita de pólvora que ella sostenía en las manos se prendió y estalló con un estampido, liberándola al fin, como había previsto Barton.

Dándose cuenta de que había estado conteniendo la respiración, lord Deverill aspiró una enorme bocanada de aire. El gentío retrocedió mientras volaban las chispas y el fuego rugía como la boca de un dragón poderoso. La gente se protegió los ojos con las manos y sus gritos se mezclaron con los chasquidos de la madera que ardía y el olor de la carne quemada. Barton había visto suficiente. Hizo volver grupas a su caballo y, galopando tan rápido como pudo, salió de la aldea.

38

Martha y la señora Goodwin llegaron a las puertas del Convento de Nuestra Señora Reina del Cielo. Era un luminoso día de febrero, pero las paredes grises del edificio tenían un aspecto austero e imponente, y Martha se sintió intranquila al verlas. Se imaginó a su madre llegando allí, siendo una joven en apuros, como suponía la señora Goodwin, y adivinó el miedo que habría sentido al ver aquellos muros que no parecían los de un refugio, sino los de una prisión.

Habían telefoneado previamente y acordado una cita con la madre Evangelist, que parecía muy amable y solícita. Su buena disposición había animado a Martha. Sin duda, si no tuviera ninguna información se lo habría dicho por teléfono y le habría ahorrado las molestias y el viaje en taxi. Ahora, sin embargo, al hallarse frente aquellos altos muros, Martha sintió que sus esperanzas se desvanecían y comenzó a flaquear. La señora Goodwin, intuyendo su nerviosismo, le dedicó una sonrisa tranquilizadora.

—Qué inhóspitas parecen siempre las casas de Dios, ¿verdad? Ya sean iglesias, catedrales o conventos, nunca dispensan una cálida bienvenida, ¿no te parece?

—Es la primera vez que entro en un convento —dijo Martha, confiando en que fuera la última.

La puerta se abrió por fin y una monja de hábito azul oscuro, expresión dulce y cálidos ojos grises que dijo llamarse sor Constance las invitó a pasar. Martha reparó de inmediato en el olor. No era desagradable: una mezcla de linimento para madera, detergente y cera de velas. Sor Constance las condujo a una sala de espera en la que había una chimenea encendida y una mesa con una vela, una Biblia grande encuadernada en piel, un jarro de agua y dos vasos.

—Pónganse cómodas, por favor. La madre Evangelist las está esperando. Solo tardará unos minutos. ¿Les apetece una taza de té?

—Sí, por favor —dijo la señora Goodwin—. Nos encantaría, gracias.

Sor Constante salió de la sala. Martha se sentó al borde del sofá y miró a su alrededor. Las paredes estaban pintadas de blanco y por la ventana, muy alta, entraba un poco de luz. La estancia producía una impresión de frialdad, a pesar del fuego encendido. Martha entrelazó las manos sobre el regazo. La señora Goodwin se sentó a su lado y puso una mano sobre las suyas.

—Todo va a salir bien. Seguro que tienen documentos de aquella época. Tiene que haber montones de personas que vengan aquí en busca de sus madres. Estoy segura de que no eres la primera ni serás la última.

Sor Constante regresó con una bandeja cargada con dos tazas de té, un azucarero, una jarrita de leche y un plato de galletas. Dejó la bandeja sobre la mesa, al lado de la vela.

—Aquí tienen —dijo con una sonrisa afable—. ¿Vienen de muy lejos?

—De Estados Unidos —contestó Martha.

Sor Constante la miró con sorpresa.

—Santo cielo, qué viaje tan largo. Bien, espero que les guste Dublín. Es una ciudad preciosa. Si tienen tiempo, deben ir a tomar el té al Shelbourne. Es un hotel muy grande y antiguo, y muy bonito.

—Sí, hemos oído hablar de él —dijo la señora Goodwin.

—Claro que sí, todo el mundo conoce el Shelbourne —repuso sor Constante, y miró hacia la puerta, donde acababa de aparecer la madre Evangelist.

La joven monja se escabulló y la madre superiora entró con aire de autoridad y se sentó en el sillón.

—Siento haberlas hecho esperar. Me alegro de que sor Constante les haya traído el té. Hace un día precioso, pero frío. Bien, ha venido usted a buscar a su madre —dijo amablemente, mirando a Martha.

—Así es —contestó ella, y se llevó una mano al corazón para aquietarlo.

—Espero poder ayudarla, señorita Wallace. Muchas madres jóvenes vienen aquí cuando se ven en apuros y la adopción es su única alternativa. Hacemos lo que podemos por ayudarlas y buscamos un buen hogar para sus hijos. Sin embargo, es natural que quiera usted buscar a la mujer que la dio a luz y, si es voluntad de Dios, sin duda la encontrará. Me dijo que tenía la partida de nacimiento.

—No la tengo —explicó Martha—. La encontré, pero mi madre adoptiva no lo sabe, así que no he podido traerla.

—Muy bien. ¿Cuál era el nombre de la madre y la fecha del parto?

—Nací el cinco de enero de 1922 y mi madre se llama lady Grace Rowan-Hampton. Mis padres adoptivos son Larry y Pamela Wallace, de Connecticut, Estados Unidos.

La madre Evangelist asintió y anotó los datos en una libreta. Luego se levantó.

—No tardaré mucho. Solo tengo que ir a buscar los registros. Quizá pueda darle una dirección, o al menos alguna pista que la ponga en el buen camino. La gente suele mudarse, ya se sabe, y es posible que su madre se haya casado y haya cambiado de apellido. Pero, en fin, voy a traer el expediente, a ver qué encontramos, ¿de acuerdo?

Cuando se marchó, la señora Goodwin dio unas palmaditas a Martha en la mano.

—¿Lo ves? No es para tanto, ¿verdad que no? La madre Evangelist quiere ayudarte. Estoy segura de que ha hecho posible que muchas madres se reencuentren con sus hijos. Es lo correcto, y da la impresión de que la madre Evangelist quiere hacer lo correcto.

Martha asintió en silencio y cogió su taza. El té era flojo y estaba casi frío, pero no le importó. Se preguntaba qué pensaría lady Rowan-Hampton cuando descubriera que su hija había venido a buscarla. Pareció pasar un rato muy largo, y la madre Evangelist no volvía. Martha comenzó a ponerse nerviosa de nuevo, intuyendo que algo iba mal.

—¿Por qué tarda tanto? —le preguntó en voz baja a la señora Goodwin.

—Debe de haber cajones y cajones de archivos —respondió ella—. Puede que los guarden en el sótano. Estoy segura de que volverá enseguida.

La madre Evangelist apareció por fin, pero su expresión había cambiado. Ya no sonreía. Martha la vio sentarse y un hormigueo de nerviosismo comenzó a extenderse por sus piernas y sus brazos. La madre Evangelist suspiró.

—Lo lamento muchísimo —dijo sacudiendo la cabeza—. Parece que su expediente se ha extraviado. He tardado tanto porque he ido a preguntar a sor Agatha, que era la madre superiora en esa época. Está ya muy mayor y le falla la memoria. No sabe por qué no aparece el expediente ni recuerda a ninguna lady Rowan-Hampton, pero había muchas chicas que solo pasaban aquí un par de días, y de eso hace ya diecisiete años. Siento decepcionarla. Sin embargo, tiene usted el nombre, y eso es muy buen comienzo. Muchos de los niños que vuelven ni siquiera tienen eso. Es un nombre poco frecuente y, teniendo un título nobiliario, no debería ser muy difícil encontrarla.

Martha sintió ganas de llorar. Notó que se ponía colorada y frunció los labios para impedir que le temblaran. La señora Goodwin intervino para dar las gracias a la madre Evangelist, que parecía lamentar sinceramente no haber podido ayudarlas. Las acompañó por el pasillo hasta la puerta y, mientras descorría los cerrojos, Martha vio a una monja anciana que, parada en la puerta de una habitación, las observaba con sus ojillos intensos. Tenía una expresión dura e impasible y en sus finos labios se dibujaba una sonrisa mezquina. Martha comprendió instintivamente que era la madre Agatha. Se estremeció y la monja cerró la puerta de golpe. Pareció un gesto de rechazo deliberado.

Una vez fuera, al sol, Martha dio rienda suelta a sus lágrimas. La señora Goodwin la abrazó.

—Vamos, vamos, querida, no llores. Acabamos de empezar nuestra búsqueda. Encontraremos a tu madre, no me cabe la menor duda. Sabíamos desde el principio que no iba a ser fácil. Ya sé, vamos a darnos un caprichito. Iremos a merendar al Shelbourne y tomaremos una buena taza de té. El del convento era muy flojo y estaba frío. Seguro que el del Shelbourne estará riquísimo.

El hotel Shelbourne no les decepcionó. Era un edificio majestuoso y de estilo clásico, con altos techos, suelos de mármol y grandes ventanas que daban a St. Stephen's Green. Cruzaron el vestíbulo hasta el Salón del Lord Mayor, donde un camarero las condujo a una mesa redonda junto a una ventana y la señora Goodwin pidió la merienda.

—Te sentirás mucho mejor cuando hayas tomado unos bollitos con mermelada —dijo—. No vamos a darnos por vencidas porque hayamos tenido un primer tropiezo, Martha.

—Sí, lo sé. Supongo que pensaba que, como sabíamos el nombre, sería fácil encontrar la dirección. A fin de cuentas, si es una gran dama, seguramente procederá de una casa importante que quizá lleve mucho tiempo en su familia.

—Bueno, seguro que tienes razón —dijo la señora Goodwin—. Algo sé de la aristocracia británica. No creo que sea muy difícil dar con ella.

—Pero ¿por dónde empezamos?

—Tenemos que ir a Londres. Puede que tu madre viajara a Dublín desde Inglaterra para dar a luz en secreto. Ahora dudo de que haya vivido aquí alguna vez. Tengo familia en Inglaterra y seguro que nos ayudarán. Propongo que empecemos por ahí.

—Muy bien, entonces iremos a Londres —convino Martha.

El camarero les trajo el té, que era muy superior al del convento, y unos bollitos que a Martha le supieron deliciosos, mucho más ricos que los que solía comer en Estados Unidos.

—Dios mío, están buenísimos —dijo, y el color comenzó a volver a sus mejillas y el optimismo a adueñarse de su corazón—. Ya que estamos aquí, deberíamos dar una vuelta por el parque y ver un poco la ciudad. Intento no pensar en mis padres, pero no lo consigo —añadió en voz baja.

—La carta que les dejaste lo explicaba todo muy claramente —dijo la señora Goodwin—. Imagino que Edith se habrá metido en un buen lío —agregó.

—Les pedía expresamente que no la regañaran. Es muy pequeña.

—Tu tía Joan se va a ver en dificultades, y con razón.

—No debería habérselo dicho a Edith —dijo Martha con firmeza—. Pero me alegro de que lo hiciera. Tengo derecho a saber de dónde procedo.

—Claro que sí, querida —repuso la señora Goodwin.

En ese momento, un par de caballeros que acababa de entrar en la sala distrajo su atención. El mayor vestía traje de tres piezas y sombrero gris de fieltro y el más joven, bastante más alto que su acompañante, vestía con idéntica elegancia pero tenía una complexión más atlética. Poseían ambos un aire de anticuada grandeza y autoridad, y todo el personal del hotel parecía haberse congregado a su alrededor para asegurarse de que estuvieran cómodos. Los condujeron ceremoniosamente por el salón y el caballero de más edad saludó a varios conocidos con una sonrisa encantadora y un brillo divertido en sus ojos de color gris claro. Las personas con las que hablaba parecían alegrarse de verlo, y la señora Goodwin advirtió que las damas dejaban sus tazas de té y le tendían la mano, riendo con coquetería cuando él se la acercaba a los labios y hacía una leve reverencia. Martha y la señora Goodwin observaron la escena, fascinadas. La señora Goodwin se fijó especialmente en el caballero maduro, que tenía el cabello rubio y unos ojos muy hermosos, y se preguntó quién sería. Sin duda era un personaje muy conocido en la ciudad. Martha, por su parte, miraba fijamente al joven de cabello rojizo, que debía de tener su misma edad y cuya actitud despreocupada le parecía enormemente atractiva. Su paso alegre y su sonrisa confiada daban la impresión de que no había sufrido ningún revés a lo largo de su vida. Los dos caballeros se sentaron a una mesa, a corta distancia de la señora Goodwin y a Martha, y los camareros se afanaron solícitamente a su alrededor con grandes muestras de cortesía. Les ofrecieron la carta, pero ellos pidieron sin consultarla.

—Caramba, nunca he visto dos caballeros más elegantes —comentó la señora Goodwin—. Deben de ser padre e hijo, ¿no crees? Aparte del color del pelo, se parecen mucho.

Martha no contestó. Era incapaz de apartar los ojos del chico. Era guapo, desde luego, con una sonrisa traviesa y un brillo divertido y vivaz en la mirada, pero había algo más. Algo que Martha nunca había encontrado en otra persona. Entonces, sintiéndose observado, él levantó los ojos y se miraron el uno al otro como si hubieran estado destinados desde siempre a encontrarse, sin pestañear, asombrados y encantados por los extraños sentimientos que despertaban el uno en el otro.

—¿Qué estás mirando, JP? —preguntó Bertie siguiendo la mirada de su hijo, y al ver a la bonita muchacha sentada junto a la ventana sonrió—. Ah, tienes buen gusto para las damas —comentó, riendo.

Pero JP estaba tan cautivado que no contestó. Bertie sonrió al ver el entusiasmo de su hijo y se acordó de la primera vez que vio a Maud. Entonces había sentido esa misma emoción. Miró a la joven, que, al darse cuenta de que había llamado la atención de ambos, enrojeció vivamente. Pero Bertie no apartó los ojos, pues de pronto le parecía conocer a aquella muchacha, aunque no sabía de qué. Quizá fuera por su forma de sonrojarse, o por la dulzura de su sonrisa tímida, no podía estar seguro, pero tenía la certeza de haberla visto ya en alguna parte. Ella comenzó a comerse una bollito mientras su acompañante se reía como una gallina clueca. Bertie notó que la joven hacía un gran esfuerzo para no mirarlos y que le resultaba imposible refrenarse. La mirada ávida de JP la atraía como un imán.

—¿Quieres que les pida que se sienten con nosotros? —preguntó.

JP se sorprendió.

—¿Lo harías, papá?

Bertie sonrió.

—Déjamelo a mí.

Llamó a un camarero y le dijo algo al oído. Un momento después, el camarero le transmitió el mensaje a la señora Goodwin, que pareció gratamente sorprendida por la invitación de lord Deverill. Alzó los ojos y miró a Bertie, que la saludó con una inclinación de cabeza y sonrió afablemente.

—¿Vendrán? —preguntó JP con impaciencia.

—Creo que sí —respondió su padre, y un momento después las dos damas estaban de pie ante ellos.

Bertie y JP se levantaron y se presentaron con entusiasmo.

—Qué amable por su parte invitarnos a acompañarlos —dijo la señora Goodwin una vez estuvo sentada—. Martha y yo acabamos de llegar de América.

—¿Es su primera visita a Irlanda? —inquirió Bertie, notando que los dos jóvenes, presas de un ataque de timidez, se habían sonrojado y no se atrevían a mirarse.

—Para Martha, sí —respondió ella.

—¿Y qué le parece, querida? —preguntó Bertie, volviéndose a la nerviosa joven sentada a su izquierda.

—Es un país precioso —contestó ella—. Precioso.

—¿Van a quedarse mucho tiempo?

La chica miró a la señora Goodwin con nerviosismo.

—No lo sé. Aún no hemos hecho planes. Estamos simplemente disfrutando de la visita.

—Excelente —dijo Bertie—. ¡Ah, el té! —añadió mientras los camareros depositaban en el centro de la mesa las teteras, las jarritas de leche, un platillo con rodajas de limón y una fuente de cinco pisos con porciones de tarta y emparedados.

—Santo cielo —dijo la señora Goodwin con un suspiro—. Cuántas delicias juntas.

Se sirvió un emparedado de pepino.

—¿Qué le apetece? —le preguntó Bertie a Martha, que miraba las tartas con delectación.

—Pues no sé —contestó ella, moviendo los dedos indecisa entre los pisos de la fuente, hasta que por fin se decidió por un emparedado de berros y huevo del plato de abajo.

—Ese es mi favorito —dijo JP, que también cogió uno.

Los dos jóvenes se sonrieron mientras JP se metía el emparedado entero en la boca y Martha le daba mordisquitos.

—¿Verdad que está rico? —preguntó JP cuando acabó de masticar.

Martha asintió en silencio.

—¿Cómo prefiere el té, señora Goodwin? —preguntó Bertie.

—Con una rodajita de limón, por favor —contestó ella—. A Martha le gusta con leche. Con mucha leche. De hecho, lo toma con más leche que té.

JP se rio.

—Igual que yo —dijo, y miró a Martha con el ceño fruncido, asombrado porque dos personas que acababan de conocerse tuvieran tantas cosas en común.

—Qué extraordinario —comentó la señora Goodwin, que se divertía inmensamente—. No conozco a nadie que tome el té con tanta leche como Martha.

Bertie sirvió el té. JP y Martha llenaron sus tazas de leche hasta el borde, alborozados por aquel rasgo compartido que los había unido de inmediato.

La conversación continuó mientras tomaban el té y comían los emparedados. Un rato después, Bertie les estaba enumerando las cosas interesantes que debían ver en Dublín cuando JP y Martha hicieron amago de coger el mismo trozo de bizcocho de chocolate. Se rieron cuando sus dedos chocaron y retiraron las manos como si se hubieran escaldado.

—También nos gustan los mismos dulces —comentó JP, mirando a Martha con ternura.

—Pero solo queda uno —dijo la señora Goodwin.

—Entonces lo compartiremos —repuso JP.

Puso el trozo de bizcocho en su plato y levantó el cuchillo de plata para cortarlo. Aturdida por la emoción, Martha lo vio partirlo en dos.

—La mitad, para ti —dijo él, poniéndole un trozo en el plato—. Y la otra mitad, para mí —añadió.

Y, al llevarse un trozo del bizcocho a la boca, se sonrieron como conspiradores confabulados en un plan secreto.

Epílogo

Ballinakelly

El aire era espeso y sofocante en el chiscón que había al fondo de la taberna de O'Donovan, separado del bar por un tabique de madera que no llegaba al techo. El humo del tabaco y el calor que despedían los hombres sentados junto a la puerta entraba libremente por la parte de arriba del tabique, junto con el olor dulzón de la cerveza negra y el sonido ronco de las voces. En aquel cuartito reservado a las mujeres, a las que no se permitía entrar en la taberna, era donde se reunían cada semana las seis integrantes de la Legión de María —a las que llamaban las Plañideras de Jerusalén a sus espaldas—, sentadas en fila a lo largo del banco como una hilera de gallinas en un gallinero.

Estaban las Dos Nellies: Nellie Clifford y Nellie Moxley; Mag Keohane, que siempre iba acompañada de su perro, *Didleen*; Joan Murphy; Maureen Hurley y Kit Downey. La Legión de María se dedicaba a asistir a los necesitados. Les preparaban comidas, llevaban a los ancianos a misa y los atendían en sus casas si necesitaban cuidado. Una vez por semana, las señoras se permitían el lujo de sentarse en el cuartito del fondo de la taberna y tomar un vaso de refresco de manzana o una naranjada. La señora O'Donovan ponía un gran trozo de hielo en cada vaso, pues disponía de una heladera, y les llevaba un plato de galletas que no podía vender porque estaban rotas. El mayor lujo, sin embargo, era poder usar el inodoro de la planta de arriba.

—Es un lujo digno de América, chica —le dijo Mag Keohane a la señora O'Donovan la primera vez que lo usó—. ¡Qué suerte la tuya, no tener que salir a la intemperie a hacer tus necesidades! Aquí solo hay que tirar de la cadena y ya está. Que Dios nos asista, es un milagro que no pillemos una neumonía por salir con el orinal en pleno invierno.

Las Plañideras de Jerusalén utilizaban el inodoro hasta cuando no lo necesitaban, solo porque les hacía ilusión.

—¿Verdad que es increíble que Bridie Doyle haya comprado el castillo? —comentó Nellie Clifford mientras mordisqueaba una galleta—. Todavía me acuerdo de cuando amortajamos a su pobre padre, que en paz descanse. Ella era un niñita de nueve años.

—Ha llegado muy lejos para haber salido de las calles de Ballinakelly —convino Nellie Moxley antes de beber un sorbo de naranjada—. Ahora es condesa, y dicen que eso es una cosa muy buena. Y hasta ha hecho una donación a nuestra Legión, Dios la colme de bendiciones.

—Su marido está podrido de dinero. Y además es muy guapo, aunque tenga esa pinta de extranjero —comentó Joan Murphy.

—Dicen que las vacas extranjeras tienen los cuernos muy largos —repuso Kit Downey con una sonrisa.

—Yo no soy quién para decirlo, pero tengo entendido que es un mujeriego, Dios nos guarde. Nonie Begley, que es recepcionista en el Shelbourne, dice que cuando se aloja allí va a visitarlo siempre una señora —dijo Joan Murphy.

Nellie Moxley saltó en defensa del conde.

—Puede que sea su hermana o alguien de su familia.

Pero Nellie Clifford se apresuró a sacarla de su error.

—Eres tan inocente como un niño de teta, Nellie. Esa no es su hermana, chica. Es lady Rowan-Hampton, nada más y nada menos.

Las señoras dejaron escapar al unísono un gritito de sorpresa.

—Estuvieron en el comedor cogidos de la mano y mirándose con ojos de cordero.

—¡Santa Madre de Dios! Las muchachas que trabajan en su casa dicen que Michael Doyle solía ir a visitarla cuando el señor estaba en el extranjero, y que se paseaba por allí como un rey.

Menearon la cabeza y chasquearon la lengua, escandalizadas.

—Pero ¿qué le parece a lord Deverill la nueva señora del castillo? —preguntó Mag Keohane—. Era la hija de la cocinera y ahora es la dueña.

—Eso nos da esperanza a todas nosotras —repuso Kit Downey con una risa semejante a un cloqueo.

—Tengo entendido que Kitty Deverill se puso a jurar como un marinero cuando se enteró.

—¡Válgame Dios! —masculló Nellie Moxley.

—Ese Michael Doyle debe de estar que no cabe en sí. Supongo que ahora se mudarán todos al castillo.

—Me han dicho que Mariah no piensa dejar su casa ni por todo el oro del mundo —dijo Kit Downey.

—Mariah es una buena mujer. En cuanto a la vieja señora Nagle, no durará mucho —repuso Nellie Moxley.

Se hizo un momento de silencio mientras pensaban en la señora Doyle y la vieja señora Nagle.

Luego Nellie Clifford dejó su vaso sobre el largo estante que recorría el tabique.

—Es por la pobre Bridie Doyle por quien deberíamos rezar. Puede que se haya casado con un ricachón, pero, acordaos de lo que os digo, lo pagará muy caro. Para Navidad, ese hombre tendrá una chica en cada esquina del condado.

Una cabeza asomó de pronto por el hueco del tabique.

—Se les da de maravilla rezar, señoras. Son un ejemplo para todos nosotros. ¿Quieren que las acompañe a casa por si algún rufián intenta aprovecharse de su virtud?

—Lárgate, Badger, y deja de fastidiarnos —replicó Kit Downey—. Llevamos nuestras medallas de la Virgen y somos como monjas, vamos en parejas para que no nos pase nada, y además tenemos al perro de Mag para que nos defienda. Santo Dios, ese chucho sería capaz de hacer pedazos a un hombre.

Badger se puso a toser.

—Esa tos te llevará a la tumba —dijo Mag Keohane.

—Pues ¿sabe qué le digo, señora? —replicó Badger con una sonrisa—. Que hay muchos en el cementerio que se llevarían una alegría.

En ese momento se hizo el silencio en la taberna y una ráfaga de viento frío entró por la puerta.

—Vaya, pero si es el conde —dijo Badger en voz baja, y su cabeza de pelo rizado desapareció de nuevo por el hueco.

—¡El conde! —exclamó Nellie Clifford, boquiabierta.

Las seis mujeres aguzaron el oído para escuchar lo que decía el recién llegado.

—¿En qué puedo servirle, señor? —preguntó la señora O'Donovan desde detrás de la barra.

—Acabo de llegar en el tren de Dublín. Quisiera un taxi que me lleve al castillo.

Se oyó un arrastrar de pies mientras los taxistas se miraban unos a otros con desgana, reacios a apurar sus bebidas a toda prisa.

—¿Por qué no se queda un rato a tomar una pinta y a echar una partida de cartas? —preguntó Badger Hanratty—. No tendrá mucha prisa, ¿no? Luego, uno de estos tipos puede llevarle al castillo.

Las mujeres oyeron reír al conde.

—¿Una pinta y una partida de cartas? ¿Por qué no? La cena puede esperar. ¿A qué están jugando?

Se oyó un correr de sillas cuando el conde se acomodó en una de las mesas. Un momento después gritó jovialmente:

—¡Señora, una ronda para todos los presentes!

Los hombres lanzaron exclamaciones de agradecimiento y corrieron a la barra a pedir otra cerveza.

—Válgame Dios, van a acabar borrachos como cubas —dijo Nellie Moxley meneando la cabeza.

—Ese hombre sabe cómo ganarse a la gente, desde luego —comentó Joan Murphy con una sonrisa—. Estoy deseando ver qué va a pasar.

Agradecimientos

Mientras sigo las vidas de Kitty, Celia y Bridie, continúo recurriendo a mi querido amigo y consejero Tim Kelly para que me asesore y me ayude a investigar. Nuestros encuentros regulares, tomando bizcocho y té Bewley's, no solo me proporcionan gran cantidad de datos sino también mucha diversión, y sus maravillosas anécdotas siguen haciéndome reír mucho después de que Tim se haya marchado. Les estoy muy agradecida a mis libros por haberme regalado ese gran amigo.

Quiero dar las gracias a mi madre, Patty Palmer-Tomkinson, por leer el primer borrador y corregir todos los errores gramaticales y las palabras mal escogidas, ahorrándole así a mi editora de Simon & Schuster la que seguramente es la parte menos interesante de su trabajo. Mi madre es una mujer paciente y entusiasta y siempre da sabios consejos. También es una persona muy intuitiva y tiene un ojo excelente para juzgar el carácter de la gente. He aprendido mucho de ella. Quiero dar las gracias también a mi padre por haberme dado una infancia mágica en el rincón más bonito de Inglaterra, sin la cual hoy yo no estaría escribiendo estos libros. Todo lo que compone mi obra procede directamente de ellos.

Escribir una escena sobre el Derby era, naturalmente, un desafío al que no me habría atrevido a enfrentarme sin la ayuda de David Watt. Muchísimas gracias, Watty, por leerla y corregirla..., y por sugerirme tantas formas de mejorarla.

Gracias a Emer Melody, Frank Lyons y Peter Nyhan por su cariño y sus ánimos, tan irlandeses, y a Julia Twigg por ayudarme a documentarme sobre Johannesburgo.

Mi agente, Sheila Crowley, se merece un gracias inmenso. Es la mejor agente que pueda tener una escritora porque siempre está ahí cuando necesito un consejo, cuando necesito una amiga, cuando necesito una estratega y cuando necesito una defensora. Sencillamente, siempre está ahí cuando la necesito, y punto. Su mantra —«adelante y arriba»— refleja su actitud positiva y resuelta, y cada vez que lo dice doy gracias porque esté dispuesta a llevarme consigo.

En Curtis Brown trabajan, junto con Sheila, Katie McGowan, Rebecca Ritchie, Abbie Greaves, Alice Lutyens y Luke Speed, y a todos ellos quiero darles las gracias por esforzarse tanto por mí.

Soy muy afortunada porque me publique Simon & Schuster. Siento que es una familia y que allí tengo mi sitio. Quisiera darles las gracias a todos por dar un vuelco a mi carrera en 2011 con la publicación de mi primer superventas del *Sunday Times* y por seguir poniendo tanta dedicación y tanto empeño en publicar mis libros. Gracias de todo corazón a la jefa de edición, Suzanne Baboneau, por corregir mis novelas con tanto tacto y buen criterio. Sus sugerencias y recortes siempre mejoran enormemente el manuscrito, y su entusiasmo y aliento siempre consiguen animarme. Gracias a Ian Chapman por ser el viento en mis velas (o en mis ventas, mejor dicho). Gracias por darme ese descanso hace cinco años y por convertir mis libros en el éxito que siempre quise que fueran. También quiero dar las gracias a Clare Hey, mi editora, y al extraordinario equipo con el que trabaja, por poner tanta energía en mis libros. Hacen una trabajo fantástico y les estoy muy agradecida a todos: Dawn Burnett, Toby Jones, Emma Harrow, Ally Grant, Gill Richardson, Laure Hough, Dominic Brendon y Sally Wilks.

Mi marido, Sebag, ha sido clave a la hora de ayudarme a idear la trama de las *Crónicas de Deverill* y animarme a imponerme a mí misma el reto de salirme del camino que mejor conozco. Aunque está muy atareado con sus propios libros, se tomó la molestia de leer el manuscrito de principio a fin y hacerme sugerencias. Me alegro de haber aceptado sus consejos porque creo que he escrito algo que realmente entretendrá a mis lectores. Para mí, desde luego, ha sido muy entretenido escribirlo. Él es mi amigo más querido, mi crítico más sincero, mi aliado más fiel y mi mayor apoyo. Gracias a Sebag, creo que doy lo mejor de mí misma.

Y, por último, gracias a mi hija Lily y a mi hijo Sasha por hacerme reír y darme alegría y cariño.

¿TE GUSTÓ ESTE LIBRO?

escríbenos y
cuéntanos tu opinión en

 /Sellotitania    /@Titania_ed

/titania.ed

#SíSoyRomántica

ECOSISTEMA DIGITAL

NUESTRO PUNTO DE ENCUENTRO

www.edicionesurano.com

2 AMABOOK
Disfruta de tu rincón de lectura
y accede a todas nuestras **novedades**
en modo compra.
www.amabook.com

3 SUSCRIBOOKS
El límite lo pones tú,
lectura sin freno,
en modo suscripción.
www.suscribooks.com

DISFRUTA DE 1 MES
DE LECTURA GRATIS

1 REDES SOCIALES:
Amplio abanico
de redes para que
participes activamente.

4 APPS Y DESCARGAS
Apps que te
permitirán leer e
interactuar con
otros lectores.

 iOS